中国飛翔文学誌

空を飛びたかった綺態な人たちにまつわる十五の夜噺

武田雅哉

人文書院

目次

中国飛翔文学誌
——空を飛びたかった綺態《キタイ》な人たちにまつわる十五の夜噺

はじめに——空飛ぶ中国人

たんなる空飛ぶ機械

中国人が綴り、語ってきた、空を飛ぶおはなしをひろい読みしていこうと思う。そうなると、まずはじめに、ごあいさつをしておかねばならないのは、やはり、空を飛ぶ物語をさかんに語ってくれたひと、ジュール・ヴェルヌだろう。中国のことを語るのに、なんでフランス人をひっぱりださにゃならんのかって？　いやいや、この泰西の物書きときたら、東洋のことを考えるにあたって、あれやこれや、おもしろいヒントを与えてくれるのだ。それに、「空を飛ぶ」という文化は、なにも中国人の専売ではない。人類が共通してもっている願望であるうえは、西欧世界で綴られた空飛ぶ物語も、視野に入れておく必要があるだろう。

ヴェルヌの小説『征服者ロビュール』（一八八六）は、ある男が発明した空飛ぶ戦艦の物語である。それは、世界各地で、天空から響きわたるトランペット音が聞かれるという不思議な事件で幕をあける。この怪現象の正体をめぐって、さまざまな憶測が地球上を駆けめぐった。各地の天文台は、それぞれ自信のない解釈を発表し、たがいに論争しあった。

この問題に自信のある態度をとったのは、ただひとりの天文台長だった。もっとも、かれの解釈はさんざんに皮肉られたが、それはひとりの中国人だった。海まで四〇キロたらずの広い野原のまんなかにあって、

きれいな空気と広大な地平線にめぐまれている威海衛《いかいえい》の天文台長だった。

かれはいった。「現在問題になっている物体は、たんに空を飛ぶ機械にすぎないと考えられる」

なんという冗談。*1

ところがその正体は、東洋の天文台長が落ち着きはらって予言したとおり、あほうどり《アルバトロス》号という名の「たんなる空飛ぶ機械」にすぎなかったのである〔図0-1〕。

図0-1　「たんなる空飛ぶ機械」アルバトロス号。ジュール・ヴェルヌ『征服者ロビュール』より

清朝（一六三六〜一九一二）の末期、つまり二〇世紀の最初の一〇年ほど。中国人は、ヴェルヌのSF小説に読みふけっていた。ぼくは、このことを知って、おもしろいと思った。あの魯迅もまた、その若き日にヴェルヌの小説を翻訳している。さらに、ヴェルヌを読んで興奮した中国の物書きたちは、飛翔機械の登場する、ヴェルヌばりの模倣作をも書きはじめたのである。ところが同時代のヨーロッパ人にとっては、中国人は、「たんなる空飛ぶ機械にすぎない」といい捨てて平然としているような、端倪すべからざる「飛んでる」人びとでもあったのかもしれない。

中国人は、飛翔という行為に、どれほどの関心をもっていたのであろうか？　この問題は、いまもって霧のなかにあるといってもよいかもしれない。飛翔行為に対するかれらの態度の曖昧さ、もしくは特殊さは、不思議な笑みを浮かべながら、明確な回答を避けているかのようである。ヴェルヌは、というより、ヴェルヌを生んだヨーロッパの中国観は、中国人が、空を飛ぶくらいのことでは騒がない、謹厳このうえない、かつ飄逸《ひょういつ》このうえない人びとであるというイメージを提示している。それが正しいかどうかは、いまはあまり問題ではないのだ。かれらにそう思わせるだけの磁場を放っていたということが、むしろ重要だろう。まずはヴェルヌ先生のご指摘を手がかりにして、中国人が書き残した「飛翔文学」を、真摯に読みはじめようではないか。

ヴェルヌ先生はまた、中国人を主人公にした、そして中国を舞台にした冒険小説『必死の逃亡者』（一八七九）を書いている。ひょんなことから命をねらわれることになった主人公の金馥《キンフー》青年は、逃走をつづけながら、「最近、エジソン氏によって最終的な完成段階に達した蓄音機」を用いて、恋人に手紙を送ったりもする。落日の老大国に生まれた青年は、同時にまた先端科学の享受者でもあったのだ。ヴェルヌは、この奇妙な小説を、次のようなことばで締めくくっている。

「それを見るには、中国に行く必要がある！《イル・フォ・アレ・オン・シーヌ・プール・ヴォワール・スラ》」

中国人がひそかに進めていた飛翔計画をのぞき見るために、われわれも中国に旅だってみる必要がありそうだ。

飛翔について

「飛翔」ということばについては、ここではひろく「空を飛ぶこと」と取っておこう。

そもそも、われわれが目にすることのできる中国最初期の文字資料には、飛翔の物語や観念が横溢しているといっても過言ではない。いまさらいうまでもないが、人類は、一部の超能力者をのぞいて、生来の力だけにたよって空を飛ぶことは、できないことになっている。動物のなかで飛翔能力をもつものは、昆虫類、鳥類、哺乳類などの一部であるが、人類は、これらが飛翔能力を獲得するために体構造を進化させたような道を歩むことはなかった。人類の肉体は、飛翔には、はなはだ不適切なようにデザインされている。そうでありながらも人類は、特に鳥類を手本にして、なんとか飛翔できないものかと、あれこれこころみてきた。精神的な飛翔、すなわち、飛翔の体験を幻覚として獲得することや、なんらかの道具を使って飛翔することは、古来、いくどとなく実験され、おそらく現在でもこころみられており、これからも放棄されることはないだろう。前者の場合、薬物によるものが代表的であろうし、後者の場合は、パラシュートの使用や、さらには飛行機の使用などがあげられる。これらは実際におこなわれてきた、飛翔への挑戦である。

空想的な物語の世界では、飛翔のモチーフは頻出する。むしろなんらかの飛翔行為にまったく言及しない空想譚を捜すほうが、むずかしいかもしれない。飛翔の物語は、換言するならば、垂直方向という「不可能な世界への旅」であるといってもいい。だとすれば、この本では触れないが、いまひとつの垂直方向であり、一般には進入不可能な世界とされる「地底世界」への旅もまた、飛翔行為とともに論じられる必要があるだろう。

飛翔の種類

西暦紀元一世紀、前漢の許慎《きょしん》によって編まれた『説文解字』は、漢字を部首でまとめた最初の字書である。ここでいう部首というのは、清代の『康熙字典』にほぼ沿っている現代の漢和辞典の部首とはかなり異なるが、「飛」および「羽」という部首が設けられており、〈飛〉の字は飛の部に、〈翔〉の字は羽の部に収められている。〈飛〉のほうを見ると、まずその篆書《てんしょ》体が提示され、「鳥が翥《はばた》くことである」と説明されている。その字形は、鳥が翼をひろげて羽ばたく様子を象《かたど》っているのだという[*2]〔図0－2〕。また〈翔〉のほうは「回飛すること。羽に従い、羊は声《おと》である」と説明されている。鳥が翼をひろげて、旋回して飛ぶ意味であるという[*3]。

現代の大きな辞書も見ておこう。二〇世紀末に完成した大部の辞書『漢語大詞典』は、〈飛〉について一七項目の意味を載せているが、「鳥が空中で翼を羽ばたいて運動すること」「動物の飛翔」「禽鳥と羽のある小虫」「物体が空中で漂いながら落下したり、流動すること」「非常に迅速なこと」などが主要な意味だ。〈翔〉については九項目を載せるが、主要なものは「鳥が翼をひろげ旋回して飛ぶこと」「飛ぶこと」「進む時に両の腕をひろげ、鳥が翼をひろげるようにすること」である。*4

あたりまえといえばあたりまえだが、〈飛〉も〈翔〉も、鳥が飛ぶ様子に由来している文字であるらしいことだけ、確認しておこう。

飛翔観念研究の先学であるクライヴ・ハートは、その『飛翔論』において、〈飛翔《フライト》〉を三種類に分類している。これは、これから中国の飛翔を考えていくときにも、参考にできるだろう。*5

ハートが掲げる第一種の〈飛翔〉は、「上方への飛翔」(Upward Flight) である。これは、『旧約聖書』の「創世記」に綴られる、天地創造第五日目における鳥の創造に代表される。*6 中国人の飛翔譚においては、昇仙(死)、昇天、月世界旅行、地球脱出などの神話伝説に見える飛翔行為、また、気球や凧、あるいは上昇気流を利用した飛翔が、これに該当するだろう。

ハートによる第二の〈飛翔〉は、「下方への飛翔」(Downward Flight) である。これは落下ではなく、ゆるやかな、また引力に任せきりでない、ある程度は自在な、下方への飛行であるといえようか。ハートは、天使ガブ

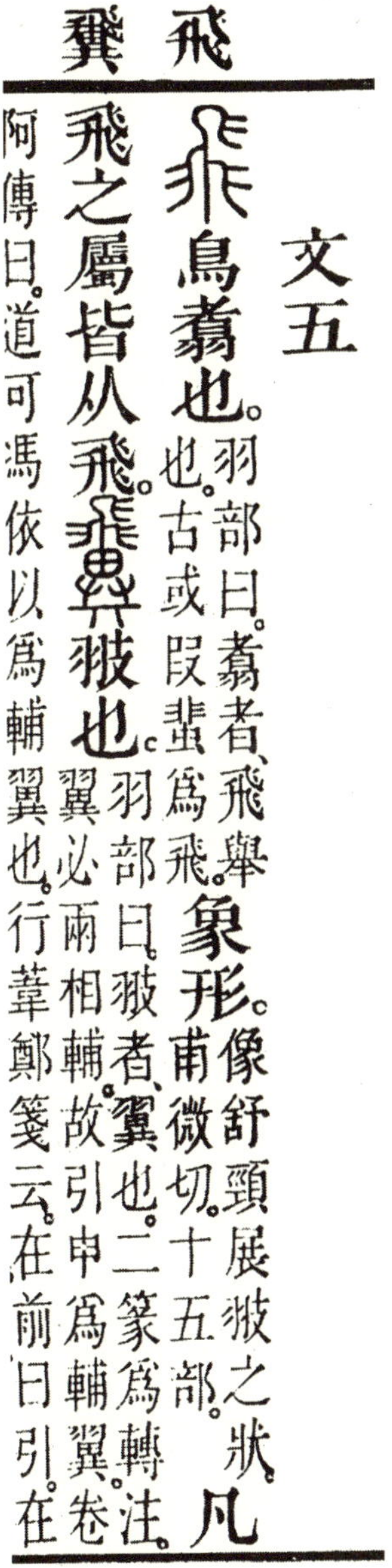

図 0-2 〈飛〉字の研究。『説文解字』より

リエルによる聖母マリアへの受胎告知のような、天からの下降のことであるという。*7

中国においてはどうか。神話伝説、あるいは小説に見える、下界に堕《お》とされる神（堕天使）、天界の存在の俗世への流謫《るたく》や、神秘的な出生のテーマ。観音菩薩をはじめとする神々の降臨。天空から地上へ、星から地球への帰還などがあげられる。パラシュートによる降下なども、このあたりに入れておいていいだろう。また、イカロスが最初の犠牲者となったような、飛翔行為の失敗としての、落下という事象についても検討すべきかもしれない。それは、破壊や死をともなう墜落。地獄への墜落。また、隕石のような、下方にある人間世界への、何物かの落下。そして、それらを見上げる視線。また杞《き》の国の人が、天が落ちるのではないかと心配したという「杞《き》憂《ゆう》」の寓話で知られる、天そのものの落下なども、中国においては興味深いテーマだ。

第三の〈飛翔〉としてハートがあげるのは、「水平の飛翔」（Horizontal Flight）である。これは、空気中での平行移動であり、一般的な鳥の飛翔と、その模倣行為がそれにあたる。かつて鳥は天の低いところでのみ飛翔すると考えられ、また、低い部分の空気のみが、人間の呼吸に適するものと考えられた。*8 中国においては、鳥そのものはもちろん、仙人が鳥に乗っておこなう飛行、雲に乗る移動などのテーマが散見される。気球、飛行機などによる移動は、上方、水平、下方それぞれの飛翔をあわせもつものだ。

「ロマン」嫌悪派のために

「古代のロマン」といったことばが、ぼくは嫌いである。現代人には、古代の飛翔譚は、「どのようにして飛ぶか」という理屈を明言しないものが多いように考えられているかもしれない。古代の飛翔者たちは、飛翔の科学というか、理屈についてこだわりがなく「おおらか」であり、飛翔のためのエネルギーは、あえていうなら「古代人のロマン」であるというような、現代人による古代人への勝手な理解、というより理解の放棄、いってしまえば「妄想」に、しばしばでくわすことがある。このような姿勢は、世界をつまらなくしてしまうだけであろう。

そもそも古代人の想像力に対して、失礼千万ではあるまいか。古代人は、「おおらかさ」や「ロマン」ごときが、空を飛ぶためのエンジンやエネルギーになりうるなどとは考えてもいなかった。

『中国の科学と文明』を書いたジョゼフ・ニーダム（一九〇〇～九五）は、「空気の利用」について、「来＝気」(ex-aerial) 的技術と、「向＝気」(ad-aerial) 的技術ということばで、要領よく説明してくれている。[*9]「来＝気」的技術とは、ある作業をなすために、風の力を利用するように設計されたもののことで、たとえば粉を挽くための風車小屋などがそうだ。凧もまた、風に乗って揚力を生じ、上昇・移動する装置であり、「来＝気」的技術である。いっぽう「向＝気」的技術とは、あるエネルギーを利用した装置が作動して、結果的に風を送るよう設計されたものであり、唐箕《とうみ》、送風機、扇風機などがそうである。このふたつの技術は、空気の力で乗物を動かすという発想へと発展しうるもので、プロペラ飛行機は、プロペラを回転させることによって推進力を得ることで揚力を生じさせ、上昇・移動する装置であり、「向＝気」的技術の結晶であるといえる。そして、飛翔の物語に登場する、虚実まじえたからくりの数々も、基本的にはここからそう大きくは乖離したものではない。

もちろんこれは、ひとつの視点にすぎないが、古代の中国人がひねり出した数多の飛翔のアイデアについても、それらを「古代人の素朴な夢・ロマン」としておかず、それが考えられた背景があると考えるべきであろう。

座右に置きたい参考書

飛翔文学の歴史をあつかった本として、ぜひとも手もとに置いて、通読しておいてほしいものがある。

まずは、ドイツ生まれの東洋学者ベルトルト・ラウファー（一八七四～一九三四）の論文『飛行の古代史』(*The Prehistory of Aviation*, 一九二八) である。[*10] 原題に用いられている〈aviation〉は、フランス語経由の語彙だが、鳥を意味するラテン語〈avis〉に由来する。これを執筆した当時のラウファー博士は、シカゴ大学フィールド自然史博物館の人類学のキュレイターであった。ラウファーの東洋学のおもしろさについては、拙訳『サイと一角

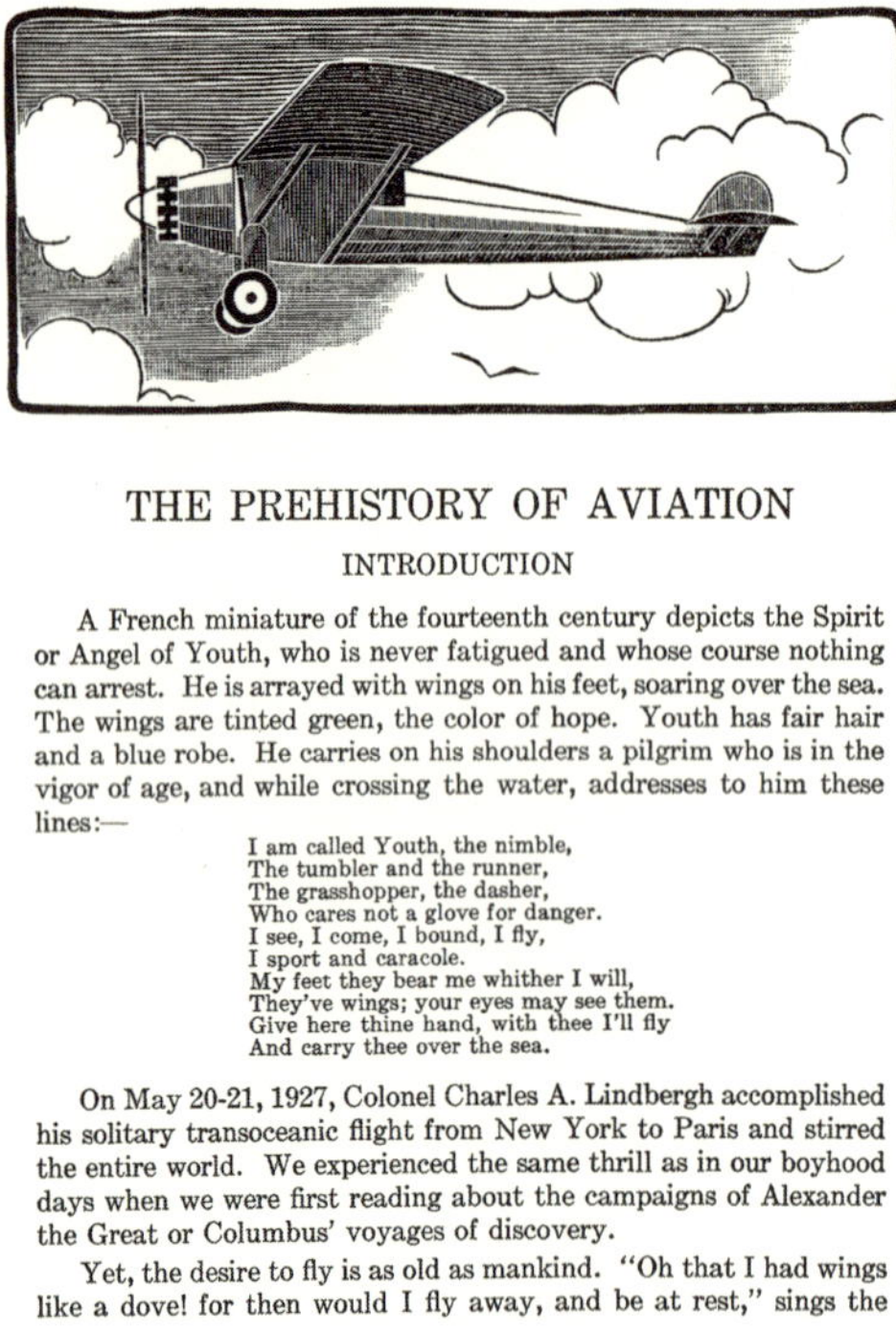

THE PREHISTORY OF AVIATION

INTRODUCTION

A French miniature of the fourteenth century depicts the Spirit or Angel of Youth, who is never fatigued and whose course nothing can arrest. He is arrayed with wings on his feet, soaring over the sea. The wings are tinted green, the color of hope. Youth has fair hair and a blue robe. He carries on his shoulders a pilgrim who is in the vigor of age, and while crossing the water, addresses to him these lines:—

I am called Youth, the nimble,
The tumbler and the runner,
The grasshopper, the dasher,
Who cares not a glove for danger.
I see, I come, I bound, I fly,
I sport and caracole.
My feet they bear me whither I will,
They've wings; your eyes may see them.
Give here thine hand, with thee I'll fly
And carry thee over the sea.

On May 20-21, 1927, Colonel Charles A. Lindbergh accomplished his solitary transoceanic flight from New York to Paris and stirred the entire world. We experienced the same thrill as in our boyhood days when we were first reading about the campaigns of Alexander the Great or Columbus' voyages of discovery.

Yet, the desire to fly is as old as mankind. "Oh that I had wings like a dove! for then would I fly away, and be at rest," sings the

図0‐3　ラウファー「飛行の古代史」第一頁

獣』の解説などをお読みいただきたい。[11]ちなみに『飛行の古代史』発表の前年には、チャールズ・オーガスタス・リンドバーグが、大西洋単独無着陸飛行に成功している。ラウファー論文の第一頁を飾っているのは、リンドバーグの愛機スピリット・オブ・セントルイス号のイラストだ〔図0‐3〕。「イントロダクション」につづいて、「古代中国の飛翔譚」「航空機の先駆としての凧」「古代インドにおける飛行船の黎明」「バビロンとペルシアからギリシャとアラブまで」「古代における航空便」「補遺」という構成になっている。

それからちょうど二〇年をへて、マージョリー・ホープ・ニコルソン女史（一八九四〜一九八一）が、西欧世界の飛翔譚を中心に綴った古典的名著『月世界への旅』（*Voyages to the Moon*, 一九四八）を書く〔図0‐4〕。「『月世界への旅』が一九四八年に——「ヒロシマ」「ナガサキ」から三年目の冬に——書かれていることの意味だけは考えてほしい」と、一九八六年にこの本を邦訳した高山宏氏はいう。ニコルソンの業績と、彼女が中心となって展開された観念史《ヒストリー・オヴ・アイディアズ》学派のおもしろさについては、高山氏が、その解説「コネクションズの魅惑——マージョリー・ニコルソンの観念史」や、ニコルソン女史の主要な著作のエキスともいうべき『美と科学のインターフェイス』に付した訳者解説「遊走する知あるいは新しきアタランテのために」などで力説されるところである。[*12]

西欧世界における飛翔のための科学と文学の流れを、おおよそ頭に入れておくことは、飛翔行為が、中国人にのみ与えられた特権でないかぎり、必要不可欠なことだろう。叙述が科学と人文学にわたり、かつまたヴィジュアルに淫したいという本書の趣味とも合うのが、J・E・ホジソンの大著『大英帝国における航空学の歴史』（*The History of Aeronautics in Great Britain*, 一九二四）[*13]や、C・H・ギブス-スミスの『飛翔の歴史』（*A History of Flying*, 一九五三）[*14]などの古典的著作である。新しいものでは、小冊子ながら、図版も豊富でよくまとまっているのが、大英図書館から出ているヘンリー・デール『草創期の飛翔機械』（*Early Flying Machines*, 一九九二）[*15]、虚実ないまぜにした宇宙船デザインの歴史を通観するロン・ミラー『夢の機械——美術、科学および文学における宇宙航空機図史』（*The Dream Machines, An Illustrated History of the Spaceship in Art, Science and Literature*, 一九九三）も楽しい。[*16]いくら眺めていても飽きの来ない「百聞は一見に如かず《アイウィットネス》」シリーズの一冊、アンドリュー・ナハムの『空飛ぶ機械』（*Flying Machines*, 一九九〇）は、日本語版『ビジュアル博物館　航空機』もある。[*17]

図0-4　ニコルソン『月世界への旅』

　これから紹介していくもののほとんどが、荒唐無稽にして非科学的にも見える飛翔譚であるにもかかわらず、現代人がさして疑うこともせずに乗っている飛行機が、どういったわけで飛んでいるのかという基本的な理屈については――実をいえば筆者自身もよく理解していないのだが――初歩的な理解をする努力だけはしておきたいものである。*18

これら航空史の啓蒙書をてもとにおき、人類の飛翔への挑戦と、飛翔機械の進化の基本的な流れを頭に入れておかれることをお勧めする。それというのも、本書の全編を貫いている、虚実ないまぜとなった、われながら眉唾ものの怪しい記述の数々に、愉《たの》しく騙されんことを、心より切望するからにほかならない。

第一夜
仙人とは飛ぶ人なり

1　カスミを食べてるおじいさん？

仙人のイメージは？

飛行する技術を、ごく自然にもっている人種といえば、やはり「仙人」をおいてほかにはないだろう。その仙人ということばを聞いて、日本人の多くは、どのような姿を思い浮かべるであろうか。

大学の講義で、学生たちに仙人のイメージをたずねようとて、絵を描いてもらったことがある。すると、大部分の学生は、「白いだぶだぶの服」をまとい、「杖をもち」「ヒゲの生えた」「おじいさん」を描いてくる。頭については、禿頭であったり、長髪であったり、いろいろだ。そして、いかにも中華風といった、渦巻き紋様をともなった「雲」に乗って、飛んでいたりする。

近ごろの若いものはなにも知らないなどといわれているわりに、学生諸君の多くが呈示したのは、「いつもカスミを食べているらしい」という、仙人の食生活にかかわる情報であった。

本章では、飛行する人である仙人の生活のあれこれについてご紹介したいと思う。読者諸兄姉のなかの仙人希望者が、将来においてより快適な仙人ライフをおくるための、ささやかな参考としていただければ幸いである。

そもそも仙人などという人種は、ご近所に住んでいて、しばしば見かけるというたぐいの人たちではない。筆者じしんをも含めて、日本人のイメージにある仙人は、なにかの絵本や、童話の挿絵として描かれたもの、あるいは人形劇やアニメに由来するものではないだろうか。たとえば芥川龍之介が描く、杜子春を諭《さと》す仙人あたりが、ポピュラーな仙人イメージかもしれない。そして、その話しかたはといえば、「わしは〜」とか、「〜なのじゃ」とか、そういう老人ふうの役割ことばを使っているというのが相場であるようだ。

ところが、現代の中国で容易に目にすることのできる「仙人」の物語——それらもまた、絵本や演劇、テレビや映画などのメディアによるものだが——を見てみると、そのような老人はまったくいないわけではないけれど、むしろ、そうではないタイプの「仙人」のほうが、頻繁にお目にかかるような気がするのである。

王充の〈虚図〉批判

そんなことで首をかしげていると、ありがたいことに、そのものズバリ「仙人の描きかた」についての古代の記述が残っていた。それは一世紀、漢代の合理主義者、王充《おうじゅう》（二七〜九七？）の『論衡《ろんこう》』に見えるくだりである。そこでは、当時一般に描かれていた仙人図像への批判が展開されている。

仙人の姿を描くときには、体に毛が生え、腕を翼に変えて、雲間を飛んでいるようにし、それで不老長寿で、千歳になっても死なないなどというのだ。これは〈虚図《きょず》〉である。世のなかには〈虚語《きょご》〉があるように、〈虚図〉もあるのだ。もしそのとおりだとすれば、蝉や蛾のたぐいは、真正人（仙人）でなければならない。海外の三五国のなかには毛民や羽民がいるが、羽というのは翼のことだ。毛や羽のある民は、その土地の環境によって生み出されるものであって、修行し得道して、体に毛や羽が生えたわけではないのである。禹《う》や益（伯益《はくえき》）は西王母にまみえたが、彼女に毛や羽が生えていたとはいっていない。不死の民というのもまた外国にあるが、かれらに毛や羽が生えているとはいわれていない。毛民や羽民が不死であるとはいわれていないし、不死の民は毛や羽が生えているとはいわれていないのだ。毛や羽は不死とは関係ない。仙人に翼が生えているのが、どうして長寿の証明になるというのであろうか（第二巻「無形篇」）。

『論衡』という本は、ひとことでいうならば、当時流行していたさまざまな迷信をことこまかに取り上げて、これらに痛烈な批判を加えるというものである。中国では、いつの時代にも迷信批判の書というものがあるのだが、それが結果的には、いちばん価値の高い迷信資料の提供者となっているのだ。

図 1-1　仙人？ 南斉皇帝陵画像磚

『論衡』の記載によれば、そのころ好んで描かれていた仙人像には、体に毛が生えていたり、また翼が生えているものもあったようだ。こうなると、もはや尋常な人体を超越したものとなってしまう。

中国古代の絵画や造形物などには、このような羽毛状のものが生えている仙人を描いたものが、数多く見いだされる[*1]〔図1-1〕。ひとは外見で判断してはいけないのだが、老成した哲学を語る仙人のイメージとはほど遠いもので、むしろ怪物、怪人と呼ばれるべきものであろう。さてみなさんは、それでもやっぱり仙人になりたいであろうか？

いずれにしても、王充の批判から、当時普遍的であった「仙人図像」を浮き彫りにすることができるだろう。それは、体に「毛や羽が生えている」らしく、また、腕が翼状になっていて、空中を飛翔していたこともわかる。

王充はいくつかの異国人の情報を引用しているが、かれがイメージしていたのは、『山海経』のような古代の荒唐無稽な地理書に見える記述であったろう。王充は、『山海経』という書物が、古代の賢王とされる三皇（堯・舜・禹）のひとりである禹と、舜の大臣である伯益がおこなった調査旅行をもとに綴ったものであると考えていた。関連する『山海経』のテクストを、後世において描かれた図とともに見ておこう。

毛民の国は、その（玄股《げんこ》の国の）北にある。その姿は、身体に毛が生えている（海外東経）。

毛民の国は、依《い》という姓であり、黍《きび》を食し、四鳥を使う（大荒北経）〔図1－2〕。

羽民国は、その（結匈《けっきょう》国の）東南にある。姿は頭が大きく、身体に羽が生えている（海外南経）。

羽民の国あり。その民はみな羽毛が生えている（大荒南経）〔図1－3〕。

図1-2　毛民国。『山海経絵図広注』（1855）

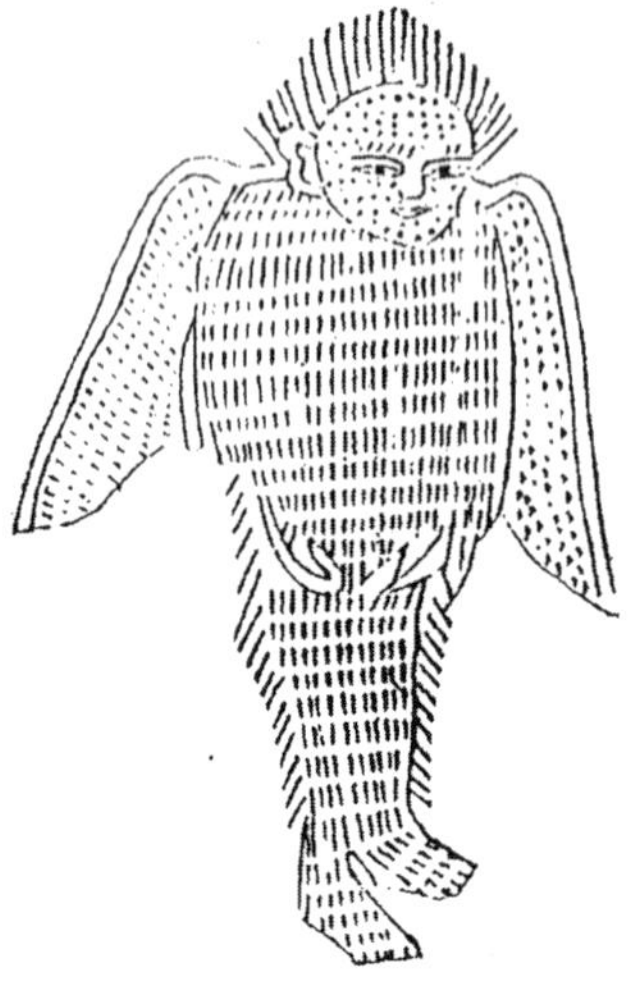

図1-3　羽民国。『増補絵図山海経広注』（1786）

不死の国は、その（交脛《こうけい》国の）東にある。外見は黒色で、長寿であり、不死である（海外南経）。

王充の考えによれば、「不老長寿」という仙人の特徴を備える「不死国」の人民は仙人でもないし、毛や羽がある民も不老不死ではないから、仙人とはいえない。したがって、仙人に毛や羽が生えているとする考えはまちがいである、という論法である。ここに引かれている「羽民」について、いますこし詳しく見てみよう。『山海経』に注をほどこした晋の郭璞《かくはく》（二七六～三二四）は、同書「羽民国」の条において、「飛ぶことはできても遠くまでは飛べない。卵生である。仙人のように描かれる」と書いている。「仙人のように描かれる」という一文から判断して、郭璞は、かれらが仙人ではないと考えていたことがうかがえる。このことは、〈虚図〉に対する王充のお怒りがあったにもかかわらず、晋代当時においてもなお、仙人が羽のあるものとして描かれたことを証言していよう。飛翔機械に頼ることなく、みずからの肉体で飛行する人びと、それが「羽民」と呼ばれる飛翔民族であった。

図 1-4　画像石の西王母。武氏祠画像石

王充のいう西王母のくだりについても、コメントしておこう。

西王母の図像的特徴には大きな変遷があるが、王充のイメージにあった西王母は、女神・女仙であるかのように描写されている。王充は、『山海経』の記述を〈虚語〉とは考えていないとともに、西王母を「仙人」と考えているため、かれのいう〈虚図〉との矛盾をついているのである。しかしながら、漢代の画像石には、翼の生えた西王母像は、珍しくはないのだ。

図1-5 六博で遊ぶ仙人。四川新津出土画像石

漢代のほとんどのデザイナーは、王充の意図するところとは、まったく逆の志向をもっていたらしい。すなわち、「西王母も仙人なのだから、翼があるに相違ない」という結論に達してしまったのであろう〔図1-4〕。それゆえに王充から厳しいお叱りを頂戴した。いまさらいうまでもないことだが、いかに王充が理屈をこねようとも、人類は〈虚図〉にこそ、より強烈に魅せられるものなのだ。

描かれた仙人たち

われわれ現代人は、現代人であるがためにかえって、王充のいう〈虚図〉を大量に目にすることができる。百聞は一見に如かず、さっそくそれらを鑑賞してみよう。

四川新津《しんしん》出土の画像石には、六博《りくはく》と呼ばれる盤上ゲームに興ずる、異形の人物二名が描かれている〔図1-5〕。六博は、神仙たちが遊ぶゲームであり、六博と仙人というテーマの作品は、大量に残されている。これは、漢代図像の重要なモチーフであった。

図の中央に見える盤の左右には、それぞれ仙人がすわっている。右側の仙人は、賽《さい》を投じているところであろうか。いずれもその身体はヒョロリとした痩せ形で、顔は、顎が異常に突き出ているとともに、頭部の左右が隆起している。腕もまた細く、両の肩からは、羽であろうか、長い毛のようなものが伸びている。

このような、いささか奇怪な仙人像は、立体造形としても残されている。ここに掲げたのは、長安城長楽宮《ちょうらくきゅう》出土の「仙人像」で、前漢のものとされる〔図1－6〕。これもまた、過剰に痩せた胴体に、骨張った顔。後頭部と肩からは長い髪と羽毛が伸びており、肩の羽毛と似たようなものが大腿部からも伸びている。その特徴的な耳は、六博に興ずる仙人〔図1－5〕の頭上に見える二本の突起物が、この大きな耳を描いたものであろうということを示唆している。

河南出土の画像石に描かれた仙人〔図1－7〕は、針のように細い手足で、

図1-6 仙人青銅像。西安長安城遺址出土

図1-7 仙人？ 河南唐河針織廠画像石

翼の生えた神獣を追っている。肩には天使のような翼を生やしている。河北の壁画に見える仙人は、神鳥に直接エサを与えているが、かれもまた肩や手足から長い羽毛のようなものを伸ばし、天空を飛翔している〔図1-8〕。

これらの仙人像に見るような「羽毛がある」という特徴から、仙人、もしくは仙人になることをめざしている道士のことをいう語彙に、羽人、羽君、羽服、羽客などがある。仙人になることは、その身に「羽毛」を生じさせることと同義だというわけだ。

図像や彫刻など、ヴィジュアルな形で提示された仙人たちは、おおむねガラガラに痩せている。あとで見るように、列子は風に乗り、木の葉やもみ殻《がら》のように飛翔したというが、いかにも吹き飛ばされやすくなければならない仙人の図像学が、ここにある。とりあえずはそのことを確認しておいて、さらに仙人の飛翔について考えてみよう。

図1-8 仙人？ 河北営城子壁画

〈仙〉の研究

〈仙〉という文字は、〈山〉と〈人〉とで構成されている。『説文解字』は、〈仙〉とは、〈人〉が〈山〉のなかにある形であると説明している。[*2] また、後漢末、劉熙《りゅうき》の『釈名《しゃくみょう》』は「老いて死なないものを仙という。仙《せん》は遷《せん》である。遷《うつ》って山に入ることである。だから人の字の横に山を書くのだ」と説明している（「釈長幼」）。『釈名』

は、類同の音によって意味を解釈する「声訓《せいくん》」という方法を駆使した辞書である。『説文解字』はまた、〈僊〉の字を載せ、「〈僊〉は長生して僊去《せんきょ》することである」と説明している。だが、作者許慎の解釈はことば足らずだ。後世、『説文解字』は多くの学者たちによって注釈がほどこされたが、その代表である、清代の段玉裁《だんぎょくさい》による『説文解字注』の説明を見てみよう。

段玉裁は、許慎のいう「僊去」について、「䙴去《せんきょ》することであろう」と説明する。「䙴去」とは、高く昇ることだ。段玉裁はそういって、『荘子』「天地篇」から、「千年も生きて世のなかに厭《あ》きがきたら、俗世を去って上僊《じょうせん》する」ということばを引いている。〈僊〉は、天界への飛翔を意味している。段玉裁は『詩経』「小雅・賓之初筵」から「婁舞僊僊《せんせん》」ということばをも引き、「僊僊とは、舞って袖が飛揚すること」つまりは、しきりに舞って、たもとの端が高く舞いあがることであると説明する。*3

許慎や劉熙の説明からは、当時の人びとがどのように字義を解釈しようとしたかがうかがわれ、それはそれでおもしろいのであるが、俗説や牽強付会を取り入れているきらいがある。

段玉裁の説くところは、仙人とは「飛翔する人」なのだ、といい換えてもよいかもしれない。仙人の特性のひとつは不老不死だが、それは仙人の静的属性であって、動的属性となると、やはり「飛翔」が注目されたということであろう。不老不死は、人類がいくどとなくこころみてきた永久機関の幻想と同様に、その「永遠性」は証明するすべをもたない。人間は、「永遠」がなにかを、それこそ永遠に知りえないからだ。だが、「飛翔」は、より官能に訴える属性であるといえる。

軽挙するもの

晋の道教研究家、葛洪《かっこう》（二八三〜三四三）が編んだ『神仙伝』には、彭祖《ほうそ》なる仙人による「仙人」の定義として、次のようなことばが見えている。

仙人というものは、雲のなかに飛び上がり、羽もないのに飛んだり、龍や雲に乗って、天の宮殿に行くのである。また、鳥獣に化して太空を飛びまわったり、河や海に潜り、名山を飛び翔《かけ》るのである（巻一「彭祖」）。

また『天仙品』（『太平御覧』巻六六二）という文献には、「雲中を飛行し、神と化して軽挙するもの。これを天仙とする。また、飛仙ともいう」とあるが、これもまた、仙人の仙人たる行動のひとつに「飛翔」があることを示唆している。

ここに見える「軽挙」という語彙であるが、本義は「軽々と飛び上がること」だ。この「軽挙」をはじめ、道教の言語世界には、「飛翔」を意味するさまざまな語彙がある。たとえば『楚辞《そじ》』の「遠遊」には、「飛昇」「昇天」「軽挙」などが、また葛洪が綴った仙人マニュアル『抱朴子』「内編・論仙」には、「昇挙」「登真」「挙形昇虚」など、「天空に飛び上がること」を意味する語彙が、いくつも見いだされる。

仙人がどのような飛翔をおこなうのかについては、春秋戦国時代にいたとされる思想家列御寇《れつぎょこう》（列子）についての、次のような描写が、『荘子』に見えている。

列子は風に御《ぎょ》して行き、冷然《れいぜん》として善《よ》し（『荘子』「逍遥遊篇」）。

風に乗り、ほしいままに操って飛翔する列子のことを、「冷然」すなわち軽やかで、ステキだと賞賛している。『荘子』の巻頭を飾る、この「逍遥遊篇」には、全長が何千里あるかも知れない巨大な鳥「鵬《ほう》」の飛翔にまつわる記載もある。鵬は九万里の高空にまで飛び上がるが、その巨大な翼も、厚い層を成す風の上に載せられているからこそ、天空を駆けることができるというのだ。列子が風を操って飛翔することについては、『列子』の「黄帝篇」にも記載がある。

列子は、老商氏を師とし、伯高子を友とし、これら二人の道を尽くして、風に乗って帰ってきた。するとこのことを知った尹生《いんせい》というものが、飛行術を教えてほしいと頼み込むのだが、列子はいっこうに教えてくれる気配がない。尹生がそれをなじると、列子はこうまでなるのに九年の歳月がかかったことを話す。風にしたがって東に西にと飛ばされること、まるで木の葉かもみ殻のように、はては風が自分に乗っているのか、自分が風に乗っているのか、わからなくなってしまったのであった。

列子は、こう説明しながら、尹生がせっかちなのを非難し、次のようにいって一蹴する。

そのようなことでは、おまえの肉体など、気は、かけらも受け容れてはくれまいし、おまえの骨など、地は一本たりとも載せてはくれないだろう。ましてや虚を踏んだり風に乗ることなど、どうしてこいねがうことができようか！

このような飛翔のスタイルを見るかぎり、かれらの飛翔哲学は、たとえば正義の味方スーパーマンのように、なにかのために飛ぶ、あるいは明確な目的地をめざして飛ぶ、というものとは一線を画しているようだ。身を軽くして、風に吹かれるままに飛ぶ。もはやそれは「飛ぶ」のではなく、むしろ「飛ばされる」ことが目的であるといったほうが、より適切かもしれない。のちほどまた見るように、『荘子』のいいまわしは、現代にいたるまで、空を飛ぶことの形容として愛用されている文言である。

ベルトルト・ラウファーは、その『飛行の古代史』のなかに、浮遊する仙人を描いた一枚の山水画を掲げている〔図1－9〕。そこでは、ただ空中にボーッと立っているだけの男が、そのままふらふらと風に乗って移動しているだけである。着物の裾と長い髪は、肉体の進行方向とは逆にたなびき、当人は、前方さえ見ていない。こぶしを握った腕を前方に突き出して、なんらかの目的にむかって飛ぶ、正義の味方スーパーマンのような飛行とは、まったく相容れない飛翔の哲学が、そこには見いだされるようだ。

図1-9 空中を漂う仙人

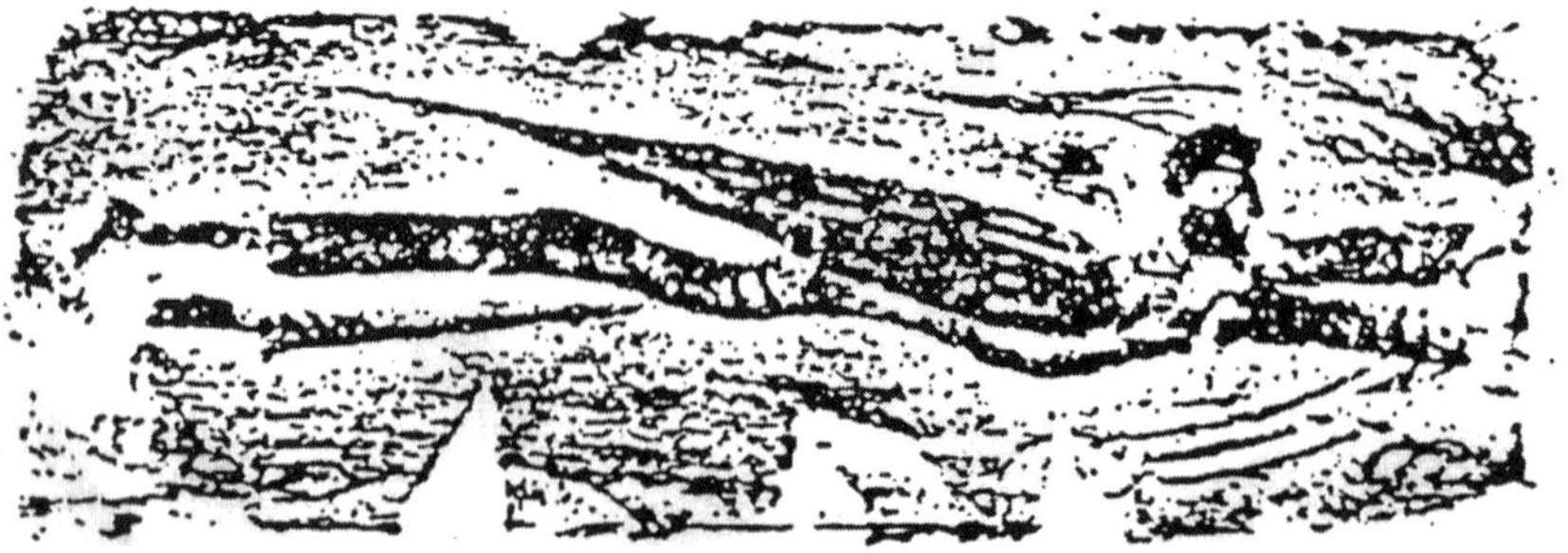

図1-10 スーパーマンタイプの仙人？ 河南新野張楼村画像磚

とはいえ、なにごとにも例外はあるもので、まさにスーパーマンのようなかっこうで飛んでいる仙人も、たまには発見されるのだが、きわめて珍しいものといわざるをえない[4]〔図1-10〕。

動物騎乗による飛翔

多くの仙人伝を読むと、かれらは、とりあえずの目標としては、飛翔することをめざしているもののようである。「仙人の飛翔」というのは、あるいは同義反復であるともいえそうだ。『列仙伝』（前漢末・劉向）や『神仙伝』（晋・葛洪）などの仙人伝を参考にして、具体的な仙人たちの飛翔の方法について整理してみよう。

澤田瑞穂氏は、多くの神仙譚を分析して、仙人の飛翔行為を、次の四種に分類している。[5]

（1）火を焚いて煙に乗る。
（2）風雨につれて山を上下する。
（3）魚龍や鳥に乗る。
（4）器物に乗っての飛翔。

煙に乗って飛翔するものには、寧封子《ねいふうし》、嘯父《しょうほ》（いずれも『列仙伝』）がいる。風雨につれて飛翔するものには、赤松子《せきしょうし》、赤将子輿《せきしょうしよ》、馬丹《ばたん》など（いずれも『列仙伝』）がいる。

神獣に騎乗することによって飛翔する人びとも多いが、その動物はさまざまである。これらは、ニコルソン女史のいう「鳥の威を借る」飛翔家たちに類するものであろう。

龍に乗るものに、馬師皇《ばしこう》、黄帝《こうてい》、騎龍鳴《きりゅうめい》、陶安公《とうあんこう》、呼子先《こしせん》（以上『列仙伝』）、葛越《かつえつ》、平仲節《へいちゅうせつ》（以上『神仙伝』）。

鶴に乗るものに、王子喬《おうしきょう》（『列仙伝』）〔図1-11〕。鳳凰に乗るものに、蕭史《しょうし》（『列仙伝』）などがいる。これらはそれじしん飛行能力をもつ動物たちだが、ほかにも、子英《しえい》のように、いかにも飛びそうにない動物である赤鯉に乗るものもいる（『列仙伝』）〔図1-12〕。

薬物服用による飛翔

仙人の飛翔の手段として、われわれ現代人にはあまり真似ができないのが、「薬物による飛翔」である。大形徹氏によれば、『列仙伝』は、これに収められた七〇の話柄のうち、四三に薬物の使用がうかがえるというから、まさに薬物昇天譚の集大成であるといえるだろう。また、ここで用いられている五〇種類の薬物のうち、三三が『神農本草経』という本草学書に見えているという。*6

その『神農本草経』に見える飛翔に適した薬物を挙げてみると、「大一《たいいつ》禹余糧《うよりょう》」なるものは「身を軽くして飛行すること千里、神仙となる」とあり、「松脂《しょうし》」は「長く服用すれば、身を軽くし、老いず、年を伸ばすことができる」とある。このほか、牡桂《ぼけい》、菌桂《きんけい》、芝《し》などにも、「身を軽くする」という効能が見える。これらの特殊な薬物に多く見られる表現は、「飢え渇かない」「寒暑に耐える」「身が軽くなる」「千里を飛行する」「水の上を歩く」などであり、常人にはできない行動の代表として、飛翔が強調されているようだ。

おびただしい仙人伝のなかには、薬物によって飛んだらしいものたちの伝がいくつか見えるが、『列仙伝』に

図 1-11 王子喬

図 1-12 子英

見える「主柱」という人物の伝には、次のようにある。

主柱は、どこの人であったかわからない。道士とともに、宕山《とうざん》に登ったとき、「この山には丹砂があり、何万斤でも手に入る」といった。宕山の代官がこれを知り、山に登り、これを封鎖してしまった。すると、丹砂が燃え上がる火のように流れ出したので、ついに主柱には、採取してもよろしいとの許可を出した。代官の章氏は、丹砂の服用法を三年のあいだ学び、飛雪という極上の丹砂を手に入れ、これを五年のあいだ服用して、空を飛ぶことができるようになった。そしてついに、主柱とともに飛び去ってしまった（巻下「主柱」）。

主柱のケースは、ほんとうに空を飛んだらしいことが明記されているわけだが、そのへんがはっきりしないものもある。

『列仙伝』には、馬に蹴られて足を折ってしまった山図なる男が、ある道士から薬の調合法を伝授され、それを一年にわたって飲みつづけたところ、「食べ物も摂取する必要がなくなり、病も癒《い》えて、身も軽やかになった」とある（巻下「山図」）。また、同じく『列仙伝』によれば、もともと秦始皇帝の宮女であった毛女《もうじょ》は、秦の滅亡ののち、山に入って難を逃れていたところ、谷春なる道士に出会い、松葉を食うことを教えられた。すると、飢えることも凍《こご》えることもなくなり、身は飛ぶがごとく軽くなったという（巻下「毛女」）。これらのケースは、アンチエイジングに薬効のあったことを、飛ぶように身が軽くなったと形容しているのであろうか。

このほか、巫炎《ふえん》（子都）なる人物は、水銀を服用して「白日昇天」したというが（『神仙伝』巻五「巫炎」）、「丹薬をつくって昇天した」といった描写は、仙人譚の最後を飾る一句として、好んで用いられている。実際のところは、水銀による中毒死なのかもしれないが、別の時空で生きつづけたとして締めるのが、仙人伝のマナーであるといえるだろう。

図 1-13 劉安

薬物による昇天でもっとも有名なのは、淮南王《わいなんおう》劉安《りゅうあん》であろうか。劉安は、みずから昇天するに臨んで、残った丹薬の入った容器を、屋敷の庭にほったらかしにしていった。すると、そこいらにいた鶏や犬が、これを舐め、かれらもみな一緒に昇天してしまったという（『神仙伝』巻四「劉安」）〔図1－13〕。もっとも、さきほどの王充にいわせるならば、これもまた〈虚語〉であるということになろうか。

劉安のエピソードから、「ひとりが道を得れば、鶏や犬までも天に昇る」（一人得道、鶏犬昇天）ということばが生まれた。現代的な用例としては、身内のひとりが出世すると、まわりの家族や親戚れんじゅうも、そのおこぼれにあずかって、ぞろぞろ羽振りが良くなることをいう。ちなみに、劉安は豆腐の発明者であるとの伝承があり、豆腐屋では、商売の神様として信奉されていた。『神農本草経』には、「飛丹」と命名される、まさに飛翔のための薬物がリストアップされている。これは、飛行するための水銀・鉛系の丸薬らしい。

道教茅山派の開祖であり、本草学、すなわち漢方医学の研究者でもあった六朝時代の陶弘景《とうこうけい》（四五六～五三六）は、飛丹をつくったと伝えられる。『南史』「隠逸伝下・陶弘景伝」によれば、陶は、煉丹の術を理論的には完成させていたものの、いかんせん、原材料にことかいていた。そこで皇帝は、かれに黄金、朱砂《しゅしゃ》、曽青《そうせい》、雄黄《ゆうおう》などを与えた。陶弘景は、それらを合成して「飛丹」と呼ばれる薬をつくった。霜か雪のように白く、服用すると身が軽くなるという。皇帝がこれを服用してみたところ、効果があったので、いよいよ陶を重用した。これとても、アンチエイジングに効果のある薬品であっただけなのかもしれないが、それを〈飛〉という文字で表現するという作法こそが、かれらの「飛翔文学」であるといえるかもしれない。

カスミ、苦いかしょっぱいか

薬物飛翔のはなしが出たついでに、仙人の食生活について考えてみよう。仙人であろうと凡人であろうと、人が生きていくために、もっとも重要ないとなみが喰うことであることは、否定できない。

仙人の食べ物といえば、よく耳にするのが、「カスミを喰う」というやつである。筆者も学生のころは、郷里の母から、「あんた、カスミ食べて生きているんじゃないの?」とよくいわれたものだ。概して、浮世離れしたような生活、経済観念もなく、それゆえ食事にも頓着せずにいる、清貧で質素倹約に心がける、そのような生活状態を指していうのではないかと思うが、あの薄墨色の雲カスミであるから、味も素っ気もないものの代表と考えられたのであろうか。「カスミ」には、ほんとうのところ、どのような栄養価があるのだろう? 食べて、美味《うま》いんであろうか?

これもまた、中国から伝わってきたことばである。たとえば古代の詩『楚辞』の「遠遊」には、仙人が摂取すべきものを挙げて、次のようにいっている。

六気を餐《くら》って、沆瀣《こうがい》を飲み、正陽に漱《すす》いで、朝霞《ちょうか》を含む。

「六気」とは宇宙に満ちている気のことで、「沆瀣」とは北方の夜の気のことらしい。最後の「朝霞」が、懸案の「カスミ」なのだが、これは、じつは日本語の「カスミ」にあらず、太陽がまさに出ようとするときに見える、赤黄色の気のことなのである。つまり、仙人は、真っ赤に燃える太陽エネルギーを摂取するわけであり、貧乏臭い、粗末な食生活の形容に用いられる「カスミ」とは、まったく異なるもの、むしろその対極にあるものだ。どうしてそんなことになったかというと、そもそも中国語の〈霞《シア》〉ということばの意味と、日本語の〈霞《かすみ》〉とが、異なるものを指すというところに由来する、いわば「誤訳」がもたらしたものであろう。

中国では、「餐霞《ツァンシア》」（霞を喰らう）や「飲霞《インシア》」（霞を飲む）のように、この〈霞《シア》〉なるエネルギーを食べたり飲んだりすることで、仙道修行のことをいう場合もある。

2　人生いろいろ　飛びかたいろいろ

モノに乗って飛ぶ人たち

飛翔機械に関心のある筆者としては、澤田瑞穂氏による分類の最後のもの「器物に乗る飛翔」について、いくつかのケースを見てみたいと思う。以下に羅列する道具類は、中国の飛翔文学においては、おのずと飛翔機械《フライング・マシン》テーマの先駆であるといえるだろう。*7

『神仙伝』には、このような飛行の器に乗って空中旅行を楽しんでいる超人たちがたくさん登場する。とりわけ「杖」は、飛翔の際によく使われる道具であった。

汝南《じょなん》の費長房《ひちょうぼう》は、ある日、壺公《ここう》という仙人の家に行き、仙道の教えを受けたが、巨大な蛆《うじ》が這いまわっている糞を喰えといわれて、これをためらったがために、仙人の道をあきらめざるをえなかった。だが、それでもいくばくかの不思議な力と長寿とをさずけられた。長房は、帰宅する際に、壺公から「竹の杖」を与えられて、「これに乗って帰るがよい」といわれた。かれはこれに跨って去った。ふと眠りから覚めたように気がつくと、すでに家に帰り着いていた。しかも一日のつもりが、すでに一年もたっていた（巻五「壺公」）。

会稽《かいけい》の人、介象《かいしょう》は、仙道を学んだ。火で鶏を焼いても焼けないようにしたとか、村じゅうの人家で飯が炊けないようにしたとか、鶏は鳴かせず、犬は吠えないようにしたとか、常人にはいろんな意味で理解しがたい、いやがらせとしか思えない術を駆使してみせたという。あるとき呉王が「蜀の国の生姜がほしい」といいだしたので、使いのものを「青竹の杖」にまたがらせ、呉の地から蜀の成都まで一瞬にして飛ばし、生姜を買いに行かせた。その際、使者には、飛行中は目をつむるようにといいつけている（巻九「介象」）。

そういえば、芥川龍之介の『杜子春』（一九二〇）で、杜子春に弟子入りをせがまれた仙人の鉄冠子が、かれをつれて蛾眉山に飛ぶときに用いられるのが、この青竹の杖であった。

> 鉄冠子はそこにあった青竹を一本拾い上げると、口の中に呪文を唱えながら、杜子春と一しょにその竹へ、馬にでも乗るように跨りました。すると不思議ではありませんか。竹杖は忽ち龍のように、勢よく大空へ舞い上って、晴れ渡った春の夕空を峨眉山の方角へ飛んで行きました。*8

いかにもありそうな仙人の術のようだが、芥川の『杜子春』が取材した、唐代伝奇の『杜子春伝』には、青竹の杖に乗って飛ぶシーンは存在しない。中国の仙人譚によくある場面から、これらに詳しい芥川が流用したものであろう。

杖に形が似ている道具だが、「掃箒《ほうき》」に乗って飛ぶケースもある。『広異記』に収める「戸部令史の妻」と題された奇譚は、次のようなものだ。

長安に住む戸部令史の美人の妻が、〈魅《み》〉すなわち妖魔に取り憑かれた。令史が不在の夜に、馬に乗り、どこか遠方に行くらしかった。その女中もまた、掃箒《ほうき》に騎《の》ってそのあとにつき従うと、ゆらゆらと空中に昇り、飛んでいった。令史がいろいろ調べてみたところ、妻が飛んで行った先は、長安から千里以上も離れた四川の某地で、何組かの男女がつどって宴会に興じ、セックスにまでおよんでいたという。やがて妖魔の正体は蒼鶴なるものであったことが判明し、これが退治されると、妻の病もなおったという。

一読して、ヨーロッパの魔女を想起させるはなしだ。特に女中が掃箒《ほうき》に騎って飛ぶところなどは、魔女の飛行方法と同じ趣向である。この点は、たとえば現代の学者、銭鍾書によっても指摘されていた。また、宮野直也氏は、このストーリーに西洋のサバトのイメージとの類似がうかがえることを指摘し、これを「外来の説話の未熟な翻案ではないか」としている。[*9]

魔法の掃箒が空を飛んでいるならば、魔法のじゅうたんだって負けてはいない。

南宋の頃のはなし。妖民が現われ、左道をもって民衆を惑わしていた。そのボスの名は陳靖宝《ちんせいほう》といったが、官府《おかみ》はその首に賞金をかけていた。蔡五《さいご》という名の貧乏なきこりがいて、「おれに捕まえられたらいいんだけどなあ……」と思っていると、蔡五の前に、ひとりの白衣の男が現われた。男は、陳の居場所を知っているから、二人で捕まえようと提案すると、一枚の蓆《むしろ》を取り出し、この上に蔡五をすわらせると、一喝した。すると蓆は、蔡五を載せたまま飛びあがり、八〇〇里ほど飛んで、四川の益都府の役所の庭に着陸した。役人たちは陳が現われたと思って捕まえたが、よくよく調べたところ、別人であることがわかった。さては白衣の男こそが、陳靖宝そのひとであったのだろうか……。

これは、南宋は洪邁《こうまい》の『夷堅志《いけんし》』（支丁巻九）に見えるエピソードだが、そのころの妖術といえばマニ教であり、マニ教徒は「白衣白冠の徒」とも呼ばれていた。

空飛ぶ道具といっていいかどうか、こんなはなしもある。

哲学者はシェイプアップに没頭する

占い師の呼子先《こしせん》は、居酒屋のばあさんとともに、「茅狗《ぼうく》」に騎って、華陰の山（華山）に飛んだという。「茅狗」とは、仙人が茅でつくってくれた狗《いぬ》のことだ。もっとも、その正体は龍であったとか（『列仙伝』巻下「呼子先」）。

漢代の図像群には、たしかに王充が指摘したような仙人たちが描かれていた。雲間から顔をのぞかせる仙人、六博に興じる仙人、ひとりで勝手に飛んでいる仙人などなど。これらの図像を見ると、仙人と呼ばれるものには、背中や腰などから翼が生えているし、体毛も長いようである。「羽人」が仙人の別称であることも思い出そう。また、同じ画像石上に表現されている地上の人間どもとくらべて、仙人たちが、異常に痩せていることにも気がつく。地上の人間と、「仙人」——飛翔する人間——とは、図像的にまったく異なった体型として、厳密に描き分けがなされているのである。

仙人が痩身なのは、よくわかる。軽やかに天空を飛翔しなければならない仙人が、鈍重であってはこまるからだ。力学的にもこまるであろうが、なによりも見た目がまずい。「軽挙」にはふさわしくないのである。

一九六四年の春、東京大学の某総長が、卒業式において、「肥《ふと》ったブタになるよりは痩せたソクラテスになれ」との「名言」を、ジョン・スチュアート・ミルの著作『功利主義論』からの引用として訓示したとされた。このことばはマスコミを通じてひろまってしまい、日本全国津々浦々、おそらく田舎の校長先生なども、さぞや愛用されたと思うのだが、実際には、ミルはそうはいっていないし、某総長もじつは口にしていない由。[*10] とはいえ、このことばが人口に膾炙《かいしゃ》したということは、それを耳にしたものの心に、なにかしらピンと来たからであって、それなりに「なるほど、うまいことをいう」と、納得させられるものがあったからであろう。

ヨハネス・ケプラーは、そのSF小説風科学論文『夢《ソムニウム》』（一六三四）において、月をレヴァニアと呼び、そこまで人を運んでくれる精霊の意見を紹介している。

五万ドイツマイルかなたの空中に、レヴァニアの島がぽっかり浮かんでいる。ここからそこへの道、あるいはそこからこの地上への道はめったに開くことがない。だが道が通じた時には、われわれは精霊の仲間であればいともたやすく行き来ができる。ところが人間どもを運ぶとなるとこれは大仕事だ。生命の危険をはらむといっていい。
だがどうしても道づれにというのなら、まず無気力な人間とか、デブとか、めめしい奴ははじめからお断りだ。反対に、いつも馬術の訓練に余念なく、航海するなら遠くインド諸島にまで出かけるといったぐあいに体を鍛え、しかも堅パンやらニンニクやら干魚など、うまくもない食物で命をつなぐのをつねにした、たくましい面々を選ぶのだ。[*11]

ケプラーから四半世紀ののちに書かれた、シラノ・ド・ベルジュラックの『日月両世界旅行記』(一六五九)の主人公たる宇宙の旅人となると、太陽の国での思索によって、身の軽さと想像力の正比例について、次のように悟るのであった。

そのとき私には、ようやくわかりはじめたのだ。これら太陽の民は、その地の風土ゆえにわれわれ人間よりもいっそう強烈な想像力をもっており、その身体も、やはり同じ理由からいっそう軽く、またそれぞれの個人もいっそう機敏に動くので、ここでは想像力がいま話したような奇跡をおこなっても、そんなものはすべて奇跡でもなんでもないのだ。[*12]

現代社会においては、飛翔をふくむ想像に思索をめぐらしてばかりいる人間は、むしろ運動不足によって、痩身であることは望めないのかもしれない。だが、かつての思索者たちは、あくまでも重力からの脱却というものを、きわめて重要な課題として認識していたのであろう。中国の「軽挙」への志向は、「重い奴は飛べない」という、ヨーロッパの宇宙旅行文学が抱いていたひとつの統一見解との合致を見せているといえる。

俗にまみれた仙人たち

王充のいうような怪物的な仙人イメージは、後世にいたって次第に払拭されていき、だれもが修行のすえに到達しうるような、少なくとも外見的には人間っぽい仙人が一般化していく。そのもっともポピュラーな形象が「八仙」と呼ばれる人びとである。

絵画に描かれた「八仙」を見てみよう。八人の仙人に含まれるメンバーについてはヴァリエーションがあるが、鉄拐李《てっかいり》、鍾離権《しょうりけん》（漢鍾離）、張果老《ちょうかろう》、呂洞賓《りょどうひん》、藍采和《らんさいわ》、韓湘子《かんしょうし》、何仙姑《かせんこ》、曹国舅《そうこくきゅう》は、その代表的な組み合わせである。

井波律子《いなみりつこ》氏は、「中国的空飛ぶ術」において、次のようにいう。

> 魏・晋の神仙思想家たちが自発的な決意のもとに、文字どおり全身全霊をあげて仙人たらんと志したのに比して、唐代伝奇以降の文学作品に頻出する仙人候補者たちは、まったく無自覚で受け身の他力本願的な存在にすぎない。仙人像のこうした変遷は、明らかに思想としての道家的神仙思想の頽廃、俗化を示すものである。思想としての意味を失い、文学的意匠と化した神仙のモチーフは、元曲《げんきょく》のジャンルでは一段と俗化の度合いを強める。*13

そのような元曲（元の時代の演劇）の好例として、氏が挙げるのが、「エンターテインメントとしては申し分のない傑作」という『鉄拐李』（岳百川作）だ。

八仙のひとりである鉄拐李、もしくは李鉄拐は、幽体離脱をしていたときに、師匠が死んでしまったと思い込んだ弟子によって、その肉体が焼却されてしまう。やむなくかれは、野垂れ死にしていた足の悪い物乞いの肉体に、魂を入り込ませたのであった〔図1-14〕。なんらかの肉体的欠損をもった超人というものは、民衆の人気

図1-14　李鉄枴

図1-15　鍾離権

を獲得する。元曲の上演そのものは、いまでは見ることはかなわないが、古代の演劇の流れを汲んでいる京劇などでも、足の不自由な鉄拐李は、片足を引きずりながらも杖をたくみに振りまわし、涼しい顔で敵とのバトルを繰りひろげるのだ。観客は、そのカッコ良さに拍手喝采とあいなるわけだが、まあ、日本では上演できないかもしれない。

　鍾離権は、おなかの出た巨漢である〔図1-15〕。唯一おじいさんの姿をしているのは、張果老だ〔図1-16〕。

　八仙のリーダーである呂洞賓（号は純陽）は、なかなかの美男子で、剣をせおっている〔図1-17〕。鍾離権は、その師匠である。呂は仙人界を統べるトップでもあり、偉い人といえば偉い人なのだが、下界で見初めた美女に手を出そうとするというようなエピソードも伝えられている。これは、さまざまなヴァリエーションを含みな

図 1-16 張果老

図 1-17 呂洞賓

がら、明清時期の演劇や小説に書かれるようになった。

そのひとつによれば、ある日のこと、宴会の帰り、空を飛んでいた呂洞賓が、ふと下界を見やると、一人の美しいお嬢さんが歩いているのが目に入った。ムラムラときた呂洞賓、我慢できずに降りてくると、術を使って彼女のハートをつかんだあげく、夜な夜なやってくるようになった。お嬢さんは、日に日にやつれ、しかも腹がふくらんできた。呂洞賓はやがて高僧によって退治され、ちょっとは反省するのだが、民衆にとって、この勝手気ままないたずらものは、大の人気者でもあるのである。

明の万暦年間、一五九八年に刊行された長編小説『三宝《さんぽう》太監《たいかん》西洋記《せいようき》通俗演義《つうぞくえんぎ》』(略して『西洋記』)は、中国の大航海時代を飾った鄭和艦隊の事績に取材しつつ、神仙妖魔入れ乱れる荒唐無稽な物語に仕立てあげた作品だが、神仙の学に詳しかったであろう作者の羅懋登《らぼうとう》は、ただいまの呂洞賓のエピソードを作中で紹介し、次のようにいっている。

……そもそも呂純陽のことを、世間では、飲ん兵衛で、スケベで、金の亡者で、怒りんぼうだ、などといっておりますが、実のところ、それらはまったくのウソいつわりなのです。このときも、別に女色を求めていたわけではありません。実は「陰を採り陽を補う」という術をおこなっていたのでした。*14

呂洞賓は、道教的な修行に熱心なあまりに、このような仕儀におよんだのだというのである。どうしてそこまで弁護するのだろうと首をかしげざるをえないが、わるさをしても憎まれない、かれの人気のほどを物語っているのだろう。

古代の仙人は怪物的ではあったが、それは、仙人を語る人びとにとって、遠い外部のものであったからなのかもしれない。近世になって、呂洞賓のような、人間のような外見をもち、じつは、やることなすこと人間よりも人間的な、ある種「自由人」としての世俗的仙人が描かれるようになったのも、かれらが人間世界での「物語」として語られるようになったことに起因するのだろう。世俗的な人間たちのあいだで駆動する物語においては、超自然的な存在でさえも、なるべく人間に近しい姿に変じ、人間のようにふるまわなければならないという方向性を、中国の物語はもっているかのようだ。

あの杜子春に人生を説く、老成した仙人のイメージは、仙人という別名をもつ「飛翔人」が、重力に支配される地上の原理のなかで演じている、かりそめの姿なのであろう。なにしろ、ひょろひょろした体で落ち着きもなく飛びまわっていては、哲学者としての、それこそ「重み」に欠くではないか。そんな吹けば飛ぶようなやつの説教など、だれも耳をかたむけようとはしないだろう。地上人に道理を説く場合には、かれらは「老人」の姿をとるのである。仙人とは、飛翔という願望のために、みずからの肉体をあえて奇形化させた人びとのことであっ

図1-18 明・仇英「群仙会祝図」部分

たともいえようか。

ずっとくだって、『西遊記』のような、通俗化した仙人たちが活躍する物語では、孫悟空や猪八戒はじめ、神仙も妖魔たちも、さながら生活必需品としての自家用車のように、雲に乗って飛ぶのがあたりまえになった〔図1-18〕。『西遊記』の研究は、そのまま中国飛翔文学の研究であるといっても過言ではないだろう。「飛ぶのがあたりまえ」と書いたが、そんなだれしもがイメージする孫悟空像は、しかしはじめからそうだったわけではないようだ。中野美代子氏によれば、中国には超能力をもったサルのはなしは多いものの、空を飛ぶサルは、南宋末に刊行された『西遊記』の前身『大唐三蔵取経詞話』に登場する、これまた孫悟空の前身「猴行者」に始まるという。孫悟空の飛翔能力には、インドの『ラーマーヤナ』で活躍するハヌマーンとの関連があると思われるが、その経緯については、氏の著作に就かれたい。[*15]

また、過剰なまでの幸福イメージを背負い、

図 1-19 木版画「麒麟送貴子・天仙掛紅絨」

図 1-20 木版画「万福攸同」

雲に乗って飛来する、めでたさいっぱいの童子たちは、ただいまでも親しまれている吉祥画の主要なテーマである〔図1‐19〕。

どちらかというと神仙に近い存在である子どもたちが、巨大なコウモリに乗ったり、あるいはコウモリを手に握っているという吉祥画もある〔図1‐20〕。この絵に添えられたタイトル《万福攸同《ばんぷくゆうどう》》は、『詩経』「小雅・蓼《りく》蕭《しょう》」にあることばで、「よろずの幸福が集まるところ」といった意味だ。コウモリ（蝙蝠）は「福」と通じるために、中国ではきわめておめでたい動物とされ、それゆえに吉祥画に描きこまれる重要なモチーフとなっている。

天界飛翔を真に受けて

道士がおこなう、あれこれのパフォーマンスを、台湾での調査をもとに紹介した著作に、著者である浅野春二氏は『飛翔天界』というタイトルを与えた。氏は、その理由を、こう書いておられる。

> 道士は、道教の儀礼などを行って道教の教えを実践する聖職者である。その道士とかれらが行う道教儀礼を扱う本書を「飛翔天界」と名づけたのは、この「天界に飛翔する」ことが、道教儀礼を構成する重要なモチーフとなっているからである。言葉としては、道教儀礼に関する文献の中にあった「飛歩九霄」によっている。「飛歩」は太空を飛行する秘術のことであり、「九霄」は九つの層から成る天界のことである。つまり「飛歩九霄」とは九つの層から成る天界に飛んでいくことをいっている。（中略）道士はシャーマンのように特殊な心理状態でこれを行っているのではなく、決められた手順にしたがって儀礼的な手続きを進め、冥想の中で天界へ赴くさまを思い浮かべることでこれを行っている。*16

仙人たちが実際に飛翔をしたとの記録は、かかる道教儀礼としての「飛翔天界」を、かれらなりのことばで説いただけだったのかもしれない。したがって「むかしの仙人たちはほんとうに空を飛んでいたんだ!」と真に受けるのは、それらテクスト群の解釈としては、逸脱した作法に係るものなのかもしれない。しかしながらいっぽうで、テクストの書き手たちが、読み手どもを、飛翔というヴィジョンに誘おうとしているのもまた、真実ではないのだろうか。そうした文字の山こそが、この文化の「飛翔文学」にほかならないのだとしたら、ぼくらは嬉々としてこれを真に受けようではないか。

3　近代を飛んだ仙人

空飛ぶ世捨て人

古代の神話から、現代の世間ばなしまで、中国の、特に荒唐無稽とされるような話柄は、しばしば、否定しがたいリアリティをともなって迫ってくることがある。仙人と呼ばずとも、人間がそのままで飛行するなどというはなしは、さすがに「ほんとうのはなし」であるとは取りにくい。だがそんなことも、「もしかしたら、あったのかもしれない……?」と不安にさせてくれるのが、中国人によって語られる奇譚なのである。

漢の文帝が、老子『道徳経』の研究者である河上公《かじょうこう》に、疑義を解いてもらおうと使者を派遣したところ、河上公は「質問があるなら直接こっちにこい」と伝えた。それを聞いた文帝が、「おまえは朕《ちん》の臣民の分際でありながら、なんたる高慢な態度だ!」と腹を立てると、河上公は文帝を前にして、手を叩いて坐したまま跳躍し、徐々に虚空に昇っていった。地上から数丈のところでとどまると、地上でかれをあおぎ見る皇帝を見おろして、「それがしは、上は天に着かず、下は地に着かず、中はまた人に煩わされない。どうしてあなたの臣民なものか?」といったという(『神仙伝』巻三「河上公」)。

空中浮遊は仙人の十八番《おはこ》ではあるが、古代のはなしかと思いきや、わりと最近になっても、そんなことのできる人が、まだいたらしい。次に紹介するのは、一九世紀末、清朝末期の画報に、イラストレーションを伴って紹介された、ある不思議なエピソードである。*17

その人の名は、王仙槎《おうせんさ》。北京の北郊にあたる昌平《しょうへい》州の人。歳は四〇ほど。背は高く、仙人の風格を備えた人であった。

ある旅のものが、北京の妓楼で、たまたまこの人と知りあった。かれはいうのだ。「わたしは〈御風の術〉を善くします。そびえる城壁も飛び越えて、一時《いっとき》で二〇〇里あまりを飛行できます。むかし、南方の軍隊にいましてね。偵察の仕事をしていました。出世しようなんてこころざしもないので、むかしの友達をたずねて帝都に来たんですが、たまたま杜牧《とぼく》に倣って花柳の巷に遊びに来たわけです。こうしてあなたとお知り合いになれたのも、なにかのご縁でしょう。わたしのつまらぬわざをご覧になりますか?」

旅人はいった。「はい、ぜひとも!」

王さんは妓楼から外に出ると、口のなかでなにやらムニャムニャと呪文を唱えはじめた。これと同時に、指で地面に護符の図形を描いた。その上につま先立ったかと思ったら、ゆらゆらと浮上をはじめたではないか。地面から二尺ほど離れたところで、大きく声を放つと、王さんは、一気に一丈の高さにまであがった。まさに列子が風に乗り、瞬息のうちに千里をも飛ぼうという勢いであった。

旅のものが、驚きのあまり茫然となっていると、はやくも王さんは、まわりながら降りてきて、着地していった。

「さらに高く昇ったら、みなさんには見えなくなりましょう」

旅人が、どのような術によって、このようなことができるのかとたずねると、王さんは笑ってなにもいわない。さらに問い詰めると、こう答えた。

図 1-21「翔歩太虚」（清末『飛影閣画報』・呉友如）

「これはつまらぬわざですが、それでも一年以上の練習をしなければ飛ぶことはできません」

もうかなり遅い時間になっていた。王はあくびをして、就寝することを求めた。旅人もまた、おやすみといった。

夜が明けてから、旅人は王さんの部屋のドアをたたいたが、かれはもう出払った後で、いずこに行ったものか、知るよしもなかった〔図1-21〕。

王仙槎。その名はすでに、かれが「空飛ぶ人」であることを語っている。そのことは、この本を、もう少し先まで読んでいただければ解き明かされるであろうけれど、「仙槎」――「仙人のいかだ」もしくは「仙界のいかだ」というのは、宇宙を飛ぶ船の美称にほかならないのである。「スターシップの王《ワン》さん」というわけだ。

この、おんとし四〇ばかりのおじさんは、

いかなる飛翔機械に乗り込むわけでもなく、時速五〇キロで飛行できるのだそうだ。かれはまず、口のなかで、ムニャムニャと呪文を唱えながら、指で地面に護符を書きつける。かれがその上に立つと、その体はゆっくり上昇する。王おじさんは、かつて軍隊に籍を置き、おそらくはその飛翔能力を生かして、敵情を偵察する任務に当たっていたのだ。清末当時は、気球が戦陣の偵察に有効であるというような内容の記事が、新聞雑誌などに好んで書かれていた。いまなら新興宗教の教祖様にでもなれようという能力のもち主だったわけだが、王おじさんには、そんな世俗的な野望も煩悩もなく、軍人として出世しようなどという欲もないので、軍隊をやめたのだという。

清末の画報は、おそらくは「旅の人」から得たこのニュースを、「翔歩太虚」(太《おお》いなる虚《そら》を翔《と》び歩く)と題し、イラストレーションを付して刊行した。こういうはなしは、きちんと真に受けなければならないのである。中国人は、芸術的ともいえるホラ吹きだけれど、けっしてウソつきではないと、ぼくは思っている。王おじさんのような「飛ぶ人」は、実際にいたのだろうなあ。ちゃんと目撃者がいて、こうして当時のかわら版にも描かれているのだから。清国の軍隊は、実際にこんな空中浮遊者を使って、敵情視察をしていたのだろうなあ。もしかしたら現在の人民解放軍にも、こんな特殊部隊が存在しているのかもしれない……。

虚《からっぽ》をふみ歩く

中国の宇宙旅行文学や空中歩行術などにも言及した、エドワード・H・シェーファーの著書に『歩虚―唐代の星へのアプローチ―』(一九七七)があるが、「虚をふみ歩く(歩虚、履虚)」という語は、神仙たちがおこなう空中歩行術のことをいう。*18 ただいまの記事のタイトルにある「翔歩太虚」は、これをふまえているわけだ。また、文字テクストを綴った記者は、おじさんの飛翔を、「列子が風に乗る」ようであったと、見てきたように書いているが、『荘子』の「逍遥遊篇」に由来するこのことばは、近代のニュース報道などにおいては、気球や飛行船の飛行、あるいはなんらかの飛翔機械の発明を伝える記事に、好んで引用される常套句のひとつであり、現在でも「空を飛ぶこと」を形容する際に、頻繁に用いられている。

王仙槎のおじさんは、みずから「御風の術を善くする」と語っていたという。かれは、列子を祖とする「風に乗る術」の伝承者のひとりなのだろう。いかなる飛行動物や飛翔機械にもたよることなく、また、なんらかの目的をもつわけでもなく、東風が吹けば、西へ、また西風が吹けば東へと、「木の葉かもみ殻」のように飛ぶ、いや、むしろ吹き飛ばされるのだ。

このあたりの老荘的なカラッポ性、むしろカラッポそのものを、空を飛ぶエネルギーに転換しようという飛翔力学の思想こそは、数千年にわたる中華風飛翔計画の、ひとつの学派と見なしてよいのかもしれない。推察するに、王仙槎のおじさんは、偵察などという、つまらぬ「目的」を強いられる飛翔をしているうちに、いつのまにやら列子の境地に達してしまったのである。それこそが、かれが軍隊をやめた理由なのであろう。王仙槎さんは、その後どこに行ったのだろう?「之《ゆ》くところを知らず」――画報の記者は、古来の神仙譚に見える締めくくりのことばを、きちんと踏まえ、これを用いているのである。

「飛びたい!」という中国人の願望は、尽きることを知らないようだ。この先もまた、「仙人」じみた人びとには登場いただかざるをえないのだが、かれらを「仙人」と呼ぶことは、中国の飛翔譚に余計な枠組みを設け、かれらをそこに押し込めることになってしまうかもしれない。つまるところ「仙人」もまた、さまざまな「飛びたい人びと」のなかに見いだされる、ひとつの「人生の選択」、いな、「飛びかたの選択」にすぎないということなのである。

第二夜

よりよく落ちるための想像力

1　古代のパラシュート奇譚

勇気ある挑戦

イタリア、シエナ画派による一五世紀ころのスケッチ二枚がある。一枚めでは、男が、長い布をしばりつけた棒を両手に握っている〔図2-1〕。二本の棒からは、それぞれ二本のロープが伸び、男の腰に巻かれたベルトに結びつけられている。男がたとえその棒を手放したとしても、それは体から離れることはないだろう。この絵こそは、よりよい墜落を――すなわち緩慢なる下降を――こころみた実験を描いたものなのだという。男はおそらく、鳥のようになりたかった。そこで、鳥の翼を模倣したものを両手にかまえることにより、高所から飛び降りることで、鳥のように飛翔ができるとはいかぬまでも、せめて滑空や緩慢な落下ができるであろうと考えたのだ。

だれもが想像するように、この男がスケッチどおりの実験をおこなったとしたら、飛び降りた場所の高さにもよるが、相応の大怪我をしたに相違ない。命を失う可能性だっておおいにあった。

最初の実験で、男が骨折程度の重傷を負ったと仮定しよう。それでもなお、かれは失敗を恐れない不屈の精神と勇敢さをもちあわせていた。病院のベッドで身動きが取れぬほど包帯で巻かれながらも、こうつぶやいたにち

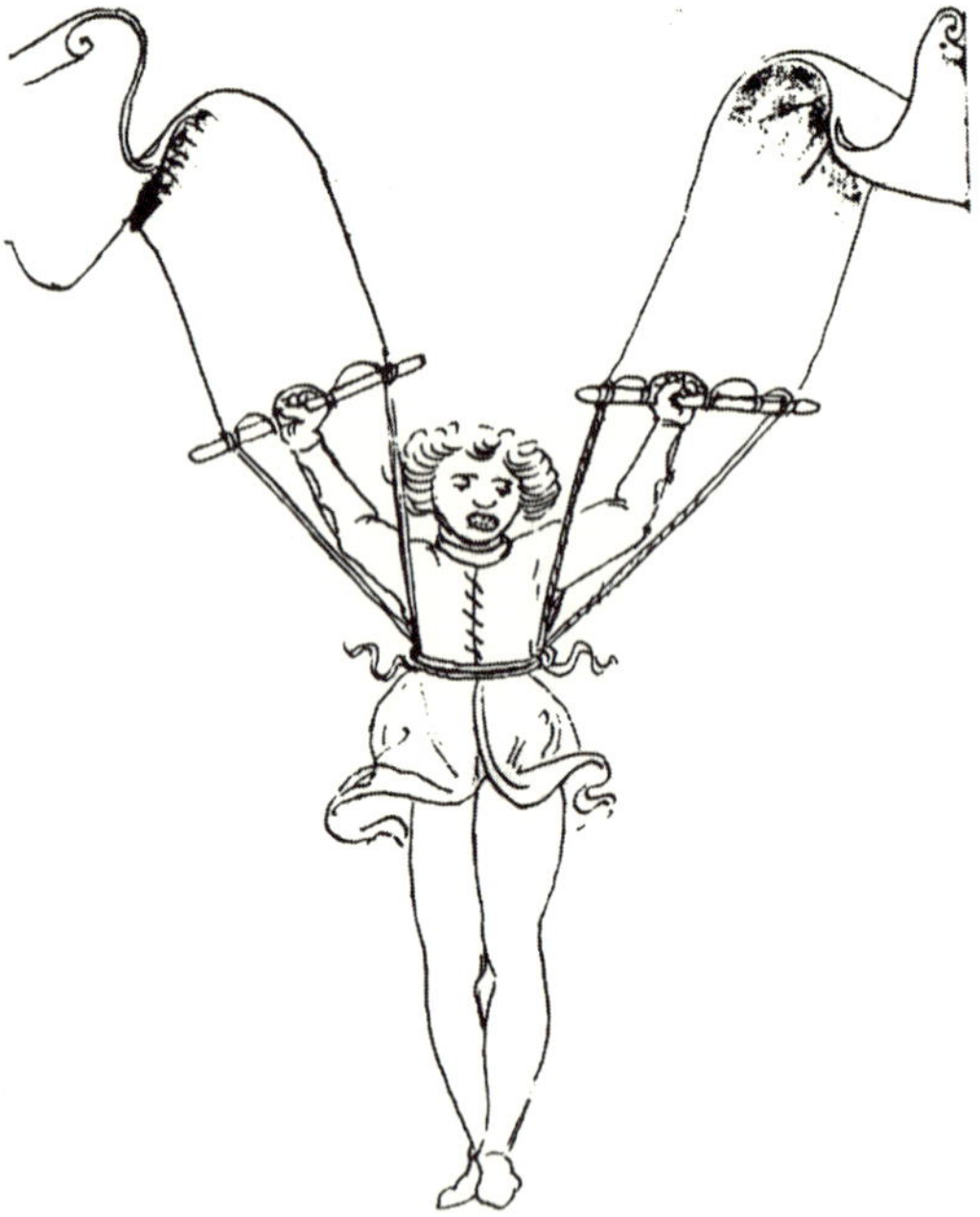

図 2-1　飛翔実験図？　その１　シエナ画派

図 2-2　飛翔実験図？　その２　シエナ画派

がいない。「よし、次はきっと成功させてやろう……」と。

やがて退院したかれは、前回の失敗の原因について熱心に研究した。そして、ただの一枚布を羽ばたかせたところで、空気に乗ることはできないのだということを発見した。風に飛ばされた帽子が、ゆらゆらと落下する様子を参考にしたのかもしれない。そうして二回めの実験の日がきた。それを描いたのが、二枚めのスケッチである〔図２－２〕。

一枚めの絵に描かれた男の口元に注目してほしい。かれは、なにかをくわえているのだが、そこには斑点状のものが描き込まれている。これは、海綿——スポンジを表現しているらしいのだが、なぜ海綿を口にくわえているかについては、二つの説が提示されている。

クライヴ・ハート『飛行の前史』によれば、当時、高山を歩くときには、希薄な空気に対処するために、水で湿らせた海綿を口に含んで歩くのが有効であると考えられていたという。したがってこれもまた、高空の希薄な空気に対する処置ではないかというのだ。運よく飛翔できて、それが高所にまで達した場合、かれは空気の薄いのに耐えなければならない。これは高空の飛翔を想定しているのであるから、なかなか楽観的な説明であるといえる。[*1]

これに対して、いまひとつの説は、いささか悲観的な説である。かれは、飛翔が完全な失敗に終わり、そのまま地面にたたきつけられる可能性を予感していたのだ。そうすると、いかに頑丈な男であっても、怪我はまぬかれえない。その際に、墜落のショックで舌を噛み切ってしまっては、あまりにも悲しい。海綿は、緩衝材としてくわえているのである、と。リン・ホワイトは、『テクノロジーとカルチャー』誌の表紙に二枚めの絵を載せて、そう解説している。[*2]

たんなる無謀な挑戦ではない。前回の轍《てつ》を踏まぬようにと、二枚の絵のあいだには、技術の進歩がうかがわれる。改良点は、布を傘のような形状にしたことである。また、例の海綿は、あいかわらず必需品と考えられたが、前回の実験の際には、落下によるあまりの恐怖から、かれは「ああ〜ッ！」と叫んでしまったのだ。大きく開いてしまったその口からは、海綿がすぽんと抜け落ちてしまった。そこで、ここにも改良を加えた。たとえどんなに叫んでも海綿が落ちない工夫を、である。すなわち、海綿もまたベルトによって頭部にしっかりと固定されたのであった。これならば、いくら大声で叫んで口をあけても、脱落することはないだろう。すばらしい工夫である。失敗は成功の母とは、まさにこのことだ。

その実験の結果がいかなるものであったか、だれにもわからない。この傘型装置の効果がてきめんで、第一回の実験のときよりは少ない日数の入院で済んだであろうことを希望するのみである。

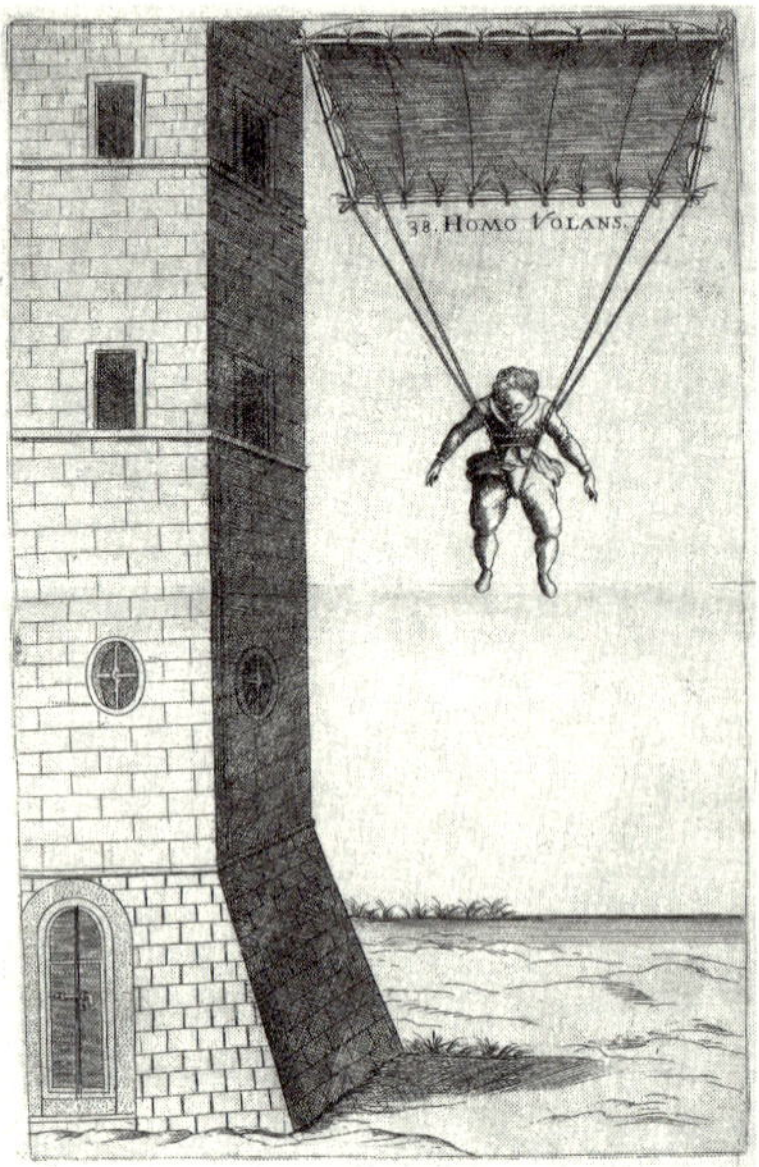

図2-4 ヴランチッチ『新しい機械《マキナエ・ノヴァエ》』(1615)の「Homo Volans」(飛ぶ人)

図2-3 ダ・ヴィンチによるパラシュートのアイデア

パラシューターたち

同じころ、天才レオナルド・ダ・ヴィンチは、パラシュートのアイデアを図に描いて残している（一四九五）。かれはいう。「もしも、ひろさ二ヤードの、まいはだを詰めたリンネでできたテントの屋根のようなものがあれば、いかなる高さからも、危険なしに降下することができるだろう」と（図2－3）。

シエナ派のパラシュートらしきスケッチの存在が報告されるまでは、ダ・ヴィンチによる図面が、パラシュートを描いた最初の図であると考えられていた。ダ・ヴィンチ本人か、あるいはかれの企画で、だれかが飛んだということは聞かないが、あるいは飛んで骨を折ったかもしれない無名の英雄たちの存在も、想像しておいてよいだろう。

クロアチア人のファウスト・ヴランチッチ（ラテン名、ファウストゥス・ヴェランティウス）は、一六一七年に、ヴェネツィアのサン・マルコの鐘楼からパラシュート降下の実験をこころみたとも伝えられるが、くわしいことはわからない。ヴランチッチの『新しい機械《マキナエ・ノヴァエ》』（一六一五）には、「Homo Volans」（飛ぶ人）というキャプションが付された、一五九五年ころに描かれたと思われる図版が掲載されていて、これは、印刷物に見えるものとしての最初のパラシュート図とされている〔図2-4〕。

一七八三年にはフランスのL・S・ルノルマンがこの装置による降下に成功し、「パラシュート」と名付けた。ルノルマンはこの発明のことを、熱気球の実験で知られるイギリスのモンゴルフィエ兄弟に報告した。一七七七年以降、ジャン゠ピエール・ブランシャールは、気球からの緊急脱出用としての軟式パラシュートを提唱し、動物実験もこころみている。

『パリの夜』を書いたレチフ・ド・ラ・ブルトンヌによって、このころ書かれたユートピア小説『南半球の発見――飛行人間またはフランスのダイダロスによる南半球の発見――きわめて哲学的な物語』（一七八一）では、物語の主人公は、パラシュート状の布を翼のようにひろげ、頭部には雨傘のようなものをのっけて、空中を自由自在に移動するのであった〔図2-5〕*3。

図2-5『南半球の発見』より「飛行人間」

本朝雨傘奇譚

わが国における、パラシュートとしての雨傘の活用については、江戸期の随筆『甲子《かっし》夜話《やわ》』に書かれている。明暦の大火（一六五七）で浅草御門が閉じられたとき、内部に閉じ込められた人びとは、傘売りを見つけるや、争って傘を買い求め、これをパラシュートにしながら、石垣から堀に飛び込んだとのこと

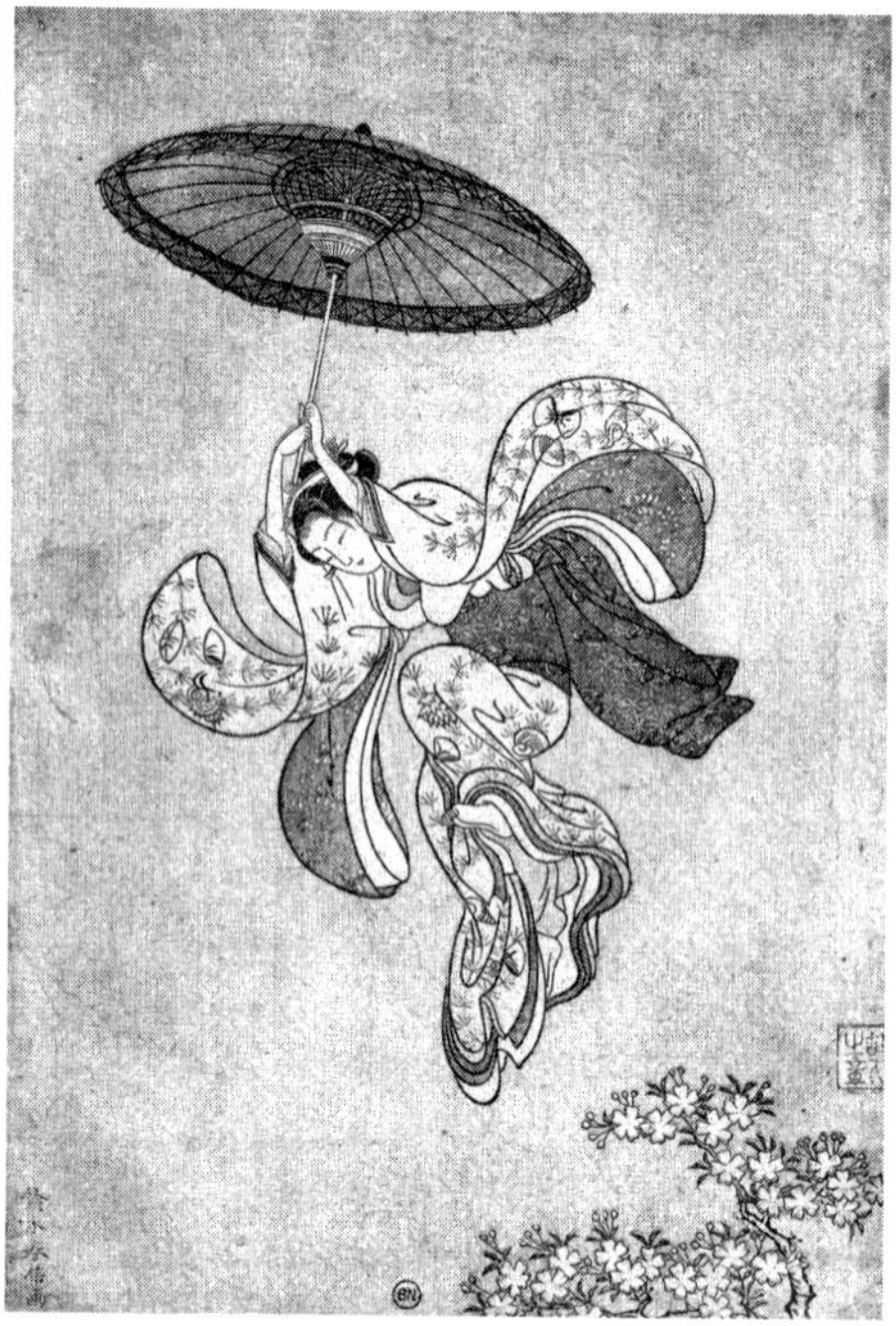

図2-6 鈴木春信《清水の舞台より飛ぶ美人》(1765)

だ。[*4] さらに、甲賀流第一四世の藤田正湖氏が語ったところによれば、忍者は、五〇尺（一五メートル）以上の高さから飛び降りるときには、風呂敷や羽織を口と両手でひろげて飛ぶのだという。[*5]

傘を手にした降下といえば、あまりにも有名な図像表現が、鈴木春信の絵暦《清水《きよみず》の舞台より飛ぶ美人》（一七六五）であろう〔図2-6〕。このテーマは、山東京伝はじめ、ほかの絵師たちによっても多く取り上げられ、歌舞伎の舞台にも移されていた。[*6] 傘による緩慢な降下というアイデアは、雨傘が風に飛ばされるという日常的な現象から、経験的に導き出されたものだったのだろう。

一七世紀末期、井原西鶴の『諸国ばなし』に収められた物語は、いずれを読んでも、異世界との交流をテーマとした話柄ばかりだが、その一篇「傘《からかさ》の御託宣」は、一陣の強風によって吹き飛ばされてしまった傘にまつわる、不思議な物語である。傘は、外界との接点をもたない隠れ里まで飛ばされて降着し、傘というものを知らない当地の住民たちによって神とあがめられ、その信仰力のせいで、傘そのものも霊力をもちはじめる。仏典の『百喩経』に由来し、中国明代の笑話集『笑府』にも「鏡を看る」と題して収められ、わが国にも伝わり、能、狂言を経て落語「松山鏡」にもなった、鏡を知らない国の話。あるいは、二〇世紀のメラネシアにおいて、飛行機で運ばれてくる積荷《カーゴ》を目にした現地人が、飛行機という西洋文明の利器を、豊饒をもたらす神としてあがめたという、カーゴ・カルトなどを連想させる奇譚である。*7

この章では、ハートのいう「下方への飛翔」にまつわる、ある中国の古い重要なケースについて考察していこう。

元祖パラシューターは舜?

三皇と称される古代の偉大な三人の為政者は、堯《ぎょう》、舜《しゅん》、禹《う》である。かれらは、血縁によらず、優れたものに天子の座を譲る「禅譲《ぜんじょう》」という方法によって、後継者を見いだしたとされる。天子の堯は、優れた後継者を探していたが、舜が推薦されると、二人の娘、娥皇《がこう》と女英《じょえい》をかれに嫁がせたことになっている。

伝説によれば、舜は、瞽叟《こそう》(その意味は「盲人のおやじ」)と呼ばれる父と、その妻のあいだに生まれた。やがて生みの母が亡くなると、瞽叟は後妻をめとり、やがて男子が生まれ、かれは象となづけられた。瞽叟は愚鈍な父親であった。後妻は象を愛し、舜を憎んだ。瞽叟はこれにくみし、後妻と瞽叟、そして象の三人は、ともに舜をなきものにしようと、あれこれ画策したものの、いずれも失敗に終わった。それでも舜は父母を恨むことなく、よく仕えた。

ベルトルト・ラウファーは、『飛行の古代史』(一九二八)第一章の冒頭で、舜を「真にはじめてパラシュート降下を成功させた人物でもある」と述べて、その事跡を紹介している。ラウファーのいう舜のエピソードとは、司馬遷の『史記』に見えるもので、おおよそ次のような物語だ。

> 即位する以前、舜は、まま母と弟たちから厭われる存在であった。まま母は、かれに倉の修理を命じて楼上に登らせ、下から火を放った。まま母の計画によれば、そのまま焼死するはずであった。だが、舜はふたつの「笠」をパラシュートにして楼上から飛び降り、怪我をすることもなく着地に成功した〔図2-7〕。

図 2-7 現代中国の啓蒙書に描かれた、舜のパラシュート降下想像図

ラウファーの著作は、のちの飛翔文学研究家マージョリー・ニコルソン女史によっても援用され、その名著『月世界への旅』（一九四八）では、唯一の中国のケースとして、舜の事績に言及する。さらに、中国科学史家のジョゼフ・ニーダムもまた、『中国の科学と文明』（一九六五）のなかで、舜の事跡を、ラウファーを踏襲する形で紹介している。[*8] それぞれ二〇年を隔てて書かれた飛翔譚研究だが、舜のパラシュート降下への言及は、忠実に継承されているといえるだろう。

この伝説そのものの真偽を問うことには、あまり意味がないが、その成り立ちについては、のちほど検討したいと思う。ここではとりあえず、時間軸を急いで下ろう。

怪盗とパラシュート

岳飛の孫にあたる岳珂《がくか》が書いた『桯史《ていし》』（宋、一二一四年）には、一一九二年の広東の描写がなされている。それによれば、広東にあったモスクのてっぺんには、金《きん》でこしらえた風見鶏の造形が設けられていたが、そのころ、ニワトリの足が一本なくなっていた。そのわけを人に訊ねたところ、むかし、ある泥棒に盗まれたのだという。そののち、市場でひとりのみすぼらしい男が金《きん》を売っているのが見つかり、不審だというので捕まえて尋問したところ、まさしくその犯人であった。どうやって盗んだのかとたずねると、かれは次のように供述した。

「アラビア人の屋敷は厳重なので、忍び込もうというものもいない。おれはその梁《はり》に忍び込んで、三日かかって塔まで登ったのだ。炒り麦を食糧として携え、塔のなかに隠れていた。昼間は身を隠し、夜になるとよじ登った。鉄のノコギリでそれを切り取り、ふところに隠した。重いので、たくさんはもてない。足一本で我慢したのさ」（巻一一「番禺海獠」）

さらに、あの塔のてっぺんから、どうやって降りたのかという質問に、かれはこう答えたというのだ。

「登るときに、柄の部分を取った雨傘を、ふたつもって行ったのさ。足が手に入ると、強風が吹くころあいを見計らって、これをひろげて翼にした。こうして地面に下り立った。ケガひとつしないでね」

アルセーヌ・ルパンもかくやとばかりのこの怪盗は、もしかしたら、舜の熱烈なるファンであったのかもしれない。かれの供述がほんとうだとすれば、舜がこころみたというパラシュート降下を、のちの盗賊がきちんと実用化したことになろう。本来は平和利用のための科学的発明も、実用に移される際には、おおむね殺人兵器として活用される。この教訓は、舜のパラシュートについても適用されるのであろうか。

広東のルパンが供述した雨傘の利用法は、そのすじの業界においては、ひろく愛用されていたのであろう。

シャムの中国人パラシューター

一七世紀の末期に、ルイ一四世の使節としてシャム（タイ：アユタヤ朝、ナライ王）を訪れていたシモン・ド・ラ・ルベール（Simon de la Loubère）は、中国人とシャム人の曲芸師によるパラシュート降下を目撃したとのことを、その『シャム王国の歴史物語』に書いている。

何年か前に死んだもののことだが、その人物は二本の傘《アンブレラ》で身体を支えただけで塔の上から飛び降りた。傘の柄は自分の帯にしっかりくくりつけられていた。*9

近代にいたって盛んにおこなわれる、気球からのパラシュート降下につながる曲芸の元祖ともいえるものである。この芸人は、広東の怪盗とはちがって、柄をつけたままで使用している。いずれにしても、「二本の傘」もしくは「二枚の笠」によってもたらされる空気抵抗を用いて、落下を緩慢なものにしようというこころみは、近世の中国人によって、ひろくおこなわれていたのであろう。想像をたくましくすれば、すでに触れたように、傘状のものによる降下の実験そのものは、それほど困難なことではないので、このような芸当は、いつのころからか、雑技としてさかんに実践されていたのかもしれない。

ちなみに、一八世紀にパラシュート降下の実験を繰り返していた、先述のルノルマンは、ダ・ヴィンチなどの影響下にこれを発明したのではなく、ルベールの『シャム王国の歴史物語』に想を得たということが、すでに証明されているという。*10

2 舜さま、危機一髪！

太古の殺人未遂事件

そろそろ舜のほうに話題を移すべきだろう。さきほど、舜については輝かしいパラシュート伝説が語られていることを確認したわけだが、以後、これに倍する量の野暮なコメントを加えることによって、舜の奇譚にまつわる飛翔文学の本質を、えぐり出してみたいというわけなのである。

いまいちど、ラウファーたちの説く物語をおさらいしておこう。舜は、まま母と父、そして弟から厭われていた。まま母は、かれを倉の上に登らせ、焼き殺そうとして火を放った。舜はふたつの「笠」をパラシュートのようにして倉の上から飛び降り、ことなきを得た、というものであった。ラウファーの説くところを、ここに引用しておこう。

中国の皇帝・舜は、紀元前第三の千年期に生きた人で、歴史に記録された最初の飛行者であるばかりでなく、真に初めてパラシュート降下――西洋文明の枠内では、最初の、およびそれにつづく一連の実験はずっと新しく、一七八三年になっておこなわれた――を成功させた人物でもある。

舜の人生は波乱と冒険に満ちていた。（中略）激しい迫害にもかかわらず、父と継母に対しては模範的で忠実な品行をつらぬいた。子としてふさわしい孝心ゆえに彼は、その名が中国の黄金時代を示唆する立派な皇帝・堯の注目を引いたのだった。堯には女英と娥皇という、才たけた二人の娘がおり、彼女たちが舜に《鳥のように空を飛ぶ術》を教えたのだった。権威ある古代の歴史書『竹書紀年《ちくしょきねん》』――竹簡に記された記録である――の注釈によると、舜は飛行者として実際に描かれている。そこにはこう書かれている。「舜の両親は彼をひどく嫌っていた。彼らは彼に穀倉の塗装をさせると、その基盤に火を放った。舜は鳥の作業衣を着ていたので、飛んで逃げることができた」。（中略）

しかしこれ以外にも話は伝わっている。正しく歴史の父と呼ばれる司馬遷は、以下のような伝承を書き残している。瞽叟は息子の舜に穀倉を作りその上へ登るよう命じてから、建物に火を放ったので、塔の天辺に立った舜は、大きな葦の帽子を二つ広げて、降下するのにパラシュートとして用いて、無傷で着地した。中国の葦の帽子は傘状で、円く、直径も大きい――シカゴ・フィールド博物館所蔵品の朝鮮製の同じ種類の葦の帽子は直径が六五センチメートルから九〇センチメートルある――という事実を考慮すれば、この技も不可能とは思えまい。パラシュートの使用については、中国は欧米よりも時代をかなり先んじていたのである。*11

三世紀、河南省にあった魏の襄王の墓が盗掘されたときに、多くの竹簡が出土した。そこには太古から魏の襄王の時代までの歴史が年代ごとに綴られていた。これが『竹書紀年』と呼ばれるものであるが、梁代の沈約《しんやく》（四四一〜五一三）は、これに注釈をほどこしている。ラウファーのいう『竹書紀年』の注とは、このことを指す。舜の危機脱出譚は、さらに古くは、『孟子』「万章章句上」に、次のようにある。

父母は舜に廩《くら》を修繕させると、はしごをはずし、瞽叟は廩に火を放った。井戸を浚《さら》わせると、舜が入るや、蓋《ふた》をしておおってしまった。

ここには、舜がいったいどのようにして脱出できたのかは明記されてはいないのだが、舜の危機が、「廩《くら》に上って火を放たれる」と「井戸を浚《さら》って埋められる」の、ふたつの凶行によることは確認しておこう。「廩に上って火を放たれる」エピソードが、舜がパラシュートを使用したことによって命びろいをしたはなしだとする第一のよりどころは、ラウファーもいうように、司馬遷（前一四五または一三五？〜前八七または八六？）が綴った『史記』の巻頭を飾る「五帝本紀」である。そのテクストもまた、「廩に上る」と「井戸を浚う」のふたつのエピソードが対《つい》をなして構成されている。

瞽叟は、なおまたかれを殺そうとして、舜を廩《くら》に上らせ、塗装をさせた。瞽叟は下から火を放って、廩を焼こうとした。舜はそこで、ふたつの笠によってみずから防ぎ守り、降りて脱出して死なずにすんだ。

そののち、瞽叟はまた、舜に井戸を掘らせた。舜は井戸を掘ったが、抜け穴を掘り、横から出られるようにしておいた。舜が深いところまで入っていくと、瞽叟と象は、一緒になって井戸に土を投じ、埋めてしまった。舜は抜け穴から脱出できた。瞽叟と象は、もう舜が死んだと思って、よろこんだ。

炎に包まれた倉の上から脱し、命びろいをしたというエピソードと、井戸の底から横穴を抜けて命びろいをしたエピソード。これらふたつの危機脱出譚が、きれいな対《つい》をなして語られていることには、重要な含みがあるのかもしれない。ふたつのエピソードは、人類の生活空間の上方と下方という、二種類の非日常空間を舞台にしているからである。

舜の危機脱出譚については、古来、さまざまな議論が展開されているが、土居淑子氏は、ミルチャ・エリアーデを援用しながら、火と水をくぐり抜ける行為は、舜が帝位に就くべく通過しなければならないイニシエーションにほかならないとする。この本では、その魅力的なテーマにはあえて深入りはせず、舜とパラシュートをめぐる話題に集中してはなしを進めよう。*12

その時、舜はなにをしたのか?

ラウファーたちから「パラシュート落下」と見なされている『史記』の文言は、「舜はそこで、ふたつの笠によってみずから防ぎ守り、降りて脱出して死なずにすんだ」(「舜、乃《すなわ》ち両笠《りょうりゅう》を以《もっ》て、自《みずか》ら扞《ふせ》ぎて下《くだ》り去《さ》り、死《し》せざるを得《え》たり」)と訳しておいたくだりである。この一文は、実際のところ、なにが起こったのか、いわんとするところがあいまいなテクストだなあと、ぼくは思う。こころみに、いま現在、わが国で通行している『史記』の翻訳から、主要なものを挙げて、見くらべてみよう。

「舜は笠を両手にもち、身を支えて軽くおりて死を免れた」（小竹文夫・小竹武夫訳[*13]）

「舜は両手に笠をもって鳥の翼のようにしてとびおり、死からまぬがれた」（野口定男訳[*14]）

「舜はそこで両手に笠をもって鳥の翼のようにして火を防いでとび降りて去ったので、死なな くてすんだ」（吉田賢抗訳[*15]）

小竹文夫・小竹武夫訳は、原文にほぼ忠実な訳であり、野口訳と吉田訳は、「鳥の翼のようにして」と、説明的な意訳がなされている。そのような意訳は、おそらく唐代の『史記』注釈家、司馬貞《しばてい》の『史記索隠』がこの部分について提示した、次のようなコメントに従ったものであろう。

笠を以《もっ》て、己《おのれ》の身を自《みずか》ら扞《ふせ》ぎ、鳥が翅《つばさ》を張るようにして軽々と下りたので、損傷をすることがなかった、ということをいっているのである。

『史記』の本文は、それじしん解釈の幅を大きく残すものであったが、司馬貞の理解は、笠を翼に模して、はばたいたというところだろうか。しかしながらこれは、パラシュートの原理とはいささか異なるもののようである。むしろ鳥の羽ばたきを模倣した行動ではないか。

問題は「防ぎ守る」のような意味をもつ〈扞〉の字だが、小林勝人は「舜はそこで〔持っていた〕両笠《ふたつのかさ》で〔火を〕扞《ふせ》〔捍〕ぎながら下り去り、死なずにすんだ」と解釈している。[*16]

ラウファーも一部を引用しているが、沈約による『竹書紀年』の注では、舜のエピソードについて、次のように説明する。

舜の父母は、舜を憎んだ。かれに廩《くら》の塗装をさせると、その下から火を放った。舜は〈鳥工の衣服〉を着て、飛び去った。

さらにまた、舜に井戸を浚わせると、その上から石を入れて埋めてしまった。舜は〈龍工の衣〉を着て、傍らから出た（巻二七「符瑞志上」）。

どうやら舜が高い建築物から飛び降りたということらしいのだが、ここでは〈鳥工の衣服〉なる新奇な小道具がひっぱり出されている。これは、鳥の文様をほどこした衣服、あるいは鳥と同様の機能、すなわち飛行能力を授けられた衣服、というように想像しておこうか。

前者の場合、呪術的な空気がより濃厚になるであろうし、後者の場合は、工学的なにおいがただよう。沈約が伝えている、舜の「危機脱出譚」は、実際のところ、司馬遷が伝えようとしたものとは、大きな隔たりがあるようだ。

大地を離れた空中においては、その世界の支配者である〈鳥〉の力をもった衣服を身に着けることによって、鳥のように飛翔する力を得たのであり、また地下世界にあっては〈龍〉の機能をもった衣服を身に着けたことによって、地底を自由に移動できる力を得たのであろう。ここまでくると、もはやパラシュートなどではない。

妻たちの飛行服

舜の伝説を伝える、もうひとつの重要な文献が、司馬遷より少しあとの劉向《りゅうきょう》（前七七〜前六）の撰とされる『列女伝』である。現行本の『列女伝』では、「母儀伝」に見えている「有虞二妃」と題された文がそれだ。ここでの主人公は、舜というよりは、むしろ舜の二人の妻、娥皇と女英であるといったほうがいいだろう。

瞽叟は象とともに、舜を殺そうと計画し、廩《くら》の塗装を指示した。舜は、帰宅してから二人のむすめに告げていった。

「父と母が、わたしに廩を塗るようにとのことだ。行こうと思うが」

二人のむすめはいった。

「行ってらっしゃいませ」

舜が廩の塗装をはじめると、瞽叟ははしごをはずして、廩に火を放った。舜は飛んで出た。

象はまた、父母と相談して、舜に井戸を浚《さら》うよう指示した。舜はそこで、二人のむすめに告げた。二人のむすめはいった。

「はい、行ってらっしゃいませ」

舜が行って井戸を浚いはじめると、出入り口が塞がれ、そこは土でおおわれた。舜は潜って出た。

こちらになると、舜はいかなる道具をも用いていない。「飛んで出た」や「潜って出た」という特殊な脱出行動をおこなうための、なんらの魔力をも、舜はもちあわせてはいないのだ。あるいは、なにも書かれてはいないというべきか。

そもそも、舜のことばに対する妻たちの返答は、あまりにそっけない。夫の命運に対してまったく無関心であるかのようだ。かれが不思議な脱出をうまく成しえたのは、二人の妻の超自然的な念力によるものなのかもしれないが、それについても、なにも書かれていない。まるでその部分が削除されたかのように。

このあとで、瞽叟は舜を酒に酔わせて、そのすきに殺そうとするのだが、二人の妻は、夫が酒に酔わないような処置をほどこして、その命を救うのであるから、倉と井戸のエピソードについても、なにか合理的な説明があってよさそうなものである。この『列女伝』には、別のテクストもあったらしい。司馬貞『史記索隠』は、『列女伝』からとして、妻たちが舜に「鳥工で廩《くら》に上らせた」「龍工で井《いど》に入らせた」というテクストを引用している。宋代の洪興祖《こうこうそ》『楚辞補注』巻三「天問」は、次のような異文を引用している。

『列女伝』には、次のようにある。

瞽叟は象とともに、舜を殺そうと計画し、廩《くら》の塗装をさせようとした。舜が二人のむすめに告げると、二人のむすめはいった。

「これはほかでもない、あなたを殺そうとしているのです。あなたを焼き殺そうとしているのです。あなたの服を脱ぎ、〈鳥工〉を着て行きなさりませ」

舜が廩を治しはじめると、瞽叟ははしごをはずして、廩に火を放った。舜は往きて飛んだ。

また、井戸を浚わせようとした。舜が二人のむすめに告げると、二人のむすめはいった。

「これもまたほかでもない、あなたを殺そうとしているのです。あなたを生き埋めにしようとしているのです。あなたの服を脱ぎ、〈龍工〉を着て行きなさりませ」

舜が行って井戸を浚いはじめると、出入り口が塞がれ、そこは土でおおわれた。舜は潜って出た。

同じ『列女伝』ながら、妻たちが〈鳥工〉や〈龍工〉と呼ばれる衣服、もしくは技能を提供するという話柄があったらしい。これらは、沈約が〈鳥工の衣服〉〈龍工の衣〉と伝えている魔法のスーツのことなのであろう。この話柄をめぐる錯綜したテクストを、時間軸に沿ってまとめてみたところで、あまり有意義な結論は出てきそうにない。現行本の『列女伝』は、たとえば、そのようなはなしを荒唐無稽であるとしたか、『列女伝』という書物の趣意にそぐわないとしたか、なんらかの判断によって取捨選択がなされたものかもしれない。*17

司馬遷の意図は？

舜を「危機一髪」から救ったのは、パラシュートなどというものではなく、もともとは、二人の賢妻がもたらしてくれた、魔法のスーツであったのではないか。それらは、鳥や龍の〈工〉、すなわち機能や働きをもったものであった。前者を着ることで、羽衣のごとく飛翔ができ、後者については、地底、すなわち水の世界に遊ぶ龍のように、地下世界を自由に移動することがかなうのである。

その、素朴なおとぎばなしを、「ありえないこと」と切り捨て、一種の聖人譚にリライトすることこそ、司馬遷の筆に込められた、ひそかなる意図だったのかもしれない。賢者である舜には、〈鳥工の衣〉や〈龍工の衣〉などという荒唐無稽な魔法のおもちゃは、すでに不要なのであって、かれがみずからの命を救うために用いたのは、笠を利用して火を防ぐとか、あらかじめ脱出用の横穴を掘っておくというような、現実的にじゅうぶんありうる、賢者ならではの知恵でなければならないと考えたのかもしれない。

そもそも司馬遷は、「舜が倉から飛び下りて脱出した」というようなことを書きたかったのだろうか。手段はどうあれ、舜が倉からうまく降下して助かったとするテクストには、おおむね「はしごをはずす」という瞽叟の行動が明記されている。舜は、はしごによって倉の屋根までのぼり、はしごをはずされたのであるから、火炎のえじきになりたくなければ、飛び下りるしかない。だが、『史記』の文に「はしごをはずす」というくだりがないのは、むしろ不思議である。司馬遷が綴った「両笠を以て自ら扞《ふせ》ぎて下り去る」の主旨は、火を放たれた舜は、そのまま「はしごをつたって」下りたのだが、両手に笠をもって、火傷をしないように、その身を火勢から防ぎながら下りた、というものではなかったのだろうか。

司馬遷は、膨大な一次史料を前にしたとき、歴史を綴る権利を手に入れたものとしての、恐るべき覚悟をかみしめたに相違ない。かれは、こう明言している。「……『山海経』に書かれているような荒唐無稽なものどもについては、私は口にもしたくない」（『史記』巻一二三「大宛列伝」）と。そういっているからといって、司馬遷の手にかかる題材の選択基準がそのまま明瞭になるわけではないのだが、どうも、「人間」ドラマは好きだが、「怪物」のほうはいささか苦手、ということだったのだろうか。

いずれにしても、ラウファーが提示し、ニコルソン女史やニーダムらがこれを踏襲しているところの、「世界ではじめてのパラシューター」の名誉を舜に与えるという提案には、疑問を呈しておいてもよいだろう。

3　舜はパラシュートで飛んだのか

よいこの舜ちゃん

ところで、司馬遷の合理主義は、かならずしも『史記』の読者たちの賛同を得られたわけではなかったようである。『列女伝』は超自然的な解釈のほうに関心が偏向しているようだし、『山海経』に注をほどこした、晋の郭璞も、堯の二人の娘が〈鳥工〉と〈龍裳〉なるものによって、舜の危機を救ったはなしを紹介している。[*18] さらに八世紀、張守節による注釈書『史記正義』に引かれている、六世紀の梁武帝『通史』も、また、すでに見た沈約も、〈鳥工（衣）〉と〈龍工（衣）〉のことを明記しているのだ。

俗文学となると、この傾向はいっそう強くなる。敦煌《とんこう》の莫高窟《ばっこうくつ》で発見された、いわゆる敦煌文書のなかに、一〇世紀なかばの『舜子変』がある。正確にいうと、『舜子変』（S. 4654）と題されるものが、イギリスの探検家オーレル・スタインによって敦煌からもたらされ、いまはロンドンにあるが、これは、冒頭部分のみである。また、フランスの東洋学者ポール・ペリオによってもたらされ、いまはパリにある『舜子至孝変文』（P. 2721）と題されるものは、冒頭部分が欠けている。これらは、俗語と宛字《あてじ》が頻用される唐代の俗文学であるが、ここにも舜の「危機脱出譚」が、次のような形で描かれている。

二、三日をへないうちに、後妻が計画をたてました。妻は瞽叟にいいました。

「あたしが見たところ、裏庭にある空き倉は、ここ数年、荒れほうだい。舜ちゃんに倉をなおしてもらいましょう。そして四方から火を放ち、焼き殺してしまいましょう」

瞽叟は女房にいいました。

「女房どのや、おまえさんは女の身で、よくもまあ、そんな周到な計画が立てられることじゃのお」

瞽叟は、舜ちゃんを呼んでいいました。

「とうちゃんが見たところ、裏庭にある倉は、ここ数年、荒れほうだい。わがむすこよ、倉をすっかり修繕してくれたなら、おまえはどんなに家の役に立つことか」

舜ちゃんは、倉の修理と聞いて、これが、まま母の計画だとわかりました。ひとやまの泥を水で溶いてから、舜ちゃんは、お母さんに申し上げました。

「泥がうまく調合できません。笠が、ふたついりますね」

まま母は、瞽叟にいいました。

「おまえさんのむすこは、倉を修理するのに、笠がふたついるんだってさ。やつめが倉にのぼったら、笠がふたつであろうが、四〇であろうが、どうせ焼け死ぬさだめなのにね」

舜ちゃんが倉の上にあがると、西南の隅から、火がおこりました。最初の火を放ったのは、まま母です。つづいて瞽叟が二番目に。三番目はほかでもない、弟の象でした。三本のたいまつの火が、足もとに放たれました。見よ、紅蓮の炎は天を焦がし、黒い煙で空も見えません。舜ちゃんは、命がなくなるのではと恐れました。とりあえず、ふたつの笠を手に取り、これを翼のようにして、中空にむかって倉から飛び出しました。舜ちゃんは、徳のある君主です。これに感じた大地の神が、地面を盛り上がらせました。そこで、毛の一本も損なうことがなかったのです。

舜ちゃんは書斎にもどると、まず『論語』と『孝経』をお勉強し、それから『毛詩』と『礼記』をお勉強しました。[*19]

このはなしを綴った人物が参照したのは、やはり『史記』に由来するエピソードなのであろう。ところが司馬遷のシナリオは完全に却下された。現実的な方法で無事に脱出をしたというのでは、どうも御利益《ごりやく》がないと考えた人びとがいたらしい。かれらは『史記』のテクストを、舜の徳に感じた大地の神様が地面を隆起させ、それによって倉の上と大地との距離が縮まり、落ちてもケガひとつしなかったという、ありがたい神仏譚に、いずこかの段階で改編してしまったようだ。

変文は、神仏のありがたさを、善男善女におもしろおかしく知らしむるのが目的なので、神や仏が出てきて、超自然的なことが起きてくれないことには、どうにもこまるわけである。したがって、笠などは最初からいらなかったのであろうが、『史記』に敬意を表して踏襲したものであろう。笠が出てくる意味は、すでに希薄になっている。

ところで、『論語』といえば孔子さま。あれ? 孔子は、舜の時代よりも、ずっとあとの時代じゃないんかい! などというツッコミを入れてはいけない。通俗文学の世界では、孝行ものの舜ちゃんは、いつでもどこでも、時空を超えて、よいこのおともだちなのだ。ひろい心で読みたいものである。

舜ちゃんは日本まで飛んできた

このエピソードは、こんにち語り継がれている民間伝承にも残されていて、しばしば採集されているようだ。

一九六四年の『民間文学』に紹介されている「不死身の大舜」というはなしでは、倉に火が放たれるや、「赤いヒゲのおじいさん」が現われ、「目をつぶりなさい」と命ずる。舜が目をつぶると、おじいさんは、舜を軽々と自分の部屋まで転送させた。このおじいさんは火神であったという。*20

また、わが国には「継子《ままこ》の井戸掘り」型と呼ばれる民間説話が、本州の岩手、山形、新潟、広島などや、奄美、沖縄にも分布しているが、これは明らかに舜の伝説が伝播したものだ。特に沖縄に伝わるものは「継母《ままはは》から井戸掘りを命じられ、石を落とされたが、横穴を掘っておいたので助かった。倉の屋根にのぼらされて、火を放たれたが、開いた傘で飛ばされて助かった」（宮古島城辺町）、あるいは「継娘《ままむすめ》が、継母《ままはは》から井戸掘りを命じられたが、となりの老婆から横穴を掘るよういわれて助かった。倉の屋根葺きを命じられたが、となりの老婆から傘をもっていけといわれて助かった」（那覇市小禄）といったストーリーになっている。このように屋根にのぼるモチーフがあるのは沖縄のものだけで、本州のものは井戸掘りだけであるという。これらは沖縄では「唐話《とうばなし》」のひとつとされるが、「舜」は、「しゅん」（奄美大島）、「太春」（石垣島）、「泰信」（宮古島）、「すん」（那覇市）などのように、いろいろな名称で呼ばれている。*21

だれが舜に〈パラシュート〉を与えたか?

ラウファーは『飛行の古代史』の「補遺」において、舜のパラシュート譚に関しては、フランスの東洋学者エドゥアール・シャヴァンヌ（一八六五～一九一八）による『史記』のフランス語訳（一八八五～一九〇五）と、ジェイムズ・レッグの『チャイニーズ・クラシクス』（第三巻・序説、一一四頁）を参照せよとコメントしている。*22

シャヴァンヌの該当箇所は『史記』「五帝本紀」の舜のエピソードを翻訳したうえで、注3として、「司馬貞によれば、ふたつの大きな笠はパラシュートの役割を果たし、舜が屋根から地上に降りた際に、かれが傷つくのを防いだのである」とコメントしている。*23 レッグのほうは『竹書紀年』とその注釈の英訳である。*24

そろそろ、このエピソードが語られるにいたったシナリオについて、ぼくの考えをまとめておこう。舜にまつわる危機脱出譚は、もともとは、いくつかの資料が伝えているように、〈鳥工衣〉や〈龍工衣〉といった神がかった衣服によって、舜が聖人であればこそ、鳥や龍の模倣をすることが許されたという、神仙譚に近いものだったのではないだろうか。そこにはパラシュートなどという科学的な理屈は不要なのであり、この流れは、民間伝承や俗文学の語り手や聞き手の嗜好に合うがゆえに、ひろく伝えられた。

司馬遷は、そのような荒唐無稽な飛翔譚をよしとせず、ふたつの笠で火を避け、身を火傷《やけど》から防ぎながら、無事に階下におりたという、知恵者の物語に書き変えた。パラシュートの使用についても、じつは司馬遷はなにもいっていないと、ぼくは思う。

司馬遷から八〇〇年をへて、注釈家の司馬貞が、ふたつの笠を両の翼として飛び下りたとの解釈を提示した。空気抵抗を利用したらしいという点では、パラシュートの原理に接近しているものの、やはりパラシュートの使用であるとは断言しがたい。

その司馬貞のコメントを、笠が「パラシュートの役割を果たした」(jouèrent le rôle d'un parachute) と明言しつつ、舜がこの原理を使用して降下したものであると解釈し、紹介したのが、シャヴァンヌであった。かれが知る科学の成果「パラシュート」を引っぱってきて、往古《いにしえ》の物語を解釈しようとしたのである。さらに、その『史記』を読んだラウファーは、シャヴァンヌが放った「パラシュート」なる語彙に刺激されたものか、舜のパラシュート譚を、かれが綴ろうとしている東洋飛翔譚の一頁を飾るべきものとして、愉快な読み物にリライトした。さらにニコルソンやニーダムも、ラウファーを祖述するかたちでこれを紹介する。

かれら西欧の学者に、中国には驚くべき物語がころがっているにちがいないとの確信があったことは、疑いえない。かれらの博覧強記とおもしろいものを発掘する嗅覚は、いまでもぼくらを心地よく打ちのめしてくれるのだが、そこには曲解や想像や過剰な期待の産物があることも、また事実である。ならば、それらを修正すること

図2-8「半空飛墮」（清末『飛影閣画報』・呉友如）

もまた、かれら偉大なる先達たちへの返礼となろう。

ところで、パラシューターのルノルマンが、ルベールの『シャム王国の歴史物語』に見える、シャムにおける中国人のパラシュート降下にヒントを得て、これを「パラシュート」と命名し、モンゴルフィエに伝えたことはすでに述べたが、そうしてみると、舜の伝説の信憑性はともかくとしても、現在のパラシュートの原型は、やはり中国人がつくり、遊んでいたパラシュートであるというところに帰結するのであろうか？

パラシュートの原理は、近代中国においても、人びとに、しばしば飛翔体験をもたらしていたようである。清朝末期の絵入新聞には、傘を手にしていた男が、突風にあおられて、ちょっとした飛翔をしてしまったという事件が報道されている〔図2-8〕。文字テクストは、ここでもやはり「列子が風に御するよう」というあの常套句を用いて、飛翔体験を形容する。男が地表に落ちたときに、おりよく軍隊の砲船が近くを通りかかり、助けられたのだそうだ。

また、近代の中国人がよく目にしたであろうものは、西洋人による、気球に乗って上昇し、パラシュートを開いて降下するというアクロバットであったが、それについては気球のはなしをするときにでもまた触れよう。

あまり開かないパラシュート譚

舜がほんとうにパラシュートの元祖といえるのかどうかはさておいても、中国にはパラシュートのアイデアをメインに据えた物語は、ほとんどみあたらない。

航空史家の姜長英は、江蘇浙江地方に伝えられている、パラシュートにまつわる民間伝説をひとつ紹介している。元朝の末年、朱元璋《しゅげんしょう》は天下を平定し、明王朝を建てた。朱元璋は南京を帝都とし、明の太祖になったが、建国に功績のあった文官武将たちへの猜疑心から、かれらをすべて抹殺してしまおうと考えた。そこでかれは、ひとつの高楼《たかどの》をつくらせ、これを「慶功楼」と命名し、竣工の日に、建国の功臣たちを招いて大宴会を開催することにした。朱元璋は、こうして家臣をひとつところに集めておいて、じつは楼閣の下には山ほど火薬を隠しておき、これに火を放って皆殺しにする計画であったのである。

開国に功績のあった第一の策士、劉伯温《りゅうはくおん》（本名は劉基《りゅうき》。伯温は字《あざな》）は、早くから朱の陰謀を察知したものの、宴会に招かれて辞退するわけにはゆかない。そこで伯温は、一本の傘を手にして宴席に赴いた。宴がはじまり、酒も三巡ほどしたところで、伯温は傘を手にして、ひそかに会場を抜け出し、あたりに衛兵がいないのを見計らって、傘を開くと、楼閣から飛び下りた。伯温は傘のおかげで、怪我をすることもなく着地し、そのまま身を隠したという。[*25]

もちろんこのような史実はなく、朱元璋についてしばしば物語られる残忍性から生まれた伝説にすぎないが、姜はこのはなしを、文化大革命前に、沈祖綿《しんそめん》と兪家驥《ゆかき》の二人の学者からそれぞれ聞かされたのだという。[*26]

高楼に上らされて、仕えた人物によって火を放たれ、傘を手にして下り、みずからの命を救ったというモチーフは、舜にまつわるエピソードの骨組みとまったく同じものである。そもそも劉伯温というひとは、舜のような聖人ではないにせよ、民間伝承や、演劇・小説などの通俗文芸の世界では、きわめて伝奇的な色彩をともなった物語をもつ人物である。『史記』の舜伝説に刺激された語り手が、これを劉伯温伝説に取り入れながらひねり出した伝承のひとつと考えたほうがいいだろう。

第三夜

鳥に乗りたかった人びと

1　墨子と人造鳥類

オーニソプターの誘惑

人類の飛翔計画の流れにおいては、馬車における馬のように、鳥の力をそのまま借りる飛翔というアイデアが、もっとも自然かつ単純なものであっただろう。ペルシアのカイ・カウス王の飛翔機械〔図3－1〕、フランシス・ゴドウィン『月の男』（一六三八）の月にわたる雁の力を利用した方法、ひいてはわが国の「鴨取り権兵衛《ごんべえ》」が飛翔した方法であり、ニコルソン女史が、ベン・ジョンソンとジョン・ウィルキンズを手本としつつ論じている「鳥の威を借る飛翔」（Flight by the Help of Fowls）というやつである。*1

さらに、自力で飛ぶことのできる機械仕掛けの飛翔装置であっても、まずは「鳥」の動きを模倣するところからはじまった。

オーニソプター（Ornithopter）すなわち「羽ばたき飛行機」という発想は、人類がこんにちにいたるまで抱きつづけている、もっとも由緒正しい飛行の作法であり、強迫観念であるといえるだろう。古代ギリシア語の〈ornithos〉（鳥）と〈pteron〉（翼）に由来するこの語彙は、揚力と推力の大部分を、羽ばたき運動をする翼に

図 3-1 カイ・カウス王の飛翔機械

よって生じさせるように設計された飛翔機械のことである。ライト兄弟前後に試作された有人飛行のための機器には、これに類したデザインのものが多々あったが、ひとつとして成功するにはいたらなかった。それにもかかわらず、SF映画やアニメーションの空間において、あいかわらず元気にはばたいて飛んでいるのは、これが捨てきれない夢であるからにほかならない。

〈巧〉と〈拙〉——人造鳥類の哲学

中国においては、オーニソプターのミニチュアは、戦国時代の墨子《ぼくし》（前四六八～前三七六、墨翟《ぼくてき》）と呼ばれる賢人によってつくられたとされている。その著作『墨子』の内容の一部は、光学、力学、幾何学をはじめとする科学技術にまつわる論文となっている。

墨子がつくった飛翔機械は、「木鳶《ぼくえん》」すなわち「木でこしらえた鳶《とび》」と呼ばれ、一般には、それは「三年かけて完成させられ、一日飛んで壊れた」と伝えられている。完成にかけた三年間と、実際に飛行しえた一日とが、対《つい》の表現として物語られているのだが、そこには、書き手がなにを主張したいのかによって、大きな幅が存在している。

たとえば紀元前三世紀の『韓非子《かんぴし》』には、次のように書かれている。

　墨子は木鳶をつくった。三年かかって完成した。一日飛んだだけで、壊れてしまった。
　弟子がいった。

「先生の技術の巧みさは、木の鳶を飛ばすことができるまでに到達しておられるのですね」

墨子はいった。

「車輪を留めておく輗《くさび》をつくる大工の巧みなのにはおよばないさ。かれらは、一尺そこそこの木片を材料にし、ひと朝ばかりの時間もかけずにつくってしまう。それは、三〇石もの重荷を引いて遠くまで運ぶ力があるし、何年も長もちするのだから。いま私は鳶をつくったが、三年もかかってやっと完成し、たった一日飛ばしただけで壊れてしまった」

恵子《けいし》がこれを伝え聞いていった。

「墨子こそ、技術の巧みということをこころえている。輗をつくるのが〈巧《こう》〉で、鳶をつくるのが〈拙《せつ》〉であると知っているのだから」（外儲説左上）

ここには、墨子という人物の謙虚さが謳われているが、その背景には、中国古代の哲学者たちがしばしば訴えている、高度な技術に対する不信と、これを誇る傲慢への嘲笑がこめられているのだろう。最後のコメントは、あとで引く『墨子』の文言と同じく、墨子の技術に対する功利主義を、〈巧〉と〈拙〉の対比で説いている。墨子の本領は、鳥をつくることではなく、役に立つ車の部品をつくることにあり、空飛ぶオモチャごときは、しょせんは余技に過ぎないということであろう。

墨子が木鳶をつくったというエピソードは、しばしば、いまひとりの工学的天才のはなしとして、混同されながら語られてきたようだ。それは魯班《ろはん》という人物である。

2　魯班はなにを飛ばしたのか

魯班もつくった人造鳥類

魯班は、春秋時代、魯の国の工匠であるとされるが、定かなところはわからない。紀元前五世紀ころの人というから、墨子の時代とも近く、二人のやりとりをめぐる伝説もある。魯はその国名を意味し、姓は公輸《こうしゅ》、名は班、もしくは般とされ、公輸子《こうしゅし》とも呼ばれる。あとで見るように、魯班と公輸班を別人とする記載もある。『墨子』に見える以下の文は、墨子と魯班の対話を伝えているものだ。

公輸子は、竹や木を削って鵲《かささぎ》をつくった。完成して飛ばせてみたら、三日のあいだ降りてこなかった。公輸子は、このうえなく巧みであると、みずから思った。

墨子先生は公輸子にいわれた。

「あなたが鵲をつくったのは、大工が車輪を留める轄《くさび》をつくるのにおよびません。かれらは、またたくまに三寸の木片を削って、五〇石の重さにも耐えられるものをつくってしまう。つまり、なにが巧みかといえば、つくったものが人の役に立つものであれば〈巧《こう》〉であり、人の役に立たないものであれば〈拙《せつ》〉というわけです」（巻一三「魯問」）

ここでは人造鳥類を完成させたのが、墨子ではなく公輸子であり、『韓非子』では、墨子が自作の木鳶についで自嘲気味に語っていたことばが、公輸子をたしなめることばとなっている。いずれにしても、人造鳥類なるものに対する、哲学者たちの冷たい視線が見て取れるようだ。

紀元前二世紀の『淮南子《えなんじ》』「斉俗訓」になると、「魯般と墨子は、木で鳶をつくり、これを飛ばした。三日のあいだ、地上に降りてこなかった」と、両者をひっくるめて、人造鳥類の製作者としたうえで、「だからといって、かれらを工人の鑑《かがみ》とすることはできない。常人のとどかない高さでは、人を量る物差しにはならないし、常人のおよばない行為は、国の俗とはできない」と主張する。あまりに高い理想を掲げたのでは、だれもそれに倣うことができないという例として、人造鳥類の製作を挙げているのである。

さらに、その二人が、ともに技術におぼれたことに言及するものもある。それは『列子』「湯問」だ。周の穆《ぼく》王《おう》が西方に大旅行をしたときの帰りみち、王はある国から、ひとりの技術者を献上された。かれは偃師《えんし》といって、人間そっくりに動き、話し、踊り、さらには美女に色目まで使う人造人間をこしらえる腕をもっていた。

かの班輸（公輸班のこと）は雲梯《うんてい》（城攻めに用いる梯子）をつくり、墨翟は空飛ぶ木鳶をつくり、みずから技能の頂点なりと思っていた。かれらの弟子の東門賈《とうもんか》（公輸班の弟子）と禽滑釐《きんかつり》（墨子の弟子）が、偃師の巧みな技術のことを聞いて、これを師匠二人に伝えた。すると、二人とも死ぬまで技術について語ることもなく、ときたまコンパスや定規を触ってみるだけであった（「湯問第五」第一三章）。

中国の傑出した二人の天才を貶《おとし》めるように描く、列子の本意はわかりにくいが、中国人は巧妙な珍発明や超級の科学技術について記録するのが大好きであるにもかかわらず、個々の発明家や技術者に対しては、もろ手を挙げて賞賛することはなく、なぜか冷たい態度を取るというのは、事実のようだ。中国古代の科学は、世界的にも卓越したものがあったが、これにかかわった個々の天才たちの姿は、いつも霧のなかに隠れていて、はっきりとは見えてこないのである。

王充の意見は?

あの、飛翔する仙人を徹底的に批判していた王充は、魯班や墨子がつくった飛翔機械に対しては、どのような意見をもっているのであろうか。ここでもまた、かれの『論衡』をひもといてみよう。

儒者たちの書には、「魯般や墨子の技術の巧みなことは、木を削って鳶をつくり、飛ばしたところ、三日たっても降りてこないほどだ」と書かれている。木で鳶をつくり、飛ばしたというのは、ありそうなことだ。だが、三日たっても降りてこなかったというのは、誇張であろう。

そもそも木を削って鳶をつくり、鳶の形を模しただけのものが、どうして空を飛んで降りてこないということがありえようか。飛翔できたというなら、どうして三日飛びつづけたというのだろうか。もしもほんとうに内部に仕掛けを備えているなら、いったん飛翔したら降りてくることはないわけである。ならば、飛んで行ったというべきであり、三日だけ飛んだなどというのはおかしい。

世間に伝えられているところによれば、「魯般は技芸が巧みなために、その母をなくした」という。それは、巧みな工芸で、母親のために木の車と馬、それに木人の御者をつくり、機関《からくり》を装備させ、母を載せて走らせたところ、走りだして二度ともどって来ず、とうとう母親を失ってしまったというものである。

もしも木鳶にも仕掛けが装備してあるならば、木の車馬と同じく、飛んでいったきり降りてはこないだろう。仕掛けがすぐに停止するなら、三日以上も飛びつづけることはないだろう。ならば木の車馬も、どこかの道で、三日で止まっているはずであり、そのまま走り去って母親を失うことはなかったはずだ。両者はいずれも、実際とはかけ離れたはなしである（巻八「儒増篇」）。

王充のいわんとするところは、いまひとつ明瞭ではないし、屁理屈とも聞こえる。きちんと制御できない機械の工学上の欠陥を非難しているようにも見えるが、むしろ、工匠たちについて伝えられるエピソードの、物語としての破綻を指摘しているようにも読める。王充のことばに見えているものは、巧みな技術そのものへの批判というよりは、巧みな技術を語ることや誇ることへの批判であろうか。

〈木鳶〉とはなにか?

ニーダムは、その『中国の科学と文明』の「機械工学」の巻において、これら古代の証言を引用しつつ、持論を展開しているのだが、かれは「木鳶」のたぐいを「凧」に関する記述であるという前提のもとに紹介している。ニーダムはさらに、木鳶を凧であると認識しているケースとして、葛洪『抱朴子』はじめ、六世紀の『述異記』、一二世紀の『続博物志』、明代の『劉氏鴻書』などを引用する。だが、『続博物志』が「紙鳶」のことを「木鳶」ともいうと明言している以外、書き手たちは、あくまでも鳥を模した——紐付きではない——みずから飛翔するからくりのことを描写しているように、ぼくには読めるのだ。*2

ニーダムのような考えは、二〇世紀初頭の陳文濤《ちんぶんとう》によっても主張されていた。陳は、その『先秦自然学概論』（一九二九）において、墨子の木鳶は、「分力の理」を利用したもの、すなわち凧に類するものであろうと考えた。*3〈鳶〉という表現を用いているからには、鳶が大空を羽ばたかずして滑空する様子を模したものであり、他の鳥類の羽ばたきを模したものではないからであるというのだ。つまり、なんらかの機構によって翼を羽ばたかせて飛ぶものではないというのである。

姜長英はこれに反対して、人類が鳥を模倣するとしたら、まずは羽ばたきからであろうと主張し、木鳶は、滑空飛行をするグライダーや凧のたぐいではないとした。そして、「近年書かれている、少なからざる文章、たとえば新版の『辞海』のような権威ある辞典までもが、紙鳶（凧）は木鳶に起源するなどと書いているのは、陳文濤の影響であろうか？」と嘆いている。*4

陳文濤とほぼ同時代のラウファーもまた、木鳶を凧の起源とする考えには反論している。

中国人研究者のなかには、この木鳶を後世のおもちゃの紙製の凧（紙鳶）の始祖・先駆とみなす者もいるが、この鳥は木から彫られていると記述されていることと、問題にしている時代には紙は知られていなかったことから、その見解は間違っていると思われる。それはどちらかというと、自動の機械仕掛けの装置で、ある程度まで空を上昇する能力をもったアルキュタスの鳩に似た類のものだったと思われる。*5

「アルキュタスの鳩」とは、古代ギリシアの学者アルキュタスがつくったと伝えられる、蒸気のジェットで推進する鳥形の飛翔機械のことだ。

漢の張衡《ちょうこう》（七八〜一三九）は、渾天儀《こんてんぎ》や、地震の方向を測定する地動儀をつくったことで知られている科学者だが、『文士伝』によれば、かれはまた、「木鳥」をつくったという。それは、腹中に「機」を施したもので、鳥の翼のような機能をもち、数里を飛ぶことができたという。このことを伝える短いテクストは、宋代に編まれた類書『太平御覧』の、工芸の巧についての部と、鳥類についての部とに、ほぼ同じ文言として引かれている。*6

ニーダムは張衡の発明品を「ヘリコプター独楽《こま》というプロペラを含んでいた可能性もあると考えたい」としている。要するに竹とんぼのことである。だが、ここではやはり、羽ばたきを生じさせる機構をもった人造鳥類と考えたほうがいいかもしれない。

紀元一世紀のイカロス

墨子にしても魯班にしても、あくまでも鳥の形を模した飛翔体をつくったというはなしであって、人がこれに乗って空を飛んだという記述は、どこにもない。だが、王充が生まれる少し前に、みずから鳥を模して飛翔しようとした男のはなしが、『漢書』「王莽《おうもう》伝」に見えている。
新の天鳳六年（一九）のこと。匈奴が頻繁に辺境を侵すので、王莽は匈奴を攻めるのに有用な技術をもっている人材をひろく募り、常例によらない特別な抜擢をすることとした。すると、みずからの技術がいかに有効かを訴えるものが、何万もやってきた。あるものは、百万の騎馬隊に、船を用いることなく河をわたらせることができるといった。またあるものは、ある種の薬物を兵士たちが服用することで、長期間にわたり食事がまったくいらなくなるといった。そのような申請者のなかに、こんなものもいた。

……またあるものは、一日に千里を飛ぶことができ、匈奴の情勢をうかがうことができるといった。王莽は、さっそくその術を試験させてみた。その男は、大きな鳥の翮《はね》をふたつの翼にし、頭と全身には羽毛をとりつけ、環《わ》を連ねて結んだものを引き、飛んでみたものの、数百歩の距離を飛んだところで墜落してしまった。王莽は、それが役に立たないことを知った。だが、このように、かりにも功名をあげようというものは、みな抜擢して軍務を任せ、車馬を与えて、出番を待てと命じた（『漢書』巻九九下「王莽伝第六九下」）。

王莽はこの飛翔術を無用なものと見なした。たしかに当人が豪語したように「一日に千里」とはいかなかったが、それでもかなりの距離――一歩は一・五メートル――を飛んだ、もしくは滑空したらしいから、なかなか立派なものであろう。王莽も、そのアイデアと心意気は買っているようである。
「環を連ねて結んだものを引き」と訳した部分は、原文では「通引環紐」の四文字である。おそらく飛行のためのもっとも重要な仕掛けを説いているのであろうが、よくわからない。鳥の姿を模した本人に結びつけたロープをだれかが引いたのか、あるいは本人の腕と両翼とを結んで、羽ばたかせるようにしたものか。前者だとすれば、グライダーの原理によって滑空をこころみたのかもしれない。だが、そう考えるのもまた、現在の科学で知られている飛行の常識をぶっつけて、二〇〇〇年以前のチャレンジャーの真摯な思索を汚染しようする行為にほかならないだろう。

かれのアイデアは、むしろあの、羽毛を生やし、それゆえに飛翔を自由にしている仙人——すなわち空を飛ぶ人——たちを、まず「形から」模倣しているのであり、さらにまた、舜の飛行譚、もしくは降下譚とされたものの祖型に見られたような、「鳥への模倣」という観念を、その最大の拠り所としているように思われる。それは、この飛翔者が、翼と羽毛を身につけることを、飛翔のための必須条件としたことからもうかがえよう。この呪術的な鳥類への模倣こそが、飛ばんがための、おそらくもっとも重要な原理なのであった。＊7

工匠たちの伝奇

漢代までの人造鳥類をめぐる文献は、ほぼ以上のようなものであった。これら墨子や魯班に托された人造鳥類の物語は、この二人に対する信仰によって、あれやこれやの神秘的なモチーフが添加されるなど、枝葉を生じさせながら、飛翔譚として発展していく。

たとえば梁の任昉《じんぼう》の『述異記』には、次のような後日譚が見えている。

天姥《てんぼ》山の南峰で、むかし魯班が木を削って鶴をつくった。一飛びで七〇〇里を飛んだ。その後、北山の西峰に放置された。漢武帝が人を派遣してこれを回収させようとしたところ、（天姥山の）南峰まで飛んで行ってしまった。しばしば雨が降りそうになると、翼が震えて揺れているのは、飛び立とうとしているかのようであった。＊8

天姥山は、李白をはじめとする唐代の詩人たちによっても歌われている、浙江省の聖山である。このテクストでは、人造鳥類は〈鶴〉と呼ばれていて、行動をおこす主人公は、なにかと神秘的な話題と関わりの多い漢武帝だ。

復讐の工学

また、唐代の張鷟《ちょうさく》（六五八〜七三〇）が書いた『朝野僉載《ちょうやせんさい》』には、魯班（魯般）の木鳶にまつわる、次のようなエピソードが紹介されている。

魯般は粛州敦煌《しゅくしゅうとんこう》の人で、いつの人かは不詳。その工匠としての巧みさは、神業《かみわざ》に匹敵するほどであった。涼州《りょうしゅう》（現在の武威《ぶい》）に仏塔を建造したときには、木鳶をつくり、毎日、これに乗り、楔《くさび》を三回撃ち込んで帰宅した。やがてその妻が身ごもったので、父母が「夫は不在なのに、どうして？」と問い詰めたところ、妻はそのわけを話した。

その父は、すきをうかがって木鳶を手に入れると、楔を一〇回撃ち込んで乗った。すると呉会（江蘇省の蘇州）まで飛んでしまった。呉の人びとは、かれを妖怪だと思い、とうとう殺してしまった。般はまた木鳶をつくって飛び、父の亡骸《なきがら》を回収した。

般は、呉の人びとが父を殺したのを恨み、粛州の城南で木仙人をつくった。その手を挙げて東南を指すと、呉の地は三年のあいだ大旱魃となった。呉の人びとが占ったところ、旱魃は般がおこしたことと判明したので、何千もの品物を贈って謝罪した。般が木仙人の片腕を切ると、その月、呉地方には大雨が降った。本朝の初期にはまだ、土地のものは、その木仙人を祈祷していた（『太平広記』巻二二五）。

このエピソードには、飛翔譚を構成するいくつかのモチーフが如実にあらわれていて、たいへんおもしろい。

まず注目すべきは、古代の諸文献の記載では、発明したものは機械仕掛けの鳥のオモチャであり、それが人に利するものではなく、技術としては〈拙〉であるとの誇りを受けていた魯般が、ここではいよいよ、人を載せて空中を運搬できる鳥をつくったことになっている点であろう。

また、工学的な描写として興味深いのは、魯般の木鳶が、「楔を撃つ」（撃楔）という方法によって、飛距離が設定されるようになっているらしいことである。魯般の自宅があると思われる粛州敦煌と、仕事場のある涼州は、直線距離で六〇〇キロメートルほどである。常識的には、ふたつの土地を一日のうちに行き来することは考えられない。そこをかれは、木鳶に乗って出勤と帰宅を日々おこない、夜には妻と過ごしていた。それゆえ妻も身ごもったのだったが、そうとは知らない両親からは、夫の留守中に不貞をはたらいたのではないかと疑われたのであった。木鳶による六〇〇キロメートルの通勤飛行には、「楔を撃つ」のは三回で足りるのだが、それを知らない父親は一〇回も撃ってしまい、江蘇省の蘇州という遠方の地まで飛ばされてしまった。敦煌から蘇州までは、現代の地図によれば二四〇〇キロメートルほどの直線距離である。一回の楔で二〇〇キロメートルほどの飛距離が設定されるのであろう。

妻の懐妊の秘密が、飛翔の秘密と絡められているというモチーフは、五世紀、南朝劉宋の鄧徳明《とうとくめい》『南康記《なんこうき》』に見える、南野県（江西省贛州）に住む、陳鄰《ちんりん》という名の工匠のエピソードと、なんらかの関連があるのかもしれない。陳鄰は仕事場から、夜な夜な青竹の杖に乗って帰宅していた。やがて妻が懐妊するが、息子がひそかに帰宅していることを知らない母親が、嫁の不貞を疑うというはなしである。ここでは、青竹の杖は龍の化身であったということになっている（『太平御覧』巻七一〇）。

また、飛翔する人間であれば、仙人のたぐいと認識され、畏怖の念で見られてもよさそうなものだが、父親は妖怪とみなされ、不幸にも殺されてしまった。このことは、飛行術をもつものへの認識が、神仙と妖怪のあいだで揺れ動くものであったことを伝えている。飛翔という能力なり技術なりに対する、この種の恐怖や嫌悪は、本書で見ていく飛翔譚のいくつかにも顔をのぞかせることだろう。
『朝野僉載』のエピソードの後半は、呪術的なテーマへと展開している。ちなみにこのはなしの末尾には、「六国のとき、公輸班もまた木鳶をつくり、宋城を偵察している」との一文が添えられている。作者は魯般と公輸班とを、それぞれ別の人物と考えていたようだ。魯般は一般に魯国（山東省）の人間であるとされるが、敦煌の人としているのもおもしろい〔図3-2a・b〕。

124。鲁班和他的徒弟们，集中了当时各行各业能工巧匠的智慧，又经过一段时间的研究，渐渐地改进了木人装置，造成了一只大木鸢。

125。经过若干次试验，有一天大木鸢终于飞到了空中，鲁班和他的徒弟们，仰首观看这只人造的鸟儿，高兴得都跳了起来。

図3-2a,b 現代の連環画（絵物語）に描かれた魯班の木鳶。しかしこれは大きい……！

通俗小説のなかの魯班

明末の小説『七十二朝四書人物演義』全四〇巻は、「四書」すなわち『論語』『孟子』『大学』『中庸』に見える成語にもとづいて、これらに関連する、主として春秋時代の人物たちの事績を描いた短編小説集である。各回は、古代の史実や伝説を材料としながら、いずれも大胆なアレンジを加えられ、通俗的な読み物となっている。

その第二四巻は「公輸子の巧」と題されている。「公輸子の巧」とは、『孟子』の「離婁章句上」の冒頭に見えることばだ。

孟子いわく。離婁《りろう》の明、公輸子の巧も、規矩を用いざれば、方員を成すこと能わず。

離婁というのは、視力がずばぬけて良かったとされる黄帝時代の人物だが、そのようにすばらしい視力があっても、また公輸子のように、技術に巧みであっても、直角定規やコンパスがなければ、方《しかく》や員《まる》を描くことはできない。このような例を挙げて、太古の堯舜のような理想的な為政者であっても、仁政を用いなければ、天下を平らかに治めることはできないのだと説く。

『七十二朝四書人物演義』に改編された魯班のはなしは、さらに枝葉と尾ひれがついて、かなり長いものとなっている。ここではあらすじで読んでおこう。

魯班の父親は、呉国で姑蘇台の建築を担当したが、呉王の怒りを買って殺されてしまい、亡骸も行方不明。魯班はなんとか父の亡骸を取りもどし、さらに呉王の首を取って復讐したいものだと考えていた。

魯班は、母親のために、特殊な車と、これを押す木人をつくる。母親が親戚まわりをするときには、これで楽に行き来ができるようにした。そのうえで、魯班は母親と妻に別れを告げ、呉国に旅立つ。

呉国で聞き込みをすると、父の亡骸は、斉国の工匠《たくみ》が引き取っていったというが、父がどこに葬られたのかもわからない。その工匠の名も不明だが、楚国に行ったらしいとのことなので、魯班は楚にむかう。そこでわかったことは、斉の工匠が、この地で舞い踊る木製の鶴をこしらえたあと、宋の国に旅立ったということであった。魯班もかれを追って宋にむかう。

宋についた魯班は、とある広場で、木でこしらえた鳶が空を飛んでいるのを目撃する。

「これは斉の工匠がつくったものかもしれない」――魯班は土地のものたちに、木鳶をつくった人物についてたずねるが、だれもがその名をいわず、「あれは、ある偉大な賢者がつくったものだ。かれは三年かかって木鳶を完成させた。いつもここで飛ばせているのだ」と答える。

「木鳶ごときに三年もかけるとは?」――魯班はさっそく材料を買い揃えて宿にもどり、一晩で木鳶をつくりあげた。翌朝、これをきのうの場所にもって行き、飛ばせて見せた。いま、二羽の木鳶が空に舞っている。ほどなくして二羽は空中でぶつかり、古いほうが地に落ちた。魯班の鳶は飛んだままである。墜落した鳶を、魯班は踏みつけて破壊した。それを見た人びとは、魯班に詰め寄った。

「この木鳶は、われわれの夫子《せんせい》がつくったものなのだ。どうしてこんなことをする!」

魯班はそれを聞いて、かれらの先生というのは、魯の国の孔子のような存在であろうと推察する。そのとき、ひとりの男がやってきて、班に声をかけた。

「先生の巧妙なる技術。あなたは魯国の公輸子さまではありますまいか?」

魯班は答えて、

「いかにもそうです。木鳶をおつくりになったあなたは、墨子どのではありますまいか?」

魯班が墨子に、斉の工匠のことをたずねると、

「去年、ここに数か月おられましたが、いまは去られました」とのこと。行き先はわからない。手がかり

に窮した魯班は、あきらめて魯国に帰ることにした。

自宅の近くまで帰りついたところで、母親が木人に押させた車で移動しているのに出くわした。

「ただいま帰りました。お母さんはどこに行かれます?」

「こんなに長く、どこに行ってたんだい?」

「父の亡骸のゆくえを訪ねて、まずは呉国へ、さらに楚と宋に行ってまいりました」

「お父さんの柩はね、斉国の人がここまで運んでくれたのだよ。祖先の墓地に葬って、きょうで一〇〇日めなので、いま、お墓参りに行くところなんだよ」

魯班は聞いてびっくり。はやくその恩人に会いたいものだと思った。

そんなとき、魯の国王から、南門の城楼がくずれたので修理をするようにとのお達しがあった。魯班はひそかに三寸ほどの木人をつくり、これを門の上に南むきにして置き、その片手を呉国の方向を指すようにさせた。そののち三年間、呉国では大旱魃がつづいた。

こまり果てた呉王に、ひとりの道士が「この旱魃は魯国にあるものの術のせいです」と告げた。呉王は莫大な贈り物を携えた使者を魯国に派遣し、来意を説明した。聞いて魯王は、これは魯班がやったことであろうと思い、かれを呼び出して、術を解くよう命じる。魯班が術を解くや、呉国には雨が降りだした。

やがて母が病死する。ほどなくして、斉の工匠が訪ねてきた。二人はこれまでの経緯をそれぞれ語り、親しく酒を飲みかわした。*9

このあとは、楚王から、宋国を攻撃する新兵器の製作を依頼される魯班と、これを知った墨子が、魯班と紙上の戦争を展開して、最後には王に宋国進攻を断念させるという、『墨子』巻一三「公輸」に見える有名なエピソードがつづく。

図 3-3　飛騨の匠と、かれがこしらえた鶴

墨子と魯班にまつわるさまざまな伝説を寄せ集め、アレンジしたこの短編小説、はなしはさらにつづくのだが、人造鳥類からは逸れるので、このくらいにしておこう。

魯班の日本人弟子

わが国の石川雅望《いしかわまさもち》に『飛騨匠物語《ひだのたくみものがたり》』（一八〇八）という読本《よみほん》がある。主人公の、飛騨の名匠、猪名部《いなべ》の墨縄《すみなわ》は、「鶏をつくれば、まことの鶏これを見て両翼をひろげて飛びかかり、鼠をつくれば、猫きたつてこれを捕り」というほどの腕前のもち主で、貧しいものにはなんでも作ってあげたが、権勢をもってかれに仕事をさせようというものは、頑としてはねつけた。

　ある性根の悪い郡司が、墨縄に盃をつくれと命じたが、かれはこれを無視し、うっちゃっておいた。怒った郡司は、従者どもに命じて、墨縄を捕えさせようと、かれの家に押し入るが、トラップを蔵した家で、みんなやられてしまう。墨縄は、泡を吹いて走りまわる蟹、ひとつの部屋が上下に移動して高楼にも地下室にもなる家屋、たったいま斬られたような、血のにおいまでしてくる女の生首なども、こしらえてしまう。そんな墨縄に、神のごとき大工道具を授けるのが、蓬莱の仙人となった魯班であった。かれは墨縄にこう告げる。

……われは、から国にひととなりて、姓は公輸《こうしゅ》にして、名は班といふものなり。魯国にて生れたれば、人、われを呼んで魯班と称したりき。おのれ人間《じんかん》にある時、工匠《たくみ》のわざを好みて、大《おほき》なる物は殿閣楼台橋梁、さて小なる物は、船車器皿の類をつくるに、人、其の巧《たくみ》をほめて神《しん》と称せざる者なかりき。後に塵世をいとひて高唐雲夢《かうたううんむ》の間に隠れ、終《つひ》に蓬莱に到つて居をしめたり。汝が道にかしこく且つ志の直なるに感じて、かく呼びむかへて、その具《ぐ》どもを譲りつかはすなり。

こうして魯班仙人は、鉋《かんな》、鑽《きり》、鑿《のみ》、鋸《のこぎり》、斧《おの》、金槌《かなづち》などの工具を、すべて墨縄に授けるのであった〔図3－3〕。中国では工匠の神となった魯班は、日本においても弟子をもったということになる。

3　呪われた鳥人間たち

人造白鳥――無用の用

墨子と魯班、そして張衡のほかにも、人造鳥類製作にまつわるエピソードが、いくつか伝えられている。『異《い》苑《えん》』は、南朝宋、五世紀の劉敬叔《りゅうけいしゅく》が編んだ志怪小説集だが、ここに見える話柄にも、これまで見てきたような、墨子的な科学技術における実利主義による飛翔機械の否定という、飛翔譚につきもののテーマが見いだされる。

魏の安鳌《あんき》王は、飛翔する鵠《くぐい》を見上げて、楽しい気持ちになり、いった。

「わしも鵲のように飛べたならなあ。そうして天下を見おろしたら、さぞや芥子粒のように見えるであろうなあ」

そのとき、客人に隠遊というものがいた。このことばを聞いて〈木鵠《もっこく》〉をこしらえると、王に献上した。するとはいった。

「これは有形無用のものである。そもそも無用の機器をつくるのは、世の秩序を乱すものである」

そうして隠遊を呼び出し、罰を与えようとした。隠遊はいった。

「大王は〈有用の用〉はご存知だが、〈無用の用〉はご存知ないようだ。わたくしが大王のために、これを飛ばしてお見せしましょう」

そこでみずから木鵠に乗ると、それはぱっと舞いあがり、飛び去っていった。どこに行ってしまったのか、だれも知らない。*10

このはなしは、仙人まがいの術を使う隠遊のことばを借りて、高邁な理想を追求する老荘的な思索者の高みから、悟りきれない魏王の庸俗と愚昧を嘲笑しているようにも見える。だがいっぽうで、為政者たるもの、ときには鳥の気持ちになって飛翔を夢見ることがあってもよいが、それに淫することは自制しなければならず、目前の現実から乖離《かいり》してはならないという、帝王学の箴言もまた伝わってくるようだ。いずれにしても、あのテクノロジーにおける〈巧〉と〈拙〉の議論につながるものがあるだろう。

神仙よりの斧

唐代、九世紀後半の人物と思われる柳祥の『瀟湘録《しょうしょうろく》』に収める「襄陽の老人」（襄陽老叟）と題するはなしも、人造鳥類にまつわる奇譚である。

湖北省の襄陽に幷華《へいか》という大工がいた。ある春の日、酒に酔ったあげく、漢水のほとりで寝ていたところ、ひとりの老人が、かれをたたき起こして、こういった。

「おまえの顔を見るに、むなしく日を送るような人物でもないようだ。おまえにこの斧を与えよう。これさえあれば、その技巧は神にも通じよう。ただ、女に迷って身をあやまることだけには注意するのだぞ」

華は拝謝して、その斧を受けとった。

さて、華がこの斧を使ってみたところ、飛物《とり》をつくれば空を飛び、行物《けもの》をつくれば地を走る。いかなる複雑な高楼であっても、この斧さえあれば簡単に建てることができた。

華が安陸を旅しているときに、王枚という金持ちの家に泊めてもらった。枚は華の大工の腕が巧みなのを知ると、湖水のほとりに四阿《あずまや》をつくらせた。完成すると、枚は家族総出でこれを見に行った。枚には娘がひとりいた。夫に先だたれて、いまは実家にもどっていた。その容姿は女神のようにうるわしく、華は、彼女をひとめ見て惚れてしまい、その夜、塀を乗り越えて娘の部屋に忍び込んだ。驚く女に、華はいった。

「いうとおりにしなければ、おまえを殺す」

いつしか女のほうも、華のことを憎からず思うようになった。それからというもの、華は、夜な夜な娘の部屋に通うようになった。

ある日、このことを知った王枚は、華に大金を与えて、ここから去ってもらおうとした。華はその意図を知り、枚にいった。

「わたしは、こちらに寄せていただいて以来、あなたにはたいへんお世話になりました。そのうえこのような大金をくださるとは、お礼のしようがありません。わたしには巧みな技がございます。あるものをこしらえて、あなたに捧げましょう」

「それはなにかな？　わしに使えないものなら、あえて残す必要はないぞ」

「木の鶴をつくろうと存じます。これは飛ばすことができ、急ぎのときには、この鶴に乗りさえすれば、千里の遠方にもあっというまです」

「ならばつくるがよい」と枚はいった。

華は、くだんの斧を手にして、一羽の木の鶴をこしらえた。ただそれにはまだ目がついていなかった。不思議に思った枚が、そのことをたずねると、華は答えた。

「これは、斎戒沐浴して、はじめて飛ばすことができるのです。さもなければ飛ばすことはかないません」

そこで王枚は、斎戒沐浴をはじめた。

その夜、華は娘を誘い出し、ともにその鶴にうち乗ると、襄陽に飛んで帰った。

夜が明けると、枚は、娘がいないことに気がついた。いくら探しても見あたらない。そこで、ひそかに襄陽に行って調べたところ、華が娘といることを知り、このことを土地の長官に訴えた。長官は、ひそかに指令を発して捜索させ、ついに華を逮捕した。長官は怒り、棒叩きによって華を処刑した。華が乗っていた鶴も飛ばなくなってしまった（『太平広記』巻二九七）。

こちらも「飛物《とり》をつくれば空を飛び、行物《けもの》をつくれば地を走る」という神仙から授けられた斧がテーマであるが、この魯班の模倣者は、「女に迷う」というきわめて人間的な失敗のために、その身をほろぼすこととなったのであった。

インドの人造鳥類

ちなみにインド学者の季羨林《きせんりん》は、説話集『パンチャタントラ』の第一巻第八話に、ある織物工が、木でこしらえた金翅鳥《ガルーダ》に乗って王宮に飛び、姫と密会するというはなしがあることを紹介し、「ストーリーはいささか改変されているが、『パンチャタントラ』のこの説話のすべての基本要素が、「襄陽の老人」には揃っている。ひとつの源から出たものであること、いささかも疑いえない」と指摘している。[11]

そういえば、南方熊楠《みなかたくまぐす》もまた、義浄訳『根本説一切有部毘奈耶破僧事《こんぽんせついっさいうぶびなやはそうじ》』巻一〇から、空飛ぶ孔雀を作った工匠のはなしを紹介している。[12] あらすじのみ紹介しておこう。

ある若い工匠が、とある長者の娘を娶る際に、かれの師匠が作った「木孔雀《もくくじゃく》」に乗って行くことで、無事に婚礼を済ませた。師匠はその母にこういった。

「この木孔雀の機関は隠しておきなさい。あなたの息子が使いたいといっても、与えてはなりません。かれは進む方法は知っているが、帰る方法を知らないからです。与えたら災難に遭うでしょう」

やがて息子が、母に木孔雀を求めた。これに乗って旅に出て、多くのものどもを帰伏せしめようというのである。母が師匠からいわれたことを告げると、

「進む方法も帰る方法も、すでに習得しました。師匠はけちで、ぼくが使うのをいやがっているのです」

という。

それを聞いて母も納得し、木孔雀を息子に与えた。息子がこれに乗って飛ぶのを見て、人びとはおおいに賛嘆した。ただ師匠だけは、「こやつは、ひとたび去ってもう帰らぬであろう」といって、ため息をついた。はたして息子の乗った孔雀は、進むばかりで帰ることができなかった。大海の上に飛んで行くと、そこでは雨が降りつづき、機械の紐が腐ってしまい、とうとう海中に墜落して息子は命を落とした。

高度な機械仕掛けを、中途半端な技術者が、傲慢な気持ちのまま使うことで、悲劇にいたるというモチーフは、

魯班の父にまつわるエピソードを想起させるものがある。

韓志和——日本人の飛行機エンジニア？

唐代ともなると、人造鳥類の製作は、珍奇であるとはいえ、唯一無二、一子相伝の技芸というわけではなくなったようだ。韓志和《かんしわ》という名の技術者——かれは日本人であったという——も、鳥型の飛翔機械を製作している。

九世紀の『杜陽雑編《とようざっぺん》』によれば、韓志和はもともと倭国の人で、木彫を得意とし、鸞、鶴、鴉、鵲などを彫りだしたが、それらは生きている鳥さながらに、水を飲み、食べ物をついばみ、また、さえずりさえしたという。これらの鳥は、〈関捩《かんれつ》〉なるものを腹中に蔵していた。これを起動させると、人造鳥類は、一〇〇尺もの高さに舞い上がり、一、二〇〇歩の遠くまで飛んで、はじめて降りてきたという。

〈関捩〉（もしくは〈関戾〉〈関棙〉）なるからくりの実際については、明らかではない。ニーダムはその用例を集めて議論を展開しているが、おそらくは歯車の仕掛けを含む動力伝達装置のことだったのだろうと推測している。*13

韓志和の木彫の鳥は、墨子にいわせるならば、〈拙〉に属する、有用ならざる技芸なのであろうが、じつは中国人の趣味は、このような無用にして精巧な工芸を愛でる傾向にあったともいえるだろう。

4　悲しき玩具

そして鳥はミサイルになる

ずっと下って、明代の戦争技術書『武備志《ぶびし》』（一六二一）には、戦闘用人造鳥類のアイデアが提示されている。

図 3-4 「神火飛鴉」『武備志』(1621)

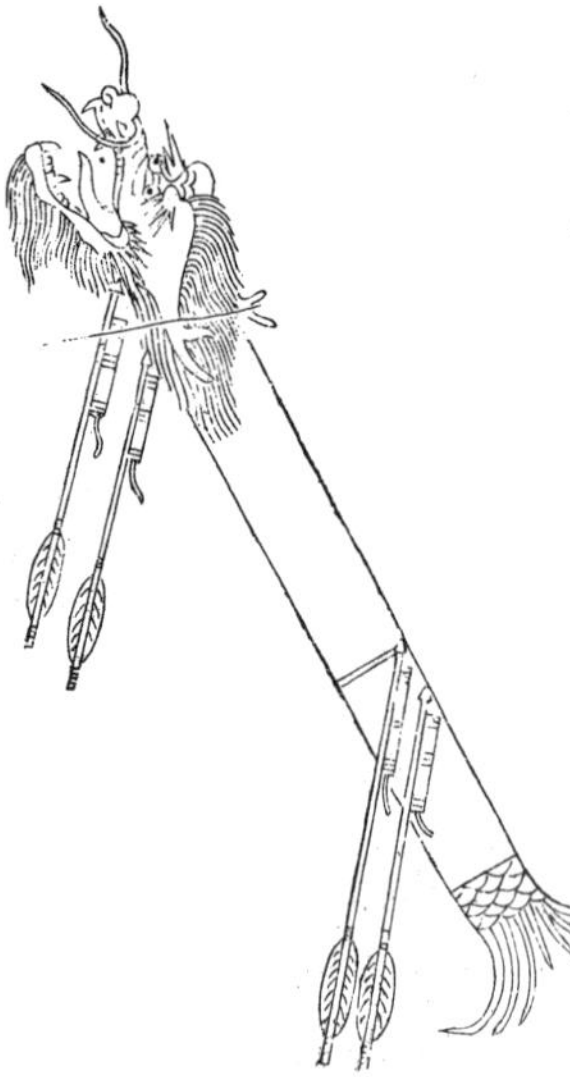

図 3-5 「火龍出水」『武備志』(1621)

はりぼての鳥をこしらえて、その内部に爆薬を装填する。鳥の下部には、推進用のロケット花火を取り付ける。ロケットにつながる四本の導火線を背中から出して、一本の総導火線にまとめる。推進ロケットは、さらに内部の爆薬の導火線につながっている。

総導火線に点火すると、鳥は火を噴き、一〇〇尺あまりを飛んで着地する。そのとき、火は内部の爆弾を炸裂させるのだ。

「陸にあっては敵陣を焼き、水にあっては船を焼き、勝利を得ないことはない!」というのが、中国人が「神火飛鴉《しんかひあ》」と命名したハイテク兵器の紹介文に付せられた謳い文句である〔図3-4〕。

また「火龍出水《かりゅうしゅっすい》」と称する兵器は、竹筒を用いてこしらえた、龍の姿を模したロケット兵器である〔図3-5〕。本体を飛ばす推進用ロケットのほか、龍の内部には、遅れて点火され、本体前部から離脱して飛びつづけるロケット弾が入っている。龍が飛び、本体ロケットが燃え尽きる直前に、内部ロケットが点火される。これが龍の口から飛び出し、さらに敵方にむかうのだ。世界でも最初期に属する二段式ロケットである。

総じて古代の兵器は、見た目に凝る。『武備志』の説明も、「龍頭」と「龍尾」をちゃんと彫刻するようにと指示している。「龍頭蛇尾」ではいけないのである。現代のミサイルのように、ツルンとして色気がないものでは、やはりダメなのだ。龍や鳥の形態を正しく模倣していなければ、かれらの飛翔機械に、理想的な飛行を望むことはできない。そしてまた、武器デザイナーは、自分の芸術作品によって粉砕されるはずの、したがって最後の瞬間の鑑賞者であるはずの哀れな敵兵の審美眼を、なによりも意識してしまうらしいのだ。

飛べない人造鳥類

とはいえ、やはり飛翔機械は平和利用といきたい。古代の人造鳥類のいまひとつのケースとして、唐代の高駢《こうべん》のケースを見てみよう。淮南節度使の高駢は、神仙の術を好み、鬼神をあやつる術を会得したと称する呂用之《りょようし》という男を重用し、その言いなりとなっていた。

高駢は、呂の指示に従って、宮廷のなかに寓鵠《ぐうこく》をつくらせた。なかには機関《からくり》が設置され、人に触れると飛ぶように動いた。駢は羽服をまとってこれに乗ると、まるで仙人が飛んでいくようであった（『新唐書』巻二二四下「叛臣列伝下・高駢」）。

悪業のかぎりを尽くした呂用之は、最後には、腰斬《ようざん》（腰から切られる刑）により処刑されたというが、わが国の道鏡や、ロシアのラスプーチンといったところであろう。

このくだりをもって、中国古代の飛翔機械にほかならないと主張するものもあるようだが、これは、人を乗せて空を飛んだ人造鳥類について書いているのではなく、高駢が「羽服」、すなわち仙人っぽい服を着て、鳥に

図3-6　現代中国のムーバー。高駢の寓鵠は、これに翼が生えたようなものか？　中国アニメの人気者「喜羊羊《シーヤンヤン》」の揺揺車

乗って飛行するという「神仙コスプレ」をして楽しむために、呂用之が入れ知恵をしてつくらせた、ある種の遊具のことを記しているのであろう。

　コインを投入する必要があったかどうかは不明だが、人が騎乗して機関を駆動させると、つばさを上下させ、あるいは前後に揺れたりしたかもしれない。現代では、そのような電動遊具のことを「ムーバー」と称するらしい。中国では「揺揺車《ヤオヤオチャ》」という〔図3-6〕。ほんとうに人を乗せて飛行するような人造鳥類は、しょせん空想の世界の産物でしかなく、実際につくるのもむずかしい。そう考えた現実主義者たちは、せめてこの程度のオモチャでもこしらえて、みずからの飛翔願望を満たそうとしたのであろう。愚かな為政者たちによる飛翔の遊具だが、ある意味で、平和利用の最たるものであるといえようか。

第四夜

凧よあがれ風に乗れ

1　凧にまつわる伝説

凧による飛翔事件

第二夜の最後で、開いた傘が風にあおられて、偶然にも飛翔を体験した男のエピソードを、清末の画報から紹介した。これと似たような現象が、同じころ、凧という飛翔装置によってもたらされ、絵入り新聞の題材にされている。

「凧をあげて危機一髪」（風箏致禍）は、浙江省寧波《にんぽー》でのはなし。お正月のよき日、陳さんは一〇歳になる息子を連れて、大きめの凧をあげていた。陳さん、ふとオシッコがしたくなってきたので、糸巻きを息子に手わたし「しばらくもっていろ」と、その場を離れた。と、そのとき、突然一陣の強風が吹いたかと思ったら、凧は息子をグイと引っぱり、かれの足は地を離れた。小さな息子は、地上から数メートルも引きあげられた。凧糸は城壁の上に建つ楼閣の軒に引っ掛かったが、そのまま息子をズルズルともち上げる。異変に気付いた兵隊さんが駆けつけて、危ういところで子どもは助かったのであった〔図4－1〕。この事件を、別の絵師が描いたものもある〔図4－2〕。

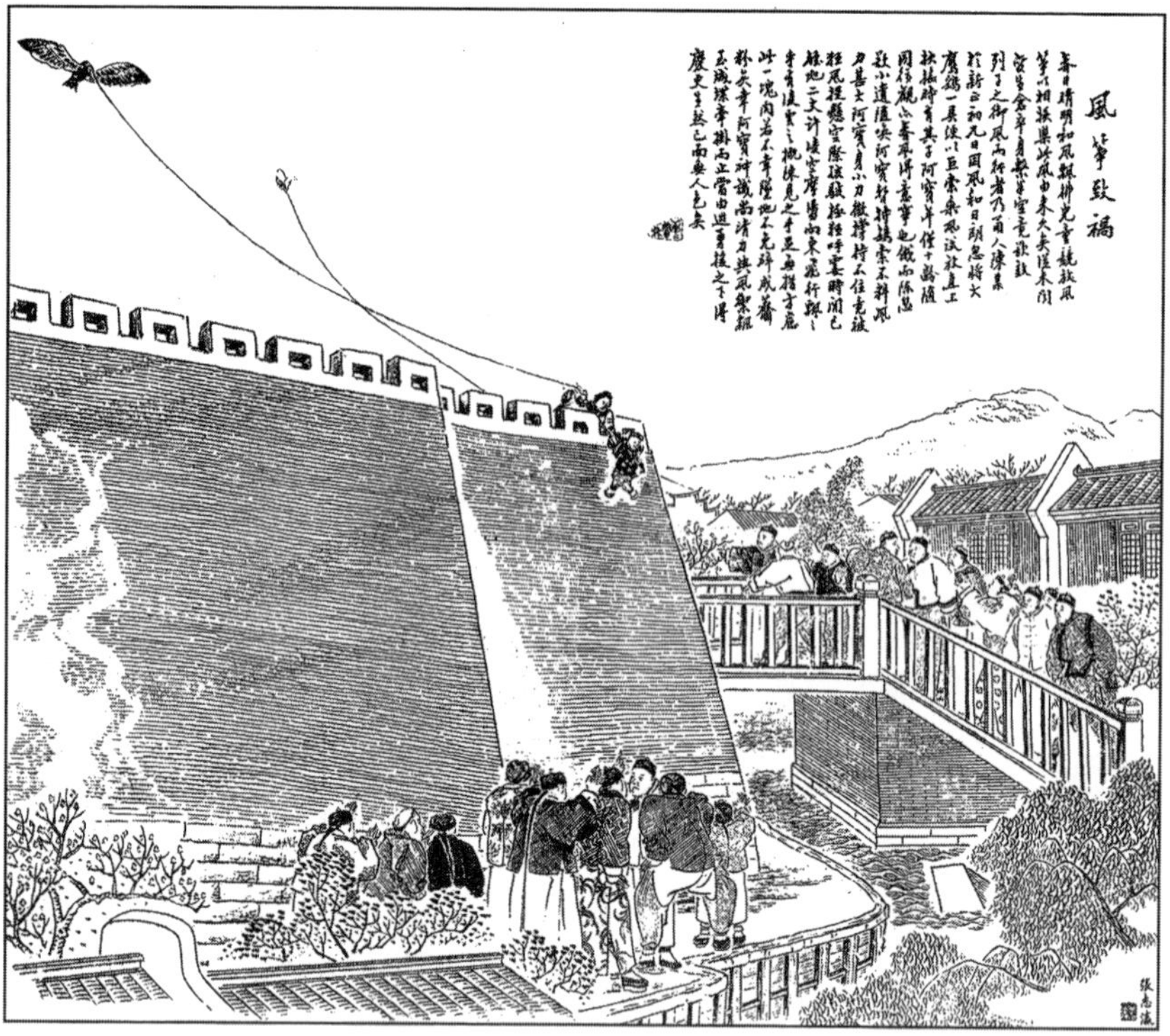

図 4-1 「風箏致禍」（清末『点石斎画報』・張志瀛）

絵に添えられた文字説明を読むと、子どもが飛ばされる描写には、後者はあの「列子が風に御す」の表現を用いているが、前者は『史記』の「司馬相如伝」（巻一一七）から「飄飄として凌雲の気あり」を使っている。これは司馬相如がしたためた「大人の賦」を読んだ天子が「飄々として雲を凌いで天にも昇ったような気持ちになった」という意味で用いられている形容である。

陳さんの息子は、さいわいにして一命をとりとめたが、不幸にも命を失ってしまったものもいた。

南京には、凧あげの大好きな一三歳の少年がいた。少年の凧好きは度を越していたので、両親はふだんからこれを厳しく禁じていたのだが、まったく改める様子がなかったらしい。それどころか、お年玉をためて、五尺ほどもある巨大な雁の凧をこしらえ、精緻な

図4-2 「白日飛昇」（清末『飛影閣画報』・呉友如）

彩色もほどこし、毎日のようにこれをあげていたのだという。ある日、いつものようにこの凧を天に放っていると、突然、狂風が吹いてきた。少年は風を受けた凧の力に抗しきれず、ズルズルと引きずられていったものの、宝物のような凧を手放す気にはなれない。そのまま南京の北東部にある玄武湖まで引きずられていき、かわいそうに、とうとう溺れ死んでしまったという〔図4－3〕。

濰坊の風箏《たこ》博物館

風に乗って上昇し、いつまでも高みに漂いつづけることのできる方法、それが凧であった。凧のみやことして知られている山東省の濰坊《いぼう》市には、いま、濰坊世界風箏《ふうそう》博物館と呼ばれる博物館がある。「風箏《ふうそう》」とは、現代中国語で「凧」を意味する、もっとも一般的な語彙だ。一九八八年に創建されたときには濰坊風箏博物館であったが、

図 4-3 「以身殉鷂」（清末『点石斎画報』・金蟾香）

いまは「世界」の二字をねじ込んでいる。筆者がここを訪れた一九九四年には、まだ「世界」はなかった。

かつての博物館の門前には、ある人物の塑像が立っていた。ほかならぬ魯班である。ここでは、凧づくりの祖の栄誉を与えられて立っている。左腕に抱えている鳥の形をしたものは、凧なのであろう。台座には「風箏之祖——魯班」の文字がきざまれていた〔図4-4〕。

「世界」がついて、博物館が改装されるや、この魯班像は撤去され、まったく新しいものとなった。こちらは凧というより、魯班そのものを鳥人としてデザインした作品のようだ。台座の文字は「風箏之師祖——魯班」となっている〔図4-5〕。

前章では、「木鳶《ぼくえん》」と呼ばれる人造鳥類をつくった人物として、魯班や墨

図 4-4　かつての濰坊風箏博物館前に立っていた魯班像（1994 年撮影）

図 4-5　濰坊世界風箏博物館に立つ新しい魯班像

子にまつわるはなしを読んでみたのだが、そこでも触れておいたように、かれらがつくった飛翔機械の正体は、じつは判然としない。筆者はそれを、一種の鳥型の自動飛行機械として読んできたものの、それを凧の起源とからめて論ずるものも多い。事実、碩学のニーダムはそのようにとらえていたし、現代の中国においては、まさにこの風箏博物館の庭を飾るべきモニュメントのテーマに選ばれていることが示しているように、凧でメシを喰っている人びとにとっては、魯班はあくまでも凧の発明家にほかならないのであるから、これを否定しようものなら、営業妨害で訴えられてもしかたがないのである。そのことだけは確認しておいて、ここでは、凧にまつわる飛翔譚を読んでみよう。

凧は中国起源

魯班や墨子がつくったものを凧であると同定するかどうかは別にしても、凧は中国に起

図 4-6　西洋のドラゴン型の凧。15 世紀

源し、世界じゅうに伝播していったと考えられている。

飛翔観念の研究家として、すでに読者にはおなじみのクライヴ・ハートには、『凧――その歴史的考察』（一九六七）と題する名著もあるのだが、その第一章も「起源・中国」と題されていて、中国から、朝鮮と日本、マレー諸島、オセアニア全域（遠くはイースター島まで）、ビルマとインドを経由しアラビアと北アフリカへ、海上貿易ルートを通してヨーロッパへ、という五つの伝播ルートが想定されている。*1 西洋では、風向を見るための凧が早くから用いられていたが、それらはしばしばドラゴンのようにデザインされていた〔図4‐6〕。また、アメリカの政治家ベンジャミン・フランクリンの提案によって、凧を用いて雷雲の帯電を証明したといわれる実験は一七五二年のことだから、凧そのものは、そのころには東洋の神秘でもなんでもなくなっていたはずだ〔図4‐7〕。

それにもかかわらず、一九世紀の前半に、G・N・ライトが文を、トーマス・アロムが絵を描いた中国イメージの集大成『中華帝国景観図集』に収める一二八枚の絵のなかには、凧あげに打ち興じる中国人を描いたものがある。これなどは、西洋人のイメージにある中国らしい一風景として描かれたものだろう〔図4‐8〕。元祖たる発明者が凧をあげる風景には、また格別の味わいがあったのだろうか。

図 4-7　ベンジャミン・フランクリンと凧の実験

図 4-8　トーマス・アロムが描いた、凧あげをする中国人

最初の凧は？

霧のなかにある魯班や墨子とは別に、だれが最初に凧をつくったのか、あるいは使用したのかを、往古の記録に探ってみるならば、大きく三つのエピソードが浮かびあがってくるだろう。

一つめは、紀元前二世紀、漢の韓信にかかわるもの。二つめは、六世紀、南朝梁の羊侃《ようがん》（もしくは羊車児）にかかわるもの。そして三つめは、一〇世紀、五代後漢の隠帝と、後漢の高祖劉知遠の皇后の弟にあたる李業にかかわるもの、である。

幸田露伴は、その「日本の遊戯上の飛空の器」（一九一三）において、「支那に於ける紙鳶の名辞」として、紙《し》鳶《えん》、紙鴉《しあ》、風鳶《ふうえん》、鷂子《ようし》、紙老鴟《しろうし》、風箏《ふうそう》、鷂《よう》の七つを列挙しているが、「紙老鴟」の語については、源順《みなもとのしたごう》の『和名類聚抄』に引く『弁色立成』に見える「紙老鴟（世間では師労之《しろうし》と云う）は、紙を以て鴟形を為《つく》る、風に乗り能く飛ぶ、一に紙鳶と云う」を引用して、これらの語彙のみならず、紙鳶《たこ》そのものが「支那より伝来せるものなることも亦明白である」といっている。*2

韓信と〈紙鳶〉

漢代初期の三傑と称せられるのが、張良、蕭何、そして「股くぐり」の伝説でも知られる、韓信である。有名な京劇の出し物に『蕭何、月の下、韓信を追う』がある。

秦の末年、項羽が兵をおこすや、韓信は項羽の幕下に投じた。項羽は、韓信の才能を知らず、かれを重用しようとしなかったので、韓信は項羽のもとを離れ、劉邦のほうに投じようとする。劉邦もまた、韓信の才を知らず、重用しようとしない。韓信は、劉邦のもとからも逃げようとする。そのとき、劉邦の側近であった蕭何は、韓信の隠れたる才を見抜き、また、かれが劉邦のもとを去ったのを知り、あわててかれを追いかける。蕭何は韓信に追いつくと、劉邦の陣営にもどってくれるよう懇願し、また蕭何に説得された劉邦は、ついに韓信を大将に任ずるのであった。韓信は、才能ある軍師として描かれるが、有能な部下の才を見抜けない上司という、現代にも通じるテーマが、ここであつかわれている。

さて、韓信が凧を軍事利用したという伝説は、きわめて断片的なものであり、いくつかの雑記のたぐいに、ヴァリエーションのあるエピソードとして記されてはいるものの、正史である『史記』と『漢書』などには、まったく触れられていない。

韓信と凧の関連に言及しているものとしては、宋代、高承《こうしょう》の『事物紀原』に見える「紙鳶」と題する記事である。そこには、紙鳶は「俗に風箏と呼ばれている。むかしから韓信がつくったものと伝えられている」（巻八）とある。また、紀元前一九六年、劉邦が陳豨《ちんき》を攻めたときに「韓信は紙鳶をつくり、これを放って未央宮との距離を計測し、地下道を掘って宮中への侵入をこころみた」ともある。また、同じく宋代の曾敏行《そうびんこう》『独醒雑志』巻一によれば、韓信は軍事的な連絡方法として、「紙鳶」をあげたとのことだ。

さらに唐代のものとされる趙昕《ちょうきん》の『熄灯鴞文《そくとうようぶん》』には、垓下《がいか》の戦いで、韓信は「風箏」をつくり、張良をこれに搭乗させて大空高くあげ、高らかに楚の歌を歌わせた。その歌が項羽の軍を動揺させたのだとある。有名な「四面楚歌」の故事は、じつは「上面」からも歌われていたという、新たな真実が明らかとなったわけだ。近代戦争における、航空機からの宣伝ビラの散布を思わせるはなしである。

通信装置としての凧

第二の創製伝説として、唐代の『独異志』の記載をあげておこう。侯景《こうけい》が謀反をおこして台城（南京）を包囲したときのことが書かれているが、ここでは、いまひとつの軍事利用に供された凧が記述されている。

梁武帝の太清三年（五四九）のこと。侯景が謀反をおこし、台城を包囲した。遠くも近くも、連絡は絶たれた。簡文帝は太子の大器と相談して、縛鳶《ばくえん》を空に飛ばし、外部に危急を知らせようとした。侯景の家臣が景にいった。

「これは厭勝《えんしょう》の術でしょう。さもなければ、情況を外に知らせようとしているのでしょう」

そこで、まわりのものに命じて、これを射させた。それは射落とされると、みな鳥に変じて飛んでいってしまった。どこに行ったかはわからない（巻中）。

『太平広記』巻四六二に引かれている『独異志』のテクストでは、「簡文帝は、紙鳶をつくって天に飛ばした」とし、また侯景の家臣の名は「王偉」とされ、「この紙鳶の至るところ、情報が外にとどけられます」といったことになっている。また、射落とされたものは、「化して禽鳥となり雲のなかに飛んで入ったが、行き先はわからない」とある。

「縛鳶」とはなにか？　鳥をかたどり、糸で繋げられた飛翔装置であろうか。

『事物紀原』は、韓信のはなしにつづけて侯景のエピソードを紹介しているが、これもまた異本を提供している。

侯景が台城を攻め、内と外とは連絡を絶たれた。羊侃は、子どもに紙鳶をつくらせ、なかに詔書を隠し入れた。簡文帝は太極殿の前に出て、西北の風が吹くと、これを放ち、援軍にとどくことをこいねがった。賊軍は、これは厭勝の術であると考え、射落とさせた（巻八）。

『資治通鑑』には「紙鴟《しし》をつくって長い縄に結び、内部に勅書を書き、放って風に乗せ、衆軍に達することを願った」と描写されている（巻一六二「梁武帝太清三年」）。「紙」と「鳶」「鴟」などの鳥を意味する文字を結合させた語彙は、いわゆる凧を意味するものと考えてよいだろう。

明代の郎瑛《ろうえい》（一四八七〜一五六六）は、その随筆『七修類稿《しちしゅうるいこう》』において、『新五代史』の「李業（鄴）伝」に見える「宮中にて紙鳶を放った」という文言を根拠に、「紙鳶は、五代漢の隠帝と、李業がつくり、宮中の遊戯としたものである」と断言する。郎瑛は韓信が未央宮までの距離を計測したはなしと、羊侃が紙鳶で援軍に連絡しようとしたエピソードを紹介し、「二つのはなしは、いずれも歴史書には載せていないもので、かつまた道理の通らないはなしである」とのコメントを加えている。

糸の高下で、地上の遠近がどうして計測できるというのだろうか？　羊侃は、いったいどうして、子どもに紙鳶をあげさせる必要があったのか？　紙鳶をあげたとして、これが落ちる場所が、かならず援軍の地であるといえるだろうか？　したがって、紙鳶が、李業によってはじめられたものであることは疑いえない（巻二二「弁証類」「紙鳶」）。

より古めかしいふたつのエピソードが理屈に合わないという理由で、凧の創製を、より新しい時期の人物に託すというロジックは、いよいよ理屈に合わない。

一覧しておわかりのように、古代の傑出した人物に仮託された奇跡のエピソードは、いずれも凧というガジェットを駆使した、奇矯にして伝奇的な「おはなし」なのであって、凧の創製や起源などとは、明確な関係性は認められない。それらが起源伝説として語られてしまうのは、中国人が古代から醸成してきた、「もののはじまり」に対する強烈な嗜好と、始祖というものへのかぎりない愛着によるものなのであろう。

凧の起源説話として伝えられてきたものが、じつはそのユニークな使用例であるということを確認したところで、あとはかれらの、さらに飄逸な使用方法を楽しめばよろしい。

暴君の降下遊戯

一二世紀、南宋の曾敏行は、その『独醒雑志』のなかで、「いまの風筝は、いにしえの紙鳶である」といい、先述のように、韓信による軍事利用のエピソードを紹介してから、「……しかし紙鳶をつくることは、いまでは子どもの遊びとなっている」と述べている（巻一）。もともと軍事的に活用されていたものが、宮中や民間での遊戯として普及していったということを伝えているものであろうか。

ところが、遊戯というには、あまり感心できない遊戯を敢行したものもいた。それは、北斉の文宣帝（高洋）が、天保一〇年（五五九）におこなった「遊戯」であり、これはいくつもの史料に記載されている。『北斉書』巻二八「元韶列伝」によれば、文宣帝は、魏王朝の家系であった拓跋《たくばつ》氏——のち元氏に改姓——を根絶やしにしようとの願望から、この年、大殺戮をおこない、犠牲者は七二一人にのぼったという。魏の太子であった元黄頭も、そのひとりであった。『資治通鑑』には、次のように描写されている。

（文宣帝は）元黄頭を、ほかの囚人たちとともに、金鳳台の上から、それぞれ紙鴟《しし》に乗せて飛ばせた。ひとり黄頭だけは、郊外の通りまで飛んで、着地した。そこで御史中丞の畢義雲《ひつぎうん》に托して、これを餓死させた（巻一六七「陳紀一」）。

似たようなことは『隋書』にも見えている。

文宣帝は金鳳台に行幸し、仏戒を受けた。帝は多くの死刑囚を召し出させて、竹の筵《むしろ》を編んだものを翼にして、飛び降ろさせ、これを「放生《ほうじょう》」と呼んだ。みんな墜落して死んだ。帝はこれを眺め、大よろこびで笑った（巻二五「刑法志」）。

「放生」というのは、捕われの動物を逃がしてやる、仏教の殺生戒にもとづく善行のひとつである。金鳳台は、高さ「八丈」との記録もあるが、だとすれば二七メートルほどであろうか。『資治通鑑』の記事では「紙鴟」に乗せたとあるので、一般には、この語彙のもっともふつうの意味である「凧」を利用して殺戮をおこなったものと理解されている。『隋書』のほうは、竹の筵（籧篨）でこしらえた鳥の翼を模倣したものをまとわせ、空気抵抗による緩慢な落下を企図したものかもしれない。舜帝ならぬ、あわれな囚人たちは、神仏のご加護を得られるはずもなく、文宣帝の残虐な飛行遊戯の犠牲となるしかなかったのである。

軍事から娯楽へ

凧によって通信文を送るという軍事的な用途は、おそらくその後もつづけられたのではないだろうか。唐代には、臨洺《りんめい》の将軍、張伾《ちょうひ》のエピソードが残っている。

唐の建中元年（七八〇）、魏博《ぎはく》節度使の田悦《でんえつ》が、数万の兵を率いて、臨洺を攻めた。臨洺を守っていた将軍の張伾は、兵力が足りないので応戦できず、籠城するのみであった。ひと月あまりたつと食料も尽き、援軍も来ず、志気はゆるんできた。やがて勅命により馬燧《ばすい》と李晟《りせい》の軍が駆けつけたものの、賊軍の包囲は堅く、内外で連絡を取ることもままならない。張伾はあせり、紙で「風鳶」をつくると、一〇〇丈もの高さまであげ、田悦の軍営の上空を越えさせた。悦は弓の名人にこれを射落とさせようとしたが、とどかなかった。馬燧がこれを受けとると、なかには「三日のうちに援軍が来なければ、臨洺はもちません」と書かれた手紙が入っていた。馬燧はさっそく進攻し、内外呼応して賊軍を破った（『新唐書』第二一〇巻「藩鎮伝・田悦」）。

唐以後は、凧は軍事利用だけでなく、高価な娯楽品ともなった。最初は「李業伝」に見るように、宮室や貴族の娯楽として。付言するならば、唐代には、すでに大量の「紙鳶」をモチーフとした詩が書かれていた[*3]。さらに南宋になると、紙の価格が低下したことにより、手に入れやすい民間の玩具として発達したという。*4

宮廷の遊戯から民間の遊戯となっていった経緯については、おもしろい伝説がある。

北宋の末年、即位したばかりの徽宗《きそう》皇帝は、朝政の余暇に、禁中にて凧あげに興じていた。その日も宮廷内で凧をあげていたところ、糸が切れ、凧は風に流されて、民家に落下してしまった。宰相がこのことを問いただしても、徽宗は知らぬ顔を決め込んだ。こうして凧は、民間に流出したのであったと、宋代の王明清『揮麈後録《きしゅこうろく》』に書いてある（巻一「曾布奏事、上深憚服」）。あくまでも伝説であるが、芸術に耽溺した徽宗皇帝らしいエピソードではあろう。

一三世紀の周密は、『武林旧事』において、杭州・西湖での凧合戦の模様を描写している。

断橋では、若者たちは橋の上から、競って紙鳶をあげ、たがいにひっかけ、引っぱりあう。糸の切れたほうが負けとなる。つまらぬ技のようだが、これを専門にするものもある（巻三「西湖遊幸」）。

またその巻六には、「諸色伎芸人」として、さまざまな演芸とその名人の名がリストアップされているのだが、「凧あげ」（放風箏）という項目が立てられ、「周三、呂偏頭」という二人の名が見えている。凧あげをパフォーマンスとして披露するプロの芸人がいたということであろう。

2　凧はいざなう禁断の園へ

遊戯としての凧あげ

凧は、たんに天に放たれるだけでなく、おもちゃ好きの中国人によって、さまざまな工夫が加えられていった。

デザインに凝るものもあれば、風を受けて振動する竹片や鈴をつけ、風力によって音を奏でるようにするものもあった。現代の中国語では、凧のことを「風箏」ということが多いが、「風の箏」というのは、このような音を奏でる装置に由来する。また、灯明をつけて上空に高く飛ばすこともあったが、落下した灯火が火災を引き起こすこともあって、しばしば禁止令も出されていた。

清代蘇州の風俗を描いた顧禄《ころく》の『清嘉録《せいかろく》』を見ると、その「三月」のところに、次のような記述がある。

紙鳶のことを俗に「鷂子《ようし》」という。春の晴れた日には、川原の近く遠くで、多くの糸が引かれている。夜になって、糸に灯明を三つ五つとつなげてあげるものがあるが、これを鷂灯《ようとう》という。また、竹や蘆でこしらえた笛を鷂子の背に結びつけ、風によって音を響かせるものがあるが、これを鷂鞭《ようべん》という（三月・放断鷂）。

凧あげといえば、中国では清明節の風俗として伝えられている。清明節とは、二十四節気のひとつで、旧暦の二月から三月にかけて、新暦では四月四日前後にあたる。中国では墓参りがおこなわれるが、同時にまた、郊外へのピクニックや凧あげをする時期であるともされる。清代の潘栄陛『帝京歳時紀勝』を読んでみよう。

清明の墓参りになると、町じゅうの男女が、いっせいに郊外にむかい、酒や食べ物を携え、車をつらねて出かけるのである。みな紙鳶とその糸巻きを携帯するが、墓参りが終わると、墓前にて凧あげをして競いあう。京師《けいし》でつくられた紙鳶は巧みの技を尽くしたもので、値段が数金もするものがある。琉璃廠《るりしょう》で購入することができる（正月清明）。

また、凧の表面に病気の名前などを書いて、これを放ち、糸を切って遠くまで飛ばしてしまうという風習も

図4-9　魔王を凧にする孫悟空

あった。病気をはじめとする災厄を、糸の切れた凧とともに追いやってしまおうというのである。

ものの本には、清明節に凧あげをすることは清朝にはじまると書かれているが、そうではあるまい。なぜなら、明代の『西遊記』には、孫悟空が、大魔王の心臓に長い縄を結びつけ、魔王を翻弄するという場面があるのだが、そのとき、悟空にもてあそばれる縄付きの魔王を見た手下の妖怪たちが、こう叫んでいるからである。

「あのサルときたら、時節もわきまえず、清明節にもならないのに、凧あげをやってます」（第七六回）

中国の妖怪たちは、みずからの文化の風俗習慣をよくこころえ、これを遵守しようとつとめる、律義このうえない庶民なのである〔図4-9〕。

風筝《たこ》は少年をみちびく――『緋衣夢』

元時代の演劇「元曲」あるいは明清の白話《はくわ》（口語体）小説においては、「風筝」は、「糸の切れた風筝《たこ》」（「断線風筝」「線断風筝」）のように、だれかが「ひとたび去っては帰らぬ」ことを表現するときに用いられた。「まるで、大海に沈んだ石、糸の切れた風筝のように、帰ってくる様子がありません」（明・馮夢龍『醒世恒言』第二二巻「呂洞賓飛剣斬黄龍」）のような常套句もあった。まったく同じ表現は、現代の日本でもじゅうぶん通用している。

元代の関漢卿《かんかんけい》が書いた戯曲『緋衣夢《ひいむ》』には、風筝がとりもつ男女の縁というモチーフが見える。書生の李慶安《りけいあん》には、許婚《いいなずけ》の王閏香《じゅんこう》がいたが、いまは李家が没落したために、閏香の父、王半州は、この婚約を破談にしようとする。王半州は、慶安の父に使者を送り、閏香が慶安のためにつくった靴と、銀子一〇両をわたして、破談の手切れ金とする。

外から帰ってきた息子に、父は泣きながら事情をはなすが、根がおぼっちゃんの慶安は、「そんなこと、どおってことありません」と、さほど気にかけぬようす。かれの頭のなかは、じつは風筝のことでいっぱいだったのだ。学校に行くと、かれだけが風筝をもっていないがために、クラスメイトたちからバカにされていたのである。慶安くんは、手切れ金の一〇両のうち二〇〇銭を手にし、プレゼントされた靴をはくと、さっそく風筝を買いにいき、凧あげに興ずるのであった。そのあたりを読んでみよう。

（李慶安、風筝《たこ》を手にして登場）　ぼくの名前は李慶安。風筝を買ったので、いまからあげるんだ！　おやおや、なんと一陣の強風が吹いてきたぞ。風筝が飛ばされて、この家のお庭のなかの梧桐の枝に引っかかってしまった。庭の塀は低いので、乗り越えて、ぼくの風筝を取ってこよう。（壁をのりこえるしぐさ）よっこいしょ！　さあ、壁を越えたぞ。ああ、なんてきれいなお庭なんだろう！　木の前まで来たぞ。靴を脱いで、登って風筝を取らなくちゃ。おやおや、だれかがこっちに来るようだ。

（閏香が、女中の梅香とともに登場）　わたくしは王半州の娘、幼名を閏香ともうします。さても秋の好き日《よ》、梅香や、あたしたちお庭をお散歩しましょう。……梅香や、あの木の下にあるのは靴じゃなくって？

取ってきて見てみましょう。

（梅香）かしこまりました。おじょうさま、たしかにこれは靴ですわ。ごらんなさい！

（閨香、見て）この靴は、わたしが李慶安につくってさしあげたもの。どうしてこんなところにあるのかしら？　梅香、木の上にはだれかいるのじゃない？

（梅香）おじょうさま。たしかにだれかいますわ。

（閨香）梅香、おりていただいて、おはなしを聞きましょう。

（梅香は呼んで）おにいさん、おりていらっしゃい！　おじょうさまがお呼びです。

声をかけられて木から下りた李慶安は、庭への闖入をわびて、事情を話す。

（李慶安）それがしは李員外の息子で、李慶安と申します。風箏をあげて遊んでいたら、思いもかけず、こちらの梧桐の枝に引っかかってしまいましたので、風箏を取りにまいったのです。おじょうさま、どうかお許しください。

（閨香）だれが李慶安ですって？

（李慶安）それがしが李慶安にございます。

どうやら二人は、これが初対面らしい。閨香は婚約を決行させるべく、慶安にこっそり資金を用立ててやることにし、夜になったらこの庭で手わたすことを約束する。その夜、閨香は梅香に金銭をもたせて庭に行かせた。ところが梅香は、居合わせた盗賊の裴炎《はいえん》に殺され、金銭も奪われてしまう。あとから来た慶安は、死体を見て逃げ出し、父に殺人があったことを告げる。王半州は、慶安が犯人であると決めつけて、官府に訴え出る。慶安は、死刑の判決をくだされる。
この地に新しく赴任した銭可は、事件をあらためて調べようとし、慶安を役所に呼ぶ。護送される途中、蜘蛛の巣に引っかかった蝿を見た慶安は、蝿を助けてあげるよう、父に頼む。銭可は、いまひとつ納得がいかないながらも、確たる反証もないため、斬首の判決をくださざるをえず、判決書に「斬」の一字を書こうとすると、一匹の蝿が筆の先にとまって邪魔をし、どうしても字を書かせてくれない。慶安が冤罪であると信じた銭可は、かれを留置し、部下に命じて、その寝言を記録させる。すると「非《あか》の衣《ころも》に火《たいまつ》ふたつ。殺人犯はこのおれさ。いそぎ隠れる場所もなく。井戸のなかに逃げ込んだ……」という寝言が記録された。「非」の字の下に「衣」をおけば「裴」となり、「火」がふたつで「炎」となる。銭可は、真犯人の名は「裴炎」であり、「井」の字がつく場所に隠れているのだと判断し、捜索を進め、ついには裴炎を逮捕、慶安と閨香は成婚にこぎつけるのであった。*5

ここで風箏が活躍するのは、最初の二人の出会いのシーンだけだが、ふつうの男が入りえない空間——女が住まう家の庭——に、塀を越えてまず侵入し、男をそこへ導くという任務が、この風箏には托されているわけである。強風が吹かなければ、風箏は閨香の庭にも入ることはなかったし、二人が出会うこともなかった。そもそも慶安の風箏狂いが、そうさせたのであるから、すでに女に無頓着に見える慶安少年のなかに、時限装置は組み込まれていたのであった。

愛のメッセンジャー——『風箏誤』

こうして凧は遊戯の道具として普及していったが、明末清初の作家李漁《りぎょ》（一六一〇〜八〇）は、凧によって展開していくコメディ『風箏誤《ふうそうご》』を書いている。*6

詹烈侯《せんれつこう》には二人の娘がいた。姉は梅氏が生んだ愛娟《あいけん》で、妹は柳氏が生んだ淑娟《しゅくけん》である。淑娟は美しく、また賢い娘であったが、姉の愛娟のほうは、見た目も醜く、また愚かな娘であった。

図4-10 『風箏誤』より

書生の韓琦仲《かんきちゅう》は、詩をしたためた凧を飛ばしていたが、たまたま同じ時間に凧を飛ばしていたおぼっちゃん戚友先《せきゆうせん》の凧とぶつかり、糸が切れてしまう。凧に流された凧は、詹烈候の屋敷の邸内に落下し、淑娟にひろわれてしまう〔図4-10〕。

淑娟は、凧に書かれてあった詩を読んで感激し、これに和して詩をしたためるが、この凧は、戚友先の家のものによって取り返される。

韓琦仲は、戚友先の家で、淑娟が記した詩を読み、うれしくなる。そこでまた詩をしたため、これを天に放ったが、あいにくこの凧は、愛娟が住まう屋敷の庭に落ちてしまう。

愛娟は、これを戚友先が書いたものと誤解し、淑娟のふりをして、乳母を通じ、月の美しい夜に密会することを約束する。その夜、密会の場に出むいた韓琦仲は、愛娟の顔を見て卒倒してしまう。あまりに大きいショックのせいか、それからというもの、韓はひたすら学問に専念するようになった。

やがて愛娟は、両親のはからいで戚友先と婚約することとなる。そして婚礼の夜、戚友先は新婦が醜い愛娟であることをはじめて知り、烈火のごとく怒ったのだが、愛娟の母に説得され、三妻四妾をもってもよろしいということで、怒りを鎮める。

勉学に励んでいた韓琦仲は、やがて状元（科挙の最終試験「殿試《でんし》」のトップ合格者）となり、義父の画策によっ

図4-11a,b　現代の崑劇『風箏誤』a 戚友先（計韶清）と b 愛娟（李鴻良）。（　）内は演じた役者さん

て淑娟を娶ることとなった。めでたし、めでたし。

　女性の顔の美醜を露骨に描いた喜劇ということで、現代では怒られるかもしれないが、中国では、崑劇と呼ばれる、蘇州地方で発展した演劇の有名な演目のひとつであり、いまでも堂々と上演されている。

　韓琦仲と淑娟は典型的な才子と佳人、美男と美女だが、戚友先と愛娟は、いずれもお笑い担当らしいメイクを施されている（図4-11a・b）。現代中国の有名な京劇の女形、梅蘭芳は、『風箏誤』の基本的なストーリーを踏襲しつつ、『鳳還巣《ほうかんそう》』という芝居をつくった。ただしこちらには、凧のモチーフは使われていない。

　『風箏誤』においてもまた、『緋衣夢』と同じように、男たちが侵入できない女の空間に、物理的な障壁を克服して入りこみ、隔てられてしかるべき男女の垣根を打ち崩すという先鋒隊としての機能が、風箏には托されているようだ。

　そんな『風箏誤』を読んで思い出してしまうのは、李漁が、その短編小説集『十二楼』のひとつとして書いた「夏宜楼《かぎろう》」だ。こちらでは、望遠鏡を手に入れたことで、相手の女性の生活を手に取るようにのぞき見ることのできた男が、神仙ではないかと疑われつつも、その恋愛を成就させるというストーリーだ

（第九夜参照）。

また、やはり『十二楼』の一篇「合影楼」では、となりあった両家の、二人の男女を隔てているのは、文字どおり石の障壁である。これは両家の親の仲が悪いことからつくられたものだった。ところが石壁の下には池があり、壁は池をまたいでつくられていた。東洋のロメオとジュリエットは、直接その姿を見ることはできないものの、水面に映った相手の姿を見ることで、恋愛関係におちいってしまう。ここでは反射鏡という光学機器の機能を、水鏡に代替させている〔図4-12〕。

図4-12　湖面に映じて見える壁の向こうの美女。「合影楼」より

凧にせよ望遠鏡にせよ、そして水面という鏡の代替品にせよ、李漁という人は、よっぽどガジェットへの嗜好が強いようだ。その戯曲論である『閑情偶寄』にも、李漁のガジェット趣味が横溢している。そもそも明代末期には、文人たちの〈もの〉をめぐるこだわりを綴った著作がいくつも書かれていて、〈もの〉の時代であったともいえるのだ。[*7] 李漁の小説で活躍する〈もの〉たちが、人間のもつ本来の知覚の限界を超えるための手段であったことを思えば、現代の恋愛小説が、ネット情報や、携帯可能な通信機器のたぐいの活躍なしには語りえないのと同じ様相を、そこに見てもいいだろう。

ちなみに、李漁の作品は、わが国でも好んで読まれ、江戸期の文芸に大きな影響を与えた。山東京伝の読本の代表作『桜姫全伝《さくらひめぜんでん》曙草紙《あけぼのぞうし》』（一八〇五）では、伴宗雄《ばんむねお》をみそめた桜姫が恋の病にあるとき、両者のあいだで手紙のやりとりをするための秘策が、ほかならぬ凧——紙鳶《いかのぼり》であった。

かくて桜姫は、思いのあまりに恥ずかしさをしのび、侍女等《こしもとら》に心のうちを語りければ、侍女ども一計を生じ、姫に文《ふみ》書かせ、紙鳶《いかのぼり》にゆいつけて空にのぼし、糸を断ちて放ちければ、風につれて宗雄が書を読む窓のもとに落ちぬ。*8

山口剛《やまぐちたけし》は、ここで紙鳶《いかのぼり》を利用したのは、「李笠翁の戯曲「十種曲」の一つ『風箏誤伝奇』から種を得たものと思はれる」といい、さらに京伝が別の作品においても風箏の趣向を用いていることから、「風箏は京伝に於て得意のものであつたらう」と指摘する。*9

3　凧と『紅楼夢』

運命は風箏にのせて——『紅楼夢』

清代中期の長編小説『紅楼夢』（一八世紀中頃）全一二〇回は、いまもって絶大な人気を誇る作品である。そのうち八〇回までは、原著者の曹雪芹《そうせっきん》（一七一五～六三？）の筆によるものであり、残りの四〇回は、高顎《こうがく》が書いた。はじめ写本としてひろがったもので、いくつかの異なったテクストが残っている。曹雪芹はもともと一一〇回まで原稿を書いていたとも推測されるが、散逸してしまったので、高顎が四〇回を書き加えて、刊行された。

『紅楼夢』は、賈《か》一族の貴公子賈宝玉《かほうぎょく》と、林黛玉《りんたいぎょく》をはじめとする美少女たちがおりなす物語だが、その第七〇回には、賈宝玉が、少女たちとともに、大観園と呼ばれる庭で風筝《たこ》あげに打ち興じる場面がある。みんなで詩をつくって楽しんでいたところに、どこからか放たれた風筝が落ちてきたので、これに触発されたかれらも、風筝を引っぱり出してきたのであった。

『紅楼夢』において、風筝との因縁がもっとも深い娘が、賈宝玉の、母のちがう妹、賈探春《かたんしゅん》である。以後、探春に注目してお読みいただきたい。

探春はいいました。

「いまさら人が飛ばしたものをひろおうっていうの？　そんなことしたら、ろくなことにはならないわよ」

黛玉は笑っていいました。

「ほんとにねえ。だれかが厄飛ばしに放ったものなんでしょうね。さっさと捨てておしまいなさいよ。あたしたちのをもってきて、みんなで厄飛ばしをしましょうよ」

探春は、やわらかい翅子《はね》のついた鳳凰の凧をあげる。しばらく凧あげを楽しんでから、みずからハサミで糸を断ち切ろうとすると、だれが飛ばしたものやら、もうひとつの凧が空に浮かんでいるのが目に入った。

探春は、自分の鳳凰凧を切り放とうとしますが、見れば空中には別の鳳凰凧があがっているではありませんか。

「どこのかしらね？」

みんなは笑いながら、

「切るのはちょっとお待ちなさい！　むこうの凧ったら、からみにくるみたいよ」

そういっているうちにも、その鳳凰凧はだんだん近づいてきて、とうとうこちらの鳳凰凧にからみつきました。みんなは糸をたぐり寄せようとしますが、むこうもまたたぐり寄せるので、どうにも動きがとれずにいるところへ、こんどは門の扉ほどの大きさの、みごとな「喜」の字をあしらった、響鞭《きょうべん》をつけたやつが現われて、さながら空中で鐘を鳴らすようにして迫ってきました。

みんなは笑いながら、

「あの凧もからみにきましたね。いまはたぐり寄せるのはやめにして、あの三つをひとつにからませましょうよ。そのほうがおもしろそう！」

そういっているうちに、思ったとおり、「喜」の字の凧は、二つの鳳凰凧とからみあいます。そして三方それぞれが、たぐり寄せようとしたものだから、なんとまあ、糸はすべて切れてしまい、凧は三つとも、風に乗ってゆらゆら飛んでいってしまいました。

みんなは手をたたいて、どっと笑うと、

「ほんとにたのしかったわね。だけど、あの「喜」の字の凧はどこの家のものだったんでしょう。どういうつもりなのかしらねえ」

曹雪芹は、作品のあちこちに、作中人物の運命をほのめかすような文言を配している。そんな暗示のひとつが、第五回で賈宝玉が夢の世界に迷い込み、目にする、絵および詩なのであった。探春のそれは、次のようなものであった。

……二人のものが凧をあげていて、大海原には一艘の大きな船が浮かんでいます。その船の上では、ひとり

図4-13　風筝をあげる賈探春。絵は趙成偉

の女が、顔をおおって泣いている様子が描かれています。これに添えられたことばは――

才はきらきら　志《こころざし》は高いけど
生まれが末世　消えゆく命運《さだめ》
清明《せいめい》に涙して　おくるは岸辺
千里《せんり》東風《とうふう》吹き　夢ははるかに

描写されている絵からは、彼女が海のかなたに泣く泣く嫁入りし、あまり幸福ではない人生をおくるのであろうということが暗示されている。先述のように、風筝は「ひとたび去っては帰らぬ」ことの暗示だから、二度ともどることはないのであろう。

『紅楼夢』のなかでは、探春と風筝《たこ》との関係には、ただならぬものがある。彼女はまるで風筝の妖精でもあるかのようだ〔図4－13〕。

第二二回には、みんなで灯謎《とうめい》をつくって楽しむ場面がある。灯謎というのは、謎なぞを書いた紙を灯籠に貼りつけて展示し、鑑賞しながらこれを解いていくという遊びである。探春がつくったのは以下のようなものであった。

階下の子供が　見上げる空
清明のまつり　綺麗に化粧

糸が切れたら　それまでよ
東風うらむな　さようなら

謎なぞのこたえは、いうまでもなく「風箏」である。これもまた、清明節のころに、探春が花嫁衣装に身を包んで、二度と帰らぬ旅に出ることを予言しているかのようだ。

探春はいずこへ?

『紅楼夢』の第一〇〇回によれば、探春は、海疆《かいきょう》と呼ばれる沿海地域で鎮海総制なる任にあたっている周家に嫁ぐことになるのだが、それほど遠方というわけでもないし、さらにあとのほうでは、実家にも帰ってくる。もちろんこの展開は、続作者である高顎が考えたストーリーであり、曹雪芹のものではない。いきおい『紅楼夢』ファンや研究者のあいだでは、曹雪芹は、もともと探春にどのような結婚をさせるはずだったのかを、曹雪芹が八〇回までに配した伏線や暗示などから推定することが、ひとつの研究テーマともなっている。*10

遠方の地に嫁に行ったことでは一致しているのだが、ではどこに行ったのか?「中国以外の小さな島国の王妃となった」、あるいは「国内のある王の妃になった」などの説が提示されている。*11

そのような研究——ほとんどファン活動といってもいいかもしれないが——のための重要な手がかりが、まさしく七〇回の凧あげの場面なのであった。

ふたつの鳳凰凧は、高貴な夫婦を暗示し、「喜」字は結婚のシンボルである。これは、やがて探春が遠方の高貴な家に嫁ぐであろうことを暗示している。そして凧あげは、まさに賈宝玉が夢で見た絵のなかに描かれていたものを思い出させる。だが、その高貴な結婚も、しょせんは空でのできごと。「響鞭《きょうべん》」とは、『清嘉録』で「鷂鞭」と呼ばれていたものと同じく、凧につけられた装置で、風を受けて音を発するものだ。響鞭のついている

図4-14　「囍」字をデザインした凧。木版画「春風得意」

「喜」字の凧にも、大きな音とともに醒めてしまう、夢のなかだけの「喜び」の意味が込められているのかもしれない（図4－14）。

また、賈宝玉と結婚することになる薛宝釵《せつほうさ》があげているのは「一連七個大雁」であり、大きな雁が七羽つらなったデザインである。七は奇数であるがゆえに、宝釵が宝玉との結婚ののちも孤独な生活を強いられることを暗示している。

ここで描写されている凧を、デザインのモチーフから列挙すると、蝴蝶、美人、鳳凰、大魚、螃蟹《かに》、紅蝙蝠《こうもり》、大雁、「喜」字などが登場するが、先ほども触れた厄落としの習慣にのっとって、かれらは次から次へと凧の糸を切断しては、災厄に見立てた凧を、遠くに放逐してしまうのであった。

第七〇回の凧あげの場面を綴るにあたって、曹雪芹は、凧あげの専門用語とでもいうべきものを多用している。「剪子《せんし》股《こ》」（竹竿を用いて風箏をあげる際、竿の先端に斜めにくくりつけて糸の滑りをよくする棒）、「頂線《ちょうせん》」（風箏に直接結びつけられ、三角錐を成して中心の糸に繋がる三本の糸）、「送飯的《そうはんてき》」（風箏あげの際に彩りを添える小物の俗称）、そして「響鞭《きょうべん》」などがそうである。*12

それもそのはずで、曹雪芹は凧づくりと凧あげの専門家であり、「南鶴北鳶考工志」と題する凧の専門論文まで書いたともいわれる。[*13] これを書いたきっかけについては、曹のところに金を借りに来た困窮した友人のために、かれが凧をつくってやったところ、その凧が高く売れ、評判になったことによるという、美談も伝えられている。

4　凧のある画廊

凧であそぶ子どもたち

ヴィジュアルな資料としては、子どもたちの生態を多く描いた宋代の画家蘇漢臣《そかんしん》が、凧あげをして遊ぶ幼い子どもたちを描いている。

さらにおもしろいのは、南宋の画家、李嵩《りすう》が行商の小間物売りを描いた「貨郎図《かろうず》」と呼ばれる一連の作品だ。これは、何種類かがいまに伝わっているが、とくに台北の故宮博物院に所蔵されているものは《市担嬰戯図《したんえいぎず》》と題され、天秤棒の前後に売り物の雑貨を満載した男が、それらに興味津々の悪ガキどもに囲まれて、戦々兢々《せんせんきょうきょう》としている場面を活写した、楽しい作品である。そこに描きこまれた雑貨のなかには、多くの玩具が見いだされ、角凧や鳥形の凧など、いくつかの凧もあるのだという〔図4‐15 a・b〕。[*14]

北宋の郭若虚が書いた絵画史『図画見聞志』（一一世紀）には、「凧の絵」にまつわる愉快なエピソードが紹介されている。

一〇世紀、北宋の著名な画家、郭忠恕《かくちゅうじょ》は、いくら大金を積んで依頼しても、興が乗らなければ筆をとることはなかった。その郭が陝西省にいたときのこと、酒屋をいとなむ豪商の息子が、郭に絵を描いてもらおうと考え、毎日のように酒を送りつづけた。郭のほうも、毎日のように、これを飲みつづけた。やがて息子が、一枚の長い白絹を送ってきて、画巻の制作をお願いしにきた。郭は、よしきたとばかりに筆をとり、白絹をひろげるや、その一端にひとりの子どもを描き、手には凧の糸車をもたせた。さらに絹のもう一端には、凧を描きこんだ。そうして端と端とのあいだは、長さ数丈にわたって、一本の線で結んだ。これを見るや、豪商の息子はかんかんに怒り、「おまえとは絶交だ！」といい捨てると、飛びだしていってしまった（巻三「紀芸・中」）。

図 4-15a,b　李嵩『市担嬰戯図』、同拡大図

描かれた凧あげ

凧にまつわる飛翔の事件を、清朝末期の絵入り新聞に見てみよう。ただ、近代においては、すでに見た古代の軍事的利用にくらべるならば、とくに「飛翔文学」と呼べるようなおもしろいエピソードはない。上海の張園が

図 4-16 「風箏会」（清末『飛影閣画報』・呉友如）

図 4-17 「紙鳶遺興」（清末『飛影閣画報』・呉友如）

図4-18　「禁放鷂燈」（清末『点石斎画報』・符艮心）

開放されて、西洋人も参加する凧あげ大会が催されたというような記事がいくつか見えるが、いまでもあまり変わらない凧あげの平和な風景である。ここに掲げたのは、清末の有名な風俗画の絵師、呉友如が描いたものだ〔図4-16〕。

「紙鳶《たこ》あげのたのしみ」（紙鳶遺興）も呉友如の作品である。福建省福州には、重陽節になると人びとが烏石《うせき》山に登り、凧をあげる風習があることを描いている〔図4-17〕。

凧糸に灯明をくくり付け、夜空に輝く明かりを眺めて楽しもうという趣向もあり、これを「鷂灯」などと呼んでいたが、これを禁止したという記事がある。上海の郊外にある松郡では、これをあげて楽しむものが多かった。しかしながら、この地は民家が軒をならべ、しかも火薬工場が設けられている。そこで賢明なる知事は、鷂灯をあげることを厳重に禁じたという〔図4-18〕。

山東省の徳州には、「十美図放風箏」（十人美女の図　凧をあげる）と題する民謡が残っている。春三月に、一〇人の娘たちが凧あげに興ずるという内容で、清末民初につくられたものらしい。この民謡をモチーフとした、天津の楊柳青《ようりゅうせい》で清朝末期に描かれた同名の木版画には、『紅楼夢』の凧あげを彷彿とさせるような風箏が描きこまれている〔図4-19〕。

上空右端に見えるのは『西遊記』をモチーフにしたもので、大亀に乗った猪八戒、三蔵法師、沙悟浄、白馬が造形されている。このほか、灯籠やコウモリを連ねたものが天に舞っている。左下には、まだ天空に放たれていないものが描きこまれ、ひとりの少女が糸巻きを手にし、いまひとりの少女が凧の本体を抱えている。そのデザインはと見れば、外輪船をデザインした複雑なもので、清朝の末期にふさわしい近代のモチーフだ。似たような構図を、われわれは、気球について描かれた絵のなかに見いだすであろう〔図11-21〕。

図4-19　《十美図放風箏》（部分）

凧による飛行はお嫌い?

ところで、本章のはじめで、凧をあげていた子どもが、強風によって引っぱられ、偶然、疑似的な飛翔体験をしてしまうケースを見たのだが、凧を積極的に人が乗る飛翔機械として用いようというアイデアが、中国であまり見かけられないのは、どうしてなのだろうか。

凧に乗っての飛行は、忍者の文化を有する日本人には、おなじみ

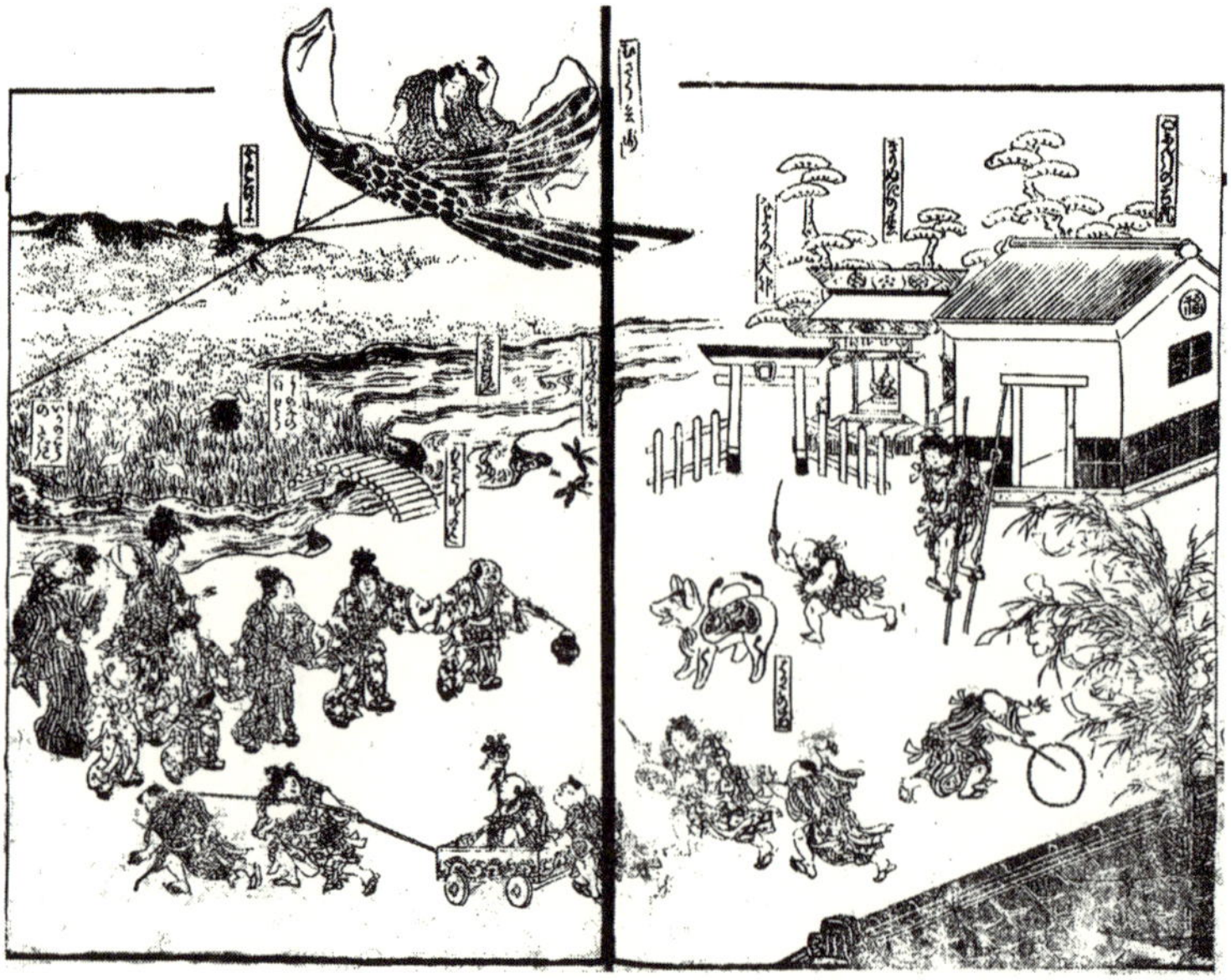

図 4-20　凧に乗っての飛行。曲亭馬琴『夢想兵衛胡蝶物語』(1810) より

のものであろう。歌舞伎の世界では、大凧に乗って名古屋城の金鯱の鱗を盗んだという伝説のある盗賊、柿木金助《かきのききんすけ》を主人公にした『傾城黄金鯱《けいせいこがねのしゃちほこ》』（初代・並木五瓶。一七七三）がある。

曲亭馬琴《きょくていばきん》の『夢想兵衛胡蝶物語《むそうびょうえこちょうものがたり》』（一八一〇）は、漁師の夢想兵衛が、浦島仙人からさずかった凧に乗って、空想的な異国めぐりをするというものである。あの南方熊楠は、これがスウィフトの『ガリヴァー旅行記』と同趣向の小説であるということで、英訳をもくろんだこともあったという。その「発端」で、浦島仙人は、夢想兵衛にむかって次のようにのたまうのだ。

> 鶴に乗せては古めかしいから、此釣竿《このつりざお》を与うべし。これを骨として紙老鴟《とびだこ》を作り、この糸を着けて、糸のすえを樹につなぎ、その紙鳶《たこ》に乗るときは、風おのずから紙鳶を飛ばして、空中に冲《のぼ》らんこと、列子にも劣るべからず。紙鳶は昔、小股潜《こまたくぐ》った漢の大将韓信が、敵の陣中を見ん為に造りしという故事来歴を、今更ながら語るはくだなり。そなた其《その》紙鳶に乗らんに、東風《こち》ふく時は少年国を直下《みおろ》し、南風には色欲国を直下し、西風には強飲《ごういん》国を直下し、

図4-21　凧による脱出。『椿説弓張月』（1811）より

北風には貪婪《どんらん》国を直下すべし。地を離るること遥《はるか》なりとも、眼《まなこ》は明《あきらか》にして、遠望鏡《とおめがね》をかけたるよりよく見え、耳は聡《さと》くして、治聾酒《じろうしゅ》を飲んだるよりよく聞《きこ》え、雨に濡れず日に曝《さら》されず、食わざれども餓えず、睡《ねぶ》らざれど疲れず。これ其紙鳶の奇特なり[*15]〔図4－20〕。

同じく馬琴の『椿説弓張月《ちんせつゆみはりづき》』（一八一一）には、伊豆大島に流刑の身となっている源為朝《みなもとのためとも》が、土地の女とのあいだにできた息子、朝稚《ともわか》を、敵の襲撃から守るべく、一〇尺四方の大凧に乗せ、島から脱出させるという場面がある[*16]。この作品に挿絵を描いたのが、葛飾北斎《かつしかほくさい》だ。そのすてきな凧による有人飛行のシーンを鑑賞しておきたい〔図4－21〕。

凧は、怪盗や忍者の飛翔手段として、わが国ではおなじみのものだ。凧に乗る忍者といえば、筆者にとってもっとも印象深いのは、荒唐無稽・抱腹絶倒の忍者ドラマ『仮面の忍者　赤影』（一九六七）であろうか。だが、このような趣向は、中国ではあまり聞かないようである[*17]。

第五夜

天翔《あまかけ》る〈飛車〉

1　漢代のせわしない神がみ

空飛ぶ馬車

古代には、あの世の存在や、あの世への道程をモチーフとした「昇仙図」と呼ばれるものが数多く描かれていて、墓室の壁のデザインとされたり、あるいは帛画《はくが》などのかたちで副葬品として墓室に収められていた。昇仙図といえば、とりわけ情報量が多く、おもしろいのが、湖南省長沙、馬王堆《まおうたい》の漢代墓室から発見された帛画である。これには上から、天上世界――烏のいる太陽と蟾蜍《せんじょ》（ヒキガエル）のいる月が配置されている――、地上世界、地下世界が描かれているが、その地上世界には、墓室の女主人が従者たちをともない、左右二頭の龍に牽引される台の上に立って、いままさに天に昇らんとする場面が描かれている。さながらそれは、龍をエンジンとして上昇するエレベーターのようだ〔図5-1〕。この帛画をはじめ、古代中国の昇仙図をスリリングに解釈した、とびきりおもしろい著作として、曽布川寛《そぶかわひろし》『崑崙山への昇仙――古代中国人が描いた死後の世界』（一九八一）を紹介しておこう。曽布川氏は、このエレベーターを「龍舟」もしくは「龍車」と呼んでおられる。*1

漢代の墓室からもたらされた画像石などには、すでに見た多くの仙人たちとともに、天空を飛翔したり、水中

を潜航する乗り物も描かれている。この章ではまず、そのような画像に造形された飛翔機械を鑑賞していこう。

山東省嘉祥《かしょう》、武氏祠《ぶしし》の画像石には、飛翔のテーマにかぎらず、おもしろいものがたくさん造形されている。この図は、墓の主人が、これから昇仙しようという場面を描いたものであるという〔図5－2〕。地上の馬車（下部左手）に乗ってきた主人は、いま車を降りて、その右に立っている。

下部右手に見える山のような隆起から、渦巻く雲気の大樹が画面の全体にひろがっているが、この雲気を伝って昇れば、そこは天界なのだろう。上部中央には、翼のある男の神人が正面をむいていて、上部右手には、やはり翼のある女神が正面をむいている。エドゥアール・シャヴァンヌは、これを東王公と西王母であるというが、林巳奈夫

図5-1　長沙馬王堆一号漢墓出土帛画（模本）

図 5-2　武氏祠画像石より

氏は、この二人を、右側が西王母、中央が、西王母より高位のものとして、黄帝と考えるのが妥当であるとしている。[*2]

地上を去らんとする主人が、これから乗るべきものは、もはや馬車ではなく、天空の飛行に適した乗り物でなければならない。これを設計する際に、メカニック・デザイナーが、まず地上を疾駆する馬車を飛行用に改造するというアイデアに想到したというのは、いかにもありそうなことであろう。その場合、改造の主要な対象は、エンジンとしての牽引動物を、飛翔に耐えるものと交換することである。すなわち、馬は馬でも、天馬《ペガサス》をつなげなければならない。

かくして、画面の右端や、左側の上部には、天馬が引く車が配置された。同一画面で、天馬が地上の馬と一線を画しているのが、よくわかる。雲間に見え隠れしているのが、羽人、すなわち仙人たちである。

また、龍もまた、その飛翔するという機能といい、ヴィジュアル効果といい、牽引動物としては最適のものであったため、龍車がデザインされた〔図5-3〕。ここにあるのは、四足が大きく、翼まで生えている、西洋のドラゴンのような龍である。乗っているのは翼の生えた高位の仙人で、御者もまた仙人であるが、客座の仙人よりは小さめに描かれている。この図像

図5-3　武氏祠画像石より

図5-4　雲気をたなびかせて飛ぶ鹿車

では、龍は単騎にも用いられている。龍車の下部からは、雲気が渦を巻いた形で描き込まれているが、地上の馬車における車輪に替《か》わるものとしてデザインされているのだろう。

漢代の画像石や画像磚に描かれた飛翔機械は、じつに多様だ。それらを、とりあえず、デザイン上の特徴をもとに分類して、ながめてみよう。

反重力エネルギーの表現?

河南省の南陽県にある後漢の墳墓から出土した画像石からは、たいへんおもしろい飛翔機械が見いだされた〔図5-4〕。牽引動物は、二頭の鹿である。とはいえ地上を駆けるありふれた鹿ではないから、飛行能力をもつ「仙鹿《せんろく》」とでも呼ばれるべきものなのであろう。箱形の車体には、格子の模様が描き込まれている。ガラガラに痩せたとんがり帽子の仙人が御者であり、そのうしろの客座に乗っているのは、おそらく高位の仙人であろう、旗幟《きし》を手にしている。

車体の下部からは、くびれをもって表現された四筋の雲気状のものが噴出している。これもまた、地上車

図 5-5　雲気をともなった飛虎車

における車輪に代替すべき、この車が飛翔する機械として表現されるために必要なものと考えられた「なにか」なのであろう。まさしくそのような特徴によって、このタイプの飛翔機械は「雲車」と呼ばれることもある。もっとも、画像石には、当時この種の飛翔機械がいかなる名称で呼ばれていたのか、それを明らかにしてくれるようなキャプションは、残念ながら見いだせない。

車体の後方からは、いま一頭の仙鹿と、しなやかに身を伸ばした仙人（羽人）たちが、鹿車につき従うようにして飛行している。下方の仙人が両手にもっているものは、仙草のようなものか？　車が進む前方と後方上部にも、くびれをもった雲のような表現が配置されている。

やはり南陽の画像石で、雲気の表現をもつものに、南陽県英荘出土のものがある〔図5－5〕。牽引動物は翼を生やした三頭の虎で、車体の上には太鼓が設置されている。乗っているのは、翼を生やし、とんがり帽子をかぶった痩躯の仙人二名で、御者とドラマーであろうか。研究者たちには、これを「雷公《らいこう》」、すなわち太鼓を打ち鳴らして雷鳴をとどろかせる「雷《かみなり》さま」と解釈するものもある。いずれにせよ、神々の世界の軍楽隊を構成する飛翔機械なのであろう。太鼓の支柱の先端の飾りが、後方にたなびき、ピンと身を伸ばした虎や、車体下部から噴出している雲気が後方へたなびいている表現とともに、飛翔する機体のスピード感を申し分なくあらわしている。

山東省嘉祥村の画像石には、最上層部の中央に西王母を描いたものがある〔図5－6〕。その第二層の左側には、

図 5-6　西王母とその取り巻きたち

図 5-7　三羽立ての〈鳥車〉

三羽の鳥類に牽引された飛翔機械が彫られている。なかには御者ともうひとり、二名が乗っており、後者は、幡《はた》を掲げもっている。車体の下部からは、雲気が放出されている。

同じ第二層には、中央に薬を搗《つ》く兎が、その右には人頭の双頭獣、右端には九尾の狐と三足の烏なども描かれている。これらは天界に属するものたちであろう。また、三羽の鳥は、じつは兎に騎乗した羽人によって先導されている。羽人の手からは紐が出ていて、鳥たちはこれにつながれているのである。

陝西省北部の綏徳《すいとく》の漢墓からも、その影響を受けてつくられたとおぼしい、そっくりな飛翔機械を描いた画像石が出土している〔図5－7〕。いずれも後部座席にすわっているのは、御者のような痩躯の羽人ではなく、肉づきのいい、冠をかぶった高貴な身分の男である。曽布川寛氏は、これらの画像を比較検討して、鳥や羽人はみな西王母の眷属《けんぞく》であり、戴冠の人物、すなわちこれから昇仙しようとする墓の主人を迎え、雲車に乗せて、天界に飛翔しようとしている場面であると解釈している。*3

図5-8　四頭立ての〈虎車〉

図5-9　四頭立ての〈鹿車〉

山西省離石《りせき》県馬茂荘の左元異墓の画像石は、あまり鮮明ではないが、それぞれ四匹の虎〔図5-8〕、鹿〔図5-9〕そして魚に牽引させる飛翔機械が描かれている。いずれも地上を走る車ではないことの表現として、車体の下部に、後方にたなびく火焔のような表現が用いられている。これもまた、それが飛翔体であることを伝えるべくデザインされた、ある種のエネルギーを描いているのであろうか。

山東省の安丘《あんきゅう》県董家荘《とうかそう》で発見された画像石には、たいへんユニークなデザインの飛翔機械が見える〔図5-10〕。三頭の龍に牽引される車体は、それじしんが雲気のような優美な形状を成していて、車上には三つの太鼓が装備され、御者とドラマーの、二人の仙人が乗っている。さらに車体の下方には、またしても飛翔のためのなんらかの機能を果たすエネルギーの表現なのか、あるいは飛翔によって生じるジェット噴射のような表現なのか、複雑でデザイン的にも洗練された雲気が描き込まれている。

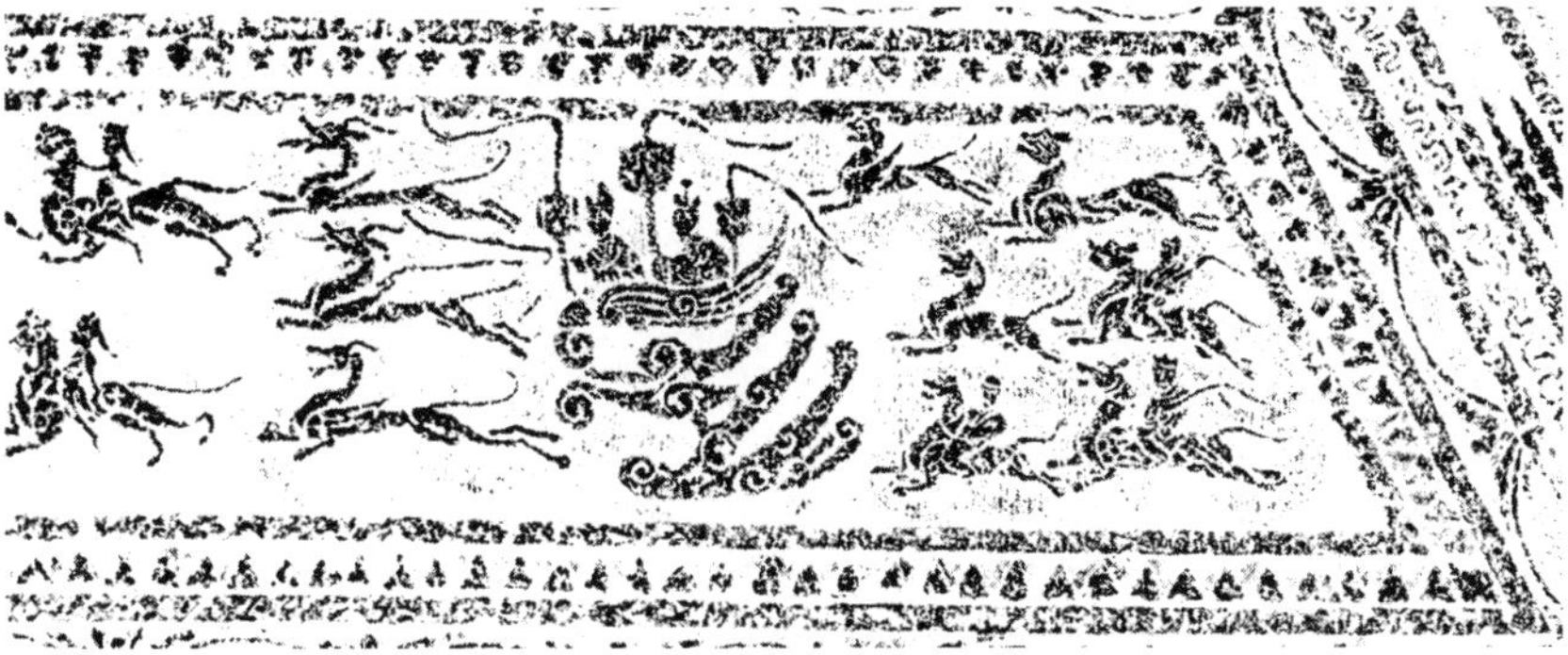

図5-10　優美な雲気を象った〈龍車〉

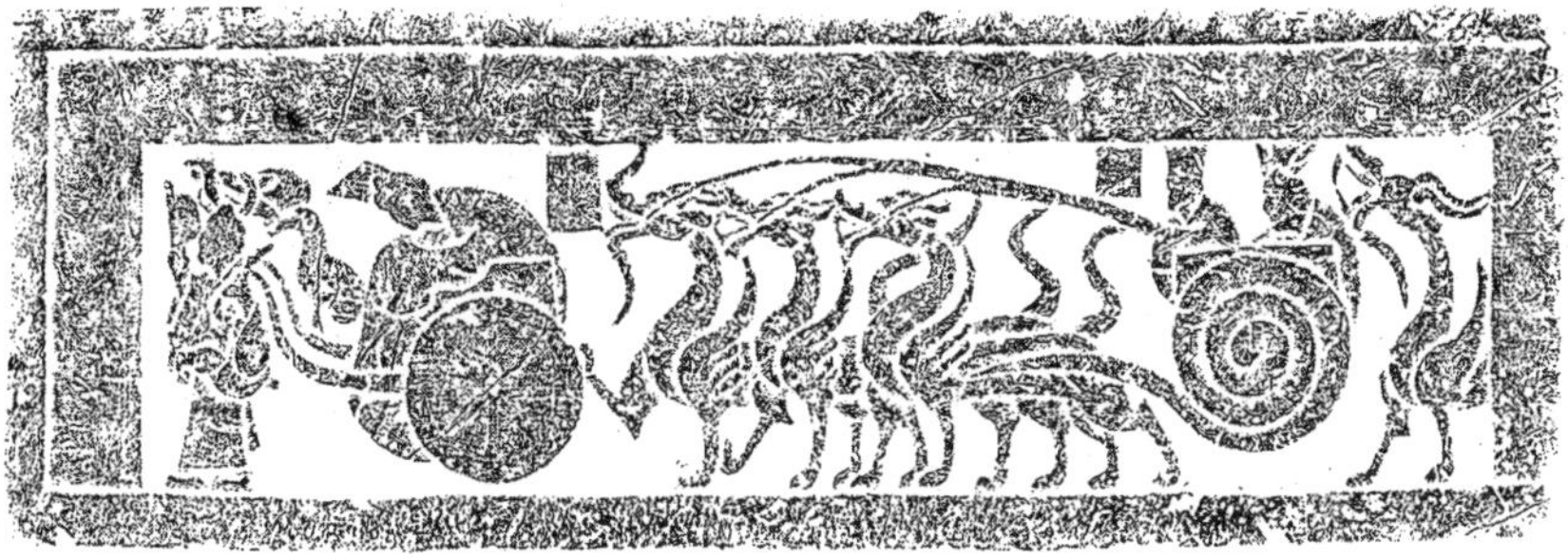

図5-11　螺旋状の車輪をもった〈龍車〉

とぐろを巻く車輪

山東省費県出土の画像石もまた、おもしろい〔図5－11〕。三頭だての龍車であるが、車輪のデザインが秀逸だ。中心から外縁にむかって右まわりに渦を巻き、先端がそのまま伸びて、轅《ながえ》のように龍たちの体躯にかけられている。螺旋状の車輪は、さらに見ていくように、飛翔機械に特有の表現である。その前方には地上を走るための車が描かれているが、これと比較してみても、やはり螺旋は飛翔のための特殊な車輪を意識して描かれているといわざるをえない。龍の口のあたりと、御者の前の空間には、榜題《キャプション》を入れるための枠が設けられているが、なにも書かれていない。

これと似たような螺旋状の車輪の表現は、河南省南陽の七一郷王荘出土のものにも見いだされる〔図5－12〕。

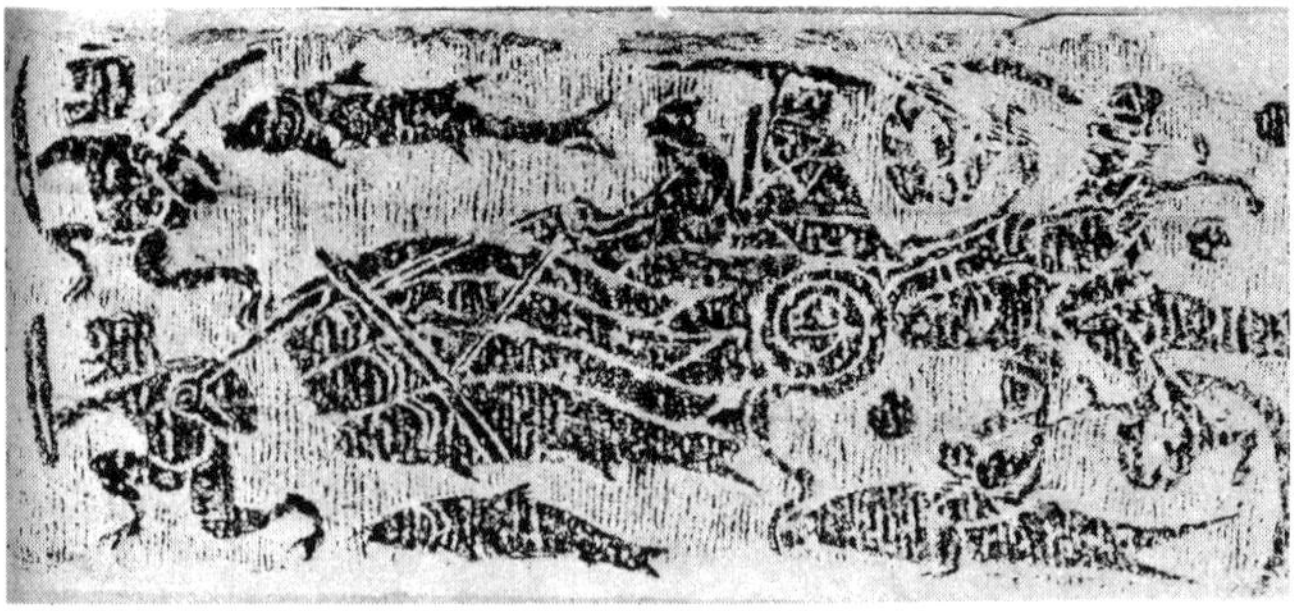

図5-12　螺旋状の車輪をもった「魚車」

こちらは四頭だての「魚車」になっていることから、飛翔機械ではなく、水中を航行する機械かもしれない。車輪にあたる部分は、さきほどのものと同じむきで螺旋状になっている。水中とはいっても、背景には星や雲気が描き込まれているので、天の河を走る魚車といったところであろうか。

螺旋状の車輪をもつタイプの飛翔機械は、四川省からも出土している。これは新都県に保管されている画像磚だが、三頭の龍を牽引動物としている〔図5－13〕。

ところでこれらの図像は、現地に出かけて原物を見るならともかく、ふつうはだれかが拓本にしたものを見ることが多いのだが、拓本の刷り具合によって、あるものが見えたり見えなかったりする。刷り具合だけでなく、刷った人間が注目しなかった部分については、出ていないこともある。先の図は、ルーシー・リンの『古代中国からの物語』（一九八七）に載せられたものだが、参考までに、呂林の編になる『四川漢代画像芸術選』〔図5－14〕と、高文の編になる『四川漢代画像磚』〔図5－15〕それぞれに掲載されている図版をかかげておこう。

御者も客座の人物も、痩身の仙人のようではない。背景には星が描かれているので、やはり天界を走る車なのだろう。車輪は螺旋状を呈しているが左まわりだ。ルーシー・リンの説明によれば、髪形から判断して、乗っているのは女であり、御者もまた女であろうという。さらにリンは、螺旋状の車輪は、蛇がとぐろを巻いているのだと判断する。いっぽう高文は、『楚辞』の「九歌」などの中国古代の文献に照らして、「どうやら〈河伯《かはく》〉のようだ。〈河伯〉は二頭の龍に乗っているとされるが、ここでは三頭の龍なので、さらなる検討を待つ」としている。

また、リンと高文の書に載せられた図版には、星が三つしか確認できないが、『四川漢代画像芸術選』では、龍の首のあたりの下方に、四つめの星が見えるようだ。『四川漢代画像磚』になると、乗員の髪形まではわからない。リンの指摘どおり、螺旋状の車輪は、蛇がとぐろを巻いている状態にヒントを得たものなのだろうか？

図 5-13　三頭立ての龍車 a

図 5-14　三頭立ての龍車 b

図 5-15　三頭立ての龍車 c

螺旋状車輪タイプの飛翔機械が見えるもので、ぼくがいちばん好きなのが、江蘇省徐州、銅山県洪楼地区出土のものだ。ここでは二点の画像石について、拓本と、研究者が描線で模したものをあげておこう。

これらの絵は、キャプションがついているわけでもないので、なんの場面を描いているのか、よくわからない。描かれているものが、なにかの文字テクストの記録と合致した場合はヒントにはなるが、文字として残っているものは、古代人の想像力、特にヴィジュアルの世界を解明するには、あまりにもこころもとない。

まずAの図を見てみよう〔図5‐16〕〔図5‐17〕。左側にいるものたちについては、両手にもった壺から水を垂れ流しているのは、おそらく「雨」にかかわる神仙（雨師とも呼ばれる）。ラッパのようなものを吹いて、空気の流れのようなものを吹き出しているのが、「風」にかかわる神仙（風伯とも呼ばれる）。そして、下のほうで太鼓を連ねたものを引きずっているのが、「雷鳴」にかかわる神仙（雷公とも呼ばれる）、というように、ある程度は想像できるだろう。たとえば、雷公については、王充が『論衡』のなかで、「画工が雷の姿を描くのには、太鼓をいくつも連ねたものを描き、さらに力士のようなものを描いて、雷公だといっている」（巻六「雷虚篇」）と書いていることから、同定ができるわけである。

中央にはゾウらしい動物がいるが、その上に乗っているのはゾウ使いであろうか。そして画面の右側には、二台の車が描かれている。画面の上部に配置されているのは、三匹の魚に引かれている「魚車」だ。その下に見えるものは、三頭の龍に引かれる「龍車」としておこう。魚車には、例によって痩躯の羽人が御者の座にあり、手綱を執っている。客座には、魚の形をした冠（？）を頭に載せたおじさんがいらっしゃる。この、学芸会の「うらしまたろう」のお芝居から抜け出してきたようなおじさんは、海にかかわる神かもしれない。『列異伝』（『太平御覧』巻八八二）には、南海君と呼ばれる海神は「魚頭を冠している」とあるので、この学芸会おじさんは、「南海君」なのかもしれない。海の神様だから魚をエンジンにしているのも、うなずける。

図 5-16　江蘇省徐州の画像石 A（拓本）

図 5-17　江蘇省徐州の画像石 A（線描）

その下に描きこまれた龍車は、じつにすばらしいデザインだ。御者は見当たらないが、車体にはドラムがひとつ設置され、虎、もしくは熊のように見えるドラマーが、バチを十字にかわして、カッコつけている。

これら二台の車の車輪も螺旋状になっていて、後方に尾を引いている。その軸のあたりには、二つの目玉のようなものも認められることから、この種の車輪は、別の画像についてリンが指摘したように、とぐろを巻いた蛇をかたどっているのかもしれない。もともとは雲気が渦巻く様子をデザインしてできた螺旋文様が、やがてある画像石デザイナーに、「とぐろを巻く蛇」という見立てを連想させたのであろうか。

文字や車軌が統一された世でも、飛翔機械には厳密な工業規格がないようであり、製造元のデザイナーたちの発想に委ねられていたのであろうが、それでもなお、ゆるやかな図像の交流があったらしいことがうかがわれる。

次にBの絵を見てみよう〔図5-18〕〔図5-19〕。こちらは一部欠けてはいるが、中央上部に、またしても虎、もしくは熊のドラマーが描かれている。前後にドラムが配置されているが、これらはどうやら亀の背に載せられているらしい。まるで筋骨隆々たるドラマーが、腕まくりをして、シャウトしているようだ。

ドラマーのやつは、翼が生えた三頭の虎が牽引する「虎車」に乗っているのだが、その車輪部分は、驚くべきことに、亀になっている。「兎と亀」の競争以来、「亀はのろい」というのが、われわれ現代人の共通認識だが、この亀は、よく見るとカモシカのような足をもっていて、走らせたら意外に速そうである。

ドラマーどもが乗っている車は、牽引動物についていえば「龍車」と「虎車」だが、車輪についていえば「蛇輪」と「亀輪」であるということになる。同じ場所から出土した画像石には、やはりとぐろを巻いた蛇のような車輪をつけた「鹿車」も見いだされる。*4

星座も車輪に

画像石には、飛翔するための特殊なデザインとして、車体や車輪に星をあしらったものが、いくつか見いださ

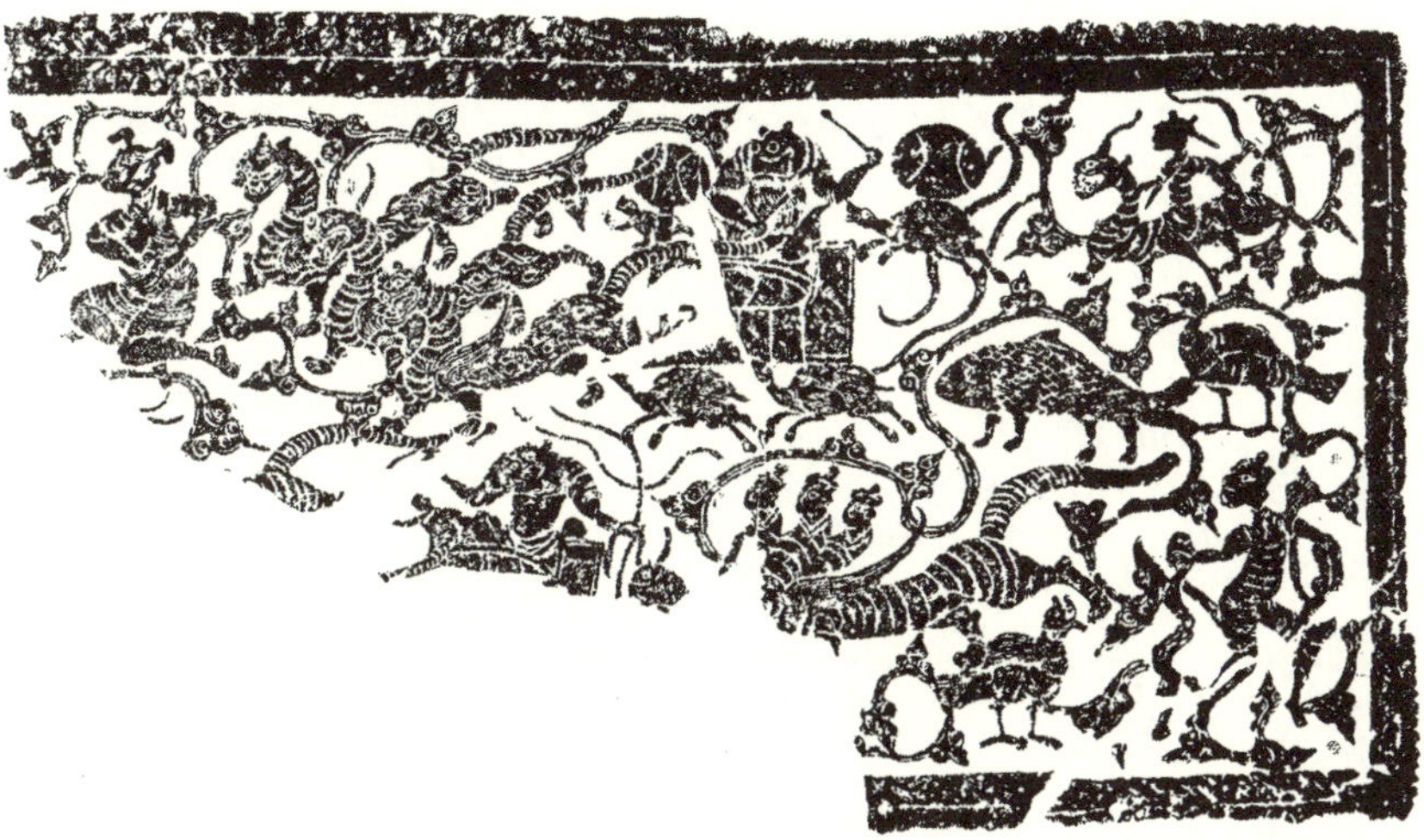

図 5-18　江蘇省徐州の画像石 B（拓本）

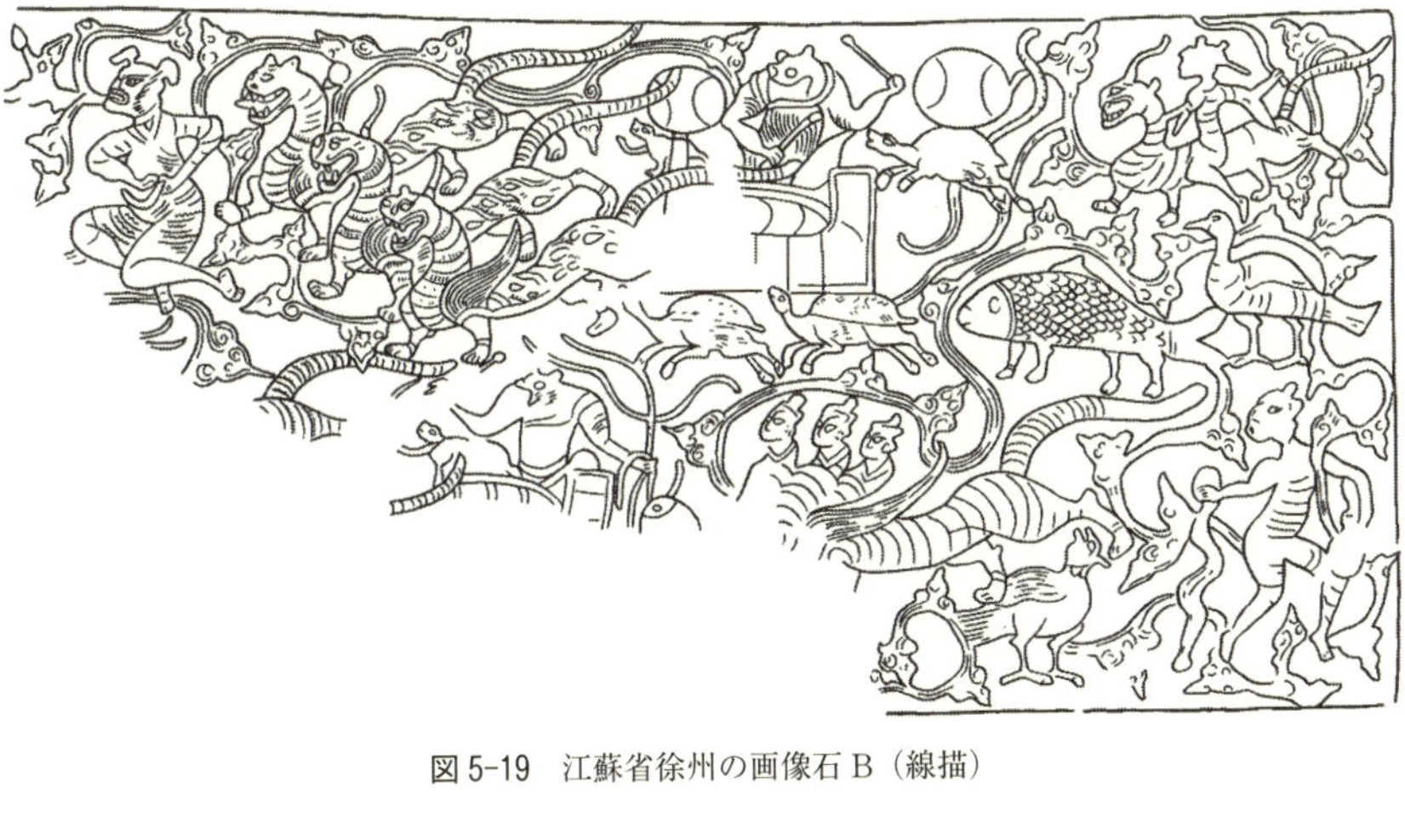

図 5-19　江蘇省徐州の画像石 B（線描）

図 5-20　北斗七星タイプの空飛ぶ馬車

図 5-21　星座の車輪と天界の奴隷たち

れる。武氏祠の画像石には、北斗七星をつなげて機体にしてしまったものがある〔図5-20〕。『史記』「天官書」に、北斗君という神は「斗を帝車とする」とあるので、それを描いたものかもしれない。北斗七星の斗《ます》の部分を座席にし、柄杓《ひしゃく》の部分を轅《ながえ》に見立てるという、なかなか秀逸なデザインだ。車体の下部には、雲気が渦を巻いている。

前後に七人の羽人がいて北斗君にむかって拝礼しているが、七星の化身を描いたものであろうか。帝車のうしろの三人は、雲気の上に立っているが、その雲気と車体下部の雲気からは、動物の首が伸びている。雲気がとぐろを巻く蛇のように描かれていたように、これも雲気を生物として見立てているものかもしれない。

また、柄杓の先端から二番目の星、すなわちミザール（おおぐま座ζ《ゼータ》星）の横には、小さな星があり、小さめの羽人が片手で押さえている。これはミザールの脇に位置するアルコル（おおぐま座八〇番星）で、古来、視力検査に用いられてきた星だ。中国では「輔星《ほせい》」と呼ばれてきた。

また、南陽市七一郷王荘出土の画像石のひとつには、五つの星を組み合わせた車輪をもつものがある〔図5-21〕。一個の星を車軸となる轂《こしき》とし、そこから伸びる四本の輻《や》の先には、それぞれ星がついている。これを牽引しているのは、いかなる神獣でもなく、なんと、とんがり帽子の三人の神人である。かれらと同じかっこうの御者がかれらに鞭打ち、座席には高貴な乗客がひとり乗っている。右端の人物は、口からなにやら「気」を吐いているので、風と関係のある神仙らしいが、車のスピードアップに助力しているのであろうか。画面下方には、壺を下にむけて雨を降らしているとおぼしい、やはりとんがり帽子の神人が四人いる。

神々の世界にも身分の高下があるのはわかるが、文字どおり馬車馬《ばしゃうま》のごとく、過酷な労働に供されている神々もいたということか、はたまたこれは、なにやら楽しい奴隷ごっこ《プレイ》なのか。天上界にも、地上と変わらない複雑な事情があるようだ。

死後の世界を暴走する

古代の神様、あるいは死者たちは、それなりに、たいへんいそがしかったのである。漢代の画像石、画像磚には、元気に飛びまわる神的なものたちが描かれていた。

これらの画像は、なんらかの物語を伴っていたはずである。現存する神話文献などから、それをある程度まで復元したり、同定したりはできるものの、単純に決めつけてしまうのは危険だろう。また、いまのところは想像をたくましくして我慢するしかないものもある。それが、特殊な事件の場面を描いたものなのか、あるいは普遍的な飛翔行為であったのか、それとてもわからない。

ここであらためて確認しなければならないことは、これらは、二〇〇〇年後に発掘するであろう未来人に鑑賞してもらうことを想定してつくられたものではなかったということだ。もしかしたら、来世に旅立つ死者、もしくはそちらでお世話になるであろう、天界の存在に見せるためのものであったかもしれない。

たとえそれが死後の世界や空想的な世界のことであるにしても、かれらはいたって「さりげなく」飛んでいたのではないだろうか。画像石に描かれた世界は、文字によって残されたものと同じく、中国人が異界をテーマにして綴った幻想文学であるといってよいかもしれない。

それにしても漢代とは、なんと元気いっぱいな時代だったのだろう。考えてもみよ、これらはみな、墓のなかに描かれたものなのだ。死んであの世に行ったとて、おとなしく寝ちゃあいられない。あの世でも、もしくはあの世なればこそ、いそがしく飛びまわらねばならない理由があったのだ。かれらが想定した死後の生活は、蓮《はす》の台《うてな》で静座して冥想にふけるというような落ち着いたものではなく、飛翔機械で天空をブッ飛ばすという、暴走族まがいの非行少年的生活なのであった。なるほど、あの世の生活だって、いや、あの世なればこそ、おとなしくすわっているよりは、おもしろおかしく遊びまわったほうが愉快に決まっている。

暴走族が、クラクションを鳴らしながらブッ飛ばして楽しんでいるように、来世に行ったものたちも、ドラムをドンチャカ打ち鳴らす異形のものたちとともに、天空を疾駆していたのである。「素朴な古代人のロマン」などという現代人の勝手な、そして古代人に対してははなはだ失礼な思い込みを吹き飛ばしてくれるような「あの世観」を、かれらは確立していたらしい。われわれが漠然と抱いている「静かなあの世」とはまったく異質な、とんでもなくにぎやかなあの世を、かれらは次なる生に、期待していたのであろう。

漢代の飛翔機械のデザインの傾向を、いまいちど整理しておこう。それらは、エンジンとして、龍、虎、馬、鹿、鳥、魚などの飛翔能力を有する神獣を用い、人工的な発動機はいまだもっていない。ただ、地上の馬車にあるような車輪を装備したものは少なく、かわりにとぐろを巻いた蛇のような、螺旋状の車輪をもっていたり、あるいは車体から雲気状のものを下方にむけてたなびかせたりして飛ぶタイプのものが多い。この雲気は、それじしん飛行のために必要なエネルギーの表現なのか、それとも飛行の過程で機体から生ずる排気や気流のたぐいなのか、それは明らかでない。*5

また、きわめておもしろいことに、みずからの翼で飛びかう羽人たち、あるいは飛翔機械の操縦席に鎮座するパイロットたちの服装は、近代における飛行服と飛行帽といういでたちにも酷似している。気温が低い高空での、猛烈な風圧にさらされるであろう飛行には、このような装備がぜひとも必要であるとの想定がなされた結果であろうか。かくして、漢代には、あるいは漢代の幻想科学の空間では、すぐれて理論的な飛翔行為のシミュレーションがなされていたとの結論に、ぼくは、ひそかに達してしまったのであった。

メランコリーの飛翔者たち

中国飛翔文学の祖として挙げられるべきは、紀元前の四世紀から三世紀に生きた楚の詩人、屈原《くつげん》の「離騒《りそう》」であろう。

古代の聖なる皇帝、舜といえば、世界最初のパラシューターをめぐる伝説の主人公として、すでに第二夜で親しくなったはずだ。その舜は、蒼梧《そうご》という土地に埋葬されたと伝えられるが、この蒼梧こそが、屈原による天界逍遥の出発点なのであった〔図5－22〕。

鳳凰に乗りて　四頭立ての玉龍に引かせ
天に昇れば　たちまち風塵を舞いあげる
朝《あした》に　舜帝ゆかりの蒼梧を　出発すれば
夕《ゆうべ》には　崑崙山の縣圃《けんぽ》まで　やってきた

図5-22　屈原の天界周遊

暫《しば》し　この神霊の門に留まろうとしたが
日は　たちまちにして暮れゆこうとする
太陽の御者　羲和《ぎか》に命じゆっくり進ませ
日の沈む処　崦嵫《えんじ》の山には近づけさせぬ
なぜって　路《みち》は曼曼と長く遠いのだから
私は賢者を索《もと》め　上ったりまた下ったり

先駆を任せたのは　月の御者である望舒《ぼうじょ》
あとにつづくのは　風の神である飛廉《ひれん》よ

へめぐって　こんどは崑崙に進路をとる
そこへの路は果てしなく　彷徨《さまよ》うばかり
雲靄《うんあい》の旗を掲げれば　日を覆い暗くなり
わが車の玉の鈴が　ちゃらん　ちゃらん
朝《あした》に　天の河の渡し場から　出発すれば
夕《ゆうべ》には　もう西の果てまで　やってきた

文字テクストをもたない、画像石に刻まれた飛翔の図像は、それじしん詳しい部分については口をつぐんだままだが、さながら屈原は、雄弁なるキャプションを提供してくれているかのようである。

讒言によって世に容れられず、傷心のままに天にむかわざるをえなかった、メランコリーの飛翔人、屈原。

むしろそのメランコリーこそが、かれの乗った飛翔機械が利用した、重力離脱のエネルギーとなったのであろう。

2 奇肱の国の空飛ぶ車

デフォーの中国

『ロビンソン・クルーソー』（一七一九）の作者でおなじみのダニエル・デフォーに、『統一者《コンソリデイター》』、あるいは月世界からの諸事の報告』（一七〇五）と題する小説がある。それによれば、ノアの洪水が発生する以前、中国人は早くも大砲を使用し、大艦隊をひきいて、洪水を防ぐほどの科学力を有していた。さらには、ひとりの人間が両手をそれぞれ用いて、同時にふたつの作業ができるようにする機械を発明して活用していたり、たがいに考えていることが分かるほどに知識が発達していたので、偽装や詐欺もおこらないのだという。英国国会は、月まで飛べる交通機関の開発を決定するが、その設計と製作を中国人に一任する。はたしてかれらは、翼をもった宇宙飛行機を完成させてしまうのであった。

これは、デフォーの中国観を伝える作品として知られているが、デフォーが描く中国は、もっとも品徳と才華をもつものが統治する国家であり、そのような理想的な政治のもとで、科学は英国を遥かにしのぐ発達を見せている。だが、当時、中国フィーバーに浮かれていたヨーロッパ大陸に対して、イギリスはこれに批判をむける傾向があり、そのもっとも有力な先鋒が、デフォーであった。特に『ロビンソン・クルーソー』の第二部では、主人公は中国を横断して帰国するが、そこで体験したものは、宣教師たちの報告が賞賛してやまない中国とはまったく異なった現実であった。主人公はいう――「かれらは地球儀も天体儀ももっており、数学の知識も少ないわけではない。しかし、その知識を少し追求して問いただしてみると、かれらの中の最も賢明な学者といえども、なんと視野の狭いことであろうか！」＊6。

したがって、『統一者《コンソリデイター》』の過剰な中国賞賛も、諷刺や皮肉と読むべきなのだが、いまはその飛翔機械の描写に注目したい。

デフォーが説く中国の超科学というのは、じつは、かつて月から訪れた知恵者が授けてくれたものだということらしいのだ。物語の主人公は、中国の宮廷図書館で、ノアの大洪水以前に月からやってきた「高名なるミラ・チョ・チョ・ラスモ」なる人物の記録を発見する。それによれば、古代中国の皇帝は、かれをとどめ、家臣たちに月の科学を学ばせたというのだ。

月からもたらされた科学のなかでも、とりわけすばらしいのは、月の言語で「デュペカセス」(Dupekasses)、古代中国語で「アペゾランテューカニステス」(Apezolanthukanistes)、英語では「コンソリデイター」(統一者)と呼ばれる、惑星間飛行も可能な飛翔機械であった。それは五〇ヤードの二枚の翼をもち、耐熱性の高い月の土でつくられ、五一三枚の鳥の羽毛で気密性が保たれた、ひろい貴賓室まで備えた巨大な宇宙船である＊7。

異星の人をとどめて家臣にその星の科学を学ばせるなどは、いかにも中国の皇帝らしい。さて、歴史に記載された中国古代の皇帝には、異域の超科学に対して、なかなかおもしろい行動をとった人もいるようだ。それは、紀元前一八世紀、殷王朝初代の王、湯《とう》である。

奇肱の国からの飛来者

すでに見たように、漢代の画像石には、飛翔能力をもつ神獣に牽引されることによって飛ぶタイプの飛翔機械が多く見られたが、自力で飛翔する機械——おそらくは重航空機——についても、中国人は、いつのころからか語ってきたのであった。

とりあえずは「奇肱《きこう》」としておこう。中国人は、かれらがそのように呼ぶ国家、ないしは民族が、はるか西方に存在することを報告している。これに言及するいくつかの異本によれば、その漢字表記は「奇股」となっていたり、「奇広」となっていたりもする。

奇肱についていては、ほんのわずかばかりの文字による情報しか残されてはいないのだが、その、もっとも注目すべき記録によって、かれらは本章の主人公たりうるのだ。なにしろかれらは、機械工学を得意とする人びとであるらしく、「空飛ぶ車」を製造していたばかりか、それに乗って、太古の中国にまで飛来していたというのであるから。

この物語は、三世紀ころには、すでにポピュラーなものとして語られていたらしい。たとえば、物知りで知られる三世紀の張華《ちょうか》が編集したとされる『博物志』には、次のような内容が記されている。

奇肱国。その民は機巧をよくする。それによって多くの鳥を殺す。飛車をつくることにひいで、風に乗って遠くまで行く。湯王《とうおう》のときに、ながらく西風が吹いて、奇肱の人は、飛車で豫州《よしゅう》の地までやってきた。湯王はその車を分解して、人民に見せないようにした。一〇年ののち、東風が吹いた。そこで車にかれらを乗せて帰還させた。その国は玉門関の西、万里のところである（『太平広記』巻四八二）。

飛ばない奇肱人

奇肱と呼ばれる人びとに言及した文献は、これが最古のものではない。『山海経』「海外西経」の、西方の異国を列挙しているところにも、奇肱についての以下のような記述がある。少し前のところから読んでみよう。

三身国は、夏后啓《かこうけい》の北にある。一つの首で三つの身である。

一臂《いっぴ》国は、その北にある。一つの臂《うで》、一つの目、一つの鼻孔である。黄馬がいる。虎の文様、一つの目で一つの脚である。

奇肱の国は、その北にある。その人は、一つの臂《うで》に三つの目、陰と陽がある。文様のある馬に乗る。鳥がいる。二つの頭をもち、赤黄色の鳥が、そのかたわらにいる。

このように、『山海経』では、かれらが空を飛ぶことについては、まったく言及がない。

さらに『呂氏春秋』の「求人篇」には、禹が地理調査をした際に、東南西北と、へめぐった国々の名称を羅列している部分があるが、そこには「……西は、三危の国、巫山の下、飲露吸気の民、積金の山、其肱《きこう》、一臂三面の郷。北は……。」とあり、「其肱」とあるのが「奇肱」のことであろうというのだが、ここにも飛翔機械との関連は見えない。

また、「奇肱」を「奇股《きこ》」としているテクストについて、現代の神話研究者袁珂《えんか》は、次のように主張する。——奇肱なら、文字どおりには一本腕、奇股ならば一本足という意味になる。奇股が正しい。なぜならば、一本足だからこそ移動に不便を覚え、空飛ぶ機械を発明するに至ったのである。だいいち、一本腕ならば物がつくれないではないか、と。浅学菲才の筆者としては、このような理屈には、とうていついていけないのであるが。*8

熊楠のコメント

南方熊楠は「飛行機の創製」のなかで、奇肱の伝説を引いてきて、次のように説明している。

類をもって推すときは飛車の話の虚談たること知るべし。ただし古支那人が、何とか機巧を労せば、人も飛べそうなものくらいの、希望を持ちしことなきにあらざる一証ともなるなり。攷《かんが》うるに古《いにし》えの国名支那音の奇肱に相当するものありて、この二字を宛て来たりしを、後に強いてその義を解せんとて、一臂の誕を生じ、また奇なる腕仕事の意に取りて、「よく飛車を為《つく》る、云々」の伝説を生ぜしなるべし。*9

「奇肱」は、古代のそのような音に似た異国の名称を表記するための当て字だが、その当てられた文字「奇肱」から牽強付会が生じ、「奇《いっぽん》なる肱《うで》」が連想され、さらには「奇妙な腕前」という解釈から、すばらしい機械工学の腕前にまで連想がおよんだというのである。また、それが一本腕として理解された経緯は、シリア地方の民族が馬に騎るときに、もっぱら片腕のみ用いて手綱を操作することから生じた訛伝であろうとしている。

飛車か車か

別のテクストも読んでみよう。舜の危機脱出譚を読んだときにも出てきたが、三世紀に出土した竹簡『竹書紀年』に、梁の沈約は、なんらかの情報に依拠して、注を付している。そこではまた異なったエピソードが引かれているのだ。

(湯王は)桀《けつ》を南巣に放って還《かえ》る。諸侯の八訳して来たもの、一八〇〇国。奇肱氏は、車でやって来た。

湯が、夏王朝の暴君、桀を放逐して殷王朝が成立し、多くの国の諸侯が、「八訳」すなわち八回通訳を重ねるほどの遠方からも、ごあいさつに参じた。そのなかに奇肱氏というのがいて、「飛車」ではなく、「車」に乗ってきたのだという。「氏」であって「国」ではない。ベルトルト・ラウファーの考えは、次のようである。

私見では、つまり、太古の時代に奇肱という名の個人がいて、飛行船を発明したか、少なくとも建造しようと努めたのである。そして、たまたま同じ名前をもっていたが、航空技術とは何の関係もない不思議な部族の伝承もまた流布していたのだ。奇肱の民が車で王宮に到着したので、彼らの車と奇肱という名の機械技術者がつくった飛車との混同はたやすく起こったのだ。[*10]

『博物志』の張華と同じころ、三世紀の皇甫謐《こうほひつ》が書いた『帝王世紀』にも、奇肱の飛車のはなしが出てくるが、そこでは「奇肱氏は……」となっている。そもそも「奇肱」という国名なり人名は、どのような意味をもちうるのだろうか。

まず「奇肱」という二文字を関連する記述に照らして考えてみるならば、袁珂もいうように、「一本の腕」という意味に解釈できよう。一本というのは「奇数」の「奇」と読んだ場合である。「一臂」というかれらの特徴を、別のことばでいい換えたということだ。[*11]

『竹書紀年』から類推して、もしもこのはなしが、「空を飛ぶ車」という意味での「飛車」とはまったく関係がなく、「地上を走る車」の誤伝だとするならば、ここでまた、ある中国の古伝を思い出さざるをえないだろう。それは、最初に「車」を作ったとされる、奚仲《けいちゅう》なる人物にまつわる伝説である。

『山海経』「海内経」には、「帝俊（舜）は禺号を生み、禺号は淫梁を生み、淫梁は番禺を生んだ。これが最初に舟をつくった。番禺は奚仲を生み、奚仲は吉光《きっこう》を生んだ。吉光は最初に木を用いて車をつくった」とあり、また、漢代初頭には完成していたとされる書『世本』「作篇」には「奚仲は、はじめて車を作った」とある。郭璞は『山海経』の該当部分に注釈をする際に、「『世本』には『奚仲は、はじめて車を作った』とある。ここで吉光といっているのは、父と子が一緒に作ったという意味であろう」と書いている。奚仲は、伝説的に夏王朝のころの人物と考えられているが、「奚仲」「吉光」「奇肱」などの名は、誤伝と混淆を生じやすい名であったのかもしれない。

〈飛車〉という語彙の用例において、奇肱の〈飛車〉から連想されるような「空飛ぶ車」という意味は、むしろ特殊であり、一般的には「飛ぶように速く走る車」という意味で用いられる。本書の第十三夜で見るように、近現代においては、空飛ぶ車としての〈飛車〉は市民権を得て、気球、飛行船、飛行機などを包含する飛翔機械を指すようになるのだが、そういった現代人の語彙感覚から、古めの文献においてもまた、〈飛車〉が「空飛ぶ車」であることを自明のこととして読み進めるのは、ぼくらをとんでもない誤読へと導くことになるのかもしれない。

飛車のデザイン

奇肱の飛車が、実際につくられたなんらかの飛翔装置のことをいっているのかどうかを考察するには、さらなる史料と想像力とが必要であろう。「飛翔機械を人間の手でつくる」というアイデアを、古代の中国人が抱いていたのだとしても、その機械の構造や飛行の理論については、まったく説明がない。画像石に描かれていたような、鳥やら龍やらの牽引動物について、なんの言及もないことは、注目にあたいする。かれらが設計したマシンは、飛行能力のある神獣の力を借りるタイプではないらしいからだ。

奇肱の飛車は、古くから絵に描かれていたと思われるが、一五世紀の明代に刊行された『異域図志』(一四三〇)のイラストとして描かれたもの以降、現代まで多くの挿絵が残されている。これら一連の「飛車図」のデザインには、大きくふたつの系統が認められるようだ。ひとつは、『山海経』の各種の挿絵に見えるもの(A)。いまひとつは、『異域図志』にはじまり、『三才図会』、『古今図書集成』と、明らかな踏襲関係が認められるもので、こちらには二名の乗員が描きこまれている(B)。

風車から飛車へ

まずAのタイプから見てみよう。奇肱の人については、怪物じみた異人であるとの説明にもとづいているた

図5-23　奇肱国と飛車。『山海経広注』（1667）

図5-24　奇肱国と飛車。『山海経存』（1895）

め、「一本腕」と「三つ目」がそのまま描かれている。『山海経』の本文には、飛行のことは書かれていないはずなのだが、すでに奇肱と飛車とは切っても切れない糸で結ばれていたらしい。『山海経広注』（一六六七）〔図５‐23〕と『山海経存』（一八九五）〔図５‐24〕を掲げておこう。

　飛車そのものについては、たいへん素朴なデザインながらも、飛ぶための車としての工夫が、ちゃんと見られる。まず、馬車の車輪に替わるものとして、車体の左右に配置されている、風車状のふたつのプロペラである。ただいまの飛翔機械で用いられるプロペラと同じ効果をここに見いだすことはむずかしいが、とりあえず、プロペラと呼んでおこう。地上を走る馬車の車輪を模しながらも、重層構造をもつようにデザインされている。おもちゃの風車《かざぐるま》が風を受けることで回転することから、逆に、なんらかのエネルギーで回転させた風車が風を起こすことは、周知のこと

奇肱國
人能為飛車從風遠行湯時奇肱人以車乘西風至豫州湯
破其車不以示民後十里東風至乃使乘車復帰其國去門
之西一萬里

図 5-25　奇肱国と飛車。『異域図志』（1430 頃）

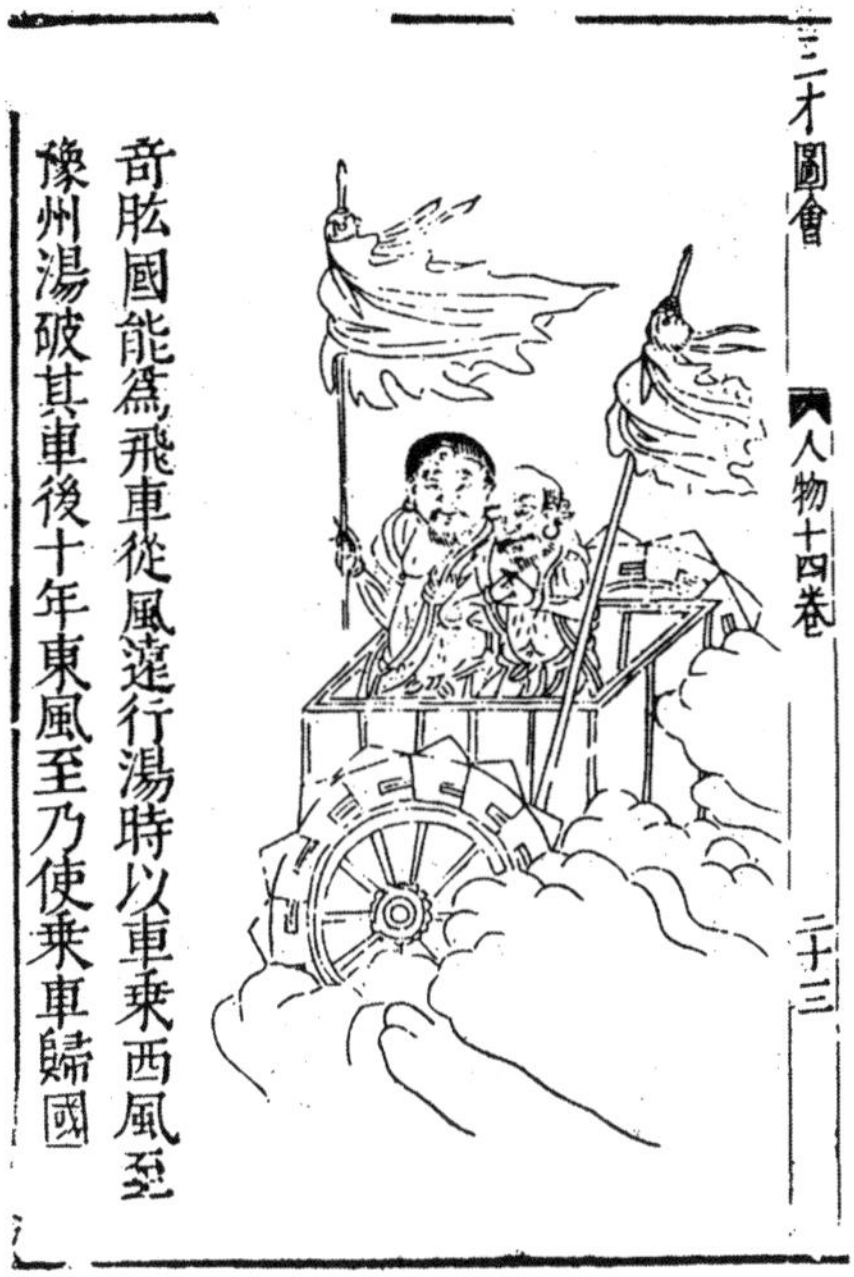
三才圖會
人物十四卷
二十三
奇肱國能爲飛車從風遠行湯時以車乘西風至
豫州湯破其車後十年東風至乃使乘車歸國

図 5-26　奇肱国と飛車。『三才図会』（1607）

であった。この飛車は、風が起こることによって、飛翔のための力が発生することを期待してデザインされており、アイデアとしては、いいところまでいっていたのである。

加えて、鳥の翼を借りることをも忘れてはいない。左右ふたつのプロペラの上部には、二枚の翼がひろげられている。舜の伝説にいう「鳥工の衣」の趣向も借りながらのメカニック・デザインである。この翼が羽ばたき運動をすることを想定してデザインされているのかどうかは、明らかでない。

どちらに飛ぶのか?
——挿絵のなかのテクノロジー

さて、さらに興味深いのが、Bのタイプであろう。このタイプに分類されるのが『異域図志』（一四三〇頃）〔図5-25〕にはじまり、『三才図会』（一六〇七）〔図5-26〕、『古今図書集成』（一七二六）〔図5-27〕と継承されているものだが、これらの図版は、いつも、ある悩ま

図 5-27　奇肱国と飛車。『古今図書集成』(1726)

しい疑問を投げかけてくる。ひとりで悩んでいるのはつまらないので、大学の講義では、数百名の学生たちにこれらの絵を配付し、同じ疑問を投げかけてみるのだ。すなわち、これらの飛車は、いったいどちらに飛ぶようにデザインされているのか？　と。

『三才図会』と『古今図書集成』の飛車はたいへんよく似ている。ふたつの類書は、ほかの図版についてもいえるのだが、後者が前者のデザインをほぼ継承しているものが多い。『異域図志』とこれらが異なるのは、描き込まれた車輪の数であろうか。前者は一輪のみ。後者は機体のむこうがわに、いまひとつの車輪の歯がのぞいている。

まず『異域図志』から見ていこう。私見によれば、これは、手前に進むようにデザインされている。ここには一輪しか見えない車輪の軸は、進行方向に沿うように配置されているのではないだろうか。まさしく、ただいまの単発プロペラ飛行機がそうであるように、である。

その根拠はいくつかある。まず、はじめから一輪として描かれたように見えること。馬車の車輪を模倣して描かれたにしては、むこうがわのそれが見えないし、また、車輪が異常に大きく、二輪車としてはバランスが悪い。第二には、二本の旗の配置である。それは、機体を走る中心軸に対して、線対称をなす位置に立てられている。車輪、すなわちプロペラは、『山海経』に描かれたもののほどには、風車の模倣はあからさまではないが、地上用のものとは異なる機能を期待されたデザインであることは明らかだろう。車輪の外周に突き出た、三角形の歯が、それを意味している。

空気利用の技術は、風車や凧のように、ある作業のために風の力を利用する「来＝気《エクス・エアリアル》」的なものと、水力利用の送風機のように、別のエネルギーによって装置を作動させ、風を送るようにした「向＝気《アド・エアリアル》」的なものとに分類される。[*12] 両者の原理を組み合わせることによって、プロペラ飛行機が完成するわけだが、たとえば「来＝気」的技術である風車《かざぐるま》が飛車のデザインにヒントを与えていたとすれば、『異域図志』のように、進行方向の先端部にプロペラをもつようにデザインされるのが、理にかなっているのではないだろうか。

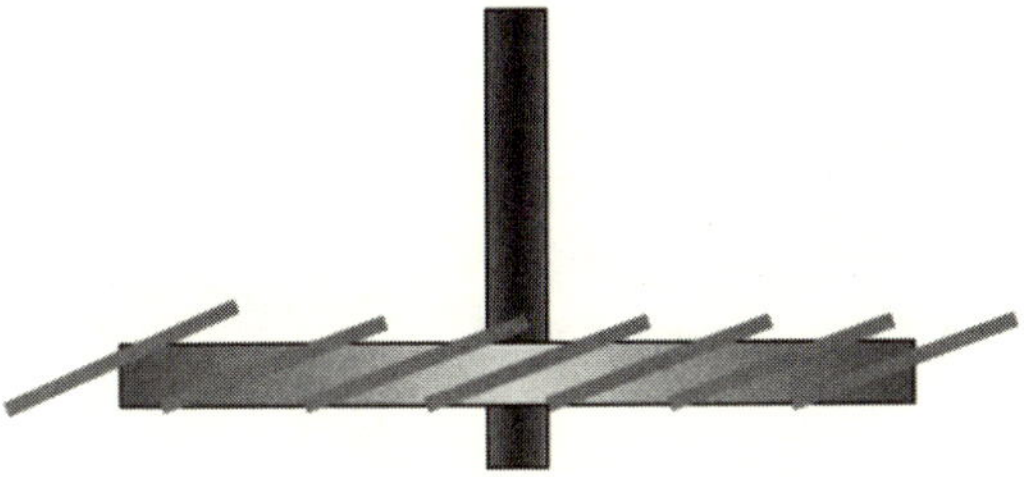

図5-28　飛車のブレード概念図

次に『三才図会』のものを見てみよう。基本的には『異域図志』を踏襲しているが、細部においてはいくつかの改良点がうかがえる。最大の特徴は、第二のプロペラが描き込まれたことであろう。『三才図会』の絵師は、『異域図志』の図か、この系統上にある図版を参考にしたに相違ない。そうして、地上を走る馬車がそうであるように、車体のむこうがわにもプロペラを描きこむべきであると考えた。さらにプロペラにも、細かい改造が施された。これを構成するパーツは、『異域図志』の外周部の突起を継承しつつ、まさしく飛行機のプロペラさながら、それが回転することで風圧が生ずるように、平板な円盤なのではなく、羽根《ブレード》には「ねじれ」が加えられている様子を表現すべく、となりあう羽根どうしが重なりあっているように作画された（図5-28）。

『三才図会』と『異域図志』のいまひとつの大きな相違点は、後者の進行方向の根拠とした、旗の位置である。これが変えられている。左の旗はパイロットの一人が手に握り、右の旗は、手前のプロペラと機体のあいだに置かれている。このような旗の位置の変更は、こちらを悩ませる。想像をたくましくするならば、この絵を描いた絵師は、地上の馬車に義理立てした結果、車軸を九〇度ずらして——さながら外輪船のように——画面の左手にむかって飛ぶようにデザインしたのかもしれないが、旗の位置を無視していいのであれば、この飛車もまた手前にむかって飛んでいると考えたい。

『古今図書集成』は、『三才図会』のものをさらにシャープに描いている。プロペラのブレードの三角形の先端には、「厚み」と、円形のリベット（?）が描き加えられている。懸案の二本の旗の位置については、むしろ『異域図志』に回帰していて、機体前方に移されたものの、やはり前後のプロペラの軸に対して、線対称に配置されている。この飛車は、確実に画面の手前方向に飛ぶようにデザインされているのだろう。

図5-29　ドルニエ Do335 プファイル

第二次世界大戦中に、ドイツのドルニエ社が開発した戦闘爆撃機ドルニエＤｏ３３５プファイルは、機体の前後にプロペラをもった特異なデザインの双発機であるが〔図５-29〕、これらの飛車も、そのような設計を想定したのだろうか。古代人のメカニック・デザインの細部には、飛翔せんがための真摯な想像力の神が宿っているのだろう。

ジャイルズ教授の懸念

中国研究の先駆者ハーバート・Ａ・ジャイルズは、一九一〇年に発表した「古代中国における飛行の痕跡[*13]」のなかで、『古今図書集成』の図版を紹介しながら、こう述べている。

前後に備えられた車輪は、渦巻く雲のなかを飛行する車体の進行方向に対して直角に配置されている。さらに、とりわけ興味ぶかいのは、車輪が、蒸気船のプロペラのように、スクリュー構造になっていることである。

さらにジャイルズは、ドーバー海峡横断に挑戦して失敗したフランスの飛行家ユベール・ラタムの、以下のような文を引用する。

海峡横断飛行のためには、五〇馬力のアントワネットエンジンを搭載する。これが機体の前部に置かれたプロペラを回転させることで、空気中を進み、うしろにつながる機体を引っぱるのである。これは「牽引式《トラクター》スクリュー」と呼ばれる。

現在よく目にするプロペラ機は、プロペラが機体の前部についているものがほとんどだ。だが、一九〇三年のライト兄弟による飛行に使われた機体も、第一次世界大戦以前、世界各国で使用されたフランスの複葉機ファルマンⅢも、エンジンとプロペラを機体の後部に配置した設計であった。これを推進式（Pusher configuration）という。これに対して、一九〇九年にドーバー海峡の横断に成功したルイ・ブレリオのブレリオⅪや、ラタムの単葉機アントワネットは、プロペラを前部に配置した牽引式（Tractor configuration）であった。ちなみにラタムは、寝坊してブレリオに先を越されたという。

初期の航空機の多くは推進式だが、第一次大戦後は、牽引式が主流となっていく。ジャイルズは、推進式と牽引式が混在する航空機の黎明期にあって、古代中国人の飛車のデザインに牽引式プロペラを用いた航空機のアイデアが先取りされていると考え、驚きを禁じえなかったのだろう。古代の飛翔観念を研究するための想像力は、いままさに進展しつつある飛翔の技術とともに歩を進めざるをえないのであった。そのことは、いまでも変わらない。

百科図説に載せられた飛車

明清時期に刊行された『山海経』の数ある版本の奇肱国に関する挿絵のなかには、飛車を描いていないものもある。これは、あたりまえといえばあたりまえだ。はじめにもいったように、『山海経』の本文には、飛車のことには、なにも言及されていないからである。『山海経』では、「一本の臂《うで》に三つの目、陰と陽がある。文様のある馬に乗る。鳥がいる。二つの頭をもち、赤黄色の鳥が、そのかたわらにいる」とあるだけなのだ。このテクス

図 5-30　飛車のない奇肱国。『山海経図絵全像』(1597)

図 5-31　飛車のない奇肱国。『山海経絵図広注』(1855)

トを忠実に図解したために、飛車をともなわないものもある〈図5－30〉〈図5－31〉。

ここに、現代になって刊行された中国神話の啓蒙書のなかに挿絵として描かれたものがある〈図5－32〉。現代の絵師によるデザインの根源は明らかであろう。すなわち二輪の馬車のように、車輪軸に対して垂直方向にむかって飛ぶようになっている。この飛車がどのような仕掛けで飛ぶのかは知らない。おおかた「古代人のロマン」とやらで飛ぶのだろう。虚構の論理に冷淡な、まことに現代人らしい作品ではある。

図5-32　現代人が描いた奇肱国。『神話選訳百題』（1980）

図5-33　奇肱国。『五車抜錦』（1597）

飛車の図は、明代に刊行された、日用類書と呼ばれる家庭むきの百科事典にも、好んで掲載されていた。これらの事典は、日常生活に必要なさまざまなノウハウから、ちょっとした知識までをコンパクトにまとめたものである。ここには、『山海経』に出てくるような異域の怪獣や民族までもが図解されているのだが、いった

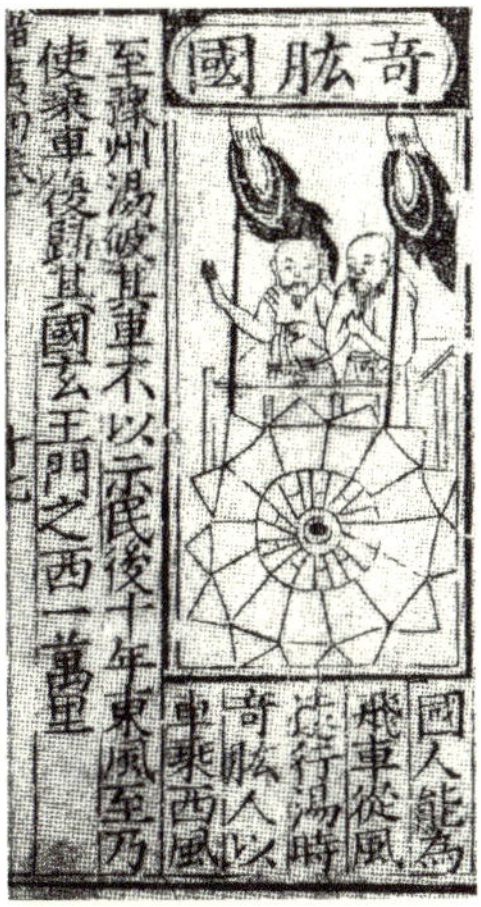

図5-34　奇肱国。『妙錦万宝全書』（1612）

いどのように利用されたものであろうか、想像するだに楽しい。

ここにあげたのは、『五車抜錦《ごしゃばっきん》』（一五九七）〔図5－33〕と『妙錦万宝全書《みょうきんばんぽうぜんしょ》』（一六一二）〔図5－34〕の「奇肱国」の図解だが、いずれも二人乗りの飛車が描かれている。古拙ながらも、おそらくは『異域図志』の系統のものを写したのであろう。

3　飛翔機械を破壊せよ

奇技淫巧への態度

ついつい古代飛翔機械のメカニック・デザインに淫してしまった。反省もそこそこに、はなしを次に進めよう。さて、とりわけ興味深いのは、奇肱国の飛車のエピソードそのものである。

ふたたびテクストを読みなおしてみよう。これを、「古代人の豊かな想像力」とのみ見なして済ますのは、なんとももったいない。おもしろいはなしには、どっぷりとつかりたい。だからこそぼくは真剣に問う。湯王は、なぜ飛車を破壊したのだろうか？　なぜ国民に知られてはならなかったのだろうか？

この疑問に対して、ラウファーはこう答える。――「皇帝は明らかに躍起になってその王座を守りかため、自分の王国の安全を脅かすやもしれぬ革新的技術を退けたのだ」と。*14

国家権力が高度な先端テクノロジーを隠匿するという陰謀論のモチーフは、ただいまでも飽くことなく書かれている軍事科学ミステリの定番であろう。アメリカ軍が、墜落した空飛ぶ円盤から宇宙人の死体を回収し、その技術を手に入れている！　さらに異星人のテクノロジーを、かれらの指導のもと、秘密裏に研究している！「ロズウェル事件」だの、「エリア51」だのといった巷間の話題への世俗的な関心を、この湯王が飛車に対してとった行動は、連想させる。

湯王は、諸国の信頼を得て殷を建てたということで、とりわけ名君として伝えられる王様だ。ならばこの飛車に対する破壊行為も、為政者の賢明な決断の結果として記述されていると考えたほうがいいのだろう。過剰に高度な技術を、人民にあえて与えなかったというのは、中国古代の賢君としての美談であったのかもしれない。さらに、一〇年後に吹いた風に乗せて、奇肱のパイロットを帰還させたというのも、穏やかな君主の表現であるかのように思われる。またその君主の哲学の背景には、墨子にまつわるエピソードに見たような、尋常ならざる技術への戒め、さらには嫌悪という思想もまた流れているのだろう。歴史学者の顧頡剛《こけつごう》は、「湯がその車を破壊したのは、奇技淫巧《きぎいんこう》を拒絶しようとするひとつの具体的な表現であろう」と述べている。*15

「奇技淫巧」とは、奇異な技芸・過剰な技巧という意味で、『書経』の「泰誓《たいせい》下」において、殷の紂王《ちゅうおう》の暴虐非道を訴えていう「奇技淫巧を作《な》して以て婦人を悦《よろこ》ばしむ」というくだりに用いられているものである。奇技淫巧を退けようとした名君湯王がたてた殷王朝を、奇技淫巧に耽った暗君紂王が滅ぼしたという、物語としての対《つい》表現の構造を、ここに見てもよいのかもしれない。

ヨーロッパ世界においても、同様の意見がしばしば唱えられていることは、すでにニコルソン女史が縷説しているところであって、飛行術は、ときに「魔の数学」と呼ばれ、また「瀆神《とくしん》の業《わざ》」とされ、人間の傲慢の現われにほかならないとする意見もまた、人類を幸福にする科学という楽天主義の対局において、声高に唱えられていたのであった。*16

飛車についての現代的考察

奇肱の飛車とは、つまるところなんであったのか、あるいはどのような工学的アイデアを反映させたものであったのかについて、たわむれの議論を重ねるのは、なかなかに楽しいことである。

オランダの東洋学者グスタフ・シュレーゲルは、奇肱のエピソードを『帝王世紀』から引用して、ここでいう

図 5-35　ジョージ・ポコックの凧車

〈飛車〉は、気球（Luftballon）と同様のものであると考えた。[*17] ラウファーは、シュレーゲルの見解に反論しながら、次のように述べている。

> 私が想像するに、奇肱の飛車は、空気静力学の原理に基づいてつくられたのであって、帆と凧の組み合わせで駆動される（……）ジョージ・ポコックが一八二六年につくった凧車にたいへんよく似ていた。[*18]

ジョージ・ポコックの凧車（Charvolant）については、J・E・ホジソンの大著『大英帝国における航空学の歴史』（一九二四）に詳しいが、イギリスはブリストルの教師であったポコックが発明したもので、四輪車に結びつけられた複数の凧をあげ、これが受ける風力によって車体を牽引する仕掛けである。[*19] 現在「カイトバギー」と呼ばれているものの先駆《はしり》であろう。

だが、テクストの読みとも矛盾を生じないような、そして実際にありそうなシナリオとなると、凧の力まで借りる必要はないのかもしれない。奇肱の飛車とは、風の力を借りて地上を走行する「車」であったという可能性も提示しておこう。

近代以前の中国語における〈飛車〉という語彙は、いまぼくらが熱い関心を注いでいるところの「飛行する車」の意味のほかに、「飛ぶように速く走る車」という意味がある。一般の歴史叙述のなかで用いられる〈飛車〉は、おおむね後者の意味で用いられる。

奇肱国の飛車について、さらなる穿鑿をする前に、いますこし脱線してみよう。

4　そして船は陸《おか》をゆく

コンスタンティノープル奇譚

ロシア最初のキエフ国家の成立を説いたとされる、最古の年代記『ロシア原初年代記』は、さまざまなおもしろい伝説を含んでいる。ノヴゴロド公リュリクの死後、その軍司令官であったオレグはこれを継ぎ、ノヴゴロドを統治する。ビザンツ暦六四一五年、すなわちキリスト紀元九〇七年、オレグは、兵馬と船団をひきいて、グレキ、すなわちギリシアを攻撃すべく出発する。そのあたりは、次のように記されている。

船はその数二千隻であった。そして彼はツァリグラドに到着した。グレキはスドを閉鎖し、町（の門）を閉ざした。オレグは岸に上陸し、［軍勢に船を岸に引き上げるように命じて］町の周りで戦い、多くのグレキを殺戮し、多くの宮殿を破壊し、教会を燃やした。（中略）またオレグは車輪をつくり、船を車輪の上に載せるように自分の軍勢に命じた。順風だったので（人々は）野原から帆を張って町へ進んでいった。グレキは（これを）見て恐れ、オレグのもとに使者を送って、「町を破壊しないで下さい、あなたが欲しいだけの貢物を支払います」といった。それでオレグは軍を止めた。*[20]

邦訳の注によれば、このような戦闘が実際におこなわれたかどうかは、あやしいらしい。ギリシア人によって

図5-36　陸上を走るオレグの艦隊

閉鎖された「スド」とは、「ツァリグラド」すなわちコンスタンティノープルと、対岸のガラタに挟まれた入り江「金角湾」のことである。ふたつの都市のあいだには、鎖がわたされていて、これを張ることによって、湾を閉鎖することができた。

そのからくりによって、船の進入を阻止されたオレグの艦隊は、どのように対応したか。あろうことか、船を陸上走行用に改造し、帆に風を受けた艦隊は、そのまま町にむかって進攻し、勝利をおさめたというのである。『年代記』の写本には、四つの車輪が取り付けられた帆船が、兵隊を載せて進攻する様子が描かれている〔図5－36〕。

それから数百年をへた、一四五三年。コンスタンティノープルは、またしても攻防戦の舞台となった。それは、トルコによるビザンツ帝国への進攻である。オスマン朝第七代のスルタンであるマホメッド二世は、この要塞都市の地形をじゅうぶんに調べつくしたうえで、戦闘に臨んだ。さて、その年の四月二二日におきた事件とは？　塩野七生『コンスタンティノープルの陥落』から引用させていただこう。

人にも物にも不足しなかったマホメッド二世は、それらをまったく惜しみなくつぎこんだ。木製の軌道には、動物の脂がまんべんなく塗られる。車輪つきの荷台は、一対で組みにされ、その上には、海中から引きずりあげられた船がのせられた。帆柱には、帆も張られる。ちょうど都合良くも、海から丘に向って風が吹いていた。そして、重量がどれくらいかわからないほど重いこれらの船をしばりつけた台は、左右に並んだ牛の群れに引かれ、船腹と船尾を多数の人間に押されて、坂になった軌道を、丘に向って移動しはじめた。*21

というわけで、ここでもまた「船に陸上を走らせる」という奇抜な作戦が採用されたわけである。陸と海の要衝、アジアとヨーロッパのかなめの地コンスタンティノープルをめぐるふたつの物語の伝奇性は、日常的には「水の上を走るもの」である船、それも帆船が、あろうことか「陸の上を走った」という、意表をつく点に尽きるだろう。それはまた、物語に耳を傾ける人びとの脳裏にも、「陸を走る船」という、非日常的な、おもしろい場面を描かせることになる。ところで、「陸を走る船」に類するものをめぐる思索を、ヨーロッパ人は、別のところでもおこなってきた。それは「中国の帆走車」である。

中国の風で走る車

その、もっとも早い時期の報告は、スペイン人のゴンサーレス・デ・メンドーサによる『シナ大王国誌』(一五八五)あたりであろうか。その第一巻には、次のようにある。

かれらはまた、発明の才に恵まれていて、(中略)平原地方では、風力を利用して帆で動かす車を用いている。*22

また、オランダ人のリンスホーテン『東方案内記』(一五九六)の第二四章にも、次のように書かれている。

かれらは、帆かけ船に車輪をつけたような車を作って用いているが、すこぶる巧妙な仕掛けで、平原を、あたかも水上をすべるように、風に乗って疾走する。[*23]

図5-37　メルカトールの地図（アトラス）（1613）に描きこまれた帆走車

ヨーロッパの中国地誌の書き手たちは、しばしばこの「帆走車」のことを報告し、またヨーロッパ人が作成した中国地誌の挿絵や中国地図の空白部分には、好んでこの帆走車が描きこまれたのであった。有名なメルカトールの地図（一六一三）にも見えている〔図5-37〕。

ヨーロッパ人にとっての〈月〉と〈中国〉が、奇態なることにおいて、ほぼ等距離に位置する遠隔の地であったことは、一七世紀の宇宙旅行小説にも明白である。[*24] また、科学の新発見、世界の新情報を取り入れることにかけては、だれにもひけをとらなかったジョン・ミルトンは、『失楽園』（一六六五）第三巻に、この車をちゃんと登場させている。[*25]

ところが、ここに描かれたような帆走車が、明代中国の大地を疾駆していたというはなしは、ついぞ聞いたことがない。それなのにヨーロッパ人は、この驚くべき情報に頭を抱えたのだという。そんなものが中国に、ほんとうに存在するのか？　あるとすれば、それはどのような構造になっているのか、と。

静力学の研究で知られる、そしてまた、永久機関を否定した、オランダの物理学者シモン・ステヴィンは、この帆走車の試作に成功したらしい。そのあたりの事情については、ニーダム『中国の科学と文明』に詳しいが、ニーダムはこの帆走車の起源を、中国で実際に使われている、帆を張ることによって風力を補助的に利用する一輪の荷車に求めている[*26]〔図5-38〕。

図5-38　西洋人が描いた中国の一輪帆走車

さかさまの船

ヨーロッパにおいては、「さかさま世界」と題された民衆版画が刷られていた。それらは、通常世界における現象のあれこれを逆転させたテーマ、たとえば「子どもが教師に教える」だとか、「車が牛を引く」といったものが描かれていた。これらのモチーフを分析したエッセイに、デイヴィド・カンズル「さかさま世界」[*27]があるが、そのなかで紹介されている図版には、「陸を走る船」や「山と谷を渡る船」を描いたものが、ナンセンスの代名詞として混じっている。ありえないものなればこそ、伝奇的に語られる「陸を走る船」は、おもしろがられたのであろう〔図5-39〕。

そのような「さかさまの船」が走るべき土地は、「さかさまの地」でなければならない。まさしく中国という土地は、ヨーロッパ人にとっては、さかさまの地なのであった。かれらは古代より、対蹠地《たいせき》（さかさまの地）に住まう対蹠人（さかさまの人）なるものを想像してきた。それらは、自分たちの常識の通用しない、なにもかもが「さかさまの国」

図 5-39 「船が陸を行く」。上は「魚が鳥を捕る」。16 世紀末アムステルダムの版画

なのである。
ヨーロッパ人が描いたような四輪帆走車に類したものは、当時の中国には見あたらない。中国で実際に目撃されたものは、たしかにニーダムのいうような、帆を備えた一輪車であったかもしれない。だが、それがヨーロッパ人をして、「四輪をつけた、陸を走る帆船」の図像にまで、その錯視の帆に追い風をもたらしたものは、じつはこの「さかさまの船」と、中国に照射された「さかさまの国」のイメージであったのではないだろうか。

このはなし、飛翔とは関わりがないというなかれ。天空を走る車。陸上を走る船。非日常の技術、とんでもない科学を平然として使いこなしている奇態なる異邦人ということでは、それが帆走車であろうが飛車であろうが、ヨーロッパ人の目には同じであったのである。*28

飛ばなかった飛車？

そろそろはなしを、奇肱の飛車にもどしてもいいだろう。

奇肱のエピソードが伝えようとしているのは、異人がこのような「帆走車」のようなものに乗って中原を訪れたということなのかもしれない。かれらの「鳥を殺す」のくだりを、かならずしも飛行技術との関係がないものと解釈するか、あるいは無視するならば、『博物志』をはじめとする一連のテクストは、次のように読むことも可能だろう。

奇肱の人は、飛車、すなわち風の力を借りて飛ぶように疾駆する車をつくる技術をもっていた。強い西風が長く吹いたとき、かれらはこの風を利用して飛車を走らせ、豫州の地までやってきた。湯王はその車を分解して、人民に見せないようにした。一〇年ののち、東風が吹いたので、かれらはふたたび組み立てられた飛車に乗り、帆に東風をはらんで、西なる祖国へと帰還した……。

これもまた思考の実験にすぎないことはいうまでもない。付言しておくならば、南方熊楠も、どうやら奇肱の飛車と帆走車とを結びつけて考えていたようだ。さきにも引いた「飛行機の創製」で、こんなことを書いているからである。

また十六世紀の末、支那で車に帆かけて疾走するを見し話あれば、古シジア人の乗車にもかかる設備ありしを、当時の支那人おびただしく驚異して、飛車の譚を生ぜりとも言うべし。*29

熊楠は、「十六世紀の末、支那で車に帆かけて疾走するを見し話」として、リンスホーテン『東方案内記』の記述を参照せよとコメントしている。熊楠のシナリオによれば、中央アジアで疾駆する帆走車を目撃した中国人がもたらした伝聞が、訛伝のあげく奇肱国の飛車にまで変化したということになるだろうか。

いまいちど強調しておきたいのは、『博物志』などに見える「奇肱」のエピソードをいかに解釈するかということと、明代以降の「奇肱の飛車」の想像図とは、まったく別ものと考えてよろしいということである。奇肱の人が陸路を疾駆して中国を訪問したのだとしても、空飛ぶ車の想像図は、これに義理立てする必要はひとつもない。それらはあくまでも、中国近世の飛車デザイナーたちの真摯な想像力が可視化させた「空を飛ぶ車」にほかならないのだから。

第六夜
進化する〈飛車〉

1 〈飛車〉と竹とんぼ

いまひとつの〈飛車〉

奇肱にまつわる史実がどうであったかは、いまのところ想像の領域にある。だが、奇肱の〈飛車〉を空飛ぶ車であるとみなし、図像化しようとした後世の人びとの思考回路というべきか、かれらが構築した幻想科学における理屈といったようなものは、ほんの少しではあるが、かいま見ることができただろう。それは、風が吹けば回転する風車からの連想に由来するものであったらしい。そして、この飛翔のための理屈は、われわれの知る技術の歴史においては、さらに数百年をへて、ついには実現されることになる。

さて、三世紀前後の人びとが、奇肱の飛車にまつわる記録をせっせと綴っていたのと同じころ、そのような風力がらみの飛車とは、また別系統の思想にもとづいていると思われる飛翔機械の記述が、同じく「飛車」の名を冠せられて、こんどは、その構造と飛翔の理論、さらには操縦方法までをもほのめかせながら、文献に現われることになるのだ。それは、晋の葛洪《かっこう》（二八三〜三四三）が書いた『抱朴子《ほうぼくし》』に見える、たいへん興味深いくだりである。

遠くに行くための仙術

『抱朴子』の「内篇」は、仙人になるためには、いかなることを学ぶべきかを巨細にわたって説いた、仙人マニュアルといった内容だ。その巻一五は「雑応」と題されているが、これは、さまざまな術の使いかたを説いた巻である。

「ある人が耳をよく聞こえるようにする方法をたずねた。抱朴子はこう答えた――」といった形式で、「ある人」の質問に、抱朴子、すなわち葛洪そのひとが答えを与えていく。「耳をよく聞こえるようにする方法」「目を明らかにする方法」のあとに、ぼくらが注目すべき記述がつづく。

ある人が、高山を登って越え、遥かな遠方に行く方法をたずねた。抱朴子はこう答えた。
「丹薬を服用するだけで、身は軽く、力は強くなり、体を使っても疲れることはない。はじめて山林に入り、体がまだできていないものは、雲珠粉、百華醴、玄子湯で足を洗うがよい。……」

葛洪はさらに、「一〇日も服用すれば、遠い距離を歩いても疲れないばかりか、ふだんの三倍の速さで歩けるようになる」という薬物名を列挙している。このくだりでは、長距離を移動するための秘術を伝授しているわけだが、つづいて次のような術が伝授されるのである。

「――もし蹻《きょう》に乗る術を会得すれば、天下を遍歴でき、山や河があっても妨げにはならない。蹻に乗る方法には三つある。一つめは龍蹻《りゅうきょう》といい、二つめは虎蹻《こきょう》といい、三つめは鹿盧蹻《ろくろきょう》という。
お符を服用し、思念を集中させる方法がある。もし千里を行こうとするなら、一時（二時間）のあいだ思いを凝《こ》らさねばならない。昼夜一二時（二四時間）のあいだ思いを凝らせば、一昼夜で一万二千里を進むことができるが、これ以上は無理である。さらに進みたければ、前の方法と同じく、ふたたび思いを凝らさねばならない。

また、棗《なつめ》の心材を用いて〈飛車〉をつくり、牛の革《かわ》を回転刃につなげて、その機械を動かす方法がある。

あるいはまた、思念を凝らして五蛇六龍三牛となり、罡風《こうふう》まで来たらこれに乗り、四〇里の高さまで上昇すれば、そこは太清と呼ばれている。太清のなかでは、その気がたいへん剛強なので、人の重さに耐えられる。

師匠がこうおっしゃっていた。

『鳶《とび》が飛んで高くまで昇ると、両の翼を伸ばしたまま、羽ばたくことをしなくてもひとりでに前に進むのは、少しずつ剛強な気に乗ったからだ。龍は、最初は階段状の雲に昇るが、そこから四〇里の高さまでいけば、あとはおのずと進めるのである』と。

このことばは仙人の口から出たもので、世俗にまで伝えられたが、まこと凡人の知りうるところのものではない。

また、蹻に乗るには、長いあいだ斎戒をする必要がある。生臭もの、肉類は絶ち、そうして一年ののちにはじめて、これら三種の蹻に乗ることができるのだ。

お符を服用し、五蛇を念じても、龍蹻ならばもっとも遠くまで行くことができるが、他の蹻であれば千里を超えない。昇るも降るも、進むも止まるも、それぞれ方法があり、任意におこなってはいけない。もしもその禁忌を守れないのであれば、みだりに蹻に乗ってはならない。バランスを崩して落ちる危険があるからだ」

とりあえずこのような日本語に置き換えておいたものの、『抱朴子』のこのくだりは、たいへん意味が取りにくい。じつのところ、浅学菲才のやからには、なにをいっているのかわからない。もっとも、秘伝は秘伝であり、簡単にわかってもらってもこまるのだろうけど、そもそもテクストに乱れがあるのではないかとの指摘もある。[*1]

ここで問題となるのは、いうまでもなく「蹻《きょう》に乗る術」（乗蹻）である。〈蹻《きょう》〉とは、もともと鞋のことで、さらには足を高くあげること。現代の注釈者によれば、〈蹻に乗る〉とは、足を挙げて高く飛ぶことを意味するという。[*2]

はっきりといえることは、これが、ある種の精神力を応用した飛翔術のアイデアであるらしいということであろう。〈飛車〉と呼ばれる飛翔機械にも言及されていて、ナツメの木材やら牛の皮革やら、いやに具体的な材料が提示されてはいるものの、そのからくりをどうやってつくるのか、どのような構造になっているのかは、あいまいなままであり、いまに伝わるテクストを読むかぎりでは、むしろ読者に正確に伝えようという意図など、はなっからもちあわせていないようだ。

この〈飛車〉によって、まず高空まで上昇し、そこで〈罡風《こうふう》〉、すなわち〈剛《かた》い風〉に乗りさえすれば、あとは楽に飛行ができるという。ただしパイロットの資格を得るには、長期間にわたる精進と、思念を凝らす訓練が必要らしい。これがなんらかの飛翔機械のことを指しているのだとすれば、上昇、下降、前進、停止、いずれもそれぞれ決まった操作方法があるが、正しく動かさなければ、イカロスの二の舞を踏むことになると、『抱朴子』は厳しく忠告している。

ニーダムの解釈

『抱朴子』のこのくだりを、「空気力学について述べている」「きわめて興味ある一節」、もしくは「なんらかの文献を見ることができる航空術の前史についての最も注目すべき（実に予言的な）古代のテクストのひとつ」として紹介し、検討を進めたジョゼフ・ニーダムによれば、『抱朴子』のテクストは、ふたつの飛行方法に言及しているらしい。

ひとつは、「棗《なつめ》の心材」「牛の革」「回転刃」などの材料を使って組み立てられる〈飛車〉である。ニーダムはこれを「竹とんぼ」のことであると考えた。そのうえで、ヘリコプターの原理の先駆ともいうべき竹とんぼにまつわる議論を展開していく。

そしてもうひとつ、葛洪が数種の動物を引き合いに出して進める論述については、「凧を動物の形につくるという中国の長年の伝統を知らなければ理解できないであろう」として、それらが「人をあげる凧であったと確信している」ともいっている。*3

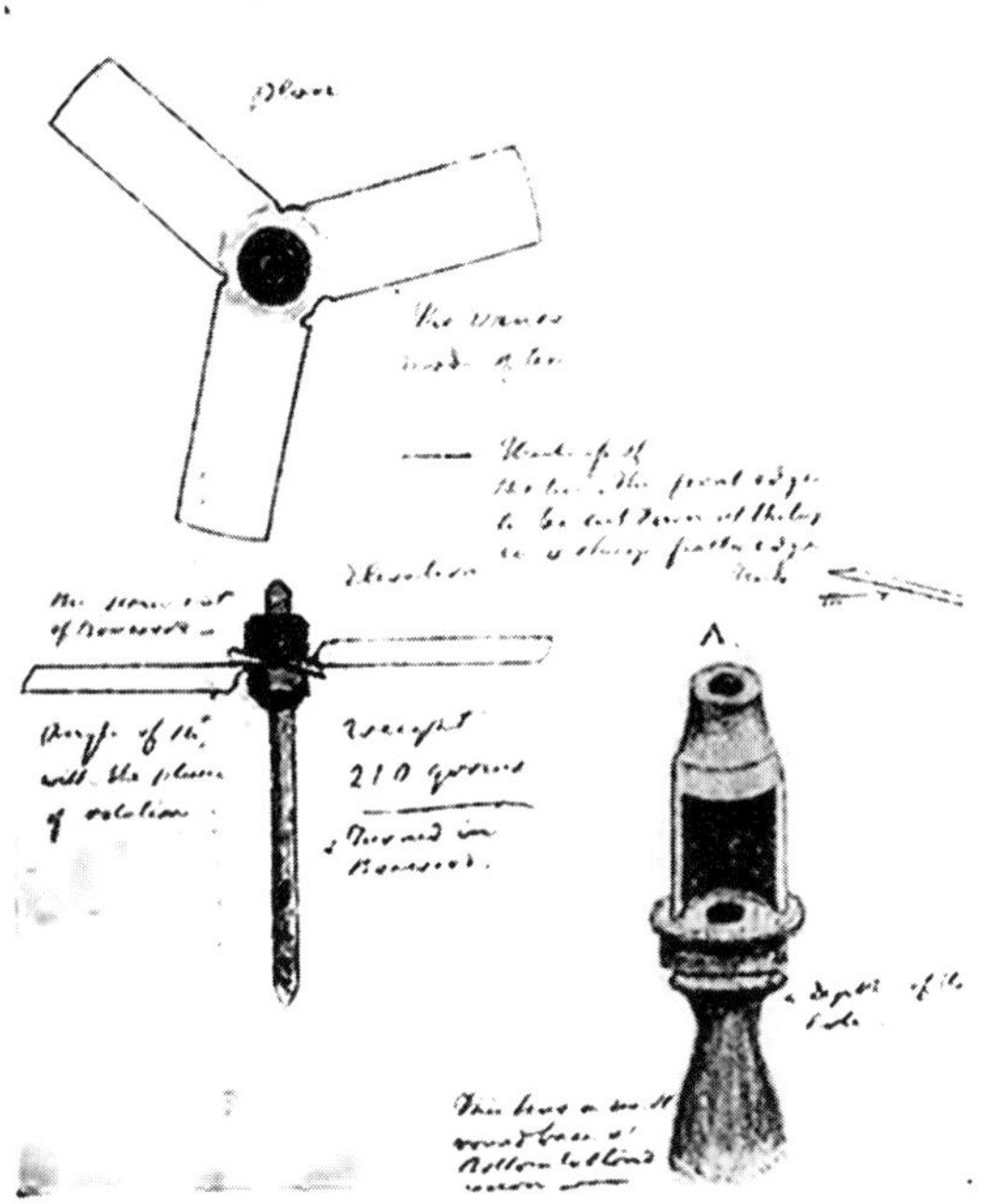

図6-1　ジョージ・ケイリーが1855年に描いた竹とんぼの図解

中国の竹とんぼは、ヨーロッパでも早くから知られていて、「中国の空飛ぶ独楽《チャイニーズ・フライング・トップ》」などと呼ばれていたが、「現代航空学の父」ジョージ・ケイリー（一七七三～一八五七）は、これに刺激されて、より高く飛ぶものに改良し、のちのヘリコプターのアイデアを提示したのであった〔図6-1〕。

竹とんぼがヨーロッパの航空学に与えた影響をめぐる議論そのものは、たしかに傾聴にあたいするものの、ここでいう〈飛車〉を「竹とんぼ」とするニーダムの結論に対しては、ぼくは首をかしげざるをえない。『抱朴子』では、長大な距離を移動することができる、なんらかの術について語っているのであって、いかにその記述が、現代人が知るところの竹とんぼに酷似していようとも、おもちゃのはなしをしているわけでは、けっしてないのだ。たしかに、そのまま読んでも意味の通らない文言が連ねられているだけだが、執拗に細部にこだわるその記述の背後には、なんらかの理屈、もしくは屁理屈が控えているに相違ない。それらを無視して、竹とんぼという、現代人のリアリズムにとって都合のよい合理的な飛翔体に、その正体を帰結させて、いな貶《おとし》めてしまうのは、『抱朴子』の作者の意図に反しているといえないだろうか。

「科学史家」たちは暴走する?

ニーダムが提唱した「『抱朴子』飛車＝竹とんぼ」説は、ニーダムの、それはそれで偉大であるに相違ない仕事に圧倒され、かれへの追従をよろこぶ中国の研究者たちのなかに、新たな継承者を得て、いまや、いよいよゆるぎのないものとなっているようだ。

一九八四年、中国歴史博物館の王振鐸《おうしんたく》は、その論文「葛洪『抱朴子』における飛車の復元」において、これを細かい寸法まで入れた図面として「復元」してみせた〔図6-2〕。それによれば、飛車は、回転翼状の細工に、牛の皮でこしらえたベルトを巻き付けて引っ張り、回転を与えて飛ばす仕組みの「竹とんぼ」であったというのだ。当時の中国人が「竹とんぼ」で遊んでいたかもしれないという想像には、けっして反対はしない。しかしこのような「復元」は、ニーダムと同じあやまちを犯しているどころか、それを暴力的に増殖させる行為としか、ぼくには見えないのである。

『抱朴子』の飛車は、あくまでも「人間が長距離を移動するための方法」として説明されている。たとえその移動が、道教的な冥想のなかでおこなわれる「飛翔天界」であったとしても、だ。「竹とんぼ学派」の科学史家たちは、『抱朴子』のそのような文脈を、いっさい無視している。無視することで、現代人の知りうる小さな現実に拘泥して、それじしん完結しているはずの古代人の思考の流れを、ないがしろにしているのではないだろうか。そのような「科学的」な結論は、おそらく『抱朴子』の作者を失望させるに足るものであろう。*4

このくだりは、「高山を登って越え、遥かな遠方に行く方法」をたずねた人に対する回答であるから、そもそも空を飛ぶこととは関係なく、〈飛車〉への言及は、べつの文が混入したものかもしれない。

ちなみに、唐代、段成式《だんせいしき》の『酉陽雑俎《ゆうようざっそ》』には、ある仙人の弟子が、「私は蹻に乗る術を会得したものです」といって別れのあいさつをしたかと思ったら、いずこともなく姿を消したというはなしが見えている。テクストには、特に「飛翔」したとは書かれていないのだが、〈乗蹻〉とは、飛翔をも含めた、瞬間的な移動の術のことであったのかもしれない（前集巻九「盗侠」）。

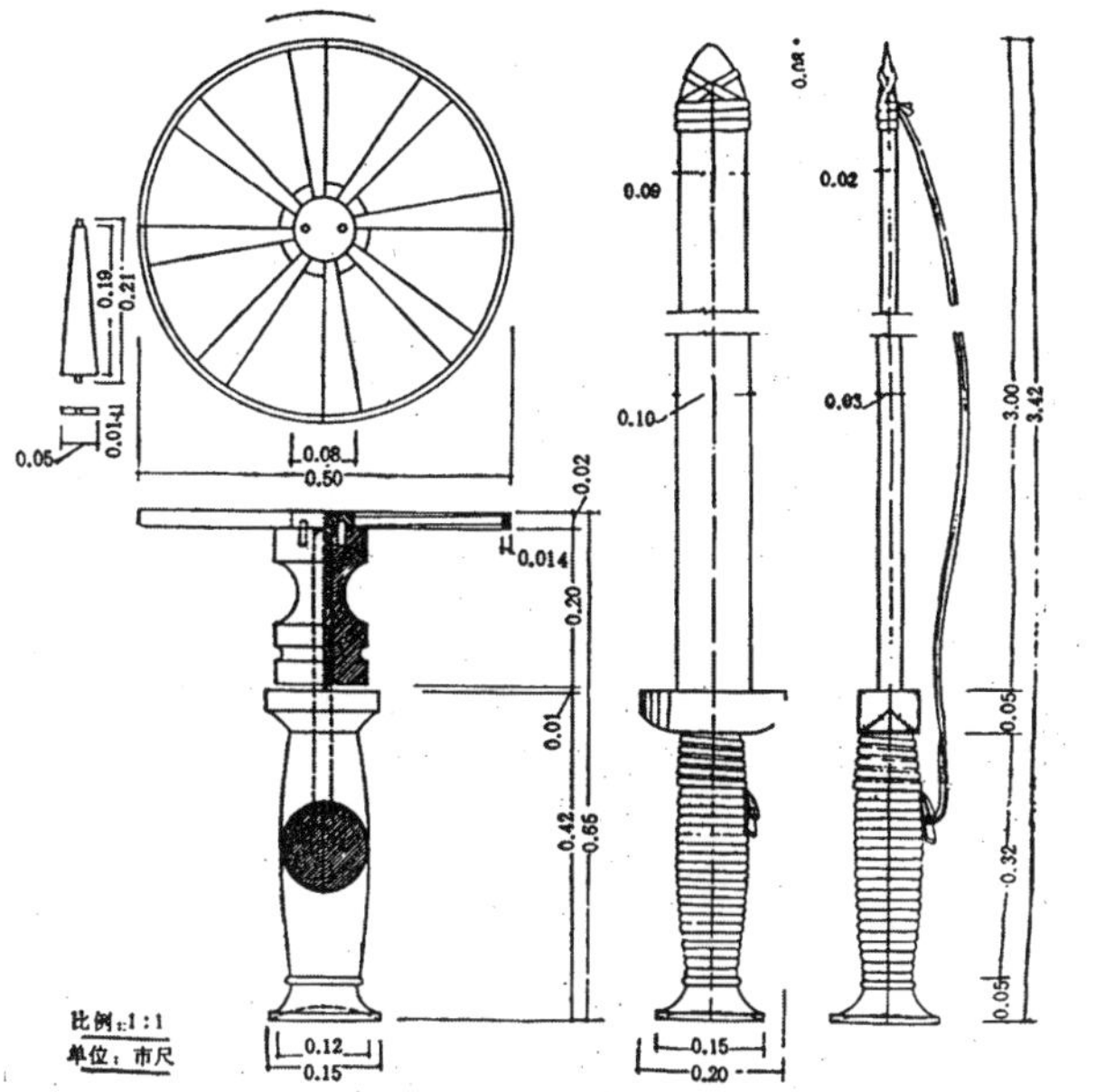

図6-2　“復元”された飛車

いま刊行されている中国科学史の啓蒙書のたぐいをひもといてみるならば、ニーダムが提唱し、王振鐸が強固にした「『抱朴子』飛車＝竹とんぼ」説が、ほぼ市民権を得たかのように、そして定説であるかのように記述されていることを発見するであろう。たとえば『中国道教科学技術史　漢魏両晋巻』（二〇〇二）でも、明らかにニーダムを祖述しながら、王振鐸の飛車復元の業績に触れ、「葛洪がここで書いていることは確実に科学性をもっていることが証明された」とする。[*5] はてな？　そんなものが「科学性」だろうか？

剛《かた》い風とはなにか？

『抱朴子』のこのくだりで、ひときわおもしろいのが、〈罡風《こうふう》〉と呼ばれる剛強な気が、高空には存在するとする指摘であろう。鳥は高空では剛《かた》い空気に乗るので、羽ばたく必要がないというのである。これについても、ニーダムの見解を引いておこう。

葛洪の〝かたい気〟は、なにを指しているのだろうか。かれが鳥の滑空と飛翔について挙げている例からすると、それは、明らかに〝空気浮揚〟(air-lift)の性質以外の何物でもない。〝空気浮揚〟とは、人工であると自然であるとを問わず、気流の力を受けて、傾斜した飛行機翼が保持または上昇されることである。[*6]

そして、雲を階段にして上昇するというアイデアは、「詩的な比喩以上のものであり、現代のグライダーの操縦士がきわめてうまく使いこなしている上昇気流の存在を暗示している可能性もある」と述べる。この点に関しては、「なるほど」と思わせるものがある。先述のように、ニーダムは『抱朴子』で動物が列挙されていることから、ここで述べられている飛行のひとつが凧によるものであった可能性に言及する。たしかに、大型の凧による人間の飛行が、その記録が少ないにもかかわらず、ごく普通におこなわれていたというのは、いかにもありそうなことである。だが、「ありそう」なだけに、やはり『抱朴子』の意図ではないように思われる。科学史家たちは、それが実現可能かどうかということに囚《とら》われすぎているのではないか。『抱朴子』のテクストは、やはり冥想による「飛翔天界」の実践におけるリアリズムを追求したものではないのだろうか。

おもしろいことに、葛洪のこのような大気構造観は、一〇世紀の邱光庭《きゅうこうてい》によって、宇宙の構造にまで拡大解釈されることにもなった。邱はその「海潮論」と題する論文のなかで、『抱朴子』のこのくだりを引用するのだが、原文の「四十里」を、どうしたことか「四千里」と誤読したうえで、「ここから類推するに、天を周《めぐ》っている気は、みな剛《かた》いのであろう。それはただ地上のことだけではないのだ。それゆえ、日や月や星々が、いつも移動しているのに落ちてこないのは、剛い気に乗っているためであることがわかる」とのヴィジョンに想到しているのである（『全唐文』巻八九九）。さながらエーテル理論を彷彿させるこの考えは、「杞憂《きゆう》」——天が落ちてくるのではないかと心配していた杞《き》の国の人の憂《うれ》いを解消してあげるための、こころづよい慰めのことばとはなろう。

だが、『魏晋神仙道教——『抱朴子内篇』研究』を書いた現代の胡孚琛《こふしん》は、『抱朴子』のこのくだりについて触れ、次のような端倪すべからざる結論に到達しているのだ。

驚嘆すべきは、葛洪が、さらに地表から四〇里以上離れた太清のなかでは、「その気ははなはだ剛い」とし、物体の重量を支えることができ、そのために物体は力を用いることなく、自然に飛行できると認識していることである。われわれは、物体が第一宇宙速度に達したとき、高空において地球の引力から脱し、重さを失った状態で、地球軌道をまわって自由飛行することを知っている。人工衛星は、まさしくそのようになっている。見よ、中国古代の「仙人」が伝えてくれたという太清で蹻に乗るという秘法と、葛洪みずからが高空での鷹の滑空を観察することで得られた思索とは、現代人の人工衛星運行の理論および事実と、なんと似ていることか！　中国道教の伝説のなかの「仙人」は、エーリッヒ・フォン・デニケンが描くような、高度な文明をもった宇宙からの訪問者ではない。これらの史料は、わが国の道教学者が思索した自然哲学と古代の科学思想が、相当なレベルにまで達していたことを、そしてその知恵は、こんにちの科学文明においても光り輝いているということを物語っている。*7

図6-3　アニメーション『金猴降妖』(1985) より

ここまでくると、どうにもこうにもツマラナイのである。葛洪が第一宇宙速度の存在まで予測していたかどうかには、すでにぼくは発すべきことばを失っているが、先ほども引用した『中国道教科学技術史　漢魏両晋巻』もまた、胡孚琛の文章を、ほぼそのまま書き写しながら、このような考えかたに、全面的に賛同している様子である。

猪八戒とジェットストリーム

科学史家を自任している人びとでさえ、かかる法螺《ほら》ばなしを楽しんでいるのであるから、無学無教養な筆者が、バカばなしのひとつも提供したところで、罰《バチ》はあたるまい。

『西遊記』の第三〇回。狡猾な妖怪の策略によって、三蔵法師が捕えられてしまう。頼みの綱の悟空は、三蔵の誤解によって破門され、ヘソをまげて、ふるさとの花果山に帰ってしまった。花果山は、物語の舞台となっている世界では、東の果てにある。こまってしまった猪八戒は、なんとか兄貴を説得し、三蔵を救出するためにもどってきてもらおうと、雲にうち乗り、東にむけて飛ぶ。おりしも風は順風、風を見るのが得意な八戒は、その大きな耳をおっ立てて、さながら帆船が風を受けるがごとく、いよいよスピードを増して、東洋大海をわたるのであった〔図6－3〕。

中緯度高圧帯から極《きょく》方向にむかう気流は、東にそらされる。偏西風である。偏西風は、圏界面に近い高度一〇～一四キロメートル前後では、秒速五〇メートルから一〇〇メートルにも達するが、これは特に「ジェット気流《ストリーム》」と呼ばれる。航空機が、このジェット気流をうまく利用することによって燃料と時間を大幅に節約しているのは、よく知られていることだ。

「科学史家」のひそみに倣って、猪八戒の行動を「科学的」に分析した結果、かれは東にむかって飛ぶ際に、このジェットストリームに乗ったのに相違ないとの結論に、ぼくは想到したのであった。やっぱり八戒さんは頭がいいのである！

一里を四〇〇メートルとすると、『抱朴子』にいうところの、龍がそこまで昇ればおのずと進むことのできる高度四〇里は、一六キロメートルになる。葛洪のいう「剛《かた》い風」の記述から、六朝期の地球物理学者たちが、偏西風やジェット気流のような、高空を流れる強い風の存在を察知していたのではないかという想像をするほうが、葛洪たちの想像力を支配していた現実に、より近いものではないのだろうか。少なくとも、人工衛星の地球周回軌道にまでぶっ飛んでしまうよりは。

詩語としての飛車

〈飛車〉ということばは、詩語としての地位をも確立した。飛車を詠み込んだ詩の例を、ひとつ読んでみることにしよう。

中唐の詩人、韓愈《かんゆ》の「春に感じて」三首の二では、つむじ風が都大路《みやこおおじ》のほこりを巻き上げる晩春のころ、この風に乗って海外旅行に行けぬものかとうそぶいている。

黄色に映える蕪菁《かぶら》の花に
桃李の盛りはすでに過ぎ
楡《にれ》の葉かれては風に飛び
都の大路《おおじ》にゃほこりたつ

過ぎゆく春はこんなもの
若さも頼りにならぬもの
飛車にうち乗り異国へと
ともに行く奴あるまいか*8

また、飛車の類義語として、「飈《ひょう》車」「飈輪」「飈駕」などの語も用いられた。「飈」は「飆」「飇」とも書き、大風、つむじ風のことである。五代、杜光庭《とこうてい》の『西王母伝（金母元君）』には、西王母が住まう宮殿の描写として、次のようにある。

彼女が住んでいる宮殿は……城郭は千里にわたり、玉楼が一二あり、瓊華《けいか》の殿、光碧の堂、九層の玄室、紫《し》翠《すい》の丹房がある。左は瑶池《ようち》に隣接し、右は翠水をかこんでいる。その山のふもとには、弱水《じゃくすい》が九重にめぐり、大きな波濤が万丈にもなっている。飈車や羽輪でなければ、そこに到達することはできないのである（『太平広記』巻五六）。

さらにまた、ここにも出現しているように、「飈」を「羽」に替えた「羽車」「羽輪」「羽駕」などの語彙群も、天界の乗り物——したがって当然ながら飛翔機械——として使われた。「羽」が神仙を意味することは、もはやいうまでもないだろう。飛翔するための車は、神々や仙人といった天界の存在によって愛用され、かれらのことを説いた絵入り本などでも、さまざまな飛翔機械がデザインされることになったのであった〔図6-4〕〔図6-5〕。

2　『鏡花縁』の垂直離着陸機《ヴィトール》

奇態なる小説『鏡花縁』

清代の学者、李汝珍《りじょちん》が書いた小説『鏡花縁《きょうかえん》』（一八一八）は、多様な側面をもった作品だ。時代設定は唐の武《ぶ》則天《そくてん》（六九〇～七〇五）のころということになっているが、その前半では、読書人の唐敖《とうごう》、その妻の兄で貿易家

図6-4　王褒

図6-5　東君

の林之洋、物知りの老人多九公ら主人公格の人物が、航海に出て、『山海経』に見られるような奇怪な国々をへめぐるエピソードである。これがなかなかおもしろいというので、しばしば『ガリヴァー旅行記』に比せられることがある。

たとえば『山海経』にも見える「無腸国」の人びとは、その名のとおり、なにしろ腸がないものだから、口から入れたものが、すぐさま肛門から出てくる。それゆえかれらは、食事をはじめる前に、まずトイレの場所を確認する必要があるというのだ。食べたものはほとんど消化されることなく、そのまま排泄されるので、この国の倹約家たちは、肛門から出たものを、いまいちど口に入れる。ふたたびそれが出てきても、まだ糞便にはなっていないので、また食べる。これを何度も繰り返していると、食費が安くあがり、貯金もおのずとたまってくるのである。

周饒国でつくられた飛車

そんな『鏡花縁』には、〈飛車〉と呼ばれる飛翔機械が登場する。それは、「二人乗りで、一日に二、三千里飛び、順風であれば一万里も飛ぶ」（第六六回）というものらしい。作中の描写から、作者の〈飛車〉に対する想像力がうかがえるところをひろい読みしてみよう。

まず〈飛車〉なることばがはじめて登場するのは、第二八回である。そこでは、「機巧」に長じた「周饒国《しゅうじょう》」という国が、かれらの〈飛車〉の技術を、みだりに外国に伝えてはならない秘密としていることが、多九公の口から説明される。ここでまず注目すべきは、飛車をつくった機械工学に強い国が、ぼくらにはすでに馴染みのある奇肱国ではなく、周饒国とされていることだ。

周饒国というのは、『山海経』に見える異国の名であり、作者が勝手にでっちあげたものではない。だが、『山海経』では次のように説明されているだけだ。

周饒国はその（三首国の）東にある。かれらは短小で、冠と帯をつけている。焦僥《しょうぎょう》国とも呼ばれ、三首国の東にある（海外南経）。

冠と帯とは、文官のたしなみであるから、この国の人々は、しかるべき文化をもった侏儒《しゅじゅ》、すなわち小人の国といったところか。焦僥国とも呼ばれるとあるが、同じ名前の国は『山海経』の「大荒南経」に見えていて、こちらでは「小人が住んでいて、焦僥の国という」とある。郭璞は周饒国に注をして、「その人は身のたけ三尺、穴居して、機巧を為《な》すを能《よ》くする」と説明している。袁珂によれば、「周饒」も「焦僥」も、「侏儒」の音が転じたものだという。[*9]

『山海経』の本文には、周饒国と機械工学や飛車との関連をうかがわせる記述はないものの、郭璞の「機巧を為《な》すを能《よ》くする」というコメントは、あの奇肱国が「機巧を為《な》すを善《よ》くする」という『博物志』の文言と一致する。作者の李汝珍は、奇肱と周饒とを混同しているわけではないようだ。ともに「機巧」に長けた国との記載があることから、故意に変えたのであろう。しかも『鏡花縁』のべつのところには、周饒国と奇肱国が、ならんで出てくるところがあるのだ。

『鏡花縁』の第三八回には、『山海経』世界の怪物的な異国の王たちが顔をそろえる場面があるのだが、多九公は、そのひとりひとりを唐敖に説明する。

「……そのかたわらには、国王がいて、ひとつの大きな頭に三つの体がついています。かれは三身国と申します。三身のむかえには、二つの翼があり、人面で鳥のくちばしのあるものがいますが、かれは驩兜《かんとう》国と申します。驩兜の上には、斗ほどの大きな頭に、身長が三尺ほどのものがいますが、かれは周饒国と申します。つまり、飛車を製造するのを得意とする、あの周饒ですね。そのむかえに、足が交差しているものは、交脛国です。交脛のかたわらにいる、顔に眼が三つあって、長い腕が一本だけのものは、奇肱国です。奇肱の下に坐している、三つの首に一つの体のものは、三首国と申します」

聞いて唐敖、「あっちの三身一首と、こっちの三首一身と、二人がたがいに見合ったら、さぞかしどっちも、うらやましがるだろうね」（第三八回）

つまり、奇肱国というものの存在は、ちゃんと認識されているが、ここでは三つ目と一本腕という、『山海経』本文の情報に従っているのである。ならば作者は、すでに定番となっている奇肱と飛車との関係を無視しているのだろうかと思いきや、じつはそうでもないようだ。

奇肱の飛車はどうなったか？

小説の第八六回では、第六名の才女とされた師蘭言《しらんげん》と、第一二名の才女とされた女児国の太子である陰若花《いんじゃくか》という二人の才女が、ある会話をしている。若花は、女児国の太子でありながら、わけあって唐敖たちの旅に参加することとなり、ともに唐までやってきた。ところがその後、女児国では国政が乱れ、王位の継承者たる若花を帰国させるために、国舅が国書をたずさえて唐まで訪ねてきたのであった。若花は、自分には帰国の意志がないことを伝えたのだが、国舅が唐まで来るのに用いた乗り物が、ほかならぬ飛車であった。女児国は、大金を惜しまずに、周饒国から飛車をレンタルしたというのである。二人の会話を聞いてみよう。

蘭言「聞くところによると、飛車は奇肱国でつくられたんじゃなくって？　若花ねえさん、あの飛車はそこから借りたの？」

若花「飛車はもともと奇肱国の特産だったんだけど、近年では周饒国がその技術を手に入れて、つくりも

ずっと精巧になったのよ。だからうちの父王《おとうさま》は周鐃国から借りたの」（第八六回）

なるほど、そういうことでしたか！　作者は混乱していたわけでも、奇肱国のことを忘れていたわけでもなかったのだ。飛車の生産国が変わったことについては、どうしてそんな設定を加えたのか、これはもう直接本人に聞かなければわからない。いずれにもせよ、一九世紀において――物語の時間は唐代だが――かつての飛車もいろいろな経緯があって、周鐃国でも製造できるようになっていたらしい。しかも、ずっと性能がいいというのだから、小人の国の住人は、さながらかつての日本人のようでもある。

　ところがこのことで、ある誤解が生じたようだ。『鏡花縁』が評判となって、一九世紀の中国人に愛読されすぎたためか、〈飛車〉はそもそも周鐃国の産であると信じる人びとが増えてしまったらしいのである。清代末期の新聞や雑記をひろい読みしていると、それらが〈飛車〉に言及するとき、周鐃国、あるいは焦僥国の産物であると書いているものにしばしば出くわすのである。*10

新型〈飛車〉の構造と操縦法

ときに女帝武則天は、女性を優遇すべく大改革を敢行し、女性を対象とした科挙試験を実施するのだが、本書とはあまり関係がないので、はしょることにしよう。彼女は、若花を文艶王に封じ、「父王を安心させよ」と帰国を勧める。若花は、ともに旅をしてきた枝蘭音《しらんおん》、黎紅薇《れいこうび》、盧紫萱《ろしけん》ら異国の才女たちとともに帰国することを決意する。

　さて、周鐃国で格段の進化を遂げたという〈飛車〉であるが――


見ればその車は、人の背丈の半分ほどの高さで、長さは四尺もなく、幅はおおよそ二尺とちょっと。柳材で櫺《れんじ》の窓が、きわめて精巧につくられている。その周囲には、鮫綃《こうしょう》のカーテンが掛けられている。車内は四つの面に、それぞれ羅針盤がそなわっていて、車体の後部には、一本の小さな木製部品が、船の舵のように飛び出している。車体の下部には、銅製の車輪がたくさん据え付けられているが、その大きさはまちまちで、大きなものは洗面器ほど、小さなものは酒杯ほどである。それらが縦横に配列していて、その多いこと、数百もあろうか。それらはみな紙のように薄いのだが、きわめて堅固な材質でできていた（第九四回）。

なかなかおしゃれなデザインだ。スチーム・パンク風のメカニック・デザインもまた、象牙細工などに通じる中国人のガジェット趣味によるものであろう。「鮫綃《こうしょう》」とは、防水効果があると伝えられる布である。

いよいよ〈飛車〉が飛翔する場面を見てみよう。〈飛車〉は三台用意された。若花は、彼女を迎えに来た国舅とともに、先頭の〈飛車〉に。紅紅《ホンホン》（黎紅薇）と亭亭《ティンティン》（盧紫萱）は、二台めの〈飛車〉に。そして蘭音と国舅の従僕は、最後尾を飛ぶ〈飛車〉に乗ることが決められた。

国舅は〈鑰匙《キイ》〉を従僕に手わたし、また三種類の〈鑰匙《キイ》〉を紅紅にわたすと、こういった。

「一つは上昇用、一つは水平飛行用、一つは着地用です。それぞれの用途が書かれてあります。使うときには、くれぐれもおまちがいなきよう。車を左にむけたいときには、舵を右に押してください。右にむけたいときには、左に押してください。ぴったりとわたしの車についてきてくだされば、まちがいはありません。車の正面には、小さな鮫綃の帆がございます。順風が吹いてきたときに、これをあげれば、スピードを上げることができます」

さらに紅紅と亭亭を車中にみちびいて、〈鑰匙《キイ》〉の操作方法について説明すると、「ではおきをつけて」とひとこと、軽々と先頭の〈飛車〉に乗り込んだ。従僕は、最後尾の〈飛車〉に乗り込んだ（第九四回）。

新型〈飛車〉の操縦方法には、なにやら『抱朴子』の影響が残っていそうである。操縦のためには、ふだんは操縦席からはずされている、三種類の〈鑰匙《キイ》〉を差し込んで用いるようだ。

いよいよお別れである。旅立つほうも、見送るほうも、わんわん泣きながら、別れを惜しむのであったが、いつまで泣いていてもきりがないと、国舅、紅紅、そして従僕は、上昇の〈鑰匙《キイ》〉を入れるのであった。

エンジンが始動すると、かの銅輪は、縦のものも横のものも、すべてが一斉に駆動しはじめた。臼《うす》のように、また轆轤《ろくろ》のように、さながら風車のように、ひとつひとつがそれぞれ回転しはじめた。みるみるうちに地面から数尺ばかり離れたかと思ったら、まっすぐ上昇して、およそ十余丈の高さまで昇ると、そのまま西に進路をとって飛び去ってしまった。だれもが空の彼方をいつまでも見送っていたが、やがて悲しみを胸に、帰って行ったのであった（第九四回）。

この、なかなかに細かい描写から判断するかぎり、作者の李汝珍が脳裏の設計図に描いていた〈飛車〉は、ある種の垂直離着陸機《ヴィトール》（Vertical Take-Off and Landing）であったらしいことが推察されよう。

描かれた〈飛車〉

文字のみでこのように表現された李汝珍の〈飛車〉は、『鏡花縁』のいくつかの版本においては、挿絵が付されることによって、ぼくらの目を楽しませてくれることになった。それらを鑑賞してみるとしよう。

現存する、もっとも古いものは、一八三二年に刊行された、木版の『鏡花縁』に見える挿絵である〔図6-6〕。これが、前章で掲げておいた一七世紀『山海経広注』の奇肱国の図〔図5-23〕を、奇肱の人物のみ

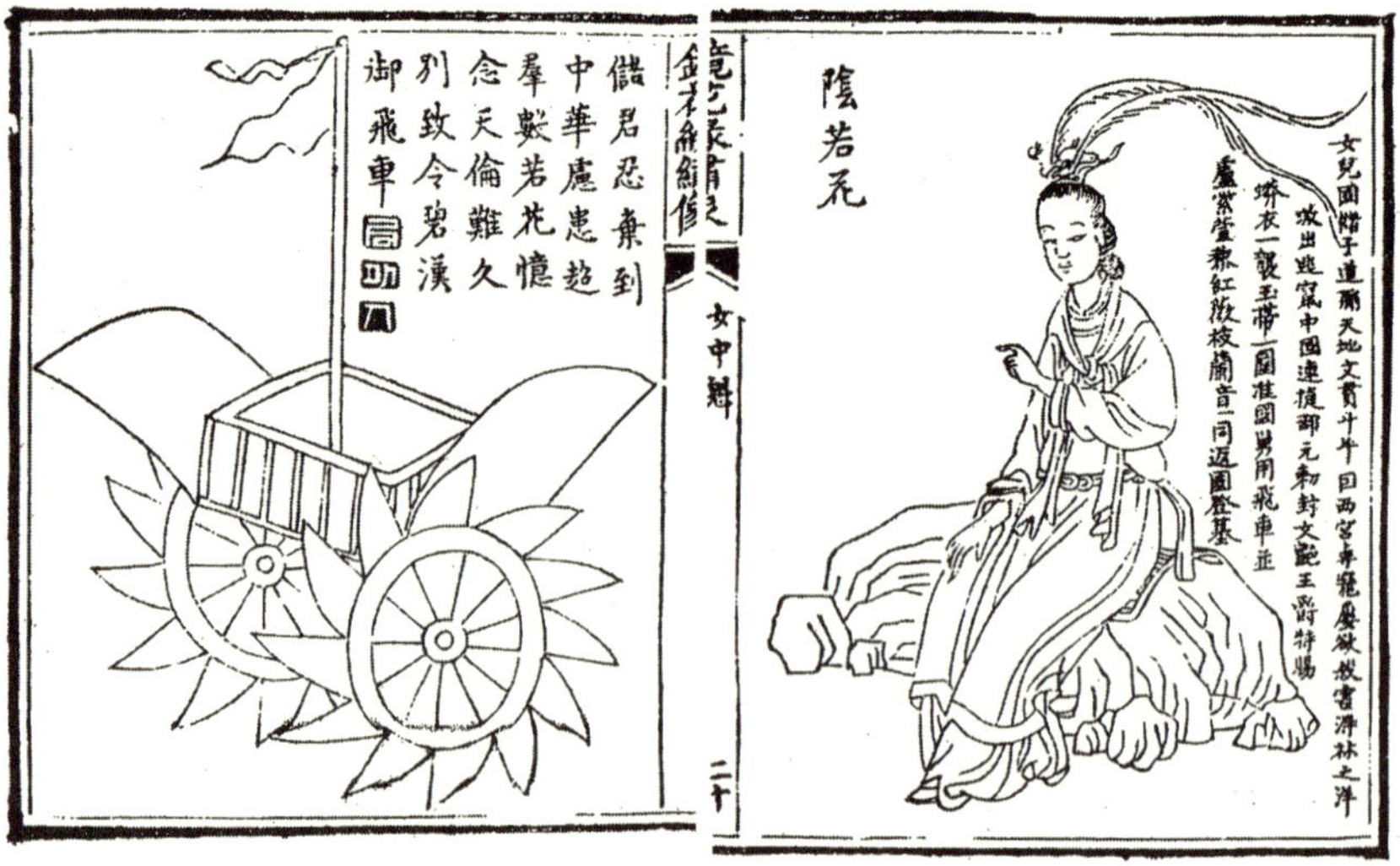

図6-6　陰若花と飛車。『鏡花縁』挿絵。絵師は謝葉梅

を抹消し、そのまま流用したものであることは明らかだろう。ひとつ前のページには、〈飛車〉との因縁浅からぬヒロイン、陰若花が描かれているのだが、〈飛車〉の絵の上には、若花が女児国の王となるべく帰還した経緯をモチーフにした七言詩が添えられている。

いまひとつは、一八八八年に刊行された『絵図鏡花縁』と題するもので、こちらは当時隆盛した石版印刷によるものである。[*11] 各回に一枚ずつ挿絵が添えられているが、〈飛車〉が描かれているのは、第六六回〔図6-7a・b〕と第九四回〔図6-8a・b〕である。

第六六回のタイトル「飛車を借りて国王は儲子を訪ねる　黄榜《こうぼう》を放ちて太后は閨才《けいさい》を考す」は、そのまま挿絵のなかに書きこまれ、女児国の国王が飛車を借りて皇太子である若花を探させていること。そして、武則天がおこなった科挙試験の合格者を発表するという、この回のストーリーが提示されている。国王から派遣された国舅の説得にもかかわらず、若花が自分には帰国の意志がないことを告げ、国舅を帰還させたことは、すでに触れたとおり。

二枚めの第九四回は、「文艶王は命を奉じて故里に帰《かえ》り　女学士は親を思いて仙山に入る」と題されているが、文艶王に封ぜられた若花が、皇位を継承すべく、父王のために帰国を決意し、飛車に乗って才女たちと涙の別れをするエピソードである。

ここに描かれた飛車のデザインは、過去の奇肱の飛車を基本的には踏襲しながらも、まったく新たな意匠を凝らしているといえよう。描かれたものから判断するかぎり、車体には、現代の四輪自動車がもっている車輪のように、左右それぞれ、前と後ろにふたつずつ、進行方向の軸とは直角に、スクリュー状の四つの車輪が据え付け

図 6-7a,b　飛車。『絵図鏡花縁』第 66 回。同部分

られている。この形状などは、現代の船舶で使われているある種のスクリューにそっくりだ（図6-9）。さらに車体のなかほどからも、左右それぞれに別種の回転盤が露出していて、似たような回転盤は、進行方向の軸に添って、車体後部にも備えられている。回転盤は、車体の前部にものぞいている。

ぼくらは、石版印刷という、細密な線を生かした図像を表現しうる当時の技術のおかげで、一九世紀末の絵師が、『鏡花縁』の飛車に対して、どのような飛翔のためのデザインを提示したかを感得することができるのである。

これに少し遅れて、一八九三年に成立したとされる、二〇〇幅からなる『鏡花縁』の画集が、北京大学の図書

図6-8a,b　飛車。『絵図鏡花縁』第94回。同部分

館に蔵されている。これは、孫継芳《そんけいほう》なる人物によって描かれたと考えられているが、いかなる人物かは明らかではない。*12 明らかなのは、どうやら『絵図鏡花縁』のデザインを模しているらしいことだが、飛車に関していえば、あまりセンスはよくない〔図6-10〕〔図6-11〕。

また、天津の楊柳青で刷られていた民間版画には、これ

図6-9　現代の船舶のスクリュー

図6-10　孫継芳が描いた飛車（第66回）

図6-11　孫継芳が描いた飛車（第94回）

図6-12　天津楊柳青の木版画「文艶王奉命帰故里」

もまた『絵図鏡花縁』にもとづいたと思われる、彩色された絵が残っている〔図6－12〕。

挿絵におけるデザインはさておいても、一九世紀初頭の中国において、これほどのセンス・オブ・ワンダーに満ち満ちた垂直離着陸機《ヴィトール》の描写が綴られることを得たのは、いったいどういうわけなのだろう。作者は、どこから、このような飛翔機械のアイデアをひねりだし、それを文字に綴りえたのだろう。李汝珍は、みずからのノートに、飛車のメカニック・デザインをスケッチしていたに相違ない。顧頡剛《こけつごう》は、『鏡花縁』の飛車について、『鏡花縁』にいたって、はじめてその機械のことに言及している。けだし欧化東漸ののちの想像であろう」といっているのだが、どのような「欧化東漸」によるものなのか、具体的な内容を知りたいものだ。[*13]

朝鮮に翔んだ飛車

〈飛車〉と呼ばれるものが、朝鮮でもつくられ、飛んでいたとの伝説がある。

李氏朝鮮時代後期の李圭景《りけいけい》（一七八八～一八六五）が中国語で書いた『五洲衍文長箋散稿《ごしゅうえんぶんちょうせんさんこう》』は、漢学の知識あふれる著者が成した、博物的考証学の集大成だが、その巻二「飛車弁証説」は、〈飛車〉をめぐる伝説をひろったエッセイだ。かれはまず、中国の『帝王世紀』に見える奇肱国の伝説を紹介するが、これはあまりに太古のはなしなので、考証のしようがないとする。さらに、近年、顎羅斯《ロシア》で飛車が作られたということを紹介し、それは槖籥《たくやく》（送風機）や轆轤《ろくろ》（回転盤）を用いた術であるという。そして最後に、申景濬《しんけいしゅん》（一七一二〜八一）の『旅《りょ》庵全書《あんぜんしょ》』から、壬辰《じんしん》の年（一五九二）、倭酋（豊臣秀吉）が朝鮮出兵をしたときに、嶺南（尚慶道）の都城が包囲されたが、城主と親しい、ある「異術」をこころえたものが、〈飛車〉をつくって城中に入り、城主を乗せ、三〇里を飛んで着陸し、危難から救ったという伝説を紹介しているのだ。

凧による危機脱出譚を思い起こさせるエピソードではある。李圭景は、もしもこの記載が真実であれば、空飛ぶ機械は、むかしの朝鮮でもつくられていたことになるとし、奇肱の飛車も嶺南人の飛車も、顎羅斯の飛車と同じようなものであろうが、その構造はいまもって不明であるとする。*14

メイド・イン・ジャパンの飛車

前章で、中国の類書に描かれた奇肱国の飛車は、いささか古拙な描かれかたをしているとコメントしたような気がするが、じつのところ、そんなに他人のことばかりいってもいられないのだ。飛車はわが国にも移入されて、江戸期に刊行された『和漢三才図会《わかんさんさいずえ》』（一七一二）にも描かれているのだが、日本ヴァージョンには、拙いというより、むしろ寂しいものがある〔図6-13〕。これはもはや、飛ぶための理屈によるデザインへの努力が完全に放棄されているのではあるまいか。『和漢三才図会』は『三才図会』の日本編集版だが、しばしば日本人の頭では理解できそうにないものごとについては、放棄するか、非常に苦悩しながら描いているようである。

だからといって、わが国の飛翔機械にむけられた想像力を嘆く必要はない。いっぽうで、葛飾北斎がその『北斎漫画』に残した「風舟《ふうせん》」と題する飛翔機械をごらんあれ〔図6-14〕。団扇《うちわ》を放射状にたばねて、外輪船のよ

図 6-14　葛飾北斎『北斎漫画』（1815）の「風舟」

図 6-13 『和漢三才図会』の飛車

図 6-15　葛飾北斎画『和漢蘭雑話』（1803）の「空の船《りゆくとしつぶ》」

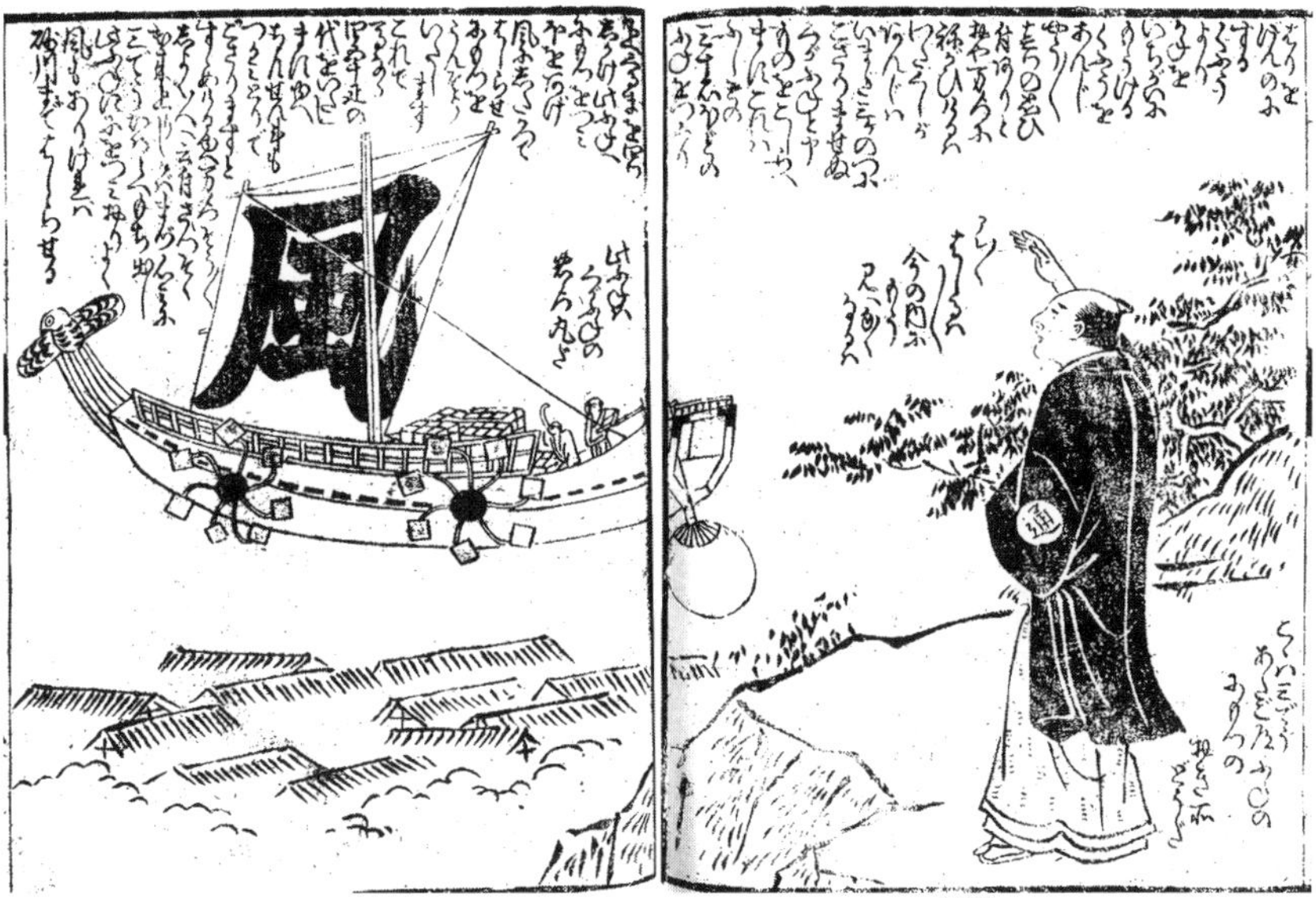

図6-16　北尾重政画『紺丹手織縞』（1793）の「陸船《くがふね》」

うに設置しているあたりは、中国の図像の影響であろうか。船のマストには傘か気球のようなものを備えている。「サスガ！」とため息が出てしまうではないか。

北斎は同趣向のデザインを、感和亭鬼武《かんわていおにたけ》作の黄表紙『和漢蘭雑話《わからんものがたり》』（一八〇三）に登場するオランダ細工の「空の船《りゆくとしつぷ》」（Luftship）でも使っている〔図6-15〕。また、絵師としての山東京伝（北尾政演《きたおまさのぶ》）の師にあたる北尾重政《きたおしげまさ》は、『紺丹手織縞《こんたんておりしま》』（一七九三）と題する黄表紙において、空飛ぶ「陸船《くがふね》」を描いている。いずれもその軽気球や巨大な凧を思わせる帆、加えて舷側に取り付けられた四つの車状の機構が、どうやら船を飛翔させるための秘密となっているらしい。そこには奇肱国の飛車の、中国系デザインの影響が認められるのかもしれない[*15]〔図6-16〕。

3　古代インドの飛翔機械

プシュパカ・ヴィマーナ

空飛ぶ車といえば、古代インドには、『ラーマーヤナ』などでも活躍する「プシュパカ・ヴィマーナ」(Puspaka vimāna) がある。

『ヴイシュヌ・プラーナ』という古譚によれば、プシュパカ・ヴィマーナがつくられた経緯は次のようである。ヴィシュヴァカルマンという「創造者」がいらした。かれには四人の娘がいたが、長女のサンジュニャーは、太陽神スーリヤと所帯をもったものだ。ところがなにしろ夫がたまらなく熱いもので、がまんできずに飛び出し、実家に帰ってきてしまった。娘かわいさに、父はスーリヤを呼びつけて、これを砥石にすりつけて熱を減少させようとしたものの、効果はあまりなかった。削られたスーリヤの光は、輝く浮遊粒子となって拡散しようとする。それを見たヴィシュヴァカルマン、なにを思ったか、その粒子を集めて、四つの輝く宝物をこしらえた。一つめは、ヴィシュヌ神のチャクラーユダ(円盤)、二つめはシヴァ神のトリシューラ(三つ股の鉾)、三つめは、プシュパカ・ヴィマーナ、四つめは、軍神カルッティケーヤのシャクティ(槍)である。*16

こうして完成した古代インドの飛行機プシュパカは、たとえば『ラーマーヤナ』の第四篇や第七篇で、ストーリーを進行させる小道具として大活躍をする。

『ラーマーヤナ』のプシュパカ

苦行者クベーラ(ヴァイシュラヴァナ、毘沙門天)は、ブラフマー神(梵天)からプシュパカを与えられ、財宝王となり、南の島に、ランカーと呼ばれる都市を造営した。のちにランカーは、クベーラの異母兄弟である羅刹《らせつ》王ラーヴァナによって奪われ、クベーラも追い出されてしまう。プシュパカもまたラーヴァナの所有物となり、かれはこれを使って、したいほうだい。そのあたりのエピソードを語る『ラーマーヤナ』の第七巻「後続の巻」第一五章では、プシュパカは、次のように描写されている。

羅刹の王は財宝王を打ち負かして、心から喜んだ。そして、勝利の証拠として天車「プシュパカ」をわがものとした。(35)

それは、黄金造りの柱を具え、瑠璃などの宝石をちりばめた搭門を持ち、真珠の網に覆われ、一年中果実をつける木があった。(36)

意の速さを持ち、行きたい所へ行き、自由に形を変えることができ、空中を進む乗物で、宝石や黄金からなる階段を具え、精練された黄金造りの腰掛けがあった。(37)

それは神々の乗物で、破壊できないもので、常に眼にも心にも楽しさを与え、この上もなく不可思議なもので、敬愛の念を抱かせる絵画が描かれていた。この乗物は、梵天が(ヴィシュヴァカルマン神に命じて)製作したものである。(38)

あらゆる希望に基づいて製作された、心を楽しませる最上の乗物で、冷たくもなく、暑くもなく、四季を通じて心地よい、美しい乗物であった。(39)*17

このプシュパカは、ひとつの空中都市ほどもあるものらしい。そして、過剰なまでに豪奢であり、多くの宝石によって装飾がほどこされている。

第六巻の第一二一章の描写によると、プシュパカは激しい戦闘にも用いられるが、どれほど破壊されても自力で修復する機能をもっているようだ。*18

同じく第七巻の第二一章には、次のようにある。


数百、数千の勇士たちが投げ槍、鉄棒、槍、杵、短槍、矛を用いて、天車プシュパカを攻撃した。(25)

彼らは天車プシュパカの座席、露台、高壇、搭門をたちまち粉砕した。あたかも、蜜蜂が花を砕くように。(26)

神が守護している天車プシュパカは戦いに粉砕されても、梵天の威光によって、壊れた所のない元の形になった。(27)[*19]

プシュパカは、ただの空中要塞ではない。なんと自分の意志で行動し、しゃべることもできるのだ。まさに機械の形をした神なのである。第七巻の第四一章では、プシュパカは、ラーマのしもべとなるために、かれのもとにやってくる。そして、ひとたびラーマを主人と認識すると、その心の声を聞いて、どこにでも飛んでくるのである。


午後に、兄弟と共に、偉大な主ラーマは虚空から快い声を聞いた。(2)

「親愛なるラーマよ、月のように親愛なる顔でわたくしを見て下さい。わたくしは財宝の主クベーラ神の宮殿からやって来た天界の乗物プシュパカです。(3)

わたくしはあなたの命令に従ってクベーラ神に仕えるために宮殿に行きました。……(4)

……わたくしは大威徳の財宝の主に命令されたので、あなたの所に来ました。遠慮なさらず、わたくしを受けとって下さい。(9)

すべてのいかなる生類も、このわたくしを破壊できません。わたくしは、財宝の主の命令に従い、あなたの命令を守り、威力を発揮して運行します。」(10)[*20]

名声高いラーマは……天車プシュパカを『来い』と心に念じた。(5)

黄金の飾りをつけた天界の車プシュパカは意向を知って、すぐラーマの前に現れた。(6)

そして、恭しく敬礼していった。

「人王よ、大きな腕の方よ、あなたの下僕が参りました。わたくしはあなたのご意向どおりにいたします。」(7)*21

ラーヴァナがシータ姫をさらっていったのも、プシュパカの上でであった。つづく戦いにおいて、ラーヴァナは殺され、プシュパカ・ヴィマーナは、ラーヴァナの弟ヴィビーシャナのものとなり、かれはそれをラーマ王子に進呈する。ラーマ王子は、それを本来のもち主であるクベーラに送り返す。

描かれたプシュパカ

『ラーマーヤナ』をモチーフにしたパハーリー派絵画の素描に、プシュパカが描かれているものがある。第六巻「戦闘の書」では、ラーマの妻であるシータ姫が、ラーヴァナによってランカー島にさらわれるが、彼女を慰める心優しい羅刹女のトリジャーターは、夫の安否を気遣うシータを、小型のプシュパカに乗せて、戦場に飛ぶ*22〔図6-17〕。

また、カーリダーサの叙事詩から、クマーラの結婚をモチーフにしたラージプート絵画には、シヴァ神とパールヴァティの結婚の場面の遠景として、三、四人が乗りこめると思われる空飛ぶ機械四機が、天空に描き込まれている。まさに「空飛ぶ円盤」か「空飛ぶ弁当箱」といったところだ〔図6-18〕。また、雲間を飛行するプシュパカ・ヴィマーナと、雲のあいだから顔をのぞかせる天の存在〔図6-19〕は、漢時代の画像石に描かれた天界の風景〔図5-2〕を思わせるものがある。

このような、古代インドにおいて飛翔機械が飛んでいたとの幻想は、二〇世紀になってから、それらの製造法

図6-17　プシュパカに乗るシータとトリジャーター

図6-18　古代インドの空飛ぶ円盤

図6-19　雲間を飛行するプシュパカ・ヴィマーナ

を綴ったと称するものを出現させるにいたった。それは二〇世紀初頭に綴られたという、サンスクリット文献『ヴィマーニカ・シャーストラ』で、一九七三年には、サンスクリット版が、英語の対訳を付して刊行されている〔図6-20〕。これには新たに描きおこされた精緻な図解までが付されていて、なにやら『抱朴子』の〈飛車〉の再現図に近い匂いがする〔図6-21〕。偽書説が主張されつつも、いわゆる古代宇宙飛行士説や、失われた古

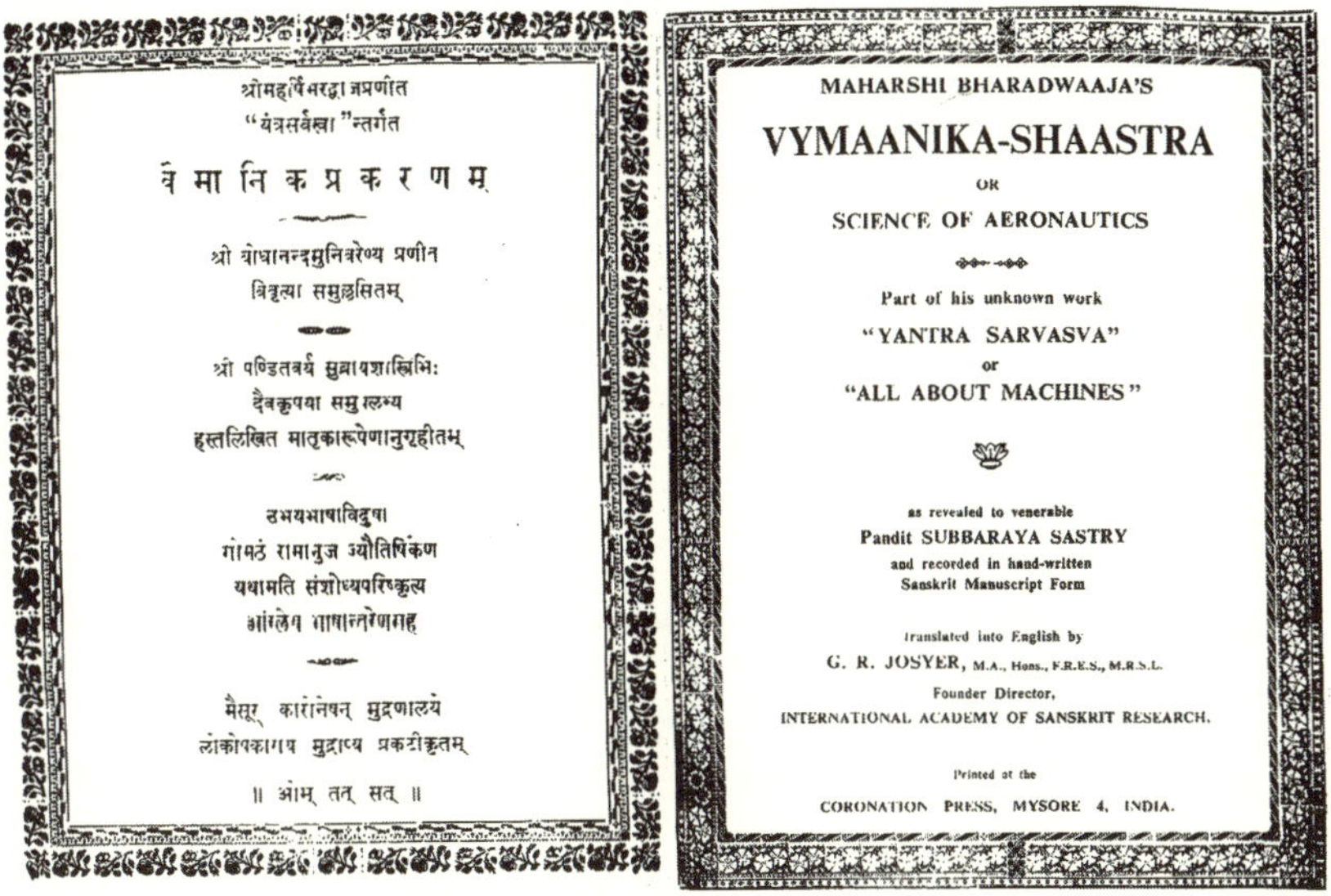

वैमानिकप्रकरणम्

MAHARSHI BHARADWAAJA'S
VYMAANIKA-SHAASTRA
OR
SCIENCE OF AERONAUTICS
Part of his unknown work
"YANTRA SARVASVA"
or
"ALL ABOUT MACHINES"
as revealed to venerable
Pandit SUBBARAYA SASTRY
and recorded in hand-written
Sanskrit Manuscript Form
Translated into English by
G. R. JOSYER, M.A., Hons., F.R.E.S., M.R.S.L.
Founder Director,
INTERNATIONAL ACADEMY OF SANSKRIT RESEARCH.
Printed at the
CORONATION PRESS, MYSORE 4, INDIA.

図 6-20 『ヴィマーニカ・シャーストラ』表紙

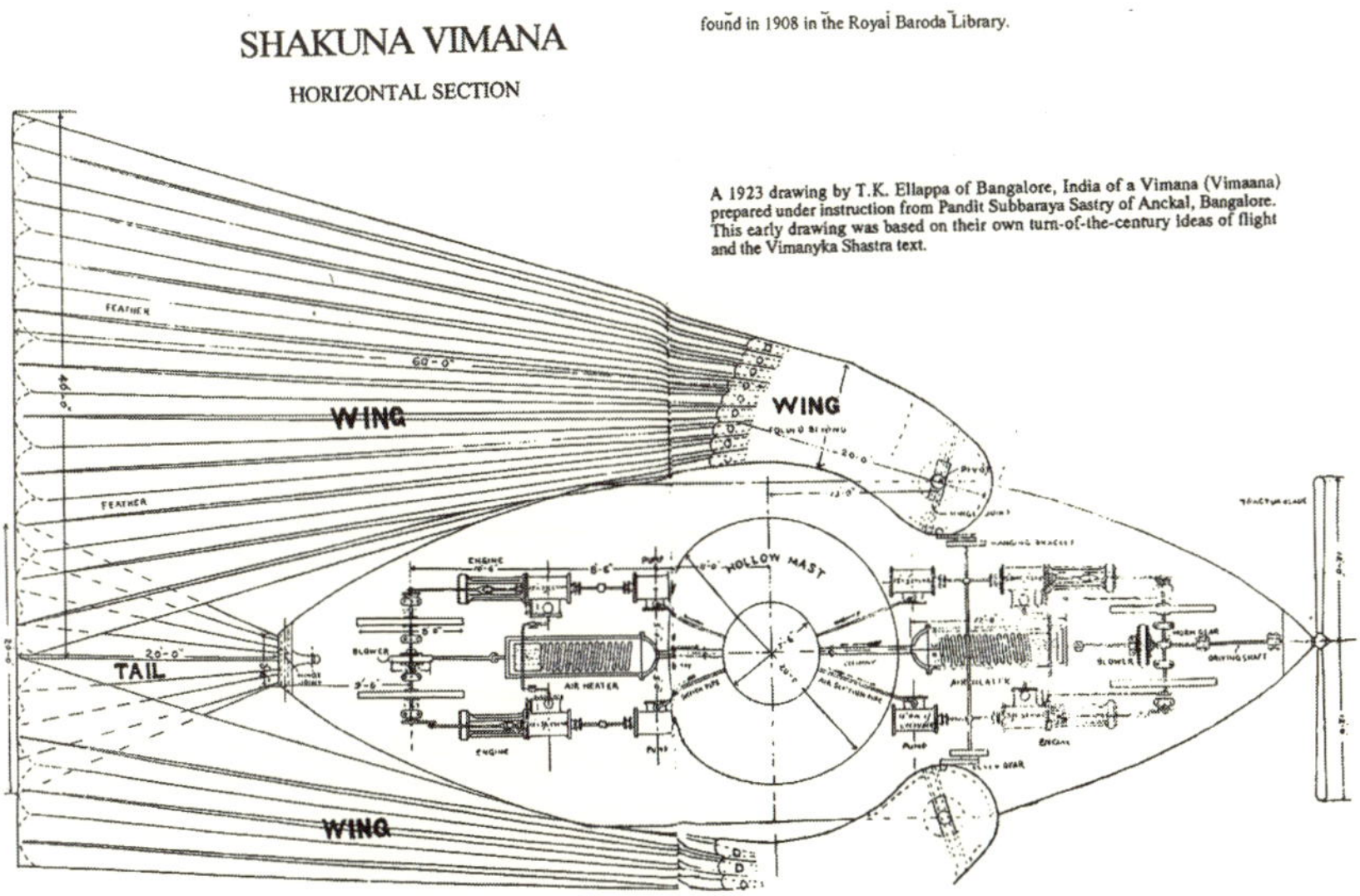

図 6-21 古代インドの飛行機の設計図あらわる！

代の超科学、そして時代錯誤遺物《オーパーツ》をめぐる論争ともからんで、世界の好事家たちを楽しませているのである[*23]。

古代の中国とインドのあいだに技術交流があったものか、あるいはじつは同一のものを指しているのか、はたまたまったく別個の発明品なのかは、いまだに明らかではないが、中国の文献が報告している〈飛車〉が、はるか西にあるという奇肱国から飛来したものであったとすれば、そして、古代インドではプシュパカ・ヴィマーナが量産されて飛びかっていたとすれば、そのうちの一機くらいは、操縦をあやまって針路を東に取りすぎ、風に乗って殷代の中国まで飛んできたのかもしれないという妄想も可能だ。だが、それにしては中国の〈飛車〉には、プシュパカのように意志をもったり、しゃべったりするような愛想はない。やっぱり、まったくの別物なのであろう。

第七夜
八月の槎に乗って

1　それは〈いかだ〉と呼ばれた

ノーチラス号で来た異人

一八〇一年、蒸気船の発明者であるロバート・フルトンが考案し、ナポレオンに売り込もうとした潜水艇の名は、ノーチラス号であった。「オウム貝」を謂うこの名は、ジュール・ヴェルヌが『海底二万リーグ』（一八七〇）に登場させた、かの潜水艦の名ともなり、さらにアメリカが一九五四年に建造した最初の原子力潜水艦によっても、襲名された次第である。

秦始皇帝の御代とかや。いまでも濃厚な伝説的空気をまとって語られるこの皇帝のもとに、「宛渠《えんきょ》」という国の民がやってきたそうな。かれらは「螺舟《らしゅう》」、もしくは「淪波《りんは》舟」と呼ばれる船に乗ってきたのだという。「形は螺《まきがい》に似て、海底に沈みながら航行するが、水は浸入してこない」とか〔図7-1〕。

古代の東洋と近代の西洋、ふたつの潜水艇の名称が、いずれも螺旋状の海洋生物に由来するというのは、愉快な暗合ではないだろうか。

さて、始皇帝と異人との対話は、天地開闢のことにまでおよんだそうだ。宛渠の民は、あろうことか宇宙生成

図 7-1　かれらは〈螺舟〉でやってきた！『程氏墨苑』より

当時の様子を直接目撃していて、それを始皇帝に語るのである。するとこの異人は、宇宙の構成員ではないのか？　などというつまらない疑問など、こうなってはもはや、問いただすのもおろかなりというところであろう。

このエピソードは、晋の王嘉《おうか》（？〜三九〇）の編になる『拾遺《しゅうい》記《き》』巻四に見えている。これを笑話と読むかSFと読むかは自由だが、少なくともぼくにとって、中国人が物語る「幻想」の二つの面を兼ね備えているように思える。すなわち、天地開闢をその目で見たと主張してやまない壮大なる法螺《ほら》ばなしの要素。そして、べつにシャレではないだろうが、かれらが、その法螺貝をかたどった潜水艇に乗ってやってきたという、これまた中国人お好みのガジェット趣味。かれらの幻想奇譚には、しばしば、前者の壮大さと後者の繊細さ、この両者が併存しているようだ。

この時代——六朝期——に大量に綴られたこの種の物語は「志怪小説《しかいしょうせつ》」（怪を志《しる》す小説《こばなし》）と呼ばれ、いわゆる創作文学ではなく、あくまでも事実の記録として書かれたものであると、「文学史」は断り書きをする。しかしながら、ぼくらは寛大であってよい。すなわち、創作であろうが記録であろうが、かれらの綴るものはなんであれ、かの壮大と繊細とを、それぞれ縦糸と横糸にして、中華風物語の眩惑すべき空間を織り成しているのだ。

〈いかだ〉——古代中国の宇宙船

すでに触れた、いくつかのタイプの〈飛車〉とは、おそらく別系統の設計思想による飛翔機械、むしろ宇宙船についての記述は、その最古のものを、やはり六朝時期の小説《こばなし》に見いだすことができる。それは〈いかだ〉と呼ばれた。

王嘉の『拾遺記』には、次のようなエピソードも載せられている。

> 堯《ぎょう》が即位して三〇年めのこと。巨大な槎《いかだ》が西海に浮かんでいた。槎の上からは光が放たれ、夜には明るく輝き、昼には消えていた。海浜に住む人びとが、その光を望見したところ、大きくなったり小さくなったりして、まるで星や月が出入りするようであったという。槎はいつも四つの海を航行し、一二年で天を一周した。一周したらまたもとにもどり、また周回する。これは貫月槎《かんげつさ》、または掛星槎《けいせいさ》と名づけられた。羽人がその上に住んでいた。仙人たちが露を含んで口を漱《すす》ぐと、その輝きのために、日月の光も暗く感じられた。虞《ぐ》、夏《か》の時期には、それが出没したという記録はない。船乗りたちは、いまでもその神々しさを伝えている（巻一）。

図7-2　かれらは〈貫月槎〉に乗ってきた。『方氏墨譜』より

古代の名君、堯の御代のできごととして、一二年で宇宙を周遊する〈いかだ〉が、しばしば地球の海域に停泊していたことを記している。中国人はこれを「月を貫くいかだ」（貫月槎）もしくは「星に掛かるいかだ」（掛星槎）といった、星間旅行用の飛翔機械を思わせる名称で呼び、船の搭乗員たちを、仙界の人をいう、例

の「羽人」の二字で表現している。明代のデザイナーによる「貫月槎」の想像図があるが、中国人がイメージする、流木のような〈いかだ〉からは、まばゆいばかりの光芒が放たれている〔図7-2〕。

天空への旅に用いられる船を呼ぶために、中国人が好んで用いた語彙のひとつが、〈いかだ〉——「筏《ばつ》」「槎《さ》」「楂《さ》」「査《さ》」などの漢字が用いられる——であった。人類のあらゆる飛翔譚に見られるように、空を飛ぶ乗り物が、船のアナロジーで物語られることは、この文明においても変わらないようである。

ある銀河旅行の記録

『拾遺記』にいう羽人たちを、当時の書き手や読み手たちが、せっかちな現代人がすぐさまイメージしてしまうような、異星人《エイリアン》として認識していたとは考えられないが、すくなくとも、地上人《びと》よりも高位にある存在とみなしてはいただろう。そのような異人たちの乗り物を、選ばれた地上人が借用して乗ってしまうというエピソードが伝えられている。まずはその標準的なストーリーを、あの奇肱国の飛車についても記載していた、三世紀、張華の『博物志』に読んでみよう。

古い説によれば、天の河と海とは通じているという。少しむかしのこと、ある男が海辺に住んでいた。毎年八月になると、ここに浮槎《いかだ》が流れてきた。いつも決まってそうであった。その男は、好奇心のおもむくまま、槎《いかだ》の上に飛閣《やぐら》を組み、多くの食糧を積み込んで、出発した。
十月《とつき》あまりがたって、あるところに到達した。そこには城閣のようなものが見え、立派な屋敷があった。遠くからなかを望んでみたところ、機《はた》を織る女がいた。また、牛を牽《ひ》いた男が、牛に水を飲ませに水辺にやってきた。牛を牽《ひ》く男は、おどろいた様子で、かれにたずねた。
「どうやってここに来たのです?」

男は事情を話したあとで、

「で、ここはいったいどこなんです?」とたずねた。

牛を牽いた男は答えた。

「帰ってから、蜀《しょく》の国にいる厳君平《げんくんぺい》に聞いてごらん」

そして男は上陸しないまま引き返した。帰り着いたのは、いつものように八月であった。そののち、蜀の国に行き、君平にたずねてみると、君平はこういった。

「某年某月、見知らぬ星が牽牛星に接近したぞ」と。

計算してみたところ、その年のその月は、まさしくこの男が天の河に到ったときであった(雑説・下)。

図7-3　こちらも〈いかだ〉に乗ってみた。『程氏墨苑』より

じつに特殊な方法で天の河まで到達してしまった主人公は、「機を織る女」すなわち織女を目撃し、牽牛と会話をし、しかしながら〈いかだ〉からその身を降ろすことはなく、おそらくは自動操縦で帰還するようになっている〈いかだ〉に乗せられたまま、こんどは河の流れに運ばれて、地上の故郷に帰還したのであった。

この説話の〈いかだ〉を、明代のデザイナーが想像して描いた絵があるが、やはり流木状の〈いかだ〉の上に、なかなか豪勢な楼閣が建設されている〔図7-3〕。

厳君平とは、前漢に実在した人物、厳遵《げんじゅん》(前八六〜一〇。君平は字《あざな》)のことだが、濃厚な伝説的色彩にいろどられた人物でもある。蜀（四川省）のみやこ成都の人で、黄老の学を好み、成都市中で占いをして生計を立てていたともいわれるが、伝説の世界では、張華とならぶ物知りであり、このエピソードのように不思議な事件の謎を解き明かす役として登場することがある。*1

黄河から天の河へ

そもそも海辺に住んでいる男が、河を遡行することで、どうして天の河まで行けるのか。その理論的根拠には、中国人の神話的地理学を構成している、ある前提がある。

まず、この河というのは、黄河のことでなければならない。自動航行をするいかだに乗った勇気ある男は、黄河の河口付近に住んでいたことになるだろう。中国では、古くから「河（黄河）は崑崙に発源する」という、ゆるぎない地理的神話がある。崑崙山は、天とつながっている世界山であるから、天河は、東から西へと流れ、崑崙山という世界山を経由して、いわば流れ落ち、そこで地上の黄河となって――発源して――こんどは西から東へと流れ、東の海に注ぐというヴィジョンがあったのかもしれない。

もちろん中国人とても、いつまでも神話の地理学や宇宙論をうのみにしていたわけではない。遠国に外交官を派遣するのと同時に、黄河源流を調査する探検隊を送ることによって得られたり、また、旅人などから偶然もたらされた西方の地理情報が蓄積していくことによって、黄河の源流の位置が、意外に近いところにあるらしいことを、いやおうなく認めざるをえなくなった。

実際の黄河源流は、長江の源流とともに、現在の中国のほぼ中心にあたる青海省にある。だが、そのような科学的事実をつきつけられてもなお、黄河の水は、はるか彼方の神話的空間からもたらされるのだということを信じていたい中国人の情念によって、歪められたかたちで認識されることにもなった。

そのときに採用された観念のひとつが、タクラマカン砂漠の北を東流してロプ・ノールと呼ばれる湖に入るタリム河こそが黄河の上流であり、ロプ・ノールに注いだ水は、地下を潜流して南下し、青海省の「第二の源流」である星宿海から、ふたたび地表に湧き出ているのだという、黄河伏流重源説であった〔図7－4〕。すなわち、タリム河の源流こそが、黄河の真の源流であるというわけである。タリムの源流部は、タクラマカン砂漠の西の端、于闐《うてん》にあたる。このあたりの河からは、玉《ぎょく》が採取される。明代の科学技術書『天工開物』は、その幻想的な風景を図示しているが〔図7－5〕、これに添えられた説明文によれば、「玉は月の光に感じて生ずる」のだそうだ。かれらの詩語の世界では、〈月〉は西方を歌うことばである。実に、玉石は月の石なのであった。

黄河伏流重源説は、一九世紀ロシアの中央アジア探検家、プルジェワルスキーによって科学的に否定されたに

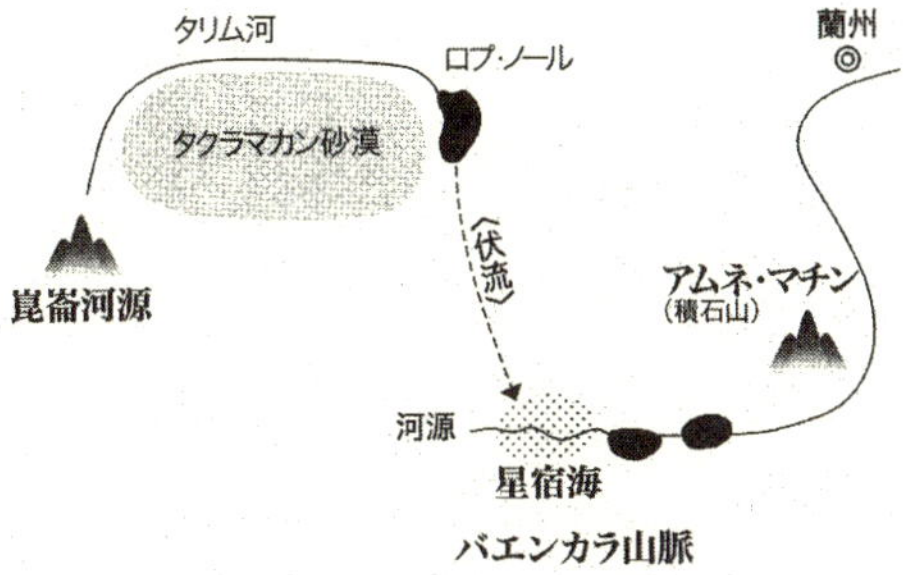

図 7-4　黄河伏流重源説概念図

図 7-5　黄河源流に〈月の石〉をもとめて。『天工開物』より

もかかわらず、その後もしばらくは、おそらく二〇世紀にいたるまで、中国人によって完全には棄てられることなく、くすぶりつづけたのであった。そのあらましは『星への筏――黄河幻視行』に書いておいたので、ご関心のむきは参照されたい。[*2]『博物志』の文の冒頭には、「古い説によれば、天の河と海とは通じているという」との一文が置かれていたが、これこそは、男が黄河をひたすら遡行することで天の河に到達しうることの、理論的根拠を確認しているわけだ。

〈いかだ〉と呼ばれた宇宙船は、その名の属性に忠実に、あくまでも水面に浮かび、ゆるゆると十月《とつき》もの時間をかけて河を遡行しながら、やがて天界にまで到達してしまうという方法を採用している。これを〈飛翔〉と呼ぶのは適切ではないという意見があるのであれば、すぐれて中国的な、「高みへの到達手段」とでもいっておけばよいだろう。アポロ宇宙船を運んだサターン五型ロケットの巨大な推進力などに頼ることなく、黄河にいかだを浮かべ、ゆるゆるとさかのぼることによって、銀河まで行ってしまう。さてさて、この民族の飄逸さかげんときたら……。

2　銀河へのゆるやかな旅

宇宙旅行を托された外交官

〈いかだ〉に乗って銀河に行ってしまうはなしには、『博物志』のほかにも、いくつかのヴァリエーションがある。それらによって、この宇宙旅行の意味が、さらに補完されるかもしれない。

宋代に編纂された類書『太平御覧』の巻八は「天部・漢」となっている。「漢」すなわち「天の河」にまつわる文献をまとめた巻だが、そこには『集林』という書物からの引用として、次のようなテクストが紹介されている。

『集林』にいわく。むかしある男が黄河の源流を探検した。そこで、ひとりの婦人が紗《きぬ》を浣《あら》っているのを目にした。聞いてみると「ここは天河です」といって、石をひとつ手わたしてよこした。帰ってから厳君平にたずねてみたところ、これは織女の支機石《しきせき》だということであった。

ここでは、「ある男」の行動は、『博物志』のような、好奇心によってもたらされたものではなく、黄河の源流を探検する（原文は「尋河源」）という、明確な目的意識をもって遂行されたもののようだ。いまひとつの『博物志』と異なる重要なモチーフは、「石」というおみやげを頂戴して帰ることと、その「石」の正体が、博覧強記の厳君平によって「織女の支機石」なるものであると鑑定されることである。

異界を訪問した人間が、異界の物を携えて帰ってくる。このようなモチーフは、日常的には、われわれの〈おみやげ〉を買い求める衝動であるし、ちょっと遠めになると、アポロ宇宙船が「月の石」をもち帰るというような大かがりな作業ともなる。だが、この種の奇譚においては、〈おみやげ〉は、主人公や読者の脳裏にわだかまる謎と不可解を説明してくれる物証であるとともに、荒唐無稽とも見えた事件が、じつはほんとうにおきたのだという信憑性を強化するための証拠物件として機能しているともいえるだろう。

また『太平御覧』の巻五一「地部・石上」は、「石」についての文献をまとめた巻だが、梁代、宗懍《そうりん》の著書『荊楚歳時記《けいそさいじき》』からとして、次のような引用が見えている。

『荊楚歳時記』にいわく。張騫《ちょうけん》は河源を探検し、ひとつの石を手に入れた。東方朔《とうほうさく》に見せたところ、朔は「この石は天上の織女の支機石《しきせき》である。どうしてここにあるのか?」といった。

東方朔もまた、物知りで知られるキャラクターであり、厳君平とは互換性があった。ここでは、さらにべつの重要な情報がはさみこまれている。黄河の源流を探検したのは、名も知れぬ「ある男」ではなく、張騫という有名人であるということだ。ただし「張騫」の名は、現行の『荊楚歳時記』のテクストには示されていない。

地理学的猛者の誕生

漢の武帝の時代、かつて匈奴によって西のイリ地方に逐《お》われた大月氏《だいげっし》とともに、匈奴を挟み撃ちにすべく、外交官として大月氏に派遣された人物が、張騫（?～前一一四）である。この旅は、外交政策としては失敗に終わったものの、西域に関する貴重な報告を大量にもたらした。それらは『史記』「大宛列伝」や『漢書』「張騫伝」などに反映されている。

名もなき人物が遂行した、不可思議な宇宙旅行の体験が、地理的猛者《もさ》としての張騫に仮託されたのである。かくして、歴史上の人物としてではなく、伝奇的世界で物語られ、生きつづけた張騫は、異国に派遣された外交官というよりはむしろ、〈いかだ〉に乗って黄河源流を探検し、織女に会い、支機石を得たという、異世界で不思議な体験をした冒険野郎として記憶されるようになったのである。ちなみに、紀元前一一四年にあの世に旅立った張騫と、紀元前八六年に生を享けた厳君平では、この世で対面を果たすことはかなわないのだが、そのへんもまたご愛嬌ということで。

かくして張騫は、中国古今の英雄たちを描いた清代の図録『無双譜』などに見えるように、ひとり〈いかだ〉に乗り込んで波間に漂うといった意匠でも描かれるようになるわけである〔図7-6〕。このような「いかだに乗る張騫」は、中国文化を信奉する日本でも好んで描かれている。*3

張騫が伝説化されていく風潮について、宋代の周密（一二三二～九八）は、その『癸辛雑識《きしんざつしき》』のなかで、不満をこめて、こう述べている。

「槎《いかだ》に乗る」という故事は、唐代の詩人以降、みな張騫のこととみなしている。（中略）しかし（『史記』の）張騫の伝には、「漢の使いが黄河の源流をつきとめた」としか書かれていないし、張華の『博物志』も（中略）張騫がそうしたとは、ひとこともいっていないのだ。

梁の宗懍は『荊楚歳時記』を書き、「武帝は張騫を大夏《たいか》（西域諸国のひとつ）に派遣して、黄河源流をたずねさせた。かれは槎《いかだ》に乗り、いわゆる織女と牽牛にまみえた」などといっているが、宗懍がなにを根拠にそういっているのかは、わからない（前集「乗槎」）。

図 7-6　張騫は、いかだを浮かべ、ちょいと星まで

しかしながら、いくら周密が注意を喚起したところで、ひとは、よりおもしろいはなしのほうを聞きたがるものである。〈いかだ〉に乗る人としての張騫像は、いよいよその輪郭を濃くしていったのであった。

俗化する張騫

明代の彭大翼《ほうだいよく》が編んだ類書『山堂肆考《さんどうしこう》』になると、「西漢の張騫は、八月一三日、舟に乗って黄河で遊んでいたところ、夕方になり、誤って天河に漂い入ってしまった。そこでひとりの女が紗《きぬ》を浣《あら》っているのを目にした」とはじまり、あとは、おなじみの展開だ（巻二「天文」「女人授石」）。外交官としての西域旅行などという厳然たる歴史的背景などはどこかに忘れ去られている。舟遊びの場で、女との出会いになるとは、これではまるで、明代の恋愛小説の発端のようではないか。八月一三日というのは、どこに由来するのかわからないが、民間伝承では、張騫の誕生日ということになっているらしい。

広東省広州市の上西関《じょうせいかん》と呼ばれる地域には、清朝の末期から中華民国の初頭にかけて、機織り業者が軒を連ねていた。かれらのあいだでは、張騫は機織り業の「祖師爺《そしや》」すなわち開祖として信仰されていたのだという。伝承によれば、こんなはなしにもなっている。

漢の張騫は、あるとき西域に旅をした。仙槎に乗って月の宮殿まで昇り、宮殿のなかの仙女が、これまで見たこともない、目を奪わんばかりの天衣雲錦を織っているのを見た。張騫は、仙女たちに拝礼をして師とあおぎ、機織りの技術を学んで、これを下界に伝え、人びとに幸福をもたらそうと思った。仙女たちが張騫にすべてを教え終わると、別れぎわに、一個の宝石を贈り、「この宝石を支機石にすれば、どんな美しい織物でも織ることができます」といった。張騫は、学んだ技術と支機石をもって、下界に帰った。それ以降、地上の世界でも美しい織物をつくることができるようになった。張騫は祖師として崇めたてまつられ、旧暦八月一三日の張騫の誕生日には、すべての仕事を休んで、張騫をおまつりしていたという。*4

遠方への旅と〈いかだ〉

張騫たちの乗った〈いかだ〉は、行き先を設定された、自動操縦の船であった。古代の異星人が小惑星に残していった、終着点がプログラムされている宇宙船群。地球人がその操縦法も目的地も知らぬまま、ただ乗り込んで旅立つという、フレデリック・ポールの『ゲイトウエイ』(一九七七)を想起させるモチーフである。*5 そんな〈いかだ〉もまた、〈飛車〉と同じく、中国の詩の世界においては、「遥かな世界への旅」の隠喩ともなった。張騫以来、遠方の地の旅行記や地誌のタイトルに、〈槎《さ》〉や〈筏《ばつ》〉の文字が好んで用いられるようになる。明代に、遠くはアフリカにいたる大航海を敢行した鄭和艦隊の随行員、費信《ひしん》が綴った世界地誌に付けられたタイトルは『星槎勝覧《せいさしょうらん》』(一四三六)であった。

このような習慣は、中国文化のスタイルを模倣したわが国にも伝わった。一八世紀末期、桂川《かつらがわ》甫周《ほしゅう》が、ロシアから帰国した漂流民、大黒屋光太夫に対する聞き取りをまとめたものは『北槎聞略《ほくさぶんりゃく》』と題され、同じくロシアから帰国した漂流民に対する尋問を篠本廉《ささもとれん》がまとめたものは『北槎異聞《ほくさいぶん》』と題された。

3 〈いかだ〉と〈支機石〉の伝奇

長安に運ばれた〈いかだ〉

さて、男を載せ、銀河まで運んでしまった〈いかだ〉は、この一回性の奇譚とともに、ゆくえ知れずとなってもいいようなものなのだが、その後日談とも読める記録が、いくつか残されているのである。

九世紀、唐代の趙璘《ちょうりん》『因話録《いんわろく》』には、次のような、たいへん気になる記載が見えている。

宝暦年間（八二五〜八二七）に、余は科挙試験に落ちて家に帰るさい、都にむかう途中で、役所の人夫たちが、〈張騫槎〉というものをかついでいるのに遭遇した。さきに東都（洛陽）の宮中に保管されていたものを、いま勅命によって役人たちが運んでいるところだそうだが、いかなるものかは知らないという（巻五）。

似たような記録は、唐の李綽《りしゃく》が書いた『尚書故実』にも見えている。それによれば、玄宗皇帝の師であった司馬承禎《しょうてい》、号は白雲先生という道士のもとに、天が車を降ろしたことがあり、これは「白雲車」と称された。その白雲車は「文宗皇帝のとき（八二七〜八四〇）に、張騫の〈海槎《いかだ》〉とともに宮中に納められた」ということである。*6

洛陽から長安に搬送された〈張騫の槎《いかだ》〉とは、いったい、なんだったのだろう？ さらに『洞天集』という唐代の文献を信じるならば、それらしきものが、たしかに長安の宮中に保管されていたらしい。

みやこ長安の麟徳殿《りんとくでん》には、〈厳遵仙槎《げんじゅんせんさ》〉と呼ばれるものが置かれていた。長さは五〇尺あまり（一五メートルほど）で、表面をたたくと銅や鉄のような音が響き、堅くて錆《さ》びたり腐食することがなかった。李徳裕《りとくゆう》は、一尺ほどの細い枝を切り取って、道士の像を刻み込んだ。しばしば飛び去っては、またもどってきた。広明（八八〇〜八八一）以来、失われてしまった。槎《いかだ》もまた飛んで行ってしまった（『太平広記』巻四〇五）。

これをどのように読んだらいいのであろう？ 最後に、「槎もまた飛んで行ってしまった」とあるから、「しばしば飛び去っては、またもどってきた」のは、槎ではなく、刻まれた道士の像なのであろうか。道士というのは、厳君平のことであろうか。そんなに堅い材質なのに、枝で絵を刻むことなどできたのであろうか……などなど、いまひとつ意味の通じにくい文章ではある。

麟徳殿は、六世紀なかばに建てられ、その後、二二〇年ほどにわたり、宮中の催し物や外国使節との会見などに用いられた施設であった。李徳裕（七八三〜八四九）は、中唐時期の宰相であり、九世紀の前半、牛僧孺《ぎゅうそうじゅ》ら保守派と李徳裕ら改革派が、種々の政策をめぐり、ほぼ四〇年間にわたって対立をつづけた権力抗争、いわゆる「牛李の党争」の当事者のひとりである。

趙璘が目撃したのが、この〈いかだ〉であったとすれば、それは八二七年前後に長安に移送され、八八〇年ころに消失したということになる。およそ五〇年の長きにわたって、唐王朝の宮廷内に置かれていたのであった。

増殖する〈支機石〉

〈いかだ〉に乗る男としての張騫像が成長していくとともに、かれが手にした〈おみやげ〉のモチーフについても、尾ひれは、ますます伸長していくことになる。

張騫、もしくは〈ある男〉が、織女からおみやげとして手わたされた〈支機石〉とは、いったいなんだったのだろう？　かりにも織女よりたまわったものなのだから、〈機〉の一文字は、布を織る器具、はたおり機のことと考えてもいいだろう。「はたおり機を支える石」とも読める。実際に、はたおり機が動かないように押さえつける石はあるが、支える石とは、いったいなんなのか。

たとえばここに、明代の図版集に収められた「支機石」の想像図がある。ひとつは角の取れた丸みを帯びた石であり〔図7－7〕、いまひとつは、ゴツゴツとした岩石である〔図7－8〕。それぞれが、当時の中国人の脳裏にあった支機石のイメージを反映しているのだろう。

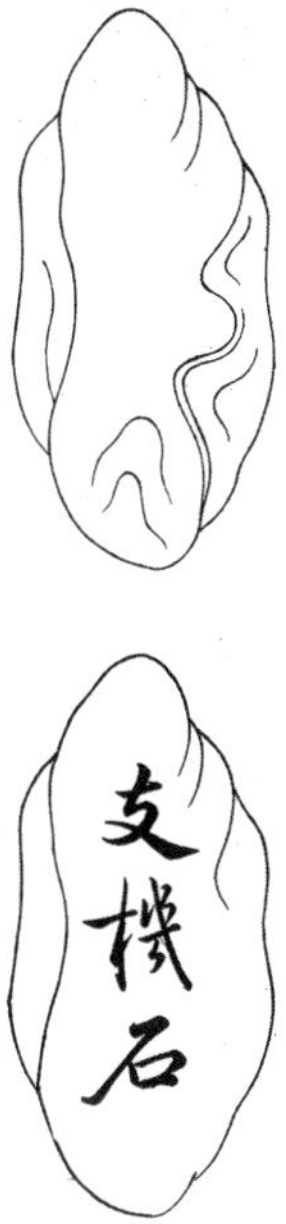

図7-7　支機石のイメージ、その１『程氏墨苑』より

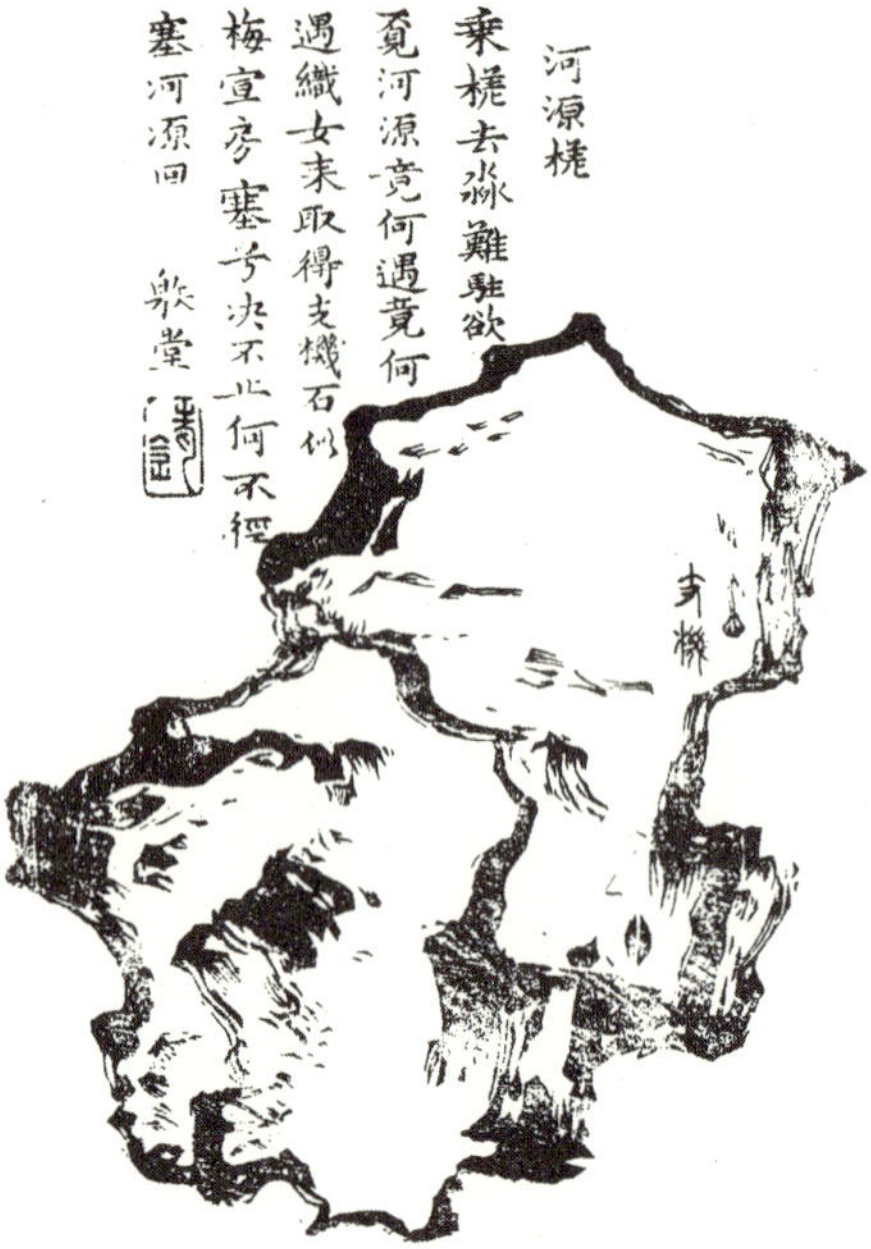

図7-8　支機石のイメージ、その2『無双譜』より

図7-9　成都の街中に屹立する支機石

趙璘『因話録』は、さきほどの引用に先行する文で、張騫が黄河源流をきわめて織女から支機石をもらったとのエピソードを紹介し、それが「デタラメなはなしである」と結論づけたあとで、こう書き添えている。

いま、成都の厳真観《げんしんかん》には石がひとつあり、俗に支機石と呼ばれている。みんなはこれを、当時、君平がこれをここに置かせたのだといっている（巻五）。

厳真観は、厳君平の旧宅からはじまったとされる道観（道教寺院）のことだ。現在の成都市琴台路にある成都文化公園内には、「支機石」なるものが屹立している。この支機石は、高さ二メートル一二センチ、幅八〇センチの石板で、一九五八年に、もとの場所から文化公園内に遷されたという[*7]〔図7－9〕。

清代の王士禎《おうしてい》『池北偶談《ちほくぐうだん》』巻二五に引く『画墁録《がまんろく》』によれば、北宋は元豊の末年（一一世紀末）、浙江から京師《けいし》にやってきたある男が、王羲之《おうぎし》の『蘭亭序』を支機石とともにもち込み、皇帝に進呈しようとしたものの、果せなかったという。『蘭亭序』は、玄宗皇帝がこよなく愛でたあげく、玉の匣《はこ》に収め、死後はみずからの墓である昭陵《しょうりょう》の副葬品とさせたと伝えられるものだ。また北宋の政治家であった王欽若《おうきんじゃく》は、二寸四方の支機石なるものを目にしたことがあるといっている。

これらの記載からは、宋代、おそらくは玉石に細工をほどこし、これこそは支機石なりと称する「贋物」が、すでに骨董品マーケットにおいて流通していたことが推察される。あるいはまた、贋物とはいわぬまでも、記念品として売買されたアクセサリーとしての石――パワー・ストーンしての価値が付加されていたかもしれない――の商品名として、「支機石」の美名が流通していたであろうことも、想像にかたくない。

現存する支機石

明代の陸深《りくしん》は、その『蜀都雑抄《しょくとざつしょう》』で、成都の支機石のことを、こう報告している。

支機石は、蜀の城の西南偶に位置する石牛寺のそばに、地面から突き出して立っている。高さは五尺あまり。さまざまな色を呈し、わずかに紫がかっている。土に近いところには、ひとつのくぼみがあり、そのそばには「支機石」の三文字が篆書で彫られている。唐人の書跡のようだ。かつては横むきに置いていたので、文字がこのように彫られているのだろう。支機石の物語はもとより荒唐無稽なもので、この石もまた、牽強付会によるものだろう。といはえ、古代の文物ではある。

王士禎は、『池北偶談』において、これらの記載を引用したあとで、次のようにコメントしている。

支機の説は、もとよりデタラメで根拠のないものなのに、これらの石は、いったいなにを証拠にそう主張しているのだろう。私は、西城の石犀寺のそばの、かつて厳真観があった廃園の塀の隅に、砂礫のような粗い石で、高さ六、七尺(二メートルほど)の石柱があるのを見た。蜀のものたちは、これを支機石であると伝えているが、まったくのお笑い草である(巻二五)。

陸深と王士禎がいっている成都の支機石もまた、文化公園内に現存する巨石のことであろう。唐代の厳真観はすでに廃れたものの、支機石とされる石そのものは残り、明清時期には、すでに成都の観光スポットとして機能していたと思われる。*8

これら支機石と呼ばれてきたものをめぐる伝説や、描かれた図像を見ていえることは、そのイメージが、形から大きさから、まちまちであり、共通の認識ができていないということであろうか。

支機石と女神たち

織女の支機石は、張騫が手ずから拝領してきたものであるからには、はなしの流れとして、それほど重く大きなものではないことになる。ここに掲げたのは、清朝末期の新聞に掲載されたイラストだ。張騫が厳君平を訪ね、支機石を見せている場面が描かれているのだが、文字テクストは、さきほど見た「黄河で舟遊びをしていたら……」ではじまる、明代『山堂肆考』からの引用である。当時の新聞は、しばしばこのような「旧聞」を図解して掲載することもあった〔図7-10〕。この絵によれば、支機石は手に取って授受ができるほどの大きさのようだが、ふつうに思い描くのは、このくらいの石であろう。また、織女にまつわるものであるから、やはり、機を織ることに関係する石という可能性はないだろうか。

漢代の画像石には織機を描いたものがある〔図7-11〕〔図7-12〕。これらの図では、機械の左端に縦糸がかけられている横木があるが、これを両端で止めている器具を、「榺《しょう》」「機《き》榺《しょう》」といい、「榺」は「勝」とも書かれる。縦糸の流れを調整して、作業がスムースに進むようにするための重要な部品である。

いっぽう『山海経』の「西山経」や「海内北経」によれば、宇宙の秩序をつかさどる女神、西王母は、頭に

図7-10　清末の新聞に紹介された「旧聞」としての張騫物語

「勝」を載せているとあり、事実、画像石の西王母には、頭に挿した軸の両端に、この部品をあしらった髪飾りをつけているものもある〔図5－6を見よ〕。また、織女がこれを手にしている図像も残っている〔図7－13〕。

機織りは、女神にとっては宇宙の時間を秩序正しく紡ぎ出すことであり、地上の女たちにとっては、「男は耕作し、女は機を織る」といわれるように、女の仕事の象徴であった。それゆえ「縢」もしくは「勝」は、女に托された仕事のシンボルであり、それゆえ女の髪飾りとなりうるのであった。

図7-11　織機図。江蘇省泗洪県出土の画像石

図7-12　織機図。成都出土の画像石

西王母は、みずから「帝女（天帝の娘）」であるといい、織女もまた、天帝の娘もしくは孫娘とされる。[*9] また、両者はともに、機織りの作業と深い関わりをもっていた。小南一郎氏の『西王母と七夕伝承』によれば、「西王母と織女とは、天帝の近親の女性として、機を織ることが重要な務めであったという点でも、その神話的な性格に重複性があったのである」。[*10] それらをふまえて、杉原たく哉氏は、織女の支機石とは、西王母の髪飾りの勝のことであろうと推察したが、なかなかおもしろい。[*11] だがむしろ、織女が張騫に与えたものは髪飾りの勝ではなく、織機の部品としての縢のほうだったのかもしれない。

ちなみに、先述の広州上西関の風俗によれば、張騫の伝承にしたがって、織工たちが「支機石」と呼ぶ宝石を、織機の下部に掛けたり、また織機の下に穴を掘って埋めたりするのだという。そうすることで、思いどおりに美しい布が織れるというわけだ。これなどはパワー・ストーンとしての機能をフルに発揮している実例であるといえるだろう。[*12]

図7-13　勝を手にもつ織女。北斉孝子棺石刻董永故事より

成長した石

明代、四川省の地誌『蜀中広記《しょくちゅうこうき》』は、四川右参政の任にあった曹学佺《そうがくせん》（一五七四〜一六四六）が書いたものだが、その「人物記」には、四川の名人として厳遵（厳君平）のことが記されている。したがって、もちろん張騫と支機石の伝説も引かれているのだが、その文言は、いささか色合いが異なっている。

博望侯《はくぼうこう》（漢の武帝が張騫に与えた封号）張騫は、大夏に使いして黄河の源流を窮め、帰還した。船中には大きな石を載せていたが、これを君平に見せたところ、かれはしばし嘆息していった。

「去年の八月に、客星が牛女を犯したが、思うに、それは君だったのだね。これは織女の支機石だ」

博望侯はいった。

「そのとおりです。私は、黄河の源流にむけて遡《さかのぼ》りましたら、あるところに着きました。そこで、女が錦を織り、男が牛を牽いているのを目にしました。『ここはどこですか？』とたずねると、女は答えて、『ここは人間の世界ではない。どうしてここまで来られたのか』といい、ある石を指さして、『この石をあなたの舟に載せてあげましょう。帰ったら蜀の人の厳君平にたずねなさい。きっと詳細を話してくれるでしょう』といったのです」

君平はいった。

「わしは去年、牽牛星と織女星のあいだに客星が入ったのを怪しんでいたが、それは君が槎に乗り、すでに日月のそばまで達していたからだったのだね」

二人はたがいに驚きあった。

こうして人びとは、成都の占い師が常人ではないことを、はじめて知ったのであった（巻四一「人物記第二」　傍点は引用者）。

支機石のことを描写するのに「船中には大きな石を載せていた」（舟中載一大石）といった描写が伴うのは、これがはじめてかもしれない。この文の書き手は、支機石なるものが、ポケットにつっこんでおけるようなものではなく、しかるべき大きさの石であったことを伝えたいのである。しかし、どうして「大きな石」とする必要があったのか。

これは、唐代には厳真観にあり、現在では成都文化公園に移動された、「支機石」と呼ばれる巨石が、明代にはすでに成都の重要な観光スポットとなっていたからではないだろうか。『蜀中広記』という郷土を宣伝する書物の編者としては、街おこしの助けともなる、ありがたい「支機石の由来」を書かねばならなかったであろう。それが、従来の記述からイメージされるような「小さな石ころ」では、「実在する支機石」とのあいだに矛盾が生じてしまい、こまることになるのである。

パワー・スポットへ

曹学佺はそれだけでは飽き足らず、同書の巻一「名勝記」では、ただの巨石を、ただならぬ巨石に変貌させるべく、唐末五代の道士、杜光庭《とこうてい》が書いた『道教霊験記』から、次のようなエピソードを引用している。

太尉《たいい》墩煌公《とんこうこう》は珍奇なものを好み、たくさんの古物をコレクションしていた。かれは人夫に命じて、支機石をひとかけら削り取らせ、なにかに使おうと考えた。そしてノミを入れようとしたとたん、人夫は気を失って、石のそばに崩れ落ちた。三度こころみたが、いずれもそうなった。公は石に霊的な力があるものと考え、作業をあきらめた。そのとき削ったあとは、今でも残っている。また、石の下を掘らせたところ、嵐と雷がおこり、目の前のものも見えないほど真っ暗になった。そこで手をつけないことにした。*13

こうなると、支機石のやることといったら、いよいよ摩訶不思議。スタンリー・キューブリックとアーサー・C・クラークの『二〇〇一年宇宙の旅』(一九六八)に登場する、地球外の知的生命体が月面や木星付近に配置した、黒い石柱《モノリス》もかくやとばかりの存在感である。

厳君平への信仰と手に手をとって、ことに道教文献においては、〈支機石〉は、いよいよ霊験あらたか、神秘的な石柱《モノリス》となり、なにやら不思議な力を顕わしたとの「物語」を増殖させていく。こうして〈支機石〉と命名された巨石は、成都市民ご自慢のパワー・スポットともなっていったようである。

清代になると、支機石のまわりには、これを囲む小屋が建てられ、ひとりのおばあさんが香火を守っていたのだという。[*14] 支機石それじしんは、飛翔するものではないものの、飛翔の物語をしっかりと支える重要なモチーフなのであった。

考古学者の調査によれば、この石は、もともと古代の墓石に用いられていたものが、投石機の部品として流用すべく、穴をあけられたものだったらしい。[*15] だが、そんな「学術的見解」などはどこ吹く風。人びとはこれを、いささかもためらうことなく〈支機石〉と呼び、張騫や厳君平の名に仮託された宇宙旅行伝説の「証拠物件」として、信仰や観光の対象にまでもちあげてはばからないのであった。

〈支機石〉はまだまだ進化する？

巨大なパワー・ストーンに祭り上げられた支機石の進化の勢いは、まだまだおとろえることを知らないようである。『蜀中広記』では、もともと巨石であったかのようにリライトされていたが、広く受け容れられている「小さな支機石」というイメージを毀《こぼ》つことなく、いま成都にある巨大な支機石の由来を「正しく」説明しうるテクストが、現代の中国人によっても書かれているからだ。一九八六年、ぼくが成都の街で買い求めたガイドブックには、次のような驚くべき物語の「真相」が明らかにされている。

張騫は、漢武帝の命を奉じ、使者として西域への旅に出ました。ある年、かれは、いつのまにやら美しい山川のある村に来ていました。どこを見ても荒涼たる砂漠ばかりの西域に、こんなオアシスがあっただなんて！　張騫は、驚くやら喜ぶやら。しばらく進むと、牛を牽いて水を飲ませている男が目に入りました。さらに進むと、むこうに壮麗な宮殿が見えてきました。その中には、機を織っている女が見えました。張騫がなかに入るのをためらっていると、機織りの女は、笑いながらたずねてきました。

「あなたは、どうしてここにいらしたのです？」

張騫は、ここまで来たわけを話して聞かせました。

「せっかくここまでいらしたのですから、ひとつ記念の品を――」と、女は地面にあった一個の石を指さして、「これをもって船にお帰りなさい」といいました。

張騫が、ここはどこなのか？　この石はなにに使うのか？　などをたずねようとすると、女はただ笑ってこういいました。

「この石を船に載せてお帰りなさい。そして蜀の人、厳君平にたずねるのです。きっと仔細を話してくれることでしょう」

張騫は、長安に帰って、漢武帝への帰朝報告を済ませるや、そそくさと成都にむかい、厳君平をたずねました。張騫が、機織りの女から贈られた石を懐中から取り出し、厳君平に手わたして見てもらおうとしたそのとき、かれはうっかり石を落としてしまいました。すると石は、いきなり高さ六尺、幅二尺の巨石に変じたではありませんか。張騫はびっくりしました。厳君平はといえば、石をさすりながら、張騫にいいました。

「これは天の河の織女の支機石です。あなたが西域で出会ったのは、まさしく天上の織女星だったのです。……」

その後、張騫は成都を去るにあたり、支機石をもっていくことなく、そのまま成都に置いていったのでした。*16

不思議な石は、はじめは懐中に入る大きさであったが、成都にもたらされてから巨石に変じたというわけである。バカでかくなった石など、いくら元気な張騫だって、おもち帰りになる気は失せてしまうだろう。なにしろ天界からもたらされた畏れおおい石なので、どんなマジックをやらかそうと、だれも文句はいえない。

それにしても、なんと大胆かつ巧妙なリライトなのだろう。これだから中国文学はやめられない。いまもむかしも、観光ガイドブックなどというものは、たくましい商魂とささやかな郷土愛により、牽強付会と自由な創作の許される文学の楽園なのであった。

厳君平の井戸

ちなみに厳君平が占いをしていた場所には、かれがみずから掘ったという井戸があり、宋代の地誌『方輿勝《ほうよしょう》覧《らん》』巻五一によれば「通仙井」などと呼ばれていたらしい。この井戸は、じつは君平の故郷、綿竹《めんちく》にある「君平井」とつながっていて、君平は、これらふたつの井戸から出入りしていたともいう。成都と綿竹は、直線距離で六〇キロメートルほどだ。また、ある人が井戸を浚《さら》ってみたところ、二寸ほどの銅銭三枚が見つかった。これを手に取るや、頭がぼんやりとしてきたので、あわてて井戸に投じたところ、もとどおりになった。一説には、これは厳君平が占いに用いた銭であろうともいう。

この占いに使われた銭のことは、盛唐の詩人、岑参《しんじん》の「厳君平の占い店」（厳君平卜肆）にも歌われている。

むかし君平が　売卜《うらない》をしてた
小屋も今では　荒れほうだい
飲み代《しろ》にした　銭がときどき
今でも地面で　見つかるけど
文機石はさて　人間《このよ》に在りや[*17]

そもそも成都には、巨石の遺物がいくつもあって、それぞれに古くから不思議ない伝えがあった。たとえば、西門外には石筍《せきじゅん》と呼ばれる石があり、これは、地中から水が噴出して民を苦しめていた〈海眼《かいがん》〉と呼ばれる穴を塞ぐために立てられたのだという。海眼とは、遠方の河川や海と地下でつながっている地下水路の開口部のことであり、中国人の地底世界への想像力を彩る重要な観念である。また、石筍のあたりからは宝石類が湧いて出るので、海眼は、はるか西の果て、大秦国《だいしん》（東ローマ帝国）までつながっているといった伝説も生まれた。*18 これなども、海眼のシステムをよりどころとしているという意味では、厳君平伝説と似ている。

詩語の世界へ

星槎、仙槎、乗槎、そして支機石などの語彙は、これらに伴う物語を喚起するスイッチとして、漢字文化圏においては常識となった。それらは、不可能な旅、遥かな遠方への旅を謳うときに用いられる詩語となったのである。

ここでは晩唐の詩人、李商隠の「海客《かいきゃく》」を読んでみよう。

海客は槎に乗りて　紫の雲気にのぼり
星娥《せいが》は織るを罷《や》め　お話をしましょう
牽牛の嫉妬なんぞ　恐れてどうします
まずはこの支機石　貴君《あなた》に贈りましょ*19

李商隠という詩人は、さきほども李徳裕のところで触れた「牛李の党争」に巻き込まれていた。若き日の李は、牛党の令狐楚《れいこそ》の庇護のもとにあったが、令狐楚亡きあと、李党の王茂元《おうもげん》の庇護を受けて、その娘を娶り、また李党の幹部鄭亜《ていあ》の幕下に入ったがために、牛党からは、恩知らずの裏切りものと、猛烈な非難を受けた。そんな複雑な事情があるので、この詩に登場する神話的人物が、それぞれだれを指しているのかをめぐっては、さまざまな意見が提示されてきた。

「星娥」は織女のことだが、これは李商隠みずからをたとえているだろう。星娥と「海客」、すなわち海辺から槎に乗って天河までやってきた男との仲を嫉妬する「牽牛」は、いうまでもなく牛党を指している。では、織女が「支機石」を贈る相手である「海客」は、だれを指しているのか。程夢星《ていぼうせい》や馮浩《ふうこう》などの清朝の注釈者たちは、おおむね鄭亜を指すとしてきたが、むしろ李徳裕その人を指しているとする説もある。いずれにもせよ、伝説を祖述しただけにも見えるこの詩は、強力な政治的磁場のもとにつくられていることがわかる。*20

いまひとつ、宋之問《そうしもん》の「明河篇」は、唐王朝のときに女帝となった武則天に捧げた愛の詩とも伝えられている。「明河」とは、天の河、銀河のことだ。ここに引くのは末尾の四句。

明河《めいが》は望めど　近づけぬもの
槎《いかだ》に乗りこみ　お訪ねしたや
織女の支機石　この手に握り
成都の売卜人《せんせい》　お訪ねしよう*21

武則天を天の河になぞらえているのだから、相当に熱烈な愛である。ぜひとも女帝から授かりたいものが支機石なのであろうが、いったいなにを頂戴しようという魂胆なのであろうか。武則天は、この詩を読んでその意を理解はしたものの、侍臣の崔融《さいゆう》にこういったという。――「あたしだって、宋之問に才能があることは知らないわけじゃないのよ。ただ、あいつは口が臭くって！」――このことを『本事詩』「怨憤」に書いている唐の孟棨《もうけい》は、口臭は歯の疾患（歯周病か）によるものであろうと推測し、宋之問は、この口臭事件のために死ぬまで屈辱と憤懣を抱いていたと伝えているのだが、まあ、はなし半分に聞いておこう。

本章の最後で引いておくのは、清朝末期の外交官で、『日本雑事詩』などの日本をテーマにした詩集もある黄《こう》遵憲《じゅんけん》（一八四八～一九〇五）が、一八八二年に書いた「海行雑感」の第七首である。

星の世界は　果《はて》なく広く
三千世界に　また大千と
乗槎の男が　回頭《ふりかえ》りなば
眼《まなこ》に入るは　円《まあ》るい地球*22

当時の最新天文学の知識に、〈乗槎〉という古めかしい典故をまじえるのが、清末期の流行ではあった。

第八夜
月世界への旅

1　月に棲むものたち

月の美女とヒキガエル

本章のタイトルは、ニコルソン女史による西欧飛翔文学史にあやかったものにほかならない。ここでは、いささか奇矯にして飄逸なテクノロジーによって月世界旅行を敢行した名だたる皇帝とともに、中華風月旅行譚を楽しんでみたいと思う。

そのためには、物語の細部を構成する、そして月をめぐる神話や伝説の主役たちについて親しんでおく必要があるだろう。

ただいま、中華人民共和国によって進められている月探査プロジェクトは、「嫦娥《じょうが》計画」と命名されている。月に住まうと伝えられている、とびきり美しい女神の名に由来するものだ。嫦娥の名は、すでに日本人にも馴染みのあるところだが、まずはこのあたりのおさらいからはじめるとしよう。その基本的なところは、前漢のころの書物『淮南子』巻六「覧冥訓」に記されているが、ここでは嫦娥は姮娥《こうが》と書かれている。

羿《げい》は不死の薬を西王母に求め、これを手に入れた。姮娥《こうが》はこれを竊《ぬす》んで、月に奔《はし》った。

本書でもすでにおなじみの西王母は、西の果ての神山、崑崙に住むといわれる、中国で最上級にくらいする女神だが、その形象については諸説あり、六朝以降の物語の世界では、不老長寿の効能のある桃を管理する女神とされ、その桃は王母桃とも呼ばれる。周の穆王《ぼくおう》は、西方への旅の途中で西王母に面会することを得たともいわれるし、孫悟空は西王母の果樹園の管理人を任せられるが、それが下っ端の仕事と知るや、怒りを爆発させて、王母桃を手当たり次第に食べてしまう。

張衡《ちょうこう》の『霊憲』（『全上古三代秦漢三国六朝文』所収）によれば、嫦娥は羿《げい》の妻であり、羿が手に入れた不死の薬を盗んで服用し、それから月に奔《はし》ったのだともいう。月に飛ぶ前に占いをしてもらったら「吉」と出たというので、月に飛び、そのまま蟾蜍《せんじょ》（ヒキガエル）になったのだそうだ。

羿、もしくは后羿《こうげい》と呼ばれる中国神話のキャラクターは、嫦娥とのエピソードのほか、堯の時代に一〇個の太陽が出現して地表が焼けつくようになったとき、弓の名手である羿が、九つの太陽を射落としたとの、いわゆる「十日神話」でも知られている。もとより断片的このうえない中国神話のなかでも、羿に関する神話は、ことさらに錯綜しているといえよう。また、その冒険譚を形成するモチーフが、古代メソポタミアの神話『ギルガメシュ叙事詩』と酷似しているとの指摘もなされている。*1

嫦娥のほうはといえば、夫への裏切りや、窃盗などの好ましくない行為にもかかわらず、月に住まう美しい仙女としての揺るぎない地位を確立したようだ。たとえ悪女であろうとも、美女には罪はないとする民衆心理によってか、蟾蜍に変じたとの説も、おおむね却下され、いまだに月面でその美貌を保っておられる。

『西遊記』の猪八戒は、もともと天界の元帥であったが、一方的に嫦娥に惚れてしまい、セクシャル・ハラスメントであるとの判決を受けて、下界に落とされ、メスブタの腹のなかに転生したため、あのようなブタづらに

図 8-1　雲気たなびく月中にたたずむ嫦娥

なってしまったらしい。「月の仙女、嫦娥のような」は、美女の形容として、あまりにも普遍的なものとなっている。いま、中国の月探査計画が「嫦娥計画」と命名されたからには、彼女の過去の醜聞については、もはや時効というところか。

嫦娥のなかまたち

月には桂《けい》という樹が生えているともいわれる。唐代の段成式《だんせいしき》の『酉陽雑俎《ゆうようざっそ》』には、次のように書かれている。

旧説によると、月のなかには桂があり、蟾蜍《せんじょ》がいると伝えられている。異書によれば、月桂の高さは五〇〇丈あり、その下に一人の男がいて、いつもこれを斫《き》っているが、樹の瘡口《きずぐち》はすぐにふさがってしまう。その男は、姓は呉《ご》で、名は剛《ごう》という。仙術を学んだものの、過ちを犯して流謫《るたく》され、樹を伐《き》らされているという（前集巻一「天咫」）。

嫦娥のそばには、しばしば兎も姿を見せている。兎は、漢代の画像石などにも、杵をかかえて薬草を搗《つ》いている姿で描かれていた。兎、蟾蜍、桂樹、呉剛、そして嫦娥。月の世界に住まうもの、存在するものたちが、こうしてそろった。

嫦娥を図像で表現した作品を、いくつか眺めておこう。ひとつは明代の『程氏墨苑《ていしぼくえん》』（一六〇五）からのもので、雲気たなびく月中にたたずむ嫦娥を描く〔図8－1〕。もうひとつは、明代の小説『七十二朝四書人物演義』の挿絵で、月にむかって奔《はし》る嫦娥を描いている〔図8－2〕。いまひとつは、清朝末期の呉友如による「古今百美図」と題する画集に収められた「嫦娥」である〔図8－3〕。これらの絵に描かれた月のデザインについては、のちほどまた考えてみたい。

図8-2　月に奔《はし》る嫦娥

図8-3　けだるそうな月中美女、嫦娥。清末『飛影閣画報』より

2　陛下、ちょいと月まで歩きましょう

玄宗皇帝の飛行実験

神々は、なにしろカミサマなのだから、月への飛翔など造作もないことなのだろうが、生身の人間には、やはり容易ではない。それにもかかわらず、嫦娥につづいて、月世界旅行をやってしまった地上の人間のひとりが、唐の玄宗《げんそう》皇帝である。

唐王朝の第九代皇帝で、名は李隆基《りりゅうき》。唐朝の皇帝のなかでは在位期間がもっとも長く、西暦では七一二年から七五六年までの四四年間。元号でいうと先天《せんてん》、開元《かいげん》、天宝《てんぽう》にわたっている。「開元天宝のころ」といえば、良くも悪くも、玄宗在位時代の空気を伝える詩語ともなっている。玄宗は廟号《びょうごう》で、謚号《しごう》（おくりな）が「至道大聖大明孝皇帝」であるところから「唐明皇《とうめいこう》」とも称されるのだが、かれの月旅行譚は、しばしば「唐明皇遊月宮」（唐明皇が月宮に遊ぶ）と呼ばれて親しまれている。楊貴妃とのロマンスで知られる、この稀代の皇帝は、月にだって行ってしまったのであった。*2

おもしろいことに玄宗は、月旅行を決行する前に——かれの意図によるものではないとはいえ——そのための実験とばかりに、まずは地上における長距離飛行もしくは瞬間移動をこころみている。玄宗の飛翔譚は、さまざまな文献によって伝えられ、ヴァリエーションも豊富なのだが、まずは『広徳神異録《こうとくしんいろく》』に見える「葉法善《しょうほうぜん》」（『太平広記』巻七七）と題されたものを読んでみよう。タイトルは、皇帝を月に連れて行く技術をもった、おかかえの道士の名から取られている。

正月の十五日、元宵《げんしょう》の夜。玄宗は洛陽にある上陽宮で、影灯（灯籠大会）を盛大にもよおしていた。龍や鳳凰、虎や豹が勇躍するさまを造形した灯籠が、人の手によるものとは思われないほどにすばらしい。玄宗は、お気に

入りの道士、葉法善を呼びつけ、二人でひそかに灯籠見物をしていたが、だれもそのことを知らなかった。

法善「灯籠の祭の盛んなること、ここもまあすばらしいのですが、これに匹敵するのは、涼州《りょうしゅう》のものですな」

玄宗「先生は、そこに行ったことがあるのですか？」

法善「いまさっき、そこから帰って来たばかりなのです。そこにお召しがありましたので」

玄宗は不思議に思い、「いま行きたいといったら、行けるのでしょうか？」

法善「それはたやすいこと」

そこで法善は、玄宗に目をつむるようにいった。

「みだりに目をあけてはなりませんぞ。目をあけたら、きっとショックを受けますからな」

皇帝は約束した。目をつむって跳び上がると、その身は天空にあった。ほどなくして足が地に着いた。法善がいった。

「目をあけてもいいですよ」

見ると、灯籠が十数里にわたって連なり、車馬が行きかい、街は男女であふれていた。玄宗は「こいつはすばらしい！」とうなった。

しばらくして法善がいった。

「ご覧になったら、帰りましょうか」

ふたたび目をつむり、宙に跳び上がると、あっというまに、もとの場所に帰っていた。楼閣の下で奏でられていた音曲は、まだ終わっていなかった。

法善は西涼州で、鉄の如意《にょい》を質に入れて酒代をつくった。あとで宮中の官吏を、べつの用事にかこつけて涼州に派遣し、如意を取りもどさせた。

元宵の夜に消える

元宵節は、中国の重要な節日である。ただいまでも正月の活動は、元旦（春節）にはじまり、元宵になって終了するといわれている。元宵の夜に灯籠をともし（燃灯）、これを観賞する（観灯）という風習があったことは、唐代の文献にすでに見られる。[*3] 天上に満月が輝くこの夜、地上の月として、灯籠はこれと輝きを競うのである。こんな夜には、なんらかのドラマが動きだすのが常であった。金文京氏は、次のようにいう。

ふだんは夜外出することなどめったにない子供や女性たちも、この時ばかりは、思う存分に夜の散策を楽しむことができたのである。したがってそれはまたさまざまな思いがけぬ事件が起こる日でもあったろう。雑踏の中ではぐれて迷子になる子供、その子供をねらう人さらいの暗躍、男女の思わぬ出会い、あるいはまたかねてよりしめし合わせ手に手を取って駆け落ちをする恋人たち、元宵の夜には日常の秩序の代りに自由と混乱が人々を支配する。[*4]

その後の中国の小説においては、元宵の夜に発生するさまざまな「失踪」は、その仏教的な意味あいとも絡みながら、物語を駆動させていくのであった。玄宗皇帝が、いわば「変格の失踪」を遂げているというのも、この、元宵と失踪のモチーフにおいて語られるべきものなのかもしれない。

銀色の橋をわたって

洛陽から甘粛省の涼州（武威《ぶい》）まで、直線距離は一〇〇〇キロメートルほどだ。玄宗の地上における飛行実験については、いずれの文献も、おおよそここに紹介したような内容である。

如意というのは、日本でいう「孫の手」であるが、中国では本来の機能を離れて、その「意の如し」という名称から、吉祥のシンボルとしての工芸品となっている。涼州で如意を質に入れたことが、瞬間移動が実際におこなわれたことの証明となるわけであるが、このあたりも、奇譚にリアリティを添える締めの妙薬としては、よくあるやつだ。

『広徳神異録』の「葉法善」は、さきほど引いた涼州への飛行譚につづいて、月への飛翔のエピソードが物語られる。

法善はまた、皇帝を連れて月の宮殿に遊んだことがある。玄宗は天界の音楽を聞いて、その音律をおぼえ、曲を暗記し、帰ってからこれを伝えた。こうして「霓裳羽衣曲《げいしょううい》」が完成したのである。法善は、隋の大業丙子の年（六一六）に生まれ、開元の壬申（七三二）に亡くなった。一七〇歳であった。

葉法善の生卒年については計算が合わないが、没年は、一般に七二〇年、あるいは七二二年といわれる。享年は誤記であろう。「霓裳羽衣曲」とは、「婆羅門《ばらもん》曲」とも呼ばれる西域系の音楽であるという。つまりこのはなしは、一種の音楽起源説話ともなっているのだ。すでに触れたように、〈月〉は西方世界を暗示していた。後世のヨーロッパ人が、かれらの宇宙旅行譚のなかで、月世界を東方（中国）とも見紛うイメージで描写したことを思えば、地球の東と西にとって、月は、互いを映す鏡であったといえるだろう。

それにしても、『広徳神異録』における月旅行の描写のそっけなさは、飛翔文学を模索するぼくらを、ちょっとがっかりさせる。『太平広記』巻二六には、やはり「葉法善」というタイトルで、ほぼ同じ内容のはなしが、こちらは『集異記』からとして引かれているが、いずれにしても、月への移動の描写はいささかそっけない。

『太平広記』巻二二には、『神仙感遇伝』『仙伝拾遺』『逸史』等の文献からの引用として、「羅公遠《らこうえん》」と題するはなしが載っている。これもまた玄宗飛翔譚のかずあるヴァリエーションのひとつであり、さきほど葉法善なる道士に課せられたお役目は、こちらでは羅公遠という道士にキャスティングされているというわけで、タイトルもそれに由来する。興味深い月への旅の描写は、こちらのほうがいささか詳しい。


開元年間の、ある中秋の望夜（八月十五夜）。玄宗は宮中で月を賞翫していた。

そこに公遠が奏上した。

「陛下は、月に遊びに行きたくはありませんか？」

そうして杖を取り出し、中空にむかってほうり投げると、変じて大きな橋になった。それは銀色であった。公遠は、玄宗に、ともに登るよう勧めた。数十里も歩くと、まばゆいばかりの光が目を奪い、寒気が身をつらぬいた。そうして大きな城郭にたどりついた。

公遠がいった。

「ここが月の宮殿です」

見ると、仙女が数百人いて、いずれも白絹のゆったりした服を身に着けて、ひろい庭で舞っていた。

玄宗はたずねた。

「これはなんという曲ですかな？」

公遠こたえて、

「霓裳羽衣の曲でございます」

玄宗はその曲を暗記した。

帰る際に、うしろをふりかえると、橋は、歩を進めるに従って消えていった。帰ってから、音楽官を招集し、暗記してきた曲に依って、霓裳羽衣の曲をつくらせた。

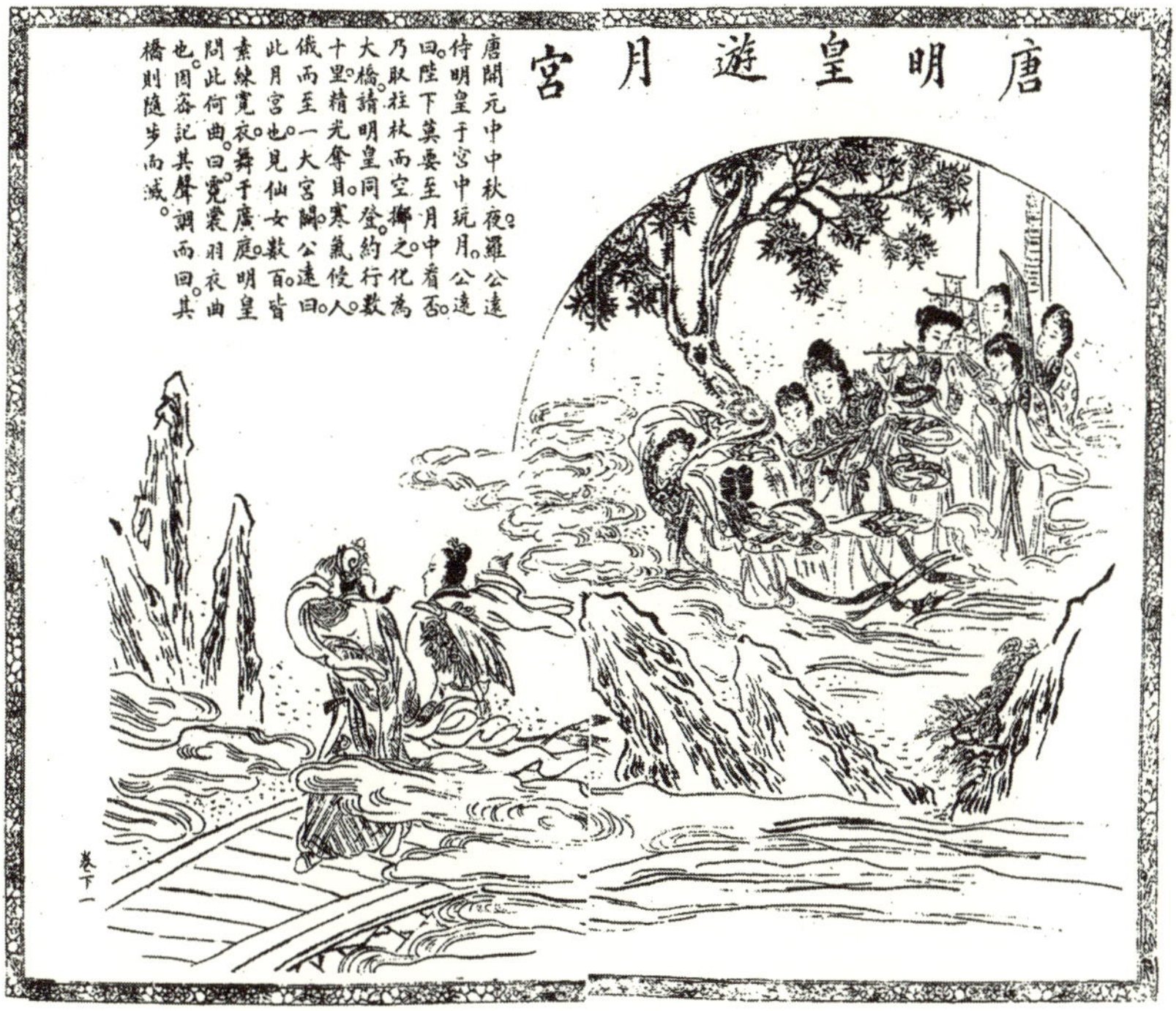
唐明皇遊月宮
唐開元中中秋夜。羅公遠
侍明皇于宮中玩月。公遠
曰。陛下莫要至月中看否。
乃取拄杖向空擲之。化為
大橋。請明皇同登。約行數
十里。精光奪目。寒氣侵人。
俄而至一大宮闕。公遠曰。
此月宮也。見仙女數百。皆
素練寛衣。舞于廣庭。明皇
問此何曲。曰。霓裳羽衣曲
也。因密記其聲調而回。其
橋則隨步而滅。
卷下一

図8-4 「唐明皇遊月宮」『時事報館戊申全年画報』（1908）より

はじめて月世界に行ったというのに、探検もせず、月の石も採取せず、また国旗も立てず、その音楽のみを採集して帰還するとは、いかにも中華帝国の王様にふさわしい、文雅このうえないおはなしではあるまいか。銀の橋をわたって月にむかう玄宗と羅公遠をイメージして描かれた、わりと新しい、清末時期の絵図をあげておこう〔図8-4〕。

3 玄宗皇帝月旅行譚の変容

水平移動の飛翔

葉法善、もしくは羅公遠による、地上での飛翔と月への飛翔であるが、これらふたつの飛翔行為は、まったく異なった方法によるもののように思われる。注目すべきは、地上の飛行をおこなう際に、「目をつむれ」と命じられていることだ。さらに、目をあけたらショックを受けるとまで注意している。この種の忠告は、神仙譚においてもしばしば見られたものだが、じつにリアルではある。空を飛んだ経験のない人間であれば、いきなり高空を飛行して下方に目をやった場合、あまりの恐怖に心臓が止まってしまうであろう。唐代の人間が、実際に高空を飛んでいたかどうかはわからないが、高楼や断崖といった高みから下を見おろすという実体験から、飛翔行為に対するリアルな想像力、すなわち落下への恐怖というものを想像していたことは、たしからしい。

月旅行のほうは、魔法の杖を変形させた巨大な銀色の橋によるもので、この橋をてくてく歩いて月まで行ってしまおうというのであるから、これまたのんきな旅である。帰途の描写において、歩き終えた部分が消えていくと書かれているあたりも、なかなかおもしろい描写だ。

ゴドウィンにせよ、シラノにせよ、西洋の月旅行譚は、なんとかして重力を克服し、垂直移動を可能ならしめようという観念にとらわれていたような気がするが、中国はといえば、ほぼ水平に近い傾斜をゆるゆると時間をかけて進むことによって、天の高みにまで達してしまおうという方法が好みであるようだ。あの〈いかだ〉に乗って銀河まで到達してしまった男がそうであったように。

申天師——いまひとりのアシスタント

玄宗皇帝飛翔譚の、いまひとつの重要なヴァリエーションにも目を通しておこう。それは、柳宗元《りゅうそうげん》の作に仮託されている『龍城録《りゅうじょうろく》』と題するテクストに含まれた、「玄宗夢遊広寒宮」（玄宗が夢のなかで広寒宮に遊ぶ）というものである。ここでのガイド役は、葉法善でも羅公遠でもなく、申天師《しんてんし》という道士である。

開元六年（七一八）、玄宗皇帝は、申天師、都を訪れていた道士とともに、八月望日の夜、天師の術によって、三人して雲上で飛び、月に遊んだ。大きな門をくぐると、宮殿が玉《ぎょく》の放つ光のなかに浮かんでいた。寒気は肌を刺すほどで、衣服は冷たい露に濡れた。

やがて大きな宮殿が見えてきた。扁額を見ると「広寒清虚之府」と書かれている。その門を守る衛兵は厳めしく、その白刃はぎらぎらと輝き、凍った雪のようであった。三人は足を止められ、なかに入ることができない。

そこで天師が皇帝の手を取って跳び上がると、その身は煙霧のなかにあるかのごとく浮かんだ。下方を見やると、高くそびえ立つ宮殿が見え、さわやかな香りがたちこめている。眼下は、万里にわたる瑠璃《るり》の田のようで、仙人や道士が、雲や鶴に乗って楽しげに飛行している。

さらに進もうとすると、翠《みどり》色の冷光がまぶしく、あまりに寒くて進むことができない。下方では、十数人の仙女たちが、みな白い衣《ころも》を身にまとい、白い鸞《らん》に乗って、行き来している。大きな桂樹のもとで、楽しげに舞うものもある。また、かまびすしい音楽が耳に入ってきたので、聞いてみると、なかなかに美しいものであった。皇帝は、もとより音律を解するので、よく聞いてその調べを暗記した。

ほどなくして天師が、そろそろ帰りましょうという。三人はそこから下ること旋風のごとく、さながら酔いつぶれたあとの夢から覚めたようであった。

翌日の夜、皇帝はふたたび月に行くことを求めたが、申天師は、ただ笑って許さなかった。皇帝は、仙女たちが風のなかで羽衣を舞わせていたのを思い出しながら、かの調べを楽譜におこして、「霓裳羽衣の曲」を再現した。いにしえより今にいたるまで、楽曲の清麗なること、これにまさるものはない。

ここでは、玄宗皇帝による月旅行がおこなわれた年として、開元六年（七一八）という具体的な数字が提示されている。すると、二〇一八年は一三〇〇周年記念ということになるから、中国は、記念切手でも発行するのがよろしかろう。ガイド役は、これで三人目だが、玄宗皇帝の月旅行をめぐって、これほど多くのヴァリエーションを生んでいるのも、伝説としての人気のほどを物語っているのだろう。

月世界は寒いらしい

月の宮殿は「広寒宮」と称され、月世界はやたら寒いところということになっているが、これも、標高が高くなればなるほど気温が低下するという、登山の経験からの類推なのかもしれない。加えて、陰陽の観念においては、太陰（月）と太陽（日）が、それぞれ寒冷と温熱に対応するという連想もあるだろう。月世界が寒冷の地であるとの認識は、蘇東坡（一〇三七～一一〇一。蘇軾）が中秋の名月を歌った詞《はうた》『水調歌頭』でも、次のように表現されている。

〽お明月《つき》さん　いつからそこに　出てたやら
　お空にむけて　酒杯《さかづき》あげて　おたずねせん
天の暦《こよみ》じゃ　今宵でいくとせ　へたのやら
　風に乗り　帰りたいのは　やまやまなれど
煌《きら》めく玉《ぎょく》の　楼《たかどの》は　高いところに　聳《そび》えおる
　凍てつく寒さ　いかで俺《おいら》に　耐えらりょか
舞いを踊らば　影さえ一緒に　ついてくる
　ひとの世の　居心地の良さに　まさるなし*5

玄宗の月旅行は、八月十五夜の中秋の名月を愛でるという風俗に発し、愛でるだけではもの足りぬと、月にまで行ってしまったという、まことに皇帝らしい行為であるといえよう。唐代の詩人たちは、中秋の名月を詠んだ詩を大量にひねりだしているが、ある研究者の統計によれば、それらの多くが、中唐（八世紀なかば～九世紀なかば）とそれ以降のものであるということだ。玄宗の月旅行は、開元年間（七一三〜七四一）のこととされるから、この伝説がブームを呼び、中秋の名月を愛で、これを詩に詠むという流行に拍車をかけたのかもしれない。[*6]

『葉浄能詩』――俗文学からの飛翔

多様に錯綜した玄宗皇帝の月世界旅行譚の、いまひとつのユニークな異本として、敦煌の莫高窟で発見された『葉浄能詩』という俗文学のテクストを読んでおこう。ここで月世界へのガイド役を担当しているのは、「天下の鬼神は、ことごとく浄能によって駆使される」という、ウルトラスーパーな神通力をもつ、葉浄能なる道士である。『葉浄能詩』は、浄能が活躍する一一のエピソードから構成されているが、その第一〇話が「唐明皇遊月宮」であった。[*7]

八月の十五夜。唐明皇は、葉浄能や侍従たちとともに、お月見をしておりました。

皇帝は、浄能にたずねました。

「おまえは、月のなかのことは、わかるのか？」

浄能は答えて、

「口で申しあげてもせんかたないこと。論より証拠、陛下を月の宮殿の見物におつれしたいのですが、いかがでしょう？」

皇帝「どうやって行けるというのかね？」

浄能「陛下おひとりでは無理です。それがしが一緒であれば、朝飯前で」

聞いて皇帝はおおよろこび。

「侍従たちも同行できるのか？」とたずねますと、
浄能こたえて、
「剣南で灯籠を見るのは、凡人でも行けますが、月宮の天界は、人間世界とは異なります。陛下には仙人の福分がございますので、行くことができるのです」
皇帝「何色の服を着ていくといい？」
浄能「白錦の綿入れを着ていくべきでしょう」
皇帝「どうして白錦の綿入れを着るのかな？」
浄能「むこうは水晶の宮殿ですので、寒気が激しいのです」
皇帝はいわれたとおりに身づくろいをいたします。浄能が術を使いますと、あっというまに、二人はすでに月の宮殿のなかにいるのでした。見ればその楼閣は、下界のものとはまるで違う。門も窓も見たことのないものでした。

ここでもまた、月への飛行はあっけない描写ですませている。剣南でうんぬんというのは、『葉浄能詩』第八のエピソードで、浄能が皇帝と侍従たちを、剣南の地（ここでは四川の成都）の灯籠を見物するために、術を使って瞬間移動させたことを指している。すでに見た、月への飛行に先んじての、地上での飛行実験である。極寒の地に行くのであるから、綿入れの防寒服を用意させるという細かい気配りには、通俗文学特有のおもしろさがある。

あとはお決まりの展開で、水晶でつくられた宮殿に嘆息し、美しい仙女たちに出あい、月世界を覆っている沙羅樹などを目にするのだが、きびしい月の寒さには、せっかく用意した防寒服もあまり役には立たず、これが玄宗皇帝をひどく悩ませるのだった。

冷気は肌を刺すようで、氷結した雪は、骨にまで達するようでした。

皇帝は浄能にいいました。

「寒くてたまらんぞ。朕はもう帰りたいのだが」

浄能こたえて、

「こうして陛下と二人で遊びに来られましたのも、仙人の福分あればこそ。下界のものとは違います。陛下は、どうかお急ぎにならず、いましばし、ごゆるりと月の世界を見物なさいませ。それから帰っても、悪いことはございますまい」

皇帝が木によりかかると、いきなりゾクッと寒気を覚えたので、また浄能にたのみました。

「朕はもはや、この寒さには耐えられぬ。お願いだから、いますぐ帰ろうではないか。これ以上ここにいたら、朕はもうだめだ！」

浄能は皇帝がまたそういうのを聞くと、にっこり笑って術を使います。あっというまに、そこはもう長安でした。


高国藩は、これは「唐代の著名な民間伝説故事の原始形態を留めている」ものであり、中国初期の「月世界征服テーマのＳＦ小説」であるとしている。*8

音楽説話としての月旅行

九世紀、唐王朝の官吏であった鄭綮《ていけい》が書いた『開天伝信記』には、月世界の音楽を再現したエピソードが、いささか詳しく綴られているのだが、ここでは夢のなかでの旅であったということになっている。

玄宗皇帝は、あるとき朝礼に坐して、その手で腹を上下にさすっていた。退朝してから、高力士がたずねた。

「ただいま陛下は、その手で何度もおなかをさすっておられましたが、体調がすぐれないのではありませぬか？」

玄宗は答えて、

「そうではない。朕は昨夜、夢のなかで月の宮殿に遊んだのだが、仙女たちは、天界の音楽で朕を楽しませてくれた。その音律は清らかで、人間界では耳にすることのかなわぬものであった。朕はそれを聞いて、久しいあいだ酔いしれていた。また、仙女たちはそれを奏でながら、朕を送り返してくれた。その曲はまことに麗しく、人の心をうつもので、いまだに耳に残っている。朕は下界に帰ると、すぐに玉《ぎょく》の笛を吹いてこれを再現し、残らず記録することができた。朝礼に坐していたとき、忘れてしまうことを恐れ、懐中に玉笛をしのばせ、つねに指でその音律を確認していたのだ。体調が悪いのではない」

高力士は玄宗を拝賀して、

「これは尋常のことではありません。陛下、それがしに一度吹いてお聞かせ願えませんでしょうか」

玄宗が演奏すると、その音曲は寥々《りょうりょう》として、ことばで形容できないものであった。

力士が再拝して、その曲の名をたずねると、皇帝は笑って答えた。

「この曲は『紫雲回』というのだ」

その後、楽章のなかに記録されたが、いまでは太常府の刻石として残っているものである。

ここで「紫雲回」と命名されている曲も、「紫雲迴」「紫雲曲」など、いろいろ呼ばれてはいるが、玄宗皇帝が異世界の楽曲を採取するという典雅なモチーフである。*9

周知のとおり、李姓の唐王朝は、同姓の老子（李耳）を始祖とあがめ、道教を国教としてきたが、玄宗皇帝の治世には、道教への傾倒がよりいっそう徹底された。かれは、みずから『老子』の注釈書を撰述するなど、道教典籍の整理編纂に力を入れたほか、全国各地に道観を建てさせるなど、施設の整備も進めた。そのため無数の道士が、さまざまな道術を売りにして、皇帝のもとに群がり集まった。かれらは御前で不老長寿や神仙術などを披露することで、道術にはまっていた皇帝の嗜好を満足させようとし、気に入られたものは、宮廷内の道場に召喚されもした。瞬間移動や月への飛翔に力を貸した道士たちは、そのようなおかかえ道士たちの存在を反映している。*10

月世界から楽曲を採譜したエピソードは、たんに玄宗皇帝の音楽好きだけではなく、その鑑賞と創作の能力にも由来しているだろう。多くの楽曲が、玄宗によって創作、もくしは命名されたものと伝えられている。詩語としての〈月〉は西方を意味するところから、霓裳羽衣の曲も、もともとは西域に由来する音楽で、これに玄宗が手を加えて完成させたといったところだろう。

荒唐無稽ではありますが……

玄宗の月世界旅行譚は、ひろく語り継がれ、書き継がれていたもののようだが、宋代になると、それを荒唐無稽なりと非難する評論も出てきた。

宋の王灼《おうしゃく》『碧鶏漫志《へきけいまんし》』（一一四九序）巻三に収められた「霓裳羽衣曲」と題する文は、この楽曲についての考証である。作者はこれを、西涼でつくられた曲を玄宗が潤色したものであると結論づけて、こういう。

唐人は、開元天宝の話題を語るのをよろこぶあまり、混乱のあげく、これほどまで荒唐無稽になってしまったのだ。こんなはなしを、いったいだれが信じるであろうか。私はこのことから、そのほかの神怪の要素で飾りたてたものは、すべて信ずるに足らないことを知った。

また「月の宮殿のことは荒唐無稽であり」、さまざまな異本は「大同小異だが、みなデタラメで根拠の無いものである」と批評する。

張騫の伝説について苦言を呈していた宋の周密は、この話柄に対しても、ひとこといいたいようである。かれは『癸辛雑識』のなかで、「明皇が月宮に遊ぶエピソードは、いろいろな本に見えるが……」と始め、『異聞録』『逸史』『集異記』『幽怪録』などのヴァリエーションをならべてから、「つまるところ、いずれも荒唐無稽なはなしで、論ずるに足らず」と一蹴している（前集「遊月宮」）。ガイド役の道士や、地上飛行での行き先がコロコロ変わることが、周密には許せなかったらしい。

また、さらにくだって明代の郎瑛も、その『七修類稿』で、周密の記載をほぼ祖述するかたちで、「けっきょく、まことのことばではないし、真実のできごとではない。モノ好きなやからがでっちあげたものであろう。あるいは当時の宮廷のものどもがいい伝えたものでもあろうか」と結論づけている（巻二八「弁証類」）。同じく明の王世貞（一五二六～九〇）もその『読書後』で、やはりその道士がバラバラであることをあげて、「誣罔《ふもう》にして信ずるに足らず」と一蹴する（巻八）。

4 舞台と小説のなかの月宮

されど舞台に移される

考証にうるさい文人たちによって「論ずるに足らず」「信ずるに足らず」と批判されたこのエピソードはしかし、元明時期に隆盛する、べつの文芸ジャンルの作者たちの創作モチベーションを、じゅうぶんに刺激したのであった。かれらは、玄宗の物語を、恰好の取材源として活用した。それは演劇である。

まず元代には、『唐明皇遊月宮』と題する雑劇（元代の演劇のこと）が、白樸によってつくられたらしいが、散逸していまに伝わらない。

また、『太和正音譜』や『雍熙楽府』などの音曲のアンソロジーに散見されるものとして、王伯成の『天宝遺《てんぽうい》事諸宮調《じしょきゅうちょう》』がある。諸宮調とは、宋金元時期に流行した説唱芸術（説と唱が交互に語られる演芸）の一種である。『天宝遺事諸宮調』は、玄宗皇帝と楊貴妃に、安禄山をもからめた三角関係の悲劇を描いたものだが、「楊貴妃、湯浴みする」「楊貴妃、浴槽から出る」「楊貴妃、化粧をする」「楊貴妃と媾歓《こうかん》する」「玄宗、乳を捫《さす》る」など、なかなかエロティックな描写を用いている。

月にまつわる場面は、葉法善がつくりなす橋によって月にむかう「明皇、月宮に遊ぶ」のほか、「明皇、長安を望む」「月宮に飛び上がる」「月宮の舞い」「明皇、月宮を喜ぶ」「明皇、葉靖に哀願する」「月宮にて妖に遇う」「月宮に遊ぶ」などと題された九つの段（套数）により、かなり詳細に語られている。*11

屠隆の『彩毫記』

明代の屠隆《とりゅう》（一五四三〜一六〇五）は、『彩毫記《さいごうき》』という伝奇（ここでは演劇の脚本のことをいう）を書いたが、その一幕は玄宗の月旅行譚を描いている。

『彩毫記』は、詩人の李白を軸に据えて、玄宗、楊貴妃、高力士、安禄山など、おなじみのめんめんが繰りひろげる、玄宗時代の歴史ロマンスであり、全部で四二の場面（齣《しゅつ》）から構成される長編演劇だが、いま見てみたいのは、その第一五齣「遊翫月宮」だ。

まずは葉真人、すなわち葉法善が登場する。中国の演劇では、登場人物が、それぞれ特定の役柄に指定されているが、葉法善は「外」という役柄であり、これは、主役ではない老いた男性の役である。

葉真人「それがしは葉法善。括蒼《かっそう》のひと、聖師に道を授かり、符籙《ふろく》（道教の法術）を研鑽しておりまする。この身を変じては出入りも自由、この指を弾《はじ》けば天地も自在。きょうは中秋の良き夕べ。唐の天子は、下界の夜には厭《あ》きたとて、天界の中秋を楽しまんとし、楊貴妃を伴い、月の宮殿にて遊べぬものかとのお達し。人主はまことわがままなれど、ともに訪《おとな》う宿縁あり。昨夜殿上にて、月まで連れてゆけとの仰せあれば、それがしも気前よく引き受けました。そのとき翰林供奉《かんりんぐぶ》の李白どの、かたわらにてこれを聞き、呵々大笑して申しますには、そんなことができようか、デタラメもはなはだしいと。そこで天子が申します。そうまでいうなら李白もまた、ともに月にゆくがよいと。この御仁、もとは太白星官《たいはくせいかん》にして、いま人界に流謫《るたく》の身なれば、同行するに妨げはなし。げに今宵は満月の夜。天子の準備もできたらしい。ともに手を取り月の府へ。いざいざ参らん、いざ参らん」

葉法善が退場すると、こんどは月の仙女の嫦娥が、旌節《はたじるし》を手にした侍女につき従がわれて現われる。嫦娥の役柄は「正旦《せいたん》」と呼ばれるもので、舞台でメインとなる女性役である。嫦娥の神話と伝説は、すでに読者にはおなじみだが、彼女の自己紹介を聞いてみよう。

嫦娥「わたくしは、月宮の仙女、嫦娥にございます。わたくしのことを世間では、后羿《こうげい》の妻などと申します。西王母の霊薬を、盗んで飲んで不死となり、ひとり月まで逃げたとか。これらはみんな、うそっぱち。まこと世人は、みだりに晦《つごもり》と朔《ついたち》を分けますが、まったくわかっちゃおりません。どこに晦《つごもり》と朔《ついたち》などあるものですか。天上界の形とは、いつだって円いもの。推移によって、ときに下界からは欠けて見えるだけ。わたくしは、虚無の気より化して生まれしものなれば、どうして霊薬なんぞ要りましょう？　この清冷なる九天の上に、どうして盗人《ぬすびと》なんぞがおりましょう？　文士どもはその筆で、デタラメばかり書き連ねます。まこと文士の筆は罪深きもの。それはさておき今宵はまた、人間界の中秋で、葉真人が唐の天子、楊貴妃、李白を伴ってわが月宮に遊ぶとやら。……」

明代の文学では、ひろく人口に膾炙している伝説が、当人の口などを通して否定されるというおもしろい趣向が、まま見られるのだ。明初に書かれた短編小説集『剪灯新話《せんとうしんわ》』の一篇「鑑湖夜泛記《かんこやはんき》」にも、七夕伝説の牽牛織女について、類似の趣向が見られる。

嫦娥が退場すると、こんどは地上からの旅人三人が登場する。それぞれの役柄は、玄宗皇帝（明皇）が、若い男性役の「小生《しょうせい》」、楊貴妃は若い女性役の「小旦《しょうたん》」、李白は男性役の「生」である。さあ、いよいよ月に飛翔する場面であるが――。

明皇「人間《じんかん》にては　この夕べは中秋なり」
貴妃「仙人ばらは　手を携え月府に遊ぶ」
李白「高きところ　愁風に露も冷たくて」
法善「身を竦《そばだ》てれば　はや碧雲の上にあり。

――陛下に申しあげます。従うものも揃い、銀河にはすでに橋が架かりました。陛下は供のものとお登りくださいませ」
明皇「ややや！　これはすごい！　なんと、空中よりゆるゆると、銀の橋がおりてくるではないか！」
法善「陛下、お気をつけてお登りください。恐れることはございません」

こうして玄宗をはじめとする四人は、天空にかかった銀色の橋をわたり、月世界におもむくのであった。そのとき、玄宗の口から歌われる歌詞には、「中空よりゆるゆると、銀の橋が架けられて、罡き風《かた》に踏み出せば、にわかに覚ゆこの寒気」とあり、月旅行につきものの寒さの描写も忘れてはいない。また、『抱朴子』に見たような、生き物の体重に堪える〈罡風〉の存在が、ここでも強調されている。あとはお決まりのエピソードで、広寒宮や仙女をながめ、霓裳羽衣の曲を記録して帰還するというわけである。

『彩毫記』に描かれた月旅行は、当時の演劇界に、少なからぬ影響を与えたものと思われる。屠隆の同時代人にして演劇評論家の呂天成《りょてんせい》(一五八〇〜一六一八)は、その『曲品』のなかで、こんな評を書いているからだ。

邱瑞梧《きゅうずいご》が書いた伝奇に『合釵記《ごうさき》』と題するものがある。明皇(玄宗)と太真(楊貴妃)の物語を描いたものだが、その詞《うた》は取るに足りないものだ。なかでも「月宮に遊ぶ」の一齣は、すべて『彩毫記』からの丸写しである。かたはらいたし!(巻下)

邱瑞梧の『合釵記』なるものは『曲品』にしか名が見えず、早くに散逸したものらしいが、このような模倣作を生んだということは、『彩毫記』の影響力を物語っているといえるだろう。

東方のメリエス

また、このSF演劇は、当時の有能な舞台アーティストの手にかかり、特殊効果をふんだんに活用した上演もおこなわれたようだ。滋味深いエッセイ『陶庵夢憶《とうあんむおく》』を書いた、明末清初の文人張岱《ちょうたい》(一五九七〜一六八九)は、玄宗皇帝の月旅行譚をテーマにした芝居の上演を見たときの興奮を、そのスペクタクルな場面を活写しながら報告している。それは、劉暉吉《りゅうききつ》なる人物が組織していた女流劇団の芝居について書かれた文章だ。

女流の芝居は、その艶めかしさによって色眼鏡で見られ、穏やかさによって色眼鏡で見られ、その身のこなしによって色眼鏡で見られている。ゆえに女がやる芝居というものは、すべて色眼鏡で見られることに頼っているのだ。だが劉暉吉の劇団は、そうではない。劉暉吉による、常識を超えた展開と幻夢のような演出は、これまでの芝居になかったものを補おうとするかのようだ。

たとえば、『唐明皇、月宮に遊ぶ』では、葉法善が術を使うと、たちまち舞台が真っ暗闇になり、法善が手を上げ、剣が落ちてくるや、バリバリバリッと雷鳴の音とともに黒幕がサッと引き下ろされ、コンパスで描いたような、まんまるい月が現われる。四方から羊角灯のライティングで五色に染められたスモークの奥からは、まんなかに坐した常儀《じょうぎ》（嫦娥のこと）、桂樹と呉剛、薬を搗く白兎が現われる。薄絹《うすぎぬ》の幕の内側では、数本の「賽月明《さいげつめい》」の花火が点火され、青暗い炎をあげている。その色は、いままさに夜が明けはじめたようで、布を投ずると、それが橋となり、玄宗たちは、そのまま月まで歩いてゆくのである。かれらの舞台づくりの神奇さには、それが芝居であることさえ忘れてしまうほどだ（巻五「劉暉吉女戯」[*12]）。

劉暉吉については、これを女優の名前と解釈するむきもあるが、むしろ、私的な女流劇団を組織し、育成していた、ひとりの天才的な劇作家であり、舞台設計家であり、監督であったと考えたほうがいいだろう。[*13] 一九〇二年、フランスの映像作家ジョルジュ・メリエスは、特殊技術をふんだんに用いた世界初のＳＦ映画『月世界旅行』を世に送ったが、明代の幸福な観客たちは、中国のメリエスの出現によって、月世界旅行のスペクタクルを堪能していたのであった。

清代初期の劇作家、朱素臣《しゅそしん》の作品『龍鳳銭』もまた、玄宗の月旅行をテーマにしたものであるが、飛翔については新しいところはないので省略しよう。

そして『長生殿』へ

玄宗皇帝の月旅行の、清代演劇における展開として、最後にあげるべきは、洪昇《こうしょう》の『長生殿』(一六八八)という、あまりにも有名な作品だ。この芝居は南戯と呼ばれるもので、中国南方の楽曲で演じられるようにつくられたものである。タイトルは、白居易『長恨歌』の「七月七日長生殿」から取られている。

玄宗と楊貴妃のロマンスを中心に描いたもので、楊貴妃との楽しみに溺れ、そのために朝政をおろそかにした玄宗は、大権を、楊貴妃の又従兄《またいとこ》である楊国忠に奪われてしまう。七月七日、楊貴妃と玄宗は、長生殿で永遠の愛を誓う。全五〇齣という長い作品だが、月への飛翔シーンのみ、ひろい読みしておこう。*14

第一一齣「楽を聞く」では、嫦娥——ここでは「老旦」という老女の役柄が指定されている——が登場する。その自己紹介のセリフでは、「わたくしは嫦娥にござります。もともと太陰のあるじであったものの、みだりに后羿の妻などと伝えられております」と、やはり羿の妻と信じられていることをおもしろからず思っているようなのは、『彩毫記』と同工である。嫦娥はつづけて歌う——

「霓裳羽衣の仙楽は、ながらく月宮に秘められてまいりましたもの、いまだ人の世には伝えておりませぬ。いま、下界にある唐の天子は、音楽を好むと聞きまする。その妃たる楊玉環は、もともと蓬莱の玉妃でありまして、かつてここにも来たことがございます。さあ、いま妃の夢魂を招いて、ふたたびこの曲を聞かせ、記憶を呼び起こし、管弦の曲として、楽譜におこさせましょう。そうして、天界の仙音をもって、人の世の佳話として伝えさせるのはいかがでしょう。それがよい、それがよい!」

嫦娥は仙女に命じて、楊貴妃の夢魂を召喚させる。仙女は楊貴妃の夢に姿を現わし、貴妃の手を引いて月にむかう〔図8-5〕。その場面は、次のような歌とセリフで描写される。

〽碧落《へきらく》を指させば　足もとに　雲はもくもくと生じ
青宵《せいしょう》を歩みなば　耳もとに　風はさやさやと響く
ひとみ凝らせば　降る星は　この手に取れるよう
かなたを望めば　宮殿の影　きらきらと　早くも月の鏡に見え隠れして

楊貴妃「これはまあ、ときは夏の盛りというに、どうしてこんなに涼しいのでしょう」

図 8-5　楊貴妃は夢の中で月にむかう

仙女「ここは太陰、月の宮殿にございます。人の世で伝えられる広寒宮と申しますのは、ここのこと。ささ、なかにお入りくださいませ」

夢で月宮に遊んだ楊貴妃は、霓裳羽衣の曲を暗譜して、ふたたび唐の宮殿に舞いもどり、これを譜におこして、霓裳羽衣と命名する。かつて玄宗に托された事跡は、ここでは楊貴妃がしたことになっている。玄宗は、貴妃がもたらしたその調べを聞いて、世に伝えることとする。

やがて安禄山の兵乱が起きるや、玄宗は貴妃をともなって長安から脱する。官軍は、楊国忠を殺し、さらに玄宗には、楊貴妃を亡きものにすることを要求する。玄宗は泣く泣く貴妃に自殺を命じ、貴妃はこの世を去る。やがて乱がおさまると、玄宗は、ありし日の楊貴妃を想う。

『長生殿』最後の第五〇齣「重円」では、楊貴妃を思う玄宗のために、道士の楊通幽が術を使って月に仙橋をかけ、玄宗を月宮に行かせて、楊貴妃に再会させる。

玄宗「仙師よ、天への路ははるかであるぞ。どうやって飛んでいけるのか」
楊通幽「陛下、心配はご無用にございます。わが手中の払子《ほっす》をなげうてば、仙橋と変じます。あとは月宮まで導いてくれましょう」
（と、払子をなげうてば、橋と化す。退場）
玄宗「あれあれ、一本の仙橋が天空より現われいでたかと思ったら、仙師は忽然として消えてしまったわい。ままよ、ひとりで橋をわたるしかあるまい」

〽　見れば彩《あや》なす　ひと道《すじ》の虹　歩むにつれて　あらわれて
　つらなる先は　あれ天《あま》の河《がわ》　香霧たち籠め　よく見えず

〔音楽が聞こえてくる〕

いずこかで　天の楽曲　奏しおる

おそらくは　月の宮殿　遠からず

そんな玄宗の前に嫦娥が現われると、楊貴妃がかつて夢に月宮に遊び、霓裳羽衣の曲を地上にもたらしたことを説明する。玄宗は楊貴妃と再会。玄宗は、天界ではもともと元始孔昇真人であり、楊貴妃は蓬萊仙人子であった。ともに罪を得て下界に流謫されていたことが明らかにされる。最後には、玉帝の勅諭により、いまはその年限も尽きたので、天界で永遠に夫婦とすることが宣言され、めでたしめでたしの大団円とあいなる〔図8－6〕。

図8-6　みんな天界にもどって、めでたしめでたし

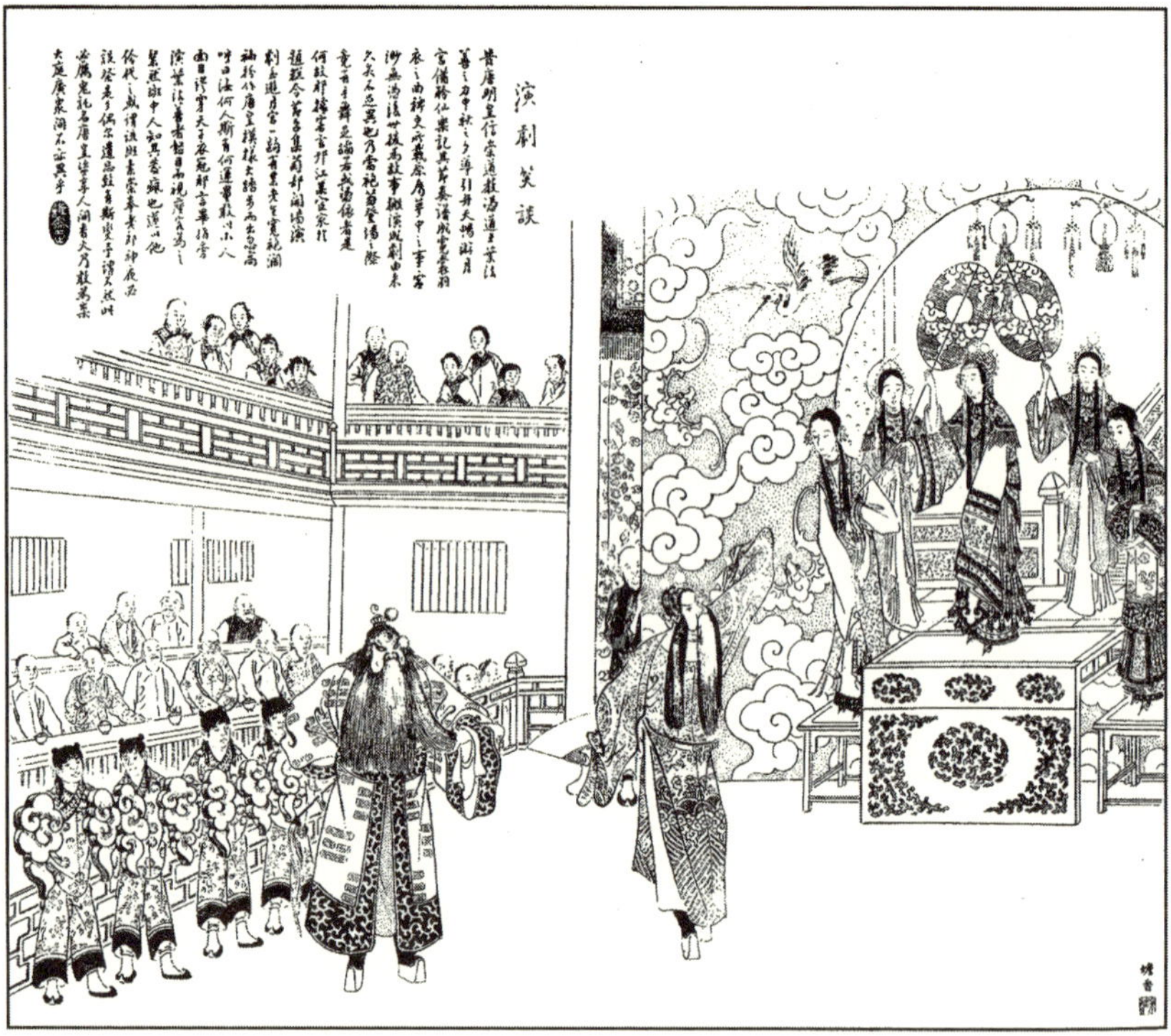

図8-7 「演劇笑談」(清末『点石斎画報』・金蟾香)

梨園と玄宗

玄宗皇帝と楊貴妃をめぐる物語が、芝居の人気演目であったらしいことは想像にかたくないが、そもそも玄宗という人は、中国の演劇文化そのものと、切っても切れない縁があるのだ。

清朝末期の絵入り新聞『点石斎画報』(一八八四～九八)には、『唐明皇、月宮に遊ぶ』の上演シーンを描いた記事がある〔図8－7〕。ただしこれは、上演中におこった怪事件を報道したものだ。記事はまず、道教を信奉した玄宗皇帝が、葉法善の力を借りて月宮に遊び、霓裳羽衣の曲を暗記してもどったという古譚を紹介して、それがまったく根拠のない虚構なのに、ながらく演劇として舞台に移されていることを説いてから、事件の本題に入る。

さて、邗江《かんこう》のあるお役人の家で、

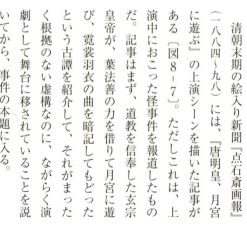

劇団を雇ってこの芝居を演じさせたところ、玄宗皇帝に扮した老生（老いた男役を専門に演ずる役者）が、いきなり大声を出して、「おまえは何者じゃ！　どういう器量があって、小者《こもの》の分際で、天子の衣冠を身に着けているのだ！」と叫びだし、そばにいる葉法善に扮した役者を指さして、にらみすえた。これを見た観客たちは、ゲラゲラと大笑い。劇団は、役者の頭がおかしくなったと思って、別の役者と交替して演じさせた。

あるものの説では、この劇団では、日ごろから老郎神《ろうろうしん》を信奉していて、夜になると必ず祀《まつ》ることにしていたが、この日はたまたまそれを忘れたので、こんな異変が起きたのだという。だが記者は、そうは考えない。これはきっと、悪鬼が唐明皇の名をかたって、世間の信仰を盗み受けようと企んだものであろう。

「老郎神」というのは、京劇や崑劇などの劇団が信奉している演劇の神様のことである。老郎神として祀られる対象はさまざまだが、もっとも多いのが、ほかならぬ玄宗皇帝であった。玄宗は、宮中の梨園《りえん》と呼ばれる場所に三〇〇人を集めて音楽家を養成し、歌舞音曲を楽しんだという。このことから、のちに劇団や演劇界のことを梨園と呼ぶようになった。玄宗が演劇の神様に奉じられたのは、そのような理由による。*15

ここに描かれた舞台を見てみると、画面右側の、円くうがたれた板のむこうには月の宮殿がのぞいていて、嫦娥とその侍女どもとおぼしい仙女たちは、机や椅子で組まれた高みに立っている。画面の中央にいるのが、玄宗を演じている役者で、その左には葉法善役が立ち、さらにその背後には、五色の雲を手にした仙童たちがならんでいる。『点石斎画報』は、外国のものは想像で描かれたものが多いが、絵師たちも見慣れている芝居の上演シーンは、正確なものであろう。

通俗小説での展開

玄宗の月旅行譚は、小説の世界にもとり入れられた。白話小説が隆盛となった明代において編まれた短編小説集のひとつ『初刻拍案驚奇《しょこくはくあんきょうき》』の巻七は、「唐明皇、道を好み、奇人を集めること。武恵妃、禅を崇し、異法を闘わせること」と題されていて、玄宗皇帝がそのおかかえ道士たちと楽しくやっていたあれこれが、これまで紹介したエピソードを材料にしながら、細部の表現を取捨選択するかたちで、まとめられている。この作品では、月への移動は次のように描写される。

法善は、手中の笏《しゃく》をパッと放り投げると、一筋の雪の鎖にも似た銀色の橋が現われた。むこうの一端は月の内部につづいているではないか。法善は玄宗を支えながら、橋の上に歩を進めた。橋は平らかで、歩きやすく、歩を進めるごとに、通り過ぎたところは消えていく。一里ほども歩かないうちに、あるところについた。露は衣を通し、寒気が厳しい。前のほうには、細工をこらした牌楼が四柱たっていた。こうべをもたげると、上には大きな扁額がかかっていて、六つの大きな金文字が書かれていた。玄宗が読んでみると、それは「広寒清虚之府」の六字であった。そこで法善とともに、大きな門から、なかに進んでいった。

つづいて、白い衣をまとった仙女を目にし、霓裳羽衣の曲を耳にするという展開はかわらない。

たとえ幻術だとしても……

褚人獲《ちょじんかく》の『隋唐演義《ずいとうえんぎ》』は、一七世紀、清の康熙年間に刊行された歴史ものの通俗小説だが、その第八五回には、玄宗の月旅行のエピソードが書かれている。

玄宗は、その年の上元節に、葉法善らとおこなった飛翔体験を思い出し、羅公遠にたずねる。

「先生もまた、このような術をおもちですかな?」

「なんの難《かた》きことがありましょう。陛下はかつて、夢で月宮に遊ばれたと聞いておりますが、ご自分の目ではご覧になっていない。いま、ともに月宮の景色を見物にまいりませんかな?」と羅公遠。

聞いて玄宗は大喜び。公遠は、庭にある桂の枝を何本か手折り、地面に置いて息を吹きかけると、それは美しい車に変じた。公遠は、玄宗をなかにすわらせ、手にしていた如意を、大きな白鹿に変じさせる。高力士や内観(宦官)たちも同行を求めたが、羅公遠は、「月はおまえたちが往けるところではない」と拒絶する。玄宗を乗せた車は、白い鹿に引かれながら、空中高く飛びあがる。公遠は中空を歩きつつ、あとにしっかりつき従い、玄宗には、「両目はしっかり月を見据え、絶対に振りむいたり、よそ見などをしないように」といいつける。

あっというまに月宮の近くまで飛んでくると、公遠は車をとどめる。玄宗がまなこを凝らすと、月の宮殿が幾重にも重なりあっているのが望見された。宮殿の門戸は開いていて、なかに生えている草花の、目を奪わんばかりの美しさは、かつて夢で見たものとは大違いである。

「なかに入れるのか?」と玄宗。

「陛下は天子ではありますが、やはり凡胎ですので、なかに入ることは許されません。ただ外から眺めるだけです」と羅公遠。

ほどなくして、心地よい音楽が聞こえてきた。霓裳羽衣の曲である。玄宗はこれを耳にすると、声を低くして公遠にたずねた。

「世間では、美女を月の嫦娥にたとえるものだ。その嫦娥はすぐそこにいる。ひと目だけでもその顔を拝めないものかのう?」

「そのむかし、穆天子が西王母に会われたのは、つとに仙縁あればこそ。陛下はこれとはくらべようもございません。ここまで来て、宮殿を眺められただけで、すでに常ならぬ幸福と申せましょう。どうしてそのようなみだらな妄念をいだかれるか」

そのとき、月世界の宮殿の門戸はことごとく閉じられ、光が四散すると、寒風が襲ってきた。公遠は、すぐさま白鹿に車を引かせ、羽扇で風をさえぎりながら、月をあとにした。やがて二人は、ゆるゆると地表に帰り着いた。

公遠はいった。

「陛下は嫦娥の怒りを買いそうになったのですぞ。ここまでくれば、まずは安心」

車からおりた玄宗、ふと見ると、車はもう桂の枝になっていた。白鹿もどこへやら、如意は、ふたたび公遠の手ににぎられている。玄宗は、驚くやらうれしいやら。公遠が帰ったあとも、玄宗はひとり坐して、ぼんやり考えごとをしながら、不思議だ不思議だと、つぶやいていた。内監の輔繆琳《ほびゅうりん》は、公遠から同行を拒否されたのを怪しみ、こう進言した。

「これは、幻術で人を惑わしたのです。驚くに足りません。陛下におかせられましては、軽々とお信じにならぬよう!」

「たとえ幻術だとしても、まことに楽しいものであった。朕もその術のひとつやふたつ習得して、遊びたいものだが」

聞いて輔繆琳は、ご機嫌を取らんとして、こういった。

「幻術のなかでは、隠れ身の法が学びやすいものです。陛下がこれを習得すれば、内外のものどもの秘密を、ひそかに察知することができましょうぞ」

「なるほど、おまえのいうとおりだ」

こうして玄宗は、その翌日にはまた公遠を呼びだして、隠れ身の術を教えろとせがむのであったが、そのことはこれまでとしよう。[*16]

『隋唐演義』では、月世界は、たとえ玄宗皇帝のような人間界の主であっても、俗界の人間であるかぎり入境が許されない場であって、せいぜい眺めることができるだけという設定である。加えてここでの玄宗皇帝は、「美女である嫦娥の顔を一目でいいから拝みたい」という下賤な欲望をもつものであり、それゆえ月世界からは、接近を拒否されるのである。宮廷ドラマとしての月旅行は、かぎりなく世俗化され、明代に隆盛を極めたポルノグラフィの作法に接近しているといえるだろう。

作者の褚人獲《ちょじんかく》は、あらゆる雑事をメモにとどめた、楽しい随筆『堅瓠集《けんこしゅう》』の作者でもある。覚え書きなのでオリジナリティには欠けるものの、かれは、宋代の周密が『癸辛雑識』で「明皇が月宮に遊ぶエピソードはいろいろな本に見えるが……いずれも荒唐無稽なはなしで、論ずるに足らず」としている文言を、ほぼそのままコピーしている。褚は、みずからも『隋唐演義』を世に送ることで、さらに荒唐無稽なはなしと、論ずるに足りないものを増殖させてしまったことになるのであろうか。だが、『隋唐演義』では、月旅行体験が、幻術によって見せられたものであったとの解釈の可能性をも残している。褚人獲は、玄宗皇帝は幻術によって月旅行の幻覚を見せられたという、より「現実的」な処理を提示したことで、「荒唐無稽」から脱しているではないかと、自己弁護をするつもりなのかもしれない。

玄宗皇帝の月旅行譚とは、道教儀礼としての「飛翔天界」の技術によって、ひとりの皇帝が幻視させられた、はかないヴィジョンであったのかもしれない。だが、そんな夢まぼろしを見せられるだけの資格がこの皇帝にそなわっていたことは、物語の語り手も聞き手も、すべてが認めるところであったろう。玄宗をして「たとえ幻術だとしても、まことに楽しいものであった」といわしめた物語の想像力は、なにかのおりがあれば、人びとの言《こと》の葉《は》にこの話題をのぼらせ、永遠に色あせぬものとさせたのであった。

第九夜

空にあいた穴のむこう

1　月世界の描かれかた

ふたたび玄宗と月へ

玄宗皇帝の月世界旅行を描いた図像は、すでにそのいくつかを見てきたが、本章では、あらためて明代の図版から鑑賞していきたい。

ここに掲げたのは、ひとつは『大備対宗《だいびたいそう》』（一六〇〇）〔図9-1〕、いまひとつは『珠璣聯《しゅきれん》』（一六二八）〔図9-2〕に見えるもので、いずれも縦長の画面にデザインされた木版画である。また、いずれも歴史上の著名な事跡、すなわちここでは「唐王遊月宮」と「唐明皇遊月宮」を図解したもので、両者は基本的に同じデザインだ。『大備対宗』では、手前に見える橋の上を、玄宗（右）と羅公遠とおぼしい道士（左）が歩いている。奥に見える円形が月であり、そのなかには嫦娥とその侍女、そして月の兎と、桂樹、月の宮殿が描きこまれ、ところどころに雲気が配置されることで、それが尋常ではない飛翔であることを示している。また、画面の左右には、次のような対聯が配されている。

俗世はもとより塵芥《ちりあくた》　月への程《みち》は　どこにある　（凡世本塵囂何処有程通月府）
独り住《ずま》いの嫦娥だが　嬉しや今宵　君王《きみ》のそば　（嫦娥雖孤另此宵何幸近君王）

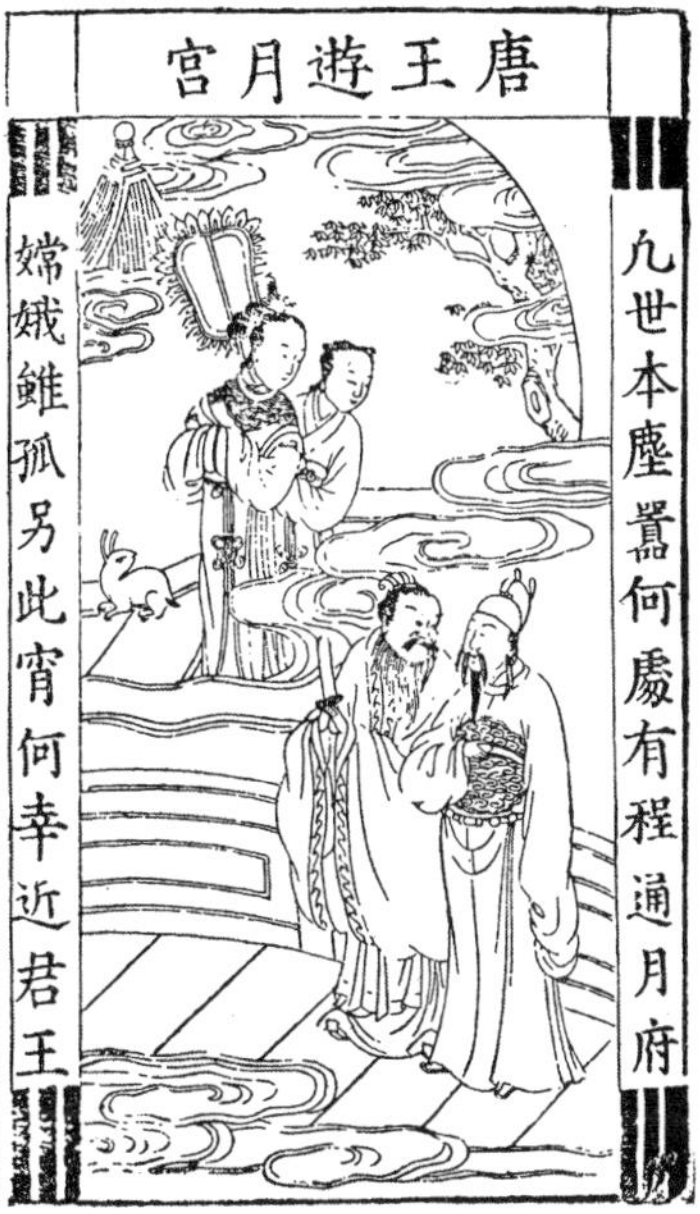

図 9-1　「唐王遊月宮」
『大備対宗』（1600）より

図 9-2　「唐明皇遊月宮」
『珠璣聯』（1628）より

『珠璣聯』のほうは、皇帝と道士は左下に配置され、画面を大きく占めている円形が月を表現している。月のなかには、嫦娥とその侍女が二人、兎、桂樹、宮殿が雲気の奥に描かれている。月の下方には、三本足の蟾蜍がいて、その口から吐き出された気が月を構成しているように描かれている。画面の左上には、星座が描きこまれ、これが宇宙旅行であること、もしくは夜のできごとであることを示している。

「唐明皇遊月宮」の画題は、現代でも描かれているが、基本的にはこのようなデザインを踏襲しているようだ。さきに掲げた『長生殿』の挿絵もそのような月を描いている。

月の形を知ってるかい?

ところで、ほとんどの現代人は、晴れた夜空に浮かぶ月というものを、あたりまえのこととして認識している。ほとんどの現代人は、あれが、地球の周囲をまわる、球形をした天体であることを知っている。そして、あの球体の表面には、二〇世紀になってから探査機が降り、さらに一九六九年のアポロ一一号以来、何機かの有人宇宙船が着陸し、何人もの人類が足跡を残していることも知っている。

いや、知っているというのは、傲慢ないいかたであるかもしれない。そう教えられている、といい替えるべきか。そのように本に書かれていることも知っている。しかしながら、それを教えられているだけなのであり、肉眼で見られるものはといえば、一万年前の人類も見た、一〇〇〇年前の中国人も見たであろう、あの夜空に輝く、表面に濃淡をいただいた白い円盤でしかないのである。

ならば、古代の中国人が思い描いた月世界の風景は、われわれがそう信じ込まされている天体とは、まったく異なるものであったかもしれないと考えたほうが、賢明なのではないか。したがって、そんな月世界への旅行もまた、アポロ宇宙船の飛行士たちがおこなったような形では、おそらく失敗するであろうし、まったく別の方法――たとえば橋を架けるなど――によって、おこなわれるべきなのかもしれない。古代中国のアストロノーツの代表たる玄宗皇帝の月世界旅行を、真剣に再現してみる必要があるわけだ。

かれは、道士がつくり出した銀色の橋を歩くことによって、月にたどり着いたのであったが、かれらが到着した月は、おそらく球形をした天体ではなかっただろう。そのことは、実際に描かれた月が、はっきりと証言している。

ただいま鑑賞した、嫦娥を描いた二枚の絵を、いまいちど分析してみよう。少なくとも絵画表現の規範としては、「月」は球体ではなく、夜空という壁に開いた円形の穴、もしくは窓として描かれるべきものであり、「月に行く」「月に遊ぶ」という行為は、とりもなおさず、その穴をくぐりぬけ、壁のむこうがわにひろがる、いまひとつの世界――すなわち月世界――に進入することであった。

したがって、広寒宮などの構造物も、月球の表面に建てられたものなのではなく、穴のむこうがわの世界に構築されているものであり、それが円形の穴から、のぞいて見えているのである。「月」とは、その穴のむこうがわにひろがる異界のことでもあり、また、そこに通ずる円形の通路のことでもあったといえようか。そのような地上と月との空間構造を考えると、やはり月世界に行くためには、高みにある穴までとどくような橋を架けるという方法が、じつはもっとも合理的であったということが理解できるのだ。

地上の月

円い窓からのぞいている月の美女――嫦娥、というテーマが確立するとなれば、地上の美女を描くにあたっても、月の窓を描き添えることで、「嫦娥のような美女」というモチーフを、より明確に伝えることができる。

前章で紹介した「嫦娥」の絵を描いた呉友如は、『点石斎画報』の人気絵師であったが、やがて呉友如はそこをやめ、新たに画報を創刊した。それは、かれひとりが筆を執るという個人誌的な性格をもったもので、『飛影閣画報』と命名された。呉はこの画報に、「張麗華《ちょうれいか》」と題する美人画を二種類描いている〔図9－3〕〔図9－4〕。

張麗華というのは、南朝陳の最後の皇帝、陳叔宝《ちんしゅくほう》の寵愛を受けた、美人で知られる貴妃のことだ。陳叔宝は彼女に白い衣裳を着せ、兎を飼わせ、その住まいを桂宮と呼び、彼女のことを「張嫦娥」と呼んでいたのだという。すなわち「ルナ・パーク」をつくって、嫦娥ごっこ、月宮プレイに興じていたというのだ。

絵師は、嫦娥ではない地上の美女を表現すべく、庭園をふたつの空間に分かつ壁に、円く穿たれた通路を描いて、月の穴に見立てることにした。これが、伝統中国の建築用語で「月洞門」や「円洞門」などと呼ばれていることは、その意図をあからさまに物語っているだろう。彼女が飼っている兎には、薬を搗く所作をさせ、桂樹も描き添えた。この二枚の絵では、月洞門のこちらがわこそが、地上につくられた疑似的な月世界――ルナ・パークなのである。

図 9-3 「張麗華」その 1

図 9-4 「張麗華」その 2

月は、円形をした別世界へのくぐり戸としてデザインされ、これを通過するものの耳もとでは、銀色の橋を歩くことで月に遊んだという、あの飄逸なる古代の王様の優雅な物語がささやかれるのだ。中国のルナ・パークに遊ぶものは、玄宗ごっこ、嫦娥ごっこに興ずることによって、凡胎としての、ささやかな宇宙旅行の疑似体験をするのである。

図9-5 「登雲近月」

古代の月旅行において、到達可能な場所としての月世界は、現代人が常識的に想い描くところの、球状の天体ではなく、あくまでも別世界へと開かれた円形の門、あるいは別世界の風景を映ずる鏡面、スクリーンとして描かれている〔図9－5〕。

固形物としての月

とはいえ、月はやはり球体の固形物であるとの意見もあるので、こちらにも耳をかたむけておかねばならない。それは、段成式の『酉陽雑俎』に見えているものである。

唐の大和年間（八二七〜八三五）に、二人の男が嵩山《すうざん》に登ったところ、道に迷ってしまった。ふと、かれらは草むらでいびきをかいて寝ている男を見つけた。男は白い服を着ていた。官道に出るにはどうしたらいいのかとたずねたところ、ちらりとこちらを見ただけで、また寝てしまう。なんども声をかけたあげく、やっと起きてきたかと思ったら、「こっちにおいで」という。男の出自をたずねたところ、こんなはなしをしはじめた。

「君たちは、月が七つの宝で合成されてできていることを知っているかい？　月のすがたというものは、丸《たま》のようなもので、その影は、日によってその凸部が照らされるために生ずるのだ。いつも八万二千戸のものが、これを修繕しているのだが、わたしはそのひとりだ」

そういって、もっていた包みを開くと、そこには斧《おの》や鑿《のみ》がいくつかと、玉屑飯《ぎょくしょうはん》が二包み入っていた。これを二人に授けていうには、

「これを分けて食べなさい。長生には足りないが、一生、病気をせずにすむ」

そこで二人を立ち上がらせ、一本のわき道を指して、

「ここから行けば、官道に出るよ」というと、消えてしまった（前集巻一「天咫」）。

月の男による月の構造の説明は、よくわからない。テクストは、版本によっては「凸」が「凹」になっているなど、異同も見せている。*1

もしもこれが、月面の凹凸に太陽光があたることで影ができるという観察によるものだとしたら、球体としての「月」という、現代科学で知られている認識に近いものを反映しているのかもしれない。月の満ち欠けが、月面の広範なる労働者諸君の汗水によって運営されているというのも、なかなか愉快な想像である。

この「月を修繕する人」の想像は、「玉斧修月《ぎょくふしゅうげつ》」などとも呼ばれ、嫦娥を中心とした優雅な神話世界に、ちょっとした愉快なペーソスを加えている。そのためかどうか、多くの詩に詠まれることにもなった。

月なるものの構造がどのようになっているかについては、それぞれ異なる宇宙論が説かれるなかで、諸説紛々としていたのであろう。ただ、夜空にあいた穴という観念は、天空に目撃された、月以外のものも含めた「天にあいた穴」という超常現象とともに、根強く支持されていたようである。

2　天が開くとき

天の門・天の眼

宋代の洪邁《こうまい》『夷堅志《いけんし》』には、「仙舟上天」（仙人の舟が天にのぼる）と題された記録が見えている。目撃者は、南京の役人、馬忠玉の娘と妻。女二人は、七月のある日の昼すぎ、屋敷の裏に建てられていた楼閣に登った。

ふと空を見上げると、一艘の舟が、真上を飛んでいった。舟のなかでは、数人の道士が車座になって談笑していた。やがて天の端までいくと、天が開いた。そこは真っ赤であった。開いたところに舟が入っていくと、天はふたたび閉じて、跡形もなくなった。開いたところからは、なおまだ朝焼けのような紅い光が放たれていた（丁志巻一六「仙舟上天」）。

女たちは、あわてて馬忠玉を呼んだが、かれが駆けつけたときには、まだ赤い筋——天の裂け目であろうか——が見えていたという。現代のＳＦ映画の表現に見慣れた人であれば、宇宙船がワープする瞬間でも連想しそうな描写である。

明の郎瑛の筆記『七修類稿』には、郎瑛の長年の友人である馬浩瀾《ばこうらん》が、幼いころに、天の門が開くのを目撃したことを記している。それによると、馬が夜道を歩いていると、とつぜん空中からゴオッという音が聞こえてきた。こうべをあげると、天空には切った西瓜の皮のような形のものが生じていた。その色は灰黄色で、開いたり閉じたりしていた。あくる日、人びとが、夕べは天が眼をあけた（天開眼）といい合っているのを聞き、なるほどそのことであろうと思ったという（巻四「天地類」「天開眼」）。

郎瑛は、同書のべつのところでも、「天が眼をあけた」はなしを紹介している。口がきけなかった鄭という男が、ある夜、突然空が光り輝くのを目撃した。これは天が眼をあけたのだと思い、人を呼ぼうとしたところ、思わず声が出て、それ以降、口がきけるようになったらしい（巻五一「奇謔類」「鄭唖巴」）。

「天の門」なるものは、古くは『楚辞』「九歌」の「大司命」に、「ひろく天門が開けば、紛として吾は玄雲に乗り」とある。ここでは大司命という天界の神がいる紫微宮《しびきゅう》の門のことを指している。天上界には、神々の宮殿がある。宮殿があるからには門がある。門であるからには開閉するわけで、それが、地上の人間に目撃されることが、たまさかあり、目撃者には、奇跡や幸運をもたらすかのように信じられたのかもしれない。

明の謝肇淛《しゃちょうせつ》（一五六七〜一六二四）の『五雑組《ござっそ》』には、「天門」と題された文があり、次のようにはじまる。

天の門が九重であるというのは、ことばのあやである。ほんとうに、天に門があるわけがなかろう。だが、過去には、天の門が開くのを見たという人がある。そのなかには楼閣があり、衣冠の人物が行き来していたというのだが、これはどういうわけなのだろう（巻一「天部」）。

そう述べてから、馬浩瀾のケースも含め、天門が開くのを目撃したという古今の人物の名を列挙している。謝肇淛の態度は、どうやら半信半疑であるようだ。ちなみに謝は、月に兎や蟾蜍がいるといった神話を一律に否定しているのだが、玄宗の月旅行についてもコメントしている。明代文人のひとつの意見として、傾聴にあたいしよう。かれは、道士というものは幻術を弄して人から金品を搾取するものであると断じ、次のようにいうのである。

思うに、羅公遠や葉法善のやからは、みなこの術を弄したのであって、唐明皇が月宮に遊んだなどと、世間では、まことしやかにいい伝えられてはいるが、そもそも月にほんとうに宮殿があるなどということがあろうか（巻一「天部」）。

道士や仏僧こそが悪徳の権化であり、いつも世人を騙しているというのは、近世の通俗小説に流れるひとつのテーマである。インドにお経を取りにいく『西遊記』も、ちゃんと読めば、宗教者の名を騙るものどもを徹底的に諷刺した作品であることは、あきらかであろう。

天上人目撃案件

さらに下って、清代の筆記になると、さらに雑多な覚え書きが山を成している。いま、これらから「空を飛ぶ人を目撃した」という事件を、ひろい読みしてみるとしよう。

たびたび登場いただいている清の王士禎の随筆もまた、どうでもよろしいことが満載でおもしろい。その『池北偶談』には、次のようなはなしが載っている。

「空中婦人」

文登県（山東省）の諸生（科挙の童試のうち、県試と府試に合格したもの）、畢夢求《ひつぼうきゅう》は、九歳のころ、昼どきに庭で遊んでいたという。空は晴れわたり、雲ひとつなかった。ふと天空に、ひとりの女を目にした。女は白い馬に乗っていた。美しい模様のある上着に白いスカートをまとい、ひとりの下僕が、馬の手綱を引いていた。そうして北から南へ移動していった。動きはたいへん緩慢で、しだいに遠くなり、ついには見えなくなってしまったという。

私の従姉《いとこ》は永清県（北京郊外）に住んでいるが、やはり、ある晴れた白昼、天空にひとりの女がいるのをあおぎ見たという。女は美しく、きれいに化粧をして、赤い上衣に白いスカートをまとっていた。手には団扇《うちわ》をもち、南から北へと移動して、やがて消えてしまったのだという。

「月中女子」

徳州の趙進士仲啓（其星）は、かつて月の出ている晩に、屋外に出てすわっていたところ、天空にひとりの女をあおぎ見た。女は化粧といい衣装といい、たいへん華麗で、まるで鸞や鶴に乗っているかのようであった。ひとりの団扇を手にしたものが女を護衛し、そのまま逡巡して、月のなかに入り、見えなくなってしまった。

これは、私が前に記したふたつの事と類似している。羿の妻のことは、ほんとうのことだったのだ（巻二六「談異七」）。

王士禎が、どこまで本気でそういっているのかは不明だが、「空中婦人」「月中女子」と題したこれらの事件から、あの羿の妻とされた嫦娥の物語へと連想がおよんでいるのは、かれが詩人であるからというわけではないだろう。もっとも、嫦娥が聞いたら機嫌をそこねるにちがいない。

王士禎のべつの雑記『香祖筆記』にはまた、次のようなはなしが見えている。

康熙の甲申の年（一七〇四）の二月、蘇州の洪生が客と話していると、突然天空から声が聞こえてきた。見ると、ひとりの男が、左手に書物をもち、右手には杖を握り、黄色の頭巾に黄色の上着を身につけ、風に乗って通過した。あっというまに遠くに行ってしまったが、まだ衣の角《すみ》は見えていた。街の人びとにたずねてみたところ、やはり多くの人がこれを目撃していた（巻一二）。

やはり王士禎の『居易録《きょえきろく》』では、明の馮夢禎《ふうぼうてい》『馮具区集』からの引用であるとして、次のような事件が紹介されている。

八〇歳になる虞長儒《ぐちょうじゅ》の祖母が、子どものころ、庭ですわっていたら、三人の人物が、月にむかって飛んでいくのを目撃した。驚いた祖母は、あわてて兄嫁を呼んだ。兄嫁は遅れて来たので、そのうち二人しか目にしなかった。ほどなくかれらは、みんな月のなかに入ってしまった（巻二三）。

虞長儒は、仏教の是非をめぐってマテオ・リッチと論争を展開した人物である。王士禎は、これは、『池北偶談』に記載したふたつの事件と似ているとコメントしている。*2 清代の筆記になると、それまでの類話の蓄積がかなり多くなり、データベース化の様相を見せていた。奇譚のコレクターたちは、それをもとにして、簡単な分析を加えるようになるのである。

兪樾の感動

「月落ち烏啼いて霜天に満つ」「姑蘇の城外、寒山寺」でおなじみの、唐代の詩人張継《ちょうけい》による「楓橋夜泊詩」は、日本でも異常なほどに親しまれている。たとえば、わが国で、いかにも「漢文・漢詩」の素養があるかのように演出したがる「文人」や「社長さん」たちの床の間や接待室に飾られているのは、ほとんどが、寒山寺にある、この詩碑からとった拓本だろう。日本人観光客がバカのひとつ覚えみたいに好んで買っていくので、寒山寺ならずとも、外国人むけのお土産屋なら、たいていこれを売っている。たしかぼくももっていたはずだ。この詩碑の文字は、多くの文人墨客によって書かれたが、おそらくもっとも人気があり、売れているのが、清末の文人兪樾《ゆえつ》

（一八二一～一九〇六）の筆によるものであろう。
兪樾はその『茶香室続鈔』巻一九に「天上人」という項目を設けて、おもに清代の「空を飛ぶ人」の目撃譚をまとめているのだが、そのほとんどが、実際には王士禎からの引用である。兪樾はこれらを紹介したあとで、次のようなコメントを加えている。

……以上によれば、天上を歩く人というものは存在するのである。列子が風に御して飛行したというのは、まったくデタラメではないことがわかる。近人《きんじん》の小説にもこのようなことが書かれている。私は、はじめは信じなかったが、いま、やっとそれが、異とするに足りないことであると知った。

さらに兪樾は、これに関連して、「天が開く」という現象を記録した例をも紹介する。

方濬頤《ほうしゅんい》（兪樾の同時代人である）の『夢園叢説《むえんそうせつ》』には、次のようなはなしが記録されている。崔三なるものが、天門が開くのを目撃した。そこには宮殿がそびえ立っており、人間の世界と同様であった。古代の衣冠を身につけた人が一四名、天門を出て、互いに挨拶をし、雲に乗ってゆっくりと去っていった。ほどなくして門は閉じた。

唐代、于逖《うてき》の『聞奇録』には次のようにある。羊襲吉《ようしゅうきつ》（玄宗時代の人物）は、幼いときに庭で涼んでいたところ、突然、天が開いた。そのなかには雲と霞が満ちており、さまざまな高さの楼閣が立ち並んでいた。光明が下界の山々を照らし、しばらくして門は閉じた。これは「天が開く」といわれている現象で、古代からあるのである。

兪樾はさらに、その『茶香室三鈔』巻一九においても「空中人行」という項目を設け、「『続鈔』で書き忘れたので、ここに載せる」と断りながら、ぼくらがすでに見た、王士禎が『香祖筆記』に載せている、空を飛ぶ人のエピソードを転載する。兪樾というひとは、この種の怪現象が、よほど気にいっていたらしい。*3

できごとを映像として記録する術が普及した、たかだかここ数十年のあいだでさえ、「天門が開く」「天眼が開く」と形容できそうな現象が、いくらでも起きている。それは隕石の落下だったかもしれないし、雲へのなんらかの光の反射かもしれないし、雲そのものが偶然に見せた造形であったかもしれない。はたまた何者かのあやつる飛翔機械であったかもしれない。それらの解釈のひとつとして、中国人は、天に穴があくといった考えを提示していたのであった。これは、夜空にあいた穴という月の構造とも、あい矛盾せず、受け容れられたものであった。

ルナ・パークの快楽

しばしば目撃された「月のなかに入る」という現象は、月なるものの常識をわきまえている現代人には、いささか奇妙なものに思えるかもしれない。月は「着陸」するところであって、「入る」ところではないからだ。これらのエピソードを読むときには、ぼくらが知っている、あの三八万キロ離れた空間に浮かぶ球形の天体を思い浮かべてはならない。肉眼で確認できる、人の形をした飛行物体が、そのような月のなかに「入る」というような現象は、現代人にとっては、慣れ親しんだ空間の感覚を崩壊させるものでしかないだろう。

古代の月世界旅行においては、多様な月世界への理解があったとは思われるが、すくなくともそのひとつは、現代のそれとはまったく異なる月のありかたが前提となっていたことを、まず学ばなければならない。すなわち、月とは、天空にあいた円形の穴なのであるということを。

天空とは、壁のようなものであり、こちらの世界とあちらの世界とを隔ててはいるが、その穴をくぐり抜ければ、むこうがわに遊びに行けるのである。そして、そのような異界への通路は、暗夜の月のみならず、白昼においても、かれらが「天門」と呼んでいるものが開くことで出現していたらしいのだ。異界をのぞく穴であるという「月」の理解からは、シラノ・ド・ベルジュラックがその『月の諸国諸帝国』の冒頭で書いている文言をも想起させられるだろう。

あの大きな天体をじっと眺めながら、あるものはそれを天にある天窓と取った。そこからは、天上にいる至福なる者の栄光が、かいまみられるというのである。[*4]

西洋世界にも、月が天空に掛けられた一枚の巨大な鏡であるという観念が伝えられていたことは、バルトルシャイティスがその『鏡』で明言しているとおりだが[*5]、中国の物語においても、それは適合するようだ。「月鏡」という語彙は、月をいう詩語として確立している。

3　月をのぞく不思議な筒

レンズの時代

一七世紀。そんな月への思索をさらに変容させる道具が、ひとつもたらされた。望遠鏡である。この驚異の筒のことが中国の出版物に載せられたのは、早いものでは、一六一五年にエマヌエル・ディアス〔陽瑪諾〕の『天《てん》問略《もんりやく》』においてである〔図9-6〕。そこでは、ガリレオが天体観測に用いた「巧器」について、次のような文言で紹介している。

……これらの論述は、おおむね肉眼によって観測できるものでしかなかった。だが肉眼の力は劣っており、天上界の微細な原理の、万にひとつも考究することができるだろうか。最近、暦法に精通した西洋のある名士が、日月星辰の奥深い原理を観測しようとしたが、眼力が弱いのを嘆き、ひとつの巧器を創造し、眼力の助けとしたのだった。この機器を用いれば、六〇里の遠方にある一尺のものが、眼前にあるかのようにはっきりと見えるのである。これを用いて月を観察すれば、通常の一千倍の大きさに見える。（中略）いつの日か、この機器が中国にもたらされたときに、そのすばらしい機能について詳しく説明しよう。

『天問略』刊行の数年後、イエズス会士ヨハネス・テレンティウス（鄧玉函）は、望遠鏡の現物を携えて中国にやってきたが、これはやがて崇禎帝に献上されることになる。

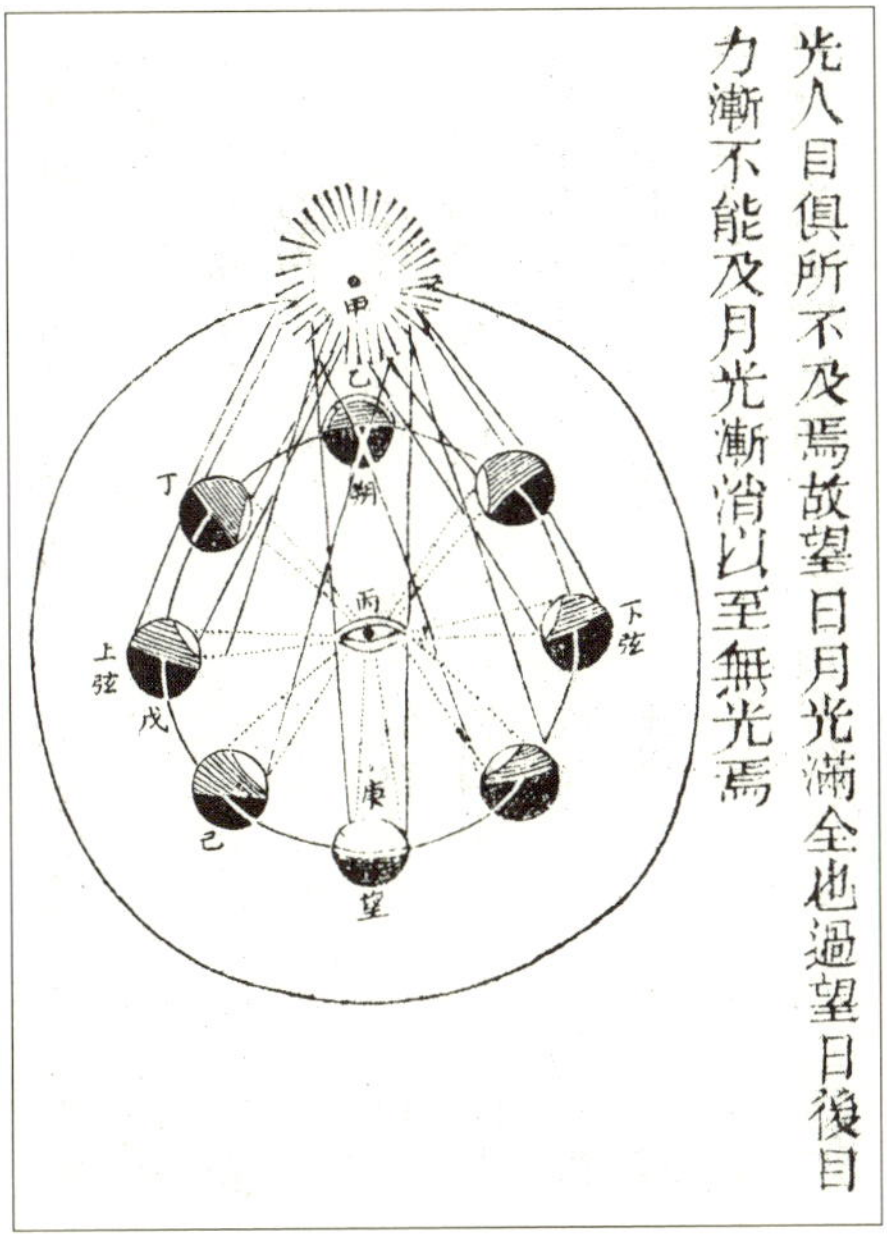

図9-6　天体運行の説明。『天問略』より

一六二六年には、アダム・シャール（湯若望）が口述し、李祖白が筆録した、『遠鏡説《えんきょうせつ》』と題する、中国語で書かれた望遠鏡の専門書が上梓されている〔図9-7〕〔図9-8〕。『遠鏡説』は、ジェローム・シルトーリがフランクフルトで刊行した『テレスコピオ』（一六一八）を参考にしたものであるといわれるが、アダム・シャールと李祖白は、その書名にもなっている〈Telescopio〉を「遠鏡」と逐語訳した[*6]。

『遠鏡説』では、観測の対象となる六つの天体——すなわち月、金星、太陽、木星、土星、もろもろの星々——が紹介されているのだが、月

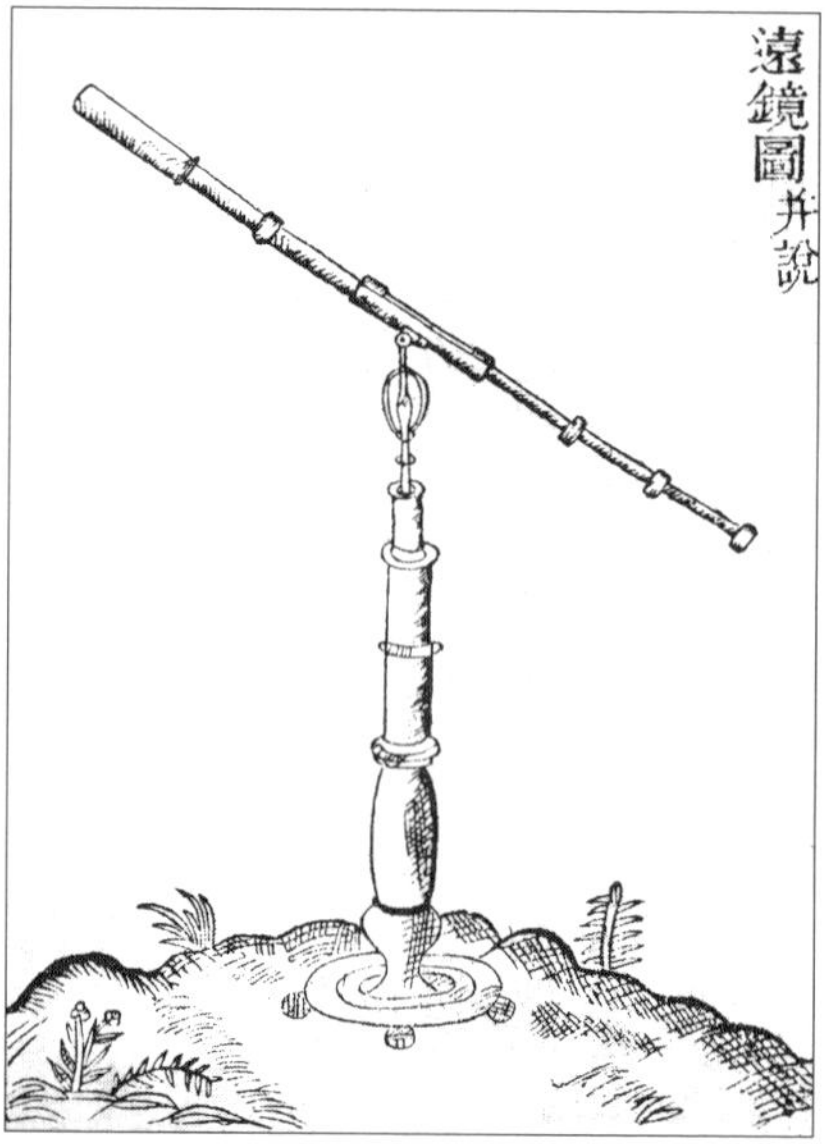

遠鏡圖并説

図9-7　望遠鏡の図。『遠鏡説』より

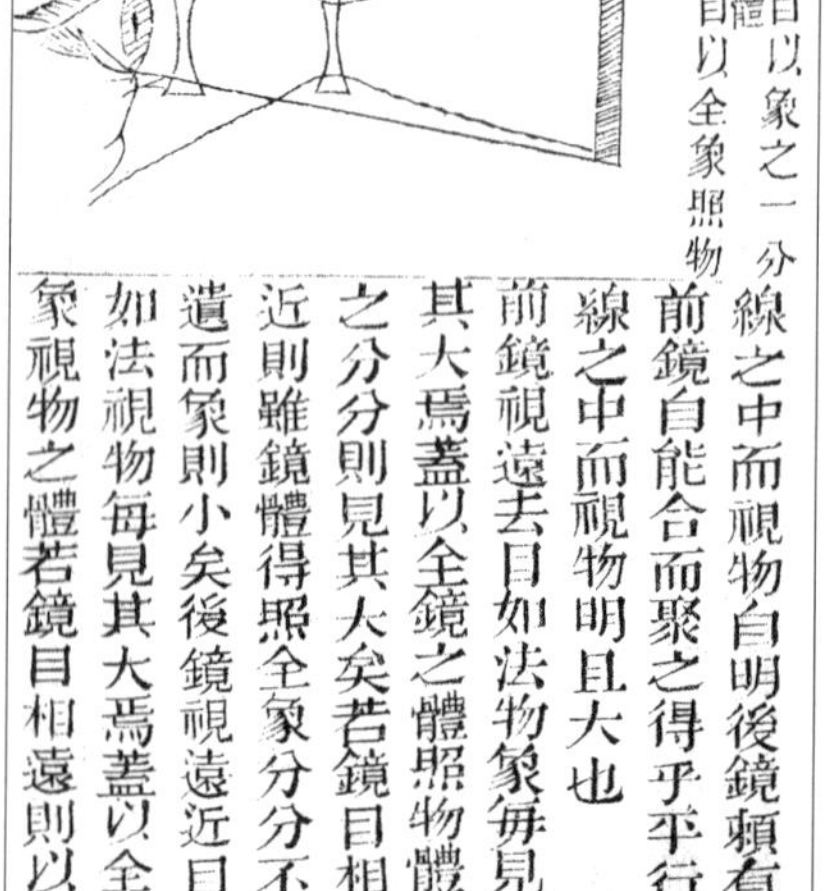
後鏡遠目以象之一分
照物之體
後鏡近目以全象照物
之體

線之中而視物自明後鏡頗有
前鏡自能合而聚之得乎平行
線之中而視物明且大也
前鏡視遠去目如法物象毎見
其大焉蓋以全鏡之體照物體
之分分則見其大矣若鏡目相
近則雖鏡體得照全象分分不
遺而象則小矣後鏡視遠近目
如法視物毎見其大焉蓋以全
象視物之體若鏡目相遠則以

図9-8　望遠鏡の原理の説明。『遠鏡説』より

の観測については次のように書かれている。

これを用いて太陰《つき》を観測すると、月の本体に、凸にして明るいところと、凹にして暗いところがあるのが見える。おそらくこれは、山のような高所が、先に日光を浴びて明るくなるからであろう。また月を観測するときには、ひとつの目を遠鏡に当て、もうひとつの目は遠鏡を使わないままで見ると、大きさがまったく異なることがわかる〔図9-9〕。

王徴《おうちょう》という中国人が、ヨハネス・テレンティウスと協力して、西欧の機械工学書から図版を抜粋して編集した『遠西奇器図説』（一六二七）の参考書目には、『望遠鏡説』なるものが見えているが、これは、現在も中国と日本で用いられている「望遠鏡」という語彙の初出であろうといわれている。

だが、明から清にかけて、宣教師によって世に送られた刊行物や、中国人による記載などでも、テレスコープをいう漢語は、大きく揺れていた。ジャコモ・ロー（羅雅谷）の『五緯歴指』巻八「新星解」には「窺筒遠鏡」とあり、ヨハネス・テレンティウスの『測天約説』には「望遠之鏡」が用いられている。このほか「窺天窺日之器」「千里鏡」「西洋千里鏡」「窺天筒」「観星鏡」「千里眼」「窺筒」などが、中国人のあいだで用いられていた。

のぞき魔の良き味方

明末清初の作家、李漁《りぎょ》は、屁のはなしのときにも登場いただいたが、かれは、楼閣をモチーフとした一二篇の短編小説から成る小説集『十二楼』を書いている。その一篇「夏宜楼」では、主人公の婚姻を成就させるための秘密の道具が、望遠鏡なのであった。

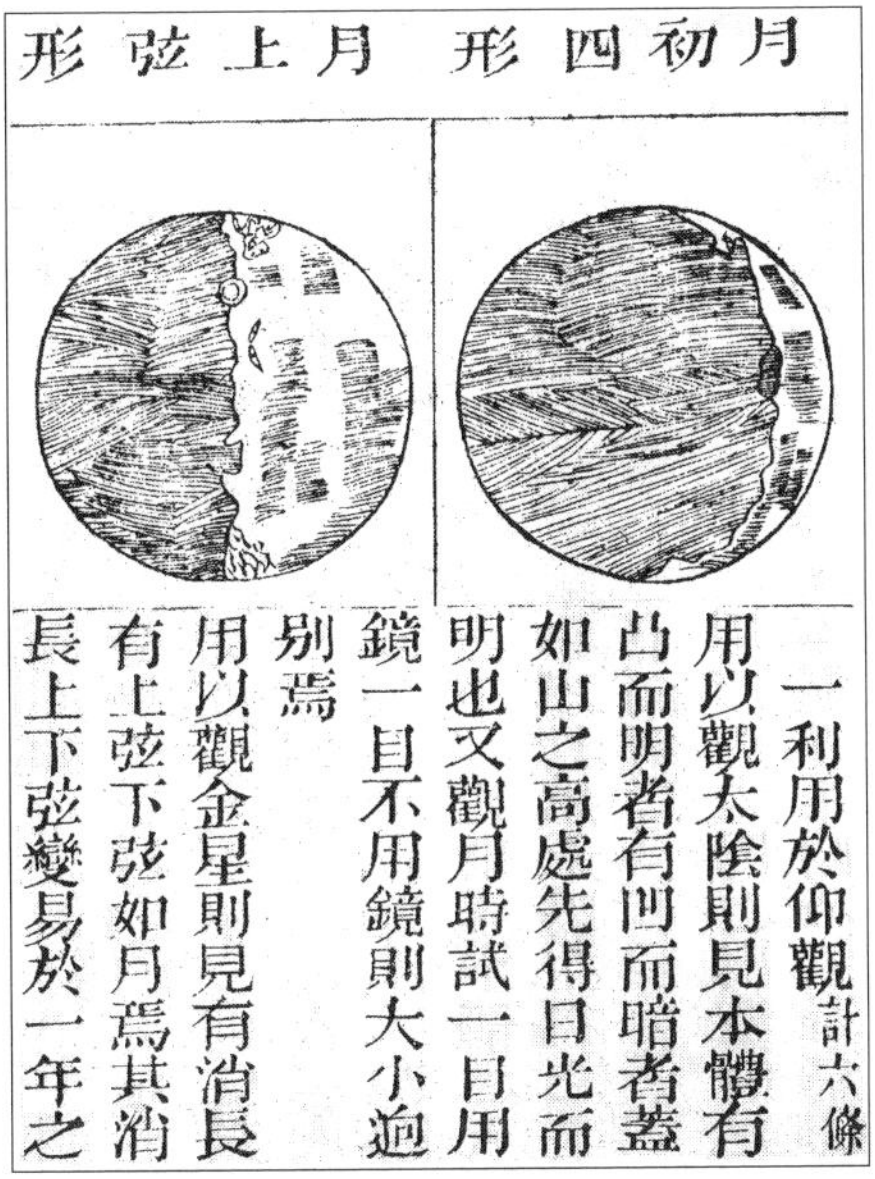

図9-9　ガリレオ・ガリレイ『星界の報告』から、かれの望遠鏡によって観察された「月」の顔。『遠鏡説』より

　厳しく育てられた深窓の令嬢、詹嫻嫻《せんかんかん》は、絶世の美女だが、学問が大好き。ある夏の日、屋敷の奥でウトウトしていると、女中の娘たちが、邸内には男子がいないのをいいことに、みんなして一斉に服を脱いで素っ裸になり、庭の蓮池で水浴びをして、キャッキャッと遊びはじめた。なにやら騒がしい様子に目を覚ました嫻嫻は、「なんという恥さらしなの！」と、娘たちをきびしく懲戒する〔図9-10〕。

　ほどなくして、ある書生から、嫻嫻に対して

図 9-10　水浴びに興ずる裸体の娘たち。「夏宜楼」より

結婚の申し込みが来る。この書生、旧家のおぼっちゃんで、名を瞿吉人《くきつじん》といった。市《まち》の道具屋で「千里眼」、すなわち望遠鏡を手に入れた吉人は、勉強に専念したいという理由で、丘の上にある寺の一室を借り、朝から晩まで仏塔のてっぺんに登っては、「どこかにいい女はいないものかのお」と、まちじゅうの屋敷のなかを、望遠鏡を使ってのぞき見ているという、筋金入りの「のぞき魔くん」なのであった。

たまたま目に入ったのが、さきほどの全裸で水浴びをする娘たち。うれしくなって、しばし鑑賞していると、その主人とおぼしき美しい令嬢が出てきたので、ひと目で気に入り、「なんとしてでも、この娘と結婚しよう！」とこころに決め、あれこれ策略をめぐらす。そんな瞿吉人を助ける心強い味方が、望遠鏡なのである。

李漁は、多くの字数を割いて、「千里鏡」と呼ばれる望遠鏡の妙用を、顕微鏡、焚香鏡、端容鏡、取火鏡などのさまざまな「鏡」とともに紹介している。

千里鏡：この鏡は、大小いくつもの筒でできている。それらは太さが異なり、細い筒が太い筒のなかに収納されていて、伸ばしたり縮めたりができるのである。千里鏡は、筒の両端に嵌め込まれていて、これで遠くを見れば、どんな遠くにあるものでも見えないものはない。「千里」の二字は大げさで、呉の国から越の国を視たり、秦の国から楚の国を観ることはできないが、もう少し近い距離であれば、それもまんざらデタラメではないことを知るだろう。

李漁の小説のこのくだりは、最近では〈凝視《ゲイズ》〉をキイワードにした視覚文化の研究材料のひとつにもされている。*7 わが国の井原西鶴は、その『好色一代男』（一六八二）のなかで、九歳の世之介に「遠眼鏡《とおめがね》」をもたせて、女の湯浴《ゆあ》みをのぞかせているが、瞿吉人は、世之介の同時代人にして同好の士であるといえるだろう。

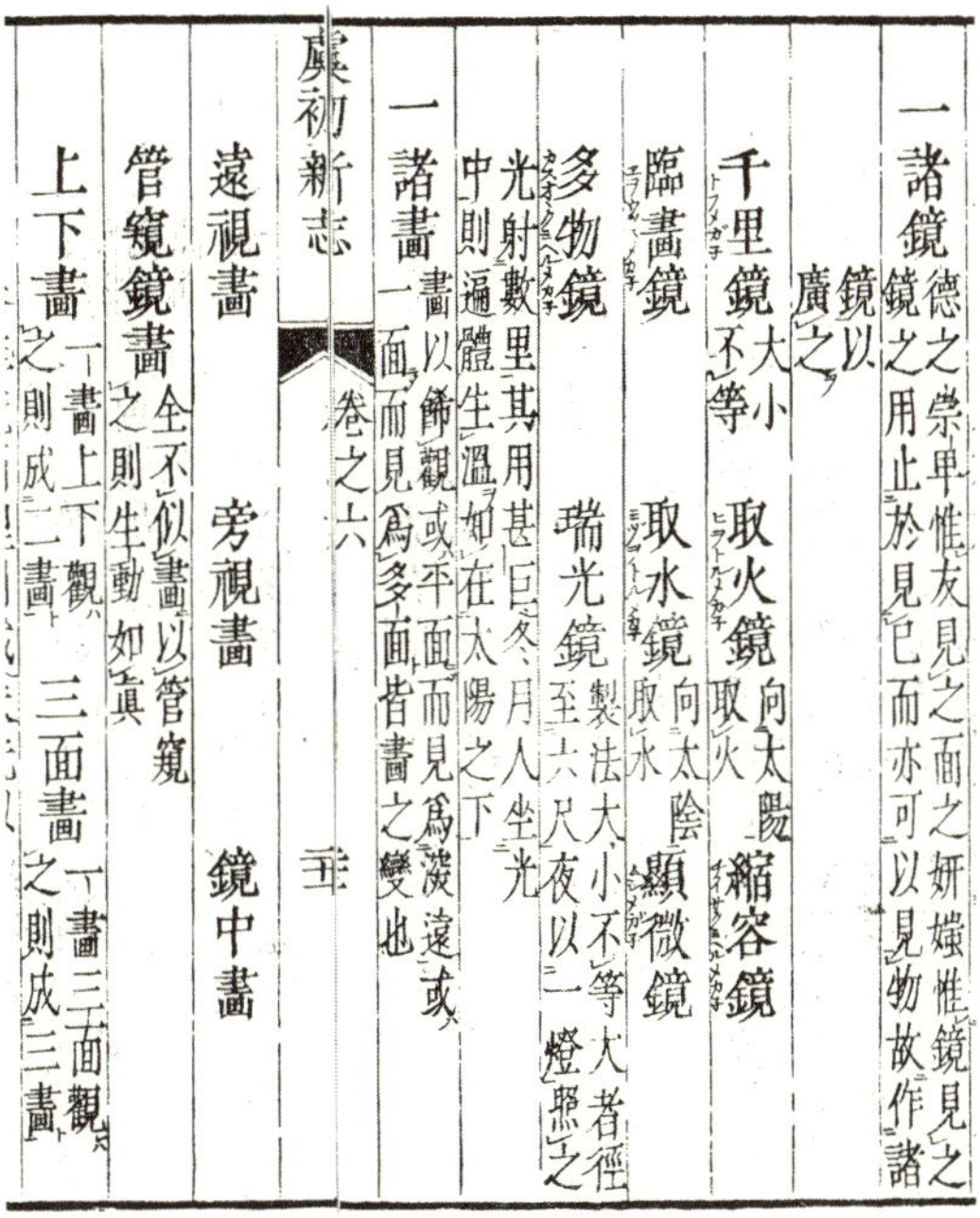
一諸鏡德之崇卑惟友見之面之妍媸惟鏡見之鏡之用止於見已而亦可以見物故作諸鏡以廣之
千里鏡大小不等　取火鏡向太陽取火　縮容鏡
臨畫鏡　取水鏡向太陰取水　顯微鏡
多物鏡　瑞光鏡製法大小不等大者徑至六尺夜以一燈照之光射數里其用甚巨冬月人坐光中則遍體生溫如在太陽之下
虞初新志　卷之六
一諸畫畫以飾觀或平面而見爲深遠或一面而見爲多面皆畫之變也
遠視畫　旁視畫　鏡中畫
管窺鏡畫全不似畫以管窺之則生動如真
上下畫一畫上下觀之則成二畫　三面畫一畫三面觀之則成三畫

図9-11　黄履荘が手にした光学機器の数々……

清代の張潮《ちょうちょう》が編んだ『虞初新志《ぐしょしんし》』（一六八三）には、広陵《こうりょう》（現在の揚州）の黄履荘《こうりそう》という発明家のことが書かれている。黄は一六五六年の生まれだというが、七、八歳のころ、すでに自動人形をつくったのだという。かれの発明品には、一日に八〇里（四〇キロ）を走る一人乗りの二輪車や、木製の番犬などのほか、レンズを使用した光学機器がいろいろあったらしい。その発明品リストには、「千里鏡、取火鏡、縮容鏡、臨画鏡、取水鏡、顕微鏡、多物鏡、瑞光鏡」とあり、李漁「夏宜楼」のリストと似かよっているのはおもしろい〔図9－11〕。

明末清初には、すでにレンズを用いた光学機器製造業がおこっていて、呉江（蘇州）の孫雲球《そんうんきゅう》（一六二八〜六二）などは、国産望遠鏡の製作者として知られている。*8

月をのぞく詩《うた》

清代の広州の洋行商人であり、広東における外国貿易を独占していた「広東十三行《かんとんじゅうさんこう》」と呼ばれる富商のひとりに、潘有度《はんゆうど》（一七五五〜一八二〇）なる人物がいた。かれは西洋の科学知識も学んだというが、その潘が綴った二〇首からなる『西洋雑詠』と題する詩がある。*9 嘉慶一七年（一八一二）の作といわれるが、その第一二首は、次のようである。

琉璃《るり》の石は果《はて》しなく　玉の殿宇は広びろと
鏡は千里に澄み渡り　幻の中に目をやれば
朦朧とした闇の夜に　立ち昇るのは炊煙か
広寒宮に住まいする　そは誰ぞと問い質《ただ》す*10

ここで使われている語彙は、いずれも月を謳う詩歌には使い古されたものだが、かれはこの詩に、次のような自注を付している。

千里鏡は、最大のものは幅一尺、長さ一丈で、かたわらには小さな千里鏡がついていて、月を見る。月の光は数丈もの大きさに見えて、形は円い球のようで、周辺部ははっきりと見え、魚鱗のような光がある。内側は黒い影になっていて、山や河がさかさまに映っているようで、一目で見尽くすことはできない。ただ月のなかの東西南北を見分けることができるだけだ。しばらく見ていると、熱気が目を射てくる。夜の静かなときに、巨大な千里鏡でのぞいたところ、月のなかに、炊事でもしているかのような煙が立ちのぼっているのを目撃した人がいるという。

その詩を書いた八年後、潘有度は世を去った。

4　月をのぞけば、のぞかれる

老学者と〈月を望む詩〉

潘有度が逝去したその年、かれの月への思いを継承するかのように、似たような詩を書いた男がいた。阮元《げんげん》（一七六四〜一八四九）は、『経籍籑詁《けいせきせんこ》』や『皇清経解《こうせいけいかい》』などの編纂、『十三経注疏』の校勘など、中国の古典を読むために必要な大部の編纂物の編者として知られる、有名な学者であり、また政治家である。

庚辰の年（一八二〇）、阮元は五七歳、広州で学海堂書院を開設し、両広総督の任にあったころに書かれた「望遠鏡に月を望む歌」（望遠鏡中望月歌）という詩がある。阮元の詩の趣向には、不明なところも多々あるが、とりあえず以下に戯訳してみよう。

天の球《たま》および地の球《たま》は　ひとつの円を同じくし　剛《かた》い風と詰まった気の　上に乗って回っている
陰たる氷と陽たる火は　あい容れぬものなれど　ただ日輪をたよりとし　天の近くをただよえる
ここにもまた球《たま》ひとつ　月と呼ばれるその球《たま》は　日光によって影ができ　盈《み》ち虧《か》けをなしている
広寒宮だの玉兎《ぎょくと》だのは　どれもみんな嘘っぱち　知らずば急ぎ天に問え　そはいったい何物かと

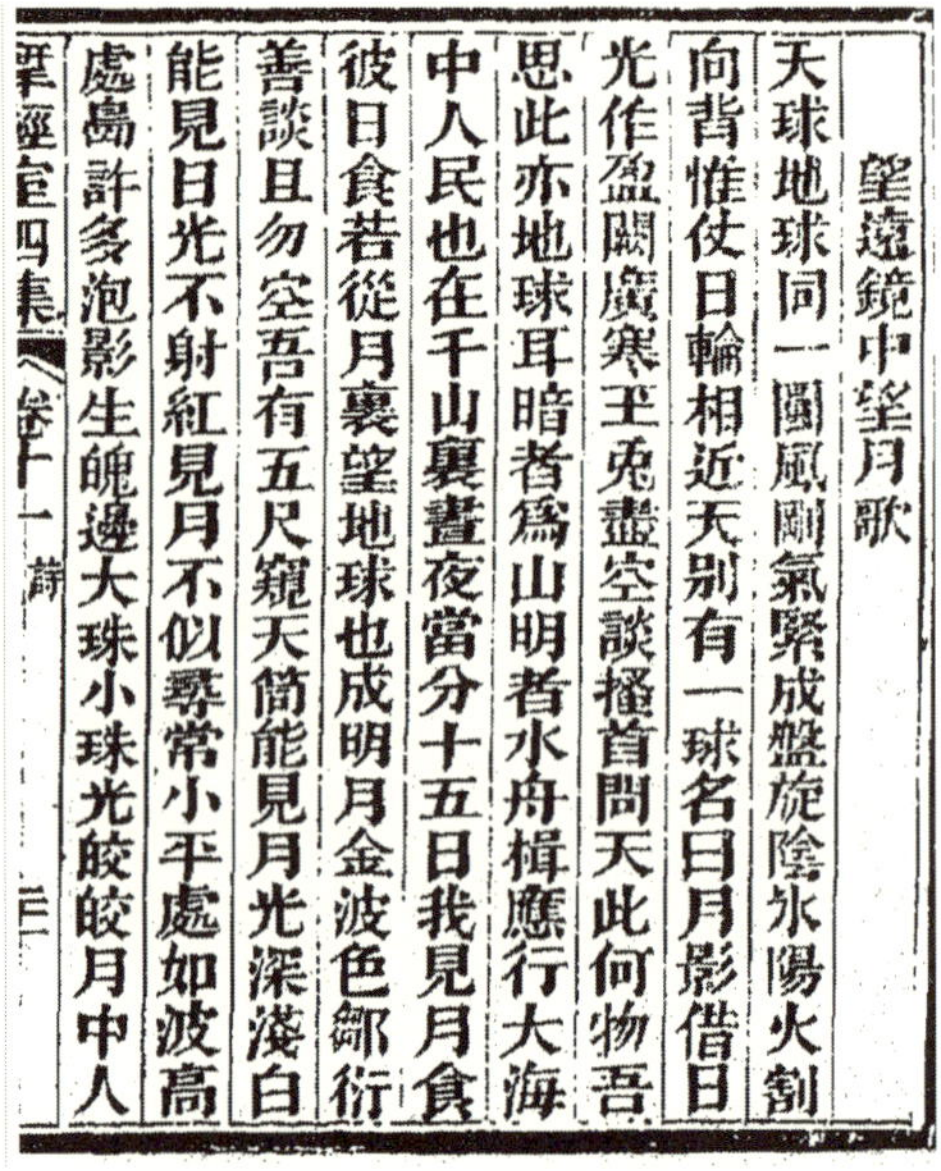

望遠鏡中望月歌
天球地球同一圓風剛氣緊成盤旋陰氷陽火割
向背惟仗日輪相近天別有一球名曰月影借日
光作盈闕廣寒玉兎盡空談搔首問天此何物吾
思此亦地球耳暗者爲山明者水舟楫應行大海
中人民也在千山裏晝夜當分十五日我見月食
彼日食若從月裏望地球也成明月金波色鄒衍
善談且勿空吾有五尺窺天筒能見月光深淺白
能見日光不射紅見月不似尋常小平處如波高
處島許多泡影生魄邊大珠小珠光皎皎月中人
揅經室四集　卷十一　詩　三

図 9-12　阮元の「望遠鏡中望月歌」

われ思うにこれもまた　地球のような世界なり　暗いところは山ならん　明るいところは海洋か
もしも船でこぎだせば　その大海をわたれよう　月の世界の人民たちは　千もの山に住んでおる
十五日づつに分《わか》たれた　昼と夜とがめぐりゆく　こちらが月蝕みる時は　あちら日蝕みてるはず
もしも月からこの地球　遥か眺めてみるならば　これまた金色の明月と　見えているに相違ない
鄒衍《すうえん》が談ずる宇宙の話　出鱈目ではないけれど　わしがもってるお宝は　天をうかがう五尺の筒《つつ》
これもて月光覗くなら　白さの深浅よく見えて　太陽の光にむけたとて　紅い光もまぶしくない
眼に入る月の大きさは　普段の小さな月ならず　平らな部分が波ならば　高い部分は島であろう
泡かと見える影あまた　月のふちにみとめられ　大きな珠《たま》やら小さな珠　真白き光芒はなちおる

月に住みたる人びとの　こころは清らで高潔で　やっぱり五星と恒星の　観察してるに相違なし
彼方の優れた科学者と　その優秀な弟子たちが　地球に遠鏡《レンズ》むけながら　地球を月とみていよう
互いに覗きあったとて　互いの姿は見えぬまま　ともに見えるは一片の　おなじく円い月光《ひかり》のみ
もしもむこうの遠眼鏡《とおめがね》　ずっと精巧だとしたら　呉剛《ごごう》にこの顔覗かれて　いるやも知れぬ遠眼鏡《とおめがね》
わしと呉剛は隔てられ　二つの世界に分れ住み　海の果てのさらに果て　船で往《ゆ》かれる術《すべ》もなし
羲和《ぎか》が日輪たたいたら　二つの月は照らされて　大きいやつと小さいの　玻璃球《はりだま》二つはじけ出ん
わしが今いる地球から　四〇万里のかなたから　そちらが見てる明月に　三分の秋を割増《わりま》しせん

（阮元『揅経室四集』巻一一「詩」）〔図9-12〕

地球と月の相対論

阮元は、月と地球を相対的な関係において眺めるだけの知識と心構えをもつ、地球上のひとりの傑出した観察者という立場を、みずからに托している。ここではもはや「天空にあいた穴」という月の認識は葬り去られていて、宇宙空間に浮かぶ〈月球〉と呼ばれる球体《たま》は、〈地球〉という、やはり宇宙空間に浮かぶ球体《たま》とともに、宇宙の球体という似たもの同士であることが前提となっている。

それと同時に、広寒宮だの玉兎だのという神話伝説の世界は、もはや語られる必要はない。月の表面にうかがえる陰影は、そこに山があり、海もあることの確たる証拠とされる。さらに、月には住人がいて、山のなかに住んでいるらしい。

そんなことが推測できるのも、この「わし」には、「天をうかがう五尺の筒《つつ》」（原文は「五尺窺天筒」）という利器があるからだ。これで月面を観察するならば、海洋が波立っている様子や、島がある様子も一目瞭然。そのほかの詳細な地形もありありとうかがえるのだ。

月球人は、高尚な精神を有しているはずである。地球人類と同様に、かれらのなかにも天文学者がいて、こちらが望遠鏡で月を観察しているように地球を観察していることであろう。地球の望遠鏡では、月の地形が見えるだけで月球人の姿などは見えないが、神話のなかの人物「呉剛」に仮託された月の天文学者は、地球人の科学をはるかに凌駕した月球人の技術で製作された「鏡」によって、もしかしたら「わし」の顔まで、はっきりと見ているのかもしれない。だが、残念なことに、ふたつの星はあまりにも遠く離れているので、かれらとは容易に往来ができないのだ。

詩人は、この詩の末尾に、次のような注記を加えている。——「地球は月球の四倍の大きさであり、地球と月との距離は四八万里あまりである」と。

われわれ現代人が認識している地球の直径は一万二七〇〇キロメートル、月の直径は三四七六キロメートルであるから、「地球は月球の四倍の大きさ」というのは正確だ。地球と月との平均距離はおおよそ三八万四〇〇〇キロメートルである。この数字は、紀元前二世紀、古代ギリシアの天文学者ヒッパルコスによって、ほぼ正確に求められていた。清代の「里」は五、六〇〇メートルほどだが、阮元のいう「四八万里」の根拠はわからない。

詩の末尾を飾る「わしが今いる地球から　四〇万里のかなたから／そちらが見てる明月に　三分の秋を割増《わりま》しせん」というのは、地球人が、明月を眺めながら秋の風情を楽しんでいるように、月球人もまた、地球を眺めて秋を楽しんでいるに相違ない。地球は月の四倍の大きさであるから、そのぶん「秋」の風情も、そちら（月）から眺めたら、さぞや割り増しになっているであろう」というのである。

阮元は、中唐の詩人、李賀《りが》の「秦王飲酒」に見える「羲和《ぎか》、日を敲《たた》けば玻瓈《はり》の声あり」などを意識的に援用してはいるが、それはあくまでも詩作上のマナーとしてであろう。このあと、「大きいやつと小さいの　玻璃球《はりだま》二つはじけ出ん」とあって、地球と月をふたつの「玻璃球《はりだま》」（ガラス球）に例えているのはいささか唐突ではあるが、許暉林《きょきりん》によれば、これらは望遠鏡の構造を成しているふたつのレンズ——対物レンズと接眼レンズ——に擬されているのだという。*[11]

阮元が「五尺の筒」のなかにのぞいた月世界には、もはや嫦娥も、玉兎も、玄宗皇帝もいない。かろうじて「呉剛」はいるが、これはいずれ交流ができるかもしれない月球人に、とりあえず捧げられた「あだ名」のようなものであろう。

潘有度や阮元の月世界から、伝統的な月世界神話のキャラクターたちを駆逐したものは、かれらが「千里鏡」や「窺天筒」と呼んでいる望遠鏡によってもたらされた、月面の模様にほかならなかった。こんなところにも、ガリレオ・ガリレイは着実に弟子たちを育てていたのである。

そしてまた、望遠鏡をのぞく阮元の姿は、西洋人が描くところの酔狂な科学の徒としての中国人幻想をも想起させよう。一八世紀フランスの絵師であり、絹織物の意匠のデザイナーでもあったジャン＝バティスト・ピルマンは、シノワズリのデザインで知られているが、その望遠鏡をのぞく中国人天文学者を描いた絵は、愉快なシノワズリ絵画の典型として、『シノワズリ』の著者ヒュー・オナーも引用しているものだ〔図9－13〕*[12]。

図 9-13　ピルマン「望遠鏡をのぞく中国の天文学者」

月球人からの返し歌

さらに阮元の〈月世界人〉という趣向をおもしろがり、その継承を買って出た男もいた。清朝後期の広東省出身の儒学者、陳澧《ちんれい》（一八一〇～八二）は、阮元の詩を「千古未曾有の傑作である」と評して、これに答える詩「月中の人に擬して地毬《ちきゅう》を望む歌」を綴っているのである。[13] つまり月球人が望遠鏡で地球を望見するという趣向をうたったものだ。

まずは、月球人にとっての〈月〉である地球についての、月の科学者からの情報が提供される。いわく、この〈月〉の円周は九万里で、わが〈地毬〉は、そのまわりをまわっている。〈月〉の昼夜はたいへん短く、五日でわれわれの二時（四時間）にしかならない、などなど。そして月の詩人は、天文学者から望遠鏡を借り、のぞいてみるのだ。

鏡を覗けば見えぬものなく　ひとりの仙人赤衣《せきい》をまとい
鏡もて遠く望むはこの地球　見終われば筆執り詩を吟ず
我また詩に吟ず清雅の興趣　月中の仙人ごぞんじなるや
四〇万里へだつる詩の応酬《やりとり》　千秋万歳両地の思い長久《とこしえ》に

月の人が望遠鏡を手にして、かれらの〈月〉——つまり地球——を望んで見たところ、赤い衣をまとった仙人のような人物が目に入った。これは阮元その人にほかならない。その仙人も、望遠鏡でこちらを観察している。かれは観察し終わると、筆をとって詩を吟じている。「望遠鏡に月を望む歌」のことである。ならばこちらも詩を吟じよう。そのことをあの仙人は知っているだろうか。かくして四〇万里の距離を隔てた詩の応酬がおこなわれて、地球と月球の相互の思いは、未来永劫永遠に伝えられよう。

すでに触れた、ヨハネス・ケプラーの宇宙小説『夢《ソムニウム》』では、月世界から地球を望見すれば、地形が、どのような模様になぞらえられるかを提示している。地球人が、月の模様に、ウサギやカニ、あるいはそのほかさまざまな神話世界の住人たちの姿を見たように、ケプラーによれば、地球の模様は、「その東側は肩から切り離された人間の頭部の前面のように見える（アフリカ）。長いドレスを着た少女（ヨーロッパ）にキスしようとして前かがみになっているところだ。少女はといえば、じゃれつく猫（イギリス）をあやして手を後ろに伸ばしている（スカンディナヴィア）」ように見えるというのだ。[*14] ニコルソンが引用する、西欧のあまたの月旅行譚をひろい読みしても、月球人が、地球をかれらの〈月〉とみなすという趣向は、少なからず見られるようである。

天を夢みて

阮元の時代からさらにくだって、清朝末期になると、このような趣向は、むしろありふれたものとなった。清末台湾の詩人、丘逢甲《きゅうほうこう》は、「十四夜月」「十六夜月」などの「月」をテーマとした詩に、「月を修繕する人」のような『酉陽雑俎』に見た古来のモチーフとあわせて、当時の科学知識をも積極的に盛り込んでいる。丘が一九〇〇年の二月十三夜に、シンガポール近海を航行したときに綴った詩「七洲洋にて月を看て放てる歌」（七洲洋看月放歌）には、「月にも人が住んでいて、きらきら光る海もある。今宵、船で南下する人がいて、遥か地球の光を眺めているかしら?」といった文言が見えている。いま、地球の海を航行する船から、月を眺めている自分がいる。ならば、月の海を航行する船からも、いままさに地球を眺めている人がいるのではないか。これはまさしく、あの阮元に連なる、視点の反転であろう。[*15]

阮元にせよ陳澧にせよ、そして丘逢甲にせよ、かれらの詩の趣向は、地球の観察者という立場を脱し、月という別世界の観察者の視点に立つことにあった。これもまた、目玉による飛翔行為そのものにほかならない。だが、そんなかれらにも、先達といえる詩人がいた。たとえば次に掲げる〈鬼才〉李賀の「天を夢みて」は、月に立って地球を望見したならば……という、立場の反転によって見えるものを描写したものだ。

遥かに望めば　斉州《せいしゅう》は九点の煙

一泓《いちおう》の海水は　杯中に瀉《そそ》がれる*16

わたしはいま、あの月の世界に立っている。はるかに下界を眺望してみると、わが斉州（中国）を構成する九つの州などは、煙雲に見え隠れする、ちっぽけな九つの点にしかみえない。あの大きくひろがる海原などは、いまこの手中にある酒杯に注いだならば、ひといきに飲み干せるようなものさ。

月世界から地球をかえりみれば、さてどう見えるかという李賀的な趣向が、清代にいたって、望遠鏡という「天をうかがう筒」を得たことによって、さらなる視界を得たのである。かれらはみな、ケプラーの親しい同類たちであった。

そしてこのような、月から地球を眺めたら……という反転された視点が、「月から見える万里の長城」という、これもまた西洋人のシノワズリに由来すると思われる、東洋の驚異の巨大建築に付与された、息の長いキャッチフレーズを生むことになるのであったが、これについては別に一書を上梓したので、そちらに就かれたい。*17

第十夜

霧のなかの飛翔者

1　空飛ぶ車をつくった工匠《たくみ》たち

王《ワン》さんの飛車

元の至正年間（一三四一～六七）のこと。平江《へいこう》というから、いまの蘇州に、王なにがしという漆工がいた。王さんはなかなかのアイデアマンで、すばらしい機械をあれこれこしらえたのだという。

たとえば牛の革《かわ》を材料にして、一艘の舟をつくったことがある。幅は狭く、先端と尾部はいずれもとがっていて、二〇人ほどを載せることができた。内側にも外側にも漆を塗って、りっぱな装飾が施され、使わないときには、折りたたんで、箱のなかに収納することができた。

これは、一九世紀の上海の学者、毛祥麟《もうしょうりん》の『墨余録《ぼくよろく》』に見える記録だ。それによれば、蘇州の王さんは、さらに「飛車」もつくったのだという。

王はまた、〈飛車〉なるものをつくった。両側に翼があり、内部には機械の車輪が収められていた。これが回転することで、昇降は思うがままであった。上部には袋があり、風の吹く方向にむけ、口を開いてこれ

を吸い込み、風力によって後ろから前へと進み、帆を張るように翼をひろげて、山々を越えること、燕のように軽やかであった。一時にして四〇〇里を飛び、より高く、より速く、まったくすばらしい機械であった。
（中略）
〈飛車〉の製造については、奇肱氏にはじまるとも伝えられるし、周饒国にはじまるともいわれる。最近は、泰西《ヨーロッパ》においてもまたつくられたと聞くが、こちらは蒸気の法を用いたもので、風力は使わないのだとか。しかしながら、中国でつくられたものと、どちらがより簡便かはわからない（巻九「巧匠」）。

一四世紀なかばの元の時代に、こんな飛翔機械が山岳を超えて飛んでいたと想像するのは、楽しいことこのうえない。少なくとも航空機というアイデアの世界では、その姓が「王」であることしかわからない、隠れたる東洋のダ・ヴィンチがいたらしいということだ。大きな両翼と、機械仕掛けの回転翼のようなものがあり、さらに帆を張って、風力の助けをも借りて飛ぶもののようだ。記録を残した毛祥麟は、一九世紀後半のヨーロッパにおける、飛行船の情報を耳にしていたのであろうか。フランスではアンリ・ジファールが、一八五二年、蒸気機関を用いてプロペラを回転させて進む飛行船をつくり、有人飛行に成功している。

毛祥麟が、いったいなにを根拠にしてこのような記録を綴りえたのか、どこにも明らかにしていない。もちろんこれが、西洋から流入した飛翔機械の情報に刺激されて、新たに捏造された「記憶」である可能性は棄てきれない。飛車にまつわる情報は、『鏡花縁』の影響であろうか。

妻に憎まれた人力飛行機

もうひとり、やはり伝説の霧のなかからぼんやりと顔をのぞかせている、ひとりの「飛翔者」がいた。清末の徐翥先《じょしょせん》が書いた『香山小志《こうざんしょうし》』は、蘇州の西部にあたる香山という土地の地誌だが、その、地元の名士たちについて記した「人物」の章には、おもしろいことが書かれている。

〈飛車〉をつくった某氏は、梅社《ばいしゃ》の人である。聡明で、なにごとにも熱心な性格であった。ふだんから飲み食いを通した友達づきあいもなく、仕事がひけると、まわりのみんなは酒に酔い、腹いっぱい食い、遊びにふけるのだが、某はひとり家に閉じこもって物思いにふけり、なにかすごいものを発明して世間を驚かせてやろうと考えていた。人びとが『山海経』のことを話しているのを聞いて、奇肱の物語にいたく感激した。ある日、いとまごいをして家に帰ると、沈思黙考し、紙をひろげては図面をひき、書いてはまた改め、寝食ともに忘れるほどであった。

一年ほどして、設計図がやっと完成した。設計図に従って部品を切り出し、合わないものがあれば削って、一〇〇回やり直しても悔やむことはなかった。

このために家は貧しくなり、米のたくわえもなくなってしまった。とうとう妻が、かまどに火を入れられないと泣いて訴えたので、やむをえず、食べものを得るために町に出ることにした。

某は、いい腕をしていると知られていたので、大工の棟梁たちは、かれが山をおりたと聞くと、争ってひっぱりこみ、給料も人並み以上に与えられた。それから半年もたたないうちに、たくわえも十分にできると、ふたたび山に帰り、かつてのように〈飛車〉の製作にとりかかった。たくわえが無くなると、また山をおりて仕事をする。このようにして、十数年がたち、〈飛車〉がやっと完成したのだった。

その構造は、背もたれのある椅子のようで、下部に機械を収めてあり、歯車が噛みあっている。人がその椅子にすわり、両足でペダルを踏んで上下させると、機械が起動し、風が起こり、疾風のように飛んでいく。地から離れること一尺ばかり、橋をわたることなくして小河を飛び越えたのだった。

某はこれに満足せず、みずからにこういい聞かせた。――楼閣をも越えるくらい高く飛び、太湖の四、五

○里の水面上を飛び越え、西山の縹渺峰《ひょうびょうほう》と東山の莫厘峰《ばくりほう》を往来してはじめて、遠距離飛行が確かなものとなるのだと。

そして、ふたたび奮起しようかと迷っていたが、すでにかれは老いており、ほどなくして病死してしまった。その妻は、夫の生涯の財産と体力と思考が消耗してしまい、腹を空かせ、くたばってしまったのも、みなこの〈飛車〉のせいだと、これを斧で打ち壊し、たきぎにしてしまった。そのため、この機械は、とうとう今に伝わることがなかったのである。ある人によれば、この人物の姓は徐、名は正明であるという。*1

香山という土地は、むかしから、建築、彫刻をはじめ、各種の工芸技術をもった工匠たちによる、「香山幇《こうざんほう》」と呼ばれる技能集団で知られる土地である。かれらはあの魯班を祖師として崇めてはいたが、事実上の祖は、明代に北京の宮城の造営を担当した蒯祥《かいしょう》という工匠であった。『香山小志』には、人が近づくと自動的に開くドアのある四阿《あずまや》をつくった匠人のことも記されているが、名前は記されていない。

そのような土地に伝わるこの伝説は、なかなかのリアリティをもって迫ってくるがゆえに、筆者の心を搏《う》つ。残念ながら、その設計図は伝わらず、機体そのものは、妻の恨みの斧によって打ち砕かれたあげく、灰燼に帰してしまった。

足でペダルを踏むというのであるから、これは、わが国の琵琶湖で飛距離が競われている、自転車仕様の人力プロペラ飛行機を彷彿とさせるものがある。かりにこの発明家が「徐正明」なる人物だとしても、どの時代の人なのかは明らかではない。

現代の研究者やもの書きたちは、かれの事績を、清朝の康熙期から乾隆期のあいだのこととしたり、清朝初期としたり、さらにさかのぼって明朝のこととしたりしているが、いずれもその理由、根拠を、まったく明らかにしていない。*2

リアリティをもって迫ってくるといったのは、その飛翔機械のメカニックもさることながら、家族の生活のこともかえりみず、ひたすら研究に没頭する男と、その価値を認めず不愉快に思っている妻という、キャスティングの妙によるものである。中国には、「糟糠《そうこう》の妻」ということばに象徴的な、苦労と貧乏とを、いついかなるときでも夫とともに耐え忍ぶ賢妻の「美談」が語られるいっぽうで、甲斐性のない夫との生活に耐えられず、これを棄てる、「愚かな女」の物語がある。いずれも「婦道」を教え諭すことを目的とした物語に由来するのであろうけれど、後者は、いくら悲惨な最後が「愚かな女」のために用意されているとはいえ、実のところ、これが女の本音でもあると、物語の享受者たちは感得したに相違ない。

そのような物語の元祖としては、姜子牙《きょうしが》、すなわち太公望にまつわる物語がある。貧乏に耐えかねて、夫のもとを去った姜子牙の妻は、夫が世に出て偉くなったのを見て、よりをもどそうとした。姜子牙は、お盆いっぱいの水を地面に撒《ま》き、女にむかって、「この水をもとの盆にもどすことができたら、復縁を許そう」といった。わが国でもよく使われる「覆水《ふくすい》盆に返《かえ》らず」ということわざの由来するところである。

よりポピュラーなものとしては、さまざまなタイプの演劇にもなっている『朱買臣休妻《しゅばいしんきゅうさい》』（朱買臣が妻を離縁する）の物語がある。書生の朱買臣は、まじめで学問好きだが、なかなか出世できないでいた。そんな夫に嫌気がさした妻の崔氏《さいし》は、とうとう夫に迫って離縁状を書かせ、愚かだが金はもっていそうな職人に嫁す。ところがその職人は、ろくに働きもしない新妻にうんざり。崔氏も崔氏で、再婚したことを後悔し、職人のもとを逃げ出す。やがて朱買臣は才能が認められ、会稽の太守に任命される。乞食同然になっていた崔氏は、前夫の出世を知り、ふたたびよりをもどそうと相談に行く。朱買臣は、盆のなかの水を地に撒いて、これを盆にもどすことができたら、夫婦の関係ももどそうという。崔氏には、覆水を盆に返すことができない。みずからを恥じた彼女は、自害する。

「徐正明」の飛翔機械にまつわる伝説は、中国機械工学史の伝説的なエピソードとして語られてしかるべきなのであろうが、どこにでもある典型的な市井のデコボコ夫婦を描いたコントとして読まれるべきものなのかもしれない。少なくともこのエピソードの語り手は、妻の「恨みの斧」のくだりを、必要不可欠なオチとして用意したのだろう。飛翔の物語にまつわる人類には、「飛びたい！」という夢想に身を滅ぼす人びとがいたいっぽうで、「飛ぶ？　それがどうした！」と、しっかり地に足をつけた人びともいたということである。

母の戒め

湖南省の湘潭《しょうたん》といえば、毛沢東《もうたくとう》や彭徳懐《ほうとくかい》の出身地であるが、『湘潭県志』（一八八九）は、清代の湘潭にいたと伝えられる、ある機械工のエピソードを紹介している。

かれはその名を石廿四《せきじゅうし》といった。あるとき『三国志』をひもとき、諸葛孔明がつくったといわれる軍用運搬具「木牛流馬《もくぎゅうりゅうば》」のくだりを読むや、「こんなの、かんたん！」とばかりに「木人」なるものをつくり、さまざまな雑役をさせたのだという。木人というから、木製の人型ロボットであろうか。そんな石が、次につくったのは、鵞鳥の羽毛を寝床のようにしたものであった。その上にすわると、二〇丈（六〇メートル）の高さまで上昇し、さらに五里（二・五キロメートル）の距離を飛んだのだという。まさに魔法のじゅうたんである。

『湘潭県志』が書かれたのは、一九世紀の末期だ。編者は、「そのころはヨーロッパの〈軽気〉の学はまだ伝わっていなかったから、廿四は〈重力〉によってこれを上昇させたのであろう」と書いている。ここでいう「重力」とは、軽気球のように、空気より軽いガスを用いて機体を軽くする方法、すなわち「軽気の学」ではなく、なんらかの機械的な力によって重さのあるものを浮揚させる力のことであろうか。

編者はさらに、「残念なことに、その方法を語ったものはない」ともいっている。この種のはなしの結末は、きまってこうだ。具体的な飛翔の原理や方法が、後世に伝えられることはなかったのである。さらに編者はこうもいう。

乾隆の末年（一八世紀末）になって白蓮教《びゃくれんきょう》が猖獗をきわめるようになると、廿四が発明したからくりを、邪悪な妖術なりと訴えるものが出てきた。そこで廿四は、すべての機器を破壊してしまった。その後、廿四はふたたびこれらを製作しようとしたが、かれの母親がこれを戒めたので、やめることにした。廿四は、天寿をまっとうして亡くなった（巻八之五）*3。

日本の飛翔家もまた

これらのエピソードを聞いていると、日本でも似たようなはなしがあったような気がしてくる。

一七八七年の琉球国。泡瀬《あわせ》の海（現在の中城湾《なかぐすく》）を望む崖っぷちに、鳥を模した飛翔機械に乗ったひとりの男が、海にむかって立っていた。男が一歩を踏み出すと、その身はフワッと宙に浮いた……。「飛び安里《あさと》」の名で知られる安里周祥《あさとしゅうしょう》が、自作の飛行具で鳥になった瞬間である。いったんは王様のお褒《ほ》めにあずかった安里ではあったが、まわりからは「奇人変人」と見なされ、妻とともに、住み慣れた土地を離れざるをえなかったそうな。

飛び安里の飛翔の二年前には、岡山の表具師、浮田幸吉《うきたこうきち》が、やはり鳥を模倣した飛翔機械を操って、橋の上から河原にむかって滑空し、野宴に興じていた人びとを驚かせたという。幸吉さんは、その後も飛翔機械の研究をつづけたそうだが、はなはだ不審なやからと見なされ、かわいそうに、おかみの手によって首をチョン斬られてしまったとも、生きのびたとも伝えられる。

香山の飛翔機械は、妻のために葬り去られ、湘潭の飛行技術は、母のために封印された。殷の湯王の時代から、中国の空を飛ぼうとする機械装置は、しばしばこのように、地に足のついた「賢者」たちによって毀《こぼ》たれるのである。古今東西、さまざまなかたちで立ち現われる「飛翔への嫌悪」というテーマのひとつであろうか。

消された飛翔の図

明代の末期に、王徴《おうちょう》（一五七一～一六四四）というひとがいた。中国に布教に来たイエズス会士らとも交流をもった人物で、マテオ・リッチにおくれて入華したベルギーの宣教師ニコラ・トリゴー（金尼閣。一五七七～一六二八）とともに、『西儒耳目資《せいじゅじもくし》』（一六二六）と題する、はじめて体系的に漢字音をローマ字表記した書物を編纂している。また、中国に望遠鏡をもたらしたヨハネス・テレンティウス（鄧玉函）とは、西洋渡来の機械工学書を図入りで紹介した、『遠西奇器図説』（一六二七）を編纂している。これについては前章でも少し触れたが、「遠西《ヨーロッパ》のすばらしい機械の図説」というタイトルのこの本は、王徴が五六、七歳のころの作である。

この王徴という人物については、なかなかおもしろいエピソードが伝わっている。たとえば、かれは木製の人型ロボットを製作していて、農作業の繁忙期になると、かれらに仕事を手伝わせていたという。また、冠婚葬祭のときには、連絡を容易にすべく、村じゅうに伝声管をはりめぐらせたという。かれもまた、霧のなかの天才発明家や逸脱した工匠《たくみ》に列する人物であったのかもしれない。*4

しかしながら『遠西奇器図説』は、中国人にとって、実用的なものとはなりえなかった。ヨーロッパの機械図を、その図法への理解を完全に欠いている絵師が、見よう見まねで模写したために、だれにも理解できない、怪物的な機械図を生むことになってしまったからである〔図10-1 a・b〕。

『遠西奇器図説』が模写の際に用いたであろうヨーロッパの機械図譜の原本は、すでにいくつかが特定されていて、図版と出典の詳細な対応リストは、ジョゼフ・ニーダムによって整理されている。それによれば、中国の図譜が依拠した主要な図譜は、ゲオルク・アグリコーラの『鉱山の書』（一五五〇）、ジャック・ベッソンの『機械と器具の劇場』（一五七八）、アゴスティーノ・ラメッリの『さまざまな巧妙な機械』（一五八八）、ファウスト・ヴランチッチの『新しい機械』（一六一五）などであった。*5

『遠西奇器図説』の巻頭には、なかで紹介される機械図説のリストとして、「全器図説」と題された目次が提

図 10-1a　人力ポンプの透視図が崩壊してしまった……

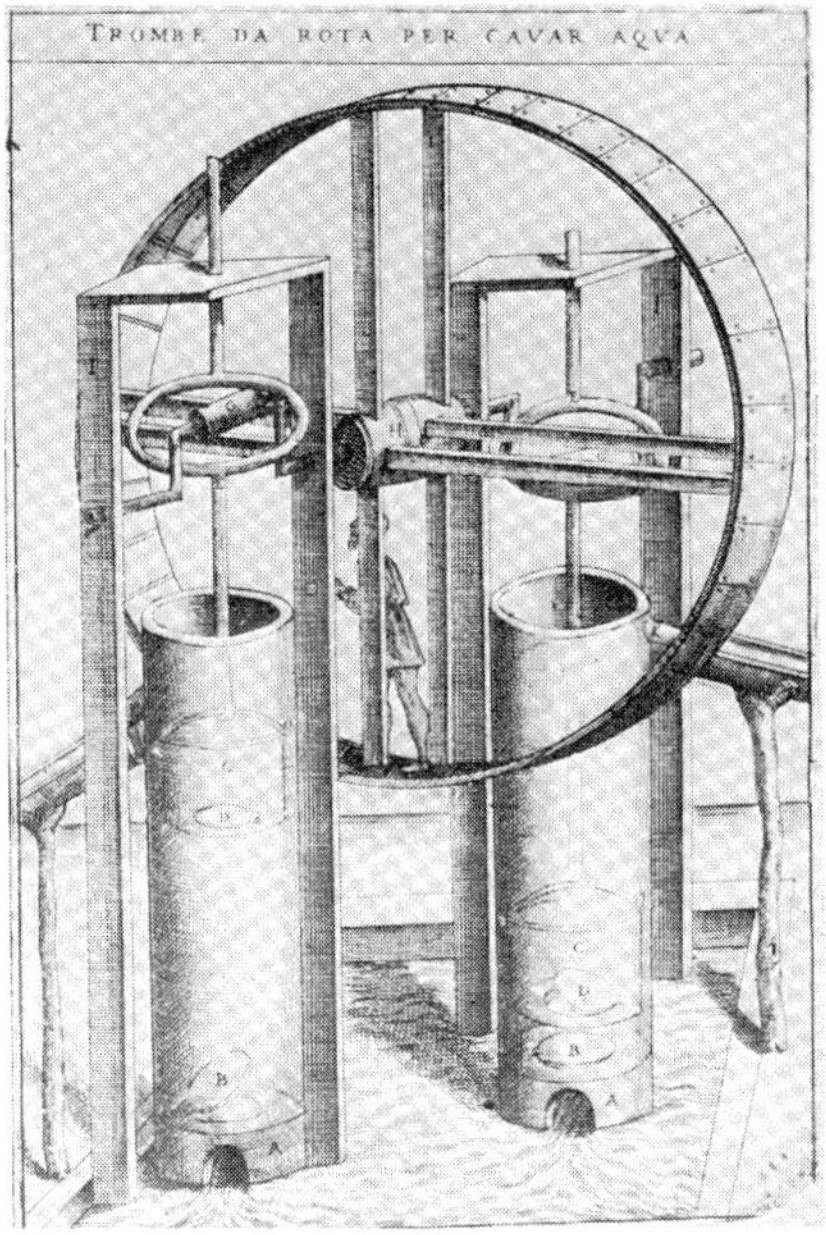

図 10-1b　『遠西奇器図説』が依拠した機械工学書（1607）（ニーダム 8, p.275）

示されている。ここでは「起重図説」（重いものをもちあげる装置）、「引重図説」（重いものを引っぱる装置）、「転重図説」（滑車でもちあげる装置）、「取水図説」（水を引く装置）などにはじまり、ぜんぶで一五の分類が列挙されているにもかかわらず、本文で実際に掲げられているものは、そのうちの一二種類だけである。

ぼくらの興味をそそらずにいられないのは、リストの最後に「人飛図説」という項目が見えることだろう。ところが、これに該当する図版は、どこをひっくりかえしても見つからないのである。もともと収録する予定であったものが、なんらかの事情で削除され、目次と本文の整合性を欠いたまま出版されたものであろうか（図10－2）。

だが、さきほど挙げたように、『遠西奇器図説』が依拠したヨーロッパの機械図譜のなかに、ファウスト・ヴランチッチの『新しい機械《マキナエ・ノヴァエ》』が含まれていることからすると、「人飛図説」がどのようなものであったかは、類推できるように思う。それというのも、『新しい機械』こそは、〈Homo Volans〉（飛ぶ人）と題された、印刷物におけるパラシュート降下を描いた最初期の図像を載せているからだ〔図2-4参照〕。『遠西奇器図説』の「人飛図説」は、おそらくはこの図を、中国人絵師が慣れない手つきで模写したものであり、〈人飛〉の二字は〈Homo Volans〉を直訳したものだろう。それはそれで、ぜひとも掲載してほしかったが、どういう理由で削除されたのかは、想像をたくましくするよりない。

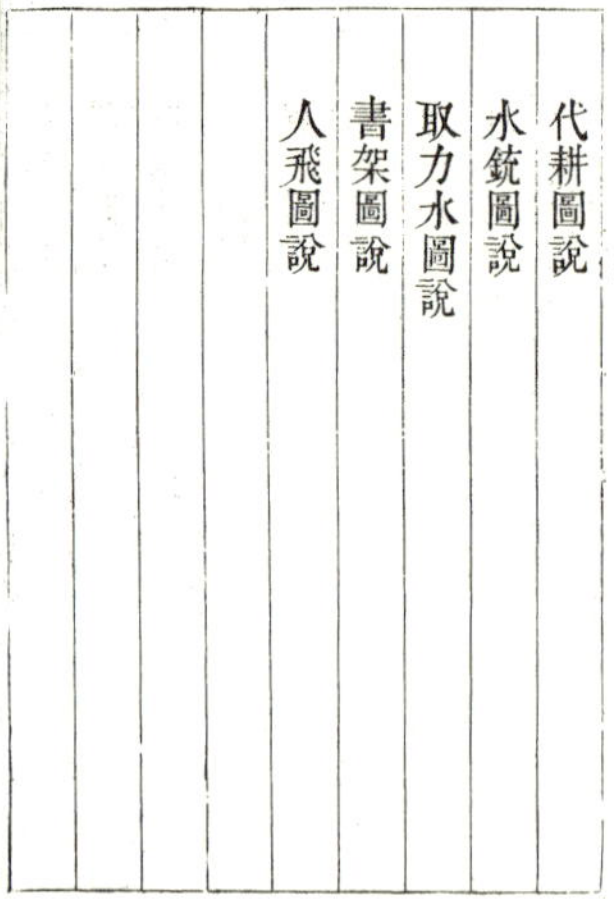
代耕圖說
水銃圖說
取力水圖說
書架圖說
人飛圖說

図10-2　目次に見える「人飛図説」

『遠西奇器図説』に紹介されている機械装置は、もし正しく復元することができたなら、種々の生産活動にとって、きわめて実用的なものばかりである。役にもたたないパラシュートは、そんな編集方針にそぐわなかったからであろうか。あるいはまた、中国ではすでに、パラシュート降下による犠牲者が累々としていたため、もしくはこれを商売に流用する盗っ人どもが横行していたため、よいこたちがマネをしないようにと、官府《おかみ》がしかるべき検閲を加えたものであろうか。

いやいや、もしかしたら、本章でひろい読みしたように、明代の中国には、はるかに優秀な飛翔機械がいくつもつくられていたので、パラシュートごときをもって「飛ぶ人」と称するなんぞ、笑止千万！　と判断されたからであろうか。あるいはまた、例の「奇技淫巧」に対する蔑視や、飛翔への嫌悪が、これを許さなかったのであろうか。

2　木球使者はきょうも忙しい

〈木球使者〉は愛《う》いやつだ

中国の雑著・随筆は、わけのわからない事件の宝庫である。オチも教訓もなにもなく、著者によるコメントさえもないことが多い。これらに漫然と目を通していると、じつにヘンテコな「飛び道具」にでくわすこともある。いまさらここで、あらたまって宣言するまでもなく、これまでに紹介したものとて、じゅうぶんにヘンテコな飛び道具のオン・パレードになっているのだが、この章では、ちょっとかわいい「飛び道具」をご紹介しておこう。

宋代の張世南《ちょうせいなん》（一二世紀〜一三世紀）が書いた『遊宦紀聞《ゆうかんきぶん》』には、次のような記録が見えている。ここに出てくる雪峰寺とは、福建省の閩侯《びんこう》にいまでも残る名刹で、唐末五代の禅僧、義存《ぎぞん》（八二二〜九〇八）の開山による。

> 雪峰は仏寺である。徑山《けいざん》（浙江省）、蒋山《しょうざん》（江蘇省）などとあい並ぶものだ。懿宗《いそう》の咸通《かんつう》一一年（八六九）、僧の義存がこの寺を創建した。乾符二年（八七五）、義存は真覚禅師の号を賜《たまわ》った。道徳山の五祖寺には木球《もっきゅう》があった。伝えるところによれば、ひごろから真覚禅師によって使役されていて、下僕を呼んだり、客人を招いたりするときには、いつもこの毬《たま》がひとりで行き来していたという。嘉泰《かたい》（南宋の年号。一二〇一〜〇四）のときに、寺が火災にあったが、毬は忽然として池のなかに転げこみ、焼けることを免れたという（巻八）。

なにやら重宝したらしい、はたらきものの木球くん！　災禍からも生きのびて、ほんとによかった！　それにしても、木球はその後、どこに行ってしまったのだろう？

安心してください！　ずっとくだって、明の万暦のころの王同軌《おうどうき》『耳談』（一五九七）のなかに、かれは、ふたたびその姿を現わすのであった。しかもこんどは帝都北京に。

> 西湖（北京の昆明湖）のほとりに、板庵大覚禅師というものがいた。かれは神僧であった。佐国寺を建立したが、荘厳をきわめていた。その費用は数十万にのぼったが、すべて、かれの木球使者を檀家に派遣し、寄

付金を募って集めたものであった。使者は、一斗枡《ます》ほどの大きさで、球《たま》のようにまるく、鮮やかな色が塗られている。翼もないのに飛び、足もないのに走る。貴人や顕官、豪商の家の門前まで行くと、地面を撃つようにして、ぴょこぴょことおじぎをするので、人びとはみな笑って使者を迎えいれ、われ先にと金銭を出したのだった（巻二）。

そののち禅師が入寂してからは、木球使者も機能しなくなったようだ。寺では座布団を重ねたうえに使者を安置した。この名だたる木球をひとめ見ようと、訪れるものは、あとを絶たなかったとのことである。

ここでいう佐国寺とは、元朝の天暦二年（一三二九）、ただいまの北京市海淀区《かいでん》に建立された、チベット仏教ゲルク派の寺院、大承天護聖寺のことである。この寺院は、明の宣徳四年（一四二九）に大改修がおこなわれ、功徳寺と改名される。ここで書かれているのは、そのときの改修のことであろうか。*6

やはり明代万暦のころの人、蒋一葵《しょういっき》が書いた北京の地誌『長安客話』（巻三「郊坰雑記」「功徳寺」）や、これよりややおくれて成立した、劉侗《りゅうどう》と于奕正《うえきせい》の『帝京景物略』（一六三五）には、いずれも、功徳寺改修のときのこととして、木球使者の活躍が語られている。『帝京景物略』の描写は、次のようなものだ。

（功徳寺は）宣徳年間（一四二六〜三五）に、板庵禅師によって改修された。禅師は木球を使役した。大きさは一斗枡ほどで、転がりながら疾駆した。登るも下りるも、さながら目と足がそなわっているようで、人に逢えば、ぴょんぴょん跳びはね、まるで稽首しておじぎをするようであった。禅師が「だれそれの屋敷に行ってこい」といえば、そこを訪ね、いくばくか布施を募り、「どこそこの皇族を訪ねよ」というと、そこを訪ね、いくばくかの布施を募る。宣宗（宣徳帝）が召し入れて、木球使者と名づけ、金銭を賜って、ついに巨刹を建てることができた。これが功徳寺である。皇帝もしばしばここに臨幸されたのであった（巻之七「西山下」）。

図 10-3 『信貴山縁起絵巻』「飛倉の巻」より

各地の寺院で、寄付金の徴収のために東奔西走していた、この球形をした愛嬌のある飛行ロボットは、神僧のみが駆使しうる、ある種の法術なのであろうか。

清の詩人、納蘭性徳《のうらんせいとく》（一六五五〜八五）は、その『渌水亭雑識《りょくすいていざつしき》』で木球使者のはなしを引き、「そのことは怪に近し」とコメントしている。

飛倉と飛鉢法

木球使者のエピソードから思い出されるのは、わが国、中世の絵巻『信貴山縁起絵巻《しぎさんえんぎえまき》』のなかの「飛倉《とびくら》の巻」であろう。これは日本飛翔文学の傑作中の傑作、しかもそれが躍動感あふれる絵図によって表現されているものだ〔図10－3〕。

東大寺で受戒した聖《ひじり》の命蓮《みょうれん》は、鉢を山のふもとに住む長者のもとに飛ばし、これに米を入れさせて、みずからの糧食にしていた。いいかげんアタマにきた長者は、きょうもきょうとて、ずうずうしく飛んできた鉢を、倉のなかにとじこめたまま、無視してほおっておいた。ところが鉢は、あろうことか倉ごともち上げてしまい、命蓮のところに搬送してしまったのであった。命蓮の事跡は、『今昔物語集』（巻一一・第三六）では、明練の名で紹介されている。

信貴山の話柄は、日本では「飛鉢譚《ひはったん》」として知られているもので、修行者が不思議な力によって鉢を飛ばし、食料や布施を手に入れるモチーフである。

一二世紀初頭、大江匡房の筆になる『続本朝往生伝《ぞくほんちょうおうじょうでん》』には、宋にわたった寂照《じゃくしょう》が、土地の高僧たちが斎食《さいじき》を受けるとき、「飛鉢の法」を使っているのを目にしたとのエピソードが紹介されている。かれらは、すわったまま鉢を飛ばし、斎食をもらい受けるというのだ。寂照は、みずからはこの法が使えない。これでは日本の恥となるとて、本朝の神明仏法を深く念じたところ、かれの鉢は回転しながら飛んでいき、斎食を受けることができた。その飛びっぷりがみごとだというので、中国の僧たちも大いに驚いたという。

長部和雄氏によれば、「中唐晩期には道教とインド呪術を混えた密教の秘法が存在したに相違なく、これが本朝に波及し」たものであり、さらに中国における飛鉢法の原形として、『大仏頂広聚陀羅尼経』と『菩提場荘厳陀羅尼経』のふたつの仏典を指摘している。[*7] 前者に描写された「文殊の自在鉢」とは、次のようなものだ。

> 文殊師利《もんじゅしゅり》の自在鉢なるものを取り、文殊師利の前にかえして、呪を八千遍、誦え終わると、その鉢は大光明を放つ。呪師が鉢を手に持つと、すぐさま空にかけ昇り、鉢法は成就するのである。（中略）心のうちで欲しいものを思えば、すべてこの鉢のなかから出てくるのである。（中略）呪師の食べ物がわずかしかなければ、すぐにも空にかけ昇り、鉢のなかに余った粥が、一切の衆生に施される。[*8]

南朝宋の劉敬叔《りゅうけいしゅく》が編集した奇聞集『異苑』には、四世紀初頭の衛士度《えいしど》という仏教徒の母にまつわるエピソードとして、このモチーフが語られている。

汲郡《きゅうぐん》の衛士度は苦行居士である。その母は経を読み、長年にわたって斎戒し、非道のことはおこなわず、ひごろから仏僧に食べ物を施していた。ある日の真昼のこと、母が斎堂を出て、尼僧たちと歩きながら景色を眺めていると、突然、空中からなにかが降りてきて、ちょうど母の前に落下した。それは天鉢であった。なかは香ばしい御飯でいっぱいであった。だれもが粛然として、ありがたがった。母はみずから飯を盛り、僧たちに食べさせたが、みんな、七日たっても飢えることがなかった。この鉢は、いまも残っていると伝えられている（巻五）。

仏僧の托鉢の具としての鉢は、不思議な飛行能力を賦与されて、仏教説話に彩りを与えたのであった。そのモチーフが、インド由来の仏典、中国の説話などを経由してわが国に伝わり、独自の発展を遂げたことについては、すでに多くの研究がある。*9

あのマルコ・ポーロも、飲食物を入れた器物を飛ばしているところを目撃して、『東方見聞録』で紹介している。

カーンが正殿に出御して宴席に臨まれる時のことであるが、正殿の中央にはブドウ酒・乳そのほかの飲み物を満々と満たした杯が並べられ、そこから少なくとも一〇ペースの距離に高さ八キュービットもあるカーンのテーブルがすえつけられている。バクシと称する上記の魔術師がここでその妖術・呪文をおこなうと、飲み物を満たした杯はひとりでに床を離れて浮き上がり、だれも手を触れないままにカーンの御前に至らされる。次いでカーンがこれを飲み干すと杯は再び元の場所にひとりでに戻るのである。このことは一万人からの人々の眼前でおこなわれるものであって、一点の嘘もないたしかな事実なのである。*10

木球使者が飛びまわる目的は、ほかならぬ、お布施、浄財を集めることにあるのだから、これは、飛鉢法がよりいっそう進化し、鉢から球体になったものであろう。球体の場合、お布施を徴集したあと、どのようにして運んだのか、謎は残るが、あるいはパカッと開いて、内部に収納できるようになっていたのかもしれない。

球体のロボットは、われわれをなごませてくれるらしい。筆者が思いつくだけでも、『機動戦士ガンダム』（一九七九）の「ハロ」、『サンダーバード』のジェリー・アンダーソンが制作した人形劇『地球防衛軍テラホークス』（一九八三）に出てくる球形ロボット軍団「ゼロイド」、日本映画『ジュヴナイル』（二〇〇〇）の小型完全自律型AIロボット「テトラ」などなど。新しいものでは、『スター・ウォーズ：フォースの覚醒』（二〇一五）に登場する、ほぼ球体ロボット「BB－8」、あるいは最近JAXAが開発して国際宇宙ステーションで活用している自律移動型球体ドローン「Int-Ball（イントボール）」などがある。

飛行能力を含めた移動機能と、おねだり力に関しては、他者の追随を許さないスペックを誇る、古代中国の球体ロボット「木球使者」を、人類の球体ロボット開発史の草創期を飾るものとして、ぜひとも記憶にとどめておかれたい。

いまごろは木球くん、どこにどうしてござろうぞ……？

3　東方ロケット案件

星になったワン・フー

夜空に浮かぶあの月の裏側に、「ワン・フー」と命名されたクレーターがあるのをご存知であろうか。南緯九・八度、西経一三八・八度に位置し、直径は五二キロメートル。一九七〇年、国際天文連合によって命名された。

ロバート・M・パワーズの『宇宙大航海時代』（一九八一）は、近未来の宇宙旅行について展望した啓蒙書であるが、「中国人と自動車と奇態な黄色い薬罐《やかん》」という、なんとも奇妙なタイトルの第一章は、ワン・フーなる中国人のエピソードではじまる。かれは、人類初の有人ロケット飛行をこころみたといわれる、明代の官吏の名であるというのだ。[*11] 西欧の文化史を綴るのに、わずかばかりの東洋の情報を書き添えるというスタイルは、西洋人の物書きたちの一種のマナーなのかもしれないが、ワン・フーの事蹟は、ロケット工学史を講じた啓蒙書にしばしば引かれているから、ご存知のかたも少なくはないだろう。

この「中国人」のエピソードがひろく知られるようになったのは、アメリカのハーバート・S・ジムの著作『ロケットとジェット』（一九四五）のなかで、ジムが〈Wan Hoo〉と綴っている一五世紀初頭の中国人官吏の事蹟を紹介したことによるらしい。

ここでワン・フーの事績に触れておかねばならないだろう。この、一五世紀の代わり目に生きていた中国の紳士かつ学者は、記録が信ずるに足るものであるとすれば、ロケットによる飛行実験をこころみた官吏であった。われわれはワン・フーを、ロケットを移動の道具として利用しようとこころみた最初の人物として評価しよう。ワン・フーはまず、ふたつの大きな凧をこしらえて両側に張り、凧のあいだの枠組みに、ひとつの座席を固定させた。枠組みには、かれが入手しうるかぎり最大のロケット四七個を取り付けた。すべての準備がととのうと、ワン・フーは座席に乗り込み、助手に命じて松明《たいまつ》をもたせた。合図とともに、助手たちは駆け寄り、松明を用いて四七個のロケットすべてに点火した。その瞬間、轟音がとどろき、火炎が噴出した。実験家のワン・フーは、火炎と煙幕のなかで消えてしまった。この最初のロケット飛行のこころみは、成功しなかった。[*12]

ワン・フーおじさんは、そう、お星さまになったのだ。

かれを、「ロケットを移動の道具として利用しようとこころみた最初の人物」と評価するジムが、みずから依拠したものを明示していないくせに、「記録が信ずるに足るものであるとすれば（if records are correct）」などという文言を仰々しく入れているのは、かたはらいたい。

ワン・フーが、いかなる漢字を当てられてしかるべき人物なのか、また、そもそもそのような人物が実在したのか。また、そのような事実があったのか。どこにそんなことが書いてあるのか。いずれも、いまだ確認できないままである。この「ワン・フー案件」について、ニーダムはこういっている。

しばしば、中国のロケット工学について書かれた怪しげな物語が含まれている西洋の文献に出くわすことがある。たとえばホークス（E. S. Hokes）は、「ワン・フー（Wan Hoo）」なる明代の役人とおぼしき人物に言及している。かれは、おおよそ三〇本のロケットを備えた凧のような単葉飛行機を発明したものの、最初の実験飛行で死んでしまった。このエピソードに対する無批判な言及として、レイ（Willy Ley）、ギブス - スミス（C. H. Gibbs-Smith）、ジム（H. S. Zim）などがあるが、許会林《きょかいりん》のような中国人の著者ですら、これを採用している。しかしながら、われわれは、オーストラリアのA・T・フィルプと同様に、ワン・フーに関するいかなる信頼のおける言及も、手に入れることができないのだ。おそらくかれは、シノワズリ時代、もしくはそれ以降にでっちあげられた架空の人物であったと考えられる。*13

ニーダムは、この問題に言及してきた過去の著述家たちを列挙しているが、ウィリー・レイ（一九〇六〜六九）はドイツ系アメリカ人の科学ライターで、早くはドイツ語の著書『宇宙への旅』（一九二六）*14や、その後に書いた英語の著書『ロケット―成層圏を越える旅の未来』（一九四四）*15などでは〈Wan-Hu〉と綴り、ジム（一九四五）は前述のように〈Wan Hoo〉と綴っている。またギブス - スミスの名著『飛翔の歴史』（一九五三）では、〈Wan-

Hoo〉とする。最初に挙げられているホークスによる言及というのは、一九八〇年にかれが書いた論文を指している。*16

ニーダムが指摘するように、ワン・フーなる人物のロケット実験は、ヨーロッパ人がつくりあげたシノワズリ

WAN-HOO AND HIS ROCKET VEHICLE

図10-4　ワン・フーの偉大な実験の想像図

幻想のひとつにすぎない可能性もあるわけだが、飛翔文学誌を綴る筆者としては、それもまた、飛翔の観念をめぐる愉快な人類史のひとこまであると考えたい。ワン・フーの名を月面に刻んで残してやろうという粋なはからいもまた、楽しい気持ちにさせる。それが誤解や誤読であるにしても、かれらが語るワン・フーの飛翔譚には、なんらかのよりどころがあったと考えられるが、それはいまもって明らかではない。ジムの書には、ジェイムズ・マクドナルド画伯の手になる、シノワズリ趣味いっぱいの想像図が載せられている〔図10-4〕。

ワン・フー?　ワン・トゥ?

ワン・フーのエピソードに酷似したはなしは、早くは一九〇九年の『サイエンティフィック・アメリカン』誌に見いだされる。それは、ジョン・エルフレス・ワトキンスが発表した「現代のイカロス」という短い文だ。

伝説によれば、飛行という難題のために犠牲となった最初

の人間は、ワン・トゥ（Wang-Tu）であった。かれは紀元前二〇〇〇年ころの中国の官吏《マンダリン》である。かれは二つの水平に並んだ凧をつくり、下部に四七本のロケットを固定した座席にすわると、四七人の侍従に蝋燭をもたせて、これに点火させた。ところが座席の下部のロケットは爆発して、この役人は火傷を負った。これを知った皇帝は怒り、罰としてかれを打ち据えたのであった。[*17]

ロケットに乗った人物の名がなんであれ、またその時期がいつであれ、類似の案件に言及した文献としては、いまのところ、これがもっとも古いものなのだが、ワトキンスもまた、その根拠をなにも示していない。ニーダムのいう「無批判な言及」であり、漢語文献を批評する能力をもたない執筆者による、先行文献からの杜撰な孫引き――何代目の孫かは想像もつかないが――であろう。しかもここでは、ワン・フーではなく、ワン・トゥ（Wang-Tu）となっている。もうひとつ大きく異なるのは、その時代であろう。紀元前二〇〇〇年となると、明代とは、あまりにもかけはなれている。

そもそもワン・フーには、どのような漢字があてられるべきなのかについては、とくに中国人研究者のあいだで議論がなされた。『中国機械工程発明史』（一九六二）を書いた科学史家の劉仙洲《りゅうせんしゅう》は、これは人名ではなく、軍事を掌管するための官職名「万戸（Wan-Hu）」である可能性を説いた。

これは、すでに外国人が書いた本に記載されているもので、しかもたいへん重要な発明譚であるが、わが国の書物のなかには、いまだ見つけ出すことができないでいる。このWan Hoo先生は漢字ではどう表記するのか、わたしもとうとう見つけられないままだ。かつては「万《ワン》」あるいは「完《ワン》」という姓ではないかと類推したことがあるが、ただ妄想しただけで、なんの結論にもいたらなかった。その後また考えるに、あの時代には、軍隊には「万戸《ワンフー》」や「千戸《チエンフー》」などの官名があることから、ジムが参照した手稿本に記載されていたのは官名であって、それをかれが、姓名であると誤解したのかもしれない。*18

また『中国火箭技術史稿』（一九八七）を書いた潘吉星《はんきつせい》は、明代にはすでに「万戸」の職名はなくなっていたから、やはり人名と考えるべきであり、漢字では、とりあえず「万虎（Wan-Hu）」としておこうと主張した。*19 ちなみに、〈Wan〉であれば「万」に近い音だし〈Wang〉ならば「王」に近い。かれら中国の学者には、それが史実かどうかという問題のほかに、漢字を用いる中国の出版物で、どのように表記すべきかという別方向の問題もあったのであろう。

さらに、一九〇九年のワトキンスによる「ワン・トゥ」と、一九四〇年代のジムやレイの「ワン・フー」のあいだの橋わたしをしているような記載が、じつはロシアの地に見いだされるのである。

旧ソ連の著述家ニコライ・アレクセーヴィチ・ルィニン（一八七七〜一九四二）が一九二八年から三二年にかけて書いた『惑星間の旅行』は、航空機と宇宙旅行について綴られた、九巻からなる大部の本だが、特に「夢、伝説、および初期の空想」と題された第一巻は、ニコルソン女史の名著に先行する飛翔文学史として、きわめて貴重な仕事であろう。各章のタイトルのみ列挙しておくならば、「外宇宙征服の夢」「伝説と鳥に乗る飛翔」「シラノ・ド・ベルジュラックの月と太陽への飛翔」「空飛ぶ馬」「超自然的なものに乗る飛翔」「聖書と神秘学の著作における飛翔」「精霊による飛翔」「飛翔機械による飛翔」「工学的デザイン」となっている。

ルィニンの書は、かつてロシア・東欧SFの研究家にして翻訳家の深見弾《ふかみだん》氏（一九三六〜九二）が、その『ロシア・ソビエトSF傑作集』（一九七九）の解説のなかで、「二〇年代から三〇年代はじめにかけて、文学に現われた宇宙旅行の研究を『星間交通』（一九二八―三〇）と題する百科事典的作品に集大成した」と紹介されていたものである。*20『惑星間の旅行』は、近年、復刻版も刊行されているが、ありがたいことに、NASA（アメリカ航空宇宙局）および米国科学財団により、一九七一年に英訳が出されている。

ルィニンが、中国人によるロケット飛行実験に言及しているのは、その第一巻ではなく、第四巻「ロケット」の第二章「ロケット開発の歴史」の冒頭である。

> 最初のロケット使用は、古代にまでさかのぼれるが、それは、紀元前三〇〇〇年の中国に見いだされる。中国では、ロケットは、まず花火として娯楽に用いられたが、さらに軍事目的に活用された。伝説によれば、そののち、人びとを空輸するのにも用いられたという。ある物語によれば、ワン・フーという中国の官吏が、二つの大きな凧を水平にならべ、その間に座席を設けたものを製作した。その装置の下部には、四七本のロケットが据え付けられ、四七人の召使いによって、同時に点火された。しかしながら、座席の下のロケットは爆発し、つづく発火は、不幸にも、この発明家をあの世に送ってしまった。*21

ルィニンは、ワトキンスよりもさらに一〇〇〇年の時間をさかのぼって、このロケット実験を、紀元前三〇〇〇年のこととしている。いったい、なにがどうなっているのか、もはやお手上げだ。さらにぼくらを混乱させることがある。ここに引用したルィニンのテクストでは、ワン・フーの表記は、キリール文字で〈Ван-Гу〉（＝Wan-Hu）となっている。さらにルィニンの書の第九巻では、飛行のこころみを虚実まじえて年表にしているのだが、そこにも中国の官吏によるロケット飛行実験のことが書かれていて、ここではなんと〈Ван-Ту〉（＝Wan-Tu）と表記されているのだ。〈Г〉と〈Т〉は、誤記されやすい文字だが、単なる誤植や誤記によるものなのか、あるいはそれぞれに出典があるものなのか、いまのところ謎のままである。

ちなみに〈Wang-Tu〉に該当する音の中国語ですぐに思い浮かぶのは、「妄図《ワントゥ》」すなわち「妄《むちゃ》な図《はか》りごとをする」である。もしかしたら、もともとは花火を使って「妄図飛天」（天に飛ぶという妄《むちゃ》な図《はか》りごとをした）といったような、かかる愚行を揶揄する内容の中国語の文言があって、すこしばかり中国語をかじった西洋人が、「妄図」の二文字を主語であると誤解し、ロケット飛行を敢行した人物の名前と解釈してしまったのではないかとの「妄想」もしてしまうのである。

いまのところ、どうせ事実は闇のなかなのだから、いっそのこと、みんなが想像して描いたワン・フーさんの展覧会を開催しようではないか〔図10－5〕〔図10－6〕〔図10－7〕〔図10－8〕。このエピソードは、まずは欧米人のシノワズリをもだえさせ、あの「望遠鏡をのぞく中国人天文学者」につながる、中国人と科学の微妙な関係にまつわる思索を刺激したようだ。ジェニファー・アームストロングによる『ワン・フーは星になった』（一

図 10-5　西洋人によるワン・フー想像図 1

図 10-6　西洋人によるワン・フー想像図 2

九九五）という絵本までつくられている〔図10‐9〕。

少なくとも一世紀にわたる「ワン・フー」にまつわる案件は、もしかしたら西洋人のから騒ぎということで終わるかもしれない。だが、中国人からは、まったくべつの、しかしきわめて重要な意味をもつがゆえに、歓迎された。あいまいな伝説であろうが、確たる証拠がなかろうが、現今の中華人民共和国にとっては、ワン・フーは必要欠くべからざる存在なのである。

二一世紀のいま、宇宙ステーションや月面開発のプロジェクトを着々と進めているこの国家は、はるかむか

図10-7　中国人によるワン・フー想像図1

図10-8　中国人によるワン・フー想像図2

図 10-9　ジェニファー・アームストロング『ワン・フーは星になった』(1995) より

図 10-10　西昌にある衛星打上げセンターの「万戸《ワン・フー》」像

しの先駆者の偉業として、このご先祖さまを、鳴り物入りで顕彰する必要があるのだ。ニーダムは、『中国古代火薬火器史話』（一九八六）の著者、許会林の名をあげて、「中国人研究者でさえ、こんなものを信じている」とあきれかえっているようだが、これはむしろ逆であり、驚くにはあたいしない。中国人研究者とて、おそらくは半信半疑なのであろう。それどころか、異人どもが勝手に騒ぎおるワン・フーの荒唐無稽な事績など、はなっから信じていないのかもしれない。それでもなお、中華帝国の科学史の記述においては、かかる人文的な精華もまた、重視されねばならないのだ。中華の偉業を世界に知らしめる偶像《アイドル》として、「ワン・フー」のエピソードを歓迎し、喧伝するのは、むしろしかるべきことなのである。

そんなわけで、いま、四川省の西昌に設けられた衛星打上げセンターには、ワン・フーという素性の知れない偉人の巨大なモニュメントが、デーンと屹立しているのであった〔図10－10〕。

第十一夜

気球跳梁の時代

1　飛ばない気球　飛ぶ卵

マカートニー卿の寂しい実験

ジョージ・マカートニー卿（一七三七〜一八〇六）は、イギリス国王ジョージ三世の全権大使として、一七九三年から翌年にかけて清国を訪れた。一七九三年一二月四日付けのかれの日記は、いささか興奮気味の筆致で綴られている。

私が熱河でかれと話し合っていた折に、ヨーロッパ人の考案による最近の発明、なかんずく気球について触れ、特に手配して気球を一つ、それに搭乗して浮上できる人間一人を付けて、北京に持って来ているということ、かれはこの実験のみならず、中国について書いているすべての書物を読んだ上で、中国人の趣向に合うと判断してわれわれが準備してきた他のほとんどすべての実験をおこなうことにも賛成しなかった。[*1]

「かれ」とは、使節団の相手をした大学士の和珅《わしん》のことである。かれは、皇帝の補佐役である軍機大臣の任にあり、また乾隆帝の寵臣であった。マカートニーはその日記で、康熙帝の科学趣味は、ただいまの乾隆帝によっては継承されなかったことを指摘して、人類の知識の進歩に逆行するような清朝政府の態度を非難し、最後にこう付け加えている。――「このごろでは、どこかの省で反乱が起こらない年はほとんどない。たしかに通常、反乱は間もなく鎮圧されているが、このようにしばしば起こるということは、内なる熱病の歴然たる徴候である」と。[*2] 英国のJ・ギルレイによる有名な風刺画は、尊大きわまりない態度の乾隆帝に謁見するマカートニー使節団を描いたものだ。かれの背後には、さまざまな贈り物が配され、そこには気球も見えている〔図11-1〕。

図 11-1　マカートニー使節団と乾隆帝の会見を描いた風刺画

だが、マカートニーは、少しばかり生真面目すぎたようだ。太古のむかしから、さりげなく飛んできた中国人は、気球遊びだって嫌いなわけではないだろう。「高いところ」へのまなざしが、西洋人とは、いささかちがっていたのかもしれない。「自分の目が黒いうちに清朝は滅びるであろう」とマカートニーは断言した。一八〇六年、かれがこの世を去ったあとも、この王朝は、一〇〇年ばかり生き延びている。

浮遊する卵

マカートニーにはたいへん申し訳ないが、乾隆帝のご機嫌をうかがうために、気球の実験がどれほど効果的であったかは、あやしいものである。

ヨーロッパ近代の技術や学問が、じつは太古の中国にはすでにあったのだとする説、そして、それは忘れ去られただけなのだという説は、中国人お得意の自慢ばなしとばかりはいえないところがある。

古代における気球の原理の発見と実験に関して、それらがモンゴルフィエよりもはるか古代の中国において提案されていた証拠として引き合いに出されるのが、前漢の淮南王劉安《わいなんおうりゅうあん》――薬物によって鶏や犬とともに昇仙したといわれる、あの人だ――が書いたとされる『淮南万畢術《わいなんばんひつじゅつ》』なる書物の一節である。この本そのものは散逸したが、宋代の類書『太平御覧』などに再録された一〇〇条ほど、数千字が残っている。その内容は「科学マジック」といったところであろうか。たとえば、「針に頭皮の油を塗りつけると水面に浮く」とか「氷でつくった凸レンズで火をおこす」といったたぐいである。現在でも科学遊戯として通用するものもあれば、はじめから神仙術に類する荒唐無稽な術とみなされているものもあり、さらにまた、いく度も実験が重ねられたが、いまだ再現に成功していないものもある。その最後の類に属するもののひとつが、「艾《もぐさ》の火で鶏卵を飛ばす」という項目である。

これは『太平御覧』のふたつの箇所――「方術《マジック》」の部と、「鳥卵」の部――に引用されているものだ。いずれも文章の意味が取りにくいのだが、とりあえず訳してみる。

A　鶏卵の汁を取り去り、なかに艾《もぐさ》を入れて火をつけると、疾風によって高く挙がり、飛んでいく（巻七三六「方術部一七」「術」）。*3

B　艾の火で鶏卵を飛ばす。〈鶏卵の汁を取り去り、なかに艾を入れて火をつけると、疾風によって挙がり、飛ぶ〉（巻九二八「羽族部一五」「鳥卵」）。*4

Bの後半部分は注釈である。だれがつけたものかは不明だが、べつのところでは、後漢の学者、高誘がつけたことが明らかなものもあるので、これもまた高誘によるものかもしれない。

さらに劉安の時代から一千年後、一一世紀の蘇東坡の作に仮託される『物類相感志《ぶつるいそうかんし》』には、次のような一文が見えている。

鶏卵に小さな穴をあけて、中身を取り去り、露水を入れて、さらに油紙で封じる。これを太陽の光に晒しておくと、地から三四尺の高さまで上昇する。*5

一七世紀のヨーロッパでは、イースターの卵の殻を空中浮遊させる遊びが流行していたという。ジャック・ド・フォントニの詩「復活祭の卵」（一六一六）によれば、それは次のようなものであったらしい。鶏卵に小さな穴をあけ、その中身を取りだして空っぽにし、その殻を入念に乾燥させる。適量の露水（純粋な水）を内部に注入してから、穴を蠟でふさぎ、しばらく太陽にさらしておく。するとは卵はもぞもぞと動きながらしだいに軽くなり、空中に浮遊しはじめ、しばらくのあいだ漂ってから落ちる。*6 さながら『物類相感志』の記述を、ほぼそのままなぞったかのようだ。また、一七世紀フランスの学者テオフラスト・ルノドーが一六三五年に開催した定期講演会でも、同様の実験がおこなわれたとのことである。*7

現代の科学史家たちのなかには、『淮南万畢術』や『物類相感志』の実験をそのまま再現しようとしたものもあるが、いまだに成功してはいないようだ。まず、卵殻の重さから考えて、高く挙がったり、飛んでいったりするのは、とうてい無理であろう。

洪震寰《こうしんかん》は、「汁を取り去り」（去汁）という二文字が「殻《から》を取り去り」（去殻）と書かれているテクストがあることをヒントに、卵殻を希塩酸につけて、殻の部分を溶解させ、薄い卵殻膜だけをとりだし、これを気球の気嚢のようにしてみたが、やはり無理であったという。そこで、末尾の「疾風によって挙がり、飛ぶ」というのは、鶏卵を熱気球とする実験が失敗に終わったために加筆されたものだと考えた。*8

これに対し、張旭敏《ちょうきょくびん》は、これらの記述はあくまでも鶏卵の殻のことであり、卵殻膜のことではないとしたうえで、強烈な陽光にさらされ、穴をふさいでいた油紙がはがれ落ちると、内部の水蒸気が一気に噴出する。このときに卵殻が得る反作用と浮力とが重力より大きくなれば、卵は飛ぶのだという。計算の結果、卵殻内部の温度が五三・五℃以上に達すれば、卵は飛ぶことになり、これはありえないことではないと結論づけている。*9

もとより筆者には、これを結論に導く力なぞないのだが、『淮南万畢術』については、軽気球の原理というよりは、卵殻に火薬をつめ、小さな穴をノズルにした卵形ロケットのアイデアのようにも読めるし、『物類相感志』のほうは、熱気球の実験のようにも読める。

それにしても、卵というものは、いろいろな話題を提供してくれる、人類にとってのお手ごろなおもちゃである。高速回転させたゆで卵が空中に浮遊してみたり、「卵は立春に立つ」との都市伝説が流布してみたり、つくづく卵というヤツはおもしろい。*10

2　気球を見あげた人びと

民間の熱気球

熱気球は、人間のような重い荷物を載せなくてもいいのであれば、そして、骨組みを構成する竹や、気嚢を構成する紙、そして油を燃焼させるための簡単な装置さえあれば、手近な材料で、模型くらいはつくることができるものだ。中国語で「天灯《てんとう》」や「孔明灯《こうめいとう》」と呼ばれる熱気球は、もともと軍事目的や盗賊の出没を知らせる合図として用いられていたらしいが、吉祥を祝う習俗としても発展し、いまやすっかり有名になった台湾の平渓《へいけい》などのように、元宵節のイベントとして、観光の目玉としている地域もある〔図11-2〕。

図 11-2　台湾新北市平渓で元宵節に放たれる天灯

　一九世紀末の新聞には、南京の空に、正体不明の発光体が出現して、多くの人びとに目撃されたというニュースが見えているが、その記事のなかでは、発光体の正体をめぐって、「子どもが放った天灯ではないか」との憶測が紹介されている。「天灯」という語彙には、高だかと掲げられた灯明の意味もあるのだが、ここでいう「天灯」とは、明らかに天空に放たれた小型の熱気球のことであろう。当時、子どもたちによって簡単にこしらえられ、おもちゃとして遊ばれていたことがわかる。[*11]

　この種の簡便な熱気球については、一〇世紀、五代時期の莘七娘《しんしちじょう》という女性が発明したとする伝説がある。彼女は、夫の出陣に随行して福建に入り、竹と紙を使って四角い灯籠をこしらえ、底部には松脂油を入れた皿を吊るして点灯し、熱気球の原理によって上昇させては、軍事上の連絡の具としたというのである。これは「松脂灯《しょうしとう》」あるいは「七娘灯《しちじょうとう》」

図 11-3　莘七娘の松脂灯

と呼ばれ、また「孔明灯」とも呼ばれた[*12]〔図11-3〕。「孔明灯」の名の由来には諸説あり、三国時代の天才的な軍師、諸葛孔明が発明したからという説、灯籠の「孔《あな》」から漏れる光が「明」るいからという説、さらにはその形が諸葛孔明の頭巾に似ているからとの説などがあるようだ。[*13]

最初期の気球情報

マカートニーの予測は半分あたっていて、かれの死後一〇〇年たってから、清朝は滅亡を迎えた。だが、まさにその滅亡への道程は、マカートニーの日記を盗み見たぼくらにとっては、はなはだ皮肉なことに、この帝国の人びとの脳裏にひろがる空に、気球が跳梁跋扈する風景とともにあったのだ。

一九世紀前半、なかなか瀟洒な〈飛車〉を飛ばせてくれた『鏡花縁』という小説をひろい読みしたが、この世紀、飛翔機械の名称としては、〈飛車〉のほかにも、現実に飛んでいた〈気球〉があった。だが、これを文学作品にもち込んだのは、この飛翔機械への興奮が、やや落ち着いてからということになるだろう。真正の気球への熱狂は、通俗小説ではなく、実際に気球をその目で見たものたちと、実際に乗ってしまったものたちが、そのときの興奮を綴ったテクストのなかに残されている。

マカートニーの清国来訪に先立つこと一〇年。福建省は漳州《しょうしゅう》府龍渓《りゅうけい》県の王大海《おうたいかい》という男、科挙を受けてもなかなか及第できないものだから、一念発起、一七八三年、科挙人生を捨てて、大志を抱きつつインドネシアに旅だった。オランダやイギリスの統治下にあった東南アジア世界を見聞した王大海は、帰国ののち、一七九一年には『海島逸志《かいとういっし》』なる本を上梓した。そこに綴られた、当時の東南アジアにまつわる貴重な記載のいくつかは、その半世紀後に魏源《ぎげん》が編集した『海国図志』にも引用されている。『海島逸志』の一節には、西洋の軽気球を「天船」と命名し、これに言及したところがある。

〈天船〉というものは、小さく、形は亭《あずまや》のようで、一〇人を乗せることができる。なかには風を送る装置があり、その精巧なつくりは、まるで渾天儀《こんてんぎ》のようだ。数人が力をこめてこれを動かせば、船は飛翔をはじめ、高さをきわめれば、天の風がヒュウヒュウと吹いている。行きたいところがあれば、帆をあげて、量天尺で計測し、目的地に着いたら帆を収納し、降下させるのである。伝え聞くところによれば、かつて太陽の光で焼かれ、乗り込んでいたものも焼け死んだ。それで、あまり使われないようになった（『海国図志』巻九四「西洋器芸雜述」）。

王大海が、福建からインドネシアにむかった一七八三年は、モンゴルフィエ兄弟が熱気球の有人飛行に成功した、まさにその年である。ニーダムはこの記述について、「水素気球の噂であるように聞こえる。そしてそれと同じ線に沿ったダイダロスとイカロスについての第二の会話がくっついている」とコメントしている。[*14]王大海のいう事故のはなしは、若き気球飛行家のジャン＝フランソワ・ピラートル・ド・ロジェのことかもしれない。ロジェは、一七八五年六月五日、熱気球と水素気球の合体気球を用いて、フランスから英仏海峡を横断すべく出発したものの、高空で爆発をおこし、気球史上最初の犠牲者となった。ロジェの事故以降、フランスでは、しばらくのあいだ、気球飛行をするものはあらわれなくなったという。[*15]「太陽の光で焼かれ」のくだりには、ニーダムのいうように、イカロスの神話に由来するレトリックが用いられているのかもしれない。

科学雑誌の気球――〈飛車〉から〈軽気球〉へ

アヘン戦争以降、西洋世界の情報は、それまでとはケタ違いの量とスピードで、この極東の帝国に押し寄せてくる。

医療宣教師として中国で活動した、イギリス人のベンジャミン・ホブソン（中国名は合信）は、中国語で書かれた宗教書や科学書を刊行していたが、その『博物新編』（一八五五）には「軽気球」なる文が見え、落下傘を備えた軽気球の図も掲載されている〔図11－4〕。

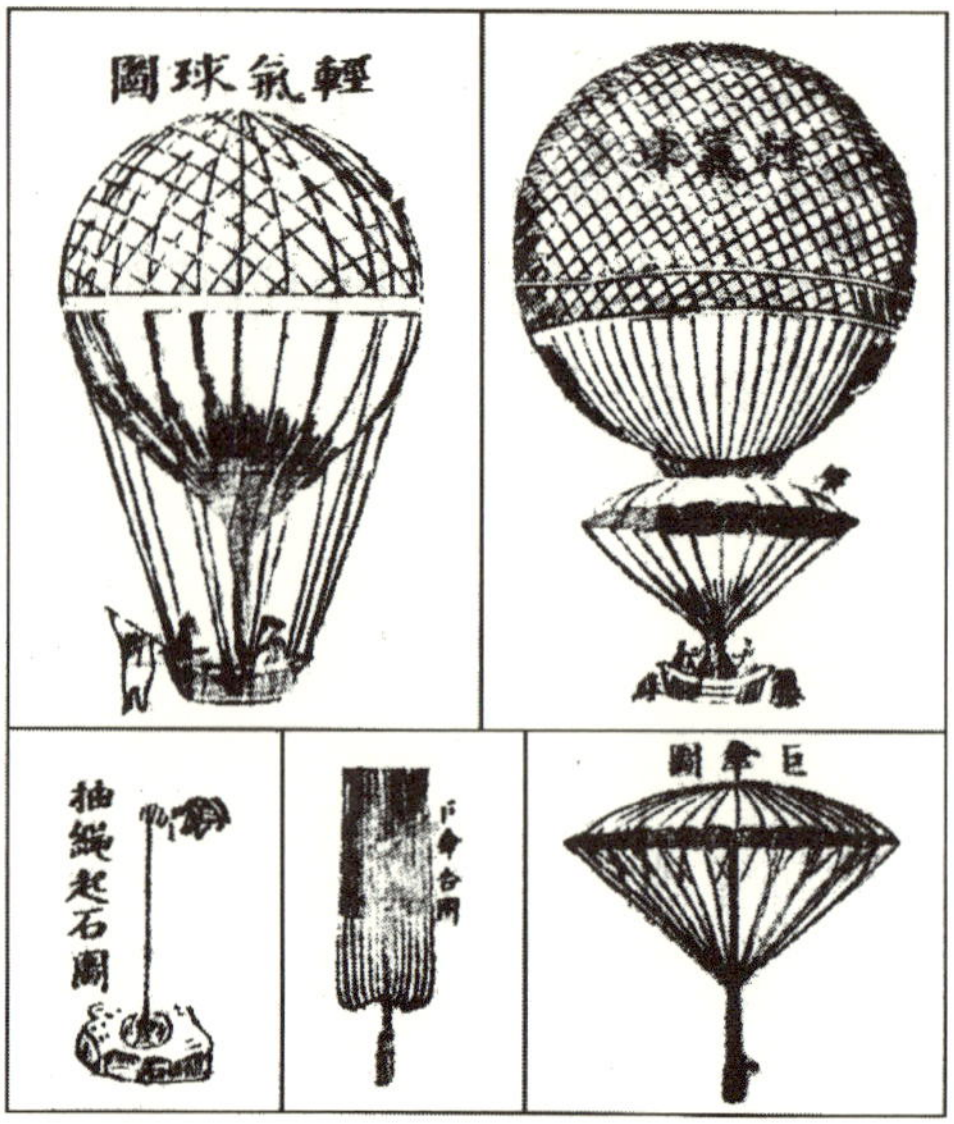

図 11-4　ホブソン『博物新編』の「軽気球」

一八七二年八月には、西洋の情報を紹介する中国語の雑誌が、西洋人宣教師と中国人の協力によって北京で創刊された。『中西聞見録』である。これに掲載された「飛車異聞」（一八七二年一一月）という記事を読んでみよう。

〈気《き》毬《きゅう》飛車《ひしゃ》〉によって、雲に乗って昇り、天表を窺《うかが》うことができる。毬《まり》に軽気を満たして下には籠をぶら下げる。乗るものはそのなかに坐して、上昇する。欠点は、風任せに進むだけで、自分で方向を変えることができないことである。

記事はこのようにはじまり、農村に不時着した気球のエピソードを紹介する。それによれば、原文では「気毬

「飛車」と呼ばれている軽気球の搭乗者は、着地した場所にたまたま通りかかった農夫に助けられた。農夫は、男児と女児をひとりずつ連れていたが、搭乗者は、農夫に気球の運搬を依頼した。子どもたちがおもしろがって気球に乗ってみると、農夫はロープを使って、気球を上げたり下げたりしてみた。すると、不意にロープが手から離れ、子どもたちを乗せた気球はそのまま上昇し、飛んでいってしまったというのだ。数時間して、気球はやっと下降をはじめ、木の枝に引っかかった。驚いて集まった村人が、なんとか二人を助け出し、家まで送ったという。テクストでは、例によって「列子が風に御する」の成語を用いながら、この飛翔を描写しているが、「危険である」ということも強調している。

「飛車が海を過《わた》る・アメリカのニュース」(「飛車過海・美国近事」一八七三年一〇月)という記事では、「飛車」すなわち気球に乗って陸の上を飛ぶことはよく聞くが、海をわたることもあるということを紹介する。記事は、かつてイギリス人が「飛車」に乗って海をわたり、フランスまで飛ぼうとしたが、途中で浮力を失ったため、ゴンドラまで捨てて、命からがら対岸に到達したことを紹介している。短い海峡でさえこの様子なので、大海をわたるのはたいへんであると説く。

気球によるドーバー海峡越えは、一七八五年一月、フランス人のブランシャールとアメリカ人のジョン・ジェフリーズによって最初に達成されたが、それ以前のこころみについての紹介であろうか。

記事は、アメリカからイギリスまで、大西洋を「飛車」でわたろうとしたアメリカ人のことも紹介する。順風であればよいのだが、もしも好ましい風がなければ、ゴンドラをつないでいるロープを断ち切る。ゴンドラは船の形をしているので、そのまま海面に浮かび、救助を待つという。これには自走する機能も備えられている。「その機構はたいへん精密で、ひろい海洋を超えることもできるが、遠く空を飛んでいくのは、やはりたいへん危険が伴う。まったく憂いが無いことは保証できない」と結ぶ。

軽気球で大西洋をわたるはなしといえば、エドガー・アラン・ポオの「軽気球夢譚」(一八四四)が想起され

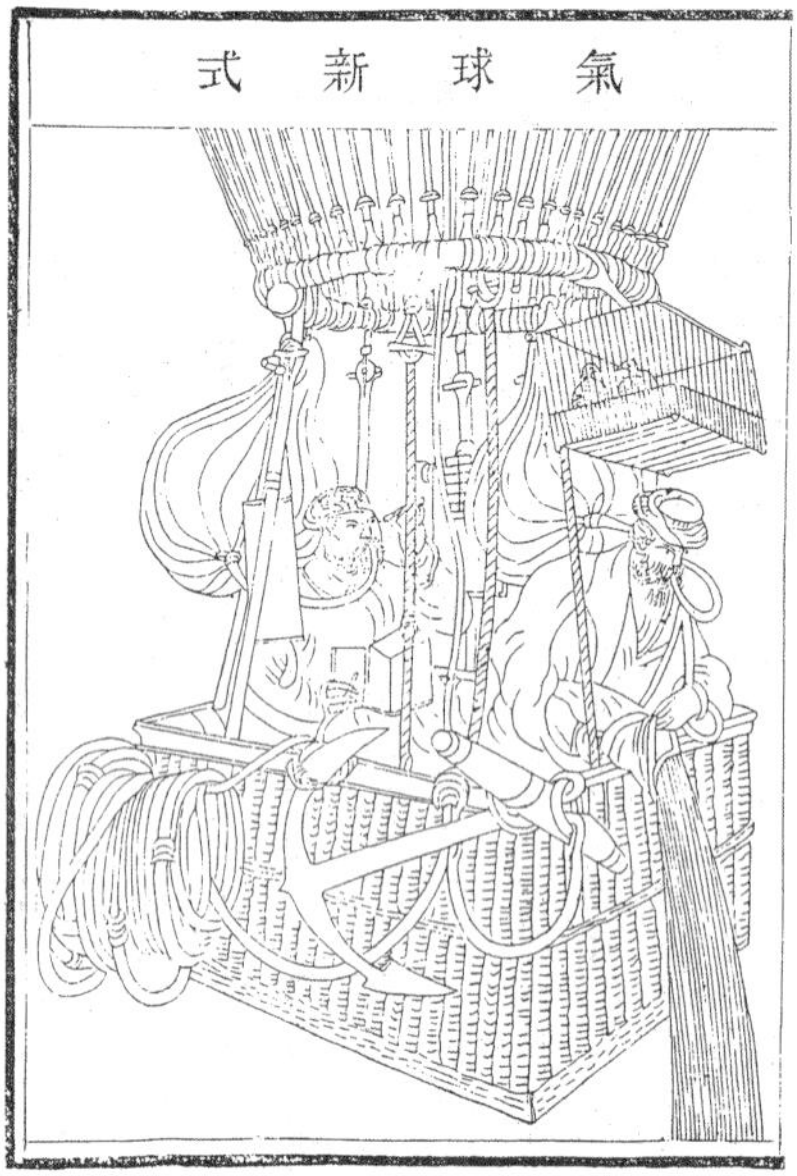

図 11-5 『中西聞見録』(1874) に掲載された「飛車測天」

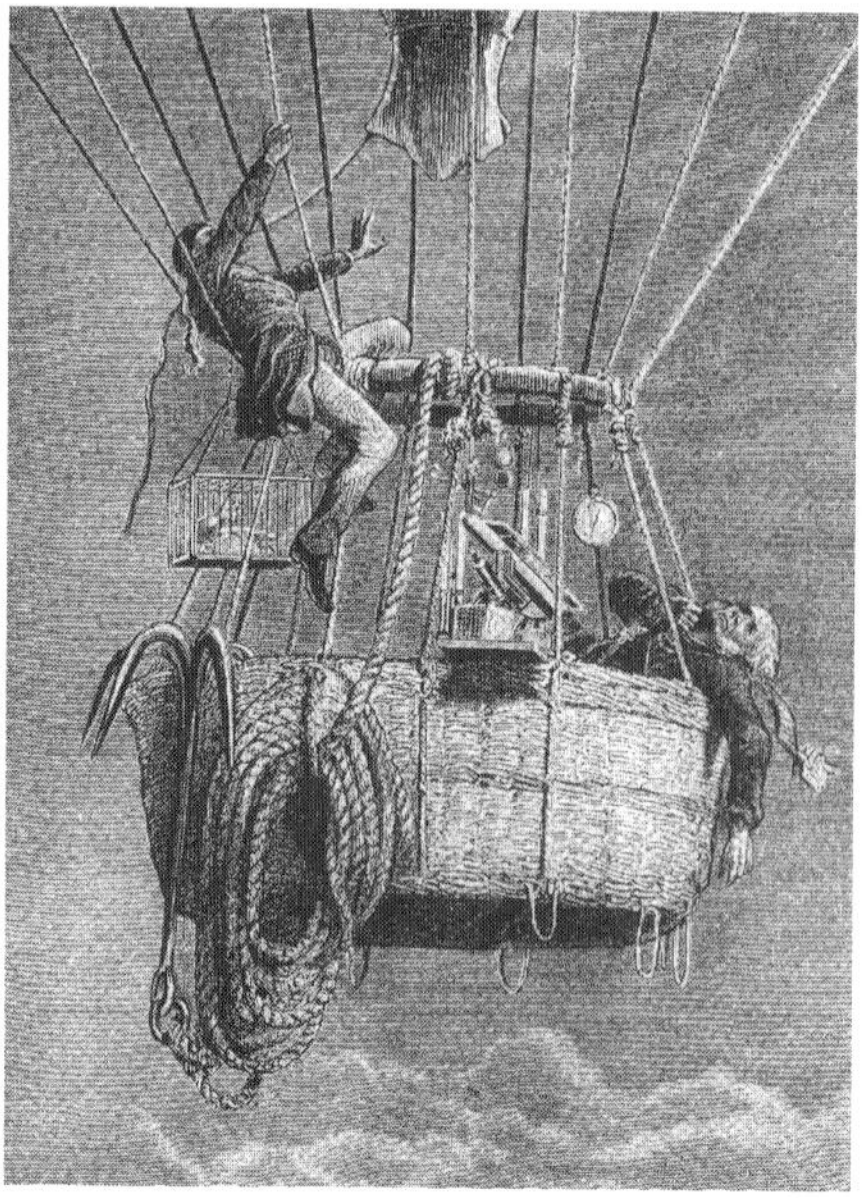

図 11-6 グレーシャーとコックスウェルによる気球飛行(1862)

るだろう。[*16] 一九世紀の前半では「夢譚《ホークス》」として語られていた気球旅行は、同世紀の後半において、いよいよ現実的なものとなっていったのであった。

このほか、イギリスの気象学者ジェームズ・グレーシャーの飛行など、「飛車」(気球)による高空での気象観測なども、図解を添えて紹介されていた。欧米の印刷物の模写であろうが、碇や酸素確認用の鳥カゴなどが、描きこまれている(「飛車測天」一八七四年六月)〔図11-5〕〔図11-6〕。

このように、『中西聞見録』では、気球のことを称するのに〈飛車〉の語が好んで用いられていた。古代の奇肱国によってつくられた飛翔機械を謂う語彙が、近代において実現した飛翔機械の呼称に流用されたのである。

掲載原稿の不足などによって、一八七五年、『中西聞見録』が停刊となると、翌年には、そのあとを継ぐものとして、こんどは上海で『格《かく》致彙編《ちいへん》』という雑誌が創刊された。これを編集、刊行したのは、一八七四年、上海に創設された理科系の専門学校「格知書院」のスタッフたちである。こちらでも気球を紹介する記事がいくつか見られるが、『格致彙編』では、もっぱら「軽気球」ということばが用いられている〔図11－7〕。

不及登舟航海之多計有人一千五百名乘球升至空中者一萬餘次矣所斃者不過十五人况所斃者大半因自不謹慎所招致也
輕氣球之用處甚大假如軍前打仗可以球升空中探敵虛實設或城被賊困又可升球外出傳遞羽書調兵解圍豈不妙哉近年法都爲布兵所困者輙以此法傳送信息西國數處有格致家會集公司考究輕氣球飛車等法欲於空中行動至今尚未得妙法西歷一千八百五十九年有數人乘球上升於二十點鐘內行一千一百五十英里又有一人於四點鐘內行三百英里美國數年前有人欲造極大之球能乘多人想於三四日內能越過大西洋如使造成豈非比極快之船尤快一倍然雖有此舉惜乎尚未成也
去年四月十八日法京有格致家三人一名啼刪低一名西伏一名比呢力此三人已經慣乘氣球是日欲測驗最高處之空氣緊要之事所以攜帶需用之格致器具全套復帶養氣一大袋原因最高之空氣過於稀薄其中養氣不足以養人之呼吸只能吸自帶之養氣故須預備也各事齊畢則縱球上升直達空際至二萬二千九百六十尺高之處爲止而啼刪低見同球兩人面變白色自身體亦軟則將袋中之養氣少吸甫覺漸可其西伏看見氣球停止不動時將所帶砂子放出若干球即上升更快不久啼刪低又覺身體頗軟四肢不得轉動意欲取養氣袋之管少吸養氣而兩手竟不能自主惟眼見之風雨表得悉球已高至二萬六千二百四十尺又欲招呼同球二人看風雨表所記之高數然而口不能言矣且如醉若痴神昏不醒過二十分時忽然稍醒覺球下落甚快視同球之人均各臥到床底氣息奄奄人事不知而自己亦昏沉無覺再數分時似乎有人牽拉其手遙動數次耳邊聽得比呢力云球下落甚

格致彙編　論輕氣球　三　第一年

図11-7　『格致彙編』（1876）に掲載された「論軽気球」

欧米旅行者たちが見た気球

一九世紀の後半には、清王朝外交官などの身分で、あるいは商人として、欧米各国を訪れた中国人が、おもしろい旅行記や日記を、数多く残している。それらのなかには、気球をはじめとする異国の飛翔機械に筆を費やすものが少なくない。*17

清末の著名なジャーナリスト、王韜《おうとう》（一八二八～九七）は、一八六七年から翌年にかけて二年間の欧米滞在における見聞を『漫遊随録』という本に著わした。*18 かれは、パリやロンドンを描写するにあたり、西洋人の科学技術を詳説することに力を注いでいる。『漫遊随録』には、『点石斎画報』にも参加していた絵師、張志瀛《ちょうしえい》による多くの石版画が載せられているのだが、残念なことに気球の絵はない。

気学によって、それぞれの気体の軽重が判明したことにより、気球をつくり、気鐘《きしょう》をつくり、天空に飛んだり、海底に潜ったりし、これらによってものを観察したり、人命を救ったり、山を観察したり、海を探索したりするのである（三四「製造機器」）。

気鐘というのは、水中での作業に用いられていた潜水鐘のことであろう。

一八六八年二月、清朝政府が西欧国家に派遣する、はじめての外交使節三〇名を乗せた船が、上海を出港した。使節団の全権代表は、前アメリカ駐清公使のアンソン・バーリンゲーム（中国名は蒲安臣）である。アメリカ、イギリス、フランス、プロイセン、ロシア等の国ぐにをめぐる三年間の旅がはじまった。使節のなかには、総理《そうり》衙門《がもん》の官吏で海関道の任にあった志剛《しごう》という人物がいた。志剛はのちにこの旅のことを『初使泰西記《しょしたいせいき》』（一八七二）という日誌に綴ることになる。*19

同治八年（一八六九）八月、パリに着いたばかりの志剛は、軽気球のことを「天船」と呼び、パリの空では、いつもこの球形の物体が浮かんでいるのを目にすると証言している。そして「これを船と呼ぶのは、仮にそう呼んでいるのである」とみずからコメントしている。

のちにプロイセンとフランスが戦争となり、パリが包囲されたとき、これを空に飛ばして救援を求めたという。プロイセンの陣営もまたこれを用いて対抗し、銃で気嚢を撃って落としたのである。このような空中での戦闘は、小説のなかの神怪たちがやることと同じであり、千古にわたって、戦陣兵法の思いもよらなかったものではないか（三二四頁）。

ここでいっている「神怪」というのは、『西遊記』や『封神演義』といった小説に登場する、天空に舞って戦いを繰りひろげる、神仙や妖怪たちのことである。清末人が西欧の驚異的な科学技術を描写するときには、しばしばこのように、古典小説に描かれる神仙や妖怪たちの戦いが連想されているようだ。

志剛が、パリの空に「いつも浮かんでいるのを目にする」といっている気球を、かれみずからは描いてはいない。これは一九世紀末のパリの空に浮かんでいた軽気球の写真だが、中国の外交官たちもこのような風景を見ていたのであろう〔図11－8〕。

バーリンゲームの使節団員のひとりであった張徳彝《ちょうとくい》（一八四七～一九一八）は、一八七〇年から一年間、フランスに外交官として滞在し、『随使法国記』を著わしているが、一八七一年四月九日には次のように書いている。*20

図 11-8　パリの空に気球は浮かぶ

ドイツ軍がパリを包囲した際に、町なかを流れるセーヌ河の両岸にそれぞれ気球会社を設けて、これに乗って出入りしては敵の軍情を探り、救援を求めたりするのに用いていた。気球は空高く登って俯瞰《ふかん》することができるからである。現在つくられているものは、少なくとも六〇丈の高さまで登り、写真機で敵陣を撮影すれば、陣形をありありと写すことができる。もし電線をもち込み、望遠鏡ですべて俯瞰すれば、見たままに報告することができ、情報はきわめて速やかなものとなる。小説家は「雲に騰《の》り霧に駕《の》る」と書いているが、その神奇なること、おおかたこんなものであろう（四四九頁）。

ここでいう「小説家」というのもまた、荒唐無稽な神怪小説のたぐいを書くものたちのことであろう。かれもまた、気球による新しい時代の戦争形態を、通俗小説の表現を借りて描写している。

地にもぐり、天にのぼり

清朝で最初のヨーロッパ大使として知られる郭嵩燾《かくすうとう》（一八一八～九一）は、一八七八年の六月二五日、パリ市長の案内のもと、外交官の李丹崖《りたんがい》や留学生の厳復《げんぷく》らと連れ立って、市内の下水道を見学した。かれらはそのあと、ルーブル博物館の広場に行き、新型気球を目撃している。水素ガスで満たされた直径三六メートルの気嚢の下に吊るされたゴンドラは五〇人が乗れるというものであった。おそらく解説者がいたのであろう、郭は、水素を発生させる仕組みや、気嚢の構造などの説明に筆を惜しんでいないが、その日の『倫敦《ロンドン》および巴黎《パリ》日記』は、次のようなことばで結ばれている[*21]。

きょうは、ふたつのことをした。ひとつは地にもぐったこと。いまひとつは天にのぼったこと。これまた一奇なり（六六六頁）。

このように綴っていたときの郭嵩燾の脳裏には、かつてその目を通過したであろう、中国古代の地底譚や飛翔譚が去来していたに相違ない。

3　気球で月へは行けません

英仏での三年間の勤めを終えた郭嵩燾は、光緒五年（一八七九）の二月、フランス船アナディル号の上で、帰国の途にあった。船上でかれが読みふけった六冊の本のなかに、ジュール・ヴェルヌの作品と思われるものがある。郭は「衛爾恩《ヴェルヌ》の本が一冊。『繞地球遊記』というものだ」と書いている。これは『八十日間世界一周』（一八七三）であろうか。郭はさらに、ヴェルヌの作品を二冊紹介している。『新式炮弾』と『新奇遊記』だ。前者については、「毎秒一万里も飛ぶ砲弾で、九七時間を費やして月に突入する」と説明されているから、『地球から月へ』（一八六五）であろう。『新奇遊記』のほうは「地球の中心にむけてもぐりこむ」とあるから、『地底旅行』（一八六四）であることは明らかだ。郭はさらに「海底に潜って地球を一周するはなし」があることも、いい添えている（九二二頁）。いうまでもなく『海底二万リーグ』（一八七〇）であろう。

中国におけるヴェルヌの正式な翻訳紹介は、一九〇〇年以降のことになるから、郭嵩燾は、中国における、かなり早い時期の、熱心なヴェルヌの読者であるということになろうか。

その郭嵩燾の随行員としてヨーロッパを遍歴した外交官の黎庶昌《れいしょしょう》（一八三七~九六）は、『西洋雑誌』（一九〇〇）を著わしている[*22]。そのなかで、一八七八年におこなわれた第三回パリ万博の様子を描写する際に、「軽気球」という一節を設けて、これを詳細に説明している。

昨年、パリ万国博覧会の際に、巨大な気球が展示されたが、私は見に行けなかった。会が終わってから、英国がこれを購入しようとしたと聞く。北極探検に用いるのだそうだ。価格は六万フランであるということである。はなしがまとまっても、金が支払われないので、ふたたびフランス人が取りもどして、旧王宮のなかに置かれた。日曜日ごとに観光客を乗せて浮遊している。私も、みんなと一緒に乗ってみたことがある。球の下には、大きな円形の木の箱が吊るされ、鉄柵で保護されている。このなかに立って乗ると、五〇人は入る。中心は空いていて、腕のように太い麻縄が下に垂れて係留されている。その長さは五〇〇メートルで、二〇トンの力に耐えられる。

　これに乗らんとするものは、一〇フランの切符を買う。上昇して空中にあること五分間、あるものが赤い旗を掲げて何度か振ると、ゆっくり下降していく。上昇するときには、わずかに身中が熱くなるのを覚える。もしも風があれば、めまいがするだろう。気球を操縦するものは、計器によって水素の様子を見、もし張りすぎれば小さなロープを引いてこれを外部に排出する。降りると、みんなは直径一寸の銅メダルを一枚受け取る。その表面には気球の形が鋳造してあり、精緻を極めている。これを記念品とするのだ（四八六～四八七頁）。

パリを訪れた中国人による記録のほとんどが、この観光用気球に乗ったことを喜々として綴っているようだ。

白熱する気球論議

イギリス、フランス、イタリア、ベルギーの四か国をまわり、『出使英法義比四国日記』を書いた薛福成《せつふくせい》（一八三八～九四）は、ことさらに気球とその類似品に言及している。[*23]

　フランス人が気球の製造に専念しているのは、戦場で用いるためなのである。敵味方が対峙した場合、気球に乗って高みに昇り、敵陣の虚実を俯瞰して、テレフォンによって下に伝えることができる。いまフランス軍では二人の技術者がいつも気球に乗っていて、一万五〇〇〇尺の高さまで昇ることができるのである（五四〇頁）。

さらに、戦争の形態が変化するであろうことを主張し、その具体例として、鉄道の利用、電灯の利用、火器の発達に加えて、軽気球の発達をも挙げている。

しかしながら、現在用いられている気球は、あいかわらずロープにつながれて放つだけであり、なおまだ進化してはいない。近年フランスでは、電気機器の研究をさらに進めているから、将来は、船型の気球をつくることができるかもしれない。風に乗り、また風に逆らい、あるいはまた横風を利用して前進の速度をあげるようなものとなれば、これで包囲を解いたり、陣地との通信に用いたり、その益するところはたいへん大きい（六〇五～六〇六頁）。

いままた〈飛天機器〉をつくっている。それは兵卒と爆弾をのせて空中を飛び、空のなかばにいたって、爆弾を敵陣に投下することができる。この機械には、二枚の大きな翼があり、まるで飛ぶ鳥の翼のようである。これが空中を行き来して、進むも留まるも自由なのである。（中略）嗚呼《ああ》、殺人のための機械はますます発達していき、生けるものの受ける苦痛は極まるところを知らないのだ（六一九頁）。

これは飛行船のアイデアを紹介したものであろうか。空襲という新たな戦争の方法がもたらされるであろうことを伝えている。かれはまた、ドイツの巨大気球の製造についても触れている（七五〇頁）。

気球で月へは行けません

さらに薛福成は、気球どころか、月世界旅行についても、次のようなおもしろい意見を述べているのだ。

ある人がたわむれに、私にこうたずねたものだ。

「西洋人は、汽船や汽車、そして電線をつくって、天工を奪い、とうとう五大陸をひとつにつなげてしまった。明以前の中国人は、欧米諸大陸のほかにも、大きな世界があることを知っていたであろうか？ いま人間は、地球をすでに探検し尽くした。しかし、智恵や発明は、日に日に新たになり、科学技術は日に日に精緻になっていく。たとえば軽気球のたぐいは、いっそうその使い道が開拓され、しだいに完璧なものになっていくだろう。おそらく数千年ののちには、かならずや造化の妙を極めつくし、人間の想像もつかないものになっているのではないか？ また、他の惑星もまた地球のような星であるが、われらの地球とはあまりに遠く隔たっているので、人の力では到達することができない。ただ、月は、地球とけっこう近い。われわれ地球人は、きっと月を訪れて、かれらと通商をする日が来るのではないだろうか？」

私は答えた。

「西洋人が、天工を奪うために頼みとするものは、おおむね水・火・風・電の力である。ところが宇宙空間となると、水・火・風・電は、いずれも存在しない。ただ、太陽の光は、もしかしたら利用することができるかもしれない。だが、光の力は、水・火・風・電の力の大きさには、おそらくおよばないだろう。また、軽気球に乗った西洋人によれば、四〇里（二〇キロメートル）の高度を超えると鼻から血が出て、しだいに目眩《めまい》がし、気絶してしまうという。人間は、空気無しでは一刻たりとも生きてはいけないからだ。大地からさらに遠ざかれば、地上を覆う清明なる気は、だんだんと希薄になり、しまいには無くなってしまう。月は地球から近いとはいえ、なおまだ六九万四〇〇〇里の彼方にある。人間が、どうして六九万里もの空気の無い空間を飛んでわたることができるだろう？ だから、将来、地球上で巨大な島が発見されることは、じゅうぶん考えられても、月との通商のことは、私は知る由もない」（五〇六〜五〇七頁）。

真摯な中国人外交官が、このような議論を進めているのを尻目にして、軽気球による月旅行譚としては、すでにエドガー・アラン・ポオによって「ハンス・プファアルの無類の冒険」（一八三五）が書かれていた。[*24]

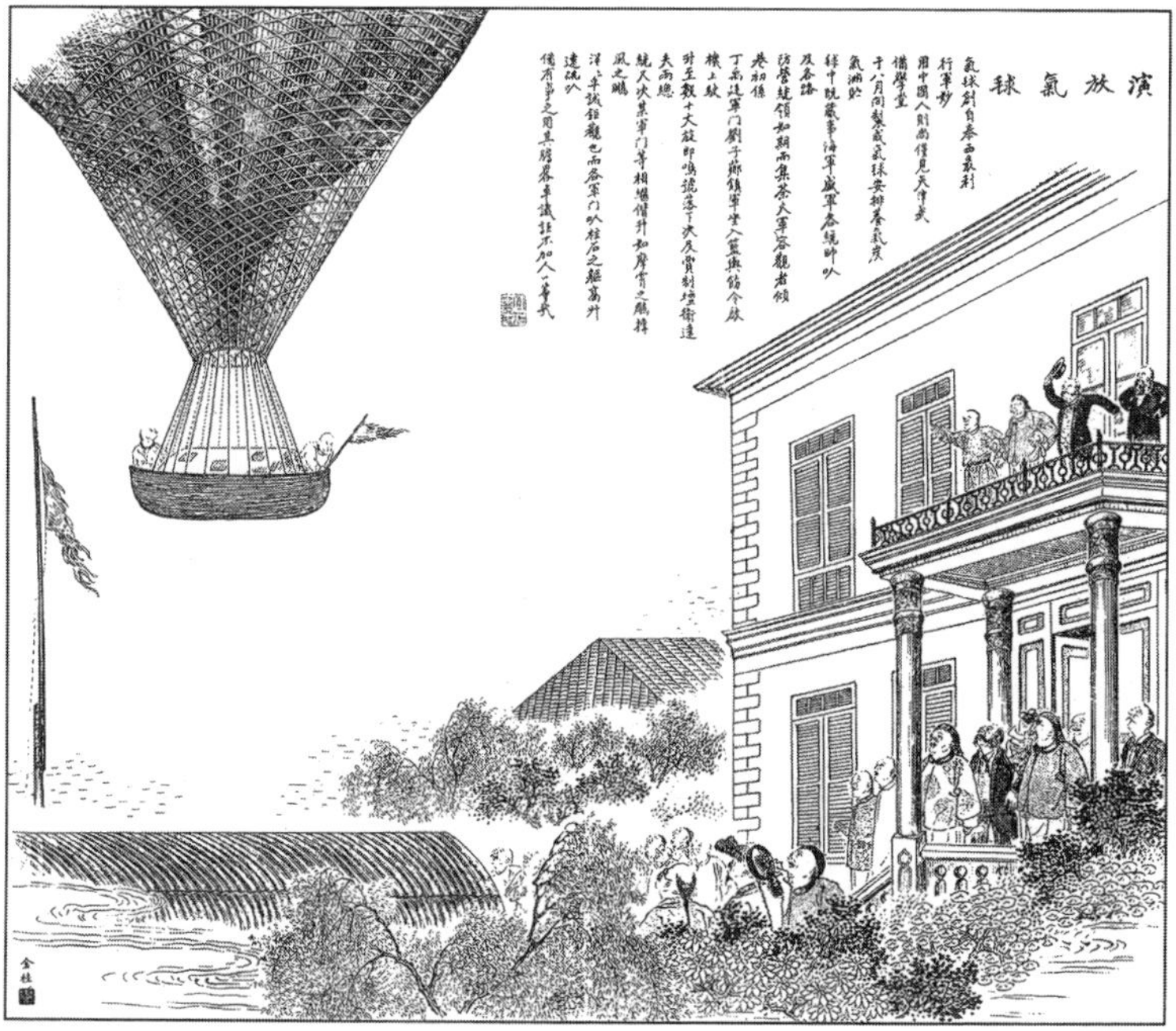

図 11-9　「演放気毬」（清末『点石斎画報』・金蟾香）

4　気球のある風景

気球はどのように描かれたか

気球がどのような「すがた・かたち」で人びとの脳裏に焼き付けられたかを見るために、一九世紀末期の絵入り新聞『点石斎画報』を見てみよう。ここには、気球の飛翔に関するおびただしい記事が掲載されているのだが、この時期になると、さすがに気球そのものの珍しさによる報道というものは成り立たなくなるようだ。新式の気球であるとか、気球の事故であるとか、なんらかの目新しい事件が伴わなければ、もはやニュースにはならなかった。

この絵は、一八八九年八月に、天津の武備学堂でおこなわれた、初の国産軽気球による飛行実験の様子を描いたものである〔図11-9〕。

図 11-10　水素気球を製作した華蘅芳

武備学堂にあった気球は、一八八七年の四月、フランス軍が用済みになったものを購入した二機で、ひとつは一〇人を乗せることができた。気球とともに天津にやってきたフランス人の気球飛行士は、九月まで、学生や教員に気球の歴史と技術と操縦方法を教授した。また、ちょうどそのころ、天津武備学堂で教鞭をとっていた上海江南製造局の技術者、華蘅芳《かこうほう》は、みずからの手で直径五尺の気球と水素ガスを製造し、中国人の手によるはじめての気球上昇実験を成功させたという。いっぽう、気球の修理を依頼されたものの、仕事を怠りつづけていたドイツ人教師がいたが、華蘅芳らの成功を目のあたりにして、中国にも能力のある人間がいることを悟り、やっと修理をはじめたという、愛国的なエピソードも伝えられている*25〔図11-10〕。

『点石斎画報』に描かれたシーンは、もとより絵師の空想によるものだろう。文字テクストによれば、演習には、多くの軍の幹部たちも参加していたという。精緻に描きこまれた軽気球は、その下半分のみを描くことで、その巨大さが強調される。気球は幹部たちを乗せて、上昇と下降を繰り返した。最初にゴンドラに乗り込んだのは、丁禹廷《ていうてい》軍門であったと記されている。かれは、のちに北洋艦隊提督として日本の連合艦隊と砲火を交えることになる、丁汝昌《ていじょしょう》そのひとである。

地上から気球を見あげる軍幹部たちのなかには、双眼鏡を手にしているものもある。記事は、気球の飛翔を「天にとどかんばかりの鷹、風を搏《う》たんとする鵬《おおとり》のごとく、さえぎるものとてなく、まことに壮観であった」と形容し、清朝の将軍たちの有事への備えは、まことにあっぱれなものであると賞賛している。

兵器としての気球への関心は、この時代、いたるところに濃厚にあらわれているようだ。「気球で敵を撃破する」（気球破敵）と題されたものは、八五〇〇ポンド（四トン弱）のものを搭載しうる新型気球が発明されたことを図解している〔図11‐11〕。また、『中西聞見録』にも書かれていたような、ゴンドラの部分を船にして、海中に落下した際に、そのまま船として航行できる軍用気球なども、新式気球の登場として図解されている〔図11‐12〕。さらに、軍事利用ではないが、水中で気球をふくらませることで、沈没船や海中の岩などを引きあげ

図 11‐11　「気球破敵」（清末『点石斎画報』・朱儒賢）

図 11‐12　「新様気球」（清末『点石斎画報』・呉友如）

図 11-13　「気球妙用」（清末『点石斎画報』・張志瀛）

る方法も紹介されていた〔図11－13〕。

こうして清朝末年の中国人の眼球《めだま》は、気球をそれほど新奇なものとも感じなくなっていたことだろう。気球の絵や、実物そのものが、わりと容易に目に飛び込んでくるようになり、要するに見慣れてきたのである。

上海の気球乗り

一七九七年には、アンドレ＝ジャック・ガルヌランが、気球で上昇してからパラシュート降下をおこなっている。のちに気球で昇ってパラシュートで降下するという見世物が流行するが、その先駆《はしり》であろうか。

この種のパラシュート降下でも、もっとも有名であったのは、世界各地で勇名をとどろかせていた、イギリス人のパラシュート芸人、パーシヴァル・スペンサーであった。『点石斎画報』の主要な絵師であった呉友如は、べつの画報のなかで、かれが気球をあげる場面をみごとな筆致で描いている〔図11－14〕。

スペンサーは、中国でもしばしばパフォーマンスをおこなっていたが、光緒二三年（一八九七）、香港に来た際には、気球がいきなり張り裂けてしまい、パラシュートが半開きのままで着地した。幸いなことに、スペンサーは左足を折っただけで、命に別状はなかったとのことだ。

この事件もまた『点石斎画報』に報じられている〔図11－15〕。パラシュートなるものをじかに見たことのない絵師は、それがいかなる形状のものなのかを正確には理解していなかったため、おそらく途方に暮れたであろう。そこで、与えられた文字情報に見えるパラシュートの訳語である〈傘《さん》〉という漢字から類推し、雨傘を描いて、ことたれりとしたわけである。

図11-14 「履険如夷」（清末『飛影閣画報』・呉友如）

図11-15 「球升忽裂」（清末『点石斎画報』・符艮心）

ちなみにスペンサーは、明治二三年（一八九〇）の一一月から一二月にかけて、日本でもその曲芸を披露している。

中国の現代の作家に、鄭逸梅《ていいつばい》（一八九五～一九九二）というひとがいる。おそらく日本ではほとんど知られていないだろうが、二〇世紀の通俗文学とジャーナリズムの世界で大活躍したひとだ。特にエッセイの能手で知られ、雑誌の編集でも敏腕をふるった。「補白《ほはく》」とは、雑誌などをレイアウトする過程で空白となったスペースを埋めるべく書かれた短い文章のことだが、人呼んで「補白大王」とは、この鄭逸梅のことである。鄭逸梅の書くものには、往時の文人にまつわる瑣事などが多く、まさしく伝統的な文人筆記の書き手であった。

姜長英の『中国航空史料』には、その鄭逸梅が一九六一年に著者に提供してくれた情報であるとことわりながら、次のようなはなしが紹介されている。

軽気球が上海に来たのは、およそ光緒二七、八年（一九〇一、二）のころであった。上海の味蓴園《みじゅんえん》（俗称は張家花園）の広場において、実験がおこなわれた。見物のチケットは一元であった。ひとりの西洋人がゴンドラに乗って、気球とともに昇っていった。園外にも、見物人は、おしあいへしあいしていた。気球が高く昇ると、チケットを買って入場しなくても、十分に目を楽しませることができたからである。いちばん高いところまで昇りつめ、一、二時間ほど風に揺られていると、ゴンドラのなかの西洋人は、気球の一端を少しほどいた。なかの気体が漏れだすと、気球はそのまま下降していった。その人は、パラシュートを開いた。また救命胴衣を身に付けて、ゆっくりと降りていった。救命胴衣をつけるのは、黄浦江《こうほこう》に落ちた場合を考慮したのである。いずれの国から来たものかは知らないが、わたしは幼いときに、これをこの目で見たのであった。*26

一九世紀末の中国でおこなわれた、西洋人のパラシュートを用いたアクロバットの様子を、当時の絵入り新聞が描いてニュースにしたものが、いくつか残っている。

そのひとつは、上海、楊樹浦《ようじゅほ》の大花園《だいかえん》でおこなわれたものだ〔図11−16〕。落下予定地点に人がいると危険なので、見物人には、あらかじめ注意がなされていたのだが、ひとりの観客が逃げおくれて、落ちてきた気球の下敷きになってしまったとのことが、文字テクストには書かれている。

図11−16 「気毬奇観」（清末『点石斎画報』・金蟾香）

『点石斎画報』の気球にまつわる報道の多くが、気球からパラシュートで降下する曲芸のトラブルに関するものである。スペンサーのニュースは、香港の気球破裂事件だけでなく、パリで興行したときに風に吹かれて不時着した事件もニュースになっている。[*27] また、この種の曲芸が金になるというので、スペンサーの亜流があとからあとから出現し、かれらのなかには、墜落したり、火災を起こして命を落とすものもあったことを、好んで報道している。気球の話題は、しだいにこうした人身事故にかぎられていくのであった。[*28]

気球猟奇事件？

ちょっと毛色の変わったものとして、フランスで起きた猟奇的事件のことが紹介されている。パ

図11-17　「牋戸類誌1」（清末『点石斎画報』・金蟾香）

リの郊外に住むあるフランス人が、部屋のなかで、首無しの死体として発見された。手に握られていた手紙には、これが自殺であることがほのめかされていた。

　数日後、そこから二〇〇里も離れた村で、木に生首が引っかかっているのが発見された。調べてみたところ、それはまさしく自殺者の首であった。仔細に調査した結果、男の不可思議な自殺の方法が判明した。男はみずから首を断つ前に、首を窓の外に浮かぶ軽気球に結んでおき、また窓の取っ手を、みずからの足に紐で結んでおいた。首が切断されるや、たおれる体の重さで窓は閉ざされ、係留を断たれた軽気球は、風に乗って首を運んでいったというのである〔図11-17〕。

戦争画のなかの気球

　一八八四年、劉永福《りゅうえいふく》ひきいる黒旗軍と、フランスのシャルル・テオドール・ミローひきいるフランス軍の戦いにおける、劉将軍の「大勝利」を描いた版画では、遠景に軽気球が描きこまれ、それが戦陣を探り、攻撃をしたことが記されている〔図11-18〕。

　これと似たような構図の図版が、フランスにもある。こちらは、一七九四年、共和政フランス軍とオーストリ

図 11-18 「劉軍大勝法軍」

図 11-19 「フルーリュスの戦い」と気球

図 11-20 「日独青島争奪戦」 河北省武強の版画

ア軍が戦った「フルーリュスの戦い」を描いた、一九世紀の版画である。これは、最初に軽気球が使用された戦闘であるともいわれていて、フルーリュスの戦いを描いた絵画には、しばしばその遠景に軽気球が描きこまれている〔図11－19〕。かくして中国においても、戦争画の背景に気球が描きこまれる時代になったのであった。ちなみに、一九一四年の日本とドイツによる「青島《チンタオ》の戦い」は、日本が飛行機を投入した最初の戦いであったが、これを描いた中国の版画では、画面上部に、両軍の飛行機が描きこまれている〔図11－20〕。

気球を蹴っとばせ！

清末の木版画《十美踢球図《じゅうびてききゅうず》》は、鞠《まり》を蹴って遊ぶ「十美」すなわち一〇人の美女と、子どもたちを描いているものだ〔図11－21〕。

美女たちは、どこか江南地方にある妓楼の評判娘たちといったところだが、中央にならぶ三人娘は、それぞれ躍動感のある格好で、飾りつけられた三個の「球《まり》」を蹴り上げている。ここで「踢球」と呼ばれている鞠蹴りは、戦国時代の文献にも見られる遊戯で、「踢鞠《てききく》」「蹴鞠《しゅうきく》」などとも呼ばれていた。宋代を舞台にした明代の小説『水滸伝』の悪役高俅《こうきゅう》は、「蹴鞠」の名人であるとされる。

図 11-21 《十美踢球図》蘇州の木版画

この版画のなかほどには、おもしろいことに、ロープで係留された軽気球の模型が描かれている。ロープは、三人娘の左端の子の背後に隠れている台車のようなものから伸びていて、気嚢には「氣球」の二文字と「ＨＯＰ」のような英字が描きこまれていている。

「美女と飛翔機械」のモチーフは、ユーラシアの東の果てでも、こうしてきちんと図像化されていたらしい。いうまでもなく「気球」は、彼女たちが蹴りあげているものと同じ、「球」に属するものだ。少年的感性が西欧の気球の科学をつづり、政治を論じ、あるべき時代のヴィジョンを、気球に託して飛翔させていた。それとときを同じくして、少女的感性は、それはそれでぶっ翔んでいて、このように、球を蹴っとばして遊んでいたのである。どちらの飛翔計画が、より強引に中国を変えていったのか。それは、いまもって明言できないままである。

バーバラ・Ｍ・スタフォードの『実体への旅』は、「一七六〇年－一八四〇年における美術、科学、自然と絵入り旅行記」というサブタイトルをもつ大著であるが、その随所で言及されているのが、高所という開かれた空間において、大気《アトモスフィア》にいだかれた気球乗りたちがせまられた、視覚や世界観の刷新であった。中国人の多くは、気球による空中探検ではなく、おそらくは観光用の気球に登場することで、またその体験記を読むことで、眼玉の刷新を追体験したのではないだろうか。*29

気球の飛翔は、列子の風に乗る術に代表される、カラッポ性をエネルギーとする飛翔力学を得意とする中国人にとっては、まさにこの術を、修行をへていない、体重過多の俗人にまで普及させるための装置であり、いわば「列子ごっこ・仙人ごっこ」に興じるための、恰好のおもちゃと見えたのかもしれない。あるいはまた、気球は、凧あげの大好きな中国人が、次に見いだした、天の気に触れるための装置でもあったろうか。

第十二夜

船もおだてりゃ空を飛ぶ

1　天翔るオーニソプター

電気じかけの羽ばたき飛行船《オーニソプター》

そのヨーロッパ滞在中の日記を読ませていただいた、外交官の薛福成《せつふくせい》はまた、『出使英法義比四国日記』の光緒一六年（一八九〇）六月一一日の日記で、イギリス人とアメリカ人が会社を結成し、二万ポンドの資金を集め、水陸空のいずこでも運行ができる〈船〉をつくろうとしているとのニュースを紹介している。

この船は、たった二名で操縦できるもので、その船底は西洋の船と同じ形式である。船体はアルミニウム合金のたぐいからつくられるが、それは、軽くて丈夫、かつコストのかからないものが必要だからである。船の両側には、気球で使われる落下傘のような、二枚の翼が張られ、不測の事態に備えている。翼端には汽船のスクリューのようなプロペラが取りつけられ、上昇も下降も自在である。船の先端にはエンジンがあり、進退をコントロールする。船尾には舵があって、前後をコントロールする。さらに小さな舵があり、これで左右をコントロールする。（中略）発電機が置かれて電気を発生させ、船の機器や舵はすべて電気によっ

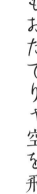

て駆動させる。（中略）長年のあいだ研究が重ねられてきたが、いまはアルミニウムを探しているところで、もしこれがうまくいけば、最大の問題は解決することになる。そのほか新しいところは、軽いことと、電力を人によってコントロールできることである。第一号が竣工したあかつきには、まず友人たちを誘って試運転をおこない、そののち太平洋で就航させ、五日で世界を一周する。その後は陸続と製造する予定で、六〇日で一艘が完成する。――と、新聞には書いてあった。（中略）精緻に研究を進め、力を合わせて運営をすれば、奇肱氏の飛車が雲に乗り、風に御する日は、かならずやってくるだろう。それは百年後だろうか、それとも数百年後だろうか（一六九〜一七〇頁）。

ここに書かれている「五日で世界を一周」とか「六〇日で一艘が完成」などの、いやに具体的な数字を、どこかで読んだことがあると思ったら、それは、呉友如が描いた一枚の絵に付せられた文字説明であった。『点石斎画報』の看板絵師であった呉友如が、『点石斎画報』をやめてから刊行した画報『飛影閣画報』の一八九一年一月の号に掲載された、「天上を舟がゆく」（天上行舟）と題するものが、それである。薛福成と同じころに描かれたこの絵の文字テクストを読んでみよう。

「陸を行くには車が宜《よろ》しい。水を行くには舟が宜しい」というが、巧みにも、火力をもって人力に代え〈火輪車〉〈火輪船〉をつくった。さらにまた、火力を電力に替えて〈電気車〉をつくったが、その速さは火力の二倍にもなったし、爆発の危険もなくなった。外国の各都市では、すでにこれを実行しているところもある。

だが、船となると、あいかわらず石炭を用い、火力に頼るばかりだ。そこで西洋人は、気球の方法を援用して〈気船〉をこしらえ、天空を航行させることにした。さながら泰山の雲のように、天《あま》が下いずこへも行

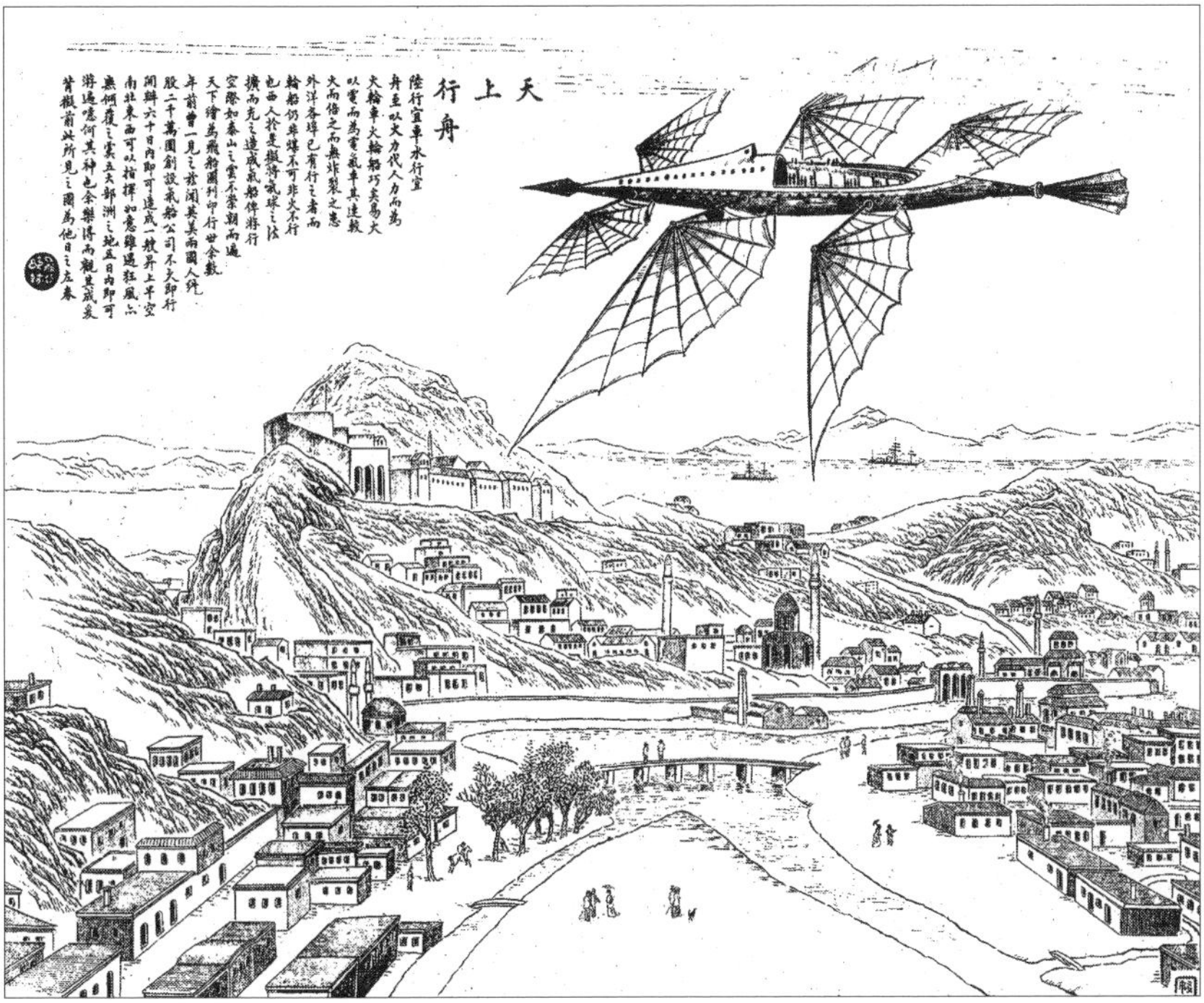

図12-1　「天上行舟」（清末『飛影閣画報』・呉友如）

けるというもの。これを描いて飛船図と題し、印刷して世間にひろめたものだが、余は、数年前にこれを目にしたことがある。

いま、イギリスとアメリカの両国人が二千万元を集めて気船会社を創設し、ほどなくして営業をはじめると聞く。六〇日で一艘を製造することができ、天空に昇り、南北東西、思うがままに進むことができる。たとえ強風に遇《あ》おうとも、転覆する心配はない。五大陸も五日以内ですべて遊歴できるのだ。ああ、どれほどすばらしいのであろうか！　余はその完成を目にしたいものである。ここに、以前目にした図を再現して、その日のための証拠としよう〔図12－1〕。

『荘子』の「天運篇」には「水を行く

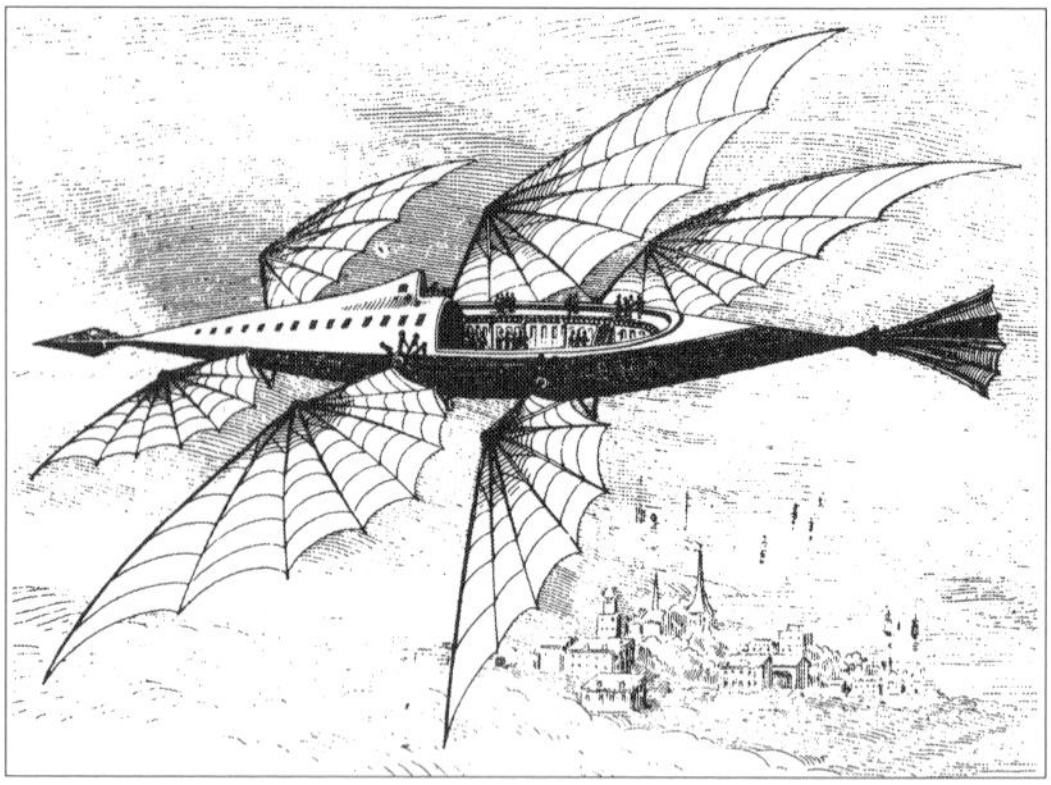

図12-2 「エジソンの飛行船」と誤伝された巨大飛翔機械

には舟を用うるに如《し》くはなく、陸を行くに車を用うるに如くはなし」ということばがあるが、冒頭に見える文言は、これをいい換えたものである。このようなニュース報道の文章でも、テクストの綴り手は、膨大な古典の蓄積から、もっとも有効と思われる文言を引用するのだ。〈火輪車〉と〈火輪船〉は原文のままだが、それぞれ蒸気機関で動く車と船のことである。蒸気機関車が、電車に取って代わられつつあることにも触れているが、一八九一年ころには、すでにドイツ、フランス、イギリスなどでは営業運転がはじまっていた。

呉友如の描く巨大な羽ばたき飛行船《オーニソプター》の絵は、なかなかセンスのいいデザインで、さすがは呉友如と賛嘆したいところだが、呉友如本人も正直に表明しているように、これは、かれのオリジナルではなく、欧米の雑誌に載せられた図版を模写したものなのである。

呉友如が模した飛行船のデザインは、あの発明王トーマス・アルヴァ・エジソンが構想したものであると、まことしやかに伝えられ、世界を席捲した図版なのであった。だが、そのような事実はなく、エジソンの飛翔機械に対するアイデアが、かなり誇張、歪曲されて伝わったもののようだ〔図12－2〕。*1

文中、とりあえず「図を再現して」と訳しておいたところは、原文では「背擬」という語彙を使っている。これは「黙写」などとも呼ばれるが、絵画であれば、それを見た印象をたよりにして描きだすことで、「臨摹」「模写」とは異なる。だが、背景はともかく、飛行船については、どう見てもこれは「印象」などではなく、克明にして緻密な模写《コピー》にほかならない。あえて「背擬」と書いているのは、呉友如なりのレトリックであろう。

図12-3　ロンドンの水晶宮《クリスタル・パレス》で開催された世界初の航空博覧会（1868）

薛福成も呉友如も、それがエジソンの十八番《おはこ》である「電気」じかけであることを強調している。時代は、電気という新しいエネルギーの可能性を予感する段階に入っていた。その文学作品における表現については、次章で紹介しよう。

たとえこの図版が、デマや都市伝説の産物であったとしても、それじしん秀逸なデザインであることには変わりない。ちなみに、同時代にアイデアとして提案されていた飛翔機械のデザインは、やはり鳥のように飛びたいという原初の欲望が反映された、オーニソプターが多くを占めていたようだ。一八六八年に、ロンドンの水晶宮《クリスタル・パレス》で開催された世界初の航空博覧会を描いた絵を見ると、それが実際に飛びうるのかどうかはさておいて、展示品にはオーニソプター・タイプのものが散見される〔図12-3〕。

2　人生いたるところ飛翔機械あり

流れ込む異国のニュース

清朝末期、一九世紀の最後の二〇年くらいから、画報などのメディアをとおして提供された、天空をゆく飛翔機械の絵姿は、これにとどまらなかった。前章で見たような気球につづいて、さらに進化したさまざまな飛翔機械にまつわる虚実ないまぜの情報が、この東洋の大国にも怒濤のごとく押し寄せていたのである。本章では、清末の人びとが、新たな時代の「飛車」を、『点石斎画報』などの画報を媒介として幻視してきた図像の数々を、かれらとともに眺めるための展覧会を開催したい。

『点石斎画報』には、さきほどのエジソンの飛行船を紹介したものと同じタイトルの絵が掲載されている。

「天上を舟がゆく」

いまや世界では、水の上には〈火輪船〉が走り、陸の上には〈火輪車〉が走り、いずれも瞬時のうちに千里を行くという、そのスピードはまるで飛ぶようである。だが、遠距離を移動できるものの、空に昇ることはできない。高みに昇ることができるのは気球くらいだが、気球は風船をふくらませて上昇するだけで、異とするには足りない。そこで、智慧をしぼり、技術の粋を集めて、〈気船〉というものを製造した。これで「長風に乗り万里の波を破らん」とうたった宗愨（南朝宋の人）の心意気で、「列子が風に御す」の挙に倣（なら）ったわけである。気船が空に昇ったとき、西洋人が望遠鏡で眺めたところ、それは天の果てに迫り、絶域にまで飛び、大空に羽ばたく鵬《おおとり》、雲をも凌ぐ鶴さながら、まさに天工を奪ういきおいであったという。あの周饒国の飛車も、てがらを独り占めにはできないだろう〔図12‐4〕。

文字テクストにも、呉友如のものと類似した表現が見られるが、両者はほぼ同じ時期のものであり、絵師の張志瀛も呉友如と近しい人物なので、なんらかの影響関係があったのかもしれない。

この記事が、実際どのような飛翔機械の実験を伝えようとしているのか、明らかではない。ここで用いられている〈気船〉という新たな造語は、〈気球〉を発展させた、しかしもはや〈球〉ではなく、船の形をした飛翔機械という意味であろうか。絵師は、近代的な艤装をほどこした〈船〉が、高空に浮遊するありさまを描いて、ことたれりとしているのだが、画面のかたすみに小さく描きこまれた〈気船〉は、それが航行している高度を伝えるという点では、成功しているといえるだろう。地表から見あげたり、双眼鏡で望見する人びとの高みへの視線も効果的である。

図12-4 「天上行舟」(清末『点石斎画報』・張志瀛)

とはいえ、実体の把握できない記事を書かされた記者は、ことさらに中国の古典から、飛翔にまつわる語句を引用することで、なんとかやりすごそうとしているようだ。「長風に乗り万里の波を破らん」とは、南朝宋の詩人宗慤《そうかく》が幼いときに、叔父から将来の希望をたずねられて、そう答えたと伝えられる文言だ（『宋書』巻七六「宗慤列伝」）。飛車が周饒国のものであるとの認識も、書き手があの『鏡花縁』によってもたらされた知識の円環にとりこまれていたことを物語っている。

次にかかげる「すばらしいつくりの飛車」（妙製飛車）もまた、似たような修辞を駆使している。

西洋人は機械工学に長けていて、比類なき、すばらしい発明を、いつもしている。ちかごろでは、〈火輪船〉や〈火輪車〉などは、珍しくもなんともなくなっている。

昨年、ある西洋人が天空を航行する船を完成させ、未曾有のことだと、だれもが感嘆したものだが、機械工学は日に日に進歩するもので、さらに不思議なものが発明されたという。

フランス技芸院の顚路畢《ディエンルピー》というフランス人、その知恵と技術は群を抜いていて、発明品は、いつもすばらしいものばかりであった。最近また、その独得の研究によって、ある種の〈飛車〉を発明した。これは宙に浮いて飛ぶように走るもので、車の形は扇に似ている。上部と左右は板におおわれていて、内部には機械が設けてある。後方には舵がひとつあり、天空に昇るには、まず上部の輪を動かすことで、車はしだいに上昇する。さらに、操縦席のかたわらにある装置と座席後部の舵を、力を入れて操作することで、東西南北、いずれも思うがままに移動できる。それに乗るものは、飄々として天に接し、雲に入ったような気持ちになる。「列子が風に御して飛んだ」のにくらべても負けないくらい、「冷然として善《よ》し」である。

稗史《はいし》には、僬僥国《しょうぎょう》は飛車をつくって空中を行き来したと書かれている。むかしはこれを荒唐無稽なことと疑ったものだが、いまこのニュースを聞くに、このフランス人は、ひとりその技術を伝えるものなのかも

図12-5 「妙製飛車」（清末『点石斎画報』・金蟾香）

しれない〔図12－5〕。

「稗史」とは、通俗的な歴史読み物、小説のたぐいのことだが、これもまた清末における『鏡花縁』がつくりなした知の円環の大きさを示している。

この記事もまた、いかなる事実を反映しているものか、よくわからないのだが、「顛路畢《ディエンルピー》」(dian-lu-bi) に音の似たフランスの航空人としては、ジャン＝マリー・ル・ブリ（一八一七～七二）、もしくはフェリックス・デュ・タンプル（一八二三～九〇）あたりが挙げられようか。*2

ル・ブリは、一八六八年に「人造アホウドリ」(L'Albatros artificial) と命名されたグライダーを製作したことで航空史上にその名を留めた人物だ。思わしい成果はあげられなかったものの、気球による空中写真で有名なナダール（ガスパール＝フェリックス・トゥール

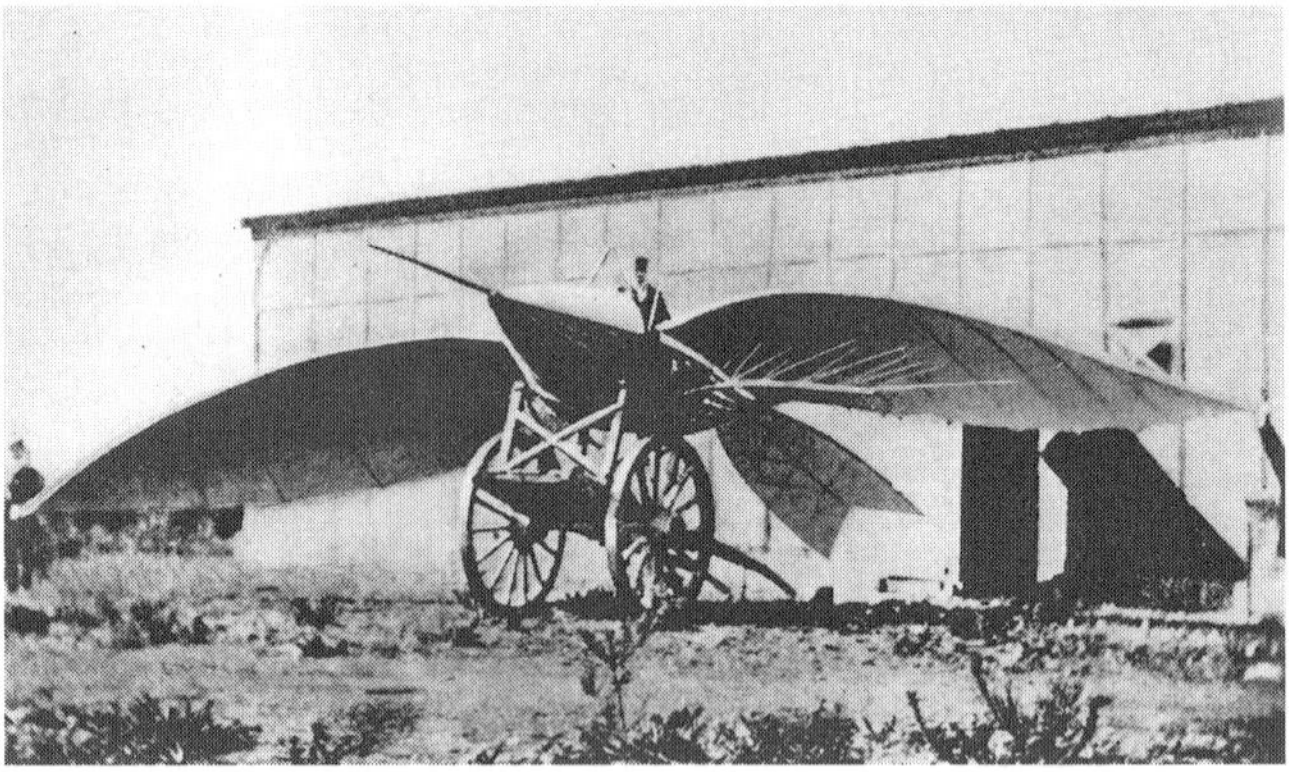

図 12-6　ル・ブリの「人造アホウドリ」(1868)

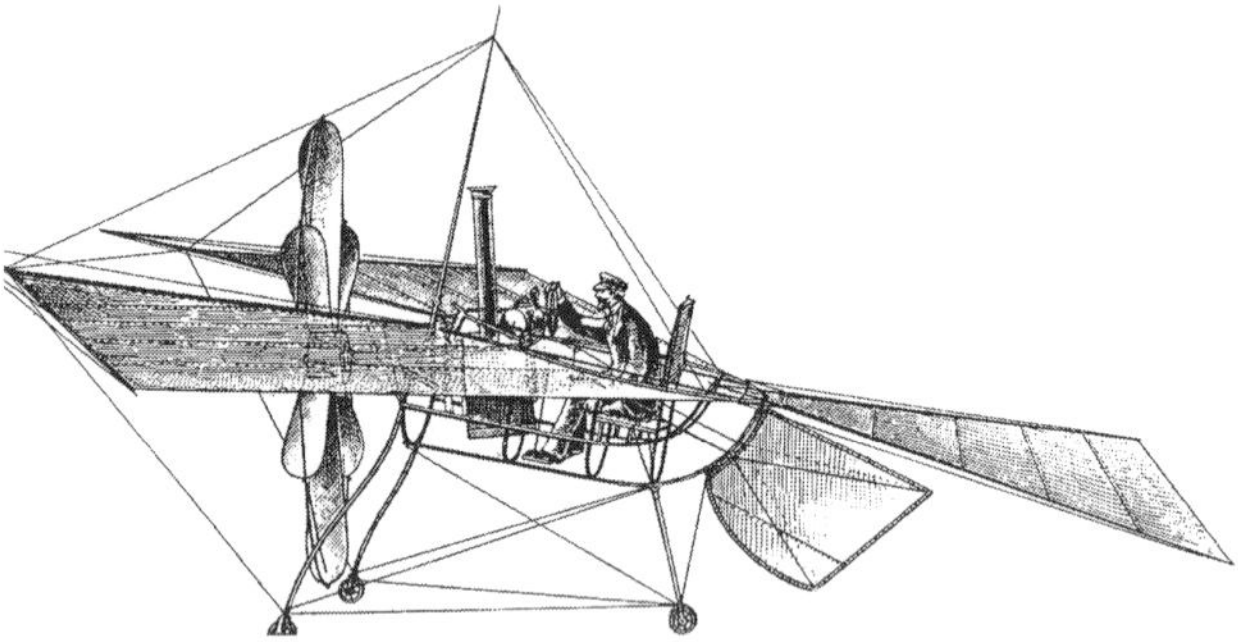

図 12-7　デュ・タンプルの飛翔機械 (1874)

ナション）がこの機体を撮影した写真は、世界最初の航空機写真とされている〔図12-6〕。

また、同時代人のデュ・タンプルのほうは、小型の蒸気機関によって、離陸、飛行、着陸をする模型を作製し、さらには一八七四年には、短距離かつ短時間ながら、世界初の動力飛行に成功したとされている〔図12-7〕。

いずれにしても、かれらがつくった飛翔機械は、『点石斎画報』の絵師たちの豊かな想像力がデザインしたものとは、似ても似つかないものであった。絵師は、形が「扇に似ている」という情報を、機体を側面から見た際の半円形に反映させているようだが、実際のところは、ひろげた翼の形容だったのかもしれない。

「空飛ぶ舟が遠い北方をきわめる」（飛舟窮北）と題された記事では、二〇〇人乗りの飛行船がシカゴで試験飛行に成功したとのことが紹介されている。

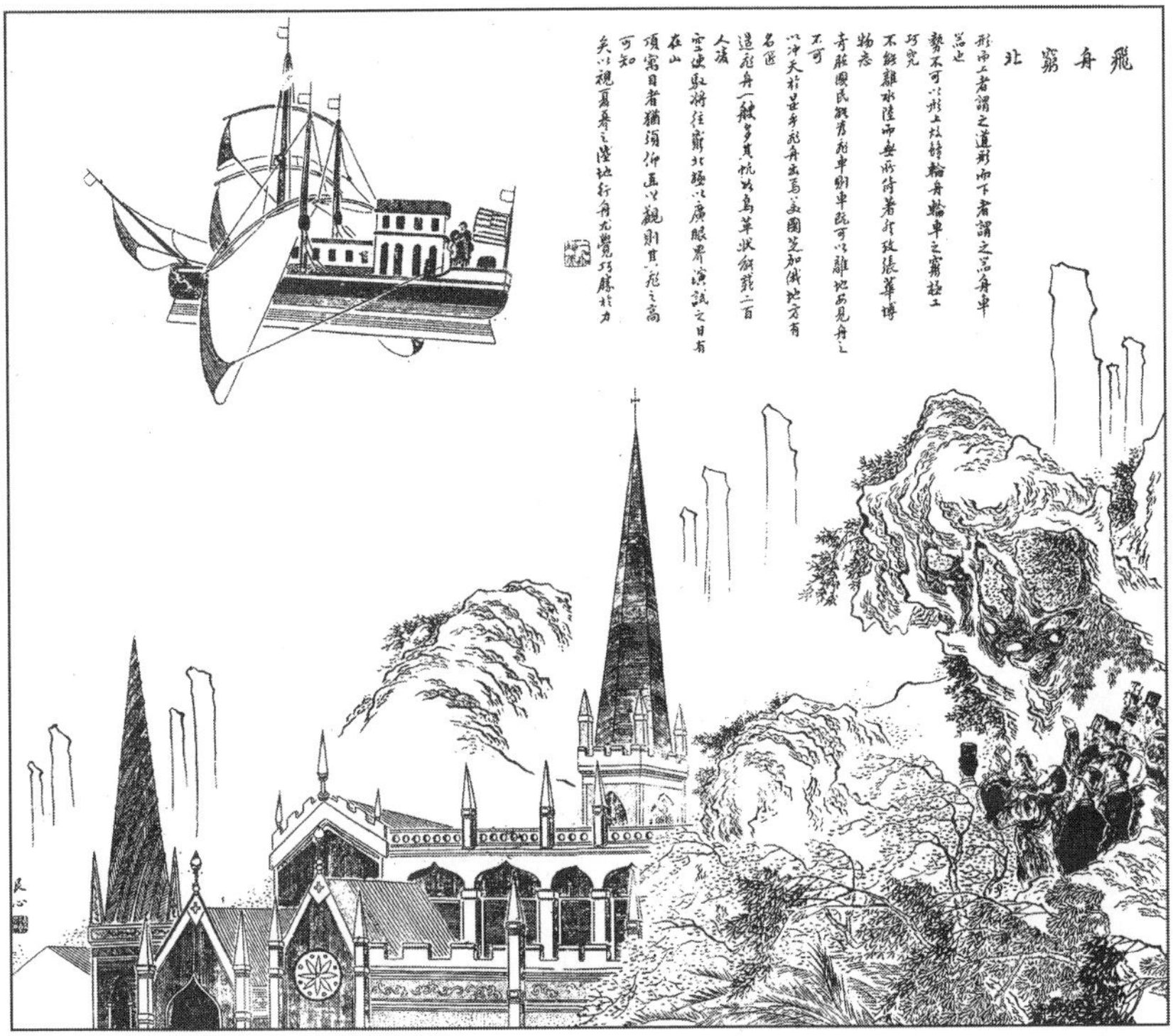

図 12-8 「飛舟窮北」（清末『点石斎画報』・符艮心）

形而上のものを道《どう》という。形而下のものを器《き》という。舟や車は器である。そのため形上とすることはできない。だから、〈輪舟〉（外輪船）や〈輪車〉（蒸気機関車）がどれほど精巧であっても、水と陸からは離れることはできないのである。

しかしながら、張華の『博物志』をひもとくと、奇肱国の民は飛車をつくるとある。車が地を離れるからには、舟が天まで昇ることがないといえようか。かくして〈飛舟〉なるものが出現した。

アメリカのシカゴという土地に、ひとりの名匠がいて、一艘の〈飛舟〉をつくった。鳥の翼のような帆が余分にあって、二〇〇人を載せて天の果てまで飛ぶことができる。北の果てまできわめて、見聞をひろめようという勢いだ。試験飛行の日、山頂から見学するものもいたが、それでもなお頭《こうべ》を上にむけて見ていた。その飛行高度のほどがよくわかる。馬鹿力で知られる夏《か》王朝の奡《ごう》（寒浇）は、陸地で舟をひきずったというが、やはり巧《たくみ》が力にまさっているとの感があろう〔図12－8〕。

書き出しは『易経』からの引用である。さらに、奇肱国の〈飛車〉という「飛ぶ車」があるからには、「飛ぶ舟」があったっておかしくはなかろうというロジックによって、〈飛舟〉なるものの存在がみちびかれている。これらの報道の多くは、空想的な飛翔機械のアイデアを紹介した記事が、実際に製作され、飛行に成功したものとして、誤読されたことによるのかもしれない。

「風に御して舟は行く」（御風行舟）は、光緒二三年（一八九七）のものだが、二〇世紀を目前にした時期になっても、不思議なデザインの飛翔機械が、この画報をにぎわしていたことがよくわかる。

アメリカは某大学の教授蘭莱《ランライ》が、近年、新しい方法により、アルミニウム合金などの軽い材質を用いて一艘の〈風舟〉を製造した。舟のなかには、ボイラーがひとつ、シリンダがひとつ、プロペラがふたつ、翼が四枚、舵がひとつ。翼の大きさは二・四メートル。かつてワシントンで試験飛行をしたところ、すぐれた性能を記録した。空中を航行する際は、上昇下降は自由自在で、風雨に遭遇しても問題はない。風に乗って上昇し、三〇〇メートルの高さにまで到達した。西洋人の科学は、日に日に製造が精緻となり、思いもよらないものをつくり出す。

ある人はいう。これによって、気球の方式は、ほぼ過去のものとなろう。技術者の卓越した思索によって、このような舟が製作され、気の力で天に昇り、世界の果てまで飛行できるというのは、列子が風に御して飛んだのに比べても、空前絶後の感慨があると。

図12-9 「御風行舟」(清末『点石斎画報』・符艮心)

かつて本報では、水中を航行する舟の記事を掲載したが、水も底にまで到れば、風はおのずと空を凌ぐことになる。ふたつ並べて、まこと当今の快事、また天地の一大壮観といえよう〔図12－9〕。

「蘭莱」(Lan lai)と漢字表記されたアメリカの航空人は、西ペンシルヴェニア大学教授やスミソニアン博物館館長なども勤めていた、天文学者にして発明家のサミュエル・ピアポント・ラングレイのことであろう。

ラングレイは、アメリカ陸軍の資金援助のもと、かれが「天翔るもの《エアロドローム》」と命名した航空機の開発に従事していた。たびかさなる失敗をへたのち、その成功は、一八九六年の五月に到来した。ワシントン市内を流れるポトマック川を市街地から三〇マイルほど下流にいったところ、川面より六メートルの高さに設置されたカタパルトを、エアロドローム五号は、ゆっくりと離れた。搭載した蒸気エンジンによってプロペラを回転させながら、この無人飛行機は、一瞬、一メートルほど下降したのちに上昇をはじめ、二〇〜三〇メートルの高さを八〇秒ほど飛行すると、蒸気を使い果たしてプロペラの回転が弱まり、川面に着水した。

その後、ラングレイのエアロドロームは、さらなる進化を遂げ、一九〇三年の一〇月七日と一二月八日には、有人による飛行実験がおこなわれたものの、これは成功にはいたらなかった。しかも同年一二月一七日には、ライト兄弟による飛行が成功することになるのだが、ライト兄弟は、かねてよりラングレイに教えを請うていたという。*3

一八九六年五月一七日の『ニューヨーク・サンデーワールド』紙は、その年におこなわれたラングレイの飛行実験を、いささか大げさに図解している。

ラングレイ教授のフライング・マシン、ついに飛ぶ
スミソニアン協会の理事長が発明した、蒸気駆動のプロペラをもち、翼のあるエアロドロームが、先週、半マイルの距離を、二〇〇フィートの高さで飛行した。
科学者はいう。かれは人類の飛行の問題を解決したと〔図12-10〕。

『点石斎画報』の絵師たちに提供されたのは、おそらく文字情報がほとんどで、イラストのたぐいは、それほど目にすることができなかったのであろう。飛翔機械の構造を描写する文字テクストは、なにをいわんとしているのか、よく伝わってこないのだが、ある新聞に掲載されたエアロドロームのイラストを見るならば、四枚の翼にふたつのプロペラがついているというあたりは、そこそこ正確に描けているると、ほめたほうがいいのかもしれ

ない〔図12-11〕。

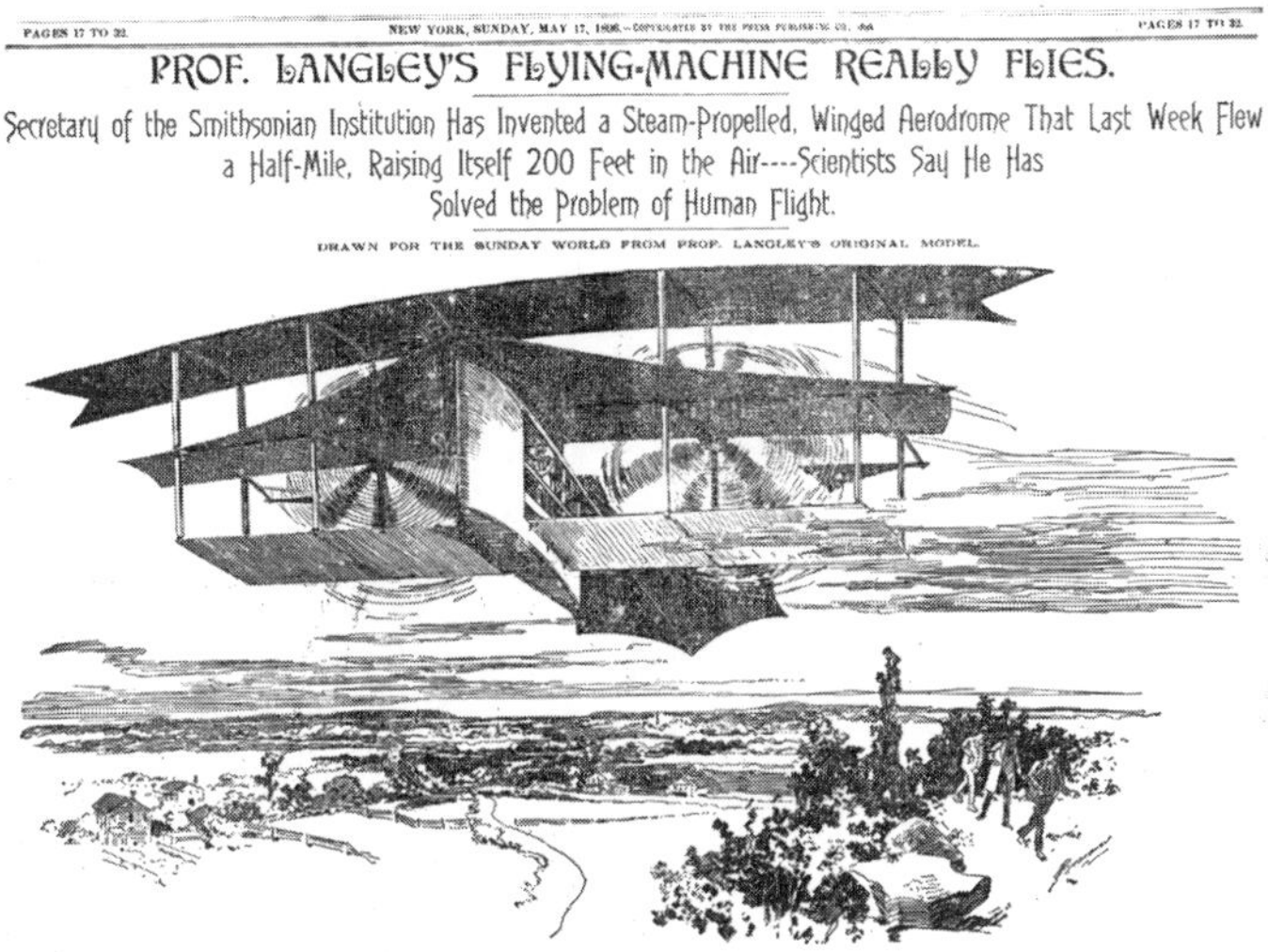
PAGES 17 TO 32. NEW YORK, SUNDAY, MAY 17, 1896.—COPYRIGHTED BY THE PRESS PUBLISHING CO. PAGES 17 TO 32.

PROF. LANGLEY'S FLYING-MACHINE REALLY FLIES.

Secretary of the Smithsonian Institution Has Invented a Steam-Propelled, Winged Aerodrome That Last Week Flew a Half-Mile, Raising Itself 200 Feet in the Air----Scientists Say He Has Solved the Problem of Human Flight.

DRAWN FOR THE SUNDAY WORLD FROM PROF. LANGLEY'S ORIGINAL MODEL.

図12-10　ラングレイの飛行実験の新聞報道（1896）

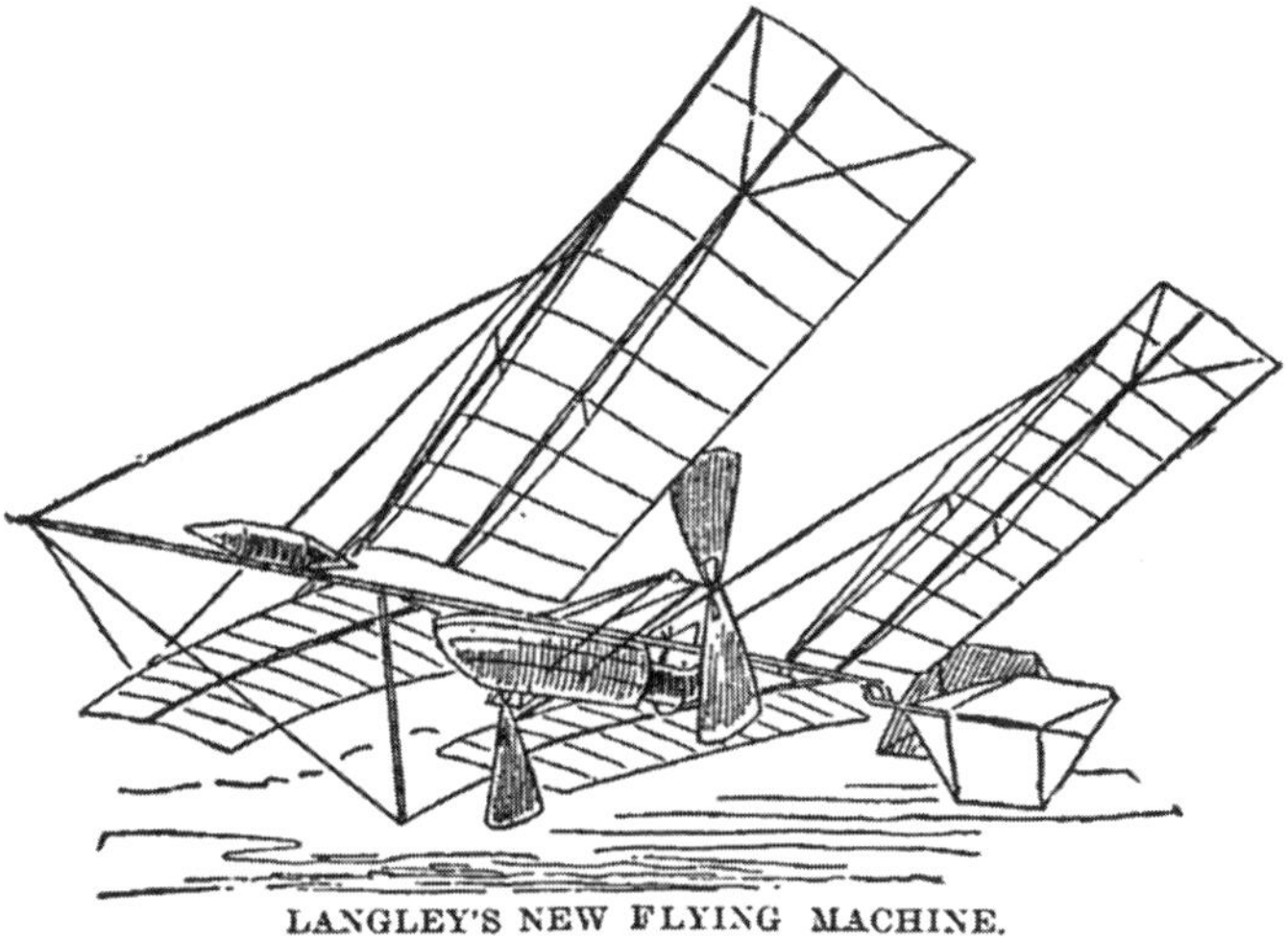

図12-11　ラングレイの「エアロドローム5号」

図 12-12 「人身伝翼」（清末『点石斎画報』・金蟾香）

科学鳥人あらわる

もうひとつ、とりわけ珍しい飛翔機械を紹介したものを読んでみよう。

むかし、墨子は木鳶をつくって飛ばし、だれもが不思議なことと驚いたという。だが、人の知恵がいっそう巧妙となれば、機械もまた、ますます進歩していくものだ。フランスのみやこパリの技師亜《ヤー》打《ダー》なるもの、かつて空を飛ぶ鳥を見て思うところあり、数年のあいだ家にこもり、思索を重ね、ついにある機械を完成させた。

それは、体に装着して空高く上昇し、雲の上にまで出られるというもので、行くも帰るも、左も右も思うがまま、列子が風に御して飛ぶおもむきがある。まことその技は、他の追随を許さぬものであった。いずれこれを身に着けて、「朝《あした》には碧落に遊び、暮には蒼梧《そうご》に宿する」ということもできるだろう。「朗吟して飛過《ひか》す洞庭湖」にとどまることなどあろうか〔図12－12〕。

墨子がつくったという人造鳥類のはなしは、すでにおなじみのはずである。末尾の一句は、仙人として有名な呂洞賓の作とされる詩「泌園春《ひつえんしゅん》」からの引用である。芥川龍之介の「杜子春」で、杜子春をみちびく仙人の鉄冠子が、似たような詩を吟ずる場面があるのをご記憶のかたもあるだろう。*4

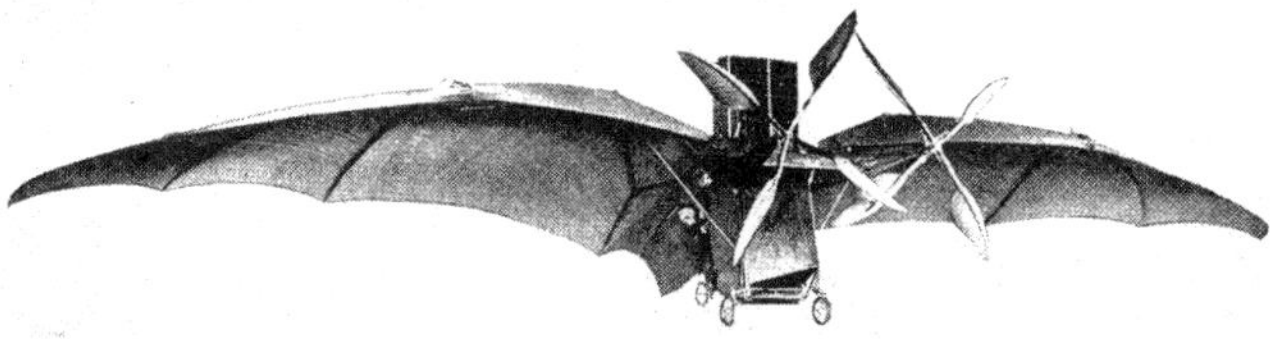

図12-13　アデールの「アヴィヨンⅢ」(1897)

ここでは、「亜打」（Ya da）なる航空人士が出てきているが、該当する名前のフランス人を探すとすれば、クレマン・アデール（一八四一～一九二五）であろうか。ただしアデールが考案したものは、鳥人になるための装具のようなものではなく、「アヴィヨン」と名づけられた、コウモリのような翼をもった蒸気機関によるプロペラ仕掛けの飛翔機械であった。『点石斎画報』のテクストにも、その構造に関しては具体的な情報がまったく提示されていない。絵師たちも同じく、イメージづくりの材料もろくに与えられぬまま、絵を描かざるをえなかったのであった〔図12－13〕。

こうして画報に紹介された飛翔機械の絵図を見ていくと、いまわれわれが知るところの一九世紀の航空史とはまったく異なる進歩の経路をたどった、さながらパラレル・ワールドに迷い込んだかのような「航空史」を、清末の中国人は享受していたことがわかるだろう。その真偽をたしかめる方法などもちえなかった、あまたの科学少年たちは、さぞやのぼせあがったにちがいない。じつに、うらやましい！

3　ライトフライヤーがやってきた

落日の帝国にはばたく機械の鳥

清朝も、あますところあと数年というころ、画報のなかには、あいもかわらず、なかなかユニークなデザイン

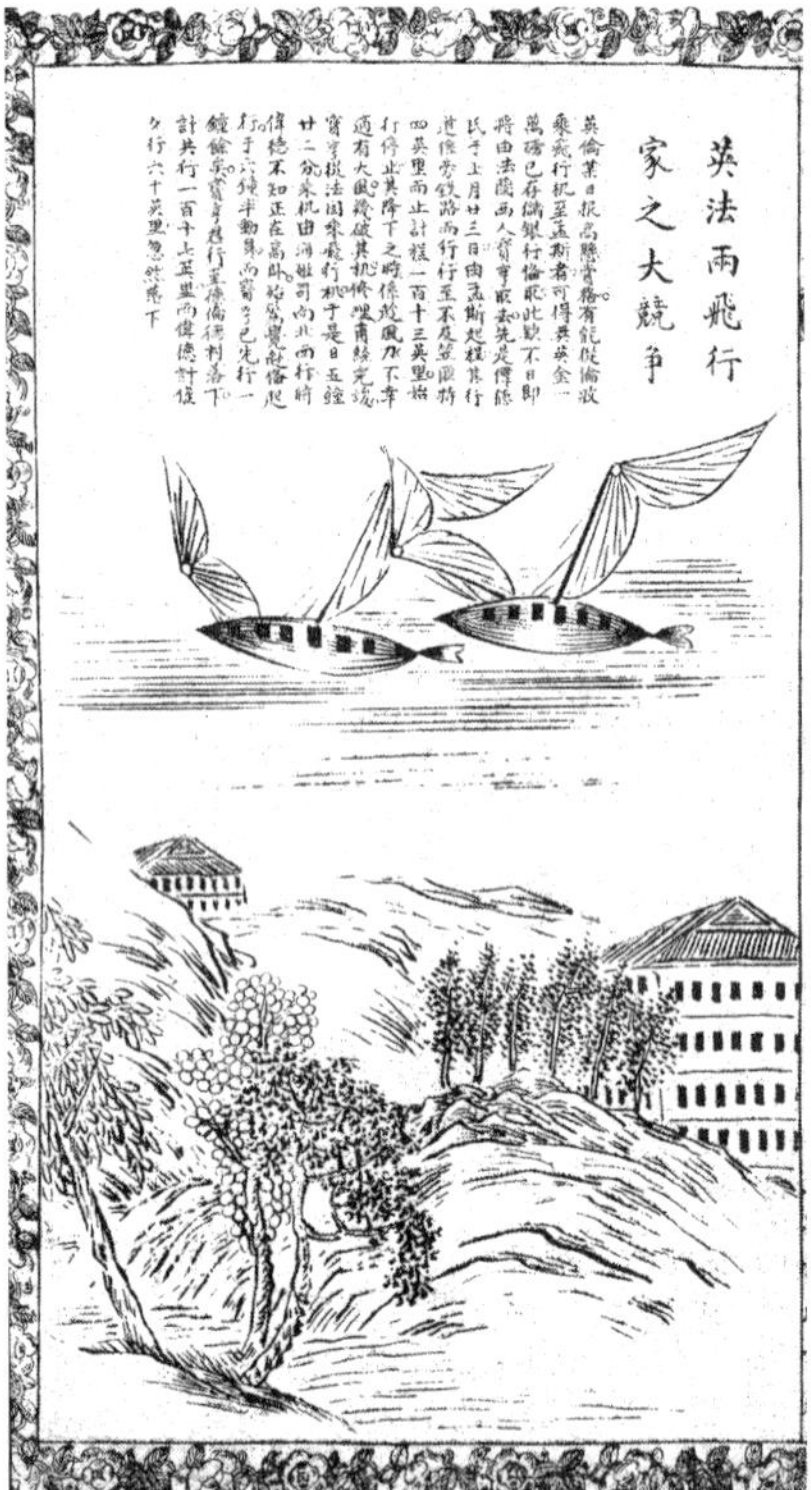

図12-14 「英仏の二人の飛行家による大競争」(1910)

の飛翔機械が飛びかっていた。一九一〇年に刊行された『彤管清芬録《とうかんせいふんろく》』の「海外奇談」と題するコーナーは、外国情報を一年間にわたって紹介している。そのなかから、飛翔機械にまつわるものをひろい読みしてみよう。

一九〇六年、イギリスのデイリー・メール社は、ロンドンからマンチェスターまでの飛行に、一万ポンドの賞金をかけた。レースは最終的に、一九一〇年、イギリスのクロード・グラハム＝ホワイトとフランスのルイ・ポーランによって争われたが、最終的にルイ・ポーランが賞金を獲得した。*5

そのレースに取材したものが、「英仏の二人の飛行家による大競争」と題されて、掲載されている。記事はこの競争を、時間や距離など、細かい数値を提示しながら紹介しているが、原文では〈飛行機〉の三文字が用いられている〔図12-14〕。二人が使用した機体は、当時もっとも多用されていたアンリ・ファルマン型の飛行機であったが〔図12-15〕、絵師もまた、ファルマン機に関する資料を探して、図像に正確を期そうというプロのこだわりなど、どこ吹く風。もはやなつかしいともいえるオーニソプターのデザインを流用している。その優勝者であるルイ・ポーランが、妻を〈飛艇〉に同乗させて飛んだとの記事もある〔図12-16〕。「これはオドロキ！〈飛艇〉での結婚式」は、タイトルどおり、フランスにおける〈飛艇〉を用いた新趣向の結婚式を紹介したものだ〔図12-17〕。

図 12-15　アンリ・ファルマンⅢ型機

図 12-17 「これはオドロキ！
〈飛艇〉での結婚式」(1910)

図 12-16 「これはビックリ！
夫婦なかよく〈飛艇〉で飛ぶ」(1910)

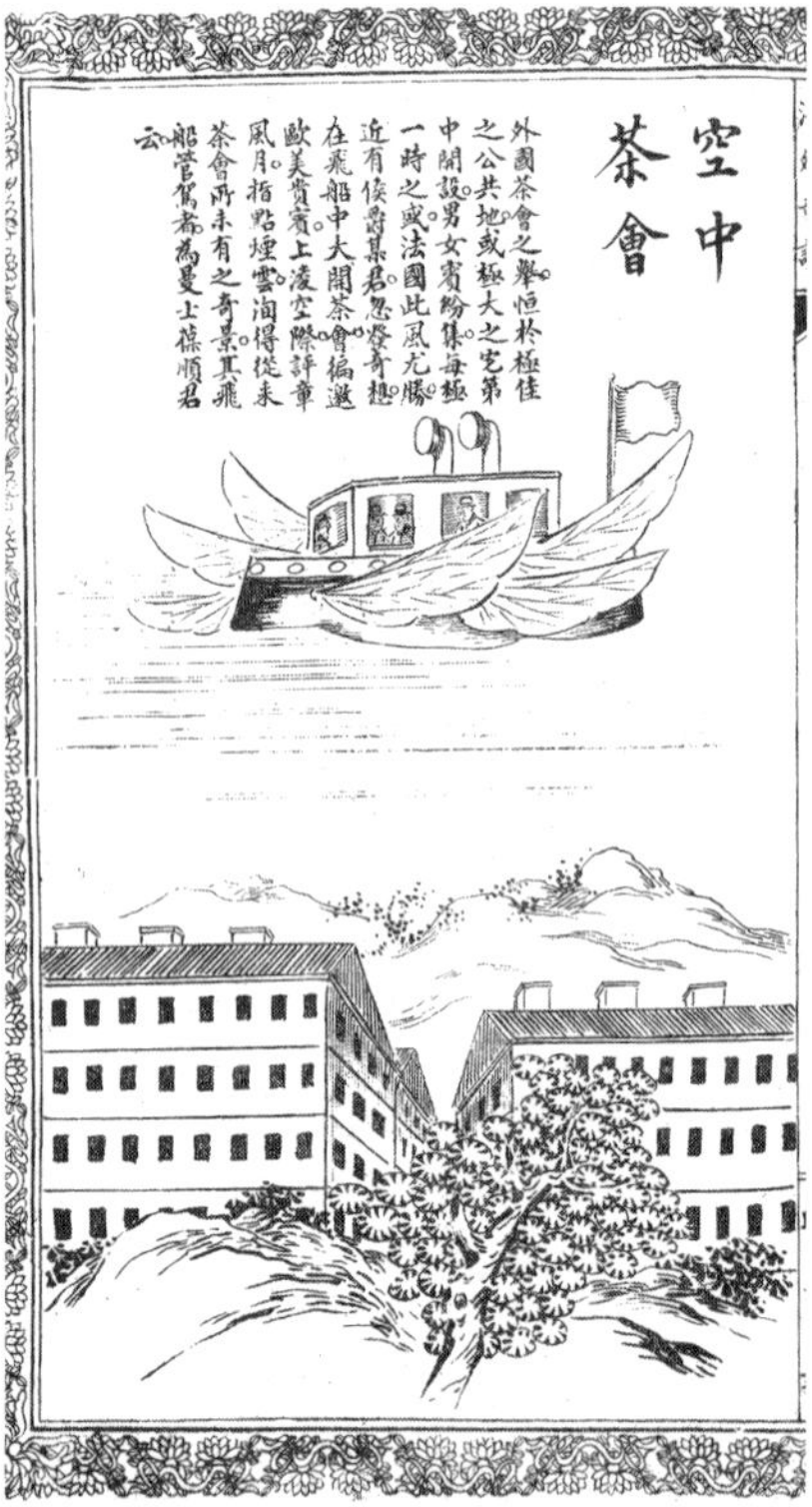

図12-18 「空中茶会もまた楽し」(1910)

図12-19 「ドイツ皇太子〈飛船〉からの通信」(1910)

似たような方向性のものとしては、空中での茶会がある。これもまたフランスでのできごとだが、某侯爵が、天空に浮かぶ〈飛船〉内で茶会を開催したというもの〔図12-18〕。また、ドイツの皇太子がツェッペリン社の飛行船に乗ったとの報道も見えている。皇帝と皇后と皇太子妃は、列車でこれを追った。列車が駅につくころに、飛行船から、三人にむけて三通の手紙が投下されたという〔図12-19〕。

ツェッペリンといえば、一九〇八年に、ツェッペリン社の飛行船事故のことを報じている画報もある〔図12-20〕。もちろんこれは、あの有名な、一九三七年に起きたヒンデンブルク号（ＬＺ１２９）の炎上事故のことではない。

また、各国の飛行家たちが飛距離

と滞空時間の記録を争って更新してゆく経過も、しばしば報道されていて、まさに全地球が空の時代になりつつあることを予感させていた〔図12-21〕。

これらの記事では、いわゆる飛行機のことは〈飛艇〉と表記し、茶会を開催したり、皇太子を乗せたような飛行船は、〈飛船〉と表記するものが多いのだが、原語、たとえば英語の飛翔機械を謂うさまざまな語彙との対応には、まだ揺れがあるようだ。加えて、中国の絵師たちは、現物の写真や正確な図版を目にすることができない場合には、オーニソプターにしておけば問題なしとの「信頼」を捨て去ることができなかったようである。その正確なかたちがヴェールに隠されたままであるという意味では、絵師たちにとって、欧米の飛翔機械は、まさにUFOそのものであった。第十四夜で触れることになるが、一八九六年から翌年にかけて、いまだ「空飛ぶ円盤《フライング・ソーサー》」という語彙が生まれていないころの欧米では、謎の飛行物体が各地で頻繁に目撃されるという事件がおきていた。その目撃証言によって再現されたイラストの多くが、翼のような推進装置のついた、飛行船ふうの飛翔機械を描いている。人間は、かくあるべしという形

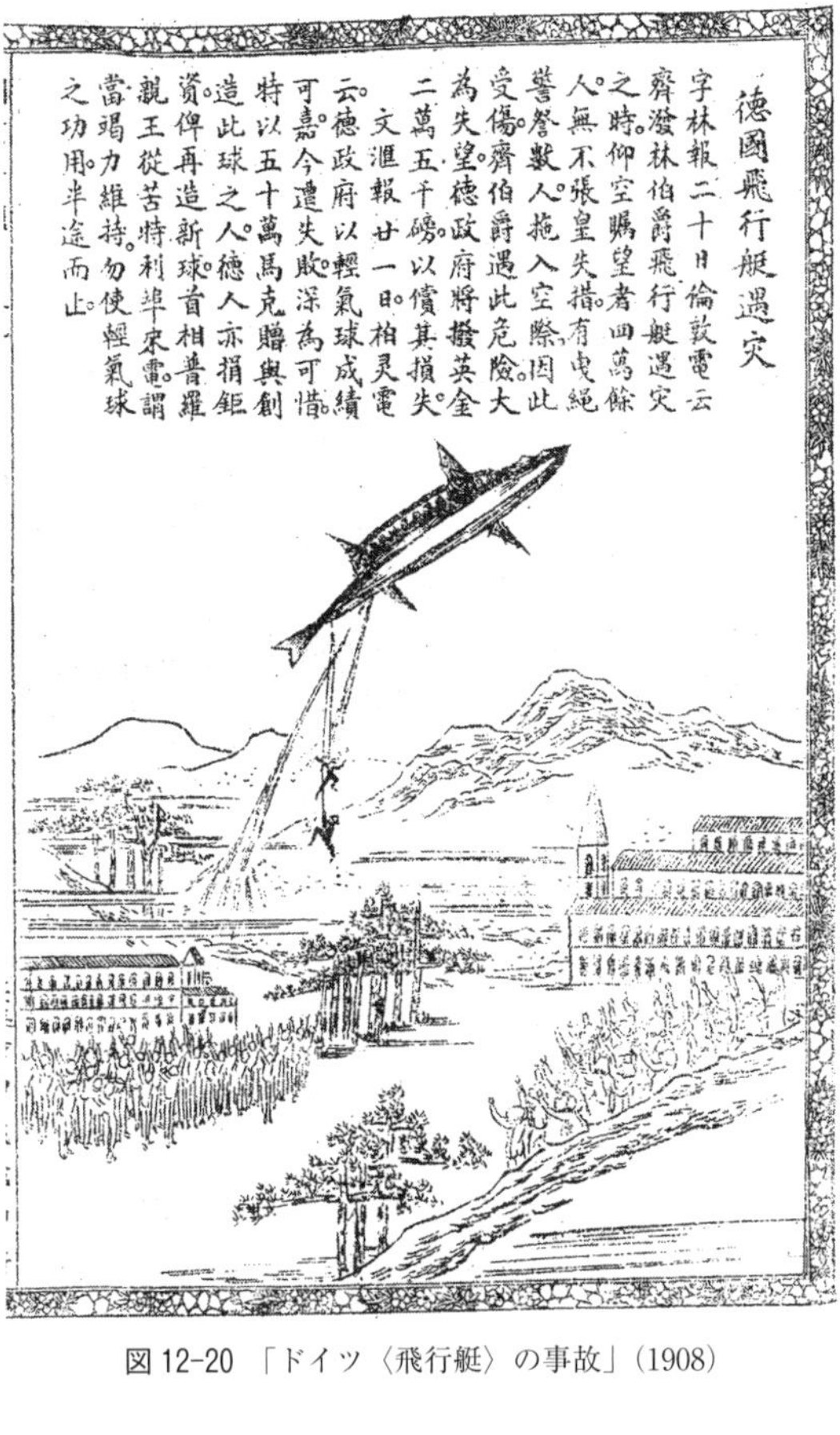

図12-20「ドイツ〈飛行艇〉の事故」(1908)

空中飛行器之最速度
十五日奴約克電云。美國發明家禮氏所製之空中飛行器。于十五日由禮氏在勿近尾亞省演試。此次能在空中飛行五十七分鐘之久。行駛念五英里之遙。此為世界空中飛行器之最速度云。
図 12-21 「スピードを競う空中飛行器」(1908)

状をその眼に見、その脳に記憶するのである〔図12-22a・b〕。

ライトフライヤー、飛ぶ!

珍妙なデザインの飛翔機械ばかりに、つい淫してしまい、だいじなものを見ておくのを忘れていた。一九〇三年一二月、ウィルバー・ライトとオーヴィル・ライトによる有人動力飛行の成功である。

一九一〇年の『神州画報』が、ライト兄弟の偉業を、旧聞としてではあるが、図解している〔図12-23〕。図は一頁を用いて、上方に「世界最新之発明」という表題が書きこまれている。下方には、建物のある広場が描きこまれ、なかほどにはライトフライヤー号が、きわめて正確に描かれている。その上方左側には「飛艇之発明者」とあり、ウィルバーのほうであろうか、人物の顔が描きこまれている。

一九〇八年に、ウィルバーがフランスで飛行したときの写真が残っている。『神州画報』の絵とそっくりだ。絵師は、この写真を手もとにおきながら、筆を走らせたのであろう〔図12-24〕。

図 12-23 「世界最新之発明」(『神州画報』1910)

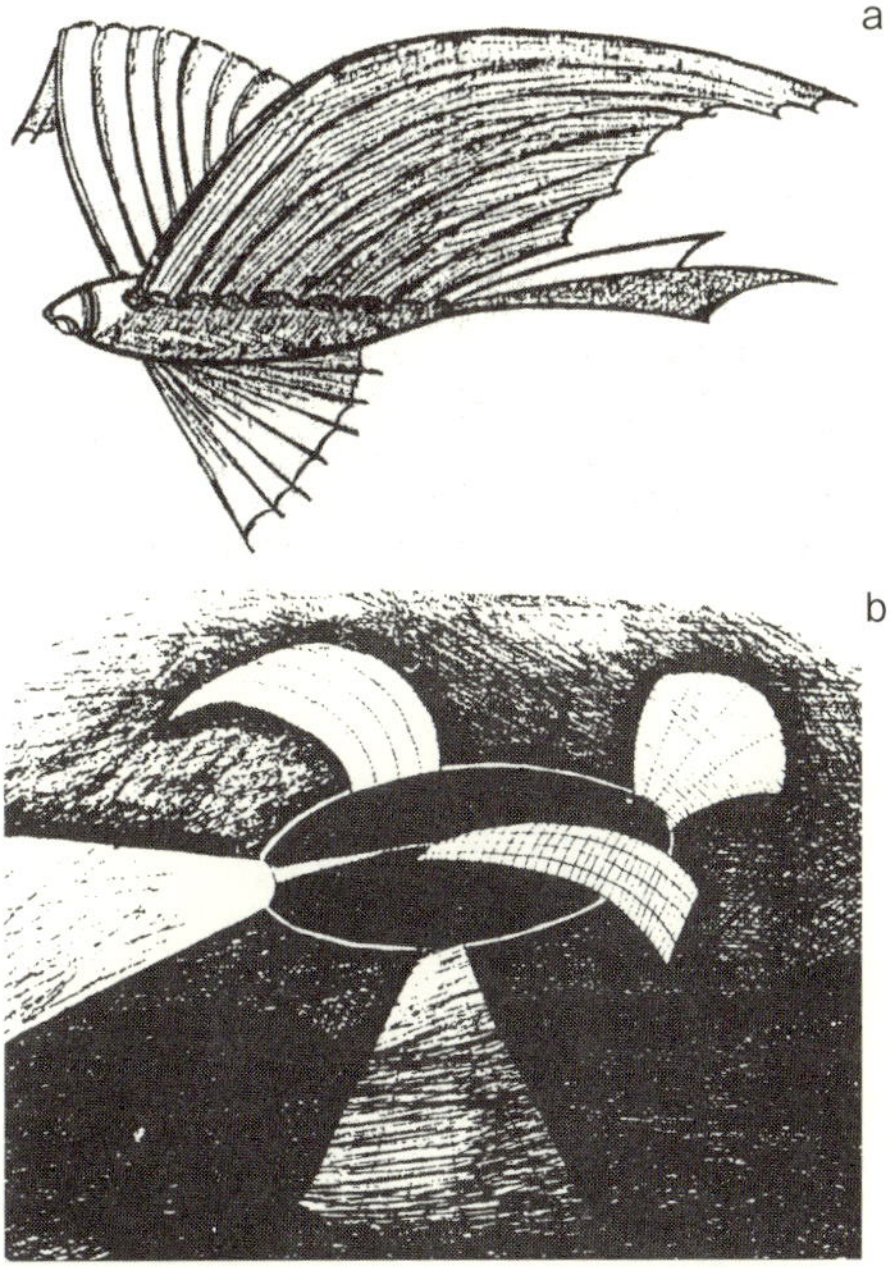

図 12-22a,b 1896〜7 年、アメリカで目撃されたという正体不明の飛行物体を再現したイラスト

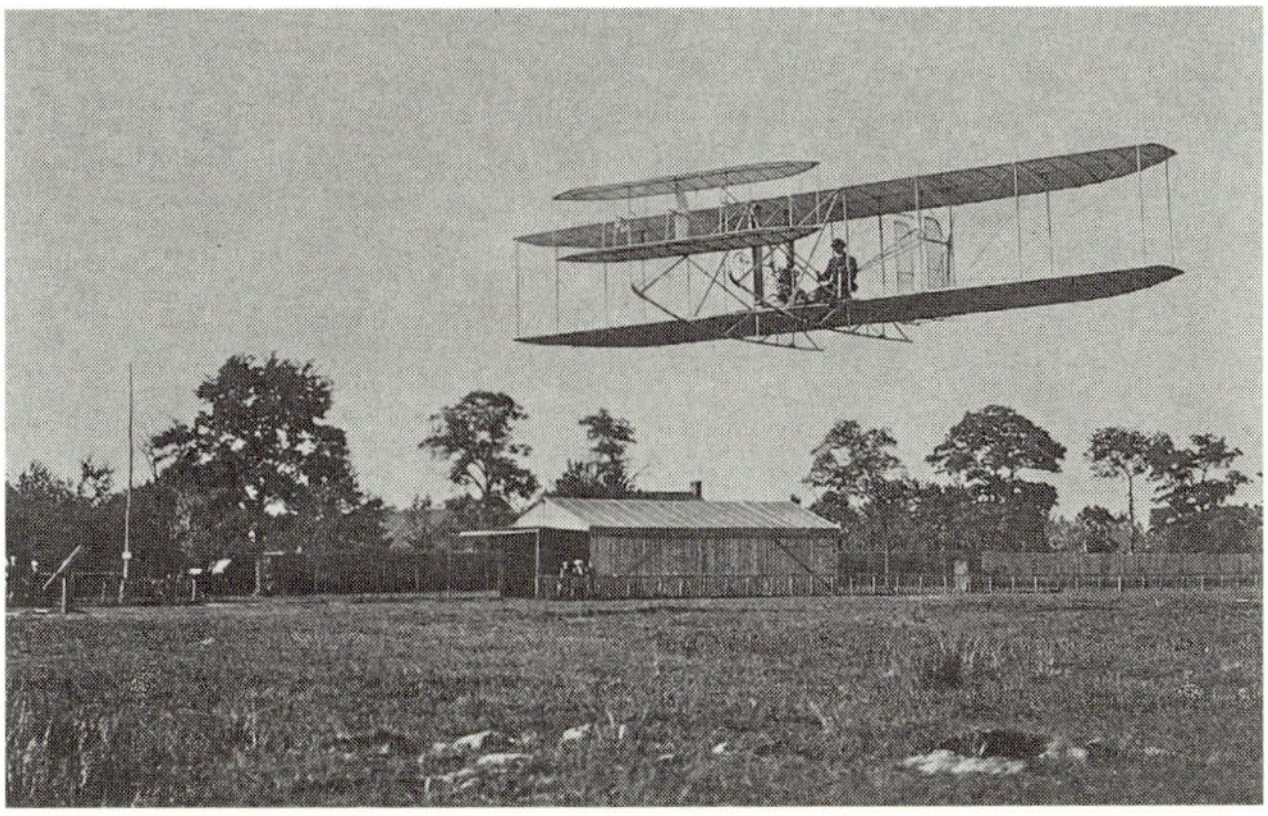

図 12-24 ウィルバー・ライトのフランスにおける飛行(1908)

翔べ、国産飛行船

これら欧米の航空事情が、たとえ正確さを欠くものであろうとも、精力的に紹介されていくいっぽうで、実用的な航空技術の知識もまた着実に入りこんでいた。加えて海外在住の留学生や華僑のなかには、航空技術を学ぶものもあった。

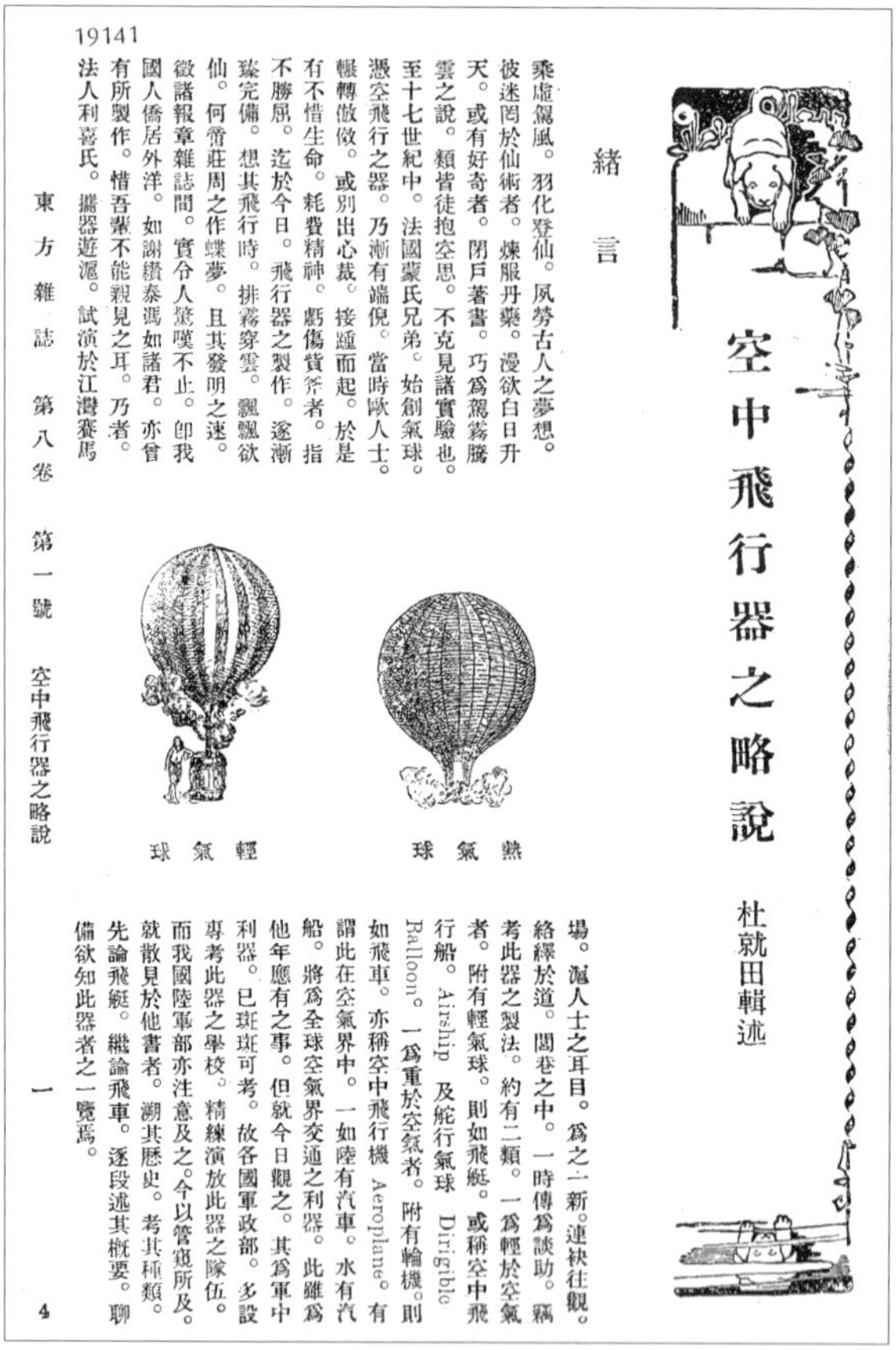
空中飛行器之略説

杜就田輯述

緒言

乘虛御風。羽化登仙。夙勞古人之夢想。彼迷罔於仙術者。煉服丹藥。漫欲白日升天。或有好奇者。閉戸著書。巧爲駕霧騰雲之説。類皆徒抱空思。不克見諸實驗也。至十七世紀中。法國蒙氏兄弟。始創氣球。憑空飛行之器。乃漸有端倪。當時歐人士。輾轉倣傚。或別出心裁。接踵而起。於是有不惜生命。耗費精神。虧傷貲斧者。指不勝屈。迄於今日。飛行器之製作。遂漸臻完備。想其飛行時。排霧穿雲。飄飄欲仙。何啻莊周之作蝶夢。且其發明之速。徵諸報章雜誌間。實令人驚嘆不止。即我國人僑居外洋。如謝纘泰馮如諸君。亦曾有所製作。惜吾輩不能親見之耳。乃者。法人利喜氏。攜器遊滬。試演於江灣賽馬場。滬人士之耳目。爲之一新。連袂往觀。絡繹於道。閭巷之中。一時傳爲談助。竊考此器之製法。約有二類。一爲輕於空氣者。附有輕氣球。則如飛艇。或稱空中飛行船。Airship 及舵行氣球 Dirigible Balloon。一爲重於空氣者。附有輪機。則如飛車。亦稱空中飛行機 Aeroplane。有謂此在空氣界中。一如陸有汽車。水有汽船。將爲全球空氣界交通之利器。此雖爲他年應有之事。但就今日觀之。其爲軍中利器。已斑斑可考。故各國軍政部。多設專考此器之學校。精練演放此器之隊伍。而我國陸軍部亦注意及之。今以管窺所及。就散見於他書者。溯其歷史。考其種類。先論飛艇。繼論飛車。逐段述其概要。聊備欲知此器者之一覽焉。

熱氣球

輕氣球

東方雜誌　第八卷　第一號　空中飛行器之略説　一

4

19141

図 12-25　杜就田「空中飛行器の概説」(『東方雑誌』1911)

一九一一年の『東方雑誌』は、「空中飛行器の概説」と題する論説を三回にわたって連載した。書いているのは編集人の杜就田《としゅうでん》である〔図12－25〕*6。

虚に乗り、風に駕《が》し、羽化して登仙する。これはかつて古人の夢想であった。仙術に迷ったものは、丹薬を煉って服用し、みだりに白日昇天したし、好奇のものは、戸を閉ざして書を著わし、巧みに霧に駕《の》り、雲に騰《の》る説を論じたものだが、これらはみな、いたずらに空《むな》しい思いを抱いただけにおわり、実現されることはなかった。

このようにはじまる同文は、飛翔機械をいう語彙を、次のように分類している。

ひとつは空気より軽いものである。これは軽気球を備えているもので、たとえば〈飛艇〉がそうである。また〈空中飛行船〉（Airship）や〈舵行気球〉（Dirigible Balloon）とも呼ばれる。いまひとつは空気より重いものである。これは〈輪機《プロペラ》〉を備えているもので、たとえば〈飛車〉がそうである。また〈空中飛行機〉（Aeroplane）とも呼ばれている。

図12-26　飛行船研究家、謝纘泰（1872-1937/1943）

「空中飛行器の概説」は、なんらかの欧米の文献にもとづいているのだろうけど、短いながらも、飛翔機械の歴史が手際よくまとめられていて、ふんだんに使われているイラストや写真も楽しい。そして、連載第一回の末尾を飾るのが、「中国人が製作した飛艇」と題する一節であり、そこでは謝纘泰《しゃさんたい》なる人物が紹介されている。

　オーストラリア生まれの華僑、謝纘泰（一八七二〜一九三七、一説には一九四三）〔図12-26〕は、父、謝日昌の影響を受けて清朝支配への反感を強め、一八八七年、父子で香港にわたった。香港では理数系の学問を学びながら、一八九二年、友人らと輔仁文社《ほじんぶんしゃ》を創設、一八九四年、孫文が

図 12-27　飛行船「チャイナ号」

清朝打倒を目標にかかげた革命組織「興中会《こうちゅうかい》」を立ちあげると、これに参加する。そのころ、列強による中国侵略を訴えるべく、一八九八年に完成させたのが、中国最初の政治諷刺漫画とも称される《時局全図》と題する作品で、一九〇三年には正式に発表された。[*7]

そのころ、飛行船に興味を抱いていた謝は、一八九九年、プロペラによる推進装置をもったアルミニウム製の飛行船を設計した。そのアイデアは、イギリスの専門家からは高い評価を得たものの、清国政府には相手にされなかったという。謝の設計した飛行船は〈気艇〉と呼ばれ、清朝滅亡後、一九一一年の『東方雑誌』のグラビアページを飾った〔図12-27〕。

これを見るかぎりでは、欧米ではあまた提示されてきた、ありふれた動力つき飛行船のアイデアとしか見えないのだが、気嚢に描きこまれた「ＣＨＩＮＡ」の文字が、謝君の愛国心を雄弁に物語っているのであろう。[*8]

この飛行船「チャイナ号」については、設計図のみで終わったとか、模型の飛行実験には成功したとか、はなはだしくは現物がつくられて試験飛行に成功したとか、さまざまな憶測が飛んでいるようだ。姜長英は、実際につくられて飛行したというはなしは信じがたいとしている。清朝滅亡後の謝は、飛行船の研究からは離れ、商業と新聞事業に力を注いだという。[*9]

ちなみに、『東方雑誌』の出版もとである商務印書館が、一九一五年に刊行した大型の辞書『辞源《じげん》』は「飛艇」

という項目を設けているが、以下のような説明になっている。

【飛艇】Air-ship　飛行器の、気球をもったものであり、〈飛行船〉ともいう。軍用の気球から日々改良されて完成したものである。気嚢は長楕円形、もしくは杼《ひ》のような形をしている。長さは百数十フィート。下には船艇のような筐《かご》がついていて、機械を設置したり人を乗せたりする。プロペラ状の推進器をもち、空気の浮力を借りて、空中を進む。気嚢の形が長いのは、空気抵抗を減じ、前にまっすぐ進むためである。気嚢の中にアルミニウムで骨組みを設けたものは、烈風に吹かれても形がくずれない。これを硬式飛艇という。骨組みを用いないものは柔嚢飛艇という。いま、いずれの国でもこの機器を製造しており、その形式はじつに多様だが、ドイツのツェッペリン飛行艇がもっとも有名である。図はわが国のひと、謝纘泰がみずから製造したものである（戊二二三五）。

赤藍白羽以鐵爲首㊁舟也〔荆楚歲時記〕五月五日競渡。俗謂屈原是日死命舟以拯之舸舟取其輕利謂之飛鳧。
【飛艇】Air-ship 謂飛行器之有氣球者亦曰飛行船由軍用氣球日漸改製而成氣囊爲長楕圓形或梭狀長百數十呎下有筐如艇以置機乘人。用螺旋推進機藉空

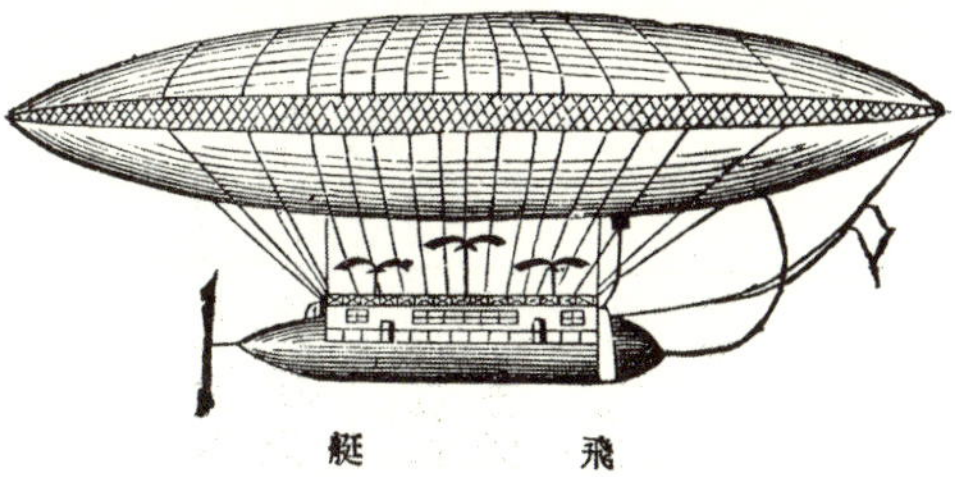

図12-28　『辞源』（1915）の「飛艇」図

そうして謝纘泰が設計したという〈飛艇〉の図を添えているのであった〔図12‐28〕。

高魯と『空中航行術』

軽気球をめぐる情報については、前章でも触れたが、一九一〇年には、唐人杰《とうじんけつ》『飛行車船図説』、高魯《こうろ》『空中航行術』、徐有成《じょゆうせい》・唐人杰『空中経営』など、多くの航空専門書が、欧

図12-29　『空中航行術』を書いた高魯

米の専門書にもとづきながらも、中国人じしんの手によって綴られるようになる。なかんずく、天文学者にして外交官でもあった高魯（一八七七〜一九四七）が商務印書館から「編訳」というかたちで上梓した『空中航行術』は、航空の専門家のみならず、一般の読書界にも大きな影響を与えた一冊であった。一九一八年には第五版を重ね、新聞雑誌でも、そのおもしろさが評価されていた〔図12－29〕。『東方雑誌』に掲載された新刊書紹介には、次のような宣伝文句が綴られている。

『空中航行術』定価七角　高魯編訳　〈気球〉が出現してから、空中航行術は一変した。〈気艇〉が出現してから、空中航行術はさらにまた一変した。近くはまた〈飛車〉が発明された。この本は、三者の製法およびその歴史を詳しく説き明かすものである。加えて図表数十点が付されていて、たいへんおもしろい読み物となっている。*10

ここでいう〈飛車〉は、いまいう飛行機のことを指している。一九一五年の『辞源』は「飛車」という項目も設けている（戌二三四）。その第一義では、奇肱国の飛車のことであるとして『帝王世紀』を引き、さらに第二義として「いま飛行機のことを飛車とも称する。詳しくは〈飛行機〉の項目を見よ」としている。そこで「飛行機」の項目（戌二三七）を見ると、ここでは「Aeroplane　また〈飛車〉ともいう。飛行器の気球のついていないもの」とはじまる説明がなされ、フランスのブレリオ型の飛行機の図を掲載している。〔図12－30〕。

同時代の文人洪炳文《こうへいぶん》は、高魯の『空中航行術』を読んで絶賛し、この書から多くを引用しつつ、みずから『空中飛行原理』という本を書いている。洪が飛翔をテーマにした演劇を書いていることについては、次章で詳しく触れるだろう。

高魯は、一九〇五年から一九〇八年まで、ベルギーのブリュッセル自由大学に留学していた。一九〇三年のライト兄弟による飛行以来、欧米の各地でおこなわれていた飛行実験と、日進月歩で姿を変えていく飛翔機械をその目で見ながら、人類が空を飛ぶ時代に入りつつあるとの空気を感得していたのであろう。高魯はその著書の序文を、「二〇世紀の八年目、世の人びとが注目し、驚愕したものといえば、飛艇・飛車の進歩に如《し》くはない」とはじめている。

【飛行機】Aeroplane 亦曰飛車。即飛行器之不設氣球者。其製約分四部。一爲螺旋推進機。以石油發動機。旋轉球輪。使車體前進。二爲平帆車行時帆掠空氣而上如鳥張翼。使車體不下墜。三爲前後帆。所以定向。四爲輪。設於車下。飛車在地面時。特輪以行。與常車無異。後斜其帆。乃離地上升。其於水面飛降者不用車輪。別以浮體代之。圖爲法人勃羅略之單翼飛行機。

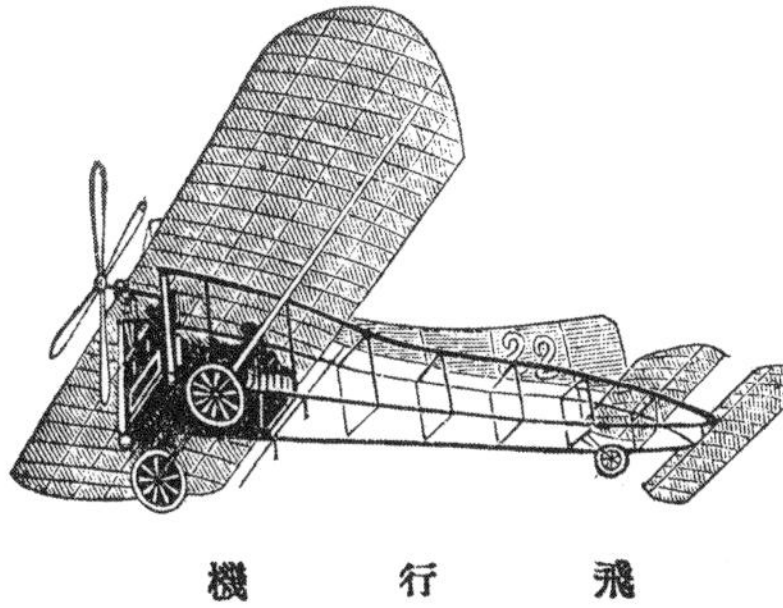

図12-30 『辞源』（1915）の「飛行機」図

『空中航行術』では、飛翔機械を、軽気球や飛行船などの「空気より軽いもの」と、エンジン付き飛行機、グライダー、ヘリコプターなどの「空気より重いもの」の二種類に分類し、豊富な絵図と写真を掲載して論じている。

「空気より重いもの」については、さらに、人力によるものと機械力によるものとに分け、前者の例としては、ダ・ヴィンチのスケッチやオットー・リリエンタールによる滑空などをあげ、これらを〈飛人〉と呼んでいる。後者については、ヘリコプター、オーニソプター、エアプレーンの三種に分けている。高魯はエアプレーン（固定翼飛行

図12-31　ドーバー海峡横断に失敗したアメリカ人の報道

図12-32　馮如の事故死の報道

機〉を〈平帆飛車〉と訳しているが、その飛揚の原理が中国の紙鳶《たこ》と同じものであると説明している。*11

飛行機事故のはじまり――馮如《ふうじょ》

清朝崩壊から中華民国の成立にかけて、絵師たちも、写真などの資料を手にすることができるようになってきたのか、あるいはまた資料に忠実に描こうという意識が芽生えてきたものか、ぼくらが見ても違和感のない「飛行機」

図 12-33　馮如（1884〜1912）

CHINESE LEAVES WHITES BEHIND IN AVIATION

ORIENTAL WRIGHT SOARS BIPLANE HOMEMADE CRAFT

図 12-34　馮如の飛行を報ずる『サンフランシスコ・イグザミナー』紙（1909）

らしき絵図も描かれるようになってきた。それらはおおむね、日に日に記録を塗り替えていく飛行実験か、そうでなければ飛行機事故にまつわる報道であった〔図12‐31〕。そんな報道のひとつが、中国の飛行家、馮如の事故死を報ずるものであった〔図12‐32〕。

馮如（一八八四〜一九一二）は広東恩平の人で、九歳のときにアメリカに移り住む〔図12‐33〕。長じて飛行機の製造をこころざし、サンフランシスコで機械工学を学んだのち、新型の飛行機を設計・製作するようになった。

一九〇九年九月二一日、中国最初の飛行機設計士であり、飛行家でもあった馮如は、みずから設計した飛行機に乗り、オークランド市の郊外で十数回にわたる試験飛行をおこなって、すぐれた成績をあげた。二日後の『サンフランシスコ・イグザミナー』紙は、「東洋のライト、空を飛ぶ　自家製の双翼飛行機で」という見出しのもとに、馮如の快挙を伝えている〔図12‐34〕。アメリカの著名な「電学家」数名も馮如のもとを訪れて、「馮君の脳力は並のものではなく、白色人種にも劣らない」と賛嘆したとのことが、『東方雑誌』に紹介されている。[*12] また、さきほど紹介した「空中飛行器の概説」も、馮如の快挙を詳しく伝えている。[*13]

一九一二年の一月、中華民国が成立。その年の八月二五日、広州の燕塘《えんとう》で、みずから製作した飛行機による、中国本土で最初のアトラクション飛行をおこなったときに、馮は墜落して世を去ったのであった。[*14]

兵器としての航空機へ

清朝の滅亡と、中華民国の成立を挟んだこの時期、『東方雑誌』は、航空機に関わっている中国人のニュースを積極的に紹介している。アメリカに留学している広東の学生余植卿《よしょくけい》は〈飛船〉なるものをつくったという。長さは五メートル、一幅は一・五メートルで、上部には気球を備えているらしい。[*15] また、中国人飛行士の厲汝燕《れいじょえん》は、ヨーロッパで飛行術を研究し、一九一二年の四月には、江蘇省宝山《ほうざん》県の競馬場で、滬軍都督《こぐんととく》がドイツから購入した飛行機で、飛行実験をおこなった。滬軍都督とは、清末から民国初期にかけて存在した、上海の最高行政機関のことだ。[*16]

「空中飛行器の概説」の末尾には、編者のコメントとして、次のような文言が見えている。

空中飛行器は、こんにち、軍事上の利器としての観点から、各国が争ってこれを研究している。わが国の人士もまた、よろしくその風聞を耳にして立ち上がり、西欧人に遅れを取ってはいない。今後もまた、飛行器に関する理論、あるいは図版や雑説があれば、本誌は集めて翻訳し紹介したい。いささかなりとも、わが国の飛行家の参考となれば幸いである。

そのことばどおり、二〇世紀の飛行機は、次世代の戦争を担う重要な兵器として、長足の進化を遂げてゆく。

飛翔機械から大地を見おろし、また天空を飛ぶ飛翔機械を見あげるという、悦楽をともなった視線の交歓は、大量殺戮者と被殺戮者の視線に取って代わっていくことにもなる。そして中国もまた、そのような垂直方向の視線が飛びかう現場となっていった。

第十三夜

翔んでる大清帝国

1 〈飛車〉と近代中国

ヴェルヌに翔ばされて

そして、ふたたびジュール・ヴェルヌ。

その「驚異の旅」シリーズが陸続と中国語に訳されていったのは、一九〇〇年くらいからであった。『気球に乗って五週間』、『地球から月へ』、『八十日間世界一周』、『彗星飛行』、『征服者ロビュール』、『世界の支配者』……ヴェルヌの作品群に共通して流れているのは、「飛翔」のモチーフであろう〔図13-1〕〔図13-2〕。

二〇世紀の最初の一〇年間——それはまた清王朝最後の一〇年間でもあったが——に書かれた小説を、文学史の上では「清末小説」あるいは「晩清小説」と呼んでいる。阿英《あえい》が『晩清小説史』（初版は一九三七）を著わしてから、もっぱらその政治的意義を視点に据えた研究が進められてきたが、この時期の小説が、多分にSF的成分を有していることは、近年になってやっと注目されだしてきた。

不死の仙薬を手にした嫦娥は月に奔走し、唐の皇帝は優雅なる月世界散策をこころみた。月への飛翔をこころみた中国人の想像力については、これまでもさんざん触れてきた。のちに魯迅《ろじん》の名で知られるようになる、若き

図 13-1　ヴェルヌ『地球から月へ』より
月へ飛ぶ砲弾

図 13-2　ヴェルヌ『征服者ロビュール』より
飛翔機械エプヴァント号

医学生周樹人《しゅうじゅじん》は、日本に留学し、一九〇三年、ジュール・ヴェルヌの作品を、日本語訳から中国語に移し、刊行した。『地底旅行』と『月界旅行』である。『月界旅行』の「弁言」は、訳者によるコメントである。

山や水の危険は、いまやその威力を失ったとはいっても、さらにまだ、引力と空気とが、もろもろの生物を拘束して、雷池《らいち》（範囲、限界）を一歩こえて、他の星ぼしの人類と交流することをむずかしくしている。（中略）ヴェルヌ氏は、まこと、その尚武の精神をもって、この希望の進化を描いた人である。およそものごとは理想をもって因とし、実行を果とする。種を蒔《ま》いてはじめて、秋の収穫があるのである。将来は、惑星に植民をし、月世界に旅行することなどは、物売りや子どもでさえ、ごく普通にあたりまえのこととみなし、不思議に思うこともなくなるだろう。（中略）ゆえに、もし今日の翻訳界の欠点を補おうとするならば、（中略）かならずや、科学小説よりはじめなければならない。

さながら文学運動のスローガンのようなこの文言を書いたのは、のちの文壇の大御所「魯迅」ではなく、一介の名もなき学生であった。梁啓超《りょうけいちょう》によって提唱された、文学（小説）を、人びとを教化する道具として活用しようという主張や、科学技術によって国家や民族を救済しようという、素朴な使命感にあふれている。この時代、中国の現状がかかえている諸問題は「病」に見立てられ、これを治療すべく提示されるさまざまなアイデアは「薬」に見立てられた。科学技術による空想的な成果を「薬」として調合しようとしたものが、清末の科学小説の一面であったといえるだろう。*1

単純にひとくくりにするわけにはいかないけれども、清末に書かれた小説をめぐる評論や、小説の序文などには、魯迅の主張に近いものが数多く見られる。ヴェルヌをはじめとする飛翔のモチーフを包含した外国の作品が数多く翻訳紹介され、「科学小説」「理想小説」「冒険小説」などのジャンルに分類されて、読まれていた。いきおい、そのひそみに倣って類似の作品を書いてみようと思う中国人もあらわれることになる。飛翔や飛翔機械に少しでも言及されている作品は、けっして少なくない。

たとえば肝若《かんじゃく》の『飛行之怪物』（一九〇八）は、西暦一九九九年に設定された未来において、目に見えぬほどの高速で陸海空を飛びまわり、すべて破壊しつくす物体が世界各地で目撃されるところからはじまる。そいつは、アメリカの各都市を破壊し、ついにはニューヨークを壊滅させ、多くの市民を殺戮した〔図13－3 a・b〕。その正体をめぐっては、月からの侵略者説、未知の巨大モンスター説、宇宙空間を漂流していた磁性岩塊説など、さまざまな憶測が飛びかった。翌二〇〇〇年、謎の飛行物体はヨーロッパに飛来した。目撃者によれば、物体は長方形で、両側に翼が生えていて、人間が乗っていたという。あるとき、飛行物体から落ちてきたものが地面にあたって砕け散った。破片を回収して復元してみたところ、あろうことか、それは中国の鼻煙壺《びえんこ》——

図 13-3a,b 『飛行之怪物』（1908）より

嗅ぎタバコ瓶《スナッフボトル》であった。

かくして全世界は、「支那帝国」が、かかる兵器を駆使して世界を恐怖にさらしているのだと、いっせいに非難の矛先を中国にむけた。支那帝国あやうし！

『飛行之怪物』は、後半部分がないので、その結末はわからないのだが、世界に恐怖を与える謎の戦闘マシンは、ジュール・ヴェルヌの作品をいろどるメカニック、たとえば『海底二万リーグ』のノーチラス号、『征服者ロビュール』のアルバトロス号、『世界の支配者』のエプヴァント号などを彷彿させるものがある。あるいはむしろ、ダグラス・フォーセットの『アナーキスト・ハルトマン——大都市の命運』（一八九二）が想起されるかもしれない〔図13－4〕。このSF小説は、アナーキストが、強力な武器を装備した飛行船アッティラ号でロンドンを破壊しようとするというストーリーだが、一八九六年には、日本でも『空中軍艦』と題して翻案が刊

図 13-4 『アナーキスト・ハルトマン』（1892）の飛行船アッティラ号

行されている。『飛行之怪物』も、一九世紀後半の欧米で大量に書かれていた、飛翔機械を重要なモチーフとした、この種の空想小説の翻案作か模倣作のひとつだろう。*2

天空を舞台にした戦いは、中国においては、『西遊記』や『封神演義』のような神怪小説においても、ごくふつうに展開されていたのだが、清朝末期にいたるや、それらを駆動させていた妖術や仙術は、「科学」という名の帽子を頭にかぶせられ、あいかわらず元気にドンパチを繰り返していたのであった。

この章では、清末期の中国で書かれたいくつかの主要なSF作品を、特にそこに見える飛翔にまつわるモチーフを探りながら、ひろい読みしてみたい。

賈宝玉も飛車に乗る――『新石頭記』

〈飛車〉という語彙がもつ「飛翔機械」という意味は、古来の「高速で走る車」という意味とともに、近代にいたってもしたたかに生きつづけた。そしてこのころには、外国からもたらされた気球《バルーン》、飛行船《エアシップ》、飛行機《エアプレーン》などの、飛翔のためのさまざまな機械の汎称として用いられるようになり、また前章で見たように、狭義としては特に飛行機のことを指すようになっている。伝説や小説の世界では、飛車は奇肱国から飛来したと伝えられ、神仙たちの乗り物として漢代の画像石を飾ったが、一九世紀の『鏡花縁』においては、周饒国（焦僥国）で生産されることで、大きなモデルチェンジをとげた。飛翔機械としての飛車は、二〇世紀の初頭においても、多様な進化を遂げていたようである。

清末の代表的な小説家のひとり呉趼人《ごけんじん》（一八六六〜一九一〇）〔図13-5〕は、作品の数も多いうえに、しり切れトンボで終わってしまったものが多い当時においては、比較的まとまった、読ませる作品を書いた作家である。清末社会を描いた長編『二十年目睹《にじゅうねんもくと》之怪現状《かいげんじょう》』（一九〇三）、西洋の探偵小説の手法を取り入れた『九命奇冤《きゅうめいきえん》』（一九〇四）はじめ、多くの小説を書いている呉は、SFというジャンルの創作にも、ちゃんと手を出している。それが、一九〇七年に書かれた『新石頭記《しんせきとうき》』であった。タイトルに見える『石頭記』というのは、あの凧マニアの曹雪芹が書いた、清代の長編小説『紅楼夢』の別名である。

当時の小説には、すでにある古典小説の頭に「新」の一字をくっつけたタイトルの作品が多い。これは、過去のよく知られた古典の人物設定を、ほぼそのまま踏襲しつつ、舞台を現代、つまり清末の中国に置くという趣向の小説で、当時たいへん流行したものであった。『晩清小説史』を書いた阿英は、これを「旧作に擬《ぎ》したもの」として、「擬旧小説」と呼んだ。また欧陽健《おうようけん》は『晩清小説史』（一九九七）などで「翻新小説」と呼んでいる。*3

この種の「新」を冠した小説は、タイムスリップ・テーマのSFとしても読めるだろう。また、そのような舞台設定の方法から容易に想像されるように、だれもが知っている登場人物たちを、なまなましい「現代」ではなく、いっ

図13-5　呉趼人（1866~1910）

そのこと、さらに未来の世界、あるいは、現実とは異なるパラレル・ワールドに飛ばしてしまったものさえ書かれたのであった。その佳作が、呉趼人の『新石頭記』なのである。[*4]

『新石頭記』では、『紅楼夢』の主人公である貴公子賈宝玉《かほうぎょく》が、タイムスリップによって、「現代」すなわち清朝末期当時によみがえるのである。ここで宝玉は、新聞雑誌を読みあさり、また近代的な工場を見学するなどして、新たな知識を増やしていきながら、清末社会に適応していく。おりしも義和団の乱がおこり、当時は「拳匪《けんぴ》」とも呼ばれていた義和団にまつわるあまたの醜態を眼にしたりもする。さらに監獄に入れられるなど、波乱の体験をへた宝玉は、ある日、ゆくあてもなくさまよい歩く……。

気がつくと賈宝玉は、いつのまにやら、中国国内に建設された科学ユートピア「文明境界」に迷いこんでいた。「現代社会」であることは変わらないのだが、べつの発展を遂げたパラレル・ワールドに迷いこんでしまうのである。ここから物語の後半部に入り、この文明境界における賈宝玉の見聞が、最後まで描写されるわけである。

この作品は、宝玉が清末社会の現実とむきあう前半部と、文明境界見聞記の後半部とに分かれている。前半部では、なまなましい清末当時の現実が批判的、諷刺的に描写され、比較的暗い筆致で進んでいく。従来、この作品を論ずるもののなかには、しばしばその前半部にのみ価値を見いだし、後半部分は荒唐無稽な、価値のないものとみなす傾向があった。まさに阿英がそうで、社会の現実を描くかどうかという点にのみ作品の価値を見いだそうとすると、いきおいそういう結論になるのだろうけれど、それではちょっとつまらない。少なくとも、ぼくらにとっての、この作品の読みごたえ、おもしろさは、むしろ後半部にあるといってよい。そこにいたるためには、前半部でじっくり書きこむ必要があったのである。

宝玉は、文明境界に入るにあたり、老少年《ろうしょうねん》と名乗る男に出会う。かれは宝玉のガイドとして機能する。

まずこの文明境界に入るには、医師による身体検査を受診しなければならない。それによって、いささかでも野蛮性があることがわかれば、改良手術がほどこされる。これこそは、文明境界の発達した医学のたまものなのだ。レントゲン写真やCTスキャンを思わせる「玻璃鏡《はりきょう》」なる機器によって、人体のあらゆる組織が検査され、住民の肉体は病気知らずというわけだ。そればかりか、だれもが精神的にも健全であり、悪事をはたらくものなどいない。辞書からは〈賊〉〈盗〉〈姦〉などの単語が削除され、警察も刑の執行官も、もはや存在しない。かつてひとりの偉大な教育家がいて、「徳育を普及させよ、憲政は廃すべし」ということばを残して息をひきとったという。このことばを仔細に吟味した結果、文明境界では、立憲制も共和制も採用しないこととなった。かれらが信じるものは、「文明」すなわち礼節やモラルであり、「文明専制」とでもいうべき政体がとられていたのである。

この種の小説では、新世界を来訪したものは、かならずや、進化した乗り物による驚異の旅を体験させられるのが定番だ。ここで登場するのは、もちろん呉趼人版の〈飛車〉である。宝玉は、飛車や、新型の潜水艇に乗ることで、さまざまな新奇な体験をするのであるが、そのあたりを描写する呉趼人は、なかなか楽しげである。文明境界における飛翔機械の発展史が語られるところを読んでみよう。

図13-6　『新石頭記』第24回

さてもその〈飛車〉なるものは、もともとは鳥をまねたものであり、プロペラを用いないものであった。初期のタイプは、左右にふたつの翼をつけ、機内に設けられたエンジンを動かし、電気の力で両翼をはばたかせ、風に御して飛翔するというもので、前進も後退も自由自在であった。そののち、両翼をひろげるのは、あまりにかさばり、衝突のおそれがあるというので、賢明なる科学者たちが改良を重ねた結果、両翼を取りはらい、機体の上部に「昇降機」をつけ、後部には「進退機」をつけるタイプになった。さらに四面にはバンパーを取り付けて、たとえぶつかってもかすれる程度で、衝突事故にはいたらぬようにしたのであった（第二五回）〔図13－6〕。

清末画報の絵師たちが脱却できずにいたオーニソプターという観念から、ヘリコプターへと進化したということであろうか。飛車を目にした宝玉は、驚きあきれて、こうつぶやく――

まえに、ある小説を読んだことがあった。『鏡花縁』とかいったたっけ。そのなかに、周饒国とやらは〈飛車〉をつくることができるとか書いてあった。そんなものは空想にすぎず、口から出まかせで、どうせ実現はできないだろうと思っていた。それがいま、現実に存在しているとはなあ（第二五回）。

貴公子宝玉も、女の子たちのことはとうに忘れ、いまは飛車に夢中なようである。『山海経』『抱朴子』『博物志』『鏡花縁』、そして『新石頭記』と、つねに先行する文献を典拠としつつ改良を重ねてきた、〈飛車〉のデザインの系譜に見える想像力のありようは、中国の幻想文学の系譜そのものとして浮かび上がってくるであろう。そして、とりわけ飛翔文学において注目すべきは、見上げたり、見下ろしたりするまなざしと、視覚に映る景観の描写でもあった。

図 13-7 『新石頭記』第 26 回

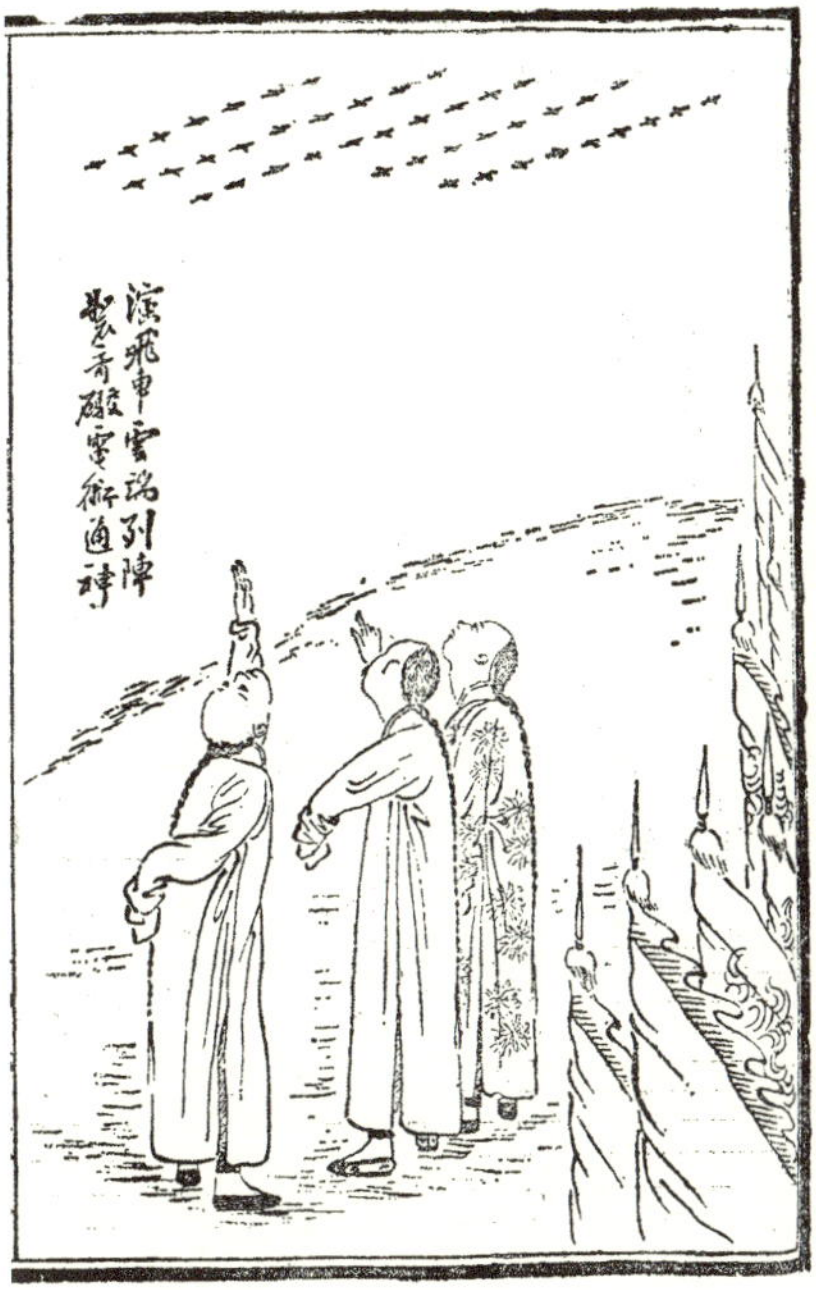

図 13-8 『新石頭記』第 37 回

その車はすでに空中に浮かび、前にむかって飛んでいた。宝玉は、ガラス窓越しに、外を眺めた。見れば、空中を行き来する〈飛車〉は、大小さまざまで、まったくもって「天空を鳥のように自由に飛ぶ」といった観があった。思わず興奮してしまった宝玉は、こういった。

「じつに空前絶後の創造ですね！」

すると老少年はいった。

「空前とはいえるけど、絶後とはいえないだろうね。いまこのときも、どこかで研究が進んでいて、ますます精巧なものに改良され、進歩しているのだからね」（第二五回）

清末小説の作者と挿絵絵師とのあいだに、挿絵をめぐる指示や連絡がどの程度あったのかという問題は、たいへん興味深いテーマであるが、文字テクストと挿絵をくらべるかぎり、あまりなかったのかもしれない。

いずれにしても、『新石頭記』の絵師は、ごらんのような〈飛車〉を描いた。そして文字を担当する呉趼人先生も、メカニックの説明をしているときは、じつに楽しげだ。「教訓」「啓蒙」じみたことも、おあいそ程度にあわてて書き足してはいるが、むしろかれは、飛車やら潜水艇やら、枝葉末節であるはずの小道具《ガジェット》たちに宿る神がみのとりこになっていたのではないだろうか〔図13－7〕〔図13－8〕。

2　メランコリーの飛翔者

上海の悩める法螺男爵――『新法螺先生譚』

世に容れられず、傷心のまま天にむかわざるをえなかった、メランコリーの飛翔人、屈原のことを記憶しているだろう。清末の小説『新法螺先生譚《しんほらせんせいたん》』（一九〇五）の主人公もまた、その無数にある後継者のひとりであった。

図13-9　包天笑（1876~1973）

一九〇五年、ジャーナリストにして作家、また翻訳家でもある包天笑《ほうてんしょう》（一八七六～一九七三）〔図13－9〕は、ドイツのミュンヒハウゼン男爵の物語、すなわちビュルガーの「ほらふき男爵」を、巌谷小波《いわやさざなみ》の日本語訳から中国語に移し、小説林社から刊行することにした。

小説林社の編集人で作家でもあった徐念慈《じょねんじ》（一八七五～一九〇八。ペンネームは東海覚我など）〔図13－10〕は、包天笑の友人である。包からこの訳稿を見せられた徐は、一読していたく気に入り、「ではぼくが、中国版のほらふき男爵を書いてみようか！」ということでできあがったのが、『新法螺先生譚』であった[*5]〔図13－11〕。

上海に住む法螺先生は、現代の科学が表面上の現象の研究だけでこと足れりとしていることに対して、大いなる不満を抱いていた。ある日、思案にくれつつ高山に登った法螺先生、突然の強風によって霊魂と肉体とが分離してしまうが、先生はこれを機会に、さまざまな実験をこころみる。

この霊魂なるものは、不思議な発光能力をもっていた。先生がこれをかかげて世界を照らしてみると、世界各国の学者たちは、この謎の光に議論紛々、先生はこれを目にして、科学がまだ幼稚時代にあることを笑う。霊魂の四分の三は、地球を脱して月に飛び、さらに水星とすれ違いざまに、水星人の「造人術」を目にする。

……かれらは、白髪で背中がまがり、歯の抜け落ちた老人を、手術台にしばりつけた。老人は目も口も閉じたままで、まるで死人のようである。かれらはその頭のてっぺんに、大きな穴をあけた。そして、脳みそをスプーンですくい出した。ひとりは手に器をもっているが、そのなかは液体で満ちていた。乳のように白く、熱く沸騰している。脳みそを取り終えると、こんどは漏斗型の管を取りだして脳天の穴に差しこみ、器のな

図 13-10　徐念慈（1875~1908）

図 13-11　『新法螺先生譚』（1905）

かの液体を流しこんだ。すると、老人は目を開き、口をあけた。また、手足も動き出した。さながら緊縛から、のがれようとしているかのようである。液がすべて流しこまれると、傷口が縫合された。だが、その頃には、もう余とは距離ができてしまい、見えなくなってしまった。

水星の造人術とは、脳髄を交換することによって、若返る医術だったのである。法螺先生は、「上海に帰ったら、脳髄改良会社を設立しよう！」と、ひそかに思うのであった。

さらに先生は、金星に飛び、こんどはうまいこと着陸する。金星は灼熱の地で、脊椎動物はまだいなかった。金星表面を散歩していると、大きな岩が見えた。なんとそこで、先生は、五年前に北極探検をした際になくした日記を発見する。どうしてこれが金星にあるのかはわからないが、とりあえず日記は石にあいた穴のなかに埋めておくことにした。先生は、大気の流動に巻きこまれて、ふたたび宇宙空間に放り出され、地球にむかう。

いっぽう、地上に残った肉体と魂の四分の一は、地底に入り、地底国で「黄」という姓の白髪の老人に出会う。老人は、いま、漢民族の性質からは善性が失われているが、覚醒させようにも、すべがないといって嘆く。老人と別れた法螺先生は、地底国から出る。

地球に舞いもどった霊魂は、地底から出てきた先生と、地中海でふたたび合体する。ここで龍旗をひるがえした艦隊にひろわれた。かれを救いあげた艦隊は、清国を救うべく決起した義勇艦隊であった。

催眠術とテレパシー

上海にもどった法螺先生は、当時ブームとなっていた催眠術に関心を抱き、その原理である「動物磁気説」を研究する。その結果、「脳電」による通信、すなわちテレパシーをコントロールする方法を確立し、その講習会を開く。かくして世界各地には、テレパシー訓練校が設立され、テレパシーによる通信は世界に普及する。

ちなみに、当時の小説には、催眠術に言及するものが少なくない。ここでいう催眠術とは、一八世紀フランスの医師フランツ・アントン・メスメルにはじまる動物磁気説の延長上にあるものである。この種の催眠術は、同時期の日本でも大流行を見たが、そのようなブームは中国にも波及した。たとえば革命派の志士、陶成章《とうせいしょう》は、上海で催眠術講習会を催し、日本で出ていた本を訳して『催眠術講義』（一九〇五）という教科書まで出版しているが、どうやら陶の術はあまり効かなかったらしく、まわりからはペテン師呼ばわりされていたらしい〔図13-12〕。こまり果てた陶成章は、旧知の魯迅が、日本では医学を学んでいたのを頼って、「ちょっと嗅いだだけですぐ眠ってしまう薬はないか？」と、すがりついている。[*6]

『新法螺先生譚』のこのくだりも、そのころの催眠術ブームを反映しているのだろう。ところが、予想しない展開が法螺先生を襲った。人類がひとつになれる日を理想に見てはじめたテレパシーの講習会だったが、これが、電信・電話・郵便等の通信産業にたずさわる人びとに、失業の危惧を抱かせたのである。結果、テレパシーの普及のために、交通機関や通信機関は不要となり、これらに従事していた人びとは失業し、工商業界は大打撃を受けることとなった。不満分子のなかには、法螺先生こそが悪の元凶と考えるものもあらわれ、法螺先生排撃運動にまで発展する。生命の危険を感じた先生は、とうとう上海を脱出し、しばし姿をくらまさざるをえなくなったのであった。[*7]

せっかく生きて地球に帰ったかれもまた、屈原の轍をふむように、世に容れられない。社会から排除せられたものは、飛翔する。そしてまた、飛翔したものは、疎まれ、排除される。人間がそのままでは飛翔できない生物であるかぎり、この公式は成立するのであろうか。

図 13-12　陶成章『催眠術講義』(1905)

3 〈電球〉を夢みて

SF演劇――『電球遊』の飛翔機械

浙江省の温州《おんしゅう》に、洪炳文《こうへいぶん》（一八四八～一九一八）という人がいた〔図13-13〕。科挙で身を立てることには失敗したが、請われて浙江の地方官の幕僚の任に就いたり、学堂の教師などもしていた。多くの科学技術関係の著作があるほか、戯曲が三七種、詩文のたぐいが一五種残っている。科学技術に関する著作には、あの高魯が書いた『空中航行術』（一九一〇）に刺激され、同年の五月に完成させた『空中飛行原理』がある。*8

その洪炳文の戯曲のなかに、『電球遊《でんきゅうゆう》』『月球遊《げっきゅうゆう》』という作品があった。『電球遊』（一九〇六）は「乗球」「園覯《えんこう》」「夢回」の三齣《しゅつ》からなるもので、作者は「好球子《こうきゅうし》」のペンネームを用いている。ストーリーは単純で、作者その人を投影させた主人公が、〈電球〉と呼ばれる未来の乗り物で、小さな旅行をするはなしだ。

ここで活躍する飛翔機械〈電球〉とはどのようなものだろうか？　その「自序」では次のように説明されている。

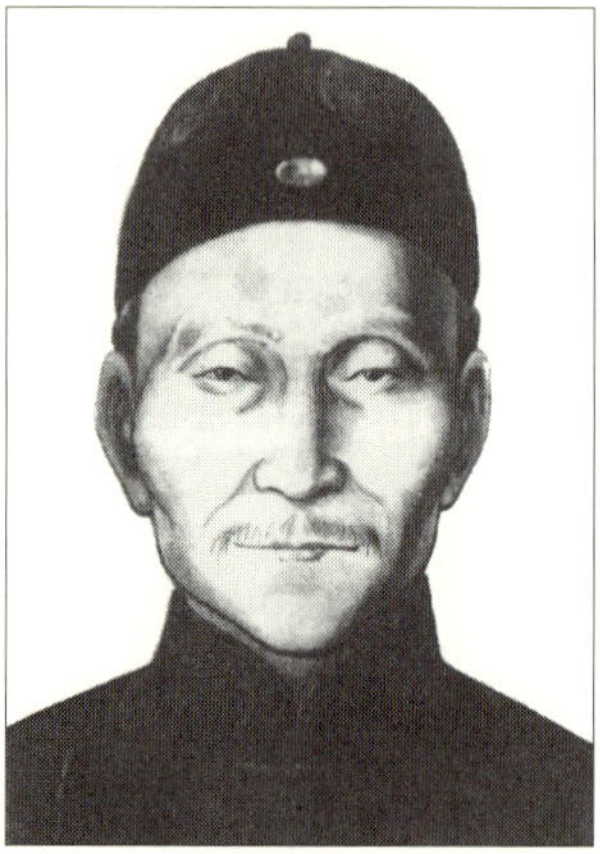

図13-13　洪炳文（1848~1918）

〈電球〉の方法は、まず、いま現在設置されている電柱の上に、一本の電線を通す。これを瓷器でつくったフックで支える。気球の下に傘を据えつけて雨避けとし、その傘の下には籠をつけて、人はここに乗り込む。籠の下には瓷器の輪《わ》があり、このなかに電線を通す。気球が電柱のそばまで来ると、電線はすこしあがり、通過すると、またフックに納まる。瓷器を用いるのは、電気を通さないからである。この球を進めようとするなら、あちらとこちらで電気を発せさせれば、かたや反発し、かたや吸引すること、電報と同じ原理だが、こちらは人を乗せることができる。また電車と同じ用途だが、線路を敷設する必要がない。線路をつくることのできない場所では、これを用いるのが便利であろう。〈電球〉は多ければ多いほど、さらに多くの人が乗れ、数珠つなぎに連なって進むもので、混乱して順番が狂うような心配もないのである（『洪炳文集』三一七頁）。

つまるところ、路面電車が、パンタグラフで電線と接しながら電気を供給されて走るように、電線にフックで係留されつつ浮遊し、電気の供給を受けながら進む気球のことであろうか。スキーリフトをさかさまにしたような形状を想像すればよいのかもしれない。

その冒頭に置かれた「例言」では、この作品が「理想小説」であり、また「言情小説」でもあると宣言している。この時代の「理想小説」とは、いまふうにいうなら「空想（科学）小説」、「言情小説」は「愛情小説」といったところだ。作者はさらに、次のような主張を展開する。

『環遊月球』という小説があって、わが国でも人気を博しているようだが、いったい人間が砲弾のなかにあって、窒息死しないものであろうか。大砲から打ち出されて、焼け死なないものであろうか。空中を飛行していて、バラバラにならないものであろうか。だが、人びとはかえってこれを聞くことを好む。人というものは、新奇を喜び、空想（根拠の無い想像）だからといってこれを責めないのである。〈電球〉は実現可能なものであり、荒唐無稽な小説のたぐいとの差は、雲泥《うんでい》どころではない。

この作品は「理想」「言情」を標榜してはいるが、実際には「夢の歴史」なのである。およそ小説で夢のないものはない。夢というものは、小説においては、特別な境界であり、移り行く時代であり、未来の影であり、変身の妙法であり、身体の外にある幻縁《せかい》であり、形を成さない歴史であり、ひとり聴くレコード盤であり、ひとり見るシネマなのである。伝奇とは、奇事を伝えるものである。夢でなければ奇ではなく、奇でなければ伝える必要はない。世のなかには、夢の世界はあてにならぬとあざ笑うものがあるが、そのようなやからは、夢を知らず、また伝奇を知らぬもので、小説の門外漢だ。門前払いを喰らわせてしまえ。

この作品が、もしも〈電球〉の製造と〈電球〉の運行のことだけを書き、〈電球〉に乗ることを書かなかったとしたら、これは電球学と呼ばれるべきものとなり、小説のジャンルには入らないことになる。ゆえに、かならず〈電球〉に乗ることを書かねばならない。そうしてはじめて、小説というジャンルの宗旨に合致するのである（『洪炳文集』三一八～三一九頁）。

はじめに引用されている『環遊月球』は、ヴェルヌの『月世界へ行く』のことである。一九〇四年に商務印書館から翻訳刊行されていたものを指しているのだろう。洪炳文の趣旨は、その非科学的なところを指摘しながら批判してはいるのだが、ユーラシアの東の果てに、これほど熱心な読者をもったヴェルヌは、むしろ幸福者といえるだろう。

さて『電球遊』だが、作者その人を投影させたとおぼしい主人公の青年は、手にした書物を読んで、はたと思いつき、こういう。

「おお！　なんと電学堂の人が、新しい方法を発明したというのか。電柱の上に一本の鉄索をめぐらせ、シルクでこしらえた気球をこれにひっかけ、あちらとこちらで電気を発すれば、かたや反発し、かたや吸引して移動する。これは電報と同じ理屈だ。いまやすでに、金華《きんか》にまでつながっているという。これから金華に飛んで、わが弟ぶんをたずねてこよう」(『洪炳文集』三二〇頁)。

かくして温州にいる主人公は、金華に住まう若い友人、吟香居士《ぎんこうこじ》をたずねるべく、〈電球〉に乗り込み、金華にむかうのであった。ふたつの土地の距離は、おおよそ一五〇キロほどだ。その卜書きによれば、〈電球〉に乗って移動する様子は、「傘の上に大きな球を乗せ、これを手にして舞台を一周する」と指定されている。

夢を見せる科学

金華を訪れた主人公に、吟香居士は、ある申し出をする。

「私はいま、催眠術の新しい方法を研究しておりましてね。夢を見せることができるのですよ。兄さんと一緒にためしてみたいのですが、いかがでしょう?」

「賢弟が研究に励んでおられることは、いつも手紙で読んで知ってますが、そんなことには、ひとことも触れてませんでしたね。愚兄には、どうも信じられないのですが」

「信じられないというのでしたら、ふだんから、心のうちで気にいっているものをおっしゃってください。私は兄さんとともに、夢でそのなかに入って遊びましょう。そうすれば、私のいっていることが、でたらめではないとおわかりでしょう」

(壁を指さして)「この壁の絵は、賢弟が描いた《適園図》ですね。愚兄がなによりも気にいっている風景です。一緒にこのなかで遊べるのでしたら、なんとすばらしいでしょう」

「それでは術をためしてみましょう。兄さんは、帳《とばり》に入ってお休みください」

「一緒に行くといったのに、どうして私だけ眠って、賢弟は起きたままなのです?」

「兄さんが眠りに入ったら、私もあとからついていきます。この術は、眠るでもなく醒めるでもなく、神遊という状態になるわけです」
「ならば愚兄が先に横になりましょう」（『洪炳文集』三二一〜三二二頁）。

こうして二人は、催眠術を用い、絵に描かれた庭園のなかに「神遊」するのであった。二人はそこで、二人の美女、蘅芳《こうほう》と懴紅《ざんこう》に出会い、意気投合すると、ともに詩を唱和して楽しい時間をすごす。やがて電球局からの使者が来て、天候が悪化するので早々に電球に乗って帰還すべしとの報せがあり、あわてて帰ろうとするが、そこで夢が覚める。

夢のくだりは、唐代張鷟《ちょうさく》の『遊仙窟《ゆうせんくつ》』、あるいはそれに先行する、仙界に迷い込んだ男たちの、仙女との邂逅というモチーフを、忠実になぞっているようだ。『遊仙窟』では、黄河源流域に出向いた男が仙界に迷い込み、二人の美女と、エロティックな隠喩を含んだ詩を唱和するが、これは、遊廓での妓女との交歓のさまを仙界譚に託したものとされている。

『電球遊』の二人が夢で遊ぶのが《適園図》と題された絵画のなかであるとのことだが、洪炳文には「非想非非想主人」なるペンネームで書いた「適園記」という短編がある。これは、かれが夢のなかで遊覧した「適園」という庭園を描写したものだ（『洪炳文集』五七五〜五八五頁）。

『電球遊』第一齣の末尾には、作者がみずから綴った評が置かれている。

好球子いわく。近年では〈電車〉や〈電機〉はあるが、電気で球を運ぶというのは、まだ聞かない。〈気球〉や〈飛船〉はあるが、電気を用いた球はまだ聞かない。〈電球〉の製造は、中国でも外国でもこれまで聞いたことがない。この主人公は、ふだんから飛ぶことを夢に見ていた。両腕をひろげて翼のようにすれば、空中に飛翔し、地を離れること二、三丈、魚が泳ぎ鳶が飛ぶような楽しみを、喜々として満喫したものだが、目が覚めるや、いつもそれが夢であることを悔やむのであった。いつだって、そうであった。『内経』には「上、盛《さか》んなれば則ち飛ぶを夢む」とあり、『易経』には「天に本《もと》づくものは上に親しむ」とある。夢はそれなりの原因から生じるもので、また、おのおのその類型に従うのである（『洪炳文集』三二二頁）。

『内経』とは『黄帝内経《こうていだいけい》』という古代の医学書のことで、そこに見える「上、盛《さか》んなれば則ち飛ぶを夢み、下、盛んなれば則ち墜《お》つるを夢む」という夢判断のくだりを引用している。身体の上部の気が盛んであれば、空を飛ぶ夢を見るし、下部の気が盛んであれば墜落する夢を見るといった意味である。[*9] 飛翔の夢を、古代の中国人はこのように解釈していたのだ。

洪炳文のこの戯曲を稼働させているキイワードが「夢」だと思うのだが、ここを読むと、ふたつの背景をもった「夢」が機能しているようだ。ひとつは、洪炳文という人間の飛行技術や飛翔文学への偏向が、あの、だれもが体験する「飛翔の夢」の具現であるかのように告白していることである。

そしてもうひとつは、清朝末期の「夢」をめぐる科学である。すでに『新法螺先生譚』を見てきた読者諸兄姉には、いきなり催眠術によって夢を見せるはなしに転ずるのが、当時においては、それほど唐突な展開ではないことが、ご理解いただけるかもしれない。二〇世紀の最初の一〇年は、人間とはなにか、霊魂とはなにかという問題をめぐる議論が動物磁気、霊魂の科学的探究、催眠術などのタームによって、欧米や日本でも話題になっていて、清末の中国もその流れのなかにあったからである。『電球遊』「例言」でも、次のようにいっている。

催眠術のことは、いまや頻繁に目にするもので、珍しいことではない。ただ、他人の精神を図画のなかに入れて、これとともに遊ぶというのは、まだあまり見られないものだ。将来はこの技術がますます精巧になり、

図13-14　譚嗣同（1865~98）

かならずやこれを能《よ》くするものがあらわれるであろう（『洪炳文集』三一八頁）。

さながら仮想現実《ヴァーチャル・リアリティ》を想起させるアイデアだが、このくだりは、いまひとりの、ある人物を思い出させる。それは譚嗣同《たんしどう》（一八六五〜九八）だ〔図13‐14〕。湖南の人で、立憲君主制をめざした「変法自強」運動の推進者、アウトドア派の行動的知識人。戊戌維新《ぼじゅついしん》（一八九八）が失敗するや、「大逆不道」の罪により、北京の菜市口で処刑された、いわゆる「戊戌六君子」のひとりである。

譚嗣同は、その最後の年、師とあおぐ欧陽中鵠《おうようちゅうこう》に送った手紙のなかで、譚が出入りしていた上海格致書院の宣教師ジョン・フライヤーのもとで得た知識について、喜々として語っている。化石や計算機、レントゲン写真などを見せてもらい、感嘆する譚に、フライヤーはこういったというのだ。

「なあに、この程度のことは驚くにたらんよ。最新の技術を使えば、人間の脳のなかを測定して、その人がいま何を考えているかまで描き出すことができるんだ。これを使えば、どんな夢を見ているかもわかるし、夢を見させてやることだってできる。つまり、機械によって夢が見られるというわけだ。（中略）科学にとどまるところがあるのなら、科学はもうおしまいだ。いま五大洲の人びとが、こぞって科学を研究しているが、何百何千何万もの繭玉《まゆだま》から、たったひとすじの糸を引っ張っている段階にすぎないのだ。将来は、科学はさらに進歩して、百年後はどれほどすばらしいものに発達していることだろう。千年、万年、十万年、百万年、一億年ののちには、想像を絶するものになっているだろう。きっと人間の身体は変わってしまっているだろうし、月や星にも行けるようになっているだろう。生まれるのが早すぎて、それをこの目で見ることができないのが残念だね」

『電球遊』に見えている催眠術のアイデアも、上海から発信された幻想科学に由来するのかもしれない。『電球遊』は、『新法螺先生譚』とともに、清末の霊魂や精神をめぐる思潮の一斑をのぞかせている作品だといえよう。

まぼろしのSF演劇——『月球遊』

洪炳文の、いまひとつのSF演劇『月球遊』は、残念ながら、テクストそのものが現存していない。洪の「中国は軍械局に航空学校を附設して人材を備え軍用に資すべきである説を論ず」と題する論説文の末尾につけた跋文から、その存在が知れるのみだ。この論説は、飛翔機械の発展史をたいへん簡潔に紹介しているという意味でも、おもしろい文献かもしれない。

〈飛機〉とはなにか？　〈飛艇〉のことである。それが機械を用いることから〈飛機〉と通称されている。飛行に機械を用いる理由は、人力は弱いが機械の力は大きく、人力は短時間だが、機械の力は長久という、周知の事実による。〈螺旋《スクリュー》〉の効能を藉《か》りることで、前進は容易にはなるが、高く昇るのはむずかしい。飛ぶ鳥の形を観《み》て、これにならって〈飛艇〉を製造したが、けっきょくその翅《つばさ》を長時間はばたかせることはできず、失敗に終わった。（中略）一九世紀以来、工学の理想は日進月歩、〈気球〉と〈飛機〉は、すでに五、六馬力から、百馬力、さらに数百馬力にまで増え、いまだに、とどまるところを知らない（『洪炳文集』五九六頁）。

オーニソプターという原初的な飛翔機械のアイデアから進化していく過程にも触れられている。『月球遊』に言及しているのは、以下のくだりだ。

私は『月球遊』と題する芝居を書いたが、これは、飛翔機械によって上昇し、月球に入ることを説いたものだ。世界は将来、必ずや酸素圏から出入りできるものがつくられ、人類は、水陸両棲類のように、酸素がなくても生存できるようになるだろう。また酸素を大量に蓄えることのできる気球がつくられたら、飛行時に機内の人間の呼吸を助けることができる。これは空想小説だが、未来の予言でもある。まこと航空技術の極地であり、未踏の学問領域の開拓だ。いまはまだ成しえないが、ことに先んじていっておいた。人びとの多くは信じようとしないが、はるかな前途において、後世の哲人に委ねたいと願うものである（『洪炳文集』五九九頁）。

ここでは月世界旅行のアイデアが提案され、それがかならずしも根拠が無いわけではないことが力説されている。ヴェルヌが選んだ、砲弾による一瞬の爆発的な力で月に飛ぶ方法を、かれは批判していた。そうではなく、気球によって――ポオの「ハンス・プファアル」さながらに――ゆるゆると月に迫る方法を、洪炳文は模索していたらしい。黄河の遡行や銀色の橋により、ゆるやかな傾斜に沿って天界に到達するという思想は、ここで垂直方向への飛翔を発見したのかもしれない。

酸素がなくても生存できる人類というのは、宇宙服のようなものが発明されるという科学技術の問題なのか、それとも人類そのものが変貌するという意味なのか判然としないが、清朝末期にあっては後者の可能性がおおいにあるだろう。のちほど、康有為の『大同書』に見るように、である。

また、〈電球〉のようなアイデアは、洪炳文が一八九一年に書いた文章のなかに、すでに見えているらしい。

気球の飛翔には、かならずや、新しい方法が発明されて、行きたい方向に飛んでいけるようになるに相違ない。電気は迅速であるから、その能力を活用すれば、蒸気機関の船や車にとって替わることであろう。惑星上に人類が存在すれば、かれらとの往来が可能となるかもしれない。*10

こんな飛翔を夢見る科学者が、清朝末期にはたしかに生きていた。

4　月に行けなかった月世界譚

飛行船はメイド・イン・ジャパン――『月球殖民地小説』

清末には、ヴェルヌが綴った、ありとあらゆる飛翔の物語が中国人にもたらされ、その翻訳作業を担った飛行少年のひとりが若き日の魯迅であったことは、すでに触れた。

図 13-15　『月球殖民地小説』第５回

そのような翻訳ＳＦの刺激を受けたものであろう、ある清末の作家は、ひとりの中国人少年が月世界に留学して帰ってくるというストーリーの作品『月球殖民地小説』（一九〇四）を書いた。

荒江釣叟《こうこうちょうそう》なるペンネームで発表された『月球殖民地小説』は、一九〇四年から翌一九〇五年にかけて、雑誌『繍像小説《しゅうぞうしょうせつ》』に、断続的に三五回まで連載された。まことに惜しむべきことであるが、

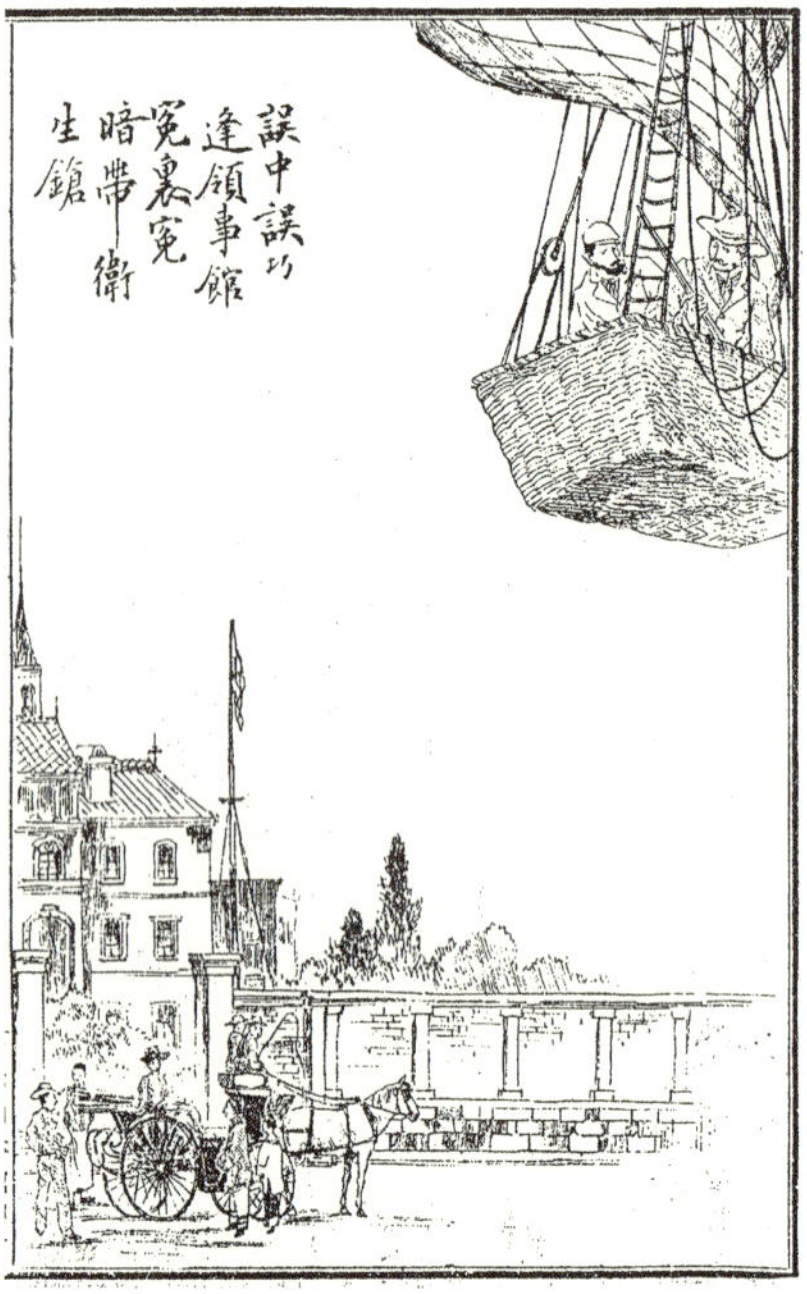

図 13-16 『月球殖民地小説』第 9 回

図 13-17 『月球殖民地小説』第 13 回

清末小説の多分に漏れず、未完である。作者の荒江釣叟については、わからない。現在のところ、同様の署名を付した作品はこの一作にとどまるが、注目しなくてはならない作品であり、また作者であろう*11〔図13-15〕〔図13-16〕〔図13-17〕〔図13-18〕。

物語は「現代」が舞台。龍孟華《りゅうもうか》は、身に覚えのない殺人の罪を着せられたが、義士の李《り》安武《あんぶ》に助けられ、妻の鳳氏とひとり息子とを伴い、南洋にむけて中国を脱出する。ところが、乗りこんだ汽船がイギリスの郵便船と衝突し、沈んでしまった。龍孟華と李安武は救われるが、鳳氏と息子は行方不明。龍孟華は、李安武はじめ、濮心齋《ぼくしんさい》、白子安《はくしあん》ら友人の助けを借り、また、日本の義士、藤田玉太郎《ふじたたまたろう》が提供する巨大な飛行船に乗って、生き別れの肉親を捜索すべく、世界をめぐることになった。

見下ろす視線

玉太郎の飛行船は、文中では〈気球〉の

図 13-18 『月球殖民地小説』第 17 回

二文字で表記され、『繍像小説』の挿絵では、いわゆる熱気球として描かれている。だが、テクストにおいて提供されている仔細な描写から察するに、〈気球〉は、多くの部屋を備え、多くの人員を搭乗させることができる、さらには電気砲などの武器をも備えた、空飛ぶ戦闘艦といったところだ。

やがて、鳳氏がニューヨークにいるらしいとの情報を耳にしたかれらは、さっそく〈気球〉の針路をアメリカにむける。太平洋を越えてアメリカの領空に入り、空飛ぶ船からニューヨークの街を見下ろしたとき、作中人物たちの目に映った風景を、われわれも体験させていただこう。

四時間ばかり飛んだあと、プロペラを停め、少しずつ降下をはじめた。地上から十余華里（五キロメートルほど）ばかり離れたところで、〈気球〉は空中に停止した。それはさながら船が波止場に停泊するようであった。窓をあけて眺めてみると、その視界のなんと広大なこと。ニューヨークの町は、一幅の絵画のようであった。なかほどには四、五〇ものさまざまな形をしたビルがたちならび、あたかも地中のアリの巣か、樹上のハチの巣のようであった。縦横にのびた鉄道は、てのひらの模様といったところ。二人は窓辺にもたれて酒杯を口に運びながら、ニューヨークの風俗を語りあった。かれらは昼食をとりおえたあとで、ふたたび〈気球〉をゆっくり降下させた（第七回）。

ここには、飛翔機械の上から都市を見下ろすという、新たな興奮を伴った視線が活用されている。

ニューヨークに下りてみたものの、鳳氏のゆくえはあいかわらず知れぬまま、おまけに龍孟華は、中国人であるという理由で監獄に入れられてしまう。玉太郎は、かれを救うべく中国領事館に赴くが、領事たちは女遊びのまっ最中で、あてになりそうにない。玉太郎は日本領事館の助けを借りて、孟華を保釈させることに成功する。

第三種接近遭遇

妻の鳳氏とは、すれ違い、またすれ違い！　そして、次から次へと遭遇するトラブル、またトラブル！　物語は地球上を舞台にして、心地よいテンポで、どんどん先に進む。〈気球〉は、そのためにもたいへん便利な設定であったといえるだろう。『海底二万リーグ』のノーチラス、『宇宙船ビーグル号』のビーグル、『スタートレック』のエンタープライズ、『機動戦士ガンダム』の「木馬《ホワイトベース》」……と、ここに列挙したような、人びとを乗せて航海し、次なる物語にむけて移動する魅力的な〈船〉の系譜上に、玉太郎の〈気球〉はある。

長い冒険の果て、龍孟華はついに妻と再会することができた。さらにまた、立派な少年に成長した息子とも再会する。聞けば息子は、あの海難事故のとき、あろうことか月球人に助けられ、そのまま月世界に留学していたというのだ。月球人とともに、かれは地球に「帰郷」する。

月よりの船が地球に降着する場面を見てみよう。ここでもやはり〈気球〉と呼ばれている月球人の宇宙船は、外壁がまばゆいばかりに輝いていた。その輝きは、玉太郎がこしらえた飛翔機械と比較するならば、まるで月と太陽をくらべているよう。見ると、ゴムのように柔軟で水晶のように輝く物質でできたタラップが降りてくる。みんなは躊躇しながらも、月球人の少年に招かれるまま、内部に入る。そこは電灯もないのに、壁面や机が、みずから光を発していた。床にはダイヤモンドが敷かれているようだった……。

こうして一行は、月球人との劇的なコンタクトを果たすのである。

玉太郎の悲哀

日本人として興味深いのは、玉太郎さんの描写であろう。かれは中国の友人のために尽力する、義理がたい異国の好漢であるとともに、驚異の科学技術を提供する科学者という役割を与えられている。日本人としての玉太郎と、日本のハイテクが生んだ〈気球〉とが、意味ありげに描写されるシーンを紹介しておこう。玉太郎は、月球人が乗って来た〈気球〉を目のあたりにして、その高度な技術に、いわば「惑星間カルチャーショック」を受けるのだ。そのときの玉太郎は、次のように描写されている。

「世界の大なること、なんと不可思議なのであろうか。なげかわしや、人類は地球上に生まれ出て、あの石臼の上を這いまわるアリや、繭のなかに閉じこめられるカイコと同様の苦しみを味わいながら、終日やりくりしているのみだ。

……はじめわが日本は、秋津島《あきつしま》一帯の島じまを牢守しながら、南に琉球を望み、北に百済《くだら》を望んで、みずからは天下の雄国なりと思っていた。のちに大唐と通行あるにおよんでは、その文章制度を学び、これで、以前にましてはるかに立派になれたぞと、うぬぼれていたものだ。はからずも、近世またヨーロッパ各国に遇するや、幸いにしてわが明治天皇は百事を振興し、全国民ひとりひとりがみな勇を振い、先を争って、ついには南は台湾を征服し、北は韓国をしたがえて、地球上に強国の地位を誇るようにまでなった。

しかしながら、この強国の地位なるものとて、考えてみれば、あてにはならぬ。ひとりあの月でさえ、すでにその文明はこんなにも発達しているのだ。もしも数年ののち、かれらが地球上にやってきて植民地を開拓しはじめたとしたら、おそらくわれわれ赤、黄、黒、白、茶の五大人種は、大災難をこうむることとなろう。月でさえこうなのである。もしも金星、木星、水星、火星、土星、そしてあの天王星や海王星にも、いたるところに人間が住んでいて、そのいずれもが、われわれの千倍、万倍、はなはだしくは、比較もならぬほどにまで文明が発達していたら、そして、かれらが少しずつわれわれと交渉をもちはじめたとしたら、いったいこれにどう対処しろというのだろう……」

想いここにいたって、いままでの夜郎自大《やろうじだい》の思いあがりは、みな烏有に帰してしまい、頭を垂れ、元気のない様子で、かたわらにぼんやりと立ちつくすのみであった（第二六回）。

こうして玉太郎さんは、意気消沈したまま、研究室に閉じこもってしまうのである。なかなか愛すべき「日本男児」ではないだろうか。

はじめにもいったように、この作品は未完である。さあこれから！　というところで、掲載誌の『繍像小説』は終刊となった。その後どこかに続載されたということは聞かない。「月球殖民地」というタイトルの意味を明確にしないまま未完となってしまったとは、まことに惜しいかぎりである。もしも『繍像小説』がそのまま延々とつづいていたら、おそらくは、舞台を月に移して、気宇壮大なる中華風スペースオペラが展開されるはずだったのに相違ない。

かつて、水平方向をひたすら進むことによって、あるいは到達できるかもしれない「高み」のイメージを付与されて歌われてきた月は、ここにいたって、垂直方向のかなたに浮かぶ、宇宙船に乗らなければ到達できない遠い世界を映す、円い鏡となったのである。思えば、月なかりせば、人類はこれほど早く宇宙に出ようとしなかったかもしれない。文学作品においても、主人公が天空を仰ぐ場面は、グッと激減していたことであろう。まどかなる鏡としての神話的月世界から、破鏡にルナティックな自分を映し見る、老舎《ろうしゃ》の『月牙児《みかづき》』（一九三五）まで、月は中国人によってどのように旅され、そして眺められてきたのか？　いずれまとめてみる必要がありそうだ。

5 〈めざめた獅子〉木星に翔ぶ

一九五一年という未来——『新中国』

近年、清末SFの作者として注目を浴びている人物がいる。陸士諤《りくしがく》（一八七八〜一九四四）である〔図13-19〕。ことにその『新中国』（一九一〇）は、ひょんなことから有名になってしまった〔図13-20〕。

二〇一〇年、上海で万国博覧会が開催されたことは、まだわれわれの記憶に新しい。ときの総理温家宝《おんかほう》が、だれに吹き込まれたのか、この『新中国』の名をあげて、こんな演説をした。「一九一〇年、陸士諤というひとりの青年が、『新中国』という空想小説を創作した。これは百年後の上海浦東《ほとう》で挙行される、万国博覧会の様子を描写している」と。おかげで、ほとんど顧みられることのなかったこの小説が、いくつもの出版社から陸続と刊

図13-19　陸士諤（1878~1944）

図13-20　『新中国』（1910）

行されることになってしまったのである。*12 思えば文化大革命時期には、『水滸伝』という古典小説が、権力闘争の道具として活用されたものだが、この国では、たあいのない通俗小説も、つねに政治の武器と変ずる可能性を秘めているらしい。

『新中国』は、清朝の宣統四三年（一九五一）という架空の未来に――実際の清朝は一九一二年まで――目覚めた主人公、雲翔《うんしょう》――これは陸士諤の字《あざな》である――が、この未来世界を見聞してまわるというストーリーである。主人公は、未来世界でガイドをつとめる李友琴《りゆうきん》女士とともに行動するが、現実世界での李友琴は陸士諤の妻であり、作者の分身たる主人公の女友達として、陸の小説にはいつも登場する。

博覧会については、李友琴《りゆうきん》女士から黄浦江《こうほこう》に架けられた鉄橋の説明をうける際に言及されている。

「もう二〇年になるかしら。宣統二〇年（一九二八）に、〈内国博覧会〉が開催されたんだけど、上海には会場を建設する場所がないので、特に浦東地区に建設したの。そのとき、上海の人が行き来するのに不便だからというので、この鉄橋の建造が提案されたのよ。いまや浦東は、ほとんど上海と変わらないくらいに繁栄しているわね。中国国家銀行の分行も浦東にあるわ。浦東から上海へは、電車も通っている」（第三回）

黄浦江に隔てられた浦東地区と上海旧市街（浦西地区）を結ぶ電車といえば、いまや地下鉄二号線はじめ、何本かの路線が走っている。このように、『新中国』が未来の上海の姿を描いていて、そこに愉快な合致が見いだせるのはおもしろいのだが、ただいまの引用部分で、原著が「内国博覧会」と書いてあるのを、温家宝演説に便乗して刊行された本のすべてが「内容に即して〈内〉を〈万〉に変える」という処理をしているのである。一〇〇年以前の文学テクストさえ、強引に総理の御意に従わせようとした結果であろうか。*13

それはさておき、われわれは『新中国』に見える飛翔のモチーフをひろい読みすることに専念しよう。作中には、いまひとりのガイドの美少女、胡詠棠《こえいとう》が登場する。彼女が〈飛艦〉の説明をするところを見てみよう。

詠棠「わが国では、〈飛艦〉を建造すること、すでに四、五〇種の製法を有していて、それぞれ性能が異なりますが、よその国ぐにで建造されているものとくらべても、ほとんど見劣りはしません。でも、いまつくっているのは最新の発明で、東洋、西洋の各国もこれを越えるものはないでしょう」

私はたずねた——「〈飛艦〉の種類が四、五〇種もあるのですか？」

詠棠「最初はたったの二種類でした。ひとつは飛鳶のようなもので、気球などで浮くものではなく、天の果て、三千尺以上の高度まで上昇できますから、砲弾などもはやとどきません。もうひとつは、気球を取り付けたものです」

「そちらなら、私も見たことがあります。もう四〇年も昔のことですが、ヨーロッパ各国が発明したもので、ただ空に昇るだけで、気球は風まかせ、まったく自由には動けません」

詠棠「それは外国でつくったものですね。わが国でつくったものは、そのような融通のきかない方法は、すでに改良されました」

「どのように改良されたのです？」

詠棠「気球の上に二枚の翼を付けました。鳥のように、翼をはばたかせて飛び、進退も思いのままです。たとえ激しい雨風にあたっても、心配はありません。これとても、初期のものです。その後、研究が進み、改良が重ねられ、長いもの、尖ったもの、まるいもの、いびつな形のものなど、数えきれないほどの新機種がつくられました。それでとうとう四、五〇種にもなったのです。現在の新発明というのは、これまでのものとは、まったく違うものです。聞くところによれば、〈飛艦〉のなかには、ガソリンエンジンが備えられているとのことです」

「なんということ！　ガソリンエンジンの車で地上を走るとなると、エンジンを全開にすれば、一時間で三〇〇里も走ります。空中を飛行するのなら、そのスピードは砲弾とほとんどかわらないのではないですか」（第八回）

そうこうするうちに、友琴が空中から現われたので、雲翔はびっくり。友琴は、たまげる雲翔を笑いながら、これは〈飛車〉であると説明する。

「空中を飛行するものには、二種類あるの。ひとつは船。もうひとつは車よ。〈飛車〉は、大型、中型、小型の三等に分かれます。小型は、あたしがいま乗って来たもので、一人しか乗れません。中型は二人乗りです。三人で乗るのなら、大型の〈飛車〉に乗ります。五人以上であれば、〈飛艇〉に乗る必要があります」（第八回）

『新中国』はこのくらいにしておこう。これらの飛翔機械などを移動手段とし、美女のガイドに連れられて清末時期の諸問題がすべてきれいに解決された未来の中国を見聞するという設定は、呉趼人の『新石頭記』と、ほぼ同じ趣向であるといえよう。*14

大清帝国を救済せよ――『新野叟曝言《しんやそうばくげん》』

同じ陸士諤の作品に、その飛翔のスケールにおいて、他の追随を許さない小説がある。『新野叟曝言』（一九〇九）だ〔図13-21〕。タイトルは、先行する『野叟曝言』という小説の、続編あるいは新編という意味であり、これもまた清末の「擬旧小説」「翻新小説」のひとつである。『野叟曝言』は、清代の乾隆期ごろに成立したといわれる長編小説で、作者は夏敬渠《かけいきょ》。明代を舞台に、理想に燃える主人公文素臣《ぶんそしん》の世界遍歴を通して、上は皇帝大臣から、下は流れものや泥棒まで、五二〇人以上のあらゆる階級の人間たちを描いたものだ。

『新野叟曝言』の舞台は、これまた未来の清朝である。中国は膨大な人口を抱えており、全国民を養うだけの食糧供給がまにあわない。これを解決すべく、進歩的な思想をもつ一〇人の青年からなる、人民を救済するための会議、拯庶会《じょうしょかい》が結成され、文素臣の子孫にあたる文礽《ぶんじょう》は、その会長に任命される。かれはまず、全国の一八省にむけて調査員を派遣するが、その調査によって、全国の人口が爆発的に増大しつつあり、巷間には失業者があふれていることが明らかになる。特に北方中国では、失業者はじめ不満分子が暴動を企てようとしているという危険な情勢にあった。

かれら若き指導者たちは考えた。道徳によって国家を維持することは当然だが、科学によらなければ、国家を治めることはできない。そこで文礽らはまず、人口増加を憂慮し、人口抑制の方法を模索する。「計画出産」の提唱だ。かれらは、早婚や妾をもつことを禁止し、結婚は、父母と子どもを十分に養育するだけの収入が確保できるもののみに許可されることとした。

次に、農業技術を改良し、食糧を増産することを計画する。そのために農業試験場を開設し、さらに耕地面積を増やす努力をする。また、水道やエレベーターの備わった高層アパートを建

図 13-21 『新野叟曝言』(1909)

設する。ここに住む男たちは、もっぱら農務にいそしみ、女たちは工務にいそしむ。食事は「公飯所」から供給され、洗濯は「浣衣房」で管理され、子どもたちは「蒙養所」で育てられる。空想的社会主義の影響を受けたかのような理想社会を、作者は描写している。

　そのころヨーロッパは、清帝国の支配下にあり、日京という中国人が清朝から派遣されて、ヨーロッパ全土を統治していた。ところがヨーロッパ人の一部は、清朝勢力を排除すべく秘密結社を組織し、革命の準備を着々と進めていた。これを事前に察知した日京は、命からがらヨーロッパから脱出する。

　いっぽう文祁は、人口問題を解決するために、金星や木星はじめ、太陽系諸惑星への植民を企画する。そのために、〈飛艦〉と呼ばれる巨大な宇宙船を建造する計画をたて、経費節約を考慮して、特に専門の工場は設けず、部品の設計図を各工場に分配し、昼夜を分かたず製造に取りかからせる。

　ところで文祁には祉郎《しろう》という婚約者がいたが、彼女は夫となるべき人が「昇天」すると聞いて誤解し、ショックで病を得た。家人が彼女を北京に行かせて文祁に会わせ、真相を知るや、すぐさま元気になる。……そんなこんなで、一年ののちには〈飛艦〉が完成した。

　〈飛艦〉は、全長一二〇メートル、中央部の高さは一五メートルで、先端と尾部にむかって細くなっている。船外には大小八枚の翼が伸びている。船体前後にひとつずつ空気製造室があり、図書室、執務室、休憩室なども備わっている。乗り込むための梯子も入口も見あたらないが、乾《けん》、坎《かん》、艮《ごん》、震《しん》、巽《そん》、離《り》、坤《こん》、兌《だ》の八卦にちなんだ名称の扉があり、それぞれスイッチを押すとドアが開き、人が入ると自動的に閉じるようになっていた。窓はないが、壁そのものが光を発しているので、艦内はきわめて明るい。これは文祁が発明した、太陽光線を吸収して発光する「収光薬」を塗布してあるからである。室内には「空気箱」が設置されている。これは、人の吐いた二酸化炭素を吸収しつつ、同時に新鮮な空気を供給するという空気清浄機だ。〈飛艦〉の挿絵がないのが、つくづく残念でならない。

清朝皇帝は、文祁を「征欧大元帥」に任命して、聖旨を下した。「飛艦に乗って、まずヨーロッパを征服し、それから星の世界にむかうべし」と。

〈飛艦〉の図書室

文祁は、五艘の〈飛艦〉を率いてヨーロッパに進路をとった。かれは「醒獅《せいし》」と名づけられた旗艦に乗り込む。艦隊は時速五〇〇キロで飛び、一昼夜たたずに到着。ヨーロッパの七二国はすぐさま〈飛艦〉の前にひれふし、以下の六つの条件を了承した。

一、中国をヨーロッパの上国と認め、七二国はいずれも中国の暦法を奉ずること。
一、孔子教をヨーロッパの国教とし、七二国は共同で保護すること。
一、キリスト紀元と陽暦は永遠に廃止すること。
一、中国の戦費、一千兆ポンドを賠償し、七二国でそれぞれ分担して納めること。
一、ヨーロッパ七二国の言語と文字は、互いに分れていてたいへん不便であるから、今後はすべて廃止し、漢文漢語を用いること。あえてヨーロッパの言語を用いようとするものは、大不敬の罪とする。
一、中国は皇帝の名のもとに、駐欧総監大臣一名を派遣し、ポルトガルに駐在する。七二国の内政外交は、ことごとくこの大臣に報告して批准を受けてから施行すべし（下編三二頁）。

黄白人種間戦争を描いたSF『新紀元』（一九〇八）でも、ヨーロッパの強国が、キリスト暦を強要したがために、清国とヨーロッパ連合国軍との戦いがはじまるのだが、暦法の問題は、世界戦争の引きがねとなりかねない火種であったようだ。

こうして日京は、ふたたび駐欧総監大臣として返り咲き、これを統治する。勝利を得た文礽は凱旋し、「無双公」に封ぜられる。ここまでが、地球を舞台とするエピソードである。さて、これから先は、いよいよ舞台を宇宙に移すのだ。

地球統一を成し遂げた文礽は、やっとのことで祉郎と結婚する。夫婦二人は、二〇〇人の乗員とともに〈飛艦〉に乗りこみ、地球を離れる。次なる進路は、月だ！　月までは一か月ほどの時間がかかるので、乗員は図書室でひまをつぶしたりもするのだが、祉郎が図書室で図書目録を眺めたときの様子を見てみよう。

祉郎《しろう》が図書目録を受けとって見てみると、経書、歴史、理学、詞章、文学、医学、算学、小説と分類してありました。祉郎がひそかに思いますには――「わたしはふだんから小説が大好き。小説は文章がわかりやすいうえに、内容もおもしろくて、楽しい気持ちにさせてくれるし、憂さ晴らしにもなる。そのうえすばらしい理念や名言には、しばしば深く考えさせられるわ。よい小説には、詩詞でもおよばないし、人の感情のいわくいいがたいものも、巧みにリアルに描き出すことができる。だから小説というやつは、わたしにとっては第二の空気みたいなもので、一瞬たりとも離れられないのだわ。小説を読まないような人は、もはや人とはいえないわ……」

そんなことを考えながら、小説の部を見ると、歴史小説、写情小説、滑稽小説、社会小説などに分類されています。さらに書名を見ると、いずれも『三国志』『列国志』『水滸伝』『西遊記』などの古い小説ばかりで、ほとんどが、すでに読んだことのあるものばかりでした。「新しくておもしろい小説は一冊もないのかしら……」とページをめくりますと、とつぜん目の前が明るくなったようでした。目を凝《こ》らして見れば、そこには『新水滸』『新三国』『鬼世界』『新孽海花《げっかいか》』『官場真面目』『新補天石』などの新奇なタイトルがならんでいます。さっそくボーイにいって取り出してもらおうと思ったそのとき、図書室に文礽《ぶんじょう》が入ってきました。

「なんの本を読むんだい？」

「図書目録を見ていたら、タイトルがおもしろそうで、わたしも読んでいないものがあったの」

文祁がそばに寄って見ていうには、

「どれも上海改良小説社の新刊書だね。聞くところによれば、陸という人が書いた小説は、なかなかおもしろいということだ。読んでみればわかるだろう」

そうしてボーイに命じ『新水滸』というのを取り出してもらいました。これは五冊本でしたが、祉郎は一回さらに一回と、読み進めます。彼女はもともとひと目で一〇行を読んでしまう人でしたので、この十余万言の小説も、ほんの一、二時間で読み終えてしまい、「おもしろい！　おもしろい！」とほめそやすのでした。

文祁はいいました。

「いまどきの小説は、玉石混交だからね。たとえば『新三国』『新水滸』にしたって、坊間にはすでに同じタイトルの本が出まわっている。ぼくが本を買いにいったときには、なんど騙されたか知れやしない。さらに恥知らずな本屋となると、私利私欲に走り、公共の利益など考えず、あまり知られていない古い小説のタイトルに「新」の字をつけて、あたかも新作であるかのように偽って売っている。だからいまは新しい小説を買うときは、じゅうぶん注意しなければならないのさ」

祉郎は笑って、「そういうやからは、いわゆるペテン師というやつね。将来の出版界は、かれらの手でだめにされるかもしれないわね」

文祁がそれに答えないうちに、祉郎はまた申します。

「わたしたちがいまやっている、飛艦を製造して惑星探検に行くという活動なんて、これほど新奇なことはないわ。この陸という物書きが知ったら、きっとまた小説にするでしょうね」

「それならすてきだ！　ぼくたちがやっているのは、ある時代の智勇をくつがえし、太古からの願望を開

拓する事業だ。かれの筆によってひろがり伝わるのであれば、後世の人びとのための模範ともなるだろう」（下編四一頁〜四三頁）

書名が列挙されている「陸という人が書いた」小説は、いずれも陸士諤が実際に書いた小説であり、その多くが上海の改良小説社から刊行されていた。[*15] つまりこのくだりは、陸士諤による自作自演の宣伝広告であり、自画自賛なのである。陸士諤という人は、しばしばこのようないたずらをする。メタフィクション的な構造を好んで用いる作家なのである。

ここでは宇宙船〈飛艦〉のなかの図書室の様子が詳説されているわけなのだが、批判されている出版界の悪弊もまた、当時の実情を反映したものであり、陸士諤が腹立たしく思っていたことなのだろう。

ここで思い出されるのは、これもまた清末の飛翔文学といってよい、蕭然鬱生《しょうぜんうつせい》の『烏託邦《ユートピア》遊記』（一九〇六）である。ひょんなことからユートピアにむかうことになった主人公が、さまざまな設備を備えた四階建て構造の〈飛空艇〉に招かれ、ユートピアに旅立つという物語だ。この作品もまた、図書室の描写に手間ひまをかけている。呉趼人が主催した雑誌『月月小説』に連載されていたが、清末小説の多分に漏れず、ユートピアに到達しないうちに、連載が打ち切りになってしまった。

月へ、そして木星へ

一か月あまりの飛行ののち、船は月に到着した。月の山は、すべて瑠璃の山。樹木はすべて、天にもとどかんばかりの高さであった。湖に満ちているのは、水ではなく水銀。だがそこでは、高等生物も鳥獣も発見できなかった。かれらは大清帝国の国旗「黄龍旗」を、月の山のいただきに立てるのであった。

あのジュール・ヴェルヌも、地球に帰還する実際的な方法が思いつかないというので、月への着陸はあきらめたものだが、〈飛艦〉は、おそらく問題ないのであろう。一九六九年の七月に月面着陸を果たしたアポロ一一号の飛行士が、そこにアメリカの国旗を立てて記念としたのを先取りして、清国の宇宙飛行士は、黄龍旗を立てたのであった！

月世界を探検して、文祁はいう。

> 「この月は何万年も前には水もあったし、鳥や獣もいたのだろうし、草花や樹木もあって、地球とあまり変わらない風景だったのだろう。（中略）地質学の研究者にいわせるならば、月は死に絶えた地球であり、月は地球の未来なのである。わが地球も、将来かならずやこのようになる日が来るだろう」
> 「救う手段はないのですか？」とみんながたずねます。
> 文祁「地球の滅亡を回避するのは不可能です。まだ地球が滅びないうちに、べつの星を探して、地球が滅びるかどうかにかかわらず、その星をわれわれの安住の地とするのです」（下編五六頁～五七頁）

こうしてかれらは、さらに月から飛び立ち、やがて木星に到達する。木星の気候は地球の熱帯に近いものであった。いたるところ、黄金とダイヤの山。地形は地球に似ていて、鳥や獣も生息していたが、高等生物は見つからなかった。生物はすべて大きく、木星ウサギは地球のウシほどもあり、木星コウモリは、体長が七尺。木星ハマグリは家ほどもあり、木星リンゴは地球のスイカほどもあった。

文祁は、部下たちを地球に帰還させて、探検の成果を皇帝に報告する。皇帝はたいそうご満悦で、文祁を、こんどは「木星総督」に封ずるとともに、木星への移住を希望する若者たちを募る。また、「皇家飛艦公司」を創設して〈飛艦〉を量産させ、それぞれ「醒獅《せいし》」「遊龍《ゆうりゅう》」「飛虎《ひこ》」「鵬搏《ほうはく》」「鷹揚《おうよう》」「摩雲《まうん》」「掃霞《そうか》」「賽電《さいでん》」「趕月《かんげつ》」「移星《いせい》」と命名された一〇艘からなる船団を、一月に二回、地球と木星のあいだに就航させた。そののち植民希望者が急増したので、毎回五〇艘に増やすことになった。

大清帝国による惑星植民計画！　アイデア、スケールともに、陸士諤こそは、中国近代におけるSF小説家と呼ぶにふさわしい人物なのかもしれない。それにしても、このようなアイデアは、いったい、なにに啓発されて生まれてきたものなのだろうか？

ところがこの小説の結末は、意外にも悲愴感に充ち満ちている。

——その年、中国はまたしても大飢饉にみまわれた。清朝皇帝は、一〇〇艘からなる輸送船団を木星に派遣し、食糧を満載して地球に帰還させようとする。ところが船団は、無事に地球に帰りつくことができなかった。あろうことか、彗星と衝突し、全艦が宇宙の塵《ちり》に帰してしまったのである。

この惨事があって以来、地球と木星の往来は、まったく途絶えることとなった。そして地球には、二冊の書物が残された。ひとつは、あの文素臣の物語で、『野叟曝言』という小説になった。いまひとつは、文礽の遍歴記である。これは、のちに小説家陸士諤の手にわたり、陸はこれをもとに、『新野叟曝言』と題する小説を綴った……。

6　電気と飛翔と霊魂と

エレキの大将のユートピア——『電世界』

清朝最後の傑作SFといえば、やはり、許指厳《きょしげん》（?～一九二三）が高陽氏不才子《こうようしふさいし》のペンネームで書いた『電世界』（一九〇九）の名をあげるべきだろう。

許指厳は、江蘇省武進《ぶしん》（現在の常州）の人。清末時期には教鞭をとるかたわら、文学団体南社《なんしゃ》に所属し、商務印書館で教科書の執筆もしている。『電世界』は『小説時報』の創刊号に全一六回が一挙掲載された。

大清帝国の宣統一〇一年。すなわち西暦紀元二〇一〇年。帝都は上海に遷《うつ》っていた。その清国の崑崙省に造ら

図 13-22 〈電翅〉で飛ぶ電王。『電世界』第 4 回

図 13-23 電王によってナポレオンの空中艦隊は殲滅される。『電世界』第 5 回

れた電気工廠と電機学校を手はじめに、やがてすべてが電化された「電世界」が完成する。これをつくったのは、「電学大王」略して「電王」の異名をとる天才科学者、黄震球《こうしんきゅう》さんである。『小説時報』という雑誌に全一六回が一挙に掲載されたこの作品は、その電学大王と電世界をめぐるさまざまなエピソードである。*16

おりしも、世界征服を企てるヨーロッパ「西威国」のナポレオン一〇世は、黄色人種を滅ぼすべく、空中艦隊を率いてアジアにやって来た。電王は、ひとり〈電翅《でんし》〉と呼ばれる飛翔装置を身につけてこれを迎え討ち、〈電気槍《でんきそう》〉というハイテク兵器でナポレオン艦隊を殲滅する〔図13-22〕。怒り狂ったナポレオンは、さらに空中艦隊を差しむけようとするが、ヨーロッパに飛んでいった大王によって、西威国は壊滅させられる〔図13-23〕。これを知った西洋各国は、恐れおののき、清国との和平を求めてくる。

図13-24　空中を往還する輸送機関。『電世界』第8回

電学大王は、交通機関の整備に力を注ぐ。空には〈公共電車〉〈地方電車〉と呼ばれる飛翔機械が飛びかい〔図13-24〕、地表は、一〇万馬力の〈平路電機〉という機械によって、碁盤の目のようにきれいに舗装されている。道の両側には、その上に人がすわるとそのまま移動する〈電気椅子〉が行き来している。

財政を健全化すべく、南極に金鉱を掘る。電王は南極に〈ラジウム灯〉を設置して常春の地にする。また、電気の力によって、偽造不可能な貨幣を発行する。〈ラジウム灯〉は北極にも設置され、農場となり、〈電犁《でんり》〉や〈電気肥料〉が活躍している。また、バイオテクノロジーの発達によって、ゾウほどの大きさのブタが飼養されていた。

電化の進歩と普及によって、いまや石炭は不要のものとなった。失業の不安を抱いた炭鉱労働者は暴動をおこし、電王を暗殺しようとする。電王は、このような事態になるのを予想しなかったことを深く反省し、労働者たちに、景徳鎮《けいとくちん》と組んで磁器産業に従事する路と、アフリカの新興農場に行って働く路とを提案する。活路を得た労働者たちは、電王に対して感謝感激あめあられ。『新法螺先生譚』と同じテーマがここにも見いだせるが、電王はうまく解決したわけである。

このときの電気は、〈空中電気〉に拠っているので、電線は不要であった。天候は電気でコントロールされており、空気中のウイルスは、電気放射によって殺菌、消毒され、伝染病の心配は完全に消え去った。病気については〈電気分析鏡〉というCTスキャンのようなものによって患部がすぐにわかり、すみやかに治療がほどこされた。若年層の性犯罪を防止すべく、一〇歳前後の少年には、〈絶欲剤〉が投与される。これは肉欲を淡泊にさせるというもので、人類は、五〇歳になってはじめて思春期を迎えるようになる。これと同時に、医学の進歩で平均寿命は一二〇年までになる。

電王はベーリング海に大公園をつくる。公園で、大王を暗殺しようとするものが現われた。かれらは「反対党」であった。暗殺は失敗し、かれらは絶対にウソのつけない〈電光審判〉にかけられる。犯人は、黄色人種による支配に恨みをいだく白人であったが、電王は寛大な処置をほどこす。

電学の発達が、新たな電動式の〈性の道具〉をも進歩させていることを、上海の妓楼で目にした電王、いま必要なのは徳育なりと考え、新式学校を設立する。つまらない授業を改善すべく〈電筒発音機〉と〈電光教育画〉を開発する。かくして全国からは盗賊淫蕩の文字は消えたのであった。

平均寿命が延びたことによって、人口は増加するいっぽうとなり、これもまた悩みの種となった。電王は、世界のいずこの事件でも見ることのできる〈万里眼〉と携帯電話〈伝音筒〉を発明する。〈万里眼〉で、エベレストにホテルをつくろうとしている人びとを眼にした電王は、人口増加問題に頭を悩まし、海底への植民を計画する。

電王は〈新式海底潜水大艦〉を製造して、海底植民のための調査をはじめる。やがて海底に殖民地が開かれ、人口問題は解決する。そんなある日、海底で婦女暴行殺害事件が起きた。電王はこの悲惨な事件に悲しみ、これほど科学の発達した世になってさえ、いまだに犯罪がなくならないことに悩む。

〈海底電船〉に乗って太平洋を調査中の電王は、海底の異常な地殻変動を発見する。近いうちに日本列島が沈没することを予言した電王は、日本人に対して避難勧告をするが、愚かな日本人はこれを信じようとしない。電王は法を講じてかれらを退避させる。退避がすべて完了するや、日本列島は、大地震とともに、音を立てて海底に崩れ、沈んでいった。愚かなる日本の民草は、電王に感謝感激あめあられ！　電王は、大自然の無常なることに、愴然とした気持ちになる。

さらば地球よ、旅立つ船は……

このころの中国ＳＦには、〈飛翔〉と〈電気〉という、清朝末期を解読するためのふたつのキイワードが、これでもかとばかりに前面に押し出されている。そして両者は、まさにこの物語の結末において、ユニークな形で爆裂を遂げるのだ。

大自然の無常と、人間が完善にはほど遠いのを思い知り、悲愴な心持ちになった電学大王は、二年の歳月をかけて、〈空気電球〉なるものを完成させる。これは、空気を蓄えて宇宙空間をも航行できる、電気仕掛けの飛翔機械であった。人体に有害なガスを除去すべく、四つの〈ラジウム灯〉も装備されている。かれは、みずから地球を去る決心をしたのであった。電王は、全人類を前にして、次のような演説をする。

「わたくし、宣統一〇二年（二〇一〇）の正月一日、電気工場を創設して以来、二〇〇年間、同胞諸君の助けのもとに、世界の整頓に着手いたしまして、いささかの効果はあったもののようでございます。（中略）きょうは宣統三〇二年（二二一〇）の正月一日。ちょうど二〇〇年の月日がたったわけであります。この間の大事と申しますれば、世界が統一され、大同帝国が完成したことでしょう。しかしみなさん。ゆめゆめ忘れてはなりませんぞ。その原動力が、〈電〉の一字であったことを！

そもそも電気というものは――

〈進行〉であって〈退化〉でなく、

〈積極〉であって〈消極〉でなく、

〈新生〉であって〈老死〉でなく、

〈膨張〉であって〈収縮〉でなく、
〈活霊〉であって〈阻滞《そたい》〉でなく、
〈愛力〉であって〈弾力〉でなく、
〈吸合〉であって〈推拒〉でなく、
〈光明〉であって〈黒暗〉でなく、
〈声聞〉であって〈寂滅〉でなく、
〈永久〉であって〈偶然〉でなく、
〈縝密《しんみつ》〉であって〈粗疏《そそ》〉でなく、
〈美麗〉であって〈蠢陋《しゅんろう》〉でなく、
〈荘厳〉であって〈放蕩〉でなく、
〈法律〉であって〈思想〉でなく、
〈自由〉であって〈束縛〉でなく、
〈交通〉であって〈閉塞〉でなく、
〈使っても尽きないもの〉であって、〈すぐに尽きてしまうもの〉ではないのであります。

諸君。われわれは、ただ電気を利用するのみでなく、電気のこのような性質に学ぼうではありませんか。そうしてはじめて、完全な世界の完全な人間と呼ばれるにふさわしいのであります。諸君は、いまの世界が、あたかも文明の頂点に達したかのように考えておられましょうが、とんでもないこと。われわれは、電気の性質にくらべると、まだまだ欠点だらけなのです。

そこでわたくしは、これから星ぼしの世界にでかけてみようと思うのです。参考とし、手本とすべきものをみつけ、なんらかの方法を手にして帰り、それからゆっくりと欠陥の補繕にとりかかることも、あるいは

図 13-25 〈電球〉に乗った電王は宇宙へと旅立つ。『電世界』第 16 回

可能かもしれませんからね。ただし、これは人類初のこころみでありますので、はたして帰って来られるのやら来られぬのやら、わたくしにも自信はないのですが……」（第一六回）

かくして電学大王は、ひとり〈電球〉に乗りこみ、完全な人類への進化の鍵を探し求めるべく、いずことも知れぬ宇宙のかなたへと旅立ってゆくのであった〔図13-25〕。

ストーリーのほぼ全体を占める、幸福をもたらす電世界の発明の数々は、それぞれ検証するにあたいするであろうが、それらの最新科学をもってしても、人間のもつ愚劣さは、矯正することができなかったというわけである。このあたり、清末もぎりぎりの時点で、作者の意識は、すでに安直なユートピア小説を卒業しつつあるようだ。

飛翔をモチーフとした清末のSF小説は、もちろんこれらにとどまらない。たとえば碧荷館《へきかかん》主人の『新紀元』[*17]（一九〇八）全二〇回は、黄色人種と白色人種の最終戦争というテーマの、いかにも清末らしいSFである。飛翔機械や新型兵器が次から次へと登場するのだが、作者はかなりマニアックな描写をしている。[*18]

康有為《こうゆうい》の人類飛翔計画

本書の第十一夜で、ヨーロッパに赴いた外交官たちの、気球への興奮を読んでみたのだが、同じころ、ひとりの名物男もまたパリで気球に乗り、地に足のつかない思いをしていた。清末の学者、政治家にして、梁啓超や譚嗣同とともに変法自強運動の推進者として知られる、康有為（一八五八～一九二七）である〔図13-26〕。かれは、ヨーロッパ漫遊の記録を、『意大利《イタリア》遊記』（一九〇五）および『法蘭西《フランス》遊記』（一九〇七）と題して刊行しているが、その光緒三一年（一九〇五）七月二七日のところでは、くだんの観光用気球に乗り、パリを上空から眺めたことが記されている。*19

この日、気球に乗って二千尺まであがった。飄然として風に御する。天気晴朗なれば、四方を望見することができた。パリを俯瞰すれば、紅楼緑野《こうろうりょくや》は画《え》のごとく、山嶺は陵のごとく、車馬は蟻《あり》のようであった。

（中略）

いつの日か科学技術がいっそう精巧なものとなり、天空を往来することになったら、かならずやこの機械が必要となろう。いまアメリカでは、すでに飛行船が盛んに使われ、汽船は鈍物であるとの感がある。天空で戦争をするようになれば、これは、ますます重要なものとなろう（二三〇頁～二三一頁）。

図13-26　康有為（1858~1927）

そののち康有為は、これからの人類が通るべき道程を、はるかな未来にいたるまで想定して綴った『大同書《だいどうしょ》』という書物を完成させる。『大同書』そのものが書物として世に出たのは中華民国になってからだが、構想そのものは、清末期に成ったと考えられる[*20]。

『大同書』は、康有為が描いた、あるべき人類未来史のヴィジョンであり、設計図である。だがそこには、これまでひろい読みしてきた清末のＳＦに見られる、未来世界の風景、そして飛翔のヴィジョンを発見することができるようだ。たとえば康有為は、こういっている。

火星、土星、木星、天王星、海王星などの惑星にある生物たちとは、あまりに隔たりがあって接触することもならず、暗い彼方を望むばかりである。自分はかれらにも愛をほどこしたいのだが、遠すぎてどうすることもできない（甲部）。

……また、新奇を好むものが現われ、もっぱら神魂を養い、輪廻《りんね》を脱却して無極に遊び、不生不滅、不増不減にいたる。神仙の学ののちには、ふたたび仏学が興り、その究極には、光に乗り、また電気に騎り、空気に御して、われらが地球を出で、他の星に入るものが現われるだろう。これまた大同の極致にして、人智の一新であるといえよう（癸部）。

このほか、政治、社会、生活など多方面における、あるべきすがたを、康はことこまかに書き綴ってみせる。たとえば、空を飛ぶ家、電話一本で転送されてくる料理、理想的な葬式などなど。『大同書』は小説の形をとっては書かれていないが、清末ＳＦに描かれる未来世界とのさまざまな共通点には、当時の知識人が共有していた未来のヴィジョンの存在をのぞき見ることができるだろう。

康有為によれば、人類は最終的に、星と星のあいだを移動する技術を獲得するが、さらには肉体という束縛からも脱して、精神だけの存在となって、宇宙を自在に飛翔することになるという。このような超未来における人類飛翔計画は、つきつめていえば、気球に搭乗してパリ上空の風に吹かれた体験に萌芽していたのかもしれない。

エーテルに飛翔する

すでに触れた譚嗣同にも、飛翔のヴィジョンが見いだされる。その著『仁学』（一八九七）では、「以太《エーテル》」という概念が活躍する。譚嗣同は『仁学』の冒頭で、「仁」すなわち人と人との関係は、「通じあうこと」であり、それは「エーテル」や「電気」といったかたちで現われるのだという。*21 エーテルとは、光が伝播するために宇宙に遍在すると仮定された媒質だが、かれによれば、人体の各部がばらばらにならないのも、夫婦、父子、兄弟、君臣、朋友、家庭、国家、天下がばらばらにならないのも、地球がひとつにまとまっているのも、地球と月がくっついているのも、太陽系がまとまっているのも、銀河星団がまとまっているのも、すべてこれエーテルのおかげなのである。

エーテルの用の、きわめて霊妙なことが顕《あら》われるのは、人身においては脳である。（中略）虚空においては電気となるが、電気は虚空にのみ宿るのではなく、ゆきわたっていないものはないのである。脳はその一端であり、電気の形質をもったものである。脳は形質をもった電気であるから、電気は形質をもたない脳であることになる（『仁学』一－二）。

譚嗣同には「以太説《エーテル》」（一八九七）という論文もあって、そちらではエーテルは次のように説明されている。

〈エーテル〉とは、あらゆる物質に接し、あらゆる物質を貫き、連絡させる働きをもつ。これなくしては五感は成立しえないが、五感では感知しえない、宇宙に充満する不可量物質である。孔子のいう〈仁〉〈元〉

〈性〉であり、墨子のいう〈兼愛〉であり、仏教でいう〈性海〉〈慈悲〉であり、キリスト教でいう〈霊魂〉〈他人を愛すること、己のごとくせよ〉〈敵を視ること、友のごとくせよ〉である。さらにまた、物理学者のいう〈愛力（＝親和力）〉〈引力〉であり、〈電気〉のようなものでもある。

すでに引用したように、譚嗣同は上海格致書院の宣教師フライヤーから、未来の科学技術の展望を説かれ、胸をときめかせる「少年」であった。そして「飛翔する人」のヴィジョンは、その『仁学』にも見えている。

こんにちの電学を用いれば、無線で力や熱を伝えられる。筋肉や骨や内臓を透視することもできるし、脳気の体と用を計測することもできる。いずれは人の重濁な成分を取り去って、軽清な成分を残し、肉体を減らして霊魂を増やすことができるだろう。（中略）やがて智慧だけを用い、霊魂だけを用いる人類となれば、（地だけでなく）水《すい》にも、火《か》にも、風《ふう》にも、空《くう》にも存在することができ、惑星や恒星にも飛行して行き来ができる。地球がすべて崩壊したところで、損なうものはなにもない（二一–四六）。

超未来における、霊魂だけの存在となった高次の人類は、惑星間や恒星間を飛翔するすべを得ることになる。『新野叟曝言』では、地球滅亡がまぬかれえないことから、移住すべきよその星を求めたが、譚嗣同においては、すでに地球すら不要なのであった。そこに「電気」なるものが介入している。このような飛翔する未来人類のヴィジョンは、『大同書』と共通しているだけでなく、『電世界』や『新法螺先生譚』をはじめとするもろもろの清末小説の趣向とも通底しているのであった。それは、万里の長城という、水平方向への飽くなき情念によって伸長させられた建造物が、そのゆきつく果てに限界を見たとき、新たに発見された、「上」なる空間だったのだろうか。

第十四夜　なにかが空を飛んでいる

1　UFOだらけの中国

中国人とUFO

記録魔の中国人は、なにかおもしろそうなもの、不可思議なものが目に入りさえすれば、そのことを積極的にメモに残してきた。とくにそれが、空を飛んでいるもの、しかし明らかに鳥のたぐいでないとすれば、よりいっそう記録すべきものとされたであろう。そのような、高いところをうろちょろする存在を見あげる視線と感性の表現もまた、飛翔文学と称するにあたいするのではあるまいか。

　正体不明の飛行物体をいう航空および軍事用語のUFO（Unidentified Flying Object 未確認飛行物体）は、通俗的な世界では、宇宙人が乗って操縦している飛翔機・宇宙機（エイリアン・クラフト）であるかのように認識され、いまひとつの呼称「空飛ぶ円盤《フライング・ソーサー》」とともに、現代人の好奇心を集めている。

　ただいまの中国語には、「空飛ぶ円盤《フライング・ソーサー》」を意味する「飛碟《フェイディェ》」もしくは「飛盤《フェイパン》」という語彙があるが、いうまでもなく、もとの英語「Flying saucer」を逐語的に中国語に翻訳したものである。英語圏でこのことばが出現してからつくられた語彙であることは明らかだ。『漢語大詞典』（一九九三）で、その説明を見てみると、次のよう

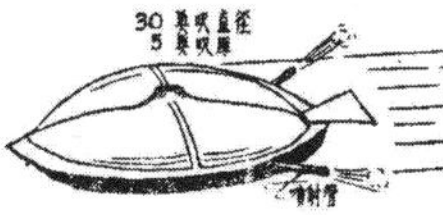

にある。

高空を飛ぶ、碟《さら》の形をした、正体不明の飛行物体のこと。一九四七年以降、世界各地で頻繁に目撃されている（第一二巻七〇三頁）。

一九四七年というのは、その年の六月、アメリカ人のケネス・アーノルドが、ワシントン州で複数の正体不明の飛行物体を目撃した事件を指している。このとき、飛行物体はマスコミによって「空飛ぶ円盤《フライング・ソーサー》」と形容され、以後、この語彙が流行した。アーノルドは、「水面をはねるコーヒー皿のように飛んでいた」と説明したのだが、これが飛行物体の形状そのものとして誤解され、ひろまってしまった。『漢語大詞典』の解釈も、これを踏襲しているというわけだ。

「空を飛ぶ不思議なもの」の目撃譚は、中国の熱心な記録魔たちによって、しっかり記録されてきた。いままでひろい読みしてきた、太古の〈いかだ〉なども、そのような関心と好奇心のもとに綴られ、読まれてきたもののひとつであろう。

それが異星人の乗り物かどうかはさておき、未確認飛行物体の目撃は、はるか古代から世界の各地で記録が残されている。くだって第二次大戦中と戦後には、敵対する国家による新兵器開発への疑心暗鬼もあって、説明不可能な飛翔体を目撃したとする報告は、いよいよ頻繁に記録されるようになった。そしてケネス・アーノルドの事件以降、世界じゅうで「空飛ぶ円盤《フライング・ソーサー》」の目撃があいつぐわけだが、古来、中国人が記録してきたデータベースのなかには、「そんな事件でよければ、いくらでもあるよ」と、UFOに浮かれ騒ぐ外国人を憫笑するだけの材料が山のように積まれていた。もちろんそれら怪現象の記録は、アメリカ人が「発明」した「空飛ぶ円盤」として読まれてきたわけではない。ケネス・アーノルド事件がおきた一九四七年は、日中戦争が終結したのちの、国民党と共産党の内戦時期にあたり、二年後には、共産党政権による新体制の国家、中華人民共和国が成立する。そのような状況下での、中国人とＵＦＯとのかかわりについては、またあとで触れることにするが、台湾や香港は別として、少なくとも中華人民共和国建国後の国内のマスコミにおいては、ＵＦＯだの空飛ぶ円盤だのといった話題は、ほとんど表だって語られることはなかった。

一九六〇年代の後半から七〇年代後半にかけての、一〇年にわたる「文化大革命」が終息するや、一般市民にはあまり触れることのできなかった西欧世界の文化や情報が、怒濤のごとく国内になだれこんできたが、ＵＦＯにまつわる情報もまた、そのひとつであった。

一九七九年九月二一日の『光明日報』には「〝飛碟〟は存在するか？」という文が掲載され、学生時代の筆者も、いろんな意味で興奮しながら、コピーを取ったものである。[*1] いろんな意味のひとつは、「中国とＵＦＯ」という結合がかもしだす「奇妙な感覚」である。そのときの自分もまた、日本固有のシノワズリ、中国イメージに染められていたのであろう。もっとも、それなくしては、こんな本など書いてはいないわけなのだが。

図 14-1　『飛碟探索』創刊号（1981 年 1 月）

一般むけのＵＦＯ情報誌『飛碟探索』も、文化大革命の混乱が落ち着いてきた一九八一年の正月に創刊され、筆者も喜々として買い求めた記憶がある〔図14－1〕。一九九四年には、アジア太平洋地域ＵＦＯ資料展・学術交流会が八月の北京で開催されている。

紀元前一一世紀のUFO?

中国のUFOブームに見いだされるひとつの特徴として、先述したような古代文献における不思議な現象の記録を、なにがなんでもUFOや異星人と結びつけようとする傾向があげられるだろう。もちろんこれは、中国にかぎったことではなく、すべてのUFO信奉者に普遍的に見られる傾向であるともいえる。

ここでは、そのようなケースをいくつか見ておきたい。次にあげるのは『拾遺録』に見られるもので、周の成王の御代に来訪した異国人のはなしである。

成王が即位して三年ののち、泥雑国《でいざつ》（あるいは「泥離国《でいり》」）の人が朝見にきた。その人がいうには、かれは国を出てから、いつも雲のなかを進み、足もとではいつも雷の音がしていた。あるときは、洞窟に潜んだり、また頭の上に波の音を聞いたりした。またあるときは、大海を漂《ただよ》って進み、太陽と月を見て方向を見定め、寒暑を計算して年月を知った。中原の暦法で検証したところ、その順序年代は符合した。周の成王は、外国の賓客に対する礼をもって接待した（『太平広記』巻四八〇）。

このエピソードは、しばしば異星人がUFOに乗って来訪した記録であるとして紹介されているものだ。しかしながら、浅学菲才の筆者には、悪天候と戦いながらの、艱難辛苦をともなった山岳の旅や船の旅を修辞しているようにしか読めず、むしろ古代人ならではの精緻な数学には、少なからず感動を覚えてしまう。ところが、たとえば台湾におけるUFO研究の大家、呂応鐘《りょおうしょう》先生の手にかかると、次のようになってしまうのである。

泥離国の人は、雲の上を飛行し、水中を潜行できるような飛翔機械をもっていた。飛行機と潜水艇の能力を兼ね備えているものである。二〇世紀の人類の科学水準では、このような飛翔機械をつくることはできない。

したがって、この文に書かれていることは、現今の人類がなおまだ知りえないUFOのことであると考えるべきである[*2]

中国最大の検索エンジン企業「百度《バイドゥ》」が提供しているオンライン百科事典「百度百科」の「UFO（不明飛行物）」の項目にも、古代中国のUFOに関する記録のひとつとして、このはなしが紹介されている。

巨大真珠貝は空を飛ぶか？

北宋の科学者、沈括《しんかつ》（一〇三〇〜九四）が書いた『夢渓筆談《むけいひつだん》』は、作者の科学的観察眼が光る、滋味あふれる随筆集だが、なかに「揚州《ようしゅう》の明珠《めいしゅ》」と題された一文がある。これもまたUFOの記録であるとして頻繁に引用されるエピソードであり、似たような読まれかたをされている好例だ。こちらは、光を放つ巨大な珠《たま》をもった真珠貝のはなしである。まずはその全文をお読みいただこう。

嘉祐年間（一〇五六〜六三）のこと。揚州に巨大な真珠（をもった二枚貝）が出現し、空が暗くなると頻繁に目撃された。はじめは天長県の湖岸に出現し、そののち甓社《へきしゃ》湖に入り、さらにそのあとは新開《しんかい》湖で見られた。およそ十数年のあいだ、土地の住民やここを通るものたちが、しばしばこれを目撃した。私の友人は、書斎が湖畔にあったが、ある夜、その珠を至近距離で目撃した。はじめその貝が口をわずかに開くと、なかから光が漏れ出て、一筋の金の糸のようであった。やがて殻が開いたが、その大きさは筵《むしろ》の半分ほどで、殻のなかの白い光は銀のようであった。珠の大きさは握りこぶしほどで、燦然と輝き、直視できないほどであった。そのため近隣一〇里ほどの樹林が影をなすくらいで、朝日を浴びたようであった。遠くからは、ただ野火のごとく空が赤く染まるのが見えた。それは、すばやく遠くに消え去ったが、その動きは飛ぶようで、波間に浮かぶさまは、遠くからでも太陽のように見えた。古代には明月の珠というものがあったというが、この真珠の色は月のようではなく、きらきらと光芒を放ち、さながら太陽の光のようであった（巻二一「異事」）。

冒頭で列挙されている湖水は、いずれも現在の高郵湖《こうゆう》とつながっているものだ。このエピソードは、沈括がみずから目撃したものではなく、湖畔に住む友人から聞いたものであろう。

一九八〇年二月一八日の『光明日報』は、張龍樵《ちょうりゅうしょう》の「〈宇宙からの客〉は、はるか昔に中国を訪問していた」という文を掲載した。文中、『夢渓筆談』のこのエピソードが紹介されるや、古代中国の記録に見えるＵＦＯ事件として、ひろく知れわたることとなった。[*3] さらにその刺激を受けたものか、一九八五年の一二月に挙行された「沈括逝世八百九十年学術討論会」において、中国科学院自然科学史研究所所長の席沢宗《せきたくしゅう》は、このくだりを挙げて、「古代においてＵＦＯが飛来して降りた証拠であろう」と強調している。[*4]『夢渓筆談』のこの文の「世界のＵＦＯ学における知名度は、中国科学史におけるそれよりも、はるかに大きい」といわれているほどだ。[*5]

浅学菲才の筆者には、これはたんなる「真珠貝のバケモノ」のはなしとしか読めないのだが、なんでもＵＦＯにしたがる人びとにとっては、なぜか異星人が乗っている空飛ぶ円盤に見えてしまうらしいのである。さきほどの呂応鐘も『夢渓筆談』を引用して、次のようにいう。

この文からは、一個の巨大な〈珠〉が、人間が正視できないほどの強烈な光を発し、空中を飛行し、湖中を潜水できたということが読み取れる。作者はまた、それが月あかりのような薄暗い光ではなく、強烈な光芒であるといっている。自然界にある真珠には、このような現象はありえない。種々の特徴から判断して、じつはそれが空飛ぶ円盤であったことがわかる。[*6]

「巨大な真珠貝」などは科学的にありえないが、「空飛ぶ円盤」は科学的にありうるという大前提から出発しているようだ。さらにこの「UFO学の大家」は、「宇宙船が降りるには湖水が最適である」ことを強調したり、「異星人は一〇年間にわたって、電波を発して宋朝人と連絡をとろうとしていたのかもしれないが、当時の地球文明は遅れていたので、あきらめて帰ったのかもしれない」などと、想像の翼を存分に伸ばすのであった。*7

また王立《おうりつ》は、中国古代の文献に見える「異星人のモチーフ」を検証する際に、『夢渓筆談』のこのはなしを「宇宙からの飛翔機械に類似した目撃の実録」として引用し、「空を飛び、かつ光を放つ真珠貝を、きわめて具体的に記録したケースであり、異星から飛来した空飛ぶ円盤が、いくつかの湖水を研究基地としており、そこから出入りして飛行をおこなっていたと考えるべきである」と主張する。*8 たしかにSF映画の世界では、地球侵略を企てる異星人は、「空飛ぶ円盤」の隠し場所や、秘密基地の建造場所として、しばしば湖底を愛用してはいるのだが。*9

それにしても、いったい『夢渓筆談』のテクストのどこから、この真珠貝が「空を飛ぶ」ことになったのかわからないが、おそらくは、「その動きは飛ぶようであった」と訳した「其行如飛」の原文四文字を、誤読もしくは故意に曲解したためではないだろうか。この四文字は、人であれ馬であれ、また車であれ船であれ、高速で移動する様子を形容するありふれた表現にすぎない。〈飛車〉という語彙が、一般的な叙述においては、「快速で走る車」を意味するようにである。「空を飛んだ」ことを正しく伝えたいのであれば、むしろ別の表現を用いるであろう。

ちなみにこのはなしは、沈括の同時代人でもある龐元英《ほうげんえい》が書いた『文昌雑録《ぶんしょうざつろく》』にも見えていて、そこでは次のように書かれている。

礼部李《り》侍郎《じろう》から聞いたはなし。「秘書少監の孫莘老《そんしんろう》は、高郵《こうゆう》の新開湖の岸辺にわび住まいをしていた。ある夜、日も暮れて暗くなってきた頃、ひとりの農夫がやってきて、みずうみのなかに真珠が見えると伝えてきた。農夫たち数人とともに草の道をかきわけて水際まで行くと、わずかに輝く光が見えた。やがて光は月明かりのようになり、暗い霧のなかでも人の顔が見えるほどであった。たちまち、筵《むしろ》ほどもある真珠貝が現われた。貝殻の一枚を水上に浮かべ、もう一枚を帆のように立てて走りだすと、その速きことは風のようであった。舟子《かこ》たちはボートを走らせてこれを追ったが、とうとう追いつけず、遠くに走り去って見えなくなってしまった」（巻四）。

龐元英も、その目で巨大な真珠貝を目撃したわけではなく、「礼部李侍郎」から聞いたのであり、その礼部李侍郎も、「秘書少監の孫莘老」から伝え聞いたようだ。孫莘老とは、北宋の官吏、文学者の孫覚《そんかく》（一〇二八～九〇。莘老は字《あざな》）のことである。蘇東坡や王安石とも交友のあった人物だ。沈括がいう湖畔に住む友人とは、孫莘老のことであろう。*10 沈括は、その晩年の八年間は、高郵湖にも近い潤州《じゅんしゅう》（鎮江）に居をさだめると、これを「夢渓園」と名づけ、隠居生活のなか、大著『夢渓筆談』を執筆したのであった。

図 14-2 「蚌珠放光」（清末『点石斎画報』・呉友如）

巨大真珠貝は、『文昌雑録』にも明らかなように、形は「円盤」に似ているかもしれないが、「空飛ぶ」能力は確認できないようである。ちなみに清末の『点石斎画報』にも、光を放つ、年をへた巨大真珠貝が台湾で目撃されたことを報じているが、その文字説明では、『文昌雑録』などの先行する類似のテクストと照合することで、事件が荒唐無稽ではないことを考証しているのである〔図14-2〕。

蘇東坡の見た発光体

もうひとつ、UFOの目撃例とされる、あまりにも有名なケースが、宋の詩人蘇東坡の詩「金山寺《きんざんじ》に遊ぶ」である。

蘇東坡は、一〇七一年の冬、潁州《えいしゅう》で弟と別れ、杭州に向かう途上、揚州で長江をわたり、むこう岸の町、江蘇省鎮江《ちんこう》にやってきた。蘇東坡はこの町の名刹金山寺に立ち寄り、詩を詠む。それが「金山寺に遊ぶ」（遊金山寺）である。いま金山寺は岸と地つづきになっているが、当時は長江に浮かぶ小島であったという。

蘇東坡は鎮江から舟で金山寺にわたり、その頂に登って、あたりを眺めたのであろう。長江のパノラマをあれこれ描写して、長江の南も北も、青々とした山が連なることに嘆じ、「江南江北、青山多し」と詠む。やがて日も暮れようとしていたので、帰りの舟に乗ろうとするも、「ぜひ金山寺の夕陽を見ていきなされ」という僧に勧められるままに、長江の夜景を楽しむことにした。

日が落ちると、やがて皓々と輝く三日月が出てきた。さらに夜も更けて、月も姿を隠し、あたりは真の闇となった。すると……

江《かわ》の心《なか》ほど　明るい炬火《たいまつ》が　見えるようで
飛ぶ火炎《ほのお》が　山を照らせば　棲む鳥は驚く
悵然として　帰り臥《ふ》せども　心に識る莫《な》し
鬼《き》にあらず　人にもあらず　さてこそ何物*11

長江の川面に、松明《たいまつ》のような明りを目撃した。その光は、山を照らして、巣に眠る鳥どもも、これに怯えたのか、翼をばたつかせている。なにがおきたのかわからぬまま、宿に帰って床についた詩人は、ぼんやりと考えるが、まったく見当もつかない。幽鬼でもない、人でもない、いったいなんだったのだろう?

長江で目にした現象が詩人を驚かせたというのは、蘇東坡のつくりごとではなく、事実であったようだ。なぜならかれは、詩の最後に「その夜、このようなものを見たのである」とわざわざ注を付しているくらいだからである。安易に「心象風景」とすることはできないだろう。

明の劉績《りゅうせき》や清の王文誥《おうぶんこう》などの蘇東坡への注釈者は、詩人が目撃した発光体を「陰火《いんか》」であるとしているが、そもそも「陰火」とはなんなのか? 西晋の木華《もくか》『海賦《かいふ》』や唐の曹唐《そうとう》『南遊』では、水上に発生する火光のことが「陰火」と呼ばれているようだが、よくわからない。

曾光甫《そうこうほ》は、いわゆる「陰火」かもしれないとしつつも、「ある種の発光性の水中生物が水面に集まって形成されたもの」の可能性も指摘している。*12 そしてあの呂応鐘は「陰火」説を一刀両断に否定し、「正確な観点によれば、それは水底で光を発しているUFOと考えるべきである」と、キッパリ断言する。*13

マジメな文学研究者たちは、それがUFOであるなどとは口が裂けてもいわないのであるが、いっぽうで、なんでもかんでもUFOにしたがる現代の信者たちの手にかかるや、蘇東坡の見たものはUFO——すなわちここでは「宇宙人の飛行機《エイリアン・クラフト》」といった意味あいを付与された「未確認飛行物体」とみなされてしまう。詩に描写された発光体は、ただ発光しただけであり、特に移動した形跡もなく、もちろん飛ぶわけでもない。

人生いたるところUFOあり?

そもそも、正体不明の発光体や火の球に類するものは、中国の史書や地誌をちょっとひもとけば、容易に火傷《やけど》をするほどころがっているのである。『史記』「周本紀」には、周の武帝が黄河をわたると、下流のほうから火がのぼってきて、王のところまで来ると変じて赤い鳥となり、「魄《はく》」と鳴いたとのエピソードが見えるし、四世紀、前涼の張祚《ちょうそ》が皇位を簒奪し、西暦三五四年に涼王を称した夜には、「天に車蓋《しゃがい》（車体を覆う傘）のような形の光が現われ、雷鳴のような音をたてて、まちを震動させた。翌日には狂風が吹いて樹木を引き倒した。災異が頻繁におこり、祚の凶悪な虐殺は、いよいよ激しさを増した」という（『晋書』巻八六「張祚伝」）。

ずっとくだって一八五〇年の四川省では、「一二月二二日、夜の二鼓（おおよそ午後一〇時～一一時）ころ、空は漆のように暗かったが、いきなりドロンドロンと音が響いて、天空に十数個の金色の輪が連なって出現した。西南の隅からは紅い珠が現われて地を照らし、あたりは真昼のようになった。数刻をへて、ふっと消滅し、もとどおりの闇夜にもどった」そうである（『同治会理州志』巻一二）。また一八六三年の河北省では、「九月、曲陽に火球が出現し、西南から東北にむけて飛んでいった。四方に散じたり、集まってひとつになったりした」（『清史稿』巻四一「災異志二・火」）。

清代の百一居士が書いた『壺天録』という本にいたっては、このような怪現象の宝庫だ。

たとえば、一八七七年七月一七日、揚州のある士子が夜中に読書をしていると、あたりが昼間のように明るくなった。近所で火災が発生したかと思い、急ぎ出てみると、天空に車輪ほどの紅い球があり、光芒を放ちながら雲間を流れていった。わずかに音を発していたが、しばらくして消滅した。翌日、まちはこの話題でもちきりで、目撃したところはみな同じであった。その夜は、甓社《へきしゃ》湖の水面がひときわ明るくなり、光は南から西北に走っていったという（巻上二葉裏）。甓社湖というから、『夢渓筆談』の巨大真珠貝と同じ場所である。呂応鐘らの主張するように、これが異星人の宇宙船だとすると、かれらはけっして「あきらめて帰った」のではなく、八〇〇年ほどは待ちつづけたらしい。宇宙を旅するもの、これくらいの根気は必要であろう。

それを現代人が「ＵＦＯ」と呼ぶか「空飛ぶ円盤」と呼ぶかはさておいて、このような、空を飛ぶ謎めいた物体の目撃例が、中国人が綴ってきた文字の世界には、けっこうひしめいていたのである。そして、古代のおもしろい怪物的な記録を、なにがなんでも「宇宙人の飛行機《エイリアン・クラフト》」で解釈しようとする磁場が存在することも、いくつかのケースによって見てきた。それが、結果的にはなしをおもしろくしているのか、つまらなくしているのか、人それぞれではあろう。すくなくとも筆者には、そのままでじゅうぶんおもしろいはなしを、いたずらにツマラナイものに格下げする営為としか思えない。いずれにしても、そのような営為をも含めて、二〇世紀の後半以降における、未確認の飛行物体にむけられた情念は、「飛翔文学」という大河における、一筋の傍流であるといえるのかもしれない。*14

2 それでもなにかが飛んでいる

空飛ぶ舟の謎の行動

陸容《りくよう》（一四三六〜九四）の『菽園雑記《しゅくえんざっき》』には、いっぷうかわった飛行物体のエピソードが見えている。

明の成化二二年（一四八六）八月一二日の正午のこと。空はよく晴れて雲ひとつなかった。松江《しょうこう》（上海郊外の地名）のまちにいた人が、空中を見上げると、一艘の小舟が飛んでいるのが目に入った。それは東から西へと移動し、さらに東に旋回した。最後には序班（文官の一種）の董進卿《とうしんけい》の屋敷の上に降りた。まちは、これを見物する人びとで、道がふさがるほどだった。よくよく見れば、舟は菰草《まこも》を編んでつくられていた。そのとき、進卿の父親の仲頫《ちゅうふ》は耳にできものを患っていた。かれはいった。「この舟は、わたしを運びにきたのだ」と。できものは治ることなく、かれは亡くなった。張汝弼《ちょうじょひつ》がかれの墓に、このように記している（巻一三）。

ある文官の耳の病気を治すべく、空飛ぶ舟に乗って往診に来たなにものかを、松江の人びとの多くが目撃したというはなしらしい。古代中国の奇譚の伝統を遵守しているせいか、ここにはオチやら教訓やらが、まったくない。そのような場合は、なんらかの事実の記録であると考えたほうが適切かもしれない。ある種の神仙譚に落ち着けようとしているようだが、現代中国のＵＦＯ信奉者たちは、これもまたＵＦＯ事件、特に異星人との接触《コンタクト》というケースのひとつに数えているようだ。

明の嘉靖二年（一五二三）に、江蘇省の常熟《じょうじゅく》でおこった奇怪な事件は、常熟の人、楊儀《ようぎ》の奇聞集『高坡異纂《こうはいさん》』や、同じく常熟の劇作家、徐復祚《じょふくそ》の『花当閣叢談《かとうかくそうだん》』などに、それぞれ微妙に異なった文章で記録されている。それらを総合して再現するならば、事件はおおむね次のようなものであったらしい。

嘉靖二年。この年は日照りがつづいて、農作物に大打撃を与えたようだ。秀才（科挙受験生）の呂玉《りょぎょく》は、常熟の五渠村《ごきょそん》にある家で塾を開き、十数名の生徒たちに勉強を教えていた。家の前の庭には廃屋の跡があった。その日は小雨がぱらついていた。呂玉は用事ができて、常熟の町に出た。

家では先生が不在のまま、生徒たちが勉強していたが、ふと気がつくと、雲のなかから、二艘の舟のようなものが出現した。舟の長さはそれぞれ一丈（三メートル）ほど。廃屋の跡のあたりに降下してきた。舟には、身のたけ二尺（六〇センチ）ほどのものが乗っていて、赤い帽子にいろとりどりの衣服をまとい、手には棹《さお》のようなものをもって、忙しそうに行き来していた。

呂玉の塾の生徒たちは、驚いてこれを見ていたが、舟の上のものが、棹を手に跳び降りてきて、ひとりの生徒の口を押さえると、すぐさま口と鼻が黒く染まり、声が出なくなった。生徒たちは恐ろしくなって家のなかに逃げこんだ。窓の隙間からのぞいてみると、舟の上には高官のようなものがいて、居士のような服装《いでたち》で、いまひとり僧侶ふうのものとともに舟を操作していた。やがて舟は雲とともに浮かび、塀の外に出て一里（五〇〇メートル）ほど進んで止まったが、そこは呂家の墓地であった。舟はふたたびそこに降りた。舟が行ってしまうと、生徒の口や鼻がもとどおりになったので、みんなは互いに驚きあった。呂玉が帰ってきて留守中のはなしを聞くや、槍を手にして墓場に駆けつけたが、そこにはなにもなかった。呂玉は、その五日後にとつぜん死んだ。[*15]

生徒たちは、〈舟〉で飛来した異人たちと、不思議な遭遇をしたわけである。現代において語り伝えられている、UFOとその乗員との遭遇——いわゆる「第三種接近遭遇」を彷彿とさせる内容ではある。はなしの展開がきれいに整理されないまま、いくつかの断片的な怪現象が連ねられているあたりが、かえって、なにか理解しがたいことが起きたのであろうと思わせる。

中国の古代文献に見えるUFO譚は、熱心なUFO研究家たちによって集められて、本にもなっている。わりと初期のものでは、一九九〇年に、王江樹《おうこうじゅ》と石曉敏《せきぎょうびん》の『中国古代の異星人』が香港から出版されているが、これは『客あり宇宙より来たる——中国古代未確認飛行物体事件およびその他』と改題されて大陸からも出版された。このほか、あの呂応鐘の『UFO五千年——異星人考古学』（台湾、一九九七）、陳功富《ちんこうふ》らの『宇宙探秘——中国UFO奇案』（二〇〇〇）などがある。ご関心のむきは、これらの関連書をひもといていただきたい。[*16]

UFO事件をどう描くか

このへんで、UFOの画廊を開催しておこう。描いたのは、これまで何度もお世話になった、清朝末期の画報の絵師たちである。はるか古代から、UFOが目撃されてきて、それが記録されてきたことそのものは、まぎれもない事実である。清末にいたって、UFOは絵にも描かれ、人びとの好奇の目を楽しませるようになったのであった。

一八九一年一一月九日の『申報』には、南京で目撃された未確認飛行物体のニュースが報ぜられている。九月二八日、夜八時、忽然として一個の火の球が天空を飛ぶのが目撃された。その大きさは巨大な卵のようで、色は赤く、光を放ってはいなかった。西から東へ、ゆらゆらと飛び、その動きはたいへん緩慢であった。そのとき、空は暗く、雲が天を掩っていたが、こうべを上げて仰視すると、はっきりと見えた。あるものは流星が飛んだのだというが、それほど速いものではなかった。また子どもが放った天灯《てんとう》だというものもいたが、その夜の風は北に吹いていたのに、物体はといえば東に飛んで行ったので、やはりちがう。ほどなくして、少しずつ遠くなり見えなくなった。朱雀橋《すざく》に立ってこうべを上げて見ていたものは数百人にもなった。ある人がいうには、その物体は南門の外から城壁を越えて出現したもので、はじめはかすかな音をたてていたが、静かにしていなければ聞こえないくらいであったという。その出現は吉か凶か、博物君子におたずねしたいものである。

この事件を、呉友如が図像化したものが残っている。『申報』と同じ年同じ月の下旬に『飛影閣画報』に掲載されたものだ〔図14-3〕。もちろんその場でスケッチしたものではない。「赤い炎が天空にのぼる」(赤焰騰空)と題された絵に添えられたテクストは、『申報』の文言ほぼそのままである。

呉友如という才能ある絵師は、空を飛ぶ「火の球」などという、デザインの入りこむ余地のないものよりも、天の異常を見上げる人びとのまなざしをていねいに表現することを選んだ。UFOは、画面の右上にチョンと置かれているだけであるが、絵師は、これを見上げ、その正体をめぐって議論をかわす南京の人びとを、南京城の南門にある朱雀橋の上と下とにびっしり描きこむことによって、時代の大きな変わりめに起きた小さな怪事件をめぐる喧騒を、みごとに伝えている。首すじが痛くなるような驚異——仰ぎ見るまなざしを描くという試みもま

図14-3 「赤焰騰空」（清末『飛影閣画報』・呉友如）

た、「飛翔文学」のひとつの表現方法として語られねばならないはずだ。

『点石斎画報』には、「天空を火が流れる」（空際火流）と題された、台湾に出現したUFOを描いた記事も見えている〔図14－4〕。

台湾の艋津《もうしん》から来た人がいうには、一〇月の十三夜、月あかりを楽しんでいたころ、とつぜんベランダ越しにめらめらと眩《まばゆ》いばかりに燃えさかる火の光が目撃された。火の神様、呉回氏《ごかいし》の降臨かと思われたが、外に出て見たところ、お盆くらいの大きさに見える三個の火の球が、天空に舞っているではないか。さながらそれは、炎の鴉《からす》の舞い飛ぶさま、火の怪獣の奇怪なふるまいを思わせた。それは、東北から西南にむけて飛び、万丈の光芒は星座を射るようで

図 14-4 「空際火流」(清末『点石斎画報』・何明甫)

あったが、月が落ちるころには消えていった。このときの目撃者たちは、みな「ふしぎ！　ふしぎ！」と議論紛々。あるものは子どもが花火をあげたのだというし、あるものは地の気が陰鬱《いんうつ》し凝結《ぎょうけつ》して成ったものだというし、またあるものは流れ星が地に落ちたのだという。いずれにしても証拠がない。博学君子におたずねしよう、きっと答えを出してくれるに相違ない。

ランプを手にして右往左往する人、輝く物体を指さす人、なにがなんだかわからずパニックになっている人など、超常現象を目のあたりにしてうろちょろする人びとが、よく描かれている。

二〇世紀に入ってから刊行された画報にも、光り輝く飛行物体にまつわる事件が可視化されている。「神様がひそかに

図 14-5 「神霊黙佑」『時事報館戊申全年画報』(1908)

助けてくれた」(神霊黙佑)と題されたものを見てみよう〔図14-5〕。

煙台《えんたい》にむかって航行していた山東省の船が、深夜、座礁して沈没しかけたときに、忽然としてふたつの「火球」が出現した。いずれも車輪ほどの大きさで、数里にわたって明るく照らした。そのおかげで、船中の人びとは、ロープをつたって船から脱出することができた。みんなこれを神灯が助け守ってくれたのだと信じ、無事に煙台にたどりつくと、天后《てんこう》廟で五日間にわたって芝居を奉納し、命を救ってくれた恩に報いたという。

天后廟とは、航海を守護するといわれる女神、天后すなわち媽祖《まそ》を祀った廟のことだ。明代永楽帝の時代に、数度にわたって大航海をなしたと伝えられる鄭和艦隊の冒険をテーマにした、明代の長編小説『西洋記』でも、夜になると不思議な灯明を出現させ、艦隊を安全にみちびいてくれるのが、この天后である。これもまた、UFO信奉者の手にかかると、UFOに搭乗する善意の異星人による人命救助譚ということになるのだろう。

3 共和国前夜の空飛ぶ円盤

一九四七年の暑い夏

そんなわけで、ふたたびあの一九四七年にもどってきた。

これまで見てきたように、中国人が、さまざまな名称で呼んできた飛行物体――〈星槎〉や〈仙槎〉あるいは〈車〉や〈舟〉の文字を添えられた飛翔機械から、ただいま画報に見たような、自然現象に属すると思われる〈火球〉まで――それらは、とどまることなく目撃され、記録されてきたのであった。そして、この年以降は、〈空飛ぶ円盤《フライング・ソーサー》〉に由来する〈飛碟〉や〈飛盤〉などの新出語彙が与えられることによって、中国人と飛行物体との想像力をめぐる関係は、おそらく新しい展開を見せることになる。

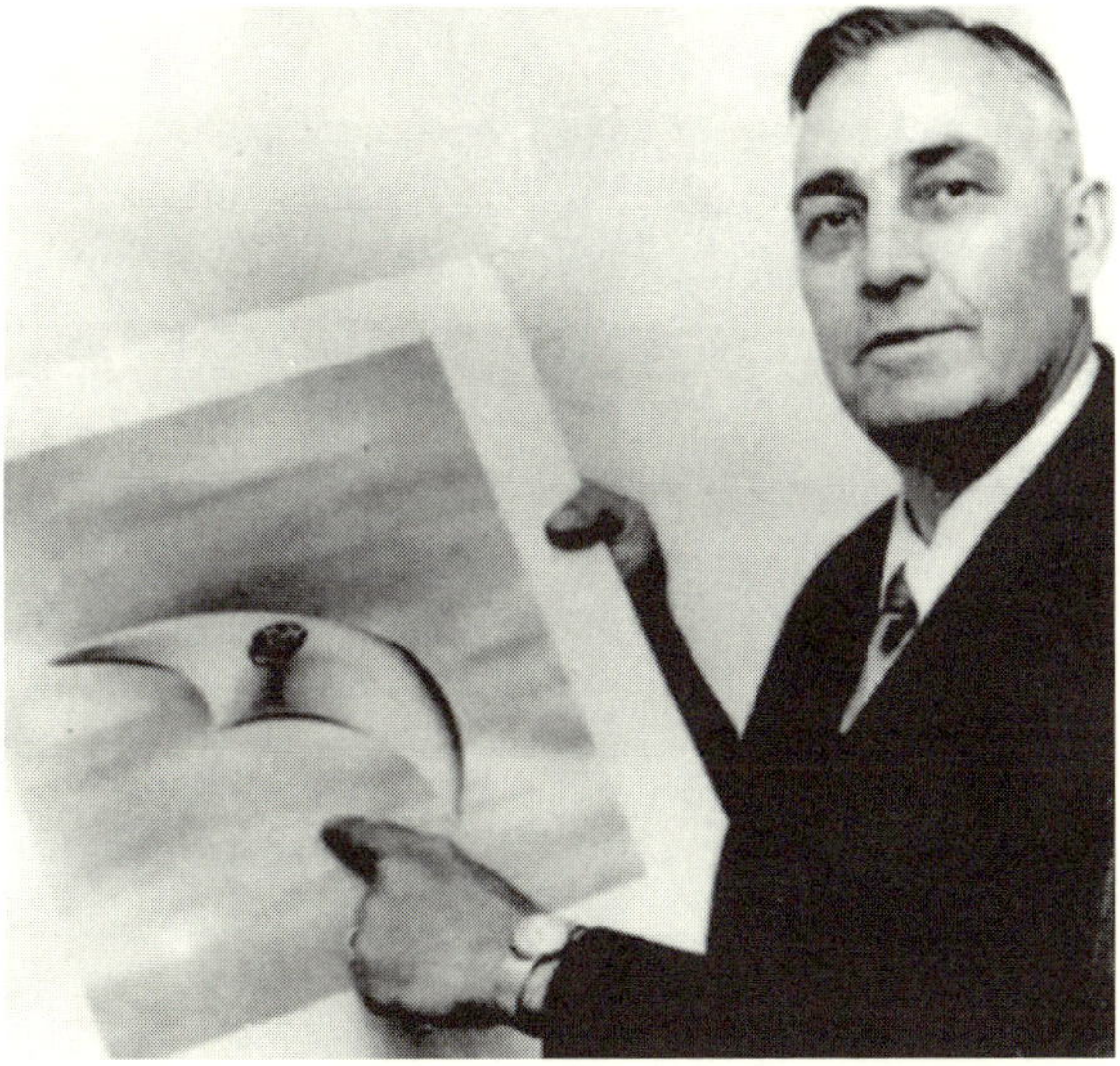

図 14-6　目撃した飛行物体を説明するケネス・アーノルド

ここで、いまいちど事件を復習しておこう。

その年の六月二四日、アイダホ州のビジネスマンであったケネス・アーノルドは、数日前から消息不明となり、発見者には賞金が与えられることになっていた飛行機を捜索するため、みずから小型機を操縦し、ワシントン州のチヘーリスから、ヤキマにむけて飛んでいた。そのとき、アーノルドは、九つの飛行物体を目撃した。地上に降りたかれは、新聞記者たちに状況を説明し、目撃した飛行物体を、「水面を跳ねる皿のように動いていた（the objects moved like saucers skipping across the water）」と形容した。それを聞いた記者は、「空飛ぶ円盤《フライング・ソーサー》」という歴史に残る偉大なる語彙を発明し、これが世界各国、津々浦々にひろまることとなった。この「発明」のおかげで、その後、小説からマンガ、映画まで、宇宙人が乗っている飛翔機械は、円盤型のデザインが「正しい」ものとされるようになった。それればかりか、現実の目撃者たちもまた、円盤型のＵＦＯの姿をその視覚に刻印するよう、方向づけられることとなった。ところが、アーノルドが目撃した飛行物体を図で説明している当時の写真を見ると、それは円盤なんかではない、むしろ蝙蝠に似た形状の物体なのである〔図14－6〕*17。

六月二四日のケネス・アーノルド事件が報道されるや、似たような目撃情報があいついだ。そして七月上旬には、ニューメキシコ州のロズウェル近郊でＵＦＯが墜落し、アメリカ軍がその破片を回収したとされるロズウェル事件など、一連の未確認飛行物体をめぐる事件が世情を騒がした。そのために、一九四七年はＵＦＯ元年ともいわれている。この年、中国は政治的激動のまっただなかにあったものの、そのような世界の騒ぎと無縁であったわけではない。

まず、ケネス・アーノルドの事件は、七月七日の『申報』第三面に、「ワシントン州上空で、正体不明の飛行機を発見」という表題で報道された。「正体不明の飛行機」と訳した原文は「怪機」だが、これは国籍未確認の飛行機が領空を侵犯したときなどに用いられる用語である。七日の『申報』では、まだ「フライング・ソーサー」は訳されていなかったのである。その記事には、次のように書かれている。

謎の飛行物体の写真撮影に成功。この飛行物体は、過去の数週間において、各地の住民を当惑させていたもので、撮られた写真には、白い点が明瞭に写っている。

同じ日の『中央日報』は、すでに〈飛碟〉という漢語の語彙をつくり、「〈飛碟〉――アメリカの科学者も説明できず」という見出しで、さらに長い記事を掲載している。

アメリカの科学者、航空当局および天文学者は、全国各地で目撃されている天空を飛翔する〈飛碟〉に対して、いまだ説明ができないままである。だが、大多数の専門家はみな、〈飛碟〉が、食事に用いる皿のような形状で、輝く光を発し、一ないし二マイルの上空を高速で飛行していることを認めている。この種の怪現象の最初の報告者は、アイダホ州に住むビジネスマンのパイロットであり、かれによれば、六月二五日、オレゴン州で空中に鳶の群のような光を放つ物体が、時速一千二〇〇マイルのスピードで空中を飛行しているのを目撃したという。また七月四日には、大西洋から太平洋まで、カナダからメキシコ湾までの人びとが、いずれもこの種の謎の飛行物体を目撃したが、いまのところ、なおまだ信ずべき説明はなされていない。（中略）一部の科学者は、〈飛碟〉は無線操縦によって飛行していると考えている。またあるものは、人類の想像力によって生み出された自然現象であると考えている。昨年のスカンジナビア、ギリシア、フランスおよび北アフリカで目撃された〈火器〉についても、いまもって正確な説明はなされていない〔図14－7〕。

「飛碟」
美科學家無法解釋
「中央社紐約六日專電」美國科學家航空當局及天文學家對於全國各地所見飛馳太空之「飛碟」仍無法解釋。然大多數專家均認此種飛碟與餐碟形狀相同，閃爍發光，在一至兩英里高空，以高速飛馳。此項怪現象之第

臘、法國及北非發現火器，然始終未獲正確解釋。

軍聞社
週年紀念
（軍聞社訊）本社自去年七月一日成立，一七七一開始發稿以來，已屆週年，特於昨（六）日午十二時，假上海國防部招

図14–7 「〈飛碟〉——アメリカの科学者も説明できず」『中央日報』（1947年7月7日）

最後の原文で〈火器〉とあるのは、一九四六年から四八年にかけて、ヨーロッパ各地で目撃された、後部から火炎を噴出するともいわれる正体不明の魚雷型飛行物体のことで、「ゴースト・ロケット」と呼ばれたもののことである。*18

七月一〇日になると、『中報』も『中央日報』も、ロズウェル事件を報じているが、記事の内容は『中央日報』のほうが詳しく、墜落した飛行物体の残骸の様子を「構造が脆弱である」「四角い箱形の凧のよう」「構成する物

質は、錫箔のようである」などと伝えている。「空飛ぶ円盤《フライング・ソーサー》」に対応する語彙については、『申報』は〈飛盤〉と〈飛碟〉を併用しているが、『中央日報』は最初から〈飛碟〉を用いている。

大戦後の世界とＵＦＯ

『申報』七月一三日の文芸欄「自由談」には、海風という署名による「〈飛盤〉の真相」が掲載されている。この文は、ケネス・アーノルド事件以来、アメリカ各地で目撃情報が飛びかっている「空飛ぶ円盤」の正体をめぐって提示されている諸説を紹介したうえで、次のように結論づけている。

どうしてアメリカ人はこれほど大騒ぎをするのだろう？　われわれが思うに、〈飛盤〉は科学的な名称ではありえず、人びとが戦争の脅威を受けたために、光学的な幻覚において、また脆弱な心理状態において、このような新型兵器のまぼろしを見たにすぎないものなのだ。（中略）いま、全世界はいずこも緊張状態にある。このような〈飛盤〉の幻覚もまた、人類がいままさに、きわめて重篤な神経衰弱をわずらっていることを説明しているのかもしれない。

またその翌日の「自由談」には、郁影による「飛盤の〈正体〉」と題する文が掲載されているが、そこでは〈飛盤〉の正体が、結局は高空気象観測機であったことに触れて、次のようにいう。

かくして、それまでさかんに喧伝されていた推測――（１）外国が製作した秘密の細菌兵器、（２）陸軍の新型ミサイル、（３）宇宙船……これらの伝説もまた、すべてが「自己諷刺」のジョークとなってしまった。（中略）

いま、大多数のアメリカ人が〈飛盤〉に対して、どうしてかくも熱狂しうるのか？　これを明らかにすることが肝要だ。あらゆるこじつけ、デマ、邪推、誇張は、じつのところ、ひとつの原因に由来している。すなわち、戦後における同盟国間の不調和だ。〈飛盤〉の真の正体も、まさしくここにある。

このように、七月中の新聞報道においては、世界大戦終結後の冷戦状態によって増長された人びとの恐怖心や疑心暗鬼の心理状態こそが、実際にはありもしない「空飛ぶ円盤」を幻視させるのだという、わりと冷静な評論が展開されている。だが、それだけでは新聞は読んでもらえない。世界各地から毎日のようにとどく、センセーショナルなＵＦＯの目撃情報もまた必要なのだ。

一九四七年七月一一日の『中央日報』は、最初の原爆が広島に投下されて以来、人びとは神経過敏、情緒不安定となっていて、そのような精神状態が「空飛ぶ円盤」の目撃をもたらしているとする見解を紹介しているが、それとともに、日本の鹿児島で、桜島の上空を飛行するＵＦＯが目撃されたとの報道も忘れない。

そして「空飛ぶ円盤」なるものは、ついに中国国内でも目撃されるようになった。

一九四七年七月一四日の『中央日報』は、西安でＵＦＯが目撃されたことを伝える。その前日、市の上空三千メートル以上の高空に、光芒を発して飛行する円形の物体が目撃された。それはゆっくり上昇して一五分後には、東南方向に消えていった。

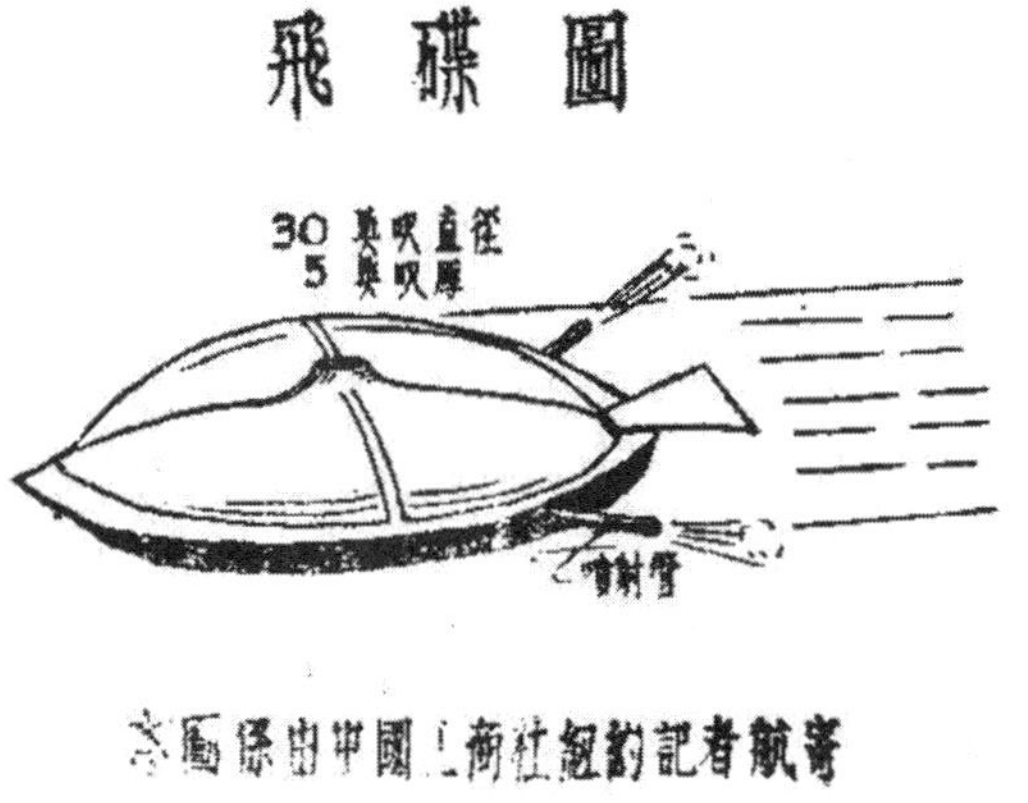

図 14-8 「〈空飛ぶ円盤〉の謎はもはや解明された」『中央日報』（1947 年 7 月 17 日）の「飛碟図」

一九四七年七月一七日の『中央日報』は、「〈空飛ぶ円盤〉の

夏夜納涼見「飛碟」
三四成羣掠過空
本報接獲四讀者之報告

【本報訊】本市昨（廿）日晩十一時，十一時半及十二時半，發現飛碟掠空三次。本報昨分別接獲讀者四人之電話報告。據中華路府西街教會部僑教師資講習會學員范立洪、謝恆德兩君先後電話稱：彼等同學十餘人於講習會內納涼時，忽隱約發現遠處有三顆流星由北向南飛來，及飛近，乃覺大如西瓜，惟光線欠明，僅感其發亮而已。時經約十五秒鐘，即逝去。

図14-9　「夏の夜の納涼で〈飛碟〉を目撃」『中央日報』（1947年7月21日）

謎はもはや解明された」と題して、アメリカで発表された「空飛ぶ円盤」の構造図を転載している〔図14-8〕。

世界を震撼驚愕させた、謎の〈空飛ぶ円盤〉は、アメリカ各地の新聞等で報道された情報を総合して得られたところによれば、その直径は三〇フィート、厚さは五フィート、重さはおよそ一六〇ポンドであり、きわめて軽い合金からつくられている。円盤は航続力がきわめて強く、ジェット推進装置で進み、無線で操縦されている。また高性能のテレビジョン装置を備えていて、その動力は混合性の原子力推進である。そのため夜間に航行する際には、燃焼のときに光を発するのだ。墜落して燃焼するときには、青い光を発する。

さらに七月後半の『中央日報』は、広州、山東省の泗水《しすい》、香港、河北省の筑威、開封、南京など、各地であいつぐ目撃情報を、ほぼ毎日のように伝えていた。二一日の『中央日報』に報ぜられた、首都南京でのUFO騒ぎは、次のように書かれている。

夏の夜の納涼で〈飛碟〉を目撃　三四機で編隊をなして天空を飛ぶ
――本紙は四人の読者からの報告を得る

本市では、昨日（二〇日）の夜一一時、一一時半、および一二時半の三回、〈飛碟〉が空を飛ぶのが目撃された。本紙では、それぞれ四人の読者から電話による報告を受けている。（中略）

空軍司令部の張さんは、兵舎の上空を明るく輝く物体が飛んでいくのを目撃した。かれが見たのは三個の〈飛碟〉で、たいへん明るく輝き、きれいな円形をしていた。天空をかすめるように飛び、まぶしかったという。

また、匿名の某少将は、楊公井にある自宅で、家人とともにベランダで涼んでいたところ、前後三度にわたって飛碟を目撃した。最初は七機で、前に三機、後ろに四機、正確に距離をとっていて、飛行機の編隊飛行のようだったが、スピードは明らかに飛行機よりも速く、南から北へと飛び去った。二度目はただ一機が西から東へ。三度めも一機のみ。大きさはいずれもふつうの芭蕉の扇《うちわ》くらいに見えた。白い閃光を放ち、高空を切り裂くように飛んでいった〔図14－9〕。

このころの新聞から〈飛碟〉や〈飛盤〉を検索すると、ケネス・アーノルド事件以降、いきなり多くがヒットする。これは、アメリカの事件が天空を飛ぶ何物かへの関心を刺激したことも一因ではあるが、じつはそれまで頻繁に報ぜられていた〈火球〉——おそらくは、ほとんどが隕石などにまつわる事件——が、〈飛碟〉や〈飛盤〉の新たな名前を与えられてリニューアルしたものと考えられるだろう。

それも八月に入るや、とたんに減少するのだが、八月二日の『申報』には「青島天文台台長、本紙記者におおいに語る　謎の〈飛碟〉」と題する記事が掲載された。これは青島天文台台長の王華文が、科学的観点から「空飛ぶ円盤」の謎を解明するというもので、観測気球を誤認した可能性や、戦後における一触即発の世界情勢による人びとの精神的不安定などを指摘している。

さらに翌一九四八年三月三〇日の『申報』には、阿端の署名で「天空の神秘」と題するエッセイが掲載されている。なかなかおもしろいので、読んでみよう。

過去一〇〇年間に、新聞雑誌には、謎の〈飛行物体〉出現のニュースがいつも載っていたものである。人びとはだれしも、〈空飛ぶ円盤〉がもっとも謎めいたものと考えている。だが、それ以前に天空に出現した、空飛ぶ桶、空飛ぶブタ、空飛ぶウマ、空飛ぶヘビ、空飛ぶ人、空飛ぶ鈴……などにくらべるならば、〈空飛ぶ円盤〉なんぞは、どうということのないものだ。しかし、人びとはどうして〈空飛ぶ円盤〉に、特別に驚異を覚えるのだろう? ひとことでいうならば、すべては戦後の揺れ動く国際情勢の不安感のため、人びとが神経過敏になってしまったことによるのである。

一八七八年、アメリカ、ウエストヴァージニア州のある農夫が、一匹の翼のある馬が頭上を飛んでいくのをその目で見たという。また一九〇五年には、多くの住民が、三メートルほどのブタが、上空を飛ぶのを見た。一八七三年には、テキサス州の多くの農民がびっくり仰天した。なぜなら、白日のもと、なんと一匹の太い大蛇が、かれらの頭上を飛んでいったからである。あるニューヨークの新聞がこれを報じたところ、「デタラメもはなはだしい」と一笑に付されたが、ほどなくして、カンザス州でも〈空飛ぶヘビ〉があらわれたものだ。

一八八一年には、ヴァージニア州とデラウェア州の住民が、制服を着た兵士と白衣の天使が、天空を駆けるように飛んでいくのを目撃している。

とりわけ不可解なものといえば、〈空飛ぶ葉巻き〉にまさるものはない。一八九七年四月九日の夜、シカゴの上空に「葉巻き」のような形の物体が出現したが、それには巨大な翼が生えていて、さらに赤白青の三色の光線を放っていた。

科学者たちもまた〈空飛ぶ葉巻き〉を目撃している。ある科学者は、この飛行物体は南天の星が大気の影響で三色の光線を発したものだと解釈したが、かれは、どうして南天の星だけが大気の影響を受けるのかについては、なにも説明していない。

その後、四月一九日の夜九時には、ウエストヴァージニア州のシスターズビルで、東北の隅に赤白青の三色の光が目撃された。光学機器で観察したところ、これは円錐形をした物体で、六〇メートルほどの長さであったという。

この〈空飛ぶ葉巻き〉はいったいなんなのだろうか？〈空飛ぶヘビ〉はいったいなんなのか？　これらの疑問には、こう答えるしかない。天空の謎は、なおまだ開かれていない。いまだに人びとを悩ませる「謎」であると。

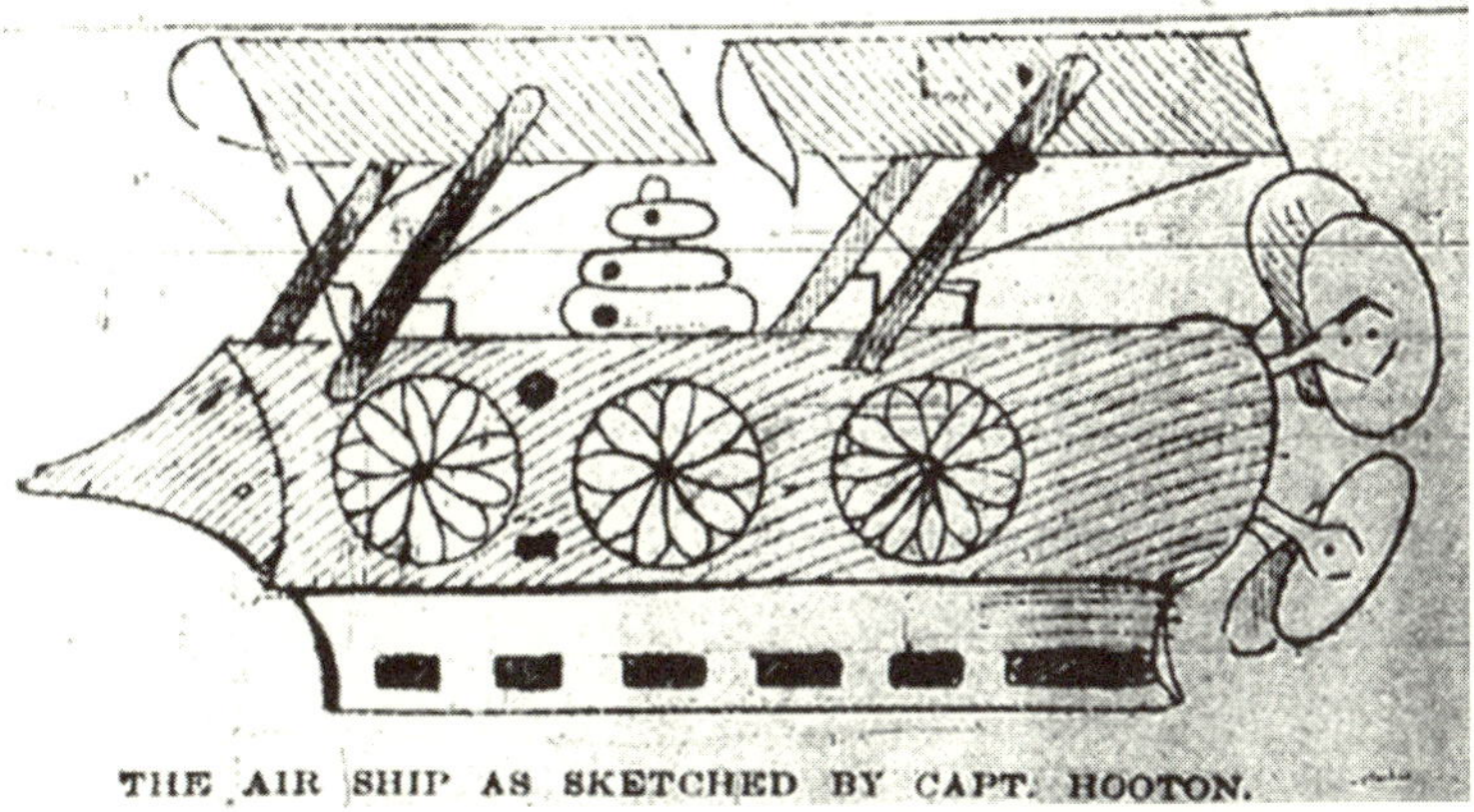

図14-10　目撃者のひとりジェイムズ・フートンが描いた謎の飛行船

「空飛ぶ葉巻き」とは、一八九六年から翌年にかけて全米をさわがせた〈謎の飛行船《ミステリ・エアシップ》〉事件のことで、一九四七年に〈空飛ぶ円盤《フライング・ソーサー》〉なる語彙が「発明」され、この種の飛行物体が頻繁に目撃される事件に先立つ、UFO認識の歴史においてもきわめて重要な事件とされているものである〔図14-10〕。デビッド・M・ジェイコブスの『全米UFO論争史』の第一章は「謎の飛行船――論争の序曲」と題されて、この事件の紹介にあてられている。*19

このエッセイにかぎらず、当時の評論家たちは、空飛ぶ円盤の目撃を、見通しのつかない戦後世界への人びとの不安が幻視させたものであるという意見を提示している。日本という敵に対抗すべく、国民党と共産党が合作した時期をへて、国共がふたたび覇権をめぐって争ったこの時期の中国は、円盤だけでなく、さまざまなデマが飛びかった時代であった。空はあまり飛ばないのだが、ＵＦＯとならんでおもしろいのが、当時〈毛人水怪〉と呼ばれた一種の妖怪にまつわるうわさであった。

4　いったいなにが飛んでるの？

お母さんのむかしばなし

ここで一枚のイラストをごらんいただこう〔図14－11〕。描いたのは、何富成《かふせい》という漫画家である。三日月の出ている夏の夜、屋外で車座になり、子どもたちに、お母さんがむかしばなしをしている。作者がみずからの子ども時代の想い出を漫画にした画集に収められた一枚だ。絵のタイトルは「夏の夜、母さんがまた毛野人《もうやじん》のはなしをしだす」とある。何富成は、一九六二年の生まれ。一〇歳くらいの想い出だとすると、一九七〇年代前半のことであろうか。

漫画のなかに書きこまれた文字には「その毛野人は、人をひとつかみにすると……」とある。子どもたちはブルブルふるえ、いまにも「毛野人」が現われて、背後から襲いかかってくるのではないかと、うしろをきょろきょろ見ま

図 14-11　「夏の夜、母さんがまた毛野人のはなしをしだす」

わす子もいる。日本でも珍しくはない、夏の夜の怪談がたりである。この「毛野人」とは、どうやら人を襲う怪物の名らしい。

「野人」といえば、すぐに思い出されるのが、湖北省の神農架《しんのうか》に出没するとうわさされる未確認動物であろう。ヒマラヤの雪男、ビッグフットのたぐいである。神農架の野人がデビューするのは、一九七〇年代後半のことであるし、「人をひとつかみにする」のを恐れて、うしろに気を使うほど、そこいらに出没するというものでもない。お母さんが語っている「毛野人」とは、一九四九年の共産党による新国家成立以降、最大の国家的パニックといわれた、ある怪物事件のことであろう。

毛人水怪の恐怖

その怪物は、「毛人水怪《マオレンシュイグァイ》」「水鬼毛人《シュイグイマオレン》」「野人《イエレン》」などと呼ばれた。もっとも猖獗をきわめたのは、一九五三年から五四年にかけてであった。しかしながら、各地方の記録を丹念にひろい集めた研究報告によれば、新中国建国の前後、すなわち一九四〇年代の後半から六〇年代の初頭にかけて、じつに十数年の長きにわたり、毛人水怪は、この国の人びとを恐怖で震えあがらせていたらしい。だとすれば、「空飛ぶ円盤」とは同期の仲間とでもいえようか。

その毛人水怪なる怪物は、どのような外見をしているのか？　これがよくわからない。その名称からすると、体じゅうに毛が生えているもので、水中に棲んでいる妖怪のようでもある。また、鼻が赤く、目が緑で、海から出てくるとの説もあった。

怪物が出没する目的というのが、またふるっていた。一九五三年に、江蘇省のとある県で採取された情報によれば、毛人は、共産党政府によって派遣されたものであり、人の眼球、心臓、女性の乳房、男性の睾丸をえぐり取って、ソビエト連邦に運び、あろうことか、それらを原子爆弾の原料にするというのである。また、江蘇省の徐州では、毛人水怪は、共産党の幹部が変身したものであり、人の心臓、眼球をえぐり、子どもの生殖器と女性の乳房を切り取るらしいという噂が、人びとを戦慄させた。

安徽省の無為《むい》県では、中国政府はソ連との外交交渉で、女性の乳房、胎児、男性の生殖器、眼球二五〇トンを送ることを約束し、それらは原子爆弾の原料にされるのだとうわさされた。また、怪物は、軍属、共産党員、党の幹部は襲わず、一般民衆のみを襲うとされた。

安徽省の五河県では、怪物は「水鬼毛人《シュイグイマオレン》」と呼ばれ、ソ連によって特殊な訓練をほどこされたのち、中国に派遣されてくる、一種の秘密工作員であるとされた。昼間は共産党幹部の姿をしているが、夜になると怪物に変身するのだという。はなはだしくは、怪物は、毛沢東その人が派遣しているとの説もささやかれた。

「毛人水怪《マオレンシュイグァイ》」という妖怪像が形成されるのとは別に、「睾丸《こうがん》切り（割蛋）」のうわさがひろがっていたともいう。それによれば、ソ連は原子爆弾を製造するために、男性の睾丸、女性の乳房と子宮、子どもの腸を必要とした。これらをソ連に供給することを約束した毛沢東は、特殊な訓練をへた私服の兵隊を全国各地に派遣し、それらをえぐり取って収集することとした。その兵隊たちは、僧侶、道士、商人、農夫などに変装しており、白昼には獲物を物色し、夜になると仕事にかかる。子宮ひとつをえぐり取り、ソ連にもっていけば、三元の金で買い取ってもらえる。かれら特殊部隊は、屋根や壁を走り、ひと跳びで数メートルも跳ぶことができるという。

人びとは、毛人水怪から、その身と村落を守るために、大部屋で共同で寝泊まりし、昼も夜も見張りをつけた。少しでも怪しい人物を見かけるや、毛人水怪ではないかと疑うようになった。疑いは確信となって、怪しいと目されたものは、集団によって殺害された。かくして多くの無辜のものが、なぶり殺しにされたという。

その恐るべき怪物の形象にまつわる情報は、混乱を極めていて、その名のとおり、毛むくじゃらの怪物であったり、水中から出現する怪物であったり、また、特殊な訓練をへた、秘密工作員のようでもある。すなわち、実体がよく見えてこない。

そもそも「毛人」というのは、古来「毛の多い人・民族・怪物」というくらいの意味である。政治と社会の大きな変動への民衆の不安が、中国古来の怪物の「記憶」と重なったのであろうけれど、この時期、大多数の人民には、国家の権力を掌握して間もない「共産党」という組織をひきいる、「毛」という名の支配者のことが連想されたことであろう。

デマもまた飛翔する

現在の研究によれば、毛人水怪は、共産党政権に不満をもつ、国民党や秘密結社が造成したデマであったとの見方もあり、また、建国当時、各地でさかんにおこなわれたダム工事に、劣悪な条件で駆り出された労働者たちの不満に起因するとの説もある。[*20]

古代中国の幻獣「麒麟《きりん》」は、為政者が正しく世を治めているときにのみ姿を現わすのだとか。いずれにせよ怪物は、すぐれて政治的に出没するものだといえようか。

中国というこの巨大な生き物は、うわさ、デマ、流言飛語のたぐいの、ことばの力によって、いつの時代も震撼させられてきた。記憶に新しいのは、ＳＡＲＳ（二〇〇二〜〇三）、四川大地震（二〇〇八）、マレーシア航空機の失踪（二〇一四）などをめぐるものであろう。

はるかな古代から、中国人は、そのようなことばのもつ、抗しがたい力の存在を認め、またこれによって、さんざん苦労させられてきたに相違ない。かれらはそれを、流言、訛言、妖言、謡言、讖言などの語彙で呼んできた。[*21]豊富であることこのうえない、かれらの怪談奇譚も、それらことばの磁場があってこそ、増殖していったものなのだろう。そして、現政権にいたる為政者たちが、もっとも手に入れたがっていたのは、そのような、恐怖を生むことばの力であり、同時にもっとも恐れたのは、それを敵にまわすことだったのではないだろうか。

筆者はかつて『中国怪談集』なるアンソロジーに、一九八九年六月四日の天安門事件についての、中国共産党北京市委員会宣伝部によるレポート「北京で発生した反革命暴乱の真相」を収録したうえ、その解説で、「国家はいかなる文学者の追随をも許さない、もっとも優れた怪談の書き手であった」と書いたことがあるが、その思いは、いまもまったく変わらない。[*22]

そしてまた、「毛人水怪」と「空飛ぶ円盤」のいずれもが、どうやら原子爆弾の投下と浅からぬ因縁をもつらしいことは、記憶にとどめておこう。地上と空とに、そんな不安の気配を予感しながら、この大国は新しい国づくりをはじめつつあった。

第十五夜
飛翔計画続行中

飛行機の世紀

地に足のつかない夜伽噺《よとぎばなし》も、最後の一夜となった。中華人民共和国が誕生しようとする、二〇世紀のちょうどなかばをもって、このちっぽけなエッセイは筆を擱《お》くとしよう。

それから先のはなし。二〇世紀から今世紀にかけての中国飛翔文学――つまりは本書の現代篇とも称すべき続編を書くとしたら、おそらく材料はさらに膨大なものにのぼるだろう。二〇世紀は、飛翔機械が跳躍的な進化を遂げ、一九〇三年、ライトフライヤーのおぼつかない飛行ではじまった飛行機は、移動装置の王者として、地球規模で跳梁するまでになった。日本をはじめ、多くの列強の野心の対象となった中国は、ために戦火の絶えぬ日々を強いられたが、兵器としての飛行機が、あまたの物語を紡ぎ出したであろうことは、いうまでもない。それは、ものと人とを焼き尽くす悪魔的な力をもった怪鳥でもあり、またこれをむかえ討つ、友軍の航空機でもあった。

抗日戦争時期の国民政府は、空軍を整備するために「中国航空委員会」を設立し、アメリカの退役軍人を志願兵パイロットとして招聘するとともに、戦闘機を購入し、空軍戦力の増強をはかった。政府は軍用機購入の費用に充てるべく、「航空救国券」を発行したが、そのためのキャンペーンとして、「美女と飛行機」という組み合

b　a

図 15-1a,b　中華民国期の「航空救国」ポスター

わせのポスターも描かれた（図15－1 a・b）。同時に、新しい時代を象徴するものであればこその、飛行機をモチーフとした広告もまた、山ほどつくられたようだ（図15－2 a・b・c・d）。

ヴォルフガング・シヴェルブシュは『鉄道旅行の歴史』において、鉄道の人文学的な表象を仔細に考察したが、[*1]空の移動によってもたらされる、それまで経験しえなかった時空感覚の変動は、人と人との関係、人間たちの物語にも、新しい様相を強いるようになったであろう。ローレンス・ゴールドスタインの『飛翔機械《フライング・マシン》と現代文学』（一九八六）などは、その成果のひとつであろうか。[*2]

清末期に鉄道が敷設されたことで、鉄道事故死という新しい事故が、絵入り新聞をにぎわせていた。ならば航空機による事故死というものも、馮如をその嚆矢として、現実と虚構の世界に参入したに相違ない。ちなみに著名な文学者の徐志摩《じょしま》と鄭振鐸《ていしんたく》は、いずれも飛行機事故で亡くなっている。

二〇世紀の文学や美術における飛行機の活躍については、研究から評論、エッセイなどをも含めると、汗牛充

b

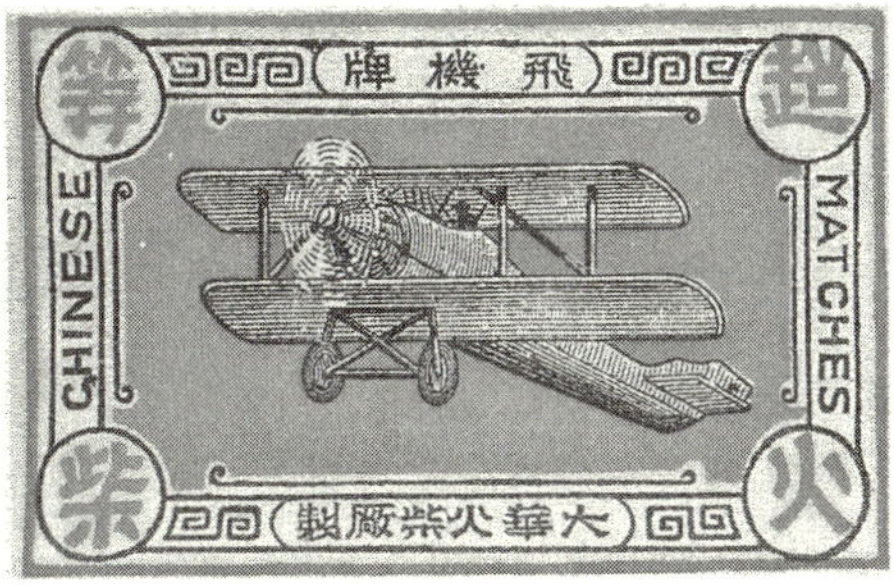

a

d

c

図 15-2a,b,c,d　飛行機をモチーフとした広告

棟の観を見せているといっても過言ではないだろう。日本なら、堀切直人『飛行少年の系譜』(一九八八)、横田順彌『雲の上から見た明治—ニッポン飛行機秘録』(一九九九)、橋爪紳也『飛行機と想像力—翼へのパッション』(二〇〇四)、和田博文『飛行の夢1783‐1945—熱気球から原爆投下まで』(二〇〇五)など、それぞれ個性ある日本飛翔文化誌であるといってよい。

ケンタウルスから帰ったら

二〇世紀には、地球の引力をふりきった人工の飛翔体が、宇宙空間にまで飛んでいくようになり、さらにはこれに人を乗せるまでになった。ライト兄弟の飛行の前年につくられた、メリエスの『月世界旅行』の映像をなぞるかのように、人類は月に飛び、そして帰還している。若き日の魯迅のような、清末人たちの地球脱出のヴィジョンは、その一歩を踏み出したところだ。

社会主義中国の文学における飛翔のモチーフは、SF小説のようなものに探していいのであれば、いくらでも見つけられよう。たとえば、文化大革命の終息後に書かれたジュヴナイルSFの代表作に、鄭文光の『ケンタウルス座に飛ぶ』(一九七九)があった。*3

近未来の中国——もちろん中華人民共和国である——は、火星に大規模な研究室を建設する計画を進めていた。ある暴風雪の夜、地上の宇宙基地に、厳重な警戒網をかいくぐって「敵国」が送り込んだロボットが侵入し、火星への物資輸送用の宇宙船「東方号」の発射装置を作動させてしまう。東方号の内部には、たまたま二人の少年と一人の少女、それに一匹の犬が乗り込んでいた。東方号は燃料を使い果たすまで加速をつづけたあと、秒速四万キロで慣性飛行に入る。太陽系を離脱し、宇宙船はケンタウルス座の方向にむかっていった。三人は、次々と遭遇する困難を解決しながら、船内で成長してゆく〔図15‐3 a・b〕。

いっぽう地球では、中国は、世界征服をたくらむ超大国「北極熊」との戦争状態におちいる。北極の熊という

図15-3a,b　鄭文光『ケンタウルス座に飛ぶ』(1979)

のだから、いうまでもなく、これはかつてのソビエト連邦のことである。戦争は、やがて中国が大勝利をおさめ、ソビエト連邦――おっと失礼、「北極熊」は崩壊し、世界に平和が訪れると、東方号救助の策が講ぜられる。

そして東方号が地球を去ってから実に七年後、中国は亜光速飛行の可能な宇宙船「前進号」を完成し、東方号を救うべく地球を旅立つ。やがて東方号とめぐりあった前進号は、東方号と連結して地球に帰還する。二つの宇宙船は、手に手をとって地球の大気圏に突入する。

いうまでもなく、宇宙船は無事に着陸し、物語はハッピーエンドとなるのだが、最後の一ページまで、ちゃんと読んであげなくてはならない。――かれらは東の空から地球に進入し、日本の北部を横切って中国に着陸する。さてそのとき、「日本の北海道および北方四島の多くの漁民は、みなこれを目撃した」との描写がある。

海野十三の科学軍事冒険小説を想起させるような、中国の「科学幻想小説」であるが、ただいまの引用文で、「日本の」は「北海道」と「北方四島」にそれぞれかかっている。「北極熊」は滅ぼされたのだから、たしかにかれらのものではない。だが、この作者は、二〇世紀の七〇年代当時の極東における、領土をめぐる政治に、きちんと反応してみせただけなのだ。社会主義国家の先輩として、かつては中国が「兄貴」と呼んで慕っていたソ連邦だが、一九六〇年以降、関係は冷え込み、敵対する大国同士の関係とあいなったままであり、国境付近での戦闘行為もしばしばおきていた。日本はといえば、すでに国交も回復し、友好国であった。いまだに解決していない日本とロシアの、いわゆる「北方領土」をめぐる争いに、「友好国」である中国を代表して、「北方四島はたしかに日本のものですよ!」と、作者はリップサービスをしているのである。

これなどは、大気圏に突入する宇宙船を、人びとが見上げるという設定があってはじめて可能な描写なので、飛翔文学といえばいえるのかもしれないが、このたぐいの描写――すなわち地上の政治の風向きに左右されてしまう天上の描写――は、中国現代文学の研究者ならば、山ほど指摘できることだろう。そんなわけで、この仕事は、そちらにお任せすることにする。

気球船団の東洋文字

大量の積み荷を運んで空中を移動する、気球輸送船団。海上には無数の帆船が護衛のために並走している〔図15－4〕。気球は、少なくとも七機が視界に入ってはいるが、むこうの気球は雲にかすんでいて、さらに何機飛んでいるのかは、わからない。

この気球船団は、清国のものらしい。積み荷の上には、弁髪をたらし、清国官吏の服装をした男たちが乗り込んでいるからだ。日傘を差しているものもあれば、望遠鏡でかなたを望見しているものもある。

これは、一九世紀に欧米で描かれた交通機関の図版をあつめた図録集に見えている一枚なのだが、そこには出典も説明もまったく書かれていないので、やむなくこうして、勝手に妄想をふくらませ、「おはなし」をつくってみるしかない。

さらに拡大してみるならば、積み荷を構成している無数のコンテナの表面には、見知らぬ文字が書きこまれているようだ。清国の荷物なのだから、漢字なのだろう。ぼくらには漢字のようには見えないが、当時の西洋人にとっては、ちゃんと「東洋の文字」っぽく見えて、東洋趣味を刺激するのにじゅうぶん機能していたのであろう。それは漢字というよりはむしろ、日本のかな文字のように見える〔図15－5〕。

図 15-4　中国の気球船団？

図 15-5　謎の東洋文字？

そこで思い出すのは、ジョナサン・スウィフトの『ガリヴァー旅行記』（一七二六）第三編、空飛ぶ都市ラピュタで使われている知識製造機に書きこまれた文字をめぐる議論である。この知識製造機なるものは、六面にそれぞれ文字を書いた紙を貼ったサイコロ状のものが無数に並べられていて、これらをつらぬいているハンドルをまわす、スロットマシンのような構造になっているものだ。こうして表に出た文字の連鎖を記録していくことに

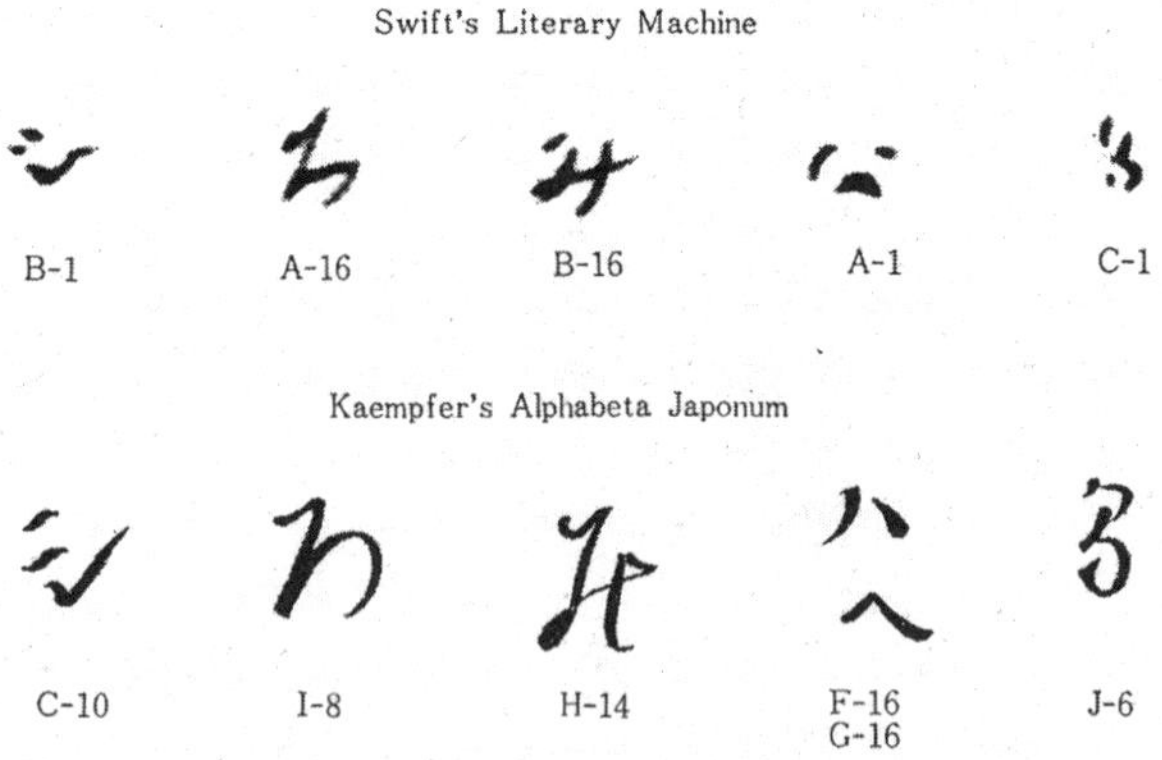

Plate IV. Comparison of elements in Swift and Kaempfer syllabaries; see Plates III and V.

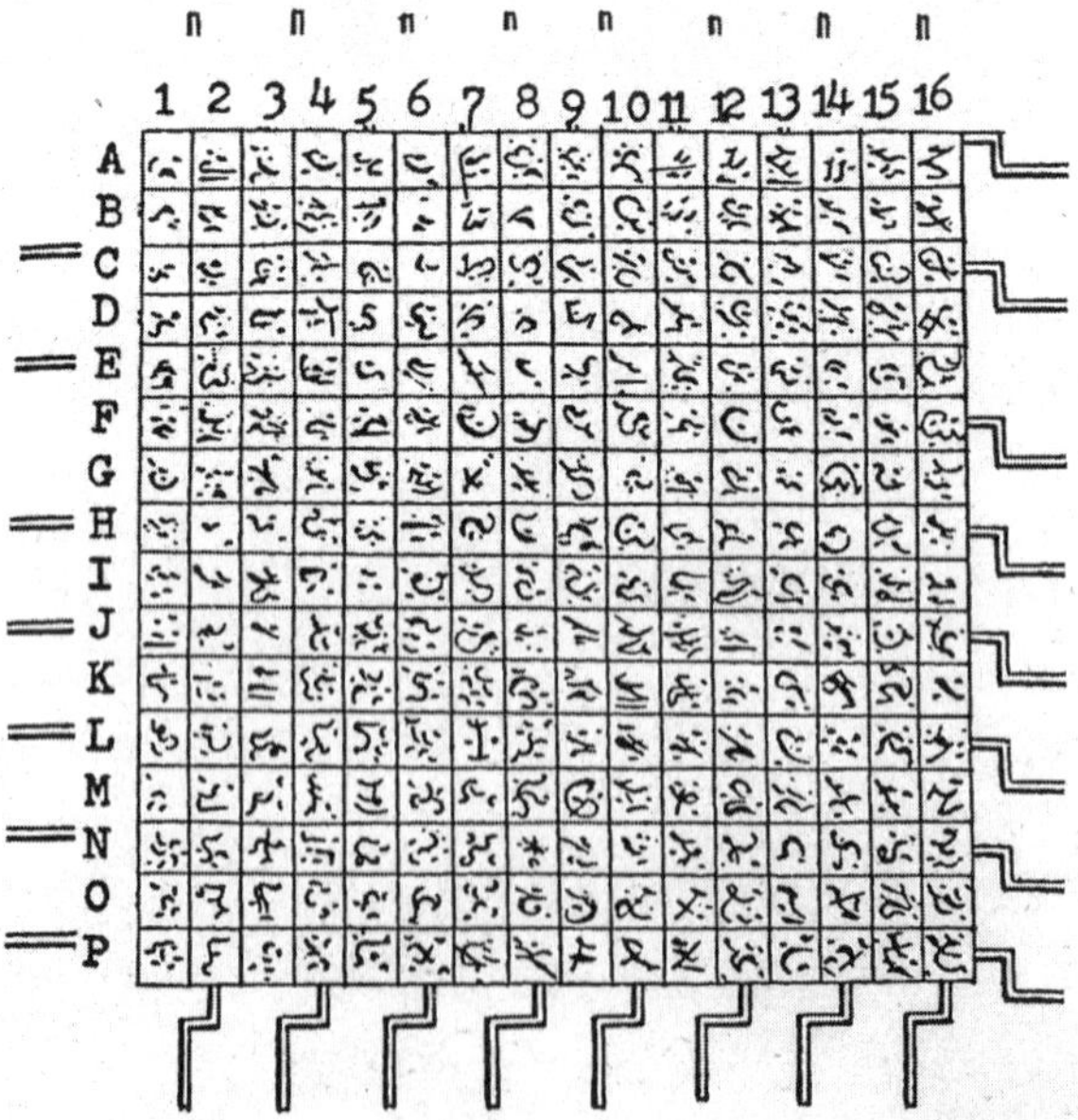

Plate V. Diagram of Literary Machine (*Gulliver's Travels,* III), 1726 edition, courtesy of Harvard University Library. Letters "A, B, C. . . ." and numerals "1, 2, 3. . . ." are added.

図 15-6　ラピュタ文字と日本のかな文字

よって、真の叡知を伝える文章が求められるというものなのである。無意味な研究ばかりしている現実世界の学者たちを諷刺したものらしいが、この機械を描いた挿絵には、二五六個の奇妙なラピュタ文字が書きこまれている。ある種のアラビア文字にも似ているように見えるが、いずれかの東洋の文字をヒントにデザインされたものかもしれない。スウィフト研究家のモーリス・ジョンソンらは、『ガリヴァー旅行記』の翌年に刊行された、エンゲルベルト・ケンペルの『日本誌』（一七二七）に紹介されている日本の「かな文字」のリストのなかに、このラピュタ文字と酷似したものがあることを指摘しているが、スウィフトがケンペル『日本誌』の内容を事前に知っていた可能性は、大きくないとのことである[*4]〔図15-6〕。

この気球の積み荷に書きこまれた「東洋の文字」もまた、どうやら似たような出自の文字らしい。いずれにせよ、これまで何度も触れてきた、西欧人の中国イメージ、すなわち、なにやらヘーゼンとして飛翔の技術をあやつる人たち、「たんなる」空飛ぶ機械を駆使する人たちが、ここにもうかがえる。

ヤン皇帝の憂鬱

レイ・ブラッドベリの短編「飛行具」（一九五三）は、中国のヤン皇帝が、ある朝、飛行具を装着した男が鳥のように飛ぶさまを目にするという物語である[*5]。

皇帝は、その飛行男に、地上に降りてくるよう命じた。

「おまえは何をしたというのだ?」と皇帝はたずねた。

「皇帝陛下、わたくしは空を飛んだのです」とその男は答えた。

「おまえは何をやったんだ?」と皇帝はふたたびいった。

「いま申し上げたとおりでございます」と飛行男は叫んだ。

「おまえはわしに何ひとつついっておらん」と皇帝はその細い手を伸ばして、きれいな紙や鳥めいた頭の部分に触った。それは風の涼しさを発散させた。

「皇帝陛下、これは美しいものではございませんか？」

「うん、美しすぎるな」

「これは世界にただ一つの物です！」とその男は微笑した。「そしてわたくしがその発明者なのです」

ヤン皇帝は、美しい飛翔を可能にする、美しい飛行具が、別の美しくないものどもに使われ、万里の長城が空からの攻撃をこうむることを恐れたのだという。そして従者たちに命じた。発明者の首を刎《は》ね、その体を飛行具とともに灰にして土に埋めるようにと。

ブラッドベリの物語る「ヤン皇帝」の飛翔機械への嫌悪は、特になんらかの史実に拠っているわけではないだろうが、ぼくらは、ヤン皇帝と似たような考えをもっていた為政者たちのエピソードを、いくつか読んできたはずである。――奇肱国の飛車を破壊した殷の湯王、木製の空飛ぶ鵠《くぐい》を非難した魏の安釐《あんき》王。皇帝たちの飛翔機械への嫌悪は、そこに軍事的な脅威を予感したからだけではあるまい。『書経』にみえるような、正しい人間、正しい皇帝、そして正しい人民たるもの、「奇技淫巧」ごときに耽ってはならないという、過剰に高度な技術への不信感、嫌悪感によるものであろう。

まだまだつづく……

奇肱国ならぬ、西洋から飛来した飛翔機械を見上げる中国人を描いた一枚の絵をながめながら、ぼくのささやかなエッセイはお開きとしよう〔図15－7〕。記念すべき初期の飛翔者、屈原のメランコリーにもかかわらず、そののちの中国人は、どちらかというと陽気に、愉快に、かつマジメな顔をして、そしてまたヘーゼンとして飛

図 15-7　飛行機を見あげる中国のえらい人

びまわっていたようである。

絵に添えられた讃には、泰西では〈飛艇〉の専門家が現われてその技を競い、その技術は日新月異で進歩しているが、いまは華人もまた後塵を拝しながら、この道の先駆たらんとの勢いである、と綴られている。

しかしながら、異人による驚異の発明品を見あげる、このやんごとなき中国人の視線は、それほど驚きに満ちてはいない。「ふむ、これが『鏡花縁』で読んだ飛車ってやつだな……」とでもいいたげな口もと。それは一種の無関心であり、一種の超然たる態度であり、また一種の飄逸さである。

「たんなる空飛ぶ機械ではないか……」それは、異国のものどもをして永遠に首をひねらしむる、あの「中国人の神秘」というやつかもしれない。だが、ぼくらは知っている。宇宙の愉快を知り尽くしてはじめて綴りうる、中国《キタイ》の人びとの奇態にして綺態なる飛翔の物語のかずかずを。

ガストン・バシュラールは、その『空と夢——運動の想像力にかんする試論』（一九四三）のなかで、こう書いている。

そこでわれわれは昇行的想像力のこの基本原理を次のように定式化しよう。すなわちあらゆる隠喩métaphoreのなかでも、高さ、上昇、深さ、低下、墜落の隠喩はとくに公理的隠喩である。何ものもこれらの隠喩を説明せず、これらの隠喩《メタフォル》が万象を説明する。[*6]

なるほど、なるほど。だが、待てよ？　バシュラールのことばは、『荘子』や『列子』あたりにでも出てきそうな、古代の「飛んでる人たち」のつぶやきを、そのまま現代語に置き換えたもののようではないか。要するに「宇宙を見たけりゃ、飛べばいい」といったところだ。もっとも古代中国の飛翔者たちは、現代フランスの哲学者のような、しちめんどくさい理屈などは口にしないだろうけど。

いまだに人間は、身を鳥のように飛翔させることはできないままだ。月世界に旅をするなど、とんでもない。ぼくらに許されているのは、「ことば」による飛翔のみである。中国人とて同様のはず。ところがかれらは、いっけん飛びそうにない、あの「漢字」という四角いユニットを、平然と、しかしどこかしら楽しげに組み合わせることによって、かれらの飛翔計画をくわだててきたようだ。そして、それはいまでもつづいているはずである。

さてもお聞きのみなみなさま。気球に乗って「さらば、読者諸君！」といきたいところですが、そのような甲斐性《かいしょう》もございません。三分《ぶ》のまことを七分《ぶ》の法螺で味つけいたしました夜噺《よばなし》も、このへんでお開きといたしましょう。みなさま、ゆめゆめ地に足などつけませぬよう。

注

はじめに——空飛ぶ中国人

*1 ジュール・ヴェルヌ『征服者ロビュール』(手塚伸一訳、集英社・集英社文庫、一九九三) 一八~一九頁。

*2 許慎・段玉裁『説文解字注』(上海古籍出版社、一九八一) 十一篇下・飛部「飛」。

*3 『説文解字注』四篇上・羽部「翔」。

*4 『漢語大詞典』第一二巻(漢語大詞典出版社、一九九三)六八九頁。同第九巻(漢語大詞典出版社、一九九二)六五四頁。

*5 クライヴ・ハート『飛翔論』(阿部秀典訳、青土社、一九九五)、Clive Hart. *Images of Flight*, University of California Press, Barkeley, 1988. 同 *Prehistory of Flight* ,University of California Press, Barkeley, 1985.

*6 ハート『飛翔論』一三~五九頁。

*7 ハート『飛翔論』六一~九七頁。

*8 ハート『飛翔論』九九~一四二頁。

*9 ニーダム『中国の科学と文明　第八巻　機械工学・上』(中岡哲郎等訳、思索社、一九七八)一〇六、一一五頁。

*10 Berthold Laufer, *The Prehistory of Aviation*, Field Museum of Natural History, Publication 253, Anthropological Series, Volume XVIII, No.1, Chicago, 1928.　邦訳は『飛行の古代史』(杉本剛訳、博品社、一九九四)。原文はダウンロードが可能である。

*11 ベルトルト・ラウファー『サイと一角獣』(武田雅哉訳、博品社、一九九二)。

*12 Marjorie Hope Nicolson, *Voyages to the Moon*, The Macmillan Company, New York, 1948. 邦訳は『月世界への旅』(世界幻想文学大系第四四巻、高山宏訳、国書刊行会、一九八六)。『美と科学のインターフェイス』(ヒストリー・オヴ・アイディアズ1、高山宏訳、平凡社、一九八六)。ニコルソンの他の邦訳については、参考文献を参照されたい。

*13 J. E. Hodgson, *The History of Aeronautics in Great Britain*, Oxford University Press, London, 1924.

*14 C. H. Gibbs-Smith, *A History of Flying*. B.T.Batsford LTD, London, 1953.

*15 Henry Dale, *Early Flying Machines*. The British Library, London. 1992.

*16 Ron Miller, *The Dream Machines; An Illustrated History of the Spaceship in Art, Science and Literature*, Krieger

Publish Company. Malabar. Florida. 1993.

＊17 Andrew Nahum, *Flying Machines.* (Eyewitness Books), Alfred A.Knopf. New York. 1990. 邦訳は、アンドリュー・ナハム著、日本語版監修・佐貫亦男『ビジュアル博物館 航空機』（同朋舎出版、一九九一）。

＊18 谷一郎『飛行の原理』（岩波書店・岩波新書、一九六五）、鈴木真二『飛行機物語——航空技術の歴史』（筑摩書房・ちくま学芸文庫、二〇一二）など。

第一夜　仙人とは飛ぶ人なり

＊1 この図像については曽布川寛『中国美術の図像と様式（研究篇）』（中央公論美術出版、二〇〇六）二五八〜二六四頁に詳細な分析がある。

＊2 『説文解字注』八篇上・人部「仙」。

＊3 『説文解字注』八篇上・人部「僊」。

＊4 林巳奈夫氏はこの図像を紹介して「空中を飛行する仙人の像というものは、画像石の時代にはまずないといってよい。（中略）これは空中を飛行している例外的なものである。手足をのばし、翼も体に沿ってなびかせ、空中を泳ぐとか飛翔するといった形でないところがおもしろい」とコメントしている。林氏のいう「飛行」とは、飛翔機械や飛翔動物に頼らない狭義の「飛行」であろう。林巳奈夫『石に刻まれた世界——画像石が語る古代中国の生活と思想』（東方書店・東方選書、一九九二）一七六〜一七七頁。

＊5 澤田瑞穂「観燈飛行」（『中国の傳承と説話』研文出版、一九八八、所収）一六六〜一六九頁。

＊6 大形徹『不老不死——仙人の誕生と神仙術』（講談社・講談社現代新書、一九九二）一四〇頁。

＊7 戸倉英美「器物の妖怪——化ける箒、飛ぶ箒」（『竹田晃先生退官記念東アジア文化論叢』汲古書院、一九九一、所収）、聞一多「神仙考」（『聞一多全集』開明書店、一九四八、巻一、所収）。

＊8 『芥川龍之介全集』（岩波書店、一九七七）第四巻、所収。

＊9 「戸部令史妻」『広異記』（『太平広記』巻四六〇「禽鳥部」）。銭鍾書『管錐編』「『太平広記』一八六」（『銭鍾書集・管錐編（二）』（生活・読書・新知三聯書店、二〇〇七）一三二一頁）、宮野直也「西暦八世紀の漢籍に見えたるサバト!?」（『鹿児島女子大学研究紀要』一九九五年一七巻一号）。

＊10 平成26年度教養学部学位記伝達式における、石井洋二郎総長による式辞。http://www.c.u-tokyo.ac.jp/info/about/history/dean/2013-2015/h27.3.25ishii.html

＊11 ヨハネス・ケプラー『ケプラーの夢』（渡辺正雄・榎本恵美子訳、講談社・講談社学術文庫、一九八五）三七頁、八八頁

（注五九）。

＊12 シラノ・ド・ベルジュラック『日月両世界旅行記』（赤木昭三訳、岩波書店・岩波文庫、二〇〇五）二八六～二八七頁。

＊13 井波律子『中国のアウトサイダー』（筑摩書房、一九九三）所収。

＊14 『三宝太監西洋記通俗演義』（上海古籍出版社、一九八五）第一一回、一三七頁。

＊15 中野美代子『孫悟空の誕生――サルの民話学と「西遊記」』（岩波書店・岩波現代新書、二〇〇二）V「海を渡った孫悟空」、『孫悟空はサルかな？』（日本文芸社、一九九二）など参照。

＊16 浅野春二『飛翔天界――道士の技法』（シリーズ道教の世界4、春秋社、二〇〇三）五頁。

＊17 本書では、清朝末期の画報に掲載された図版をおおいに紹介する予定である。ご関心のむきは、中野美代子・武田雅哉編訳『世紀末中国のかわら版――絵入新聞『点石斎画報』の世界』（中央公論社・中公文庫、一九九九）、武田雅哉『清朝絵師　呉友如の事件帖』（作品社、一九九八）、相田洋『中国妖怪・鬼神図譜――清末の絵入雑誌『点石斎画報』で読む庶民の信仰と俗習』（集広舎、二〇一五）などを参照されたい。『点石斎画報』のすべての記事を収めたものに『点石斎画報』（広東人民出版社、一九八三）、『点石斎画報・大可堂版』（上海画報出版社、二〇〇一）などがあり、『飛影閣画報』掲載の呉友如による図版は『呉友如画宝』（上海古籍出版社、一九八三）、同（中国青年出版社、一九九八）などがある。『点石斎画報』には、葉漢明・蒋英豪・黄永松編『点石斎画報通検』（商務印書館、二〇一四）および同校点『点石斎画報全文校点』（商務印書館、二〇一四）などの工具書があるほか、近年の研究書に、Ye Xiaoqing, *The Dianshizhai Pictorial, Shanghai Urban Life 1884-1898*, Center for Chinese Studies, The University of Michigan, Ann Arbor. 2003, 鄭建麗『晩清画報的図像新聞学研究（1884-1912）以《点石斎画報》為中心』（広西師範大学出版社、二〇一五）などがある。

＊18 Edward H. Schafer. *Pacing the Void. T'ang Approaches to the Stars*. University of California Press. 1977.　同書第一二章「Flight Beyond the World」の邦訳に「塵外への飛翔」（鴇田潤訳、『饕餮』第四号、一九九六年九月）がある。

第二夜　よりよく落ちるための想像力

＊1 Clive Hart, *The Prehistory of Flight*. p.209.

＊2 Lynn White. Jr. "The Invention of the Parachute." *Technology and Culture* 9-3, July, 1968. pp.462-467.; "Medieval Uses of Air." *Scientific American* 223-2, August. 1970. p.100.

＊3 邦訳に、レチフ・ド・ラ・ブルトンヌ『南半球の発見――飛行人間またはフランスのダイダロスによる南半球の発見：きわめて哲学的な物語』（植田祐次訳、創土社、一九八五）がある。また、同じ訳者による改訂版は、野沢協・植田祐

次監修『啓蒙のユートピア　第三巻』（法政大学出版局、一九九七）に収める。

＊4　松浦静山『甲子夜話5』（中村幸彦・中野三敏校訂、平凡社・東洋文庫、一九七八）巻七四。

＊5　竹内正虎『日本航空発達史』（相模書房、一九四〇）一二二頁。

＊6　タイモン・スクリーチ『江戸の思考空間』（村山和裕訳、青土社、一九九九）第六章「飛び降りと飛行」参照。

＊7　井原西鶴『西鶴諸国ばなし』巻一「傘の御託宣」『新 日本古典文学体系76　好色二代男　西鶴諸国ばなし　本朝二十不孝』（岩波書店、一九九一）、「カーゴ・カルト」については、ピーター・ワースレイ『千年王国と未開社会――メラネシアのカーゴ・カルト運動』（吉田正紀訳、紀伊國屋書店、一九八一）、橋本順光「カーゴ・カルト幻想――飛行機崇拝の物語とその伝播」（一柳廣孝・吉田司雄編著『天空のミステリー（ナイトメア叢書8）』青弓社、二〇一二、所収）を参照。

＊8　ラウファー『飛行の古代史』一三～一五頁、ニコルソン『月世界への旅』三四頁、ニーダム『中国の科学と文明　第九巻　機械工学・下』七八八～七八九頁。

＊9　Simon de la Loubère, *A New Historical Relation of the Kingdom of Siam*, Rep. by Oxford Univ. Press. 1969. pp.47-48.

＊10　ニーダム『中国の科学と文明　第九巻　機械工学・下』七九〇頁。

＊11　ラウファー『飛行の古代史』一三～一五頁。

＊12　土居淑子「舜伝説をめぐって」（土居淑子『古代中国　考古・文化論叢』言叢社、一九九五、所収）参照。ちなみに、舜の危機脱出譚に言及した重要な文献『列女伝』には、第三の危機として、「酒で酔わせて殺害されそうになる」というエピソードを含むものもあり、この存在をめぐる議論も数多くなされている。「対」が二元論的美学であるとすれば、「なにごと三度」は民話的なおもしろさを反映しているのかもしれない。

＊13　『史記Ⅰ　本紀』（小竹文夫・小竹武夫訳、筑摩書房・ちくま学芸文庫、一九九五、世界文学大系、一九六二）二〇～二一頁。

＊14　『史記・上』（「中国古典文学大系」第一〇巻、野口定男訳注、平凡社、一九六八）一三頁。

＊15　『史記』第一巻（「新釈漢文大系」三八、吉田賢抗訳注、明治書院、一九七三）五五頁。

＊16　『孟子（下）』（小林勝人訳、岩波書店・岩波文庫、一九七二）巻第九「万章章句上・二・注六」一二三頁。

＊17　『列女伝』巻頭に置かれたエピソードのテクストの異同をめぐっては、古くから多くの議論がなされてきた。つとに顧頡剛は「虞初小説回目考釈」十七「焚廩、揜井、二女解重囲」（『顧頡剛古史論文集』第二冊、中華書局、一九八八）二四～二六頁において関連するテクストを整理している。わが国の下見隆雄『劉向『列女伝』の研究』（東海大学出版会、一九八九）および「劉向『列女伝』伝記資料の扱いについて――原本推定を巡って」（『広島大学文学部紀要』55、一九九五年一二月）、山崎純一『列女伝　上』（新編漢文選　思想・歴史シリーズ、明治書院、一九九六）、中島みどり訳注

『列女伝1』（平凡社・東洋文庫、二〇〇一）など、それぞれテクストの異同を提示し、諸家の説を整理したうえで、詳細な注釈と翻訳を提示しており、有用である。

＊18 『山海経』「中山経・中次十二経」。

＊19 潘重規『敦煌変文集新書』（文津出版社、一九九四）九五一～九五九頁。金岡照光編『敦煌の文学文献（講座敦煌9）』（大東出版社、一九九〇）三「孝行譚―「舜子変」と「董永伝」―」（金岡照光）参照。

＊20 陳鈞整理・李茂生講述「害不死的大舜」（『民間文学』一九六四年第三期）。

＊21 伊藤清司『昔話 伝説の系譜――東アジアの比較説話学』（第一書房、一九九一）第Ⅲ章「外来説話の諸相」Ⅲ「継子の井戸掘り」を参照。

＊22 ラウファー『飛行の古代史』一三一頁、*The Prehistory of Aviation*. p.88.

＊23 É. Chavannes, *Les Mémoires historiques de Se-ma Ts'ien*. Vol.I. p.74. 原文は、"3. D'après *Se-ma Tcheng* les deux larges chapeaux jouèrent le rôle d'un parachute et empêchèrent *Choen* de se blesser quand il se précipita du haut du grenier."

＊24 J. Legge, *Chinese Classics*. Vol.Ⅲ. Prolegomena. p.114.

＊25 姜長英『中国古代航空史話』（航空工業出版社、一九九六）一九～二〇頁。

＊26 姜長英『中国航空史 史話・史料・史稿』（清華大学出版社、二〇〇〇）四六頁。

第三夜 鳥に乗りたかった人びと

＊1 ニコルソン『月世界への旅』第三章「鳥の威を借る」。

＊2 ニーダム『中国の科学と文明 第九巻 機械工学・下』七六一～七六三頁。ニーダムが引くテクストは『抱朴子』「内篇」（巻八「釈滞」）の「公輸飛木鳩之翩翾」、『述異記』は本章後述、『続博物志』（巻一〇）の「今之紙鳶、引絲而上、令小兒張口望視、以洩内熱。又木鳶」、『劉氏鴻書』（巻八六）の「公輸班篇木鳶以窺宋城」である。

＊3 陳文濤『先秦自然学概論』（商務印書館・人人文庫、一九七〇）。

＊4 姜長英『中国航空史 史話・史料・史稿』三九～四〇頁。辞海編纂委員会編『辞海（一九七九年版）』（上海辞書出版社、一九七九）下巻・三五〇〇頁の「風箏」の項目には「伝説によれば春秋の時に公輸班が木鳶をつくって宋城を窺ったという。のちに紙をもって木に替え、〈紙鳶〉と称した」とある。ニーダムも引く『劉氏鴻書』に拠ったものか。

＊5 ラウファー『飛行の古代史』三二頁。

＊6 『太平御覧』巻七五二「工芸部九・巧」、巻九一四「羽族部一・鳥」にそれぞれ引かれる『文士伝』による。

*7　それゆえニーダムは「王莽の発明家が道家であったことは確信できる」といっている。『中国の科学と文明　第九巻　機械工学・下』七七八頁・注g。

*8　明・董斯張『広博物志』巻四四に引く『述異記』。

*9　『七十二朝四書人物演義』（『古本小説集成』、上海古籍出版社、一九九〇）。

*10　『太平広記』巻二八四「幻術一」「客隠遊」。出典は『異苑』とする。『太平御覧』巻九一六には『録異伝』からとして別のテクストが見える。

*11　季羨林『五巻書』（重慶出版社、二〇一六）「訳本序」一六頁。

*12　『南方熊楠全集　第三巻』二五〜二六頁。

*13　『中国の科学と文明　第九巻　機械工学・下』六四六頁・注d。

第四夜　凧よあがれ風に乗れ

*1　Clive Hart, *Kites: An Historical Survey*. New York, Praeger. 1967. pp.23-32.

*2　幸田露伴「日本の遊戯上の飛空の器」（『露伴全集』岩波書店、第二五巻、所収）。「紙老鵄」の語は、唐の趙元一がその『奉天録』巻三で、あとで見る張伾のエピソードを説く際に用いている。

*3　張基振・虞重干「中国風箏的幾点歴史考証」（『西安体育学院学報』第二五巻第一期、二〇〇八年一月）。

*4　姜長英『中国航空史　史話・史料・史稿』五〇頁。

*5　廣瀬玲子「回復される均衡：元雑劇「緋衣夢」試論」（『東洋文化研究所紀要』第一六六冊、二〇一四）。

*6　李漁『笠翁伝奇十種校注』（王学奇・霍現俊・呉秀華主編、天津古籍出版社、二〇〇九）。

*7　クレイグ・クルナス『図像だらけの中国——明代のヴィジュアル・カルチャー』（武田雅哉訳、国書刊行会、二〇一七）。

*8　『山東京伝全集　第一六巻　読本2』（ぺりかん社、一九九七）八一頁。

*9　『日本名著全集・江戸文芸之部　第一三巻・読本集』解説（日本名著全集刊行会、一九二七）一四〜一六頁。

*10　梁帰智「探春的結局——海外王妃」（『紅楼夢研究集刊』第九輯、上海古籍出版社、一九八二）、張慶善「探春遠嫁蠡測」（『紅楼夢学刊』一九八四年第二期）、彭秀礼「千里東風一夢遥——也談探春的結局」（『開封教育学院学報』一九九四年第四期）、張玉璋「宝釵放〝二連七個大雁〟風箏的寓意簡析」（『紅楼夢学刊』一九九七年第四期）、李紅「昭君文学与賈探春結局之影響研究」（『河南教育学院学報（哲学社会科学版）』二〇〇一年第三期）、田恵珠「《紅楼夢》中的風箏意象」（『紅楼夢学刊』二〇〇五年第四輯）、張志「探春嫁作王妃了嗎」（『襄陽職業技術学院学報』二〇一三年第五期）、陳晶「《紅楼夢》中的風箏意象与探春命運」（『現代語文』二〇一一年第三期）、李弘歴「《紅楼夢》中的風箏意象」（『満族研究』

＊11　二〇一一年第一期）など。前者は梁帰智「探春的結局――海外王妃」、後者は張慶善「探春遠嫁蠡測」による。

＊12　語彙の説明は井波陵一訳『紅楼夢』（『新訳　紅楼夢　第五冊』岩波書店、二〇一四）第七〇回の訳注による。

＊13　『曹雪芹紮燕風箏図譜考工志』（『漢声雑誌』一一七期、漢声雑誌社、一九九八）、呉恩裕「曹雪芹的佚著和伝記材料的発見」（『文物』一九七三年第二期）。

＊14　王連海「李嵩《貨郎図》中的民間玩具」（『南京藝術学院学報（美術与設計版）』二〇〇七年第二期）。

＊15　曲亭馬琴『夢想兵衛胡蝶物語』（『袖珍名著文庫』、冨山房、一九〇五）九～一〇頁。

＊16　曲亭馬琴『椿説弓張月（上）』（『日本古典文学大系』、岩波書店、一九五八）後篇巻之三。

＊17　竹内正虎『日本航空発達史』「第八章　紙鳶に現れたる飛行の思想」参照。

第五夜　天翔る〈飛車〉

＊1　曽布川寛『崑崙山への昇仙――古代中国人が描いた死後の世界』（中央公論社・中公新書、一九八一）。また、同氏『中国美術の図像と様式（研究篇）』Ⅰ「古代美術の図像学的研究」二「崑崙山と昇仙図」、三「漢代画像石における昇仙図の系譜」も参照されたい。この帛画をはじめ、馬王堆漢墓出土品のカラー写真は、傅挙有・陳松長編著『馬王堆漢墓文物』（湖南出版社、一九九二）を参照。

＊2　林巳奈夫『漢代の神神』（臨川書店、一九八九）一五七～一六一頁。

＊3　曽布川寛『中国美術の図像と様式（研究篇）』一五三～一五四頁。

＊4　『江蘇徐州漢画象石』（科学出版社、一九五九）五七、『漢代の神神』図二五。

＊5　合山究氏が『雲烟の国』（東方書店・東方選書、一九九三）で指摘しているような雲烟の諸相が、重要な文化的背景として、ここでも機能しているのかもしれない。

＊6　ダニエル・デフォー『ロビンソン・クルーソー』（下）（平井正雄訳、岩波書店・岩波文庫、一九六七）三一八頁。

＊7　ニコルソン『月世界への旅』二八四～二九二頁、ニーダム『中国の科学と文明　第五巻　天の科学』三二六頁、Qian Zhongshu（銭鍾書）, China in the English Literature of the Seventeenth Century; China in the English Literature of the Eighteenth Century. *The Vision of China in the English Literature of the Seventeenth and Eighteenth Centuries.* Edited by Adrian Hsia. The Chinese University Press. Hong Kong. 1998. 蔡雲艶・石頴「欲望化的他者――論笛福筆下的中国形象」（『西南交通大学学報（社会科学版）』二〇〇八年第九期）。

＊8　袁珂『山海経校注』（上海古籍出版社、一九八〇）二一三頁。葉舒憲・蕭兵・鄭在書「奇肱与長肱」（『山海経的文化尋

踪——「想像地理学」与東西文化碰触』湖北人民出版社、二〇〇四、所収、二〇八九頁）では、「〈奇〉は漢語においては奇偶の〈奇〉とも、また奇技淫巧の〈奇〉とも訓ずる。〈ことばの誤伝〉によって、一本の腕で〈奇巧〉をあやつる物語が生み出されたのは、たいへん自然ではあるまいか？」という。

＊9 『南方熊楠全集　第三巻』（平凡社、一九七一）二三頁。『東洋学芸雑誌』明治四二年（一九〇九）五月二六巻三三二号、「追記」同誌二六巻三三五号、「再追記」同誌二八巻三六〇号、「追記補」同誌二八巻三六一号。"Flying Machines of Far East". *Notes and Queries*. 10s.xi. May. 29. 1909.

＊10 ラウファー『飛行の古代史』二四頁。

＊11 『博物志』の現行のテクストでは、「奇肱の民は機巧をよくする」にあたる部分の「機巧」の二文字が、「拭扛」となっているが、これでは意味が通らない。『太平広記』巻四八二、任昉『述異記』では「機巧」とし、『太平御覧』巻七五二に引く『玄中記』は「奇巧」としている。郝懿行『山海経箋疏』は「機巧」とすべきであるとし、唐久寵『博物志校釈』（台湾学生書局、一九八〇）、范寧『博物志考証』（中華書局、一九八〇）もこれに従う。

＊12 ニーダム『中国の科学と文明　第八巻　機械工学・下』一〇六頁。

＊13 Herbert A. Giles, "Traces of Aviation in Ancient China". *Adversaria Sinica*. No.8. Messrs. Kelly & Walsh Ltd.1910, pp.233-235.

＊14 ラウファー『飛行の古代史』二八頁。

＊15 顧頡剛「遂初室筆記（一）」（『顧頡剛読書筆記』第三巻、台湾聯経出版事業公司、一九八〇）一二〇六頁。

＊16 ニコルソン『月世界への旅』三六頁、七一頁など。

＊17 Gustav Schlegel. *Chinesische Bräuche und Spiele in Europa*, Breslau, 1869. p.32, "Der Luftballon".

＊18 ラウファー『飛行の古代史』一三三頁。

＊19 J. E. Hodgson. *The History of Aeronautics in Great Britain*. pp.370-372; Clive Hart. *Kites: An Historical Survey*, pp.152-154.

＊20 『ロシア原初年代記』（國本哲男等訳注、名古屋大学出版会、一九八七）三〇〜三一頁。

＊21 塩野七生『コンスタンティノープルの陥落』（新潮社、一九八三）一三三頁。

＊22 メンドーサ『シナ大王国誌』（大航海時代叢書六、長南実他訳、岩波書店、一九六五）第一部第一巻第一〇章、九四頁。

＊23 リンスホーテン『東方案内記』（大航海時代叢書八、岩生成一他訳、岩波書店、一九六八）第二四章、二三五頁。

＊24 M・ニコルソン『月世界への旅』、武田雅哉『蒼頡たちの宴』参照。

＊25 ジョン・ミルトン『失楽園』第三巻四三七〜四三九行。鈴木繁夫「帆付き風車——『失楽園』における驚異の表象」

(『言語文化論集』第三四巻第一号、名古屋大学大学院国際言語文化研究科、二〇一二)、楊周翰「弥爾頓《失楽園》中的加帆車――十七世紀英国作家与知識的渉猟」(『国外文学』一九八一年第四期)、Donald F. Lack, *Asia in the Making of Europe, Vol.II, A Century of Wonder,* Part 3, The Univ. of Chicago Press. 1977.

*26 ニーダム『中国の科学と文明　第八巻　機械工学・上』三三七〜三七一頁。

*27 バーバラ・A・バブコック編『さかさまの世界』(岩崎宗治訳、岩波書店、一九八四)所収。

*28 ジョン・ウィルキンズの空飛ぶ車における、帆走車の影響については、ニコルソン『月世界への旅』一三八〜一三九頁。

*29 『南方熊楠全集　第三巻』二四頁。

第六夜　進化する〈飛車〉

*1 『抱朴子　内篇』(本田濟訳注、平凡社・東洋文庫、一九九〇)三一九〜三二四頁を参照。

*2 王明『抱朴子内篇校釈(増訂本)』(中華書局、一九八五)二八二頁。

*3 ニーダム『中国の科学と文明　第九巻　機械工学・下』七七一〜七八三頁。

*4 王振鐸「葛洪『抱朴子』中飛車的復元」(『中国歴史博物館館刊』一九八四年第六期)、『第三届国際中国科学史討論会論文集』(科学出版社、一九九〇)。ちなみに、『抱朴子』を邦訳した本田濟氏は、ニーダムの説を紹介しつつ、「訓詁の上でやや不安はあるが、面白いのでこれによった」とし、ニーダムが掲載している竹とんぼの図版を転載している。前掲『抱朴子　内篇』三二三頁。

*5 席沢宗名誉主編、姜生・湯偉侠主編『中国道教科学技術史　漢魏両晋巻』(科学出版社、二〇〇二)七八四〜七八六頁。

*6 ニーダム『中国の科学と文明　第九巻 機械工学・下』七八一頁。

*7 胡孚琛『魏晋神仙道教――『抱朴子内篇』研究』(台湾商務印書館、一九八九)二一一〜二一二頁。

*8 韓愈「感春三首・其二」「黄黄蕪菁花、桃李事已退。狂風簸枯榆、狼藉九衢内。春序一如此、汝顔安足頼。誰能駕飛車、相従観海外」。

*9 袁珂『山海経校注』二〇〇頁。

*10 本書でもそのいくつかを引用している。毛祥麟『墨余録』(第十夜)、『点石斎画報』「天上行舟」(第十二夜)、呉趼人『新石頭記』(第十三夜)。

*11 『絵図鏡花縁』(上海点石斎、一八八八。積山書局、一八九五)。影印本に『絵図鏡花縁』(北京市中国書店、一九八五)がある。

*12 孫継芳『清・孫継芳絵鏡花縁』(作家出版社、二〇〇七)。

＊13 前掲、顧頡剛「遂初室筆記（一）」一二〇六頁。
＊14 李圭景『五洲衍文長箋散稿・上』（古典刊行会・東国文化社、一九五九）巻二「飛車弁証説」三三〜三四頁。
＊15 これら黄表紙二作に描かれた空飛ぶ船の図版は、タイモン・スクリーチ『大江戸視覚革命――十八世紀日本の西洋科学と民衆文化』（田中優子・高山宏訳、作品社、一九九八）、タイモン・スクリーチ『江戸の思考空間』（村山和裕訳、青土社、一九九九）のいずれにおいても、その秀逸な飛翔論の解説とともに鑑賞することができる。
＊16 Mani, Vettam, *Purāṇic Encyclopedia. A Comprehensive Dictionary with Special Reference to the Epic and Purāṇic Literature.* Motilal Banarsidass, 1975. pp.623-624.
＊17 ヴァールミーキ『新訳 ラーマーヤナ 7』（中村了昭訳、平凡社・東洋文庫、二〇一三）第七巻「後続の巻」第一五章、八七頁。
＊18 ヴァールミーキ『新訳 ラーマーヤナ 6』（中村了昭訳、平凡社・東洋文庫、二〇一三）第六巻「戦争の巻」第一二一章、四六二〜四六三頁。
＊19 ヴァールミーキ『新訳 ラーマーヤナ 7』（中村了昭訳、平凡社・東洋文庫、二〇一三）第七巻「後続の書」第二一章、一一三頁。
＊20 ヴァールミーキ『新訳 ラーマーヤナ 7』（中村了昭訳、平凡社・東洋文庫、二〇一三）第七巻「後続の書」第四一章、二一三〜二一四頁。
＊21 ヴァールミーキ『新訳 ラーマーヤナ 7』（中村了昭訳、平凡社・東洋文庫、二〇一三）第七巻「後続の書」第七五章、三一四頁。
＊22 ヴァールミーキ『新訳 ラーマーヤナ 6』（中村了昭訳、平凡社・東洋文庫、二〇一三）第六巻「戦争の巻」第四八章、六九頁。
＊23 Pandit Subbaraya Shastry, Translated into English by G. R. Josyer, *Maharshi Bharadwaaja's Vymaanika-Shaastra or Science of Aeronautics.* Coronation Press, Mysore 4, India. 1973. これを小説風に紹介した日本語の読物は、遠藤昭則『古代の宇宙船ヴィマーナ』（中央アート出版社、一九九八）。

第七夜　八月の槎に乗って

＊1 厳君平その人と、かれをめぐる信仰・伝説については、遊佐昇『唐代社会と道教』（東方書店、二〇一五）第三部「成都と道教」の第二章「成都・厳真観と信仰―厳君平への信仰をめぐって―」、第三章「厳君平信仰の伝播とその広がり」、第四章「厳君平の伝説とその信仰」を参照。

*2 武田雅哉『星への筏――黄河幻視行』（角川春樹事務所、一九九七）。

*3 日本で描かれた張騫像については、杉原たく哉「張騫図と乗槎説話」（『象徴図像研究』八巻、一九九四）および『中華図像遊覧』（大修館書店、二〇〇〇）「張騫　天の川への旅」などを参照されたい。

*4 https://zh.wikipedia.org/wiki/西关#.E6.94.AF.E6.A9.9F.E7.9F.B3

*5 フレデリック・ポール『ゲイトウエイ』（矢野徹訳、早川書房・早川SF文庫、一九八八）。

*6 司馬承禎については、土屋昌明『神仙幻想　道教的生活』（シリーズ道教の世界5、春秋社、二〇〇二）七八～八四頁を参照。

*7 厳真観については、前掲、遊佐昇『唐代社会と道教』第三部「成都と道教」第二章「成都・厳真観と信仰――厳君平への信仰をめぐって――」、四川省文史研究館『成都城坊古迹考（修訂版）』（成都時代出版社、二〇〇六）三一七～三一八頁などを参照。

*8 ちなみに、陝西省城固県の郊外にある張騫の墓は、いまは張騫紀念館となっているが、その庭には「虎石」と呼ばれる巨石が置かれていて、これもまた支機石のかたわれであると説明されているという。

*9 『穆天子伝』「我惟帝女」、『史記』巻二七「天官書」「織女天女孫也」、『石氏星経』巻下「織女……天女」、『荊楚歳時記』「天河之東有織女、天帝之子也」。

*10 小南一郎『西王母と七夕伝承』（平凡社、一九九一）一三六頁。

*11 前掲、杉原たく哉『中華図像遊覧』八六～八七頁。また、織機の部位とその古代中国における図像表現については、渡部武『画像が語る中国の古代』（イメージ・リーディング叢書、平凡社、一九九一）第七章「紡織技術と衣生活」を参照されたい。

*12 https://zh.wikipedia.org/wiki/西关#.E6.94.AF.E6.A9.9F.E7.9F.B3

*13 同文は『雲笈七籤』巻一二二「道教霊験記部」に「成都卜肆支機石験」と題されて載っている。

*14 同治『成都県志』「芸文」、四川省文史研究館『成都城坊古迹考（修訂版）』二七七頁。

*15 四川省文史研究館『成都城坊古迹考（修訂版）』二七五～二七七頁。

*16 何承樸『成都夜話』（四川人民出版社、一九八六）四八頁「天河支機石」。

*17 岑参「厳君平卜肆」「君平曾賣卜、卜肆蕪已久。至今杖頭錢、時時地上有。不知支機石、還在人間否」。

*18 「成都の石筍と大秦寺」『榎一雄著作集　第七巻』（汲古書院、一九八七）三七八頁。

*19 李商隠「海客」「海客乗槎上紫氛、星娥罷織一相聞。只應不憚牽牛妬、聊用支機石贈君」。

*20 李商隠著・馮浩箋注『玉谿生詩集箋注（上）』（中国古典文学叢書、上海古籍出版社、一九七九）二八〇頁、向思鑫「《海

客》辨疑――李商隠傾向李徳裕党之一証」（『武漢師範学院学報（哲学社会科学版）』一九八二年第六期）。

＊21 宋之問「明河篇」「明河可望不可親、愿得乘槎一問津。更将織女支机石、還訪成都売卜人」。

＊22 黄遵憲著・銭仲聯箋注『人境廬詩草箋注（上）』（上海古籍出版社、一九八一）第四巻、三四七頁。「星星世界遍諸天、不計三千與大千。倘亦乘槎中有客、回頭望我地球圓」。

第八夜　月世界への旅

＊1 葉舒憲「日出扶桑：中国上古英雄史詩発掘報告—文学人類学方法的実験」（『陝西師大学報（哲学社会科学版）』一九八八年第一期）など。

＊2 このテーマについて書かれた論考はあまりにも多い。近年では、張同利「唐明皇遊月宮故事内容及其背景考」（『安陽師範学院学報』二〇一六年第一期）、李春燕「唐明皇遊月宮故事的文本演変与文化内涵」（『天中学刊』二〇一三年第六期）など多数。

＊3 中村喬「正月十五日の風習と燃灯の俗」（『中国歳時史の研究』朋友書店、一九九三、所収）。

＊4 金文京「香菱考」（『東方學會創立五十周年記念東方學論集』東方學會、一九九七）。

＊5 蘇東坡「水調歌頭」「明月幾時有、把酒問青天。不知天上宮闕、今夕是何年。我欲乘風歸去、又恐瓊樓玉宇、高處不勝寒。起舞弄清影、何似在人間」。

＊6 朱紅「唐代中秋玩月詩与道教信仰」（『雲南大学学報（社会科学版）』第一二巻（二〇一三）第四期）。

＊7 小川洋一「葉浄能詩の成立について」（『東方宗教』一六、一九六〇）、同「Ⅱ-四　道教説話」（『講座敦煌4　敦煌と中国道教』大東出版社、一九八三）、遊佐昇「葉法善と葉浄能—唐代道教の一側面—」（『日本中国学会報』三五、一九八三）、森田さくら「敦煌写本 S. 6836「葉浄能詩」について—説話の構造を巡って」（『お茶の水女子大学中国文学会報』三五、二〇一六）など参照。

＊8 高国藩『敦煌民間文学』（聯経出版事業公司、一九九四）第五章「敦煌民間話本」、「敦煌科幻故事『唐玄宗遊月宮』及其流変」（『敦煌俗文化学』、上海三聯書店、一九九九）。

＊9 「紫雲廻」は、唐の鄭處誨『明皇雑録』（宋『海録砕事』に引く）や宋の楽史『楊太真外伝』に、「紫雲曲」は、『宣室志』（『太平広記』巻二九「十仙子」に引く）に見える。

＊10 玄宗をめぐる道教世界については、土屋昌明『神仙幻想　道教的生活』（シリーズ道教の世界5、春秋社、二〇〇二）を一読されたい。

＊11 凌景埏、謝伯陽校注『諸宮調両種』（齊魯書社、一九八八）。ただしこれらの套数のタイトルは趙景深が内容に即して新

たに命名したものも含む。傅満倉「《天宝遺事諸宮調》輯逸探析」（『甘粛高師学報』二〇一〇年第三期）、桜木陽子「『天宝遺事諸宮調』の物語展開と季節描写」（『中国古典小説研究』一五号、二〇一〇）等参照。

*12 邦訳に『陶庵夢憶』（松枝茂夫訳、岩波書店・岩波文庫、一九八一）があるが、拙訳とは解釈が異なる。

*13 秦学人「釈《劉暉吉女戯》」（『戯劇（中央戯劇学院学報）』一九九五年第二期）参照。

*14 『長生殿』の邦訳には、塩谷温訳注『国訳長生殿伝奇』（『国訳漢文大成』文学部第一七巻、国民文庫刊行会、一九二三）、岩城秀夫訳『長生殿—玄宗・楊貴妃の恋愛譚』（平凡社・東洋文庫、二〇〇四）、竹村則行訳注『長生殿訳注』（研文出版、二〇一一）がある。

*15 宗力・劉群『中国民間諸神』（河北人民出版社、一九八六）六七五頁。

*16 『混唐後伝』と題する小説の第二二回にも、ほぼ同じ文が見えている。『隋唐演義』と『混唐後伝』には、明らかにいずれかがいずれかをコピーしたあとが確認できるが、どちらが先かについては諸説ある。いま竹村則行『楊貴妃文学史研究』（研文出版、二〇〇三）一三一「『驚鴻記』を襲用した『隋唐演義』の梅妃故事について」の考証に従い、『隋唐演義』は『混唐後伝』に先行すると考える。

第九夜　空にあいた穴のむこう

*1 ここで用いた明の趙氏脉望館本では「月勢如丸其影日爍其凸處也」と、『太平広記』では「月勢如丸其影多為日爍其亜處也」となっている。

*2 『居易録』巻二二はまた、「天上人」という現象の例として、明末の田藝衡『留青日札』に見える記録も引いている。

*3 澤田瑞穂「虚空人幻影」（『中国の傳承と説話』所収）参照。

*4 シラノ・ド・ベルジュラック『日月両世界旅行記』九頁。

*5 バルトルシャイティス『鏡』（『バルトルシャイティス著作集4』、谷川渥訳、国書刊行会、一九七八）「Ⅱ 天の鏡」参照。

*6 谷口知子「「望遠鏡」の語誌について」（『或問』一七、二〇〇〇）、方豪『中西交通史（下）』（岳麓書社、一九八七）七〇九頁、王錦光、洪震寰『中国光学史』（湖南教育出版社、一九八五）一四五頁、高田紀代志「中国における望遠鏡 序説—明末清初における西洋天文学受客の一断面」（『基督教文化研究所研究年報』一八、一九八六、宮城学院女子大学基督教文化研究所）、余三楽『望遠鏡与西風東漸』（社会科学文献出版社、二〇一三）など参照。

*7 クレイグ・クルナス『図像だらけの中国——明代のヴィジュアル・カルチャー』（武田雅哉訳、国書刊行会、二〇一七）一九七頁、余三楽『望遠鏡与西風東漸』（社会科学文献出版社、二〇一三）第一〇章「李漁小説《夏宜楼》中的望遠鏡」。

*8 王錦光・洪震寰『中国光学史』（湖南教育出版社、一九八五）一五九頁。

＊9　蔡鴻生「清代広州行商的西洋観——潘有度《西洋雑詠》評説」（『広東社会科学』二〇〇三年第一期）。

＊10　潘有度「西洋雑詠・第一二首」「万頃琉璃玉宇寛、鏡澄千里幻中看。朦朧夜半炊煙起、可是人家住広寒」。

＊11　許暉林「鏡與前知——試論中國敍事文類中現代視覺經驗的起源」（『臺大中文学報』四八、二〇一五年三月）一三〇頁「これは「望遠鏡に月を望む」というテーマに呼応しているものだ。望遠鏡は円形のガラスレンズを研磨してつくられるが、詩人が月を観るのに用いる眼も——アダム・シャールが『遠鏡説』でいっているように——凹凸ふたつのレンズによって構成される。したがって詩人は、眼と望遠鏡の微小な玻璃球《ガラスだま》を通して、地球という大きな玻璃球《ガラスだま》から、四〇万里離れた小さな玻璃球《ガラスだま》を望むのである」。

＊12　Hugh Honour, *Chinoiserie, The Vision of Cathay*. E. P. Dutton & Co., Inc. 1961. p.95.

＊13　黄国声主編『陳澧集』第一冊（二〇〇八、上海古籍出版社）。

＊14　ヨハネス・ケプラー『ケプラーの夢』（渡辺正雄・榎本恵美子訳、講談社・講談社学術文庫、一九八五）五一〜五三頁。

＊15　『中国近代文学大系　第四集・第一四巻・詩詞集一』（上海書店、一九九一）八四八頁。

＊16　李賀「夢天」「老兎寒蟾泣天色、雲楼半開壁斜白。玉輪軋露湿団光、鸞珮相逢桂香陌。黄塵清水三山下、更変千年如走馬。遙望斉州九點煙、一泓海水杯中瀉」。

＊17　武田雅哉『万里の長城は月から見えるの？』（講談社、二〇一一）。

第十夜　霧のなかの飛翔者

＊1　『香山小志』（『中国地方志集成・郷鎮志専輯7』江蘇古籍出版社、一九九二）四四五頁。

＊2　それぞれ、劉汝霖「三百年来我国有関工芸製作的優秀人物簡表」（『文物』一九五九年第一〇期）、春平「世界上最早的“飛車”」（『中国青年報』一九八二年一一月七日）、曹炊栄・徐洋『中国古代能工巧匠』（北京科学技術出版社、一九九五）。

＊3　清・陳嘉楡等修『湘潭県志』（光緒一五年刊本・影印）（中国方志叢書・華中地方・第一一二号、成文出版社有限公司、一九七〇）。

＊4　武田雅哉『蒼頡たちの宴』四「円環をめぐる対話」参照。

＊5　ニーダム『中国の科学と文明　第八巻　機械工学・上』二七六〜二七九頁。

＊6　何孝栄『明代北京仏教寺院修建研究』（南開大学出版社、二〇〇六）。

＊7　長部和雄「法道仙人の飛鉢法について」（『印度學佛教學研究』第一七巻第一号、一九六八）。

＊8　『大仏頂広聚陀羅尼経』巻二「観世音文殊師利菩薩与願品第九」大正０９４６。

＊9　森正人「飛鉢譚の系譜—「信貴山縁起」説話考—」（『国語国文学研究』（熊本大学）九、一九七三）、中前正志「米俵飛

鉢譚の合理化と形骸化」(『花園大学研究紀要』第二〇号、花園大学文学部、一九八九)、杉山二郎「鉢は飛ぶ、UFOの如く」「飛鉢法のあれこれ」(杉山二郎『遊民の系譜—ユーラシアの漂泊者たち』青土社、一九九二、所収)、嶺岡美見「空飛ぶ鉢—浄蔵の飛鉢説話成立背景をめぐって—」(『御影史学論集』三一、御影史学研究会、二〇〇六)など参照。

*10 マルコ・ポーロ『東方見聞録』(愛宕松男訳注、平凡社・東洋文庫、一九七〇)第二章、一七三頁。

*11 ロバート・M・パワーズ『宇宙大航海時代』(水上峰雄訳、新潮社・新潮選書、一九八四)。

*12 Herbert Spencer Zim, *Rockets and Jets*. Harcourt, Brace and Company. New York. 1945. pp.31-32.

*13 Joseph Needham, with the collaboration of Ho Ping-Yü (Ho Peng Yoke), Lu Gwei-Djen and Wan Ling, *Science and Civilisation in China:Volume 5, Chemistry and Chemical Technology, Part 7, Military Technology: The Gunpowder Epic*. Cambridge University Press. 1987, p.509. ちなみにニーダムのこの巻は、邦訳はない。いまの日本には、いろいろな意味で、それだけの力も条件もないのである。中国語訳は、李約瑟著、何丙郁・魯桂珍・王鈴協助『中国科学技術史　第五巻　化学及相関技術　第七分冊　軍事技術:火薬的史詩』(劉曉燕等訳、科学出版社・上海古籍出版社、二〇〇五)があるが、特に中国の固有名詞の誤訳が目立つのは残念。この引用部分でも「許会林」を「徐恵林」と誤った「当て字」をしている。

*14 Willy Ley, *Die Fahrt ins Weltall*. Leipzig, Hachmeister & Thal. 1926.

*15 Willy Ley, *Rockets: The Future of Travel Beyond the Stratosphere*. Viking Press. 1944.

*16 E. S. Hokes, "Chinese Rocket Aircraft of the +16th Century." Unpub. MS deposited in the East Asian History Science Library. Sept.1980.

*17 John Elfreth Watkins, "The Modern Icarus". *The Scientific American*, 101, Oct.2. 1909, p.243.

*18 劉仙洲『中国機械工程発明史(第一編)』(科学出版社、一九六二)七八頁。

*19 潘吉星『中国火箭技術史稿——古代火箭技術的起源和発展』(科学出版社、一九八七)七四頁。

*20 ちなみに、一九八〇年代の深見氏は、同じ共産圏SFへの関心からであろう、文化大革命終息後の中国で少しずつ書かれはじめていたSF小説に、関心を抱かれていた。同じころ、やはり中国のSFに興味を抱きはじめていたぼくは、まだ学部の学生だったが、深見氏に相談に乗っていただいたり、氏の編による『日本SF翻訳書目(1964~1985)』(泰平社、一九八六)を手伝わせていただいたりもした。

*21 Николай Алексеевич Рынин, *Межпланетные сообщения, Ракеты и Двигатели Прямой Реакции (История, Теория и Техника)*, Ленинград. 1929, Глава II, История развития ракет, 【a】Первые применения.c. 10.: N. A. Rynin, *Interplanetary Flight and Communication, Volume II, No.4, Rockets*, Leningrad. 1929, Israel Program for Scientific

Translations, Jerusalem, 1971. Translated by T.Pelz. M.Sc.. p.6.

第十一夜　気球跳梁の時代

＊1　マカートニー『中国訪問使節日記』（坂野正高訳、平凡社・東洋文庫、一九七五）一八九頁。

＊2　マカートニー『中国訪問使節日記』一九〇頁。

＊3　原文は「取雞子去汁然艾火内空中疾風高挙自飛去」。

＊4　原文は「艾火令鶏子飛〔取鶏子去其汁燃艾火内空卵中疾風因挙之飛〕」。

＊5　原文は「鶏子開小竅去黄白了入露水又以油紙糊了日中晒之可以自升起離地三四尺」。

＊6　ニーダム『中国の科学と文明　第九巻　機械工学・下』七九一頁。

＊7　『日月両世界旅行記』四〇二頁、赤木昭三氏による訳注6。

＊8　洪震寰「《淮南万畢術》及其物理知識」（『中国科技史料』一九八三年第三期）。

＊9　張旭敏「亦談〝艾火令鶏子飛〟」（『中国科技史料』一九九七年第二期）。また、楼栄訓は、このような実験がなされた思想的背景として、陰陽五行思想と気の思想があることを指摘する。楼栄訓「論〝艾火令鶏子飛〟的実験思想淵源」（『浙江師大学報（自然科学版）』二〇〇〇年第二期）。

＊10　下村裕『ケンブリッジの卵――回る卵はなぜ立ち上がりジャンプするのか』（慶應義塾大学出版会、二〇〇七）、中谷宇吉郎「立春の卵」（『中谷宇吉郎随筆集』岩波書店・岩波文庫、一九八八、所収）。

＊11　第十四夜の図3「赤焔騰空」を参照。

＊12　姜長英『中国古代航空史話』二七〜二八頁。

＊13　張鴻『中国飛行的故事』二六頁。

＊14　ニーダム『中国の科学と文明　第九巻　機械工学・下』七九四頁。

＊15　レナード・コットレル『気球の歴史』（西山浅次郎訳、大陸書房、一九七七）六七〜七〇頁。

＊16　エドガー・アラン・ポオ「軽気球夢譚」（高橋正雄訳）『ポオ小説全集3』（東京創元社・創元推理文庫、一九七四）所収。

＊17　清朝末期の飛翔機械に関する記述と画像を紹介したものに、陳平原『左図右史与西学東漸――晩清画報研究』（三聯書店（香港）、二〇〇八）第三章「従科普読物到科学小説」がある。

＊18　王韜『漫遊随録』（鍾叔河主編「走向世界叢書」、岳麓書社出版、一九八五）。

＊19　志剛『初使泰西記』（鍾叔河主編「走向世界叢書」、岳麓書社出版、一九八五）。

＊20　張徳彝『随使法国記』（鍾叔河主編「走向世界叢書」、岳麓書社出版、一九八五）。

＊21　郭嵩燾『倫敦与巴黎日記』（鍾叔河主編「走向世界叢書」、岳麓書社出版、一九八四）。
＊22　黎庶昌『西洋雑誌』（鍾叔河主編「走向世界叢書」、岳麓書社出版、一九八五）。
＊23　薛福成『出使英法義比四国日記』（鍾叔河主編「走向世界叢書」、岳麓書社出版、一九八五）。
＊24　エドガー・アラン・ポオ「ハンス・プファアルの無類の冒険」（小泉一郎訳）『ポオ小説全集1』（東京創元社・創元推理文庫、一九七五）所収。
＊25　姜長英『中国航空史』七九頁。
＊26　姜長英『中国航空史』六〇頁。
＊27　「気毬険事」『点石斎画報』（酉七・52-53・光緒一六年七月一六日・金蟾香）。
＊28　「一蹶不振」『点石斎画報』（糸三・18-19・光緒一八年二月六日・符艮心）、および「気球炸裂」『点石斎画報』（亨八・61-62・光緒二三年一〇月六日・朱儒賢）。
＊29　バーバラ・M・スタフォード『実体への旅——一七六〇年-一八四〇年における美術、科学、自然と絵入り旅行記』（高山宏訳、産業図書、二〇〇八）。

第十二夜　船もおだてりゃ空を飛ぶ

＊1　Edwin W. Teale, "Edison's Early Dream Ships". *Flying Magazine*. 1933.6, p.360; J.LeCornu, *Aerial Navigation, A Documentary and Anecdotal History*. Translator: Rene Terlet, Editor: Henry Dethloff, Intagro Press Cllege Station, Texas, 2003; Daniel Cohen. *The Great Airship Mystery. A UFO of the 1890s*. Dodd, Mead & Company. 1981. pp.81-91.
＊2　郭恩慈・蘇珏編著『中国現代設計的誕生』（東方出版中心、二〇〇八）一四一頁では、これをル・ブリのことであろうとしている。
＊3　John D. Anderson. Jr., *A History of Aerodynamics and Its Impact on Flying Machines*, Cambridge Aerospace Series 8, Cambridge Univ. Press. 1997, pp.181-188.
＊4　成瀬哲生「芥川龍之介の「杜子春」——鉄冠子七絶考——」（『徳島大学国語国文学』二、一九八九）参照。
＊5　Gibbs-Smith, *A History of Flying*. p.259.
＊6　杜就田輯述「空中飛行器之略説」（『東方雑誌』一九一一年第一号、第二号、第三号）。
＊7　陶冶「辛亥革命前後の中国漫画」（『CAPS Newsletter　No.112』成蹊大学アジア太平洋研究センター、二〇一一年一〇月、六〜七頁）。掲載されたのは『俄事警聞』創刊号。
＊8　「華人之新発明家「謝纘泰」」（『東方雑誌』一九〇八年第七期「雑俎」）。

＊9　馮自由『革命逸史』第二集（商務印書館、一九三九）、姜長英『中国航空史』八一頁。
＊10　「商務印書館庚戌四月出版新書目表」（『東方雑誌』一九一〇年第四期）。
＊11　陳遵嬀「中国近代天文事業創始人──高魯」『中国科技史料』一九八三年第三期、呉彦儒「日逐雲霄：高魯与《空中航行術》」『科学史通訊』第三九期（二〇一五年）。
＊12　「華僑創造飛船」（『東方雑誌』一九〇九年第一〇期「雑俎」九二頁）。
＊13　杜就田輯述「空中飛行器之略説」（『東方雑誌』一九一一年第二号、一四～一五頁）。
＊14　姚峻『中国航空史』一五～一六頁。
＊15　「附録第三　雑俎」問天「続報餘擷新　華人新製造之一般」「飛船」（『東方雑誌』一九一〇年第四期）。
＊16　「中国飛行家厲汝燕」（『東方雑誌』一九一二年第一一号）。

第十三夜　翔んでる大清帝国

＊1　清末小説のSF的作品については、武田雅哉『翔べ！　大清帝国』（リブロポート、一九八八）、武田雅哉・林久之『中国科学幻想文学館（上）』（大修館書店、二〇〇一）などを参照。当時の「病」と「薬」のメタファーについては、鄭麗麗『風雨〝中国夢〟──清末新小説中的〝救国〟想像』（中国社会科学出版社、二〇一四）を参照。
＊2　Edward Douglas Forcett, *Hartmann the Anarchist, or The Doom of the Great City*. London. 1893. 邦訳は、山岸薮鶯訳『空中軍艦』（博文館、一八九六）。和田博文『飛行の夢1783-1945　熱気球から原爆投下まで』（藤原書店、二〇〇五）五一～五三頁参照。
＊3　阿英『晩清小説史』第十三章「晩清小説之末流」、欧陽健『晩清小説史』（浙江古籍出版社、一九九七）第二章第二節三、『中国神怪小説通史』（江蘇古籍出版社、一九九七）第九章第二節「神怪小説的翻新和神怪格局的借用」など参照。前者には邦訳『晩清小説史』（飯塚朗・中野美代子訳、平凡社・東洋文庫、一九七九）がある。
＊4　『中国近代小説大系』（江西人民出版社、一九八八）所収本、『我仏山人文集』第四巻（花城出版社、一九八八）所収本、『新石頭記』（中州古籍出版社、一九八六）、『呉趼人全集』第六巻（北方文芸出版社、一九九八）所収本などがある。『新石頭記』はじめ、本章で扱う『新法螺先生譚』『月球殖民地小説』については、王徳威『抑圧されたモダニティ　清末小説新論』（神谷まり子・上原かおり訳、東方書店、二〇一七）第五章「混乱した地平線」（上原かおり訳）の分析が多くの示唆を与えてくれる。
＊5　『中国近代文学大系　第八巻　小説集六』（上海書店、一九九一）、『中国科幻小説世紀回眸叢書　第一巻　大人国』（福建少年児童出版社、一九九九）など所収。武田雅哉「東海覚我徐念慈『新法螺先生譚』をめぐって─中国SF雑記─」

（『清末小説研究』六、清末小説研究会、一九八二）、欒偉平「近代科学小説与霊魂―由《新法螺先生譚》説開去」（『中国現代文学研究叢刊』二〇〇六年第三期）。

＊6 魯迅「為半農題記『何典』後、作」（一九二六）『華蓋集続編』所収。

＊7 前掲、武田雅哉「東海覚我徐念慈『新法螺先生譚』をめぐって―中国ＳＦ雑記―」、欒偉平「近代科学小説与霊魂―由《新法螺先生譚》説開去」参照。

＊8 洪炳文については、洪炳文撰、沈小沅編『洪炳文集』（「温州文献叢書」《温州文献叢書》整理出版委員会・上海社会科学院出版社、二〇〇四）、潘吉星「洪炳文及其《空中飛行原理》」（『中国科技史料』一九八三年第四期）、洪震寰「洪炳文及其著作」（『中国科技史料』一九八五年第四期）などを参照されたい。

＊9 清水洋子「陳士元『夢占逸旨』内篇訳注（七・了）」（『中国研究集刊』第五六号、二〇一三）。

＊10 『棟園雑篇』（油印本、温州市図書館蔵）。洪震寰「洪炳文及其著作」（『中国科技史料』一九八五年第四期）による。

＊11 『晩清小説大系』第三一巻（広雅出版、一九八四）所収本、『中国近代珍稀本小説』第四巻（春風文芸出版社、一九九七）所収本、『中国科幻小説世紀回眸叢書　第一巻　大人国』（福建少年児童出版社、一九九九）所収本などがある。

＊12 筆者がもっているものだけでも、中国友誼出版公司（二〇一〇年一月）、九州出版社（二〇一〇年三月）、中国長安出版社（二〇一〇年四月）、上海古籍出版社（二〇一〇年六月）がある。

＊13 前注で示した版本のすべてが同様の処理をおこなっているが、上海古籍出版社版のみは「この本は清末に初版本が出ているが、誤った活字を印刷してしまうことがよくある。ここは全書が描写している未来の新中国の情景に鑑み、「万国博覧会」とすべきであろう。これについては、異なる意見をもつものもある」と注記している。

＊14 ちなみに陸士諤『新紅楼夢』という本が一九二八年に刊行されているが、内容は呉趼人『新石頭記』とまったく同じものである。田若虹「《新石頭記》与《新紅楼夢》著者考」（田若虹『陸士諤小説考論』（上海三聯書店、二〇〇五）所収）参照。

＊15 田若虹『陸士諤小説考論』（上海三聯書店、二〇〇五）。

＊16 『中国科幻小説世紀回眸叢書　第一巻　大人国』（福建少年児童出版社、一九九九）所収本がある。

＊17 『中国近代孤本小説精品大系』（内蒙古人民出版社、一九九八）所収本がある。

＊18 武田『中国科学幻想文学館（上）』（大修館書店、二〇〇一）参照。

＊19 康有為『欧州十一国遊記二種・法蘭西遊記』（鍾叔河主編「走行世界叢書」、岳麓書社出版、一九八五）。

＊20 康有為『大同書』（龍田出版社、一九七九）。

＊21 『仁学』の邦訳には『仁学―清末の社会変革論』（西順蔵・坂元ひろ子訳注、岩波書店・岩波文庫、一九八九）がある。

坂出祥伸「譚嗣同の「以太」説」（坂出祥伸『中国近代の思想と科学』同朋社、一九八三、所収）も参照。

第十四夜　なにかが空を飛んでいる

＊1　鄒新炎「〝飛碟〟存在嗎？」（『光明日報』一九七九年九月二一日「科学副刊」）。
＊2　呂応鐘『UFO五千年——外星人考古学』（日臻出版社、一九九七）一七頁。王立『中国古代文学主題学思想研究』（天津教育大学、二〇〇八）第九章「外星人母題与中国古代外星不明入侵物叙事」一二九頁。
＊3　張龍樵「〝天外来客〟莫非早已蒞臨中国」（『光明日報』一九八〇年一月一八日）。
＊4　胡道静・金良年『夢渓筆談導読』（巴蜀書社、一九八八）二七八頁。
＊5　傅大為「我研究《夢渓筆談》的幾個階段経験与感想」『科学史通訊』第三九期（二〇一五年九月）九頁。
＊6　呂応鐘『UFO五千年——外星人考古学』（日臻出版社、一九九七）九〇頁。
＊7　呂応鐘「《夢渓筆談》的神奇飛珠」『時報週刊』第二五〇期（一九八二）。
＊8　王立『中国古代文学主題学思想研究』一三〇頁。王立の愛読者であるぼくとしては、王立氏は冗談でいっているのだろうと思いたい。
＊9　ぼくの人格形成に多大な影響を与えたドラマが円谷プロダクションの『ウルトラQ』だが、その「ガラモンの逆襲」では、地球侵略をたくらむチルソニア遊星人は、榛名湖の水底に「空飛ぶ円盤」を隠していた。『ウルトラQ』第一六話「ガラモンの逆襲」（脚本・金城哲夫、監督・野長瀬三摩地）。
＊10　呉以寧『夢渓筆談辨疑』（上海科学技術出版社、一九九五）一八七頁。
＊11　蘇東坡「遊金山寺」「江心似有炬火明、飛焔照山棲鳥驚。悵然歸臥心莫識、非鬼非人竟何物」。
＊12　繆鉞等撰『宋詩鑑賞辞典』（上海辞書出版社、一九八七）三三九頁。
＊13　呂応鐘『UFO五千年——外星人考古学』（日臻出版社、一九九七）九四頁。
＊14　本章でも紹介しているいくつかのケースをはじめ、中国の古文献に見える記述をUFO目撃案件として読もうとする動きを俎上にあげて分析したものに、明木茂夫「古代中国にUFOは飛来していたか？」（1）〜（4）（『中京大学教養論叢』四二（四）二〇〇一、『文化科学研究』一三（二）二〇〇一、『文化科学研究』一六（一）二〇〇四、『文化科学研究』一七（二）二〇〇五）がある。また、読んでがっかりさせないUFO本はなかなか得がたいのだが、稲生平太郎『定本　何かが空を飛んでいる』（国書刊行会、二〇一三）は秀逸な超常現象論である。附録の「泥の海——あるいは円盤文献瞥見」も参照されたい。もちろんC・G・ユング『空飛ぶ円盤』（松代洋一訳、筑摩書房・ちくま学芸文庫、一九九三）は必読。

＊15 楊儀（嘉靖五年、一五二六年に進士及第）の『高坡異纂』（王文漢編輯「説庫」所収）巻中第八葉、徐復祚（一五六〇～一六三〇？）の『花当閣叢談』（「借月山房彙鈔」所収）巻五第五葉表「呂秀才」参照。
＊16 王江樹・石曉敏『中国古代外星人』（香港・遠東図書公司、一九九〇）、その大陸版は『有客太空来――中国古代不明飛行物事件及其它』（中国社会科学出版社）、呂応鐘『UFO五千年――外星人考古学』（日臻出版社、一九九七）、陳功富等編著『宇宙探秘――中国UFO奇案（修訂版）』（哈爾浜工業大学出版社、二〇〇〇）。
＊17 デビッド・マイケル・ジェイコブス『全米UFO論争史』（UFO研究叢書1、ヒロ・M・ヒラノ訳、ブイツーソリューション、二〇〇六）四五～四六頁、エドワード・J・ルッペルト著『未確認飛行物体に関する報告』（Japan UFO Project 監訳、開成出版、二〇〇二）。
＊18 イロブラント・フォン・ルトビガー『ヨーロッパのUFO』（UFO研究叢書2、桑原恭男訳、ブイツーソリューション、二〇〇七）五一～五三頁。
＊19 デビッド・マイケル・ジェイコブス『全米UFO論争史』一三～四一頁、Daniel Cohen, *The Great Airship Mystery, A UFO of the 1890s*. Dodd, Mead & Company. 1981; Michael Busby, *Solving the 1897 Airship Mystery* . Pelican Publishing Company. 2004.
＊20 李若建『虚実之間――20世紀50年代中国大陸謡言研究』（社会科学文献出版社、二〇一一）。
＊21 呂宗力『漢代的謡言』（浙江大学出版社、二〇一一）。
＊22 中野美代子・武田雅哉編『中国怪談集』（河出書房新社・河出文庫、一九九二）解説。

第十五夜　飛翔計画続行中

＊1 ヴォルフガング・シヴェルブシュ『鉄道旅行の歴史―19世紀における空間と時間の工業化』（加藤二郎訳、法政大学出版局、一九八二）。
＊2 Laurence Goldstein, *Flying Machine & Modern Literature*. Indiana University Press. 1986.
＊3 鄭文光『飛向人馬座』（人民文学出版社、一九七九）。
＊4 Maueice Johnson, Kitagaki Muneharu（北垣宗治）, Philip Williams, *Gulliver's Travels and Japan: A New Reading*, Moonlight Series No.4,（同志社アーモスト館、一九七七）、荒俣宏『理科系の文学誌』（工作舎、一九八一）五三～五六頁、『「ガリヴァー旅行記」徹底注釈』（岩波書店、二〇一三）注 192-11（三三七頁）などを参照。
＊5 レイ・ブラッドベリ『スは宇宙のス』（一ノ瀬直二訳、東京創元社・創元SF文庫、一九七一）。
＊6 ガストン・バシュラール『空と夢――運動の想像力にかんする試論』（宇佐見英治訳、法政大学出版局、一九六八）一五頁。

参考文献

【日本語】（著者名50音順）

芥川龍之介『芥川龍之介全集』（岩波書店、一九七七）
明木茂夫「古代中国にＵＦＯは飛来していたか?」（1）〜（4）（『中京大学教養論叢』四二（四）二〇〇一、『文化科学研究』一三（二）二〇〇一、『文化科学研究』一六（一）二〇〇四、『文化科学研究』一七（二）二〇〇五）。
浅野春二『飛翔天界―道士の技法』（シリーズ道教の世界4、春秋社、二〇〇三）
天沼春樹『飛行船ものがたり』（ＮＴＴ出版、一九九五）
荒俣宏『別世界通信』（筑摩書房・ちくま文庫、一九八七）
荒俣宏『理科系の文学誌』（工作舎、一九八一）
荒俣宏『本朝幻想文学縁起』（工作舎、一九八五）
荒俣宏『月と幻想科学』（工作舎、一九七九）
アンドルーズ、Ａ『空飛ぶ機械に賭けた男たち』（河野健一訳、草思社、一九七九）
石川雅望『飛騨匠物語』『日本名著全集・江戸文芸之部第十三巻・読本集』（日本名著全集刊行会、一九二七）
伊藤清司『中国の神獣・悪鬼たち　山海経の世界』（東方書店、一九八六）
伊藤清司『中国の神話伝説』（東方書店、一九九六）
伊藤清司『昔話 伝説の系譜――東アジアの比較説話学』（第一書房、一九九一）
井波律子「中国的空飛ぶ術」（『中国のアウトサイダー』筑摩書房、一九九三、所収）
井波陵一訳『紅楼夢』（岩波書店、二〇一四）
稲生平太郎『定本　何かが空を飛んでいる』（国書刊行会、二〇一三）
井原西鶴『新 日本古典文学体系76　好色二代男　西鶴諸国ばなし　本朝二十不孝』（岩波書店、一九九一）
岩城秀夫訳『長生殿―玄宗・楊貴妃の恋愛譚』（平凡社・東洋文庫、二〇〇四）
ヴァールミーキ『新訳　ラーマーヤナ』（中村了昭訳、平凡社・東洋文庫、二〇一三）
ヴェルヌ、ジュール『征服者ロビュール』（手塚伸一訳、集英社・集英社文庫、一九九三）

ヴェルヌ、ジュール『月世界へ行く』（江口清訳、東京創元社・創元推理文庫、一九六四）
ヴェルヌ、ジュール『地底旅行』（窪田般弥訳、東京創元社・創元推理文庫、一九六八）
ヴェルヌ、ジュール『海底二万里』（荒川浩充訳、東京創元社・創元推理文庫、一九七七）
ヴェルヌ、ジュール『必死の逃亡者』（石川湧訳、東京創元社・創元推理文庫、一九七二）
ヴェルヌ、ジュール『征服者ロビュール』（手塚伸一訳、集英社・集英社文庫、一九九三）
ヴェルヌ、ジュール『世界の支配者』（榊原晃三訳、集英社・集英社文庫、一九九四）
ヴェルヌ、ジュール著／ミラー、W・J注『詳注本　月世界旅行』（高山宏訳、筑摩書房・ちくま文庫、一九九九）
榎一雄「成都の石筍と大秦寺」『榎一雄著作集　第七巻』（汲古書院、一九八七）
袁珂『中国の神話伝説』（鈴木博訳、青土社、一九九三）
袁珂『中国の鬼』（鈴木博訳、青土社、一九九五）
遠藤昭則『古代の宇宙船ヴィマーナ』（中央アート出版社、一九九八）
大形徹『不老不死』（講談社・講談社現代新書、一九九二）
大林太良『銀河の道　虹の架け橋』（小学館、一九九九）
小川洋一「葉浄能詩の成立について」（『東方宗教』一六、一九六〇）
葛洪『抱朴子・内篇』（本田濟訳注、平凡社・東洋文庫、一九九〇）
葛洪・劉向『列仙伝・神仙伝』（澤田瑞穂訳、平凡社・平凡社ライブラリー、一九九三）
加藤寛一郎『星間飛行』（講談社、一九九五）
金岡照光「孝行譚―「舜子変」と「董永伝」―」（金岡照光編『敦煌の文学文献（講座敦煌9）』（大東出版社、一九九〇）
金子務『ガリレオたちの仕事場―西欧科学文化の航図』（筑摩書房、一九九一）
ガリレイ、G『星界の報告』（山田慶児・谷泰訳、岩波書店・岩波文庫、一九七六）
河崎俊夫『宇宙航行の理論と技術』（地人書館、一九八六）
カンズル、デイヴィド「さかさま世界」（バーバラ・A・バブコック編『さかさまの世界』岩崎宗治訳、岩波書店、一九八四、所収）
曲亭馬琴『夢想兵衛胡蝶物語』（袖珍名著文庫、冨山房、一九〇五）
曲亭馬琴『椿説弓張月』（日本古典文学大系、岩波書店、一九五八）
金文京「香菱考」（『東方學會創立五十周年記念東方學論集』東方學會、一九九七、所収）
國本哲男等訳注『ロシア原初年代記』（名古屋大学出版会、一九八七年）

クルナス、クレイグ『図像だらけの中国——明代のヴィジュアル・カルチャー』（武田雅哉訳、国書刊行会、二〇一七）
クロウ、マイケル・J『地球外生命論争　1750‐1900』（鼓澄治・山本啓二・吉田修訳、工作舎、二〇〇一）
ケプラー、ヨハネス『ケプラーの夢』（渡辺正雄・榎本恵美子訳、講談社、一九七二、講談社学術文庫、一九八五）
幻想文学企画室『幻想文学44　特集・中国幻想文学必携』（アトリエOCTA、一九九五）
小南一郎『西王母と七夕伝承』（平凡社、一九九一）
幸田露伴「日本の遊戯上の飛空の器」（岩波書店『露伴全集』25、所収）
康有為『大同書』（坂出祥伸訳、中国古典新書、明徳出版社、一九七六）
高馬三良訳『山海経』（平凡社・平凡社ライブラリー、一九九四）
合山究『雲烟の国—風土から見た中国文化論』（東方書店・東方選書、一九九三）
コットレル、レナード『気球の歴史』（西山浅次郎訳、大陸書房、一九七七）
ゴドウィン、フランシス「月の男」（『ユートピア旅行記叢書・第二巻』大西洋一訳、岩波書店、一九九八）
顧禄『清嘉録——蘇州年中行事』（中村喬訳注、平凡社・東洋文庫、一九八八）
近藤次郎『飛行機はなぜ飛ぶか』（講談社・講談社ブルーバックス、一九七五）
酒井忠夫監修、坂出祥伸・小川陽一編『中国日用類書集成』（汲古書院、一九九九〜二〇〇三）
坂出祥伸『中国近代の思想と科学』（同朋社、一九八三）
桜木陽子「『天宝遺事諸宮調』の物語展開と季節描写」（『中国古典小説研究』一五号、二〇一〇年）
澤田瑞穂『中国の傳承と説話』（研文出版、一九八八）
山東京伝『山東京伝全集　第一六巻　読本2』（ぺりかん社、一九九七）
サントリー美術館編『国宝　信貴山縁起絵巻』（一九九九）
司馬遷『史記Ⅰ　本紀』（小竹文夫・小竹武夫訳、筑摩書房・ちくま学芸文庫、一九九五、「世界文学大系」一九六二）
司馬遷『史記』上（「中国古典文学大系」第一〇巻、野口定男訳注、平凡社、一九六八）
司馬遷『史記』第一巻（「新釈漢文大系」三八、吉田賢抗訳注、明治書院、一九七三）
ジェイコブス、デビッド・マイケル『全米UFO論争史』（UFO研究叢書1、ヒロ・M・ヒラノ訳、ブイツーソリューション、二〇〇六）
塩野七生『コンスタンティノープルの陥落』（新潮社、一九八三）
塩谷温訳注『国訳長生殿伝奇』（「国訳漢文大成」文学部第一七巻、国民文庫刊行会、一九二三）
篠田皎『気球の歴史』（講談社・講談社現代新書、一九七七）

シベルブシュ、ヴォルフガング『鉄道旅行の歴史―19世紀における空間と時間の工業化』(加藤二郎訳、法政大学出版局、一九八二)
清水洋子「陳士元『夢占逸旨』内篇訳注(七・了)」(『中国研究集刊』第五六号、二〇一三)
下見隆雄『劉向『列女伝』の研究』(東海大学出版会、一九八九)
下見隆雄「劉向『列女伝』伝記資料の扱いについて―原本推定を巡って」(『広島大学文学部紀要』55、一九九五年一二月)
下村裕『ケンブリッジの卵――回る卵はなぜ立ち上がりジャンプするのか』(慶應義塾大学出版会、二〇〇七)
信立祥『中国漢代画像石の研究』(同成社、一九九六)
スウィフト、J『ガリヴァ旅行記』(中野好夫訳、新潮社・新潮文庫、一九五一)
杉原たく哉『中華図像遊覧』(大修館書店、二〇〇〇)
スクリーチ、タイモン『大江戸視覚革命――十八世紀日本の西洋科学と民衆文化』(田中優子・高山宏訳、作品社、一九九八)
スクリーチ、タイモン『江戸の思考空間』(村山和裕訳、青土社、一九九九)
鈴木繁夫「帆付き風車:『失楽園』における驚異の表象」(『言語文化論集』第三四巻第一号、名古屋大学大学院国際言語文化研究科、二〇一二)
鈴木真二『飛行機物語―航空技術の歴史』(筑摩書房・ちくま学芸文庫、二〇一二)
杉本淑彦『文明の帝国　ジュール・ヴェルヌとフランス帝国主義』(山川出版社、一九九五)
杉山二郎『遊民の系譜―ユーラシアの漂泊者たち』(青土社、一九九二)
スタフォード、バーバラ・M『実体への旅――一七六〇年-一八四〇年における美術、科学、自然と絵入り旅行記』(高山宏訳、産業図書、二〇〇八)
須永朝彦「本朝飛翔文芸略考、或は日本の天族」(『夜想』二一、一九八七)
セール、ミシェル『青春　ジュール・ヴェルヌ論』(豊田彰訳、法政大学出版局、一九九三)
宋応星『天工開物』(藪内清訳注、平凡社・東洋文庫、一九六九)
相田洋『中国妖怪・鬼神図譜――清末の絵入雑誌『点石斎画報』で読む庶民の信仰と俗習』(集広舎、二〇一五)
曽布川寛『崑崙山への昇仙――古代中国人が描いた死後の世界』(中央公論社・中公新書、一九八一)
曽布川寛『中国美術の図像と様式』(研究編・図版篇)』(中央公論美術出版、二〇〇六)
高田紀代志「中国における望遠鏡 序説―明末清初における西洋天文学受容の一断面」(『基督教文化研究所研究年報』一八、一九八六)
高山宏『アリス狩り』(青土社、一九八一、新版一九九五、二〇〇八)

高山宏『目の中の劇場　アリス狩りⅡ』（青土社、一九八五、新版一九九五）
高山宏『メデューサの知　アリス狩りⅢ』（青土社、一九八七）
高山宏『綺想の饗宴　アリス狩りⅣ』（青土社、一九九九）
高山宏『高山宏椀飯振舞Ⅰ　エクスタシー』（松柏社、二〇〇二）
高山宏『アレハンドリア　アリス狩りⅤ』（青土社、二〇一六）
瀧本弘之編著『中国歴史人物大図典〈神話・伝説編〉』（遊子館、二〇〇五）
竹内正虎『日本航空発達史』（相模書房、一九四〇）
武田雅哉「東海覚我徐念慈『新法螺先生譚』をめぐって—中国SF雑記—」（『清末小説研究』六、清末小説研究会、一九八二）
武田雅哉『翔べ！　大清帝国—近代中国の幻想科学』（リブロポート、一九八八）
武田雅哉『蒼頡たちの宴—漢字の神話とユートピア』（筑摩書房・ちくま学芸文庫、一九九四）
武田雅哉『桃源郷の機械学』（作品社、一九九五）
武田雅哉「中国飛翔計画図説」（『しにか』一九九四年四月号〜九六年三月号）
武田雅哉「八月の筏—中国飛翔文学史序説—」（『幻想文学』四四、一九九五年六月、アトリエＯＣＴＡ）
武田雅哉『猪八戒の大冒険—もの言うブタの怪物誌』（三省堂、一九九五）
武田雅哉『星への筏—黄河幻視行』（角川春樹事務所、一九九七）
武田雅哉『清朝絵師　呉友如の事件帖』（作品社、一九九八）
武田雅哉『新千年図像晩会』（作品社、一九九八）
武田雅哉「さかさまの船」アジアを走る」（『ＣＥＬ』四四、大阪ガスエネルギー文化研究所、一九九八）
武田雅哉『万里の長城は月から見えるの？』（講談社、二〇一一）
武田雅哉・林久之『中国科学幻想文学館』（大修館書店、二〇〇一）
竹村則行訳注『長生殿訳注』（研文出版、二〇一一）
竹村則行『楊貴妃文学史研究』（研文出版、二〇〇三）
田中優子『江戸の想像力』（筑摩書房・ちくま学術文庫、一九九二）
谷一郎『飛行の原理』（岩波書店・岩波新書、一九六五）
谷口江里也編著『ゴメス・コレクション　１００年前のヨーロッパ　第3巻　機械と科学の夢』（小学館、一九八六）
谷口知子「「望遠鏡」の語誌について」（『或問』一七、二〇〇〇）
ダブースト、Ｅ『地球外文明をさがす』（野本陽代訳、岩波書店、一九九〇）

譚嗣同『仁学――清末の社会変革論』（西順蔵・坂元ひろ子訳注、岩波書店・岩波文庫、一九八九）
段成式『酉陽雑俎』（今村与志雄訳注、平凡社・東洋文庫、一九八〇）
張岱『陶庵夢憶』（松枝茂夫訳、岩波書店・岩波文庫、一九八一）
土屋昌明『神仙幻想　道教的生活』（シリーズ道教の世界5、春秋社、二〇〇二）
寺島良安『和漢三才図会』（東京美術、一九七〇）
デフォー、ダニエル『ロビンソン・クルーソー』（平井正雄訳、岩波書店・岩波文庫、一九六七）
土居淑子『古代中国　考古・文化論叢』（言叢社、一九九五）
陶冶「辛亥革命前後の中国漫画」（『CAPS Newsletter　No.112』成蹊大学アジア太平洋研究センター、二〇一一年一〇月）
戸倉英美「器物の妖怪――化ける箒、飛ぶ箒」（『竹田晃先生退官記念東アジア文化論叢』汲古書店、一九九一、所収）
永田生慈監修解説『北斎漫画』（岩崎美術社、一九八六）
中野美代子『孫悟空の誕生――サルの民話学と「西遊記」』（岩波現代新書・岩波書店、二〇〇二、玉川大学出版社版は一九八〇年の刊行）
中野美代子『孫悟空はサルかな?』（日本文芸社、一九九二）
中野美代子『綺想迷画大全』（飛鳥新社、二〇〇七）
中野美代子・武田雅哉編訳『世紀末中国のかわら版――絵入新聞『点石斎画報』の世界』（中央公論社・中公文庫、一九九九）
中前正志「米俵飛鉢譚の合理化と形骸化」（『花園大学研究紀要』第20号、花園大学文学部、一九八九）
中村喬『中国歳時史の研究』（朋友書店、一九九三）
中谷宇吉郎『中谷宇吉郎随筆集』（岩波書店・岩波文庫、一九八八）
長廣敏雄『六朝時代美術の研究』（美術出版社、一九六九）
ナハム、アンドリュー『ビジュアル博物館　航空機』（日本語版監修・佐貫亦男、同朋舎出版、一九九一）
楢崎宗重編著『秘蔵浮世絵大観8・パリ国立図書館』（講談社、一九八九）
成瀬哲生「芥川龍之介の「杜子春」――鉄冠子七絶考――」（『徳島大学国語国文学』2、一九八九）
ニーダム、ジョセフ『中国の科学と文明』第五巻「天の科学」（吉田忠等訳、思索社、一九七六）
ニーダム、ジョセフ『中国の科学と文明』第八巻「機械工学・上」（中岡哲郎等訳、思索社、一九七八）
ニーダム、ジョセフ『中国の科学と文明』第九巻「機械工学・下」（中岡哲郎等訳、思索社、一九七八）
ニコルソン、M・H『月世界への旅』（世界幻想文学大系第四十四巻、高山宏訳、国書刊行会、一九八六）
ニコルソン、M・H『美と科学のインターフェイス』（ヒストリー・オヴ・アイディアズ1、高山宏訳、平凡社、一九八六）

ニコルソン、M・H『暗い山と栄光の山』（小黒和子訳、国書刊行会、一九八九）
ニコルソン、M・H『円環の破壊　17世紀英詩と〈新科学〉』（小黒和子訳、みすず書房、一九九九）
ニコルソン、M・H『ピープスの日記と新科学』（高山宏セレクション〈異貌の人文学〉浜口稔訳、みすず書房、二〇一四）
ニコルソン、M・H、モーラ、ノーラ・M『想像の翼　スウィフトの科学と詩』（渡辺孔二編訳、山口書店、一九八一）
日本名著全集刊行会『日本名著全集・江戸文芸之部第十三巻・読本集』（日本名著全集刊行会、一九二七）
野口常夫『飛ぶ・人はなぜ空にあこがれるのか』（講談社、一九九一）
野田昌宏『SF考古館』（北冬社、一九七四）
野田昌宏『「科學小説」神髄』（東京創元社、一九九五）
野田昌宏『宇宙ロケットの世紀』（NTT出版、二〇〇〇）
ハート、クライヴ『飛翔論』（阿部秀典訳、青土社、一九九五）
橋爪紳也『飛行機と想像力――翼へのパッション』（青土社、二〇〇四）
橋本敬造『中国占星術の世界』（東方書店・東方選書、一九九三）
橋本順光「カーゴ・カルト幻想――飛行機崇拝の物語とその伝播」（一柳廣孝・吉田司雄編著『天空のミステリー（ナイトメア叢書8）』青弓社、二〇一二、所収）
バシュラール、ガストン『空と夢――運動の想像力にかんする試論』（宇佐見英治訳、法政大学出版局、一九六八）
バブコック、バーバラ・A『さかさまの世界』（岩崎宗治訳、岩波書店、一九八四）
林巳奈夫『漢代の神神』（臨川書店、一九八九）
林巳奈夫『石に刻まれた世界――画像石が語る古代中国の生活と思想』（東方書店・東方選書、一九九二）
原田範行・服部典之・武田将明『『ガリヴァー旅行記』徹底注釈［注釈篇］』（岩波書店、二〇一三）
バルトルシャイティス、ユルジス『鏡』（「バルトルシャイティス著作集」4、谷川渥訳、国書刊行会、一九九四）
パワーズ、ロバート・M『宇宙大航海時代』（水上峰雄訳、新潮社・新潮選書、一九八四）
廣瀬玲子「回復される均衡：元雑劇「緋衣夢」試論」（『東洋文化研究所紀要』第一六六冊、二〇一四）
ブラッドベリ、レイ『スは宇宙のス』（一ノ瀬直二訳、東京創元社・創元SF文庫、一九七一）
ペドレッティ、カルロ・他『レオナルド・ダ・ヴィンチ　藝術と発明〈飛翔篇〉』（加藤磨珠枝・長友瑞枝訳、東洋書林社、二〇〇八）
ベルジュラック、シラノ・ド『日月両世界旅行記』（赤木昭三訳、岩波書店・岩波文庫、二〇〇五）
ポオ、エドガー・アラン「ハンス・プファアルの無類の冒険」（小泉一郎訳、『ポオ小説全集1』、東京創元社・創元推理文庫、

一九七四）
ポオ、エドガー・アラン「軽気球夢譚」（高橋正雄訳、『ポオ小説全集3』、東京創元社・創元推理文庫、一九七四）
堀切直人『飛行少年の系譜』（青弓社、一九八八）
ポール、フレデリック『ゲイトウエイ』（矢野徹訳、早川書房・早川ＳＦ文庫、一九八八）
ポーロ、マルコ『東方見聞録』（愛宕松男訳注、平凡社・東洋文庫、一九七〇）
マカートニー、ジョージ『中国訪問使節日記』（坂野正高訳、平凡社、東洋文庫、一九七五）
松岡正剛『ルナティックス』（作品社、一九九三）
松浦青山『甲子夜話』（中村幸彦・中野三敏編、平凡社・東洋文庫、一九七七）
南方熊楠「飛行機の創製」（『南方熊楠全集　第三巻』平凡社、一九七一）
嶺岡美見「空飛ぶ鉢―浄蔵の飛鉢説話成立背景をめぐって―」（『御影史学論集』三一、御影史学研究会、二〇〇六）
宮野直也「西暦八世紀の漢籍に見えたるサバト⁉」（『鹿児島女子大学研究紀要』第一七巻一号、一九九五）
ミルトン、ジョン『失楽園』（岩波文庫、一九八一）
村上嘉実『中国の仙人――抱朴子の思想――』（サーラ叢書2、平楽寺書店、一九五六）
メンドーサ『シナ大王国誌』（長南実他訳、大航海時代叢書・六、岩波書店、一九六五）
孟子『孟子』（小林勝人訳、岩波書店・岩波文庫、一九七二）
森正人「飛鉢譚の系譜―「信貴山縁起」説話考―」（『国語国文学研究』（熊本大学）九、一九七三）
森田さくら「敦煌写本 S. 6836「葉浄能詩」について―説話の構造を巡って」（『お茶の水女子大学中国文学会報』三五、二〇一六）
山口剛『日本名著全集・江戸文芸之部　第一三巻・読本集』（日本名著全集刊行会、一九二七）解説
山崎純一『列女伝　上』（新編漢文選　思想・歴史シリーズ、明治書院、一九九六）
大和岩雄『魔女はなぜ空を飛ぶか』（大和書房、一九九五）
遊佐昇『唐代社会と道教』（東方書店、二〇一五）
遊佐昇「葉法善と葉浄能―唐代道教の一側面―」（『日本中国学会報』三五、一九八三）
ユング、Ｃ・Ｇ『空飛ぶ円盤』（松代洋一訳、筑摩書房・ちくま学芸文庫、一九九三）
横尾広光『地球外文明の思想史』（恒星社厚生閣、一九九一）
横田順彌『日本ＳＦこてん古典』（早川書房、一九八〇）
横田順彌『明治「空想小説」コレクション』（ＰＨＰ研究所、一九九五）

横田順彌『雲の上から見た明治―ニッポン飛行機秘録』(学陽書房、一九九九)
横田順彌・會津信吾『新・日本SFこてん古典』(徳間文庫、一九八八)
ラウファー、ベルトルト『サイと一角獣』(武田雅哉訳、博品社、一九九二)
ラウファー、ベルトルト『飛行の古代史』(杉本剛訳、博品社、一九九四)
劉向・葛洪『列仙伝・神仙伝』(澤田瑞穂訳、平凡社・平凡社ライブラリー、一九九三)
劉向『列女伝Ⅰ』(中島みどり訳注、平凡社・東洋文庫、二〇〇一)
劉文英『中国の時空論』(堀池信夫・他訳、東方書店、一九九二)
リンスホーテン『東方案内記』(岩生成一他訳、大航海時代叢書・八、岩波書店、一九六八)
ルッペルト、エドワード・J『未確認飛行物体に関する報告』(Japan UFO Project 監訳、開成出版、二〇〇二)
ルトビガー、イロブラント・フォン『ヨーロッパのUFO』(UFO研究叢書2、桑原恭男訳、ブイツーソリューション、二〇〇七)
レチフ・ド・ラ・ブルトンヌ『南半球の発見――飛行人間またはフランスのダイダロスによる南半球の発見：きわめて哲学的な物語』(植田祐次訳、創土社、一九八五)　同じ訳者による改訳版は、野沢協・植田祐次監修『啓蒙のユートピア　第三巻』(法政大学出版局、一九九七)に収める。
魯迅「月界旅行・序文」(藤井省三訳、『魯迅全集』第一一巻、学習研究社、一九八五、所収)
ロッシ、パオロ『普遍の鍵』(清瀬卓訳、世界幻想文学大系四五、国書刊行会、一九八四)
ワースレイ、ピーター『千年王国と未開社会――メラネシアのカーゴ・カルト運動』(吉田正紀訳、紀伊國屋書店、一九八一)
和田博文『飛行の夢1783-1945―熱気球から原爆投下まで』(藤原書店、二〇〇五)
渡辺正雄編著『アメリカ文学における科学思想』(研究社、一九七四)
渡辺正雄編著『イギリス文学における科学思想』(研究社、一九八三)
渡部武『画像が語る中国の古代』(イメージ・リーディング叢書、平凡社、一九九一)

【中国語】(日本語読み)

阿英『晩清小説史』(人民文学出版社、一九八〇)
禹明華・馮小萍「唐五代開元天宝題材筆記小説論述」(『湖南城市学院学報』二〇〇五年第四期)
袁珂『神話選訳百題』(上海古籍出版社、一九八〇)
袁珂『山海経校注』(上海古籍出版社、一九八〇)

王安潮「《霓裳羽衣曲》考」(『浙江芸術職業学院学報』二〇〇七年第四期)
王瑩「月亮意象：従古典到現代的流変」(『河南師範大学学報(哲学社会科学版)』二〇〇三年第一期)
王嘉『拾遺記』(古小説叢刊、中華書局、一九八一)
王暁鳳『晩清科学小説訳介与近代科学文化』(国防工業出版社、二〇一五)
王錦光・洪震寰『中国光学史』(湖南教育出版社、一九八五)
王建中・閃修山『南陽両漢画像石』(文物出版社、一九九〇)
王江樹・石暁敏『中国古代外星人』(香港・遠東図書公司、一九九〇)
王江樹・石暁敏『有客太空来——中国古代不明飛行物事件及其它』(中国社会科学出版社、一九九〇)
王士禎『香祖筆記』(明清筆記叢書、上海古籍出版社、一九八二)
王士禎『池北偶談』(中華書局、一九八二)
王灼『碧鶏漫志』(『歴代筆記小説集成・宋代筆記小説』第一冊)
王振鐸「葛洪『抱朴子』中飛車的復元」(『中国歴史博物館館刊』一九八四年第六期)、『第三届国際中国科学史討論会論文集』
(科学出版社、一九九〇)
王世貞『読書後』(『四庫全書珍本』六集二八五、台湾商務印書館)
王兆春『中国科学技術史　軍事技術巻』(科学出版社、一九九八)
王韜『漫遊随録』(鍾叔河主編「走向世界叢書」、岳麓書社出版、一九八五)
王同軌『耳談』(偉文図書出版社有限公司、一九七七)
王褒祥「河南新野出土的漢代画像磚」(『考古』一九六四年第二期)
王明『抱朴子内篇校釈(増訂本)』(中華書局、一九八五)
王明清『揮麈後録』(『歴代筆記小説集成・宋代筆記小説』第二冊、所収)
王立「外星人母題与中国古代外星不明入侵物叙事」(『河北学刊』二〇〇八年第三期)
王立『中国古代文学主題学思想研究』(天津教育大学、二〇〇八)
王立・陳慶紀「道教幻術母題与唐代小説」(『山西大学師範学院学報』二〇〇〇年第三期)
王連海「李嵩《貨郎図》中的民間玩具」(『南京藝術学院学報(美術与設計版)』二〇〇七年第二期)
欧陽健『晩清小説史』(浙江古籍出版社、一九九七)
欧陽健『中国神怪小説通史』(江蘇古籍出版社、一九九七)
何孝栄『明代北京仏教寺院修建研究』(南開大学出版社、二〇〇六)

何承樸『成都夜話』（四川人民出版社、一九八六）
何富成『虫虫的尖叫—何富成漫画童年』（寧夏人民出版社、二〇〇六）
嘉徳広州国際拍売有限公司『王樹村藏中国精品年画』（嶺南美術出版社、二〇〇四）
郝懿行『山海経箋疏』（巴蜀書社、一九八五）
郭恩慈・蘇珏『中国現代設計的誕生』（東方出版中心、二〇〇八）
郭若虚『図画見聞志』（叢書集成初編、一九三六）
郭嵩燾『倫敦与巴黎日記』（鍾叔河主編「走向世界叢書」、岳麓書社出版、一九八四）
岳珂『桯史』（唐宋史料筆記叢刊、中華書局、一九八一）
漢語大詞典編纂処『漢語大詞典』（漢語大詞典出版社、一九八六〜九四）
季羨林『五巻書』（重慶出版社、二〇一六）
許暉林「鏡與前知——試論中國敘事文類中現代視覺經驗的起源」（『臺大中文学報』四八、二〇一五年三月）
許慎・段玉裁『説文解字注』（上海古籍出版社、一九八一）
姜生・湯偉侠『中国道教科学技術史・漢魏両晋巻』（科学出版社、二〇〇二）
姜長英『中国古代航空史話』（航空工業出版社、一九九六）
姜長英『中国航空史　史話・史料・史稿』（清華大学出版社、二〇〇〇）
阮元「望遠鏡中望月歌」（阮元『揅経室四集』巻一一「詩」）
胡道静・金良年『夢渓筆談導読』（巴蜀書社、一九八八）
胡孚琛『魏晋神仙道教——『抱朴子内篇』研究』（台湾商務印書館、一九八九）
顧頡剛『顧頡剛読書筆記』（台湾聯経出版事業公司、一九八〇）
顧頡剛『顧頡剛古史論文集』（中華書局、一九八八）
顧禄『清嘉録』（蘇州文献叢鈔初編（上）、古呉軒出版社、二〇〇五）
呉以寧『夢渓筆談辨疑』（上海科学技術出版社、一九九五）
呉恩裕「曹雪芹的佚著和伝記材料的発見」（『文物』一九七三年第二期）
呉趼人『我仏山人文集』（花城出版社、一九八八）
呉趼人『新石頭記』（中州古籍出版社、一九八六）
呉趼人『呉趼人全集』第六巻（北方文芸出版社、一九九八）
呉彦儒「日逐雲霄：高魯与《空中航行術》」（『科学史通訊』第三九期、二〇一五）

呉光正『八仙故事系統考論――内丹道宗教神話的建構及其流変』（中華書局、二〇〇六）
呉友如『呉友如画宝』（上海古籍出版社、一九八三）
呉友如『呉友如画宝』（中国青年出版社、一九九八）
向思鑫「《海客》辨疑――李商隠傾向李徳裕党之一証」（『武漢師範学院学報（哲学社会科学版）』一九八二年第六期）
康有為『欧州十一国遊記二種・法蘭西遊記』（鍾叔河主編「走行世界叢書」、岳麓書社出版、一九八五）
康有為『大同書』（龍田出版社、一九七九）
江蘇省文物管理委員会『江蘇徐州漢画象石』（科学出版社、一九五九）
洪興祖『楚辞補注』（藝文印書館、一九八六）
洪震寰「《淮南万畢術》及其物理知識」（『中国科技史料』一九八三年第三期）
洪震寰「洪炳文及其著作」（『中国科技史料』一九八五年第四期）
洪炳文撰、沈小沅編『洪炳文集』（「温州文献叢書」《温州文献叢書》整理出版委員会・上海社会科学院出版社、二〇〇四）
洪邁『夷堅志』（中華書局、一九八一）
項楚『敦煌変文選注』（巴蜀書社、一九九〇）
高維徳「左元異墓漢画像石浅析」（『漢代画像石研究』文物出版社、一九八七）
高国藩『敦煌民間文学』（聯経出版事業公司、一九九四）
高国藩「敦煌科幻故事『唐玄宗遊月宮』及其流変」（『敦煌俗文化学』上海三聯書店、一九九九）
高承『事物紀原』（中華書局、一九八九）
高文『四川漢代画像磚』（上海人民美術出版社、一九八八）
黄遵憲著、銭仲聯箋注『人境廬詩草箋注（上）』（上海古籍出版社、一九八一）
国立故宮博物院編輯委員会『長生的世界―道教絵画特展図録』（国立故宮博物院、一九八六）
国家図書館分館文献開発中心『清末民初報刊図画集成』（全国図書館文献縮微複製中心、二〇〇三）
左旭初『老商標』（旧影拾萃叢書、上海画報出版社、一九九九）
蔡雲艶・石頴「欲望化的他者――論笛福筆下的中国形象」（『西南交通大学学報（社会科学版）』二〇〇八年第九期）
蔡鴻生「清代広州行商的西洋観――潘有度《西洋雑詠》評説」（『広東社会科学』二〇〇三年第一期）
山東省博物館・山東省文物考古研究所『山東漢画像石選集』（斉魯書社、一九八二）
史良昭『神功奇行―中国特異功能文化』（上海古籍出版社、一九九四）
四川省文史研究館『成都城坊古迹考（修訂版）』（成都時代出版社、二〇〇六）

志剛『初使泰西記』（鍾叔河主編「走向世界叢書」、岳麓書社出版、一九八五）
時波『UFO―華夏喋影　一件件真実発生在華夏土地上空的UFO目撃事件』（宇河文化出版有限公司、一九九七）
辞海編纂委員会『辞海（一九七九年版）』（上海辞書出版社、一九七九）
謝肇淛『五雑組』（世紀出版集団・上海書店出版社、二〇〇一）
上海図書館近代文献部『清末年画彙萃　上海図書館館蔵精選』（人民美術出版社、二〇〇〇）
朱紅「唐代中秋玩月詩与道教信仰」（『雲南大学学報（社会科学版）』二〇一三年第四期）
首都図書館『古本小説版画図録』（線装書局、一九九六）
周之祥「論古典詩詞〝月亮〟意象的歴史積淀性」（『麗水師範専科学校学報』二〇〇三年第四期）
周蕪『中国古本戯曲挿図選』（天津人民美術出版社、一九八五）
周密『癸辛雑識』（歴代史料筆記叢刊、中華書局、一九八八）
宗力・劉群『中国民間諸神』（河北人民出版社、一九八六）
春平「世界上最早的〝飛車〟」（『中国青年報』一九八二年一一月七日）
徐復祚『花当閣叢談』（『借月山房彙鈔』）
蒋一葵『長安客話』（北京古籍出版社、一九八〇）
鍾東「月亮与李隆基和楊玉環的故事」（『中山大学研究生学刊（社会科学版）』一九九八年第二期）
饒世和（M.Rosholt）『飛翔在中国上空――1910-1950年中国航空史話』（遼寧教育出版社、二〇〇五）
鄒新炎「〝飛碟〟存在嗎？」（『光明日報』一九七九年九月二一日）
薛福成『出使英法義比四国日記』（鍾叔河主編「走向世界叢書」、岳麓書社出版、一九八五）
銭鍾書『管錐編』（『銭鍾書集・管錐編』生活・読書・新知三聯書店、二〇〇七）
宋龍飛『四季嬰戯図』（故宮宝蔵青少年特編之二、国立故宮博物院、一九九八）
曹坎栄・徐洋『中国古代能工巧匠』（北京科学技術出版社、一九九五）
曹学佺『蜀中広記（外六種）』（「山川風情叢書」、上海古籍出版社、一九九三）
曾敏行『独醒雑志』（宋元筆記叢書、上海古籍出版社、一九八六）
孫継芳『清・孫継芳絵鏡花縁』（作家出版社、二〇〇七）
譚嗣同『譚嗣同全集（増訂本）』（中国近代人物文集叢書、中華書局、一九八一）
段成式『酉陽雑俎』（中華書局、一九八一）
中国画像石全集編輯委員会『中国画像石全集』（中国美術分類全集、山東美術出版社・河南美術出版社、二〇〇〇）

中国農業博物館『漢代農業画像磚石』（中国農業出版社、一九九六）
張家驥『園冶全釈——世界最古造園学名著研究』（山西人民出版社、一九九三）
張基振・虞重干「中国風箏的幾点歴史考証」（『西安体育学院学報』二〇〇八年第一期）
張旭敏「亦談〝艾火令鶏子飛〟」（『中国科技史料』一九九七年第二期）
張玉璋「宝釵放〝一連七個大雁〟風箏的寓意簡析」（『紅楼夢学刊』一九九七年第四期）
張慶善「探春遠嫁蠡測」（『紅楼夢学刊』一九八四年第二期）
張鴻「古代飛行的故事」（「中国歴史小叢書」中華書局、一九七九）
張鷟『隋唐嘉話・朝野僉載』（唐宋史料筆記叢刊、中華書局、一九六五）
張志「探春嫁作王妃了嗎」（『襄陽職業技術学院学報』二〇一三年第五期）
張世南『遊宦紀聞』（唐宋史料筆記叢刊、中華書局、一九八一）
張岱『陶庵夢憶・西湖夢尋』（明清筆記叢書、上海古籍出版社、一九八二）
張同利「唐明皇遊月宮故事内容及其背景考」（『安陽師範学院学報』二〇一六年第一期）
張徳彝『随使法国記』（鍾叔河主編「走向世界叢書」、岳麓書社出版、一九八五）
張龍樵「〝天外来客〟莫非早已涖臨中国」（『光明日報』一九八〇年二月一八日）
晁天義「乗蹻巫術探源——兼論巫術与神話的関係」（『西北第二民族学院学報』二〇〇二年第三期）
趙璘『因話録』『全唐五代筆記』第三冊（陝西出版伝媒集団・三秦出版社、二〇一二）
陳嘉楡・等『湘潭県志』（中国方志叢書・華中地方・第一一二号、成文出版社有限公司、一九七〇）
陳晶「《紅楼夢》中的風箏意象与探春命運」（『現代語文』二〇一一年第三期）
陳鈞整理・李茂生講述「害不死的大舜」（『民間文学』一九六四年第三期）
陳功富・等『宇宙探秘——中国ＵＦＯ奇案（修訂版）』（哈爾浜工業大学出版社、二〇〇〇）
陳遵嬀「中国近代天文事業創始人——高魯」（『中国科技史料』一九八三年第三期）
陳文濤『先秦自然学概論』（商務印書館、人人文庫、一九七〇）
陳平原『陳平原小説史論集』（河北人民出版社、一九九七）
陳平原『左図右史与西学東漸——晩清画報研究』（三聯書店（香港）、二〇〇八）
陳澧『陳澧集』（上海古籍出版社、二〇〇八）
程大約『程氏墨苑』（「中国古代版画叢刊二編」第六輯・上、上海古籍出版社、一九九四）
鄭綮『開天伝信記』『全唐五代筆記』第三冊（陝西出版伝媒集団・三秦出版社、二〇一二）

鄭建麗『晩清画報的図像新聞学研究（1884-1912）――以《点石斎画報》為中心』（広西師範大学出版社、二〇一五）
鄭振鐸『中国古代木刻画選集』（人民美術出版社、一九八五）
鄭振鐸『中国古代版画叢刊』（上海古籍出版社、一九八八）
鄭文光『飛向人馬座』（人民文学出版社、一九七九）
鄭麗麗『風雨〝中国夢〟――清末新小説中的〝救国〟想像』（中国社会科学出版社、二〇一四）
天津市芸術博物館『楊柳青年画』（文物出版社、一九八四）
田恵珠「《紅楼夢》中的風箏意象」（『紅楼夢学刊』二〇〇五年第四輯）
田若虹『陸士諤小説考論』（上海三聯書店、二〇〇五）
杜就田「空中飛行器之略説」（『東方雑誌』一九一一年第一号、第二号、第三号）
唐久寵『博物志校釈』（台湾学生書局、一九八〇）
陶成章『催眠術講義』（商務印書館、一九〇五）
南陽漢代画像石編輯委員会『南陽漢代画像石』（文物出版社、一九八五）
馬昌儀『古本山海経図説（増訂珍蔵本）』（広西師範大学出版社、二〇〇七）
潘栄陛『帝京歳時紀勝』（『歴代筆記小説集成・清代筆記小説』第四二冊、所収）
潘吉星「洪炳文及其《空中飛行原理》」（『中国科技史料』一九八三年第四期）
潘吉星『中国火箭技術史稿―古代火箭技術的起源和発展』（科学出版社、一九八七）
潘重規『敦煌変文集新書』（文津出版社、一九九四）
范寧『博物志考証』（中華書局、一九八〇）
繆鉞・等『宋詩鑑賞辞典』（上海辞書出版社、一九八七）
彪秀礼「千里東風一夢遥――也談探春的結局」（『開封教育学院学報』一九九四年第四期）
傅挙有・陳松長『馬王堆漢墓文物』（湖南出版社、一九九二）
傅惜華『中国古典文学版画選集　上・下』（上海人民美術出版社、一九八一）
傅大為「我研究《夢渓筆談》的幾個階段経験与感想」（『科学史通訊』第三九期、二〇一五年九月）
傅満倉「《天宝遺事諸宮調》輯逸探析」（『甘粛高師学報』二〇一〇年第三期）
馮驥才『中国木版年画集成・楊柳青巻上』（中華書局、二〇〇五）
馮自由『革命逸史』第二集（商務印書館、一九三九）
聞一多「神仙考」（『聞一多全集』開明書店、一九四八）

北京大学歴史系《論衡》注釈小組『論衡注釈』（中華書局、一九七九）
方于魯『方氏墨譜』（中国書店、一九九一）
方毅・他『辞源』（商務印書館、一九一五）
方豪『中西交通史』（岳麓書社、一九八七）
茅元儀『武備志』（中国兵書集成、解放軍出版社、遼沈書社、一九八九）
本社『中国古代版画叢刊二編』（上海古籍出版社、一九九四）
孟棨『本事詩』（百部叢書集成三・第二函）
毛祥麟『墨余録』（明清筆記叢書、上海古籍出版社、一九八五）
游国恩『天問纂義』（中華書局、一九八二）
余三楽『望遠鏡与西風東漸』（社会科学文献出版社、二〇一三）
姚峻『中国航空史』（大象出版社、一九九八）
姚遷・古兵編著、郭群攝影『六朝芸術』（文物出版社、一九八一）
楊儀『高坡異纂』（王文漢編輯「説庫」所収）
楊周翰「弥爾頓《失楽園》中的加帆車——十七世紀英国作家与知識的渉猟」（『国外文学』一九八一年第四期）
楊本生編文、蘇華・蘇家杰絵画、林墉封画『魯班』（江蘇人民出版社、一九七九）
葉漢明・蒋英豪・黄永松『点石斎画報通検』（商務印書館、二〇一四）
葉漢明・蒋英豪・黄永松『点石斎画報全文校点』（商務印書館、二〇一四）
葉舒憲「日出扶桑：中国上古英雄史詩発掘報告—文学人類学方法的実験」（『陝西師大学報（哲学社会科学版）』一九八八年第一期）
葉舒憲・蕭兵・鄭在書「奇肱与長肱」（『山海経的文化尋踪——「想像地理学」与東西文化碰触』湖北人民出版社、二〇〇四、所収）
羅懋登『三宝太監西洋記通俗演義』（上海古籍出版社、一九八五）
欒偉平「近代科学小説与霊魂—由《新法螺先生譚》説開去」（『中国現代文学研究叢刊』二〇〇六年第三期）
李漁『笠翁伝奇十種校注』（王学奇・霍現俊・呉秀華主編、天津古籍出版社、二〇〇九）
李漁「李漁全集」（浙江出版聯合集団・浙江古籍出版社、二〇一四）
李圭景『五洲衍文長箋散稿』（古典刊行会・東国文化社、檀紀四二九二〔一九五九〕）
李弘歴「《紅楼夢》中的風箏意象」（『満族研究』二〇一一年第一期）

李紅「昭君文学与賈探春結局之影響研究」(『河南教育学院学報(哲学社会科学版)』二〇〇一年第三期)
李志強・王樹村『中国楊柳青木版年画集1 歴史故事』(天津楊柳青画社、一九九二)
李若建『虚実之間――20世紀50年代中国大陸謡言研究』(社会科学文献出版社、二〇一一)
李春燕「唐明皇遊月宮故事的文本演変与文化内涵」(『天中学刊』二〇一三年第六期)
李汝珍『鏡花縁』(張友鶴校注、人民文学出版社、一九七九)
李汝珍『絵図鏡花縁』(上海積山書局、一八九五)
李汝珍『絵図鏡花縁』(北京市中国書店、一九八五)
李商隠・馮浩箋注『玉谿生詩集箋注』(中国古典文学叢書、上海古籍出版社、一九七九)
李冗・張読『独異志・宣室志』(「古小説叢刊」中華書局、一九八三)
李約瑟著、何丙郁・魯桂珍・王鈴協助『中国科学技術史 第五巻 化学及相関技術 第七分冊 軍事技術:火薬的史詩』(劉暁燕等訳、科学出版社・上海古籍出版社、二〇〇五年)
陸士諤『新野叟曝言』(一九〇九)
陸士諤『新中国』(中国友誼出版公司、二〇一〇)
陸士諤『新中国』(九州出版社、二〇一〇)
陸士諤『新中国』(中国長安出版社、二〇一〇)
陸士諤『新中国』(上海古籍出版社、二〇一〇)
陸深『蜀都雑抄』(百部叢書集成・一八第五函、藝文印書館、一九六五)
陸容『菽園雑記』(「歴代筆記小説集成・明代筆記小説」第一三冊、所収)
劉旭『中国古代火炮史』(中華文化史叢書、上海人民出版社、一九八九)
劉旭『中国古代火薬火器史』(大象出版社、二〇〇四)
劉興珍・岳鳳霞『中国漢代画像石 山東武氏祠(英文版)』(Han Dynasty Stone Reliefs, 外文出版社、一九九一)
劉守華「試論敦煌変文舜子至孝故事的形態演変」(『華中師範大学学報(哲社版)』一九九一年四月)
劉汝霖「三百年来我国有関工芸製作的優秀人物簡表」(『文物』一九五九年第一〇期)
劉仙洲『中国機械工程発明史(第一編)』(科学出版社、一九六二)
劉竹「試論月亮意象与古代詩芸的関係」(『雲南師範大学哲学社会科学学報』一九九五年第四期)
劉侗・于奕正『帝京景物略』(北京古籍出版社、一九八〇)
呂応鐘「《夢渓筆談》的神奇飛珠」『時報週刊』第二五〇期(一九八二)

呂応鐘『大幽浮―第一本大陸UFO文集』（慧衆文化出版社、一九九三）
呂応鐘『UFO五千年――外星人考古学』（日臻出版社、一九九七）
呂宗力『漢代的謡言』（浙江大学出版社、二〇一一）
呂天成『曲品』（『録鬼簿・外四種』古典文学出版社、一九五七、所収）
呂林編『四川漢代画像芸術選』（四川美術出版社、一九八八）
凌景埏、謝伯陽校注『諸宮調両種』（齊魯書社、一九八八）
梁帰智「探春的結局――海外王妃」（『紅楼夢研究集刊』第九輯、上海古籍出版社、一九八二）
黎庶昌『西洋雑誌』（鍾叔河主編「走向世界叢書」、岳麓書社出版、一九八五）
楼栄訓「論〝艾火令鶏子飛〟的実験思想淵源」（『浙江師大学報（自然科学版）』二〇〇〇年第二期）
郎瑛『七修類稿』（歴代筆記叢刊、上海書店出版社、二〇〇九）

『資治通鑑』（中華書局、一九五六）
『二十四史』（中華書局、一九九七）
『格致彙編』（南京古籍書店、一九九二）
『古本小説集成』（上海古籍出版社、一九九〇）
『清代報刊図画集成』（全国図書館文献縮微複製中心、二〇〇一）
『清末民初報刊図画集成』（全国図書館文献縮微複製中心、二〇〇三）
『太平広記』（中華書局、一九六一）
『中国科幻小説世紀回眸叢書』（福建少年児童出版社、一九九九）
『中国近代孤本小説精品大系』（内蒙古人民出版社、一九九八）
『中国近代小説大系』（江西人民出版社、一九八八）
『中国近代珍稀本小説』（春風文芸出版社、一九九七）
『中国近代文学大系』（上海書店、一九九一）
『中西聞見録』（南京古籍書店、一九九二）
『点石斎画報』（広東人民出版社、一九八三）
『点石斎画報』（大可堂版、上海画報出版社、二〇〇一）
『晩清小説大系』（広雅出版、一九八四）

英語・他

Allom, Thomas & Wright. G.N., *CHINA. in Series of Views, Displaying The Scenery, Architecture, and Social Habits, of That Ancient Empire*, Fisher, Son, & Co., 1843.

Anderson, John D. Jr., *A History of Aerodynamics, and Its Impact on Flying Machines*, Cambridge Univ.Press, 1977.

Armstrong, Jennifer, *Wan Hu Is in the Stars*, Tambourine, 1995.

Busby, Michael, *Solving the 1897 Airship Mystery*, Pelican Publishing Company, 2004.

Chanute, Octave., *Progress in Flying Machines*, Dover, 1997.

Chavannes, É., *Les Mémoires historiques de Se-ma Ts'ien*, traduits et annotés par Édouard Chavannes, Ernest Leroux. 1885-1905.

Cohen, Daniel, *The Great Airship Mystery, A UFO of the 1890s*, Dodd, Mead & Company, 1981.

Coomaraswamy, Ananda, *Rajput Painting*（2nd ed）, BR Publishing Corporation, 2003.

Craven. R.C. Jr., *Ramayana Pahari Paintings*. Marg Publications. 1990.

Dale, Henry, *Early, Flying Machines*, The British Library, London, 1992.

Gibbs-Smith, C.H., *A History of Flying*, B.T.Batsford LTD, London, 1953.

Giles, Herbelt A., "Traces of Aviation in Ancient China", *Adversaria Sinica*, No.8, Messrs. Kelly & Walsh Ltd. 1910.

Gimbel, Richard, *The Genesis of Flight: The Aeronautical History Collection of Colonel Richard Gimbel*, Univ of Washington Pr., 2000.

Goldstein, Laurence, *Flying Machine & Modern Literature*, Indiana University Press, 1986.

Green, Roger Lancelyn, *Into Other Worlds: Space-Flight in Fiction, From Lucian to Lewis*（Abelard-Schuman, 1957, Arno Press, 1975）

Hacker, Arthor, *China Illustrated, Western Views of the Middle Kingdom*, Tuttle Publlishing, 2004.

Harrison, James P., *Mastering The Sky: A History of Aviation from Ancient Times to the Present*, Sarpedon, 1996.

Hart, Clive, *Kites: An Historical Survey*, New York, Praeger, 1967.

Hart, Clive, *The Dream of Flight. Aeronautics from Classical Times to the Renaissance*, Winchester Press, 1972.

Hart, Clive, *Prehistory of Flight*. University of California Press, Barkeley, 1985.

Hart, Clive, *Image of Flight*.University of California Press, Barkeley, 1988.

Harter, Jim, *TRANSPORTATION, A Pictorial Archive from Nineteenth-Century Sources*, Dover, 1984.

Hodgson, J.E., *The History of Aeronautics in Great Britain from the Earliest Times to the Latter Half of the Nineteenth*

Century, Oxford University Press, London, 1924.

Honour, Hugh, *Chinoiserie, The Vision of Cathay*, E.P.Dutton & Co., Inc., 1961.

Hubbard & Ledeboer, *The Aeronautical Classics*, The Aeronautical Society of Great Britain, 1910-11.

Johnson, Maueice, Kitagaki Muneharu(北垣宗治), Philip Williams, *Gulliver's Travels and Japan: A New Reading*, Moonlight Series No.4, 同志社アーモスト館, 1977.

Josyer, G.R., (tr.) *Vymaanika-Shaastra or Science of Aeronauics*, Coronation Press, 1908. in Childress, D. H. *Vimana Aircraft of Ancient India & Atlantis*, AUP, 1991.

La Loubère, Simon de, *A New Historical Relation of the Kingdom of Siam*, Rep. by Oxford Univ. Press, 1969.

Lack. Donald F., *Asia in the Making of Europe, Vol.II, A Century of Wonder, Part 3*, The Univ. of Chicago Press, 1977.

Laufer, B., *The Prehistory of Aviation*, Field Museum of Natural History, Publication 253, Anthropological Series, Volume XVIII, No.1, Chicago, 1928.

LeCornu, J., *Aerial Navigation, A Documentary and Anecdotal History*, Translator: Rene Terlet, Editor: Henry Dethloff, Intagro Press College Station, Texas, 2003.

Legge, James, *The Chinese classics: with a translation, critical and exegetical notes, prolegomena, and copious indexes, Vol.III, The Shoo King*, Hongkong Univ.Press, 1960.

Ley, Willy, *Die Fahrt ins Weltall*. Leipzig, Hachmeister & Thal, 1926.

Ley, Willy, *Rockets; The Future of Travel Beyond the Stratosphere*, Viking Press, 1944.

Lim, Lucy, *Stories from China's Past*, Chinese Culture Center, 1987.

Mani, Vettam, *Purāṇic Encyclopaedia, A Comprehensive Dictionary with Special Reference to the Epic and Purāṇic Literature*, Motilal Banarsidass, 1975.

Merson, John, *Roads to Xanadu: East and West in the Making of the Modern World*, Child & Association Publishing Pty Ltd, 1989.

Miller, Ron, *The Dream Machines: An Illustrated History of the Spaceship in Art, Science and Literature*, Krieger Publishing Company, Malabar, Florida, 1993.

Mungello, D. E., *Curious Land: Jesuit Accommodation and The Origins of Sinology*, Univ. of Hawaii Press, 1989.

Nahum, Andrew, *Flying Machines*, (Eyewitness Books), Alfred A.Knopf, New York, 1990.

Needham, Joseph, *Science and Civilisation in China:Volume 3, Mathematics and the Sciences of the Heavens and the Earth*.

Cambridge University Press, 1959.
Needham, Joseph. *Science and Civilisation in China:Volume 4, Physics and Physical Technology, Part 2, Mechanical Engineering,* Cambridge University Press, 1965.
Needham, Joseph. with the collaboration of Ho Ping-Yü (Ho Peng Yoke), Lu Gwei-Djen and Wan Ling, *Science and Civilisation in China:Volume 5, Chemistry and Chemical Technology, Part 7, Military Technology:The Gunpowder Epic,* Cambridge University Press, 1987.
Nicolson, Marjorie Hope, *Voyages to the Moon*, The Macmillan Company, New York, 1948.
Ory, Pascal, *La Légende Des Airs: Images et Objets de L'aviation*, Hoebeke, 1991.
Pandit Subbaraya Shastry, Translated into English by G.R.Josyer, *Maharshi Bharadwaaja's Vymaanika-Shaastra or Science of Aeronautics*, Coronation Press, Mysore 4, India, 1973.
Qian Zhongshu (銭鍾書), China in the English Literature of the Seventeenth Century: China in the English Literature of the Eighteenth Century.*The Vision of China in the English Literature of the Seventeenth and Eighteenth Centuries*, Edited by Adrian Hsia, The Chinese University Press, Hong Kong, 1998.
Rynin, N. A., *Interplanetary Flight and Communication, Volume II, No.4, Rockets*, Leningrad, 1929, Israel Program for Scientific Translations, Jerusalem, 1971, Translated by T.Pelz, M.Sc.,
Schafer, Edward H., *Pacing the Void, T'ang Approaches to the Stars*, University of California Press, 1977.
Schlegel, Gustav, *Chinesische Bräuche und Spiele in Europa*, Breslau, 1869.
Teale, Edwin W., "Edison's Early Dream Ships", *Flying Magazine*, 1933.6, p.360.
Watkins, John Elfreth, "The Modern Icarus", *The Scientific American*, 101, Oct.2, 1909, p.243.
White, Lynn Jr., "The Invention of the Parachute," *Technology and Culture* 9-3, July, 1968, pp.462-467.
White, Lynn Jr., "Medieval Uses of Air," *Scientific American* 223-2, August, 1970, p.100.
Wohl. Robert, *A Passion for Wings: Aviation and The Western Imagination 1908-1918*, Yale University Press, 1994.
Ye Xiaoqing, *The Dianshizhai Pictorial, Shanghai Urban Life 1884-1898,* Center for Chinese Studies, The University of Michigan, Ann Arbor, 2003.
Zim, Herbert Spencer, *Rockets and Jets*, Harcourt, Brace and Company, New York, 1945.

図版出典

はじめに——空飛ぶ中国人

0-1　Gibbs-Smith, *A History of Flying*, f.84
0-2　許慎・段玉裁『説文解字注』十一篇下飛部「飛」
0-3　ラウファー「飛行の古代史」第一頁
0-4　ニコルソン『月世界の旅』カバー

第一夜　仙人とは飛ぶ人なり

1-1　姚遷・古兵編著、郭群攝影『六朝芸術』一九二図より模写
1-2　馬昌儀『古本山海経図説（増訂珍蔵本）』八五二頁
1-3　馬昌儀『古本山海経図説（増訂珍蔵本）』七〇五頁
1-4　劉興珍・岳鳳霞編『中国漢代画像石　山東武氏祠（英文版）』（*Han Dynasty Stone Reliefs*）一二六頁
1-5　曽布川寛『中国美術の図像と様式　図版篇』一〇四頁
1-6　曽布川寛『中国美術の図像と様式　図版篇』一三八頁
1-7　南陽漢代画像石編輯委員会『南陽漢代画像石』三一図
1-8　曽布川寛『中国美術の図像と様式　図版篇』一三八頁
1-9　ラウファー『飛行の古代史』図7（Plate.VI. Flying Taoist Saint. Chinese landscape in ink from General Munthe Collection now in Los Angeles Museum.）
1-10　王褒祥「河南新野出土的漢代画像磚」九一頁・図一（四）
1-11　『列仙全伝』『中国歴史人物大図典〈神話・伝説編〉』一三一頁
1-12　『列仙全伝』『中国歴史人物大図典〈神話・伝説編〉』一四六頁
1-13　『列仙全伝』『中国歴史人物大図典〈神話・伝説編〉』一二八頁
1-14　『道光列仙伝』『中国歴史人物大図典〈神話・伝説編〉』九九頁

1-15　『道光列仙伝』『中国歴史人物大図典〈神話・伝説編〉』九三頁
1-16　『道光列仙伝』『中国歴史人物大図典〈神話・伝説編〉』一〇〇頁
1-17　『列仙全伝』『中国歴史人物大図典〈神話・伝説編〉』一〇二頁
1-18　国立故宮博物院編輯委員会編『長生的世界―道教絵画特展図録』二五之一
1-19　馮驥才主編『中国木版年画集成・楊柳青巻下』三四四頁
1-20　馮驥才主編『中国木版年画集成・楊柳青巻上』八二頁
1-21　『呉友如画宝』「山海志奇図」第七集第下冊9a

第二夜　よりよく落ちるための想像力

2-1　Clive Hart, *The Prehistory of Flight*, p.54
2-2　Clive Hart, *The Prehistory of Flight*, p.54
2-3　カルロ・ペドレッティ、ドメニコ・ラウレンツァ『レオナルド・ダ・ヴィンチ　藝術と発明〈飛翔篇〉』f. 47
2-4　Richard Gimbel, *The Genesis of Flight: The Aeronautical History Collection of Colonel Richard Gimbel*, p.47
2-5　レチフ・ド・ラ・ブルトンヌ『南半球の発見――飛行人間またはフランスのダイダロスによる南半球の発見：きわめて哲学的な物語』
2-6　楢崎宗重編著『秘蔵浮世絵大観8・パリ国立図書館』（講談社、一九八九）図八三
2-7　姜長英『中国航空史　史話・史料・史稿』一頁
2-8　『呉友如画宝』「古今談叢図・下」第九集第上冊4b

第三夜　鳥に乗りたかった人びと

3-1　C.H.Gibbs-Smith, *A History of Flying*. pl.5
3-2　a・b　楊本生編文、蘇華・蘇家杰絵画、林墉封面画『魯班』
3-3　石川雅望『飛騨匠物語』『日本名著全集・江戸文芸之部第十三巻・読本集』
3-4　茅元儀『武備志』巻一三一「軍資乗・火十三・火器図説十」
3-5　茅元儀『武備志』巻一三三「軍資乗・火十五・火器図説十二」

第四夜　凧よあがれ風に乗れ

4-1　『点石斎画報』亥四・30-31・光緒一七年二月一六日
4-2　呉友如『呉友如画宝』「風俗志図説・下」第一一集第下冊24a
4-3　『点石斎画報』書三・22-23・光緒二一年五月六日
4-4　著者撮影
4-5　https://zh.wikipedia.org/wiki/魯班#/media/File:Luban_sculpture_weifang_2010_06_06.jpg
4-6　Clive Hart, *The Dream of Flight*, p.19
4-8　Allom, Thomas & Wright, G.N. *CHINA, in Series of Views, Displaying The Scenery, Architecture, and Social Habits, of That Ancient Empire.*
4-9　『連環図画西遊記』下集第八冊（一九二九）
4-10　康熙初金陵翼聖堂輯印『笠翁十種曲』本。周蕪『中国古本戯曲挿図選』一四八図
4-12　李漁『十二楼』『李漁全集』第九冊
4-13　「金陵十二釵集萃1」(http://www.duqu8.com/a/422/422234.html)
4-14　馮驥才主編『中国木版年画集成・楊柳青巻下』三六六頁
4-15　a・b　宋龍飛『四季嬰戯図』一五頁
4-16　『呉友如画宝』「海国叢談図」第六集第上冊14b
4-17　『呉友如画宝』「風俗志図説・上」第十集第下冊13a
4-18　『点石斎画報』癸二・13-14・光緒一三年三月二六日
4-19　馮驥才主編『中国木版年画集成・楊柳青巻上』七四頁
4-20　曲亭馬琴『夢想兵衛胡蝶物語』「袖珍名著文庫」
4-21　曲亭馬琴『椿説弓張月』「日本古典文学大系」

第五夜　天翔る〈飛車〉

5-1　曽布川寛『中国美術の図像と様式（図版篇）』四七頁・七図
5-2　林巳奈夫『漢代の神神』（臨川書店、一九八九）第五章図一六
5-3　林巳奈夫『漢代の神神』第五章図一九第三段
5-4　『南陽漢代画像石』七六図

5-5 『南陽漢代画像石』一四〇図
5-6 『山東漢画像石選集』一九四図
5-7 中国画像石全集編輯委員会編『中国画像石全集5 陝西、山西漢画像石』一五三図
5-8 中国画像石全集編輯委員会編『中国画像石全集5 陝西、山西漢画像石』二八四図
5-9 中国画像石全集編輯委員会編『中国画像石全集5 陝西、山西漢画像石』二八三図
5-10 『山東漢画像石選集』五三五図
5-11 『山東漢画像石選集』四三一図
5-12 『南陽両漢画像石』一五四図
5-13 *Stories from China's Past*, pl.68.
5-14 呂林編『四川漢代画像芸術選』二頁
5-15 高文編『四川漢代画像磚』八六図
5-16 『江蘇徐州漢画象石』五二図
5-17 『漢代の神神』第五章図二六（上）
5-18 『江蘇徐州漢画象石』五三図
5-19 『漢代の神神』第五章図二六（下）
5-20 『漢代の神神』第五章図一八（四段）
5-21 『南陽両漢画像石』一五五図
5-22 『離騒全図』（欽定四庫全書）
5-23 『山海経広注』（一六六七）
5-24 『山海経存』（一八九五）
5-25 ニーダム『中国の科学と文明 第九巻』七〇二図
5-26 『三才図会』（一六〇七）「人物十四巻」
5-27 『古今図書集成』「方輿彙編・辺裔典・奇肱部彙考」（第四五巻）
5-30 馬昌儀『古本山海経図説（増訂珍蔵本）』七五二頁
5-31 馬昌儀『古本山海経図説（増訂珍蔵本）』七五三頁
5-32 袁珂選訳『神話選訳百題』二〇四頁
5-33 『五車抜錦（一）』（酒井忠夫監修、坂出祥伸・小川陽一編「中国日用類書集成1」）巻之四「諸夷門」二一六頁

5-34 『妙錦万宝全書』（一六一二）巻之四「諸夷門」。『妙錦万宝全書（一）』（酒井忠夫監修、坂出祥伸・小川陽一編「中国日用類書集成12」）巻之四「諸夷門」一二四一頁
5-35 Clive Hart, *Kites*, fig.60
5-36 國本哲男等訳注『ロシア原初年代記』三一頁
5-37 ニーダム『中国の科学と文明　第八巻』五二〇図
5-38 Arthor Hacker, *China Illustrated: Western Views of the Middle Kingdom*, p.44
5-39 デイヴィド・カンズル「さかさま世界」四三頁

第六夜　進化する〈飛車〉

6-1 Hubbard & Ledeboer, *The Aeronautical Classics*, The Aeronautical Society of Great Britain.
6-2 王振鐸「葛洪『抱朴子』中飛車的復元」
6-3 『金猴降妖』（一九八五）
6-4 『列仙全伝』『中国歴史人物大図典〈神話・伝説編〉』一三八頁
6-5 『離騒図』『中国歴史人物大図典〈神話・伝説編〉』五七頁
6-6 首都図書館編輯『古本小説版画図録』図版一一七三
6-7 a・b 『絵図鏡花縁』第六六回
6-8 a・b 『絵図鏡花縁』第九四回
6-10 『清・孫継芳絵鏡花縁』一一五頁
6-11 『清・孫継芳絵鏡花縁』一八三頁
6-12 李志強・王樹村主編『中国楊柳青木版年画集1　歴史故事』五六頁
6-13 寺島良安『和漢三才図会』巻第十四「外夷人物」
6-14 永田生慈監修解説『北斎漫画』二編七六頁
6-15 タイモン・スクリーチ『江戸の思考空間』二七六頁
6-16 タイモン・スクリーチ『江戸の思考空間』二七八〜二七九頁
6-17 R.C.Craven, Jr., *Ramayana Pahari Paintings*, p.57
6-18 Ananda Coomaraswamy, *Rajput Painting* (2nd ed.) Pl.LXIII. 部分
6-19 Ananda Coomaraswamy, *Rajput Painting* (2nd ed.) Pl.LXII. 部分

6-20 Pandit Subbaraya Shastry,Translated into English by G.R.Josyer, *Maharshi Bharadwaaja's Vymaanika-Shaastra or Science of Aeronautics.*

6-21 Pandit Subbaraya Shastry, Translated into English by G.R.Josyer, *Maharshi Bharadwaaja's Vymaanika-Shaastra or Science of Aeronautics.*

第七夜　八月の槎に乗って

7-1 程大約『程氏墨苑』（『中国古代版画叢刊二編』第六輯・上）第四巻「輿図下」「螺舟図」

7-2 方于魯『方氏墨譜』第一巻「貫月査」

7-3 『程氏墨苑』（『中国古代版画叢刊二編』第六輯・上）第一巻「玄工上」「浮漠槎」

7-4 武田雅哉『星への筏―黄河幻視行』一四頁

7-5 宋応星『天工開物』下巻「珠玉」

7-6 「張騫」『無双譜』（鄭振鐸編『中国古代版画叢刊　元明戯曲葉子・離騒図・凌煙閣功臣図・無双図・白嶽凝煙・授衣広訓』）三八七頁

7-7 『程氏墨苑』第一巻下「支機石」

7-8 『無双譜』三八八頁「河源槎」

7-10 「支機石」『輿論時事報図画・毎日古事画』（『清末民初報刊図画集成8・輿論時事報図画3』）三四九二頁

7-11 中国農業博物館編『漢代農業画像磚石』A三七図

7-12 *Stories from China's Past*, pl.12.

7-13 長廣敏雄『六朝時代美術の研究』三八、三九図（The Nelson-Atkins Museum of Art 藏）

第八夜　月世界への旅

8-1 『程氏墨苑』第一巻下「月宮杵墨図」

8-2 『七十二朝四書人物演義』第十三巻「羿善射」挿絵「羿」

8-3 『呉友如画宝』「古今百美図」第二集第下冊17b

8-4 「唐明皇遊月宮」『時事報館戊申全年画報』第三十六冊（『清末民初報刊図画集成一二』）七五一八〜七五一九頁

8-5 『長生殿』（暖紅室刻）第一一齣挿絵

8-6 『長生殿』（暖紅室刻）第五〇齣挿絵

8-7 『点石斎画報』忠八・58-59・光緒二三年九月二六日

第九夜　空にあいた穴のむこう

9-1 傅惜華編『中国古典文学版画選集　上』七五頁
9-2 傅惜華編『中国古典文学版画選集　下』六四二頁
9-3 『呉友如画宝』「古今百美図」第一集第下冊13b
9-4 『呉友如画宝』「古今百美図」第二集第上冊9b
9-5 『楊柳青年画』一〇三図
9-6 『天問略』（叢書集成初編、商務印書館、一九三六）八四頁
9-7 『遠鏡説』（叢書集成初編、商務印書館、一九三六）五頁
9-8 『遠鏡説』二五頁
9-9 『遠鏡説』七頁
9-10 李漁『十二楼』『李漁全集』第九冊
9-11 『虞初新志』（和刻本）巻六「諸鏡」
9-12 阮元『揅経室四集』巻一一「詩」
9-13 Dawn Jacobson, *Chinoiserie*, p.75

第十夜　霧のなかの飛翔者

10-1a 『遠西奇器図説』（叢書集成初編、商務印書館、一九三六）巻三・二五六頁
10-1b ニーダム『中国の科学と文明　第八巻』四六八図
10-2 『遠西奇器図説』凡例・三六頁
10-3 サントリー美術館編『国宝　信貴山縁起絵巻』
10-4 H.S.Zim, *Rockets and Jets*, p.32
10-5 https://history.msfc.nasa.gov/rocketry/06.html
10-6 https://ferrebeekeeper.files.wordpress.com/2012/07/emp3.jpg
10-7 張鴻『古代飛行的故事』二二頁
10-8 http://k.sina.com.cn/article_1665453062_6344cc0600100cpd.html

10-9　Jennifer Armstrong, pictured by Barry Root, *Wan Hu is in the Stars*.
10-10　http://chuansong.me/n/1833520453413

第十一夜　気球跳梁の時代

11-1　John Merson, *Roads to Xanadu: East and West in the Making of the Modern World*, p.145.
11-2　http://nahaowan.com/zixun/6280.htm
11-3　姚峻主編『中国航空史』五頁
11-4　姜長英『中国航空史』七六頁
11-5　『中西聞見録』第二三号（一八七四年六月）
11-6　Gibbs-Smith, *A History of Flying*, f.72
11-7　『格致彙編』一八七六年第三期
11-9　『点石斎画報』未一・2-3・光緒一五年一〇月一六日
11-10　姜長英『中国航空史』七九頁
11-11　『点石斎画報』元一〇・73-74・光緒二三年六月二六日
11-12　『点石斎画報』甲一・5-6・光緒一〇年四月一四日
11-13　『点石斎画報』御三・20-21・光緒二一年一月六日
11-14　『呉友如画宝』「海国叢談図」第六巻第下冊7 a
11-15　『点石斎画報』元八・61-62・光緒二三年六月六日
11-16　『点石斎画報』戊一・4-5・光緒一六年九月一六日
11-17　『点石斎画報』卯一二・49 b・光緒一四年一〇月六日
11-18　上海図書館近代文献部編『清末年画彙萃　上海図書館館蔵精選』図八三「劉軍大勝法軍」
11-19　*The Genesis of Flight*, p.214
11-20　嘉徳広州国際拍売有限公司編『王樹村藏中国精品年画』四五図「日独青島争奪戦」（民初、河北武強）
11-21　上海図書館近代文献部編『清末年画彙萃　上海図書館館蔵精選』一一四図「十美女蹴球図」

第十二夜　船もおだてりゃ空を飛ぶ

12-1　『呉友如画宝』「海国叢談図」第六集第上冊11 a

12-2　Daniel Cohen, *The Great Airship Mystery, A UFO of the 1890s*, p.88
12-3　Gibbs-Smith, *A History of Flying*, f.81
12-4　『点石斎画報』戌七・56b・光緒一六年一一月一六日
12-5　『点石斎画報』糸一〇・73-74・光緒一八年四月一六日
12-6　Henry Dale, *Early Flying Machine*, p.46
12-7　Gibbs-Smith, *A History of Flying*, f.67
12-8　『点石斎画報』丑五・30-31・光緒一三年一一月二六日
12-9　『点石斎画報』元一・1-2・光緒二三年三月二六日
12-10　"Langray's Flying Machine", *New York Sunday World*, 1896.5.17
12-12　『点石斎画報』金一二・89a・光緒一七年九月六日
12-13　Gibbs-Smith, *A History of Flying*, f.90
12-14　「英法両飛行家大競争」『彤管清芬録』「海外奇談」庚戌（一九一〇年七月五日）
12-15　谷口江里也編著『ゴメス・コレクション　１０００年前のヨーロッパ　第3巻　機械と科学の夢』一一五頁
12-16　「夫婦同乗飛艇之奇観」『彤管清芬録』「海外奇談」庚戌（一九一〇年二月三日）
12-17　「飛艇成婚之奇聞」『彤管清芬録』「海外奇談」（一九一〇年一〇月八日）
12-18　「空中茶会」『彤管清芬録』「海外奇談」（一九一〇年一〇月二日）
12-19　「徳太子飛船内之通信」『彤管清芬録』「海外奇談」（一九一〇年三月一九日）
12-20　「徳国飛行艇遇災」『時事報館戊申全年画報』巻九（一九〇八年七月）六九六一頁
12-21　「空中飛行器之最速度」『時事報館戊申全年画報』（一九〇八）七〇二七頁
12-22　a　『全米ＵＦＯ論争史』一五頁
b　Daniel Cohen, *The Great Airship Mystery, A UFO of the 1890s*. p.3
12-23　「世界最新之発明」『神州画報』（『清代報刊図画集成五』）一九一〇年六月。二九六頁
12-24　谷口江里也編著『ゴメス・コレクション　１００年前のヨーロッパ　第3巻　機械と科学の夢』一〇〇頁
12-25　「空中飛行器之略説」（『東方雑誌』一九一一年第一号）一頁
12-26　「空中飛行器之略説」（『東方雑誌』一九一一年第一号）二〇頁
12-27　「空中飛行器之略説」（『東方雑誌』一九一一年第一号）二〇頁
12-28　『辞源』（商務印書館、一九一五）戌二三五

12-29 『空中航行術』（一九一三年第三版）
12-30 『辞源』（商務印書館、一九一五）戌一三七
12-31 『新聞画報』「新聞画」『清代報刊図画集成・四・新聞画報（下）』九四六〜九四七頁
12-32 『新聞画報』「新聞画」『清代報刊図画集成・四・新聞画報（下）』九〇〇〜九〇一頁
12-33 「空中飛行器之略説」（『東方雑誌』一九一一年第二号）一四頁
12-34 姚峻主編『中国航空史』一五頁

第十三夜　翔んでる大清帝国

13-1 ヴェルヌ『地球から月へ』
13-2 ヴェルヌ『征服者ロビュール』
13-3 a・b『飛行之怪物』（一九〇八）
13-4 Edward Douglas Forcett, *Hartmann the Anarchist, or The Doom of the Great City.*
13-6 『近十年之怪現状・新石頭記・糊塗世界・両晋演義』（中国近代小説大系、江西人民出版社、一九八八）
13-7 『近十年之怪現状・新石頭記・糊塗世界・両晋演義』（中国近代小説大系、江西人民出版社、一九八八）
13-8 『近十年之怪現状・新石頭記・糊塗世界・両晋演義』（中国近代小説大系、江西人民出版社、一九八八）
13-10 『小説林』第一二期（一九〇八年九月）
13-11 『新法螺先生譚』（一九〇五）
13-12 『催眠術講義』（一九〇五）
13-13 洪炳文撰、沈小沉編『洪炳文集　温州文献叢書』
13-15 『繡像小説』第二六号（一九〇四）
13-16 『繡像小説』第二八号（一九〇四）
13-17 『繡像小説』第三一号（一九〇四）
13-18 『繡像小説』第三三号（一九〇四）
13-20 『新中国』（一九一〇）
13-21 『新野叟曝言』（一九〇九）
13-22 『小説時報』創刊号（一九〇九）
13-23 『小説時報』創刊号（一九〇九）

13-24 『小説時報』創刊号（一九〇九）
13-25 『小説時報』創刊号（一九〇九）

第十四夜　なにかが空を飛んでいる

14-1 『飛礫探索』創刊号（一九八一）
14-2 『点石斎画報』（申七・49 a・光緒一六年三月一六日）
14-3 『呉友如画宝』「名勝画冊」第一二集第上冊・11 a
14-4 『点石斎画報』（戌九・70-71・光緒一六年一二月六日）
14-5 「神霊黙佑」（『清末民初報刊図画集成16・時事報館戊申全年画報7』一九〇八年六月、六八二七頁）
14-6 エドワード・J. ルッペルト著『未確認飛行物体に関する報告』一九頁
14-7 「「飛礫」美科学家無法解釈」『中央日報』一九四七年七月七日
14-8 「飛礫之謎已獲解答」『中央日報』一九四七年七月一七日
14-9 「夏夜納涼見「飛礫」—三四成群掠長空」『中央日報』一九四七年七月二二日
14-10 *The Arkansas Gazette*（一八九七年四月二二日）
14-11 何富成『虫虫的尖叫—何富成漫画童年』一四二頁

第十五夜　飛翔計画続行中

15-1 a 杭穉英・穉英画室　一九三〇年代
b 倪耕野　一九三八
15-2 a 「火柴商標飛機牌」『老商標』六九
b 「布匹商標航空救国牌」『老商標』八八
c 「布匹商標飛行地球牌」『老商標』八六
d 「薬品商標飛艇牌」『老商標』一四四
15-3 a 『飛向人馬座』表紙
b 『飛向人馬座』五三頁
15-4 Jim Harter, *TRANSPORTATION, A Pictorial Archive from Nineteenth-Century Sources*, p.129
15-5 Jim Harter, *TRANSPORTATION, A Pictorial Archive from Nineteenth-Century Sources*, p.129.　拡大図

15－6　Maueice Johnson,Kitagaki Muneharu（北垣宗治）, Philip Williams, *Gulliver's Travels and Japan.*

15－7　John Merson, *Roads to Xanadu: East and West in the Making of the Modern World.* cover. 画讃には「泰西飛艇家出現競尚製造日新月異華人亦有歩武後塵世為先声之兆　墨飛作」とある。

あとがき

ニコルソン女史の飛翔文学史『月世界への旅』第一章の書き出しは、古代の東洋における飛翔譚に言及して、以下のように綴られている。

東洋では、記録が残されている中国歴史の黎明において、ひとりの空飛ぶ人間が現われた。それが舜帝である。かれは、飛翔をこころみたばかりでなく、パラシュート降下に成功した最初の人間であるともいわれている。

もちろんニコルソンは中国文化の専門家ではないから、舜帝が最初のパラシューターであるとの記述も、ベルトルト・ラウファーなど東洋学者の論著にそのまま依拠したものだ。舜帝に言及したのも、飛翔について綴り、語るという人類共通の情念の研究に、パースペクティヴを与えたいからにほかならない。ぼくのこの本の構想は、『月世界への旅』の読後の感想のひとつとして、いまでは中国でもほぼ認められている、この古代の賢王の輝かしい飛翔譚に、「ハテな?」を覚えたあたりから始まった。ぼくはニコルソン女史を、飛翔文学研究のお師匠さんとして、「私《ひそ》かに淑《よ》くする」ものだから、いまは天界での飛翔をほしいままにしておられる女史に対し、東洋のはしっこで勝手に弟子を宣言した学徒として、ささやかながらレポートを提出しなければならないと思った次第である。この本は、そんなノリでつくったものだ。

中国の分野別百科事典『中国大百科全書・航空航天』(中国大百科全書出版社、一九八五)には、「中国古代における飛行技術」、「飛行の神話と伝説」、そして「航空宇宙にまつわる文学と芸術」という三つの項目が設けられている。

「中国古代における飛行技術」は、中国古代の飛翔観念と技術についてコンパクトにまとめたもので、空気動力の応用、鳥類の羽ばたきの原理の発見、木鳥・木鵲および木鳶、翼を装着した飛行、竹とんぼとヘリコプター、走馬灯とガスタービン、松脂灯(孔明灯)と熱気球、指南針と航空機のコンパス、独楽とジンバル、パラシュートの原理、にわけて紹介している。

「飛行の神話と伝説」では、世界各地の飛行にまつわる神話伝説が、古代人類の社会生活を豊かにしたのみならず、後世の航空宇宙技術の萌芽を生みだしたと説き、中国については、七夕伝説、嫦娥、列子の飛行、馬王堆の昇仙図、奇肱国の飛車、魯班の木鳥、王莽の飛行器などがあることを紹介して、ライト兄弟の飛行、アポロの月着陸などは、それらの想像が現実となったケースであると説く。

最後の「航空宇宙にまつわる文学と芸術」は、飛翔を主たるテーマにした文学作品、なかんずくヴェルヌ、ツィオルコフスキー、ウェルズなど、近代以降の宇宙小説を紹介しながら、「あまたの優れた飛行士たちが、その冒険飛行においてあらわした英雄的気概と犠牲的精神、また傑出した科学者と技術者が、さまざま飛翔機械(飛行機、人工衛星、有人宇宙船、ロケットなど)を開発する過程で発揮した想像力と開拓精神と組織能力の多くが、航空宇宙をテーマとした伝記文学のなかに反映されている。これは人生の道を選択しようとする青少年に対し、大きな影響を与え、かれらの航空宇宙事業への興味と情熱を刺激するのである」とまとめているが、中国の作品については言及していない。

＊　＊　＊

本書の基調となる飛翔テーマは、あらかたこの事典で触れられていて、ラフな構想を練る段階では、それなりに役に立ったのであった。だが、社会主義のお国がらと時代を反映した、その素朴にして教科書的な書きっぷりに、これをはじめて読んだときは、「なんてクソマジメな人たちなんだ！」とあきれはて、いささかの絶望感をも覚えたものである。もっとも、いまのぼくなら、「いやいや、ホントはまだ、おもしろいもの隠しているんでしょう?」というだろう。幾星霜を経て、心がひねくれてしまったせいだ。

幾星霜というのは、中国の飛翔譚をまとめた本をつくってみようと思ってから、もたもたしているうちに、はやくも流れてしまった三〇年をさす。べつに三〇年のあいだ寝ていたわけではなく、あとで書くように、あっちこっちに浮気をしていたからだ。この「あとがき」は、本書ができるまでにお世話になったかたがたへ、謝意を表する場としたい。

＊　＊　＊

一九八〇年代初頭、将来、中国とつきあうつもりなど微塵もなく、社会に出るのを先延ばしにするのもおもしろかろうと、また河口慧海《かわぐちえかい》のひそみに倣い、チベットなど放浪できないものかなどと大ざっぱなことを考えながら、大陸に遊学としゃれこんだときに、日本から送ってもらった一冊の本が、荒俣宏氏の『理科系の文学誌』（工作舎、一九八一）であった。黄砂の舞う北京の日々が、快楽の時間となった。爾来、こんな楽しいことを、中国を材料にしてやってみたいと、ひそかに夢想するようになったわけである。午後になると、自転車やバスで街なかにある本屋に通い、リュックいっぱいの本を仕入れることが日課となっていたが、それこそ理科系の本をそろえている上海科学技術書店などは、特に気にいっていて、入りびたっていた。

日本に帰国してからも、シャバに出て社会に貢献するような甲斐性もないので、とりあえず大学院に進学し、雑文を書き散らすようになったころ、ある編集者から荒俣氏を紹介いただき、面晤を得た。その際に、いきなり頂戴したお仕事が、いまはなき出版社リブロポートのヴィジュアルシリーズ「リブログラフィクス」の一冊を書き下ろすべしというものであった。そんな経緯で書きあげたのが『翔べ！大清帝国――近代中国の幻想科学』

（一九八八）だったが、そのころ進めていた修士論文のテーマをもとに、『理科系の文学誌』の中国版を気取って書いたものにほかならない。

それより少し前のこと、国書刊行会の「世界幻想文学大系」に、ニコルソン女史の『月世界への旅』の邦訳が入った。そりゃもう欣喜雀躍、酔い痴れるようにして読んで、もちろん訳者である高山宏氏の本も読みふける。本書の「参考文献」には、とりあえず氏の「アリス狩り」シリーズを中心にあげておいたが、そのお仕事は、もとよりこれにとどまらない。もしもあなたが、なにかのまちがいで「中国文学」なんぞを専攻してしまい、くすぶっている学生だったなら、早めに高山本を読破しておくのがいいだろう。ぼくの場合、荒俣、高山の両氏が次から次へと世に送る本のなかで、惜しげもなく放たれる西欧のおもしろそうな事象のあれやこれやに、「ナニ、中国にだってそのくらいのもの、あるに決まってるさ！」との期待と確信を強めていった次第である。しかもニコルソンは、中国の飛翔譚には、ほとんど触れていない。ならばまとめてみたいと思ったのは、そんなときであった。

ところが、ドイツ生まれのアメリカ人東洋学者ラウファーが、とっくのむかし――ニコルソンの二〇年前に！――それをやっていた。さらに、時間的にはラウファーとニコルソンとのあいだ、空間的にも政治的にもいささか隔絶したソビエト連邦には、ニコライ・アレクセーヴィチ・ルィニンがいて、似たようなことをやっていたのである。ニコルソン後にも、ぼくが生まれた年に、児童書の書き手であり、伝記作者で知られるロジャー・ランセリン・グリーンが『別世界へ――フィクションにおける宇宙旅行：ルキアノスからルイスまで』（一九五八）という読み物を出版している。これも高山氏の文献紹介で知った。

『飛行の古代史』を書いたラウファーという人物に、俄然、興味がわき、やがて、ラウファーの著作が多くを占めることになった博品社のシリーズ「博物学ドキュメント」では、敏腕編集者にして夢見る博物学者たる藤本時男氏のもとで、『サイと一角獣』など二冊のラウファー本の翻訳を担当しながら、ラウファーの思索の経路につきあい、その手法をたっぷり学ばせていただいた。『飛行の古代史』も、杉本剛氏の訳でこのシリーズに収められたが、原書は大学院のゼミで学生たちと精読したりもした。

さるほどに、ニコルソン邦訳の高山先生とも面晤を得て、これから書きたいものの構想について、あれこれ大風呂敷を広げさせていただいたが、その後、書いたものを送らせていただくたびに、ご丁寧なおハガキを頂戴し、そこにかならず添えられる「中国ってオモシロイねえ！」とのひとことには、ただひたすら勇気百倍であった。

パオロ・ロッシ『普遍の鍵』（これまた「世界幻想文学大系」の一冊）や、荒俣・高山御大が、そのおもしろさを縷説してくれた西欧の普遍言語構想に刺激されて、中国人の普遍言語への思索をテーマに『蒼頡たちの宴』（筑摩書房、一九九四）を書いたが、その、ちくま学芸文庫版への解説を、高山氏にお願いしたことがある。氏は、こちらの構想などすでにお見通しなわけで、武田にニコルソンの邦訳が「火に油を注ぐようなことになった」と、すっぱ抜かれている次第だ（この解説は『高山宏椀飯振舞I　エクスタシー』所収）。これはもう「とっとと書け！」と尻を叩かれているようなものである。

「とっとと書け！」といえば、北海道大学の恩師である中野美代子先生は、空飛ぶはなしにかぎらず、中国には、ブッ飛んでる物語や絵が山ほどあるらしいことを、授業や著作や酒の席で、われわれ学生たちに語りつづけてくれたのだが、むしろ、おもしろいモノを見つけだし、それを「超マジメに」おもしろがるための作法のようなものを教えていただいたような気がする。ちかごろでは中野先生からも「飛翔本、とっとと書け！」との督促を頂戴していた次第である。

三〇年も時間がたってしまったから、北大の恩師には、もうこの世にいらっしゃらないかたもいる。

魯迅の研究で知られる丸尾常喜先生。『翔べ！大清帝国』を書いたときに、「これからきみは、なにをしていくつもりなんだ？」とのご質問。「はい。中華の全帝国を翔ばします。次は『翔べ！大秦帝国』、それから『翔べ！大漢帝国』、そして『翔べ！大明帝国』……」などとふざけて返したら、ニヤリとされて、「六朝はどうする。『翔べ！東晋帝国』とかもやるつもりかね？　いったい何冊になると思っている？」とつっこまれ、絶句した。地に足のつかない研究テーマに苦笑されながらも、こちらの関心を見越して、「こんなの、いるんじゃないか？」と資料を提供してくださった。丸尾先生は、二〇〇八年に他界された。

中国言語学の大島正二先生。いつもダンディでお茶目な紳士であった先生には、『蒼頡たちの宴』の下書きができるや、コメントをお願いしたことがある。「音韻学の世界では、こっちの資料を使ったほうがカッコよく見えると思うよ」などと、乗り気でコーディネイトいただいた。大島先生は、二〇一一年に他界された。

＊　＊　＊

北大中国文学研究室の、わりと気持ちのいい空気は、そうした恩師たちが作ってくださったものだ。本を上梓するたびにいつも思うのは、自分の「発想」などというものは、吹けば飛ぶようなものでしかなく、先学たちの偉業に対する、学生の「学期末レポート」みたいなものなんだということである。参考にしたり、影響を受けた本や論文は、注や参考文献リストに示したとおりだが、影響を受けすぎたために、そのことさえ忘れてしまったものもあるに相違ない。遺漏は多々あろうと思われるが、なにとぞお許しいただきたい。

よくよく地に足をつけない生き方というのが、性にあっているのか、これまでぼくの書いてきた本は、題材としては、あちこち浮気をしてきたものの、どれもこれも、どこかで空を飛ぶことに関わるものだった。――『蒼頡たちの宴』の漢字ユートピア。『猪八戒の大冒険』（三省堂、一九九五）の空飛ぶブタ。『星への筏―黄河幻視行』（角川春樹事務所、一九九七）の銀河への旅。『万里の長城は月から見えるの？』（講談社、二〇一一）の月からの視線……。もしも中国に空を飛ぶはなしがなかったら、ぼくは、中国文学など、とっくの昔にやめていただろう。

かくして、おそれおおくもニコルソンやラウファーの後塵を拝しつつ、その補遺を作ろうなどと、身のほど知らずの計画をたて、飛翔、飛翔とつぶやきながら、思いつくままの雑文を書き散らしているうちに、あっというまの三〇年、できてしまったのが本書である。

そもそも「史観」などはもちあわせていない。おもしろい飛翔譚の紹介に徹する所存であるから、「文学史」

などとはおこがましい。ここはあくまでも「文学誌」でいきたい。はじめにも書いたように、これまで中国の飛翔譚として重宝されてきたエピソードを読んでいくうちに、「あれ?」と思うところがあり、蛇足じみたコメントを書き添えたものもある。舜のパラシュート譚や『抱朴子』の飛車、それにワン・フーのロケット飛行譚などは、どうやらシノワズリがらみや、西風に圧せられたことによる産物らしいのだが、そうだとすると、東洋の飛翔文学のある種のものは、近代における西と東の、飛翔譚かくあるべしという情念により、共謀してねりあげられた作品ということになる。それはそれで、西欧文化の専門家からは、まったく別のおもしろい回答がいただけるのではないかと期待している。

＊　＊　＊

本書は、ここ数十年にわたって書き散らしてきたものが、渾然一体となっている。

とりわけ、いまはなき『月刊しにか』(大修館書店)に、一九九四年から一九九六年にかけて連載させていただいた「中国飛翔計画図説」は、本書のためのノートとなったが、編集担当で、北大時代の友人でもある小笠原周氏のおかげで、気持ちよく書き進めることができた。同氏には、さらに二点の本を編集していただいた。そのうちの『中国乙類図像漫遊記』(二〇〇九)にも飛翔ネタが入っているし、中国人によるSFの流れをたどった『中国科学幻想文学館』(林久之氏と共著。二〇〇一)は、その一部を本書にも流用したが、ぜひリンクさせてお読みいただきたい。

「中国飛翔計画図説」は、その後、作品社で『新千年図像晩会』(二〇〇一)と題する本を作る際に、編集の加藤郁美さんと装幀の祖父江慎氏による、楽しげな本作りの妙技によって、「色ページ」として収録することを得た。加藤さんには、しめて三冊のカワイイ本を作っていただいた。

＊　＊　＊

大学の授業では、しばしば本書と同じ題目で講義をさせていただいた。まさしくニコルソン女史もいうとおり、学生に負う学恩というものは、なによりも変えがたい至宝である。本務校の北海道大学のみならず、北大よりも長く講義をしている藤女子大学、また集中講義で訪れた各地の大学の学生のみなさんは、明確な形を成さない講義であるにもかかわらず、そのレポートで、ぼくひとりでは出会うことのないオモシロ本を教えてくれたり、思いもよらない発想をぶつけてくれた。かれら、彼女らにも、「ありがとう」をいわせていただく。

本書を脱稿した段階で、『鏡花縁』を研究している加部勇一郎氏（北海道大学、文学研究科専門研究員）からは、巨細にわたり貴重な提言を頂戴した。ロシア文学・ベラルーシ文学を専門とする越野剛氏（北海道大学、スラブ・ユーラシア研究センター准教授）とは、ロシアにおけるワン・フー情報について、スリリングなやりとりをさせていただいた。越野氏は、ぼくが北大で最初に「中国飛翔文学誌」の講義をしたときの受講生である由。いま、その両氏が中心になって進めている「共産圏アニメ・SF研究会」は、いつも開催が楽しみな研究会のひとつである。白酒公主《バイチウゴンヂュ》さんには校閲をお手伝いいただき、多くの修正意見をたまわった。また、装幀をお願いした上野かおるさんには、こちらのワガママな要望を絶妙に料理し、〈夜噺〉にふさわしい〈綺態〉な化粧をほどこしていただいた。そして、人文書院の井上裕美さんには、なかなかきびしい現今の出版界において、売れスジにはほど遠い時代錯誤の本を、蛮勇をふるって作っていただいた。いずれのみなさんにも、この場を借りて心よりお礼申しあげる。

二〇一七年八月　札幌にて　〈いかだ〉を待ちながら

武田　雅哉

ワ行

サ行

【作品・書籍名等】

ナ行

ハ行

タ行

サ行

索　引

＊配列順は日本語読みによる50音順とし、カタカナを先行させた。

【人名・神名等】

ア行

カ行

《著者紹介》

武田雅哉（たけだ・まさや）

1958年　北海道生まれ。
　　　　北海道大学大学院文学研究科修士課程修了。専攻、中国文学。

現　在　北海道大学文学部教授。

主　著　『翔べ！大清帝国』（リブロポート、1988）
　　　　『蒼頡たちの宴』（ちくま学芸文庫、1995、サントリー学芸賞受賞）
　　　　『星への筏』（角川春樹事務所、1997）
　　　　『〈鬼子〉たちの肖像』（中公新書、2005）
　　　　『楊貴妃になりたかった男たち』（講談社、2007）
　　　　『万里の長城は月から見えるの？』（講談社、2011）
　　　　『中国のマンガ〈連環画〉の世界』（平凡社、2017、日本児童文学学会特別賞受賞）
　　　　など多数。

中国飛翔文学誌
――空を飛びたかった綺態な人たちにまつわる十五の夜噺

2017年12月10日　初版第1刷印刷
2017年12月20日　初版第1刷発行

著　者　武田雅哉
発行者　渡辺博史
発行所　人文書院
〒612-8447　京都市伏見区竹田西内畑町9
電話　075-603-1344　振替　01000-8-1103
装幀者　上野かおる
印刷・製本　モリモト印刷株式会社

落丁・乱丁本は小社送料負担にてお取り替えいたします

ISBN978-4-409-51076-6 C0022
落丁・乱丁本は小社送料負担にてお取り替えいたします